Papel certificado por el Forest Stewardship Council®

Primera edición: noviembre de 2022

Printed in Spain – Impreso en España

ISBN: 978-84-1314-589-1
Depósito legal: B-15.460-2022

Compuesto en Llibresimes, S. L.
Impreso en Novoprint
Sant Andreu de la Barca (Barcelona)

BB 4 5 8 9 1

Bajo el mismo techo

ELEANOR RIGBY

He creado una lista en Spotify con las principales canciones que estuvieron sonando (en mi cabeza y en mi móvil) mientras escribía esta novela.

Para mi futuro hijo o hija:
Si no soy una mami así de guay,
tienes permiso para descambiarme.
(Espero que nunca uses esto en mi contra)

Lo que mucha gente llama amar consiste en elegir a una mujer y casarse con ella. [...] Como si se pudiese elegir en el amor; como si no fuera un rayo que te parte los huesos.

Julio Cortázar

Capítulo 1

El hombre de la personalidad múltiple

Susana

Bajo las escaleras que dan al portal con un sigilo que ya le gustaría a Catwoman. La música de saxofón que sonaba en *La Pantera Rosa* me acompaña en mi silenciosa huida. Miro a un lado y a otro. No parece que haya moros en la costa o, en su defecto, vecinos cotillas. Con cuidado de no emitir el menor sonido con mis *stilettos* nuevos, un caprichito de cincuenta y nueve con noventa y nueve en las rebajas del Rastro, camino muy despacio hacia la puerta.

Un cosquilleo tan emocionado como incrédulo me sube por el estómago. No me puedo creer que vaya a conseguirlo. Mi destino está cada vez más cerca. Solo un paso más, solo girar la manija, solo empujar la puerta y estaré en la calle, fuera de la zona de peligro.

Una sonrisa de genuina ilusión se dibuja en mis labios cuando estiro el brazo hacia la manija. Estoy preparada para chillar «libertad», cuando...

—¿A dónde te crees que vas?

Cierro los ojos y mascullo una serie de palabrotas para mis

adentros; palabrotas que no pienso reproducir porque, primero, soy una señorita, y, segundo, porque debo empezar a reprimir mis juramentos. Mi hijo lleva unos días haciendo gala de un vocabulario atroz y no quiero ser yo la causante de que lo expulsen del colegio. Ni de que me echen a mí del AMPA. Los descuentos en material escolar son estupendos.

Toda la tensión que me encoge el cuerpo desaparece después de un largo suspiro resignado. Me doy la vuelta y arqueo una ceja inquisitiva —como si no supiera qué demonios quieren— en dirección al grupo de personas que me observan de brazos cruzados.

No son tantos los que esta vez van a hacerme sentir una cerda sin sentimientos por no llamar a sus timbres con el objetivo de narrar mis aventuras nocturnas. Solo Tamara, la mexicana del 4.º B que lleva un *catering* de comidas; Virtudes Navas, la escritora romántico-erótica del momento con aspecto de abuelita —con el pelo teñido de verde, ojo—, y Edu, el peluquero con el que cometí el error de hacer buenas migas.

A veces me pregunto por qué no me eché unos colegas mudos.

—Tengo una reunión en veinte minutos con el jefe de estudios. Supongo que querrá comentar algo sobre el bajo rendimiento de Eric; ha sacado unas notas muy por debajo de sus capacidades en las pruebas iniciales de la semana pasada —me explico, fantaseando inútilmente con que este grupo de fieras, sediento de jugosas historietas para mayores de dieciocho, me deja cruzar el umbral.

Cuando se hacen los ofendidos por no describir al detalle mis experiencias parranderas soy consciente de que no me importaría, de hecho, cruzar cualquier umbral.

Incluido el de la muerte.

—E ibas a hacer eso sin chismearnos lo que pasó anoche en el bar —infiere Tamara, a la que se le da mucho mejor que a mí enarcar la ceja de la indignación.

—Vaya por Dios. Creía que lo bueno de salir con Eduardo era que me ahorraba tener que dar explicaciones; ya las daba él por mí al día siguiente, y con mucha más gracia.

—Cariño, yo solo puedo hablar de lo que vi, y sé que me perdí algunas cosas. Anoche estuviste un ratito dando vueltas sin este servidor y luego apareciste enfadadísima y con el pintalabios corrido. No me cuesta imaginar qué estuviste haciendo, marrana —me acusa él—, pero quiero detalles.

Doy unos golpecitos impacientes en el suelo con la punta de los tacones.

—¿No tenéis que trabajar? —pregunto en un tono engañosamente dulce.

—Es justo lo que estoy haciendo ahora mismo. —Virtudes se encoge de hombros—. Me nutro de las historias de los demás para escribir las mías. Todo lo que cuentes me vendrá de maravilla para inspirarme.

Inspirarse, dice; en realidad, lo que hace es tomar la historia literal de alguno de los vecinos del edificio, modificar un poco los nombres y plasmarla en su documento de Word.

Esta señora tiene más cara que espalda. Lo demuestra que, hasta el momento, haya escrito un apasionado romance gay entre Edu y su expareja y otro entre mi ex el político y yo... Entre otras muchas víctimas. Este verano hemos disfrutado de una tregua porque se ha entretenido escribiendo relatos eróticos para sus antologías, que ahora están muy de moda y le permiten andar en contacto con otras escritoras, e incluso dando charlas y participando en revistas feministas, pero ya debería haber sabido que se nos acabaría el chollo bien rapidito. Virtudes Navas es incansable, y en este edificio vive demasiada gente *cool* para desaprovechar la oportunidad de relatar sus experiencias vitales para el público *mainstream*.

Todo el mundo se siente amenazado. Tenemos pesadillas con que nuestra vida amorosa se convierte en un best seller. ¿Quién será, al final, el elegido como próximo protagonista?

¿Ambientará la novela en los años veinte, como hizo con la mía, y así poder llamar Suzanne a una prostituta del Barrio Francés de Nueva Orleans? ¿En un mundo de fantasía donde lo «enfermizo» es ser heterosexual, como la de Edu y su ex Akira? ¿O en la época vikinga, como la de la parejita que acaba de abandonar el ático para mudarse a un edificio de las afueras, ese ático donde ahora se está poniendo una clínica de psicología?

Me alegro de lo de la clínica, por cierto. Aquí hay mucho enfermo, y con «aquí» me refiero al cuadrante del portal. A ninguno de estos tres les vendría nada mal una horita semanal de diván.

—Hasta las doce no tengo que hacer la entrega —responde Tamara, devolviéndome al momento presente con su impaciencia.

—Yo no tengo cita en la peluquería hasta las diez —hace lo propio Edu—. Y con esto quiero decir que tengo veinte minutos para enterarme de dónde te metiste cuando te perdí anoche. O dónde te lo metieron —apostilla con cara de travieso.

En otras circunstancias les habría dado una respuesta mordaz para posteriormente hacer bomba de humo. Llevo desde los dieciséis años sin dar explicaciones a nadie, si es que alguna vez las di —o alguna vez me las pidieron—, y la gente de este sitio se comporta como si tuviera algún derecho sobre mí. Lo demuestra que se hayan agazapado junto a los buzones para cernirse sobre mi persona al tratar de escabullirme. Pero los vecinos del número trece de la calle Julio Cortázar son los puñeteros *paparazzi* con los que Naomi Campbell tendría problemas legales: no los puedes evitar, y como lo intentes, fijo que acabas en los tribunales porque saben cómo victimizarse.

Y lo que saben aún mejor es cómo meterse en tus asuntos casi sin que te enteres.

Lo peor no es su maña como metomentodos, sino que,

cuando por fin has encontrado las fuerzas para esquivarlos, te sientes peor que el diablo. Te dan penilla. A fin de cuentas, son buenas personas, y su afán por conocerte no viene tanto del morbo como del afecto.

No me queda otro remedio que claudicar. Me pongo una mano en la cadera y apoyo la espalda en la puerta del portal.

—¿Hasta dónde os ha contado Edu?

—Nos ha dicho que anoche fuisteis con Gaspar a este bar-pub que han abierto hace poco —empieza Tamara—, y que estando ya medio jarras,[1] os fijasteis en un hombre muy atractivo y de orientación sexual cuestionable...

—Apostamos a ver a cuál de los dos hacía caso. Solo para salir de dudas —interviene Edu, inflando el pecho, todo gallito él—. Y resulta que era gay. Pero a Susana no le molestó porque estaba pendiente de otro maromazo.

Una punzada me atraviesa el estómago ante la mención del flipado de ayer. No sabría decir si es de humillación, de una estúpida e insensata emoción juvenil, o es que simplemente llevo sin papear desde ayer por la tarde y el monstruo tiene hambre. Sea como sea, humillada me sentí un rato, estúpida, más de lo mismo, y en cuanto al desayuno... va a tener que esperar, porque estos seres de segunda con ojitos de pollo pueden despellejarme si no cuento un drama con exnovias y suegras digno de Televisa.

Lástima que no hubo de eso anoche. Por no haber, no hubo ni fuegos artificiales.

Puto guiri de mierda.

Lo cierto es que, si de verdad estoy aquí, atrasando mi camino a la reunión con el jefe de estudios, es porque en parte me quedé con ganas de desahogarme. No todos los días me tratan como el culo. Más bien, me tratan el culo, si se entiende de lo que hablo. Es posible que, a raíz del incidente, aún siga

1. Borrachos.

en severo estado de *shock* y por eso no haya logrado huir de los vecinos a tiempo.

Los tres me miran expectantes. Me ciño el bolso al hombro, un Bimba & Lola que encontré abandonado en el suelo del autobús y que me apropié sin miramientos, y suspiro de mala gana.

—El pub es bastante grande. Hay una zona de barra inmensa y luego tiene el típico palco al otro lado de la pista de baile. Edu, Gas y yo estábamos sentados cerca de los camareros porque a Gas le gustó uno. —Inspiro hondo—. Y al fondo del pub, en el reservado que os digo, había un hombre.

—¡Un hombre! —Tamara aplaude, emocionada.

Casi lo repito yo también para mis adentros, pero en plan gemido —«Mmm, un HOMBRE»— y con la tristeza de la que se ha perdido algo maravilloso.

Enseguida me dan ganas de abofetearme la cara de lela que me quedó por pensar en él como si fuese el rey del mambo.

¿Un HOMBRE? Por favor, era un capullo con todas las de la ley, y me libré de una buena. Fin de la historia. Si tuviera que llorar por todos los pavos que me salen rana o por la cantidad de polvos abortados, ya digo yo que iba a subir el nivel del mar, y sin necesidad de que la Antártida se fuera al carajo.

—¿Cómo era? —pregunta Virtudes, ajustándose las Ray-Ban de pasta negra. No ha sacado libreta y boli, pero apuesto que va a anotar mentalmente todas las características.

—Estaba oscuro. Aun así, no era un tío que pasara desapercibido. Me llamó la atención nada más entrar. Es normal, ¿no? Podía medir lo mismo que Pau Gasol y parecía deprimido. Deprimido en medio de un fiestorro de inauguración —recalco, alzando el dedo índice—. Imaginaos a un gigante en un océano de treintañeras sudorosas luchando por llamar su atención. Meneaban las caderas como si quisieran poner a prueba la flexibilidad de su columna vertebral. Y él, pobre mártir, echando un ojito al reloj cada tres segundos. La cara de culo que llevaba era cómica, en serio os lo digo; parecía que le esperara el patíbulo. Cada vez que me giraba para mirarlo tenía el ceño más fruncido, y si se le pegaba alguna tía, hacía el *moonwalk*.

Tamara suelta una carcajada soñadora.

—¡Me maman[2] los altos y cabrones!

—La cosa es —continúo, con los ojos clavados en el techo— que no paraba de mirarme. O sea, cuando no estaba mirando el reloj, me miraba a mí, se entiende. Él también se fijó en una menda en cuanto entré —digo, recorriéndome el cuerpo con las manos en un movimiento sugerente.

—Y cuando me lo dijo, Gas se puso a insistir en que en realidad me estaba mirando a mí —explica Edu—, porque no hay ninguna explicación hetero a que una serie de mujeres le estuvieran pegando cadera y el tío sintiese esa incomodidad tan grande —recalca. Y añade—: Por supuesto, yo tenía claro que gay no era por dos motivos.

—El primero: me estaba mirando a mí —recalco.

—Y segundo —retoma Edu—: los maricones perreamos con las tías y les sobamos las tetas como los que más, así que, a no ser que fuera un marica respetuoso, que lo dudo porque en el pub se estaba celebrando una fiestecita temática para los más juguetones, se trataba de un hetero como un piano.

—Pero teníamos que asegurarnos de que de verdad miraba en nuestra dirección —prosigo. Nunca pensé que disfrutaría tanto de la atención que me dirigen dos personas. Me siento como el Yano Cuentacuentos que le regalé a los seis años a mi hijo, que le dejaba embobado media hora—, así que se nos ocurrió cambiar de sitio cada diez minutos. Primero en la barra, luego junto a los baños...

—Después nos fuimos hacia la puerta —toma el relevo Edu—, que si cerca del palco, que si en medio de la pista...

2. Gustan.

—Y él me seguía con la mirada como si tuviera un imán pegado a mi cara. Así que... Bueno, decidí hacer algo al respecto. —Encojo un hombro—. Hace ya meses desde que lo dejé con Carlos y me apetece volver al mercado.

—¡A huevo! —Tamara vuelve a aplaudir—. ¿Y qué pasó?

—Pues... A ver, quiero que conste que iba monísima. Llevaba la blusa blanca con el escote casi ombliguero, pero elegante, no choni, porque se cierra en el esternón; la de los volantes en los brazos. Pantalones ceñidos y tacones y el pelo suelto y ondulado. No es por fardar, pero unos cuantos moscones se me acercaron en el camino que hice hacia el reservado. Y, de hecho, pude meterme allí gracias a uno de los que estaba dentro, que debió de pensar que, si me hacía el favor, yo se lo devolvería más tarde con la boca.

Insisto en el detalle de la vestimenta porque el guiri se cargó en apenas unos minutos todo el amor propio que he construido en torno a mí estos últimos años.

Ni siquiera le tiré la caña como tal. No fui invasiva. Dejé que la marea de gente nos fuera atrayendo poco a poco hasta que choqué con su pecho de acero inoxidable y levanté la mirada para sonreírle.

Él no me devolvió la sonrisa. Al contrario. Apretó la mandíbula como si de repente hubiera detectado un olor asqueroso en el ambiente, igualito que Edward Cullen con la aparición de Bella en clase de Biología. Pero yo apenas le presté atención a esto porque:

1. Estaba un poco borracha, y cuando uno lleva alcohol en sangre, el mundo le parece un lugar más bonito de lo que es.
2. Me quedé flipando.

Se intuía que el tipejo estaba bueno ya en la distancia, pero de cerca no parecía pertenecer al plano terrestre. Tenía el pelo rubio, corto por detrás y más largo por delante; tanto, que el flequillo le cubría los ojos lo suficiente para que me costara discernir de qué color eran en realidad. Se intuían claros, pero quién sabía si eran verdes o azules. Daba igual, porque tenía una cara que me dio ganas de llorar. Por arriba y por abajo. Quizá fuera demasiado pálido para mi gusto, porque me van los bronceados mediterráneos, los morenazos de Brasil y los encantos latinos, pero es que era toda una visión de hombros anchos, cintura estrecha y piernas infinitas. Y sus labios... Tuve que apretar los muslos al fijarme en su boca.

Yo no activé el modo putón. Se activó solo.

—Me parece que has estado un buen rato mirándome —le dije. Él no lo oyó, y normal, ahí arriba debía de llegar el sonido con distorsiones e interferencias. Yo le quedaba un poco por encima del estómago, más o menos.

Hizo el favor de inclinarse para que se lo repitiera al oído, y entonces pude captar su perfume masculino.

Se me hizo la boca agua. Creo que escupí algunas babas al repetírselo balbuceando.

Luego se incorporó de nuevo y me miró como si fuera un insecto.

—Yo a usted no la he mirado en ningún momento.

Solté una carcajada que lo descolocó.

—¿Usted? ¿En serio? ¿Te has fijado en dónde estamos?

Miró alrededor con una mueca asqueada.

—En alguno de los círculos del infierno.

Me hizo gracia y me irritó a partes iguales que pareciera muy convencido de que nada de eso estuviera a su altura.

Que, a ver, técnicamente, nada lo estaba. Insisto en que el tío sobresalía entre la muchedumbre como un tótem en una celebración pagana.

—Ya veo. No me estabas mirando porque te pareciera guapa; era más bien una mirada de auxilio, ¿no? —Arqueé una ceja—. ¿Necesitas que te rescaten?

—Yo no la miraba —repitió, alto y claro.

—Vale, no me mirabas a mí. —Levanté los brazos, riéndome. Era culpa del alcohol, eh, no es que me hiciese ninguna ilusión que pasara de mí cuando yo ya estaba fantaseando con cómo nos lo montaríamos en su sofá XXL, solo apto para jugadores de baloncesto—. ¿Qué mirabas entonces? ¿A mis amigos? A uno de ellos le has parecido muy mono, por si te interesa.

Él no respondió. Giró la cabeza hacia otro lado y se quedó ahí, muy quieto, como una estatua de mármol.

—Bonito perfil —le halagué con ironía—. ¿Se lo sueles enseñar a la gente cuando te habla?

—Solo a la gente con la que no quiero hablar.

Levanté las cejas, sorprendida.

No me hago cargo de nada de lo que dije. Estaba bebida, por primera vez desde la ruptura había decidido que iba a acercarme a un hombre por voluntad propia y, para colmo, me estaba cabreando.

Por cierto, soy madre, lo que también justifica que mi respuesta sonara a regañina:

—Eres un maleducado. Hay cientos de maneras corteses de quitarse a alguien de en medio, y si tanto te molesta que te hable, a lo mejor podrías haberlo evitado no lanzándome miraditas allá adonde iba. —Todo eso se lo dije empuñando el dedo índice—. ¿Y a qué has venido si no es a hablar, bailar o beber, cosas que no te he visto hacer en toda la noche?

Él entornó los ojos sobre mí. Y yo me hice pequeña.

Mido un metro sesenta y cinco, y a mucha honra, pero al lado de ese tío puedo asegurar que una se siente un bichito sin importancia.

—Parece que la que ha estado muy pendiente de mí es usted.

—Es complicado pasarlo bien por tu cuenta cuando tienes unos ojos... ¿grises?, pegados al culo.

El tipo pareció ofenderse.

—Yo no le he mirado el... —Sacudió la cabeza, turbado por la palabra—. Esta conversación es ridícula. Háganos un favor a los dos y regrese con sus amigos.

Apreté los puños, llena de rabia. Por fin salía a la calle a celebrar que estoy viva, que soy atractiva y que tengo amigos a los que les importa mi estado anímico, y tenía que toparme con un desgraciado que me hablaba como si fuese una molestia... ¡después de haber ligado conmigo en la distancia!

¿O es que había perdido práctica en el noble arte del flirteo y ya no sabía distinguir una mirada de «me das asco» de una invitación a hacer algo delicioso?

—¿A ti qué te pasa, tío? —le espeté—. Has empezado tú a acosarme en la distancia, ¿y ahora te comportas como si fuera una *groupie* pesada? ¿Quién te has creído que eres?

—¿Acosarla? ¿Es usted consciente de las gravísimas implicaciones que tiene esa palabra?

Lo soy ahora. Me pasé tres pueblos. Pero en ese momento solo era consciente de que me dolía el estómago de tanto cubata, y un poco el amor propio.

—¿Es que estás casado o tienes novia? ¿Problemas de autoestima? ¿Por eso te parece tan ofensivo que alguien se te acerque?

—No.

—Ya entiendo. No podías quitarme los ojos de encima porque lo que te ha dejado de piedra ha sido lo fea que soy.

Él me miró con cara rara.

—Estás loca. —¡Hombre! ¡Por fin me tuteaba!—. Será mejor que te vayas.

—No eres el propietario de este sitio. Me iré cuando a mí me dé la gana.

Puso los ojos en blanco.

—Este palco está reservado para los amigos de Gerardo. Ni siquiera sé con qué objetivo te has colado. La mayoría de los que hay aquí están casados.

—Pero tú no, ¿verdad? —tanteé, porque había perdido una batalla, pero no la guerra—. ¿Por qué crees que me he colado, listo? Estaba flirteando contigo, por si no te has dado cuenta.

Me sentí tan tonta que sacudí la cabeza e intenté separarme dando un par de pasos atrás.

—¿Qué más da? —dije, más para mí que para él—. Tampoco estás tan bueno.

En este momento, Tamara niega con la cabeza, juzgándome.

—No mames, ¿eso le soltaste?

—Ya, ya sé que soné como el típico moscón asqueroso que, en lugar de aceptar que no le gustas, intenta recomponer su orgullo diciéndote que tienes el culo gordo o las tetas muy pequeñas. Pero me salió del alma, ¿de acuerdo?

La mexicana levanta las manos.

—De acuerdo, de acuerdo. ¿Y qué pasó luego?

—Pues...

Una de las mujeres que bailaban desinhibidas me empujó por detrás. Lo hizo con la suficiente fuerza para que la copa se me cayera de la mano y se hiciera añicos en el suelo. Pero eso no fue lo grave, porque salí propulsada hacia delante y resulta que lo que había más cerca era el pecho del arisco Superman. Él se tambaleó cuando chocamos, e imagino que involuntariamente me abrazó.

No puedo decir que yo me agarrase sin querer a su camisa celeste. Todos los que me conocen saben que tengo una actitud muy voluntariosa cuando los hombres huelen a Givenchy.

El caso es que me estremecí al sentir sus dedos calientes sobre la piel, justo en la franja que la blusa dejaba al descubierto.

—¿Estás bien? —me preguntó.

Creo que fue ahí cuando me di cuenta de que hablaba un poco como los guiris, dubitativo y marcando demasiado las eses.

Y que tenía las tetas más duras que un invierno ruso.

—¿Alemán? —prueba Edu, casi batiendo las palmas—. Donde se ponga el sueño húmedo de Hitler, que se quite todo lo demás.

—No te pongas en plan Trump *supporter*, que hay una mexicana presente —bufa Tamara—. A mí me suena a hombre frío de las montañas heladas de Noruega. ¿No será un *papasito* vikingo? Me da que manejaba un buen *drakkar* entre los muslos de guerrero escandinavo.

—Está claro que el muchachote es raza aria de primera calidad —asegura Edu—. ¿Te da para una novela, Virtu?

Esta chasquea la lengua.

—He escrito demasiado sobre vikingos y alemanes. Y sobre CEO americanos también. Y por cómo lo describes, tan rubio y demás, no cuadraría como una pieza exótica del Mediterráneo del Este.

—Ni se te ocurra hacer una novela a partir de mi fracaso, Virtudes. Que te denuncio por plagio.

—Ya sé: un bolchevique cabronazo involucrado en la Guerra Fría —suelta Tamara, a la que le brillan los ojos—. Un espía de coco rapado al que le va el sadomaso.

—«Gulag» sería la palabra de seguridad —se descojona Edu.

—O el nombre de su verga. «¿Quieres que te meta en el gulag?».

Yo suspiro.

Aquí las cosas se van de madre día sí y día también.

—¿Por qué no esperáis a que termine la historia para sexualizar al guiri macizorro?

—Por supuesto, continúa —me anima Virtu.

—¿Y si fuera la forma humana del hombre de las nieves? —insiste Tamara—. La novela se llamaría *Estoy enamorada yeti*.

Los tres se parten el culo. A mi costa.

Y lo peor es que a mí también me hace gracia.

—O quizá sea un lord inglés que accidentalmente ha acabado viajando en el tiempo. Por eso te trataba de usted y era tan desagradable, porque aún estaba adaptándose a las indecorosas costumbres contemporáneas —propone Edu—. Ponle frac, Virtu, pero no patillas. Aunque estén empezando a llevarse de nuevo, por ahí no paso. Me fascina el trabajo que llevó a cabo Lincoln aboliendo la esclavitud en Estados Unidos, pero yo no me pasaría por la piedra a un peludo patilloso ni aunque me pagaran.

—Pero ¿queréis dejarla hablar? —exclama Virtudes—. Continúa, Susana, hija. Ibas por la parte en la que tropezabas y te chocabas con su pecho.

—Sí, bueno. De pronto me sentí muy estúpida. Más o menos como ahora.

Fulmino con la mirada a Zipi y a Zape. No me cabe la menor duda de que van a estar con lo del lord inglés hasta sacar una historia sórdida de mi relato.

—¿Estúpida? —repite Virtudes—. ¿Por qué?

—Pues porque estaba tratando a un tipo que me había rechazado justo como a mí me molesta que me traten cuando, de forma educada, intento quitarme a un moscón de encima. Pero este no había sido cortés, como yo suelo serlo. Había sido un borde de narices... Y a mí, encima, se me escapó un gemido cuando me cogió por la cintura para separarme.

Resulta que nos miramos un momento. Estaba avergonzada, pero no lo suficiente para rehuir su mirada. Cobarde no he sido en mi vida.

Tuvieron que ser imaginaciones mías, porque pensé que de sus ojos escapaban chispas y con ellos trataba de decirme que su problema no tenía nada que ver conmigo. Y me lo dijo revisándome de arriba abajo con los labios entreabiertos. Volví a temblar de anticipación. Su agarre era firme, pero sus dedos me rozaban suavemente en una especie de caricia distraída.

Dios santo, tenía unas manos enormes. Tan grandes que, si cogía un balón de fútbol, en ellas parecería una miserable pelota de tenis.

Me costó un huevo y parte de otro, pero tragué saliva y me retiré.

—Pásatelo bien en tu círculo infernal, maleducado —solté antes de darme la vuelta.

Salí del reservado con dolor de cabeza, las piernas temblando y un estúpido cosquilleo en el estómago, el típico después de un encontronazo con alguien desagradable, con alguien que está bueno o con alguien que es desagradable y está bueno.

Nada que no hubiera experimentado antes.

Me cabreé tanto que decidí largarme. Se me olvidó avisar a Edu y a Gaspar, y se me olvidó también ir a por mi chaqueta al ropero.

Salí del garito esperando que el aire fresco sofocara el calentón que llevaba encima, y que cada uno interprete lo de «calentón» como mejor le parezca. Aun así, no obtuve grandes resultados, porque de la ira pasé a la decepción.

Estoy buena, ¿vale? No voy a tirar de falsa modestia, como parece que es tendencia hoy en día, llorando a moco tendido a la espera de que te digan lo mona que eres. Soy una mujer que come bien, hace yoga, compra ropa que le favorece a su tipo de cuerpo y se preocupa de salir a la calle como si fuera a encontrarse a su peor enemigo, y esto es, vestida como si fuera a la semana de la moda. Soy guapa de cara y a mi cuerpo se le notan las horas de gimnasio. A lo mejor me falta mucho para convertirme en un monumento y jamás podré ser modelo, y vale, tengo estrías por el embarazo y jamás luciré el dichoso *thigh gap*, pero creo que argumentos para llamar la atención de un amargado no me faltan. Si las tetas y el encanto femenino son «armas de mujer», yo tengo dos bazucas en el sujetador y una bomba de destrucción masiva en la lengua; si me da la gana, lío la Tercera Guerra Mundial con una sonrisa y un dedito índice animándote a seguirme.

O eso había pensado hasta ese momento.

Busqué en el bolsillo del pantalón un cigarrillo, y estaba maldiciendo al destino por haber olvidado el mechero cuando alguien me abordó por la espalda.

—Oye...

Me costó reconocer su voz. Dentro del pub había demasiado ruido, y fuera, que no quedaba ni un alma y apenas nos molestaba el zumbido de la música del interior, sonó tan severo y ronco como el doblador de una película antigua.

Ya no había rastro del tonillo guiri.

Tamara no puede contenerse y sugiere una posibilidad:

—Espía, entonces. Lleva una doble vida, por eso se le olvida el acento.

—A ti también se te olvida hablar en mexicano a veces y no creo que pertenezcas al cártel de Pablo Escobar —rezonga Edu.

—Pablo Escobar era colombiano, no mexicano. Y llevo viviendo en España diez años; si hablo con acento mexicano es porque me da la gana, que, si no, puedo pasar sin pedos por una madrileña de pura cepa.

—Has dicho «sin pedos» y eso no lo dice la gente de Madrid —replica Edu—. Y cállate ya, sandunguera, que no quiero perder el hilo de la historia.

—Sandunguera, ¿de qué? Esa palabra viene de la sandunga chilena y colombiana, no de México, so maricón.

Edu ignora a Tamara y me mira atentamente, esperando que prosiga.

Y eso hago:

—Tensa, me di la vuelta... Me impresionó tanto verlo avanzando hacia mí, incluso cuando lo estaba haciendo con timidez, que retrocedí un paso.

—Es verdad que he sido un maleducado —admitió, mortificado. No me miraba a la cara—. No se me dan bien estas... cosas.

—¿Qué cosas? —solté con desdén.

—Lo de... las fiestas. Comunicarme con... con mujeres como tú. No importa. —Entonces clavó sus ojos en los míos—. Lo siento.

Un pestañeo fue mi única respuesta a su arrebato caballeroso. El cigarrillo sin encender no duraría mucho tiempo atrapado entre mis flácidos dedos, suspendidos en el aire por fuerza del asombro.

—¿Qué es eso de «mujeres como yo»?

—Que toman la iniciativa, extrovertidas y... —Se rascó la nuca, incómodo. Esbozó una media sonrisa temblorosa y empezó a tartamudear—: Es q-que eres... eres la m-mujer más g-guapa que he visto en mi v-vida. Siento t-también si t-te he hecho sentir inc-cómoda. No podía p-parar de m-mirarte.

En lugar de sonreír con aire de «lo sabía», me embargó un fuerte sentimiento de ternura. Míster Universo acababa de decirme, con una timidez terrible, que era la más guapa del planeta. Me dieron ganas de abrazarme a él como un koala.

Se me cayó el cigarrillo al suelo y no me di cuenta. El tipo sí, y fue a hacer el gesto de agacharse para recogerlo por mí, pero lo impedí poniéndole una mano en el pecho.

Nuestras miradas conectaron un segundo.

Me había emocionado, lo admito. No era el halago más sexy ni el más original. Es el que me dice mi Eric para hacerme la pelota cuando quiere que le compre unos cromos de fútbol al salir de clase. A no ser que lo pronuncie muy serio, en cuyo caso quiere que le compre el *FIFA 2022*.

Pero él lo dijo de otro modo. Lo pronunció con una admiración que dejaba entrever cierta incredulidad, como si no pudiera creerse que me tuviera delante de sus narices, y sin la más remota esperanza de que alguna vez llegara a ponerse a mi altura. Ese arrebato de sinceridad se me metió bajo la piel, porque no solo era un cumplido expresado del mismo modo que una verdad simple y universal como que el sol se pone por el oeste; parecía algo más. Parecía una declaración de amor.

Aprovechando que se había inclinado, me fue más fácil ponerme de puntillas y besarlo en la boca.

No me había dado tiempo a imaginar cómo sabrían sus labios o cuál sería su textura, pero una emoción sin nombre me subió por el estómago y me paralizó al notar que él empezaba a moverlos contra los míos. Al principio parecía torpe, como si no hubiera besado a nadie nunca, pero era porque le había pillado por sorpresa: enseguida se acopló a mi ritmo, y lo que eran caricias tímidas se convirtieron en una invasión en toda regla. Su lengua se enlazó y experimentó con la mía al tiempo que me envolvía con sus enormes brazos y me estrechaba, arrebatado de pasión. Estaba tan cachondo que no tuve más que pegarme a él para sentir la dura erección. El calor de su piel y de su boca —y el alcohol en mis venas— me calentaron lo suficiente para animarme a rozarme contra su recio cuerpo. Era enorme, y parecía necesitar un incentivo para animarse definitivamente, así que se lo di empujándolo lejos de la entrada todo cuanto me lo permitió mi estatura.

Cuando creí estar lo bastante alejada para no ofrecer un espectáculo sexual en mitad de la calle, le planté la mano en el paquete y empecé a frotarlo verticalmente. Llevaba un pantalón de lino que me permitía envolver a la perfección el relieve de su polla. Noté cómo se me endurecían los pezones y apreté los muslos mientras lo toqueteaba. Él gemía contra mis labios.

En un momento dado, se animó y me metió la mano por el escote de la blusa. Agarró uno de mis pechos y lo manoseó con la palma. Con la otra, se aferró a una de mis nalgas.

No dejábamos de besarnos. No podíamos.

He tenido experiencias carnales de sobra, y puedo decir

con el corazón en la mano que ningún hombre había estado tan excitado conmigo como él en ese momento. Pero lo insólito era que no estaba loco por lo que hacíamos, sino por mí. Me tocaba por todas partes y no daba un respiro a mis labios. Poco le importaba si yo le sobaba o no; él solo quería sentirme a mí, y eso es casi revolucionario cuando solo has tratado con egoístas en la cama.

No me sabía ni su nombre, pero si me lo hubiera pedido, me habría sacado la ropa allí mismo.

—Voy... voy por mi chaqueta —conseguí balbucear en cuanto me separé. Se me habían dormido los labios—. Vuelvo enseguida, ¿de acuerdo?

Él me miró sin comprender. No soltó ni mi cintura ni mi trasero, que seguía apretando con ansiedad.

—¿Para qué? —preguntó contra mis labios, sin voz.

—Para irnos... —Lo besé de nuevo, incapaz de resistirme—. A tu casa... —Otro beso—. O a algún hotel. —Le lamí el borde del labio inferior—. No pretenderás follarme en medio de la calle, ¿verdad?

Él no dijo nada. Me quité sus manos de encima, porque el tipo no parecía por la labor de hacer los (des)honores, y le sonreí antes de recordarle que estaría ahí en un minuto.

De pronto, oigo un suspiro de Virtudes.

—Madre mía, niña. ¿Seguro que no quieres participar en alguna de mis antologías eróticas como autora?

—Claro que sí. Esta sería la apoteosis del relato. —Cojo aire para crear expectación y sonrío de oreja a oreja al decir—: Cuando volví, ya no estaba.

Tamara abre su boca de rape simulando una perfecta circunferencia.

—Me estás choreando,[3] ¿verdad?

Por desgracia, no. No estoy de coña. Salir del pub con las

3. Jodiendo.

piernas hechas gelatina y ver que se había dado a la fuga entra en el top de los cinco peores momentos de mi vida, y lo dice una mujer que no ha tenido una vida fácil.

Creo que nadie se ha reído tanto de mí jamás.

—A lo mejor es un ilusionista de finales del siglo xix —sigue inventando Edu—. O lo abdujeron los alienígenas. O lo llamaron de una misión de espionaje espaciotemporal y tuvo que largarse sobre la marcha, como le pasaba a Eric Bana en aquella peli tan bonita con la McAdams.

—O a lo mejor es un *calientabragas* despreciable que en el último momento se sintió culpable porque pensó que su esposa, una pelirroja pecosa aficionada a coleccionar manoplas estampadas y que se niega a innovar más allá del misionero porque «sería pecado», no se merecía que le pusiera los tochos. —Hago una pausa para tomar aliento—. Si eso fuera así, agradezco que se largara. Siempre digo que, si salí con un tío sin circuncidar, puedo aguantar cualquier defecto, porque el exceso de carne de cilindro es lo más traumático con mucho, pero en realidad no me metería con un casado ni harta de vino.

—Hombre, yo creo que ser «la otra» tendría su qué —comenta Edu, meditabundo.

—Pero ¿a ese güey no le han enseñado que prender el *boiler* para luego no bañarse es el gasto más innecesario que existe? —interviene Tamara, soltando un bufido—. ¡Con lo cara que está la luz!

—No entiendo nada —confiesa Virtudes—. Se supone que habíais conectado, ¿no?

—Solo en términos físicos. No es que mantuviéramos una conversación trascendental. —Aireo la mano para quitarle hierro al asunto—. Fue un duro golpe para mi ego, pero me recuperaré.

Mentira. No creo que lo haga. Una mujer no olvida con facilidad al hombre que mejor la ha besado de todos con los que ha estado, y como Sonsoles —la vecina cristiana que me odia, pero que sin embargo adora a mi niño— no se cansa de repetir, no han sido pocos.

La pérdida fue brutal.

Pero mi enfado es incluso superior.

—Y ahora me tengo que largar, queridos. Como no salga ya, voy a llegar tarde a la cita con el jefe de estudios.

Espero que me dé una buena noticia, porque menuda rachita que llevo.

Capítulo 2

Aunque la mami se vista de nena, mami se queda

Elliot

«Ahora mismo podrías estar reunido con los mejores catedráticos de la Universidad de Cambridge».

Esa es una de las frases que mi padre solía repetirme y, por lo visto, también una de las pocas costumbres que no he heredado de él, la de repetirme sus comentarios sin malicia hasta la saciedad. Ya me he habituado a que la desagradable voz de mi conciencia se parezca sospechosamente a la suya. La única diferencia es el tono. Yo me lo recuerdo con acritud, y él lo dice con un orgullo que le infla el pecho.

No sé de dónde habré sacado mi conciencia realista, porque mi padre, dentro de su hermetismo y sus rutinas, no solo está orgulloso de mí por lo que he conseguido —un puesto de jefe de estudios en uno de los mejores institutos públicos de Madrid—, sino por lo que podría conseguir si quisiera apuntar más alto. Debe ser divertidísimo verle hablar con sus amigos cuando estos le preguntan a qué se dedica su hijo. «Es profesor de Lengua y literatura españolas para alumnos de la ESO y Bachillerato, pero está formado de sobra para ser catedrático de Cambridge y, de hecho, es tan bueno jugando al baloncesto que podría ser campeón olímpico».

Si no conociera a mi padre, creería que intenta engrandecerme porque en el fondo de su corazón sabe que estoy trabajando muy por debajo de mis posibilidades. Pero como lo conozco, y sé que no muchos hombres de mi edad pueden decir lo mismo de sus progenitores, me consta que habría estado orgulloso de mí incluso si hubiera aguantado calentando un asiento en la escuela solo hasta los dieciséis.

Por lo menos ahora mismo tengo la impresión de que llevo dieciséis años calentando la silla de mi despacho. Tenía una cita con la madre de Eric Márquez a las nueve y media de la mañana y faltan cinco minutos para las diez. No soporto la impuntualidad, y no tiene que ver con que sea británico y lleve mis horarios a rajatabla; tiene que ver con la falta de respeto que denota la otra persona. Indirectamente, está dejando claro que mi tiempo no es lo bastante valioso para respetar la hora acordada.

O que ella es la reina de Saba.

Tampoco parece lo bastante educada para llamar a la puerta antes de entrar. Se abre de golpe y una mujer rubia, jadeando como si hubiera venido corriendo, cosa que dudo viendo los tacones que lleva, entra apartándose el pelo de la cara con movimientos enérgicos.

—Discúlpeme por la tardanza, ¡es que había un tráfico...! He cometido el error de coger la Gran Vía, y a estas horas hay un colapso criminal.

—El...

—¡Arg!

«El escalón». Eso era lo que iba a advertir antes de que se tropezara con él y diera de bruces en el suelo.

En mi despacho se imparten algunas clases de refuerzo, por lo que cuenta con el correspondiente estrado, donde se elevan la pizarra y la mesa del profesor para proporcionar una mejor visibilidad a los alumnos.

La visión de esta mujer, en cambio, parece ser bastante reducida.

Me levanto enseguida para ayudarla a incorporarse. Ella acepta mi mano de buena gana, mascullando por lo bajo una serie de imprecaciones. Y entonces alza la mirada para darme las gracias con una sonrisa.

Una sonrisa que no le dura mucho.

No, no es la reina de Saba. Pero podría serlo si quisiera. Podría incluso ser Medusa, porque me deja de piedra en cuanto reconozco sus ojos.

—Oh, joder... Esto debe ser una puta broma —suelta, poniendo los ojos en blanco antes de mirarme, acusadora—. ¿Tú eres el jefe de estudios?

Podría responder con una pregunta del mismo tipo —«¿Tú eres una madre?»—, pero me temo que eso ya lo sabía —o, al menos, lo sospechaba— antes de que resbalara en mi despacho.

Me obligo a despegar la lengua del paladar, donde parece que quiere quedarse para siempre.

—¿Por qué? —Me sale una voz patética, pero me sale, así que no me quejo. Eso ya es una victoria de por sí—. ¿No me pega el puesto?

—No, pero tampoco habría dicho que te pegara dejar a la gente tirada cuando regresa a un pub para recoger su chaqueta.

Suelta la mano con la que la he ayudado a ponerse en pie y se recoloca la blusa.

No quiero mirar la blusa. No puedo mirar la blusa. Pero la blusa me está mirando a mí, y es mi deber honrar los tradicionales modales de mi país devolviéndole cortésmente la mirada.

Mierda, joder, esto no lo esperaba.

—¿Te abdujeron anoche los alienígenas? —pregunta, poniéndose una mano en la cintura.

Carraspeo con el puño pegado a la boca.

—No sé de qué me habla.

—¿Que no sabes de qué...? Oye, anoche estaba oscuro, pero un tío de tu estatura es fácilmente reconocible a primera vista, a la segunda y a las que hagan falta. ¿Es que te has olvidado de mí ya? —Arruga el ceño—. ¿Tan ciego ibas?

Lo suficiente para ir detrás de ella, pero mucho me temo que me habrían hecho falta tres copas más de las que llevaba para, por lo visto, hacer sus sueños realidad invitándola a mi apartamento. O un coma etílico, porque solo podría haberle quitado la ropa en mis fantasías.

Claro que eso no se lo digo. Decido, en su lugar, hacerle un gesto hacia la silla, ignorando su reproche.

—Siéntese, por favor.

Ella lo hace con el cuerpo en tensión, mirándome con una mezcla de cautela y asombro. Yo no estaba mejor preparado para una casualidad de estas características, pero lo disimulo a base de empeño. Solo tengo que descartar pensamientos en los que recuerdo cómo la manoseé en la entrada de un pub abarrotado y todo irá bien.

Mientras organizo los papeles sobre la mesa, lanzo una mirada a su generoso escote.

Joder, no. Nada va a ir bien.

—La madre de Eric, supongo.

—Tengo otras atribuciones aparte de la de madre, así que puedes llamarme Susana.

—Las únicas atribuciones que importan aquí son las de madre —le recuerdo con rigidez, y la observo con los ojos entornados—. Si no es molestia, hablaremos del motivo por el que está en mi despacho.

«No te pongas a la defensiva. Solo es una mujer», me implora la voz interior, que sabe cómo me las gasto.

—Y si no es molestia para ti, podrías decirme tu nombre —contraataca con retintín—, ya que no me vas a decir por qué hiciste bomba de humo anoche.

—Elliot Landon. Jefe de estudios de Secundaria y Bachillerato y profesor de Lengua y literatura españolas. Tanto el profesor de Gimnasia de Eric como su tutor me pidieron que la citase para... —carraspeo y desvío la mirada al montón de papeles—, para hablar de su hijo. —«Vamos, concéntrate»—. Lo primero que me gustaría saber es el motivo de que no acudiera a la reunión de inicio de curso con el tutor, pero ya puedo imaginarme con qué estaba ocupada.

No sé por qué he dicho eso.

Gracias al cielo, Susana no se da cuenta del reproche y se muestra desorientada:

—¿Qué reunión de inicio de curso?

—La que se anunció en la tutoría virtual y en una circular que se repartió a todos los alumnos.

—A mí Eric no me dio nada —se defiende, perpleja—. Sé que la del 1.º A ya ha sido porque conozco a los padres de unas antiguas compañeras suyas que están en esa clase, pero la clase de mi hijo es la B. ¿Estás seguro de que ya ha sido esa reunión? Voy todos los años sin falta, no es posible que me la haya perdido.

Sé que viene al colegio todos los años. Bueno, sé que viene todos los años que llevo de jefe de estudios, porque la he visto unas cuantas veces en la portería, en los pasillos de las aulas y en eventos señalados que organiza el instituto. Las suficientes para reconocerla de lejos en una discoteca para adultos y no poder quitarle el ojo de encima. Me gustaría decir que la «acosé con la mirada» solo para cerciorarme de que era ella y porque estaba bastante borracho, pero eso no tiene nada que ver. También la acosaba con la mirada en la galería del instituto y no acostumbro a presentarme en mi lugar de trabajo más doblado por el vodka con limón que un barquito de origami.

Pero no sabía que era una madre. Imaginaba que sería la tita *cool*, esa que reparte condones como churros, la hermana mayor o...

¡Es demasiado joven!

—F-fue anteayer —acoto, incómodo. No puedo mirar a los ojos a las mujeres atractivas sin tartamudear, pero es mi deber enfrentar a las madres problemáticas con relativa cercanía—. Ya veo que los temores del profesor de Educación Física no eran infundados. Parece que la comunicación entre Eric y usted deja mucho que desear.

Tampoco sé por qué he dicho eso. Ah, sí: porque cuando me pongo nervioso suelo atacar irracional e inconscientemente a quien tengo delante.

Su indignación no se hace de rogar.

—Perdona, pero yo me llevo de maravilla con mi hijo. Si te basas en esa estúpida circular que no me ha dado, puede haber una explicación lógica. A lo mejor se le olvidó. Todos los niños se ponen histéricos al cambiar de ciclo y tienen asuntos más importantes de los que encargarse que de una reunión para hablar de asignaturas, de que los críos han de venir limpios al colegio y de que hay que dejarlos en casa si tienen piojos... —Viendo que no me lo trago (¿por qué debería?), insiste, mosqueada—: ¡Eric y yo nos lo contamos todo!

—¿Sí? ¿Y le ha contado por qué ha suspendido todas las pruebas iniciales con las notas más bajas de la historia del instituto? —Arqueo una ceja y le acerco los resultados de los exámenes. «Eso es, nos centramos en lo que hemos venido a hacer», aplaude la voz interior. Susana me mira un momento en *shock* y luego revisa las gráficas sin dar crédito—. La mayoría de las preguntas ni las contestó.

—Me dijo... —Se ruboriza—. Me dijo que había aprobado. Con un cinco, sí, pero aprobado.

—¿Y sobre su historial de faltas de asistencia? —Le acerco otra hoja—. De seis horas al día durante la semana lectiva no llega a cumplir ni el cuarenta por ciento. Asiste un par de horas, tres como mucho, y eso cuando decide venir.

Susana sacude la cabeza, con lo que las ondas doradas le

acarician las mejillas. Lleva el pelo recogido en una coleta salvo por esos dos bucles que le enmarcan la cara, una cara suave, dulce y atractiva que podría hechizarte como un péndulo de hipnosis.

Aprieto los puños sobre los muslos, frustrado.

Tengo un serio problema con las mujeres en general, pero con las mujeres atractivas, y concretamente con aquellas a las que he besado, ese problema se magnifica hasta un punto insoportable. Me pica la piel debajo de la camisa y no sé adónde mirar. Quiero mirarla a ella y tratar este asunto con la importancia que merece, pero su perfume a vainilla me descoloca, su belleza me desconcierta y su carácter... Ya ha demostrado que lo tiene, pero incluso callada siento su sangre caliente bulléndole bajo la piel.

Su carácter me llena de impotencia.

—En casa no se queda —replica, mirándome con fijeza—. Alguno de los vecinos me lo habrían dicho, por eso apuesto mi vida. Yo es que trabajo por las mañanas y no puedo saberlo —agrega, retirándose el pelo de la cara con un gesto nervioso—, pero estoy segura de que va al colegio.

—¿Es que no lo trae usted?

—No. Me dijo que no hacía falta, que ya era mayorcito y todas esas estupideces de niños de doce años que se creen invencibles; órdenes que más te vale acatar si no quieres darte de cabezazos contra una pared o que directamente te pidan emanciparse. —Posa la mirada en el papel, poco a poco encajando las noticias—. Pero si yo... lo veo bien. A él, me refiero. Me cuenta lo que ha hecho en el instituto y me... ¿Estás seguro de que esto es de Eric Márquez?

Señalo el nombre junto al número de clase en la esquina superior derecha.

Al margen de que esta mujer sea lo más bonito que he visto en mi vida, elemento distractor sobrado para alejarme del tema que nos ocupa, no me creo ni por un momento su cara de madre preocupada. He tratado a suficientes para calar a las que obtuvieron el título de maternidad en la tómbola, y Susana es la típica que se cree que para criar a un niño basta con echarle de comer y sacarlo a veces de paseo.

—Es evidente que su hijo no confía tanto en usted como pensaba, aunque, francamente, no me extraña.

Susana tarda un poco en reaccionar. Entonces clava en mí sus ojos claros con rudeza.

—¿Cómo que no te extraña?

Carraspeo y trato de concentrarme.

Este es mi campo. Sé de lo que hablo. No debería ser tan complicado.

—Es difícil entablar un vínculo afectivo importante entre madre e hijo cuando la madre prefiere irse de farra entre semana a quedarse en casa con él. Un niño siente el desinterés de sus familiares con detalles como ese.

—Pero ¿qué te has creído? —me espeta, inclinándose hacia delante con el rostro colorado—. ¿Que me voy de copas todos los días? Y, aunque así fuera, ¿cuál sería el problema si mi hijo estuviera debidamente atendido?

—Es evidente que entre el ocio y el trabajo no le puede dedicar mucho tiempo a Eric. Lo demuestra su total desconocimiento de la situación crítica en la que se encuentra.

Ella suelta una carcajada lacónica, mirando alrededor en busca de un público invisible al que preguntarle: «¿Habéis oído lo que acaba de decirme?».

—Esto es flipante. ¿Me estás informando o me estás repro chando? Porque no tienes ningún derecho a hacer lo segundo.

No, no lo tengo. Pero las mujeres como ella me inflan las narices, especialmente cuando tienen el descaro de comportarse como lo hacen con niños a su cargo.

Ya debería haber imaginado que lo que tiene de guapa lo tiene de arpía.

—No es culpa mía que la información le haya caído como

un jarro de agua fría. Mi cometido es plantear los hechos tal como son. Y deje que le diga que tampoco es un gran ejemplo para un chico que una madre lleve a su casa a un hombre diferente cada día.

Susana se pone en pie de golpe. La vena del cuello se le infla por momentos.

—¿Quién te ha dicho a ti que llevo a un hombre diferente cada día?

Si ella supiera que su historial sexual es de dominio público en la escuela... Quizá debiera decírselo, pero tengo un umbral de la vergüenza ajena muy fino, aunque ahora no lo esté pareciendo, y no sería capaz de soltarlo sin más.

—¿No los lleva a su casa? Supongo que eso es un punto para su marido. ¿Qué opina el padre de Eric sobre todo esto? ¿No puede venir él a la próxima tutoría?

Susana agarra el mango del bolso hasta que se le ponen los nudillos blancos.

—Eric no tiene padre —sisea entre dientes—, ni yo tengo marido, y esto no es en absoluto asunto tuyo.

«Eric no tiene padre».

La noticia me deja estupefacto, a la vez que una remota y desconcertante parte de mí siente alivio porque ella no esté comprometida. Bueno, supongo que no me habría perdonado por haberme enrollado con una mujer casada. Y con una mujer casada y con un hijo, menos todavía.

Dios santo. Estar a merced de una madre como esta...

Pobre crío.

—¿No tiene ningún otro familiar? ¿Una abuela, un tío?

—No. Me tiene a mí. Y es suficiente, ¿me oyes? —Me apunta con el dedo, furiosa—. Eric y yo somos un equipo. Es lo más importante en el mundo para mí, y él me quiere más que a nadie. No tengo que defenderme de tus estúpidos ataques porque no hay razón de ser, y...

—¿Ah, no? ¿No la hay? —Me pongo en pie también, pero

con cansancio—. Estaba allí cuando daban las cuatro de la madrugada y se acercaba a un hombre para dormir en su casa. ¿Se ha parado a pensar en cómo se sentiría Eric al verla llegar a las tantas, o no viéndola aparecer hasta el día siguiente? ¿Se cree que esa es manera de criar a un niño?

—¿Acaso tú tienes niños? ¿Sabes lo que es? —replica, taladrándome con la mirada—. No va a venir a darme lecciones de maternidad un tío prejuicioso y machista como tú. Tengo todo el derecho a divertirme una noche al mes, y para tu maldita información, mi hijo sabía muy bien a dónde iba y la hora a la que volvería.

—Me consta. Los niños de su curso lo comentan bastante, así que es de suponer que Eric sepa de sobra qué clase de madre tiene y cuáles son sus andanzas nocturnas.

Susana pierde el habla un segundo.

—¿De qué hablas?

Doy un paso hacia ella, incapaz de contener ya el impulso que me quema.

Quiero castigarla por su irresponsabilidad y por estar convirtiendo en un auténtico infierno la vida de su hijo. Quiero que sepa que no es tan perfecta como se cree. Quiero que cambie: aún está a tiempo antes de perder al chico para siempre. Empiezan alejándose y terminan odiando a sus familiares, un odio que les impide desarrollarse como adultos funcionales.

—Las mujeres como usted no deberían ser madres si no están dispuestas a hacer sacrificios —aclaro en tono solemne—. Para llevar la vida desahogada de una veinteañera necesita no haber cumplido aún los treinta años, o, por lo menos, no tener a un preadolescente a su cargo.

—¡Tú no sabes nada! —me grita, ya sin ningún autocontrol.

—Sí que lo sé —replico en tono relajado—. Sé que es de las que desatienden a sus hijos y anteponen su ocio y sus deseos a las necesidades de los chicos. La clásica madre que acaba provocando que un crío se salga del redil porque sabe que nadie le va a decir nada.

Susana suelta una risa incrédula.

—¿Y todo esto viene porque salí a bailar un rato? Tú también estabas allí —me recrimina, lanzándome una mirada afilada.

—Yo estoy soltero y no tengo hijos.

—Exacto —replica, y sonríe como si me hubiera tropezado con mis propios pies—. Estás soltero y no tienes hijos, así que no estás precisamente capacitado para decirle a una mujer que lleva doce años cuidando de un niño cómo tiene que hacerlo.

—Cuando esa madre aparece en el despacho del jefe de estudios con la intención de reprocharle que la dejara a dos velas en lugar de preguntarle qué pasa con su hijo, me parece que sí que necesita que alguien le diga cuatro cosas. —Ella abre la boca, pero vuelve a cerrarla de inmediato—. En cuanto a mi capacitación, resulta que yo me dedico a esto: a proteger a los chicos de ineptitudes como la suya. ¿Se cree que Eric prosperará en su futuro laboral con un ejemplo como el suyo? ¿Y en sus relaciones personales? Los niños son esponjas y absorben lo que ven, y si lo único que ven es a una madre desapegada y sin ninguna vergüenza, eso es en lo que se convertirán. Este país no necesita más gandules ni descarados.

Con lo que le he soltado espero que se ponga colorada de nuevo y retome los gritos. Lo espero de verdad. No porque me guste discutir, pues me considero una persona de carácter más frío que temperamental, sino porque debería avergonzarse.

Pero no se avergüenza. En lugar de eso, me enfrenta con serenidad y pregunta, con un tono que suena sorprendentemente tranquilo:

—¿Has hablado con mi hijo alguna vez? ¿Lo has tratado en persona?

—No.

—Hazlo, y después vienes y me dices si no es un ejemplo de lo que este país necesita. —Se ciñe el bolso al costado y me sostiene la mirada con seguridad—. Retiro lo dicho, Elliot Landon. Sí que estás capacitado para hablar de los chicos a los que representas, haciéndoles, de hecho, un flaco favor. Y me enternece que te preocupes tanto por ellos, sobre todo cuando vas sobrado de conocimientos pedagógicos... Lo que no quita que se te escape el concepto básico de lo que define a una madre.

—¿Que es...?

Susana da un paso hacia mí y estira el cuello. Su acercamiento hace que me atragante con mi propia saliva y no me quede otro remedio que ser consciente de cada reacción fisiológica de mi cuerpo: venas en llamas, estómago agitado, garganta atorada.

—Que también es una persona. —Su voz suena con delicadeza, como si la hubiera atravesado la emoción, pero hubiera sabido controlarla a tiempo—. Una persona con derecho a divertirse, con derecho a salir, con derecho a besar a un hombre... Tener un hijo no anula tu identidad. El día que lo descubras, vendrás a pedirme disculpas por tus insolencias.

Se echa el asa del Bimba & Lola al hombro y, sin permiso y con la conversación aún inacabada, coge los resultados de las pruebas iniciales y la lista de faltas de asistencia del mes de septiembre para guardarlos en el bolso.

No puedo decir nada porque me asquea su descaro. Me repugna cómo una mujer puede estar tan tranquila cuando el futuro de su hijo se va al garete, especialmente cuando esa misma mujer lleva la manicura hecha, ha invertido un par de horas ondulándose el pelo y lleva un bolso de marca.

He visto a madres vestir de Moschino mientras sus hijos llevaban parches en unos vaqueros que les quedaban por encima de los tobillos. He visto a niños asistir a clase sin merienda durante varias semanas consecutivas cuando sus madres iban a recogerlos cargadas con bolsas de las rebajas. Pero todas ellas tenían la vergüenza de agachar la cabeza y soltar unas lagrimitas de cocodrilo cuando les soltaban a la cara la verdad.

Esta no se achanta. Y no hay nada peor que una madre o un padre que cree que lo hace todo bien.

Lo sé por experiencia.

Capítulo 3

LA MARCA DEL ÚLTIMO *JEDI*

Susana

—Me dejas muerta.

Ha sonado más bien a «me *dejaſ muerſta*», porque cuando Edu se propone cerrar el pico y dejar hablar a los demás, apoya el codo en la mesa y se planta la mano en la boca. Ha aprovechado que tiene media hora libre entre un *balayage* y un corte de puntas para sentarse conmigo frente a los flamantes espejos estilo camerino de su peluquería. Ahí le he contado mi desgraciado cruce con el yeti, el espía ruso, el lord inglés que ha hecho un viaje temporal o, como he descubierto que se llama, Elliot Landon.

—También te digo que el niño tiene tarea —añade, sacudiendo la cabeza—. Mira que mentirte... ¿Qué necesidad? Si eres la madre más guay de todo el país. A ti tendría que venir a felicitarte Pedro Aguado por tu excelente gestión.

—Pues Míster Fish and Chips no piensa lo mismo. Que vaya, no es como si me importara; la primera que me dijo que no sacaría adelante a la criatura fue mi propia madre.

Después de eso te da igual que un cualquiera cuestione tus métodos.

Me coge de las manos y me las aprieta.

—Susana, tus métodos son sensacionales. Ya me habría gustado a mí tener una madre como tú. No me quejo de la mía, que la adoro a ella y adoro a todas las señoras de pueblo que desplegaban las sillas de plástico en el porche para coserme unos pantalones con lentejuelas mientras cascaban sobre el *¡Hola!* Pero en algunas cosas... —Menea otra vez la cabeza—. Vaya, que eran las señoras del pueblo las que me cosían los pantalones de lentejuelas, entiéndeme. Mi madre se quedaba mirando mis *outfits* con cara de circunstancias y me planchaba los normales de pana beige por si acaso «recobraba el juicio» antes de Año Nuevo.

Me sorprende que Edu haga un comentario como ese, porque no es muy dado a mencionar a su familia. Me da la impresión de que dejó el pueblo jienense en el que nació decidido a desprenderse de sus raíces. Su distanciamiento con la familia no fue solo físico. Llevo unos cuantos años viviendo en la comunidad —y, por tanto, siendo su amiga más cercana— y no me ha mencionado a sus padres jamás.

No le he preguntado porque no quiero que me pregunte por los míos, cosa que sería probable, dada su tendencia a echar la pelota al tejado ajeno.

—Siempre he estado muy orgullosa de cómo lo he hecho, y estaba segura de que el jefe de estudios exageraba, pero cuando he recogido a Eric del colegio... —Tuerzo la boca. Edu arquea una ceja, esperando una explicación detallada—. Para empezar, parece que no le gustó nada que me presentara en la puerta.

—A ningún chaval que haga novillos con frecuencia le gusta que su madre vaya a recogerlo. Imagínate el percal si hoy hubiera estado en el parque, fumándose un tanque. Se habría tenido que enfrentar al broncón del milenio cuando vieras que no estaba allí... —Hace un gesto en el aire con la mano—. Bueno, sí, sigue contando.

—Tenía dos opciones a la hora de enfrentarlo por las mentiras: increparle su falta de confianza sacando las pruebas del delito de mi bolso, o conducir la conversación con delicadeza hasta que él mismo confesara que me había estado mintiendo. La primera era demasiado agresiva para mi gusto, pero tampoco quería que se sintiera manipulado, así que hice las preguntas habituales: qué tal ha ido, si ya han dado la nota de algún examen o qué ha aprendido hoy...

Y entonces lo dejé caer.

—¿Te han dicho ya cuándo va a ser la reunión de inicio de curso? Tenía entendido que citaban a los padres a finales de septiembre, después de las pruebas iniciales.

Eric hizo alarde de una tranquilidad pasmosa limitándose a encoger los hombros.

—Ni idea. Deben de haber puesto algo en la tutoría virtual. —Y entonces cambió de tema—: ¿Qué comemos hoy?

—Comida.

—¿Qué tipo de comida?

—Comida.

—Eso es que hay lentejas. —Y arrugó la nariz.

Por lo visto, sí que pusieron algo en la tutoría virtual, pero el niño tiene que tener la contraseña, porque accedo a la página religiosamente y no he visto ningún aviso.

No niego que me cabreara su respuesta. A ninguna madre le gusta que venga un pavo de dos metros a soltarle a la cara que su hijo acabará siendo narcotraficante si sigue descuidándolo, sobre todo cuando no es cierto.

Podrá ser consumidor casual de marihuana, como su madre lo fue a los dieciséis, pero ¿camello? ¡Jamás!

El caso es que no me pareció justo enfadarme porque hubiera quedado en ridículo por su culpa. En mis tiempos, yo también era una adolescente rebelde, y recuerdo que odiaba que mi madre solo me reprochara mis mentiras cuando la hacían quedar mal delante de los demás; el resto del tiempo le importaba un comino.

De hecho, había pocas cosas que me rompieran el corazón de la manera en que eso lo hacía.

Tampoco estaba preocupada —ni lo sigo estando— por si Elliot resultara tener razón. Lo que me preocupa es que Eric pueda estar pasándolo mal, sea por el motivo que sea, y yo no me entere.

Yo, que tanto me jacto de que entiendo a mi hijo mejor que nadie y soy capaz de deducir su estado de ánimo con solo mirarlo, he resultado ser un puñetero fraude. Quiero decir... Es obvio que le pasa algo, pero ha tenido que señalármelo de mala manera un capullo que ni siquiera lo conoce personalmente para que me dé cuenta.

—Es curioso, porque hoy he tenido una reunión con el jefe de estudios y lo que me ha enseñado, que es una pila de suspensos, no tiene nada que ver con los aprobados que aparecen en la tutoría virtual —le solté sin más—. ¿Tú crees que alguien ha *hackeado* tu expediente para cambiar los ceros y los unos y medios de las pruebas iniciales para aprobarte? Ha tenido que ser un *hacker* muy habilidoso y que te apoya a muerte. No estará enamorado de ti por casualidad, ¿verdad? ¿O es que le has pagado para hacerte quedar bien delante de mí? No habrás metido mano al cerdito de los ahorros para pagarle, ¿no?

Eric levantó la cabeza con pánico. Al igual que su madre, el niño no sabe seguir las mentiras después de contarlas. Puso una cara tan cómica que me habría hecho reír si no fuera porque estábamos tocando un tema serio.

—Eric, solo son unas pruebas iniciales. Sirven para medir el nivel de la clase y saber por dónde empezar el temario —le expliqué con paciencia—. Podrías haberme dicho que estaban suspendidas. No te habría regañado. ¿Qué pasa, que te daba miedo que te pusiera un profesor particular o te matriculase en refuerzo en lugar de francés?

—No, es que... yo qué sé. Sabía que te ibas a preocupar, y no quería rayarte.

—Eso va en contra del deber número uno de las madres, que es rayarse muchísimo por cada remota estupidez que le pasa a su hijo —apunté, intentando darle un toque juguetón—. Cariño, preocuparme por ti es un placer. No me gusta que me lo arrebates ocultándome cosas.

—Pero acabas de decir que solo son unas pruebas iniciales. Tampoco es tan importante.

—No, no lo es. Pero que faltes al colegio sí es algo más problemático, ¿no te parece?

Eric tragó saliva y me apartó la mirada.

Aproveché que el semáforo se había puesto en rojo para pararme junto al poste, al botón-placebo de «espere verde», y obligarlo a enfrentarme.

Está a punto de cumplir trece años y ya es más alto que yo, pero he de decir que no echo de menos esos tiempos en los que me tenía que acuclillar para mirarlo a los ojos. Acababa con un dolor de rodillas que resultaba normal que los del edificio pensaran que me pasaba el día haciéndoles favores sexuales a hombres con dinero, cosa que, de todos modos, no es del todo falso.

—Eric... —No quiso mirarme—. Eric. Escúchame. No hace falta que seas el estudiante modelo si eso te hace sentir presionado y, en última instancia, te empuja a conspirar a mis espaldas y a hacer chanchullos. Entiendo que he sido muy pesada siempre con eso de que debes dar lo mejor de ti mismo, pero de sacarlo todo sobresaliente a pasarte por el forro la escuela hay un trecho, y creo que deberíamos evitarnos ese camino. ¿No crees que tengo razón?

Él asintió en silencio.

—A ver. —Me crucé de brazos—. ¿Por qué faltas a clase?

Se encogió de hombros.

—Es solo que... —empezó con dificultad, y no pude evitar alarmarme. ¿Desde cuándo tenía problemas para hablar conmigo?—. No me gusta la clase en la que he caído. Mis compañeros me caen como el culo.

—Pero estás con Raúl, ¿no? Y con Antonio.

—Con Antonio, sí. A Raúl lo cambiaron al final.

—Pues igual que cambiaron a Raúl, te pueden cambiar a ti. Puedo ir a hablar otra vez con el jefe de estudios para ver si es posible. —«*Aunque prefiera que me hagan una ablación de clítoris a volver a vérmelas con ese gilipollas*».

Poco se habla de las cosas que hacemos por amor a los hijos.

—No. No hace falta que hables con nadie —respondió enseguida, alarmado con la posibilidad—. Si de todas formas yo ya se lo había dicho a mi tutor y él se estaba planteando lo de cambiarme. Cuando me pasen al A no volveré a faltar, te lo prometo.

—Bueno... —Entorné los ojos y le di un empujoncito para que cruzase el paso de peatones—. ¿Y se puede saber adónde te ibas en horario lectivo? Soy la que te lava la ropa, y, además, tengo un olfato infalible. Me queda el consuelo de que no has estado fumando ningún tipo de sustancia de las que te dijeron en la charla que los niños no pueden consumir.

Eric puso los ojos en blanco.

—Me vuelvo a casa y me pongo a ver la tele.

—¿Qué puede haber de tu interés en la tele a esas horas?

—Pues he visto un par de pelis.

—¡Encima viendo pelis sin mí! —Bufé, indignada. Él medio sonrió—. ¿Y no te ha pillado ningún vecino?

—Un día me cazó Tamara, pero le dije que se me había olvidado el bocadillo y pasó de largo. De hecho, me hizo otro bocadillo por si acaso. Otro me crucé con Álvaro, y le dije que se celebraba el día del patrón del instituto, el Ganivet, y no tenía que ir hasta las doce para echar unos partidos. Nos hicimos unos toques en la piscina y cuando miramos el reloj ya era tarde. Ah, y otra vez me vio Sonsoles. Le mentí diciéndole que estaba malo de la barriga y que no quería preocuparte, por eso tampoco te lo dijo.

Lo más probable es que la beata y santísima Sonsoles no me dijera nada porque considera a Eric más hijo suyo de lo que es mío y aprovecha cualquier excusa para acapararlo. Siempre digo que tiene alguna clase de trauma con el hecho de que no pudiera tener niños, porque no es normal que lo intente apartar de su propia madre.

Sonsoles aparte, este niño es un manipulador de primer nivel. Da en el punto débil de cada uno: a Sonsoles, en el cuidado del pequeño enfermito; a Tamara, justo en la comida, y a Álvaro, en las pachangas de fútbol, que son para él lo más sagrado. También es que Eric tiene a los vecinos en la palma de su mano, lo cual no resulta extraño. Nadie sabe quién es su padre —aunque se ha especulado bastante— y parece que la idea de que un niño haya crecido sin una figura paterna se presenta como una especie de delito contra la infancia por el que nunca dejaré de pagar.

Si ese imbécil de Elliot se cree que su reprimenda fue muy original o revolucionaria es porque no conoce mi experiencia vital. Nadie ha tenido tiempo nunca de ayudarme, a la madre soltera y sin trabajo, pero a todo el mundo le ha sobrado un rato para mirarme por encima del hombro y censurarme por no ser lo bastante buena.

¿Cómo lo iba a ser con dieciséis añitos, fiera?

Claro que los de este edificio, que se creen que tengo treinta y cinco años gracias a lo bien que se me da maquillarme como una puerta para echarme años, no pueden ni figurarse que terminaba cuarto de la ESO cuando traje a Eric al mundo.

Y no los pienso iluminar con esta información. Puede que sean vecinos mucho más majos —y *porculeros*— que aquellos con los que me topé en el otro par de bloques en los que viví, pero no voy a arriesgarme a que me juzguen por haberme quedado preñada a la edad de las chonis del programa de la MTV. Ni, por supuesto, me voy a molestar en desvelar quién es el puñetero padre.

Por mí, que hablen hasta que se aburran.

—Deberíamos mirarte esa tendencia tuya a mentir como un bellaco —le advertí—. Tienes suerte de que yo de cría me pasara las horas de clase saltando a la comba con mis amigas o aprendiendo a liar cigarrillos, o me lo habría tomado muy a pecho. De todos modos, si vuelvo a enterarme de que mientes, faltas a clase, ocultas notas y juegas a hacerte el *hacker*, voy a aprovechar que tenemos una psicóloga muy maja en el ático para pedir una cita.

—¡¿Qué?! —exclamó, perplejo—. ¿Me vas a llevar a un loquero?

—Depende de si quieres seguir comportándote como un loco.

—Las madres normales castigan a sus hijos sin salir, no los llevan al psicólogo —me espetó despacio, como si me faltara un hervor.

—Pues no me va a quedar otro remedio que castigarte, pero sabes que te lo has buscado tú solito, ¿no? —repliqué con voz cantarina—. Sabes que soy una mami genial que nunca castiga a los niños, pero si no te dejas educar por las buenas, tengo que ponerme en plan poli mala.

—Seguirás siendo una mami genial si me castigas sin salir, pero si me quitas la Play, dejaré de quererte —anunció con solemnidad.

—¿Cómo te atreves, niñato desagradecido? —jadeé, fingiendo indignación mientras buscaba las llaves en el bolso para abrir el portal—. Por tu culpa...

—Por mi culpa tienes estrías, celulitis y Benzema no quiso salir contigo —recitó de memoria, sonriendo como el cabroncete que es.

—No te voy a perdonar lo de Benzema jamás —declaré en tono solemne.

—Yo no tengo la culpa de que le echara para atrás que hubieras tenido un hijo. Podrías haberle dicho que no lo tenías. —Y se encogió de hombros.

—¿Y cómo le habría explicado mi cicatriz de la cesárea, listo?

—Le hubieras dicho que era la marca del último *jedi*.

Me eché a reír y, una vez abrí el portal, hundí los dedos en su melena rubia para alborotársela un poco. Él me cogió la mano y se rodeó los hombros con mi brazo.

—Ah, ahora que dejamos atrás el territorio enemigo del colegio dejas que te toque, ¿no? —conspiré, amusgando los ojos—. Como se me ocurra darte un beso o abrazarte en la puerta del Ganivet, corro el riesgo de que me hagas un placaje.

Eric apoyó la cabeza en mi hombro y me sonrió con todo su encanto juvenil.

Este niño va a ser un *destroyer*, lo sé yo y lo sabe Dios. Con ese par de ojitos azules, el pelo rubio ondulado y el metro setenta y cinco que ha alcanzado ya con doce años, es carne de cañón para las revistas de moda del futuro.

A lo mejor está feo que diga que es el niño más guapo del mundo cuando es la viva imagen de esta humilde servidora. Parece que lo hice yo sola, y es que es verdad. Lo hice yo solita. En casi todos los sentidos.

Y estoy orgullosa, así que dejé que me estrechase afectuosamente y me guiñara un ojo.

—Solo me hago el duro, mami —dijo con voz inocente.

—Dura tienes la cara, que eres un sinvergüenza...

Edu me devuelve a la realidad.

—Pues parece que tenemos un final feliz —dice, aplaudiendo—. ¿Cuál es el problema? Todos hemos hecho novillos, hemos ocultado notas y se nos ha olvidado darle a nuestra madre una circular con algún aviso. Me acabas de decir que nada más llegar a casa te dio esa para ir al Museo del Prado con el colegio.

—Sí, pero... no sé.

Le hago un gesto para que salgamos a la puerta a echarnos un piti.

The Pelu King - ULTRAHAIR se ubica en el bajo del edificio número trece de la calle Julio Cortázar, donde vivimos él y yo, Tamara, Virtudes Navas, Sonsoles y el pequeño mentiroso compulsivo de mi hijo preadolescente, además de otros cotillas consumados a los que todavía no sé por qué aguanto.

Nada más salir a la calle, en la que brilla un sol resplandeciente impropio de finales de septiembre, saco un cigarrillo de la pitillera y me lo enciendo, pensativa. Inhalo el humo y lo expulso hacia el lado contrario, evitando que Edu se queje de mi adicción al tabaco.

Es algo de lo que mi hijo también se queja mucho.

Me abrazo el codo y apoyo la espalda en la fachada de la peluquería. Solía estar desconchada y sucia antes de que Edu la comprara y la remodelase al estilo moderno. La pintó de un negro mate, iluminado por las luces y por el letrero en blanco, y como, según Edu, «el talento no se oculta», tanto las puertas como las paredes son de cristal. La mayoría de los clientes entran por recomendación, como pasa con todas las peluquerías del mundo, pero en la de Edu sucede un milagro maravilloso: casi un cuarenta por ciento de los que piden cita confiesan hacerlo porque, al pasar por la calle, se quedan prendados del ambiente que se intuye al otro lado de los ventanales. Hay música, risas y conversaciones en las que participa todo el mundo, tanto las señoras con los rulos, las adolescentes que tienen el cuello torcido en el lavacabezas, los *machomen* que esperan su turno hojeando con una sonrisa las revistas y los peluqueros.

Son una gran familia.

Le doy una patada a una lata de Coca-Cola vacía que descansaba en la acera.

—No quiero ser una madre de mierda —confieso con un hilo de voz.

—Nena, si dices eso, es porque no sabes lo que es una madre de mierda.

—¿Y tú lo sabes?

—Yo sé lo que es una madre que hace las cosas lo mejor que sabe y puede. —Encoge un hombro. Me saca un cigarrillo de la cajetilla y, bajo mi mirada de asombro, se lo pone entre los labios y lo enciende—. Tú eres una madre que, además de intentar hacer lo correcto, lo consigue.

—No lo tengo muy claro. Solía pensar que con decirle a mi hijo lo que estaba bien y lo que estaba mal ya había hecho la mayor parte del trabajo. Ya sabes... —Aparto el cigarrillo de mis labios y lo señalo con ironía—. «Aunque mamá fume, tienes que saber que no debes probar el tabaco». Igual que le digo que debe irse pronto a dormir, aunque mamá se acueste tarde porque, cuando no sale de marcha, se queda mirando la teletienda con cara de lela. Igual que le digo que tiene que estudiar, aunque yo no acabara el Bachillerato. Al final, el señor Hora del Té tenía su parte de razón. Si mis palabras no se corresponden con mis actos, ¿qué ejemplo le estoy dando?

—Te aseguro que Eric se queda con lo bueno.

—Pues yo estoy empezando a pensar que lo mareo con tanto contrasentido. Además de darle lecciones, debería transmitir una buena imagen. Y debería dejar esto. —Tiro la colilla al suelo, haciendo una mueca desdeñosa.

Pero no me la dejes delante de la fachada de la pelu, maricona. —Patea la colilla al establecimiento de al lado, una panadería a cuya reciente propietaria denomina «La Desagradable» porque no le rio una gracia cuando fue a por torrijas en Semana Santa—. Mira, nena...

Edu frunce el ceño y retrocede un paso para mirar hacia la fachada del edificio. Entorna los ojos y parece aguzar el oído.

—¿Lo has oído? Me ha parecido que alguien gritaba. —Le

da una calada al cigarrillo, lo apaga a medio fumar y se lo guarda en el bolsillo del delantal de peluquero antes de entrar.

—¿A dónde vas? Tengo que entrar a trabajar en media hora, y me gustaría estar fumando tranquilita en la calle mientras... ¡Joder!

Resulta que sí había gritado alguien. No tenemos que subir al segundo piso para investigar: nos encontramos a Sonsoles, con su carrito de señora de sesenta y tantos años, despatarrada a los pies del último peldaño.

—¡La madre que me parió! ¿Te has caído por las escaleras? —pregunta Edu, corriendo a echarle un cable.

Le ayudo a levantar a la renqueante vecina.

—Pues claro que se habrá caído. —Bufo por el esfuerzo—. No creo que nadie la haya empujado.

No puedo evitar arrugar la nariz cuando su perfume me inunda las fosas nasales y me fijo en que lleva un rosario colgando del cuello. Jamás he tenido nada en contra del catolicismo, y no se me ocurriría burlarme de los sentimientos religiosos, pero la idolatría de Sonsoles me pone de un humor de perros.

Debe de ser porque aprovecha cualquier excusa para restregármela por la cara.

—¡Ay, ay, ay, ay...!

—¿Dónde te has dado? ¿Te has golpeado la cabeza? —le pregunta Edu, palpándola con cuidado. Cuando retira la mano de su corte de pelo a lo Jackson Five, todo enlacado, tiene las yemas de los dedos manchadas de sangre—. Hostias... Hostias, hostias, ¡hostias! ¿Estás mareada?

Sonsoles no reacciona a ninguno de los estímulos de Edu. Parece haberse metido un viaje de maría, porque apenas aguanta la cabeza en vertical y no para de gemir de dolor. Además, se le ha doblado la pierna en un ángulo doloroso.

No hace falta ser un genio para deducir que se la ha tenido que partir.

Saco el teléfono y marco el número de emergencias, sin apartar la vista de sus medias rotas y de las heridas en las rodillas.

—¿Cuántas veces se va a romper el ascensor? ¡Que aquí vive gente mayor que lo necesita! —me quejo, sacudiendo la cabeza—. Qué irresponsabil... ¡Hola! Sí, tengo una emergencia. Una vecina se ha caído por las escaleras y parece aturdida. Creo que se ha roto una pierna.

Capítulo 4

Un esbirro satánico

Elliot

—Ortigosa, Ortigosa... —La recepcionista busca en el ordenador el nombre. Se ha tirado tanto rato tecleando que parecía que estuviera terminando la tesis doctoral—. Ah, sí. Ortigosa, Sonsoles. La paciente acaba de ser intervenida de urgencia en Traumatología. Puede subir a esperar en la habitación que se le asignará. —Levanta la mirada para sonreírme con amabilidad—. ¿Cuál es su relación de parentesco?

Abro la boca enseguida, pero me quedo en blanco.

Vamos, no es tan difícil. Solo tienes que decir que es tu madre. Tu madre. No es ninguna pregunta comprometedora.

—¿Es usted su hijo? —me ayuda ella, observándome con cautela.

El corazón me pide que gruña a modo de respuesta, incluso que lo niegue como la he negado a ella toda la vida, pero acabo asintiendo con sequedad y memorizando el número de la habitación. Doy las gracias y subo a la correspondiente planta intentando que no se note demasiado mi incomodidad.

Sonsoles Ortigosa siempre ha tenido el maravilloso don de la oportunidad. Si fuera un poco más egocéntrico, pensaría que ha elegido este momento concreto, este que podría ser el primer día del resto de mi existencia, para volver a irrumpir en mi vida. Estaba a punto de quedar por fin con alguien con quien llevaba una semana intentando fijar una cita, y justo entonces su médico decide llamarme.

Qué insensibilidad la mía, lo sé. Hay una señora sufriendo los siete males en un quirófano de hospital, y yo maldiciendo mi estampa por tener que hacerle la visita de cortesía.

Porque es una visita de cortesía. Nada más.

Todo el mundo conoce la presión de lidiar con situaciones sociales desagradables, esa dichosa vocecita interior que te exige que te involucres con tu familia y estés presente en los malos momentos sin importar el mal que te hayan causado. Estamos forzados a cuidar de quienes no queremos cuidar, de quienes no nos importan, por apellido, por lazos de sangre y por una lamentable y generalizada concepción de lealtad con la que en realidad nadie se siente identificado; a sentir lástima por los que sufren, incluso si la última vez que vimos a esos parientes aún se pagaba con pesetas.

Pero la verdad es esta: un viaje al hospital no cambia las cosas, y «las cosas» son una relación madre e hijo que ninguno de los dos nos hemos preocupado de arreglar, o, mejor dicho, de cultivar ya desde un inicio.

Va a ser un bonito reencuentro.

Le pregunto por ella al primer médico que me cruzo por el pasillo que da a su habitación.

—La señora Ortigosa tiene una lesión de cuello, una pierna rota y una desviación de cadera. Por fortuna, hemos comprobado que no presenta hemorragias internas ni traumatismo craneal. Le hemos puesto una placa con varios tornillos para corregir la fractura, y, bueno, se trata de una mujer mayor... Tendrá que pasar unos días en observación para que nos cercioremos de que no hay complicaciones, y necesitará meses de reposo.

Una voz femenina cercana a la puerta del número veintidós aporta su simplificada versión de los hechos:

—Se ha metido un guarrazo de película, que lo sepas. Cuando la encontramos, parecía Penélope Cruz en *Los abrazos rotos*. ¿La habéis visto? Cuando la empujan y rueda, y rueda... Te da tiempo a rellenar el bol de palomitas mientras hace la croqueta por las escaleras.

Entorno los ojos sobre la coleta rubia de la insensible. Le hace aspavientos a una enfermera regordeta que atiende intentando aguantarse la risa, y a un tipo bien vestido.

Sí, qué divertido, una señora de edad casi se descoyunta por una escalera. ¿Por qué no hacemos una fiesta? ¿Alguien tiene una cámara a mano?

—¿Eso has hecho tú en este caso? —le espeto en cuanto llego a su altura—. ¿Rellenar el bol de palomitas mientras una pobre mujer se caía?

La desconocida se da la vuelta. Estoy a punto de retroceder de manera involuntaria al verme reflejado en sus aterciopelados ojos azules, que se abren por la sorpresa.

—Lo que he hecho ha sido traerla cagando leches al hospital, y acordarme en muy malos términos de ese alguien por el que mi comportamiento se podría considerar blasfemia. No ha tardado mucho en castigarme por la ofensa, porque mírate, aquí estás. —Se cruza de brazos—. Has venido a recoger los análisis, ¿no?

Pestañeo, aturdido.

—¿Qué análisis?

—Los que confirman que tienes la rabia. —Y sonríe, muy orgullosa de su sentido del humor.

—Eso mismo —le confirmo con rigidez—, por eso me extraña haberme cruzado contigo. Si estás aquí, esta planta debe ser la de las enfermedades venéreas. ¿Todo bien con lo tuyo?

Para que conste, ha empezado ella. Suelo ser mucho más correcto, pero Susana ha decidido convertirse en esa enemiga con el talento de sacar lo peor de ti mismo.

La mandíbula del hombre de pie a su lado toca el suelo. Es un moreno con la melena leonina y aparentemente aficionado al cardio.

—Parece que os conocéis —dice, mirándonos de forma alternativa.

Susana no aparta los ojos de los míos, apretando los labios con coraje.

En serio. Ha empezado ella.

—En realidad, no lo he tratado mucho, pero ya sabes... Conoces a un imbécil y ya los ves venir a todos. —Y sonríe como una víbora venenosa—. Edu, te presento a Elliot, el jefe de estudios del colegio de Eric. Elliot es especialista en misoginia... Perdón, quería decir pedagogía.

—Misoginia y pedagogía ni siquiera se parecen —replico, decepcionado con el mal chiste—. Ni léxicamente ni en su campo de estudio.

—Edu es el mejor peluquero de Madrid —continúa ella, ignorándome.

Sin apartar la vista de la triunfante Susana, estrecho la mano del hombre que me mira con curiosidad.

—Encantado. ¿Qué te trae por aquí? —inquiere el curioso peluquero.

—Tiene pinta de haberse perdido. —Susana me mira con pena—. La gente con trastornos psiquiátricos está en la tercera planta.

—Es bueno saberlo. Lo tendré presente si algún día vengo a hacerte una visita, a ver cómo te va con la psicosis, pero hoy he venido a visitar a mi m-madre.

Creo que es la primera vez en mi vida que digo esa palabra refiriéndome a la mujer que me trajo al mundo. O por lo menos ha pasado tanto tiempo desde la última vez que pronuncié esa palabra que se me traba la lengua y tengo que hacer una pausa.

—Y yo pensando que la familia del diablo era monoparental —comenta ella con inocencia—. ¿Todo bien con Miss Fish and Chips?

—Espero que no esté muy grave —se adelanta Edu, perdonándole la vida a Susana con el rabillo del ojo.

—Me han llamado diciendo que ha sufrido un... accidente doméstico. Creo que la trasladarán a esta habitación en cuanto salga del postoperatorio.

Edu y Susana intercambian una mirada que me incomoda más aún, si es que eso es posible.

—¿Sonsoles tiene un hijo? —susurra él.

«Puedo oírte».

—Tiene un esbirro satánico, según parece —corrobora ella.

«Sigo oyéndoos».

Vaya, parece que no se ha olvidado del encontronazo en jefatura de estudios. Muy lejos de haber superado mi bronca, tiene pinta de que, con el paso de los días, solo me ha cogido más tirria.

Estupendo, porque eso es justo lo que buscaba. Que sepa que tiene un enemigo que piensa hacer todo cuanto esté en su mano para que el crío no acabe pinchándose los brazos y hablando de «papelas», «trullo» y «chinarse», porque el único futuro que le espera si sigue junto a esta irresponsable es la cárcel.

—Pero... madre mía, está claro que uno nunca termina de conocer a alguien. Llevo viviendo en el mismo edificio que Sonsoles la tira de años y nunca me ha mencionado a su hijo.

—Ahora ya sabemos por qué.

Fulmino con la mirada a la rubia por lo que implica su comentario.

—Pero no es solo eso. Una vez le pregunté yo, todo indis-

creto, que si es que no había tenido hijos porque no quería...
—Edu carraspea—. Y me soltó que no podía tenerlos.

Se me escapa una sonrisa irónica.

No es del todo mentira. Por supuesto que no podía tenerlos. No podía porque se los iban a quitar los servicios sociales si llegaban a enterarse de la clase de actividades a las que se dedicaba teniendo un crío a su cargo.

—¿Eres el hijo del matrimonio ultracatólico? —pregunta Edu, que sabe cómo meterse donde no le llaman—. Vamos, que si tienes los genes del marido de Sonsoles, que en paz descanse. A lo mejor el tipo estuvo casado antes y tuvo un niño.

Pestañeo una vez.

Sonsoles, ¿casada?

—No. Soy el hijo biológico de Sonsoles —atajo con sequedad.

—«Biológico» es la palabra, porque por méritos propios no te has ganado el título, ¿eh, machote? —Susana me da un codazo amistoso—. Que no te conozcamos, con lo buena y entregada que es Sonsoles con su familia, ya es curioso. ¿No crees, Edu?

—No tenemos una relación muy cercana —masculло entre dientes.

—Es difícil tener una relación cercana con alguien que uno nunca va a ver, ¿no te parece? Sobre todo cuando la única manera de comunicarse con ese alguien, que no cree en los teléfonos móviles, es llamando al timbre.

Meto las manos en los bolsillos del pantalón para que no vea que crispo los nudillos.

—No deberías meterte en asuntos que no te incumben. Si estoy aquí es porque... porque no tenemos contacto.

—¿Contacto telepático? Está claro —se burla—. Sonsoles no usa aparatos electrónicos y apenas sale de casa, así que yo diría que estamos ante el hijo pródigo que se largó para regresar en un mal momento.

Me lanza cuchillos por los ojos, y confieso que lo entiendo. No retiro ni una de las palabras que he dicho; de hecho, su actitud infantil confirma lo que yo sostenía, que es una hipócrita a la que le encanta hacerse la ofendida y sin madurez suficiente para encargarse de un preadolescente, pero no me extraña que se esté vengando de lo que le dije el otro día.

Esta es su oportunidad, y no tiene un pelo de tonta.

—¿Dirías que ir a ver a tu madre al hospital es ir a verla en un mal momento?

—¿Quién sabe? A lo mejor has aparecido para pedirle dinero. Para lo que no creo que hayas venido es para retomar tus lecciones sobre la maternidad y relaciones de parentesco, porque has perdido toda tu credibilidad, amigo. —Chasca la lengua.

Me está empezando a tocar la moral.

—Que no predique con el ejemplo de relación perfecta no significa que no tuviera razón al hablar de lo que una madre debería hacer o ser.

—¿Ah, no? Debería darte vergüenza ir de defensor del niño frente a la madre maligna cuando has ignorado a la tuya durante años. Ahora entiendo por qué se siente tan apegada a los niños y tiene siempre esos ojos tristes. Se siente abandonada.

Su suposición me tensa de impotencia. No sé cuánto hay de verdad en su comentario y cuánto es puro teatro para sacarme de quicio, pero consigue su propósito.

¿Que se siente abandonada? Pues hay que joderse.

—Susana, nena —interviene Edu, cogiéndola del brazo—, vamos a la cafetería, anda.

—¿Es que tú no piensas como yo? Si Sonsoles no ha mencionado antes a su hijo es porque la historia es turbia, o porque siente que no lo tiene. Solo hay que ver la manera en que este tío trata a las madres y cuánto «le preocupa» la caída de Sonsoles para saber que es problema suyo. —Me señala con un movimiento de barbilla.

—Puede que no esté ardiendo de preocupación... —me sorprendo explicando. Ella me escucha con una ceja arqueada, y yo carraspeo—. Soy británico. No expreso mis emociones.

Ella pestañea.

—¿Era una especie de chiste?

No tengo la menor intención de hacerte reír.

—Genial, porque lo único que esta situación me genera es pena.

—Bueno, ¿y tú quién se supone que eres para Sonsoles?

—Pues resulta que soy su vecina preferida. Vive justo enfrente de mi piso, en el 2.º A del número trece de la calle Julio Cortázar. Te lo digo porque no tiene pinta de que conozcas el domicilio de tu madre.

—Así que «vecina preferida». Pues, para serlo, muy poco me ha hablado de ti. Me pregunto por qué será.

—A lo mejor es porque no le coges el teléfono —me gruñe.

Esto ya es el colmo.

El colmo de la verdad, por otro lado.

—Te sugiero que te metas en tus propios asuntos, que ya sabemos que son demasiado problemáticos para encima andar husmeando en los de los demás. Tú no tienes nada que ver en la relación que mantengo con Sonsoles.

—Y tú no pinchas ni cortas en la que yo tengo con mi hijo —me ladra, apuntándome con el dedo—, así que piénsate dos veces lo que vayas a decir la próxima ocasión en la que coincidamos, porque yo también puedo aircar los trapos sucios.

—Que te pongas tan fiera al hablar del tema solo confirma lo que yo ya sabía. Si estuvieras orgullosa de tu gestión, no gruñirías como un animal —zanjo con orgullo.

—No me pongo fiera, Winston Churchill; soy fiera. Lo habrías comprobado si no hubieras hecho bomba de humo en aquel pub. —Me lanza una mirada prometedora que me tensa el cuerpo entero—. Que, por cierto, ¿por qué estabas allí? Tu madre, una señora de sesenta y cinco años, estaba sufriendo esa noche una jaqueca cegadora.

Me paso una mano por el pelo, nervioso.

—¿Cómo se supone que tenía que saber yo eso?

Si no sabía ni que se casó.

—Es tu deber saberlo. A ver si Míster Padre De Familia también tiene que reorganizar sus prioridades.

Abro la boca para contestar, pero Susana pasa por mi lado como una brisa de colonia femenina y me quedo confundido por un segundo.

—¿Adónde vas? —le gruño, girándome hacia ella.

—Voy a la tienda de regalos a comprarle algo bonito a la pobre Sonsoles. Quiero que cuando despierte, vea que alguien se ha preocupado por ella, y no parece que tú vayas a ser ese alguien.

Aprieto los puños para contener el deseo de soltarle un exabrupto. Me dan ganas de responderle que, si se preocupara tanto por su hijo como aparentemente lo hace por mi madre, nuestra historia de tira y afloja habría empezado de otra manera. Pero cediendo a ese impulso estaría prolongando una estúpida conversación de besugos, y, para ser sincero, no estoy de humor para discutir.

No después del rapapolvo que me ha soltado en cuestión de diez minutos.

Si así es como gestiona las contrariedades que se le presentan en la vida, siento lástima por lo que Eric habrá tenido que soportar viniendo de su madre cuando, de pequeño, se orinaba en la cama. No es más que una resentida hablando de lo que no tiene ni idea. Y, aun así, me afecta. Me afecta tanto que vacilo un segundo, dudando si seguirla o no.

Observo cómo desaparece por el pasillo con la cabeza muy alta y los vaqueros muy ajustados.

No sé por qué he dicho lo de los vaqueros. No es como si le hubiera mirado nada.

—Pues sí que has tenido que cabrearla para que se ponga de esa manera, machote. Mi Susana es muy prudente y educada, y se le ha ido la olla cosa mala —comenta Edu, mirando al mismo punto que yo. Bueno, mira un poco más arriba, porque yo...—. ¿Le estás escaneando el culo?

Hago un quiebro con la cabeza digno de la niña de *El exorcista*.

—¿Qué? No. —Edu me observa de hito en hito, conspirador—. Es solo que me he dado cuenta de que los bolsillos de los pantalones femeninos son en su mayoría falsos, y quería...

Edu me da una palmada en la espalda.

—No te preocupes, miro hasta yo, y la última vez que creí que me gustaba una tía, todavía emitían *Física o Química* en televisión. Maldita y sensual Andrea Duro...

No se me ocurre ninguna manera elegante o educada de cortar la conversación para escabullirme. Levanto la mano, enseñándole la palma como un indio americano, y tropiezo con mis pies antes de darme la vuelta y salir detrás de Susana. Tengo que pedirle indicaciones a un auxiliar de enfermería y a un médico con muy malas pulgas para llegar a la tienda de regalos. Localizo a Susana cerca de una de las baldas de peluches.

Dudo antes de dirigirme hacia ella. A esta distancia parece más pequeña, menos madre, y me asaltan los vergonzosos recuerdos de la noche en el pub en cuanto me despisto y me olvido de que me cae como una patada en el estómago.

Tengo que sacudir la cabeza y carraspear para concentrarme, y con eso llamo su atención.

—¿Qué pasa? —Enarca una ceja—. ¿Te ha dado el retortijón de la culpabilidad? Les suele pasar a los niños malos.

—Los niños malos no se arrepienten, solo los niños que se

portan mal. Primero de Psicología infantil —recalco con retintín.

Ella se gira hacia mí con los brazos cruzados.

¿Sabrá que ese gesto realza su escote?

—Ya veo que tienes esa disciplina muy bien estudiada. Debe ser porque tratas contigo a diario, el más niñato de todos —se burla—. ¿Entonces? ¿Estás reconociendo que te has portado mal? Porque eso te haría subir puntos.

—¿Y para qué querría yo subir puntos? —ladro de mala gana.

Ha sido un error seguirla.

—Para enriquecer tu carnet de conducir, por ejemplo. La gasolinera oferta regalos por acumulación de puntos. Pero claro, tú no conduces mucho. Por lo menos, no hasta la calle donde vive tu madre.

Me pellizco el puente de la nariz para mantener a raya el dolor de cabeza.

—Ahora mismo canjearía mis puntos por unos tapones para los oídos.

—Yo, por una sartén que gustosamente utilizaría contra ti como Rapunzel en *Enredados*. ¿No has visto *Enredados*? Claro que no, ¿cómo ibas a ver una de las películas preferidas de tu madre?

Mi madre.

Me siguen dando escalofríos al escucharlo.

—No creo que esa sea su película favorita.

—Esa es, junto con *Doctor Zhivago* y *Un tranvía llamado deseo*. Marlon Brando es el único hombre capaz de hacer que se santigüe, pero claro, cómo ibas tú a saber eso.

—No he venido a discutir. —Agarro lo primero que puedo alcanzar en la estantería—. Voy a comprarle algo para que no se despierte sola en el postoperatorio.

—Qué detalle. ¿Y le vas a regalar una mierda sonriente?

Arrugo el ceño al mirar hacia mi mano. Estupendo, el *emo-*

ji del zurullo optimista. Lo suelto como si me hubiera lanzado una descarga y cojo otro, el de los ojos como corazones.

Ella sigue con las cejas arqueadas.

—No lo va a pillar. Tu madre no usa WhatsApp. Que no lo sepas es una prueba más de que pasas olímpicamente de ella.

—Pues le llevaré chocolate.

—Mira a ver qué chocolate, porque es alérgica a los frutos secos, el gluten no le sienta bien y teniendo regular los niveles de glucosa no es muy recomendable que ande atiborrándose de chucherías.

—Muy bien, nada de chocolate —mascullo, cada vez de peor humor—. Que sean flores.

Susana me mira con aire de sospecha.

—¿Qué flores? ¿Sabes cuáles son sus favoritas?

Claro que no lo sé. Por no saber, no me sé ni su número de teléfono. Y ella tampoco se sabe el mío. Acabamos los dos en la misma ciudad por pura casualidad, porque a mí siempre me gustó lo español —supongo que esa es la única herencia que me dejó—, y aunque ella sabe que estoy aquí y yo sabía que íbamos a compartir Madrid, ninguno hizo el amago de acercarse.

Para qué. Han pasado alrededor de treinta años. Podría cruzármela por la calle y no reconocerla, esa es la triste verdad, pero esta mujer que tengo delante no tiene por qué saberlo. No voy a darle la satisfacción de confirmar que soy como ella, porque no es cierto, ni tampoco le debo explicaciones.

—Pues globos.

—Claro, porque la última vez que la viste fue en una foto en blanco y negro de cuando era un bebé y crees que no ha crecido desde entonces, ¿no? ¿Cómo vas a llevarle globos? ¡Tiene sesenta y cinco años!

Lanzo una mirada de plegaria al cielo.

—¿Por qué no me dices lo que llevarle y ya está?

No la miro en un buen rato, esperando que se me olvide

su cara. Con suerte, así también se me pasa el cabreo. Sabe tocar las narices de un modo excepcional. Pero cuando me encuentro con su mirada, ella ya ha bajado la guardia. Me está observando con curiosidad, sonriendo por una comisura de la boca.

—¿Qué quieres llevarle? —pregunta al fin, con resignación.

—No lo sé. Yo... no tengo por qué llevarle nada —acabo soltando, mosqueado, al tiempo que vuelvo a estirar el brazo hacia la estantería y empiezo a acumular peluches sin mirar ni de qué son—. Me parece un acto cínico molestarme en comprarle un regalo cuando no le he felicitado los últimos veintisiete cumpleaños, no nos hemos visto en casi tres décadas y no estamos en la vida del otro. Ni siquiera sé por qué he venido. ¡Ni siquiera sé por qué me han llamado! Se supone que no tenía mi número, se supone que no tenía un hijo, y que no...

Me desinflo al palpar el estante vacío. Hace tres minutos era Elliot Landon; ahora soy la versión ambulante de la tienda de regalos del hospital.

Susana admira con pasmo la montaña que abrazo posesivo.

Y, por lo visto, todavía faltan los globos.

—¿Vas a llevarte todo eso? —pregunta, modulando el tono para que no intuya la menor mofa—. Vaya, pues sí que se me da bien hacer sentir culpable a la gente. A lo mejor debería dedicarme al chantaje emocional. Así seguro que Eric deja la Play cuando se lo digo.

Bufo por lo bajo y me dirijo a la caja sin prestarle más atención.

—¡Espera! —Estira los brazos para detenerme—. Oye, no hay necesidad de que compres nada. Tu madre es ultracatólica y, a juzgar por cómo viste, estoy segura de que no valorará tanto un regalo material como el hecho de que estés ahí. O no. No conozco vuestra historia —reconoce al fin, alzando las dos manos con humildad—. Solo digo que ya tuviste que hacer algo gordo para que te diera la espalda.

—¿Por qué das por hecho que es mi culpa? —replico sin pensarlo. Enseguida me arrepiento y cierro la boca para ordenar mis ideas—. Espero que no seas así de prejuiciosa con todo el mundo.

—¡Habló de putas La Tacones! Alguien tenía que darte a probar de tu propia medicina, guapo. —Me quita uno de los peluches—. Y has vuelto a coger la mierda sonriente. En serio, déjala. No creo que Sonsoles capte el fondo cómico del gesto, y menos aún cuando no hay que ser un lumbreras para saber que tú no tienes sentido del humor. Y ¿qué llevas ahí? ¿El *emoji* del demonio? Como le des eso a tu madre, le da una apoplejía como mínimo. ¡Que es una sierva de Nuestro Señor Jesucristo, por favor! Ve eso y corre a por el agua bendita.

Susana intenta parecer muy seria al hacerme las recomendaciones, pero le brillan los ojos de la risa. Y a mí, lejos de contagiárseme, me incomoda.

—¿Y esto? —Coge un peluche—. Es la alpaca LGTB. Qué monada, por favor. Aunque a lo mejor le sienta mal a tu madre. Quiere mucho a Edu, pero de vez en cuando se le escapa: «a ver cuándo se te quita la tontería y te echas una novia seria».

De todos los posibles escenarios de la mañana de hoy, uno en el que la madre de Eric Márquez me ayuda a elegir peluches para regalar a la mía después de caerse por unas escaleras es el que más me habría costado tragarme. Está resultando un tanto incómodo conocer las diez curiosidades sobre Sonsoles Ortigosa a través de una vecina. Y aunque sé que eso es a lo que nos hemos abocado como madre e hijo al dirigir nuestra vida del modo en que lo hemos hecho, como un par de cobardes resentidos, no termino de darme por consolado. Porque no me consuela. Esto es penoso, e incluso, aun no sabiendo quién es en realidad la señora que me recibirá en una habitación de Traumatología, me duele.

De pronto avergonzado por mi propia reacción, por haber permitido que una culpabilidad que no es del todo mía me haga actuar como un idiota, devuelvo todos los peluches a su estantería y saco un billete con torpeza de la cartera.

—M-mira... —De crío era tartamudo y, a veces, el niño que habita en mí y que escondo con celo se escapa—. Tú la c-conoces mejor que yo. C-coge algo que creas que p-pueda gustarle. Algo sin m-mucho significado, un detalle neutro que le haga s-saber que por lo menos he p-pasado por aquí. Porque yo... yo... b-bueno... me t-tengo que ir.

—¿Cómo que te vas a ir? ¿Justo ahora? A ver si al final va a ser verdad que vienes de otro planeta y antes de una hora determinada te abducen los extraterrestres...

La miro con cara rara.

—¿Qué?

—¿Qué? —repite ella, pestañeando, como si no hubiera dicho nada—. Pues que no tiene ningún sentido que te vayas justo ahora.

—Lo que no tiene sentido es, en primer lugar, que haya venido. Ella y yo no somos nada, en realidad. Pero debía aparecer porque... pues porque soy británico.

—Empiezo a sospechar que es tu coletilla preferida. ¿Se puede saber qué significa? ¿Que te gustan mucho las series de la BBC, que tienes el paladar insensibilizado y por eso ingieres esas asquerosas recetas de pescado y patatas o que te tiras por los balcones por diversión cuando visitas la Costa del Sol?

—Significa que, ante todo, soy cortés con los desconocidos.

—Pues conmigo no has sido nada cortés —aprovecha para apostillar, porque, si no, seguro que habría reventado—, aunque quizá eso sea porque crees que me conoces, cuando no es así.

Viendo que no coge el billete, suelto un suspiro y me lo guardo en el bolsillo.

Decido cortar por lo sano de una vez con esta mujer, que sigue mirándome como si creyera de veras que pienso retractarme.

—Será mejor que lo dejemos aquí, Susana. Lo siento, pero sé de ti lo suficiente para concluir que no quiero conocerte más.

Capítulo 5

LAS CHICAS GUAPAS TROPEZAMOS MÁS DE UNA VEZ CON EL MISMO PEÑÓN

Susana

Es de risa que, después del comentario borde que Elliot me soltó, una servidora decidiese comprar unas rosas y entregárselas a Sonsoles en su nombre. Primero, porque si a los imbéciles no hay que darles ni agua, echarles flores, y nunca mejor dicho, menos todavía. Segundo, porque estaba dando por hecho que a Sonsoles le gustaría recibir «un detalle» de parte de su hijo, ese hijo misterioso y desconocido que le ha estado ocultando a todo el edificio, cuando no había por qué.

Y tercero, porque lo hice con mi dinero.

Apenas volvimos de hacerle la visita de rigor a Sonsoles, los vecinos se enteraron de que Elliot Landon existía, de que trabajaba con Óscar, uno de los residentes del cuarto, en el Ángel Ganivet, y de que una servidora estuvo a punto de pasárselo por la piedra en una noche de locura.

Las buenas noticias vuelan, pero como también se ha visto, las malas viajan a la velocidad de la luz . Y, si pueden, terminan estrellándose en tu jardín para convertirte en la comidilla del vecindario.

Todo esto me habría importado un comino si no hubiera vuelto a verlo, pero desde hace ya un tiempo no tengo esa suerte. Parece mentira que a veces todo lo que tengas que hacer para encontrarte a alguien hasta en la sopa sea detestarlo. Y cómo no lo voy a detestar. Elliot es un prejuicioso repugnante con el perfil clínico de un *incel*. Que, para quien no sepa qué es, se define como el modelo de pajillero misógino que vive lloriqueando porque las malvadas mujeres no se abren de piernas para él.

Vale, a lo mejor esta descripción suena demasiado dura para referirme a un tío que solo me plantó en la puerta de un pub y luego me dijo que suspendí maternidad, pero si el juego consiste en ver quién tiene más prejuicios, yo quiero ganar. Siempre quiero ganar.

Y lo que gano no son nada más que disgustos. En lo que va de semana, me lo he encontrado en el supermercado, en el instituto y hasta en mi propio edificio.

En el colegio, la cosa fue un poco así: estaba lloriqueándole a la profesora encargada de los pagos para asistir a la convivencia de octubre cuando Elliot apareció, así, sin más, en la sala de profesores.

O sea, es un profesor, no es del todo descabellado que estuviera allí, pero...

—¿Qué haces mezclándote con la plebe? ¿No se supone que tienes un despacho propio con una cafetera personal?

¿Y no se supone que una se acostumbra a la gente guapa cuando ya la tiene muy vista? ¿A qué vienen estos espasmos abdominales cada vez que aparece en mi campo de visión? ¿Puede ser que el odio se manifieste como un virus estomacal y que se parezca peligrosamente a cuando me pongo cachonda? Porque ya me jodería sentirme atraída por un hombre alto, fuerte, guapo, listo y que, encima, me odia con todo el fuego de su alma.

Elliot me miró con los ojazos grisáceos entornados detrás de las gafas, unas de montura cuadrada que dejaron de llevarse el mismo día que los pantalones de cintura baja. Es decir, hace unos veinte años, cuando Britney Spears dejó de ponérselos.

—Me preocupo de relacionarme con otros profesores durante la hora del desayuno.

—¿Y cómo te relacionas con ellos? Porque contentitos los tendrás si te pones con tus discursos de *Hermano Mayor* cuando no son ni las once de la mañana.

Él, sin inmutarse, se sirvió un café mientras comentaba, como quien daba el parte meteorológico:

—Que usted vea *Hermano Mayor* explica de dónde ha sacado sus trucos para educar a Eric.

Eso me jodió. Entiendo que no paro de tirarle de la lengua, pero la gracia es que se quede callado, no que me replique.

—Perdona, pero... ¿os conocéis? —intervino la profesora, Marga, con cara de circunstancias.

Ella sí llevaba unas gafas a la moda, y acababa de convertirse en mi aliada.

—¿Lo dices por el... desparpajo con el que me habla? —preguntó Elliot, dando un sorbo distraído al café. Se las arregló para sonar como si hubiera cometido un delito contra la humanidad—. No te preocupes, Marga. Susana es así, de esas mujeres que se acercan a la gente en medio de un bar y te dicen lo que piensan.

Manda huevos. ¡Si fue él quien se me declaró prácticamente de rodillas!

—Ya, decir lo que uno piensa... Qué delito contra la integridad, ¿eh? ¡Una auténtica bajeza, Dios mío! Si es que fíjate, se me escama la piel de pensarlo. —Fingí un escalofrío.

—Marga, ¿por qué hay una madre en la sala de profesores? —preguntó él en tono hastiado. Se había hartado de mi presencia antes de lo previsto.

—Porque hay alguno que otro que, por curioso que parezca, necesita más que sus alumnos que le enseñen algunas cosas básicas, como la manera en que se trata a las mujeres, o que el color vino y el mostaza no conjuntan a no ser que lleves también una nariz roja postiza.

Elliot examinó los pantalones vino y la camisa mostaza que vestía y luego me perdonó la vida con la mirada.

—Ha venido a pagarme la convivencia de los chicos de primero a Sierra Nevada, porque se le había pasado el plazo —explicó Marga de inmediato, todo lo avergonzada que ni yo ni Elliot estábamos.

Luego se quedó callada para que él y una servidora nos lanzáramos pullas sin interrupción.

—Conque se le pasó el plazo, ¿eh? Ya veo que su hijo sigue sin comunicarse con usted.

—Tú ves de todo menos lo que tienes delante de las narices, ¿no? Porque podrías haberte fijado en lo que te ponías antes de venir al colegio así vestido.

Vale, me estaba pasando de la raya. Cuando Sonsoles —su madre, que no se nos olvide— me mira de arriba abajo y me pregunta como quien no quiere la cosa si «se les acabó la tela mientras me hacían el vestido» para llamarme zorrita entre líneas —o con todas sus letras—, me dan ganas de desarrollar las garras de Lobezno y hacer carne picada de meapilas. Y si tiene razón en algo cuando se pone bíblica es que no hay que hacer lo que no te gustaría que te hicieran, si es que eso de verdad sale en las Sagradas Escrituras y no se lo ha atribuido a Cristo porque le ha salido a ella de la cruz.

La cosa es que ya no lo pude retirar, y él se ofendió muchísimo y me abrió la puerta de la sala, que supongo es la manera británica de mandar a alguien al infierno.

Le solté el dinero a Marga y salí muy digna.

No pude prever que él haría lo mismo.

—Entiendo que tú y yo no nos llevamos bien, ni ahora ni

en el futuro —empezó en cuanto nos quedamos solos en el pasillo—, pero hay unos límites infranqueables y sería oportuno que nos ciñéramos a ellos de ahora en adelante para no causarnos más problemas. Ni entre nosotros ni a quienes nos rodean.

—Vaya, vaya. —Me abracé los codos, obsequiándole con una sonrisita sarcástica—. Ahora volvemos al tuteo. ¿Tu área de tratarme con fría cortesía comprende la sala de profesores, y a partir del pasillo ya puedes ser un...?

—No hay necesidad de venir a mi trabajo a humillarme delante de mis compañeros —me cortó, mirándome con desprecio.

—Reconozco que ahí no he estado muy fina, pero yo no soy la única que hace comentarios fuera de lugar. Si te las vas dando de educado, predica con el ejemplo y no saques de nuestra tutoría del otro día todo lo que pueda servirte para desprestigiarme.

—Si de mí dependiera, no me molestaría en contestarte —reconoció sin pestañear—, pero pareces tener fijación por hablar y hablar incluso cuando nadie te quiere escuchar.

—Chico, qué amargado estás. Lo llego a saber y te regalo a ti las flores en vez de a tu madre, a ver si te alegras un poco.

—Ya tardabas en sacar el tema de mi... —Arrugó el ceño, asimilando de pronto mi respuesta—. ¿Le regalaste flores? ¿En mi nombre?

—Y le hicieron mucha ilusión —apostillé, alzando la barbilla con orgullo—. Sigue estando en el hospital, por si quieres ir a verla. Está muy delicada.

Esperaba conmoverlo o aplacar un poco su rabia contándole lo de mi detalle desinteresado —que ya no era tan desinteresado porque, en fin, se lo acababa de contar para que me tratara con algo de respeto—, pero su mirada se oscureció y tensó la mandíbula.

—No tendrías que haberle regalado nada de mi parte.

—Se esforzaba por sonar relativamente neutral, pero la rabia bullía bajo la máscara de granito—. Te lo dije. Te dije que lo olvidaras.

—¿Ah, sí? Pues me habría confundido. Como cambiaste diez veces de opinión...

Mentí. Y mentí porque me di cuenta de que el tema era mucho más delicado de lo que parecía. Mi intención había sido darle una alegría a la pobre y magullada mami de Thor, cosa que conseguí con honores, de hecho, se le humedecieron los ojos cuando dije «Elliot», pero entonces vi en su cara —en la de Thor, se entiende— que la había cagado a lo grande.

Y no entendí nada.

No entiendo a este hombre, mejor dicho. Va a ver a su madre, luego se vuelve loco por regalarle algo, y al final se larga sin saludarla siquiera; me manosea en la puerta del pub, me suelta El Piropazo y después hace bomba de humo. Este debe de ser de los que te cancelan los planes en el último momento, dejándote plantada en tu dormitorio con los zapatos ya puestos y los labios pintados.

Entiendo que las relaciones entre madre e hijo no siempre son un camino de rosas. Admiro a Sonsoles y tiene un lugar privilegiado en mi corazón por lo bien que trata a mi niño, pero me puedo imaginar por qué Elliot querría asegurarse de que corre el aire entre los dos.

Sonsoles no es esa adorable anciana que va a misa por costumbre y a la que le gusta ver al Cristo en procesión en fechas señaladas. Sonsoles es la cristiana que te juzga por la mirilla y se pone canciones de salmos para hacer limpieza. Es de las que sacan brillo a la colección de crucifijos que tiene repartidos por casa, no vaya a ser que se quede una esquina sin protección sacrosanta y venga el diablo a prostituirse. Es de las que hacen el trabajo de los Testigos de Jehová por vocación: nunca me ha intentado vender una biblia, pero gracias a sus relatos fatalistas ahora sé que su idea del apocalipsis no tiene mucho que ver con la mía. Para ella consiste en que bajen cuatro jinetes del cielo, y yo solo pienso en las rebajas de El Corte Inglés.

El caso es que puedo entender que se aleje de ella, porque a la mujer se la aguanta un rato, y gracias. Ahora bien, ¿ignorarla cuando está hospitalizada? Me dieron ganas de sermonearle, pero él no me dejó: se dio la vuelta y volvió a la sala de profesores, no sin antes soplarme un billete de cincuenta euros por las molestias.

El ramo valía treinta, pero me quedé los otros veinte como comisión.

Estuve dándole vueltas al tema durante los días siguientes. Todo el mundo se preguntará lo mismo: ¿a mí qué me importa? Pues me importa porque se trata de Sonsoles y, a la vez, se trata de mí. De todos los que tenemos una madre. De todas las que somos madres.

Y porque la curiosidad es malísima.

En la siguiente ocasión me lo encontré en el supermercado.

Elliot comprando en chándal fue toda una visión. Ahí estaba, mirando los quesos, con el pelo revuelto, las gafas colgando del cuello y uno de esos pantalones sueltos de cadera que se van estrechando hasta la goma de los tobillos.

Ver a un tío bueno comprando siempre es una novedad, a no ser que lleve el carrito lleno de bebidas alcohólicas y aceitunas para los cócteles, en cuyo caso pierde *sex appeal* porque claramente no es un entregado padre de familia, sino un cuarentón fiestero que no entiende que es hora de madurar. Él no llevaba nada parecido, solo productos de limpieza, carnes envasadas y toda suerte de frutas.

—De todas las personas interesantes que me puedo encontrar en la charcutería del Mercadona, me tengo que encontrar contigo —comenté en voz alta, chocando mi carro con el suyo—. Parece una jugarreta del destino.

Y lo dije en serio.

Cuando te gusta un tío, no lo vuelves a ver. Cuando lo

odias, prepárate para encontrártelo hasta en el cajón de las bragas.

Aunque no es que me molestara mucho encontrarme a Elliot en mis bragas.

Él ladeó la cabeza hacia mí sin ocultar ni por un segundo el rechazo que sentía. Bueno, por un segundo sí, porque vi relampaguear en sus ojos un ligero recelo unido a ese latido sexual que siempre le impulsa a mirarme de arriba abajo.

—¿Qué personas interesantes podrías encontrarte? —preguntó, aburrido, como si supiera de antemano que iba a soltarle una estupidez.

—Actores de *Élite*, por ejemplo. A alguna de las cantantes que fueron a Eurovisión, o alguien salido de *Operación Triunfo*. Karlos Arguiñano, Belén Esteban... —Mi respuesta le irritó, y yo estuve a punto de reírme—. Perdona, ¿debería haber dicho Pérez-Reverte?

Puso los ojos en blanco.

—¿Sabes? Podrías haber fingido no verme.

—Eso no habría sido muy británico —me burlé, agarrando el carrito con firmeza.

—Queda sobradamente justificado que no actúas como un británico, puesto que no eres británica —repuso con retintín.

—Eso solo significa que soy más educada y responsable que tú. Es decir... Nosotros vamos a vuestro país a trabajar como mulas; vosotros venís a comer croquetas a dos manos y darle trabajo a la policía de las islas. ¿Qué te parece mi argumento? —Me puse una mano en la cintura y le sonreí con orgullo—. Te he desmontado entero, ¿eh?

Elliot negó con la cabeza, dándome por imposible, pero me pareció captar un rastro de sonrisa antes de que se diera la vuelta. Vaciló, de espaldas a mí, y volvió a girarse muy despacio.

—¿Sabes...? —Se rascó la nuca—. ¿Sabes cómo está Sonsoles?

Me derretí en contra de mi voluntad.

Siempre digo que los ángeles están en los hombres que sufren arranques de timidez.

—Le van a dar el alta en un par de días. Los vecinos nos estamos turnando para hacerle compañía. Eli y Tamara le llevan táperes con comida decente, aunque luego tengan que pelearse con medio hospital por meter albóndigas de extranjis. Virtu aparece con sus novelas para leerle en voz alta, suprimiendo las escenas eróticas, claro. Y...

—Se agradece la información —me interrumpió—, pero no necesito el informe completo.

—¿Por qué no vienes a verla cuando esté en su casa? —propuse, tratando de ser simpática—. El médico ya ha advertido que va a necesitar ayuda. Tiene una pierna pocha, y el brazo izquierdo hecho cisco. Le vendrá bien que le echen una mano para la ducha, para la comida...

Él me miró con un fondo de preocupación, pero irritado al mismo tiempo, como si no soportara tener sentimientos.

—¿No tiene a nadie cerca que pueda encargarse de ayudarla con todo eso? ¿No puede contratar a un enfermero o a un cuidador?

—No creo que la pensión de viudedad le dé para tanto, aunque a saber si tiene una caja fuerte detrás del cuadro de la Anunciación. En cualquier caso, ¿para qué contratar a un cuidador cuando tiene a todo el vecindario a su lado? —Enarqué una ceja—. En serio, Elliot, ¿por qué no vas a verla? Ya participaste en esa carrera el otro día cuando fuiste al hospital; solo te faltó cruzar la línea de meta. Tu madre te quiere, ¿sabes? Y se nota que es una madre estupenda, porque a mi niño lo tiene a cuerpo de rey y lo cuida como si le fuera la vida en ello.

Su expresión se tornó sombría.

—Un crío muy afortunado.

—Venga ya, ¿se puede saber qué te hizo para que no la atiendas ni en estas circunstancias? —insistí, arrugando el ceño.

—No digas «estas circunstancias» como si estuviera al borde de la muerte. Es una pierna rota, no un cáncer terminal.

—¿Me estás diciendo que irías a verla si tuviera un cáncer terminal?

Elliot apartó la vista un segundo, dudoso, pero acabó asintiendo a regañadientes.

El corazón se me encogió de pena.

—Tiene que ser algo relacionado con la religión —deduje, mordiéndome el labio   , porque con eso es tan insoportable que, si estuviera en Twitter, habría que silenciar su cuenta.

—¿Cómo se te silencia a ti? —Suspiró.

—¿Intentó meterte a cura y, como no lo consiguió, vuestros caminos se separaron?

Elliot me miró como si fuera un bicho raro.

—¿Qué?

—Espera, a ver si adivino. Salías con una mujer musulmana e ibas a convertirte al islam por ella. No pudo soportar que le dieras la espalda a su fe y te tuvo que desheredar.

—¿Qué? —repitió, no sé si al borde de la desesperación o del colapso nervioso por la risa—. ¿De dónde has sacado todo eso?

—No creo que sea porque eres gay —continué meditando en voz alta—. A Edu lo quiere con locura. Aunque lo de ser gay explicaría tu errático comportamiento en el pub.

—¿Podemos olvidar lo que ocurrió esa maldita noche? —masculló por lo bajo.

—No creo que se alejara de ti porque hicieras ritos satánicos, vudú y truquitos de santería. No tienes cara de dibujar estrellas de David con sangre.

Mis conspiraciones estaban empezando a hacerle gracia.

—Eso iría más con mi condición de «esbirro de Satanás» —recordó, enarcando las cejas, tan rubias que se perdían en su piel pálida—. Así me llamaste, ¿no?

—Esbirro satánico —lo corregí—, pero eso son detallitos

sin importancia. ¿Entonces? ¿Le escupiste al cura durante la comunión, o qué? Me tienes en ascuas. Sea lo que sea, no creo que sea tan terrible como para no ir a verla. Te quiere, Elliot. Se le iluminó la cara cuando le dije que las flores eran tuyas. Hacer feliz a una persona mayor es muy sencillo, y me parece de pésimo gusto no intentarlo cuando es tan fácil.

Había estado a punto de cantar «aleluya» al verlo dispuesto a bromear, pero con mi insistencia acabé borrando cualquier atisbo de sonrisa de sus labios.

—Quiero pensar que te metes tanto en mi vida porque se trata de una persona a la que aprecias, y no porque eres una cotilla redomada.

¿Una cotilla? ¿Perdona? Me ofende que se me acuse de eso cuando vivo rodeada de chismosos peores. Yo no soy la que hizo la quiniela del loco del ático cuando aún vivía allí, a ver quién acertaba a qué se dedicaba Julian Bale para poder costearse una vivienda de esas características. Hasta los niños del edificio participaron, sospechando que se trataba de un justiciero de la Liga DC. Tampoco soy la que estuvo todo el verano divirtiéndose con la gincana de «Ser o no ser gay, esa es la cuestión» para averiguar en qué equipo bateaba Óscar, el vecino del 4.º C. Al pobre lo pusieron en unas situaciones bochornosas. Menos mal que la criatura tiene sentido del humor y la paciencia de un santo.

No, yo diría que lo mío no es pasión por el chisme. Ni siquiera curiosidad. Es preocupación. Se me pone el corazón en un puño de pensar que una señora viuda y santurrona, con una bondad a prueba de bombas, tiene un hijo que no se preocupa por ella. Quizá deba entonar el *mea culpa* porque me lo estoy llevando al terreno personal, pero si mi madre fuera como Sonsoles, ahí me tendría lavándole los pies con mi propio pelo. Aunque entiendo que eso es asqueroso, sobre todo para alguien que usa una media de siete productos capilares, pero es por la justicia poética de meter un pasaje bíblico.

Con sus defectos y todo, Sonsoles es una mujer que se preocupa por mí. Se preocupa por el corto de mi falda, vale, pero ya es más de lo que hacía la mujer que me parió a desgana.

Elliot me tuvo que dejar para ir a comprar quinoa o no sé qué asquerosidad vegana. Me tentó arrollarlo con mi carro hasta los topes de comida creada para reventarte el hígado, por maleducado y por cortarme el rollo, pero en el último momento me lo pensé mejor.

Creí que no volvería a verlo, pero me lo crucé en el edificio la tarde que Edu y Javier, otro de los vecinos que están solteros y no sé por qué, ayudaban a trasladar a Sonsoles a su vivienda.

Vaya, que fueron Edu, Javier y Elliot los que colaboraron. Yo los vi desde la mirilla de mi piso, pero no porque sea una cotilla, sino porque...

Pues porque estaba sucia y tenía que sacarle brillo.

Desde ese momento casual en el que me pilló haciendo la limpieza, no he vuelto a verlo. Pero como las paredes son de papel en este edificio, a veces escucho el murmullo de su voz viniendo del piso de Sonsoles, lo que quiere decir que he ganado: lo convencí de visitar a su madre.

Sé que eso es muy egocéntrico por mi parte. Lo más probable es que tomara esa decisión sin dejarse influir por «la babosa del pub», pero prefiero pensar que llevé a cabo la buena acción del día. Y esas por lo menos me salen de maravilla, porque la tortilla a la que estoy intentando dar la vuelta para la cena no está saliendo igual de bien.

—Eric, coge uno de los pósits y recuérdame que compre una sartén nueva. Antiadherente, a poder ser —pido en voz alta, observando que la masilla a medio hacer se ha quedado pegada—. ¿Me has oído?

Me asomo por la puerta que da al salón y lo pillo haciéndole muecas de disgusto al móvil. Se supone que se lo compré para estar comunicados cuando salgo tarde del trabajo, y para que le resulte más fácil reorganizar los planes si al final sus amigos cambian de opinión, pero de un tiempo a esta parte se ha viciado al *Clash Royale* —culpa mía, lo reconozco—, descargado todas las apps sociales imaginables y...

Maldita sea, espero que no vea porno.

—¿Con quién estás hablando?

Él da un respingo y niega con la cabeza enseguida.

—Con nadie. Estoy mirando en Twitter una discusión de fútbol.

—Twitter es un nido de víboras —le advierto, recordando la época en la que lo usaba—, y ni siquiera tienes la edad mínima para crearte una cuenta.

—No tengo cuenta. Lo miro desde la web.

—Estás caminando por el filo de la navaja, amigo mío.

—Y a ti se te está quemando la tortilla.

—¡Hostia!

Mientras intento arreglarlo, en vano, Eric se levanta del sofá y viene a la cocina para mirarme con esa cara de listo que pone a veces.

—Voy a pedir pizza —decide en tono resignado, como si le supusiera un gran problema.

—Nada de eso. Hoy comemos sano.

—Mamá, eres Lorelai Gilmore. Nunca vas a comer sano. —Coge el teléfono y empieza a marcar los números de la nevera, y yo no le digo nada porque estoy orgullosa de que mi hijo sepa cuándo y cómo hacer menciones a las series de culto que vemos juntos—. Menos mal que estoy aquí para cuidarte. Si no, no sé qué sería de ti.

—Eres muy gracioso. Debiste sacarlo de tu abuela.

Eric me lanza una mirada risueña.

Los chistes sobre mi madre están a la orden del día. Yo no quería hacerlos, ¿eh? De hecho, siempre intento hablarle bien de su familia materna para que sepa que puede recurrir a ella cuando lo necesite, aunque yo, en lo personal, prefiera pillarme los dedos con la puerta antes que marcar su número. Ahora bien, no puedo hacer nada si el hecho de que mi madre no quiera ni verlo, que ni siquiera lo visitara el día en que nació, y no sepa ni cómo se llama, afecta a la opinión que Eric tiene de ella.

A él, igual que a su mami, le encanta parapetarse en el humor para que nadie sepa que algunos rechazos todavía escuecen.

—Sonsoles no tiene ninguna gracia. Salvo cuando se pone bíblica —replica con el teléfono pegado a la oreja—. Pero entonces no pretende ser graciosa, así que no puedes reírte sin que se ofenda, y al final... ¡Ah, hola! Sí, llamo porque mi madre no sabe hacer una tortilla. Antes de que prenda fuego a la casa, quería encargar dos...

Le quito el teléfono al tiempo que lo fulmino con la mirada. Así de rápido se me pasan las ganas de suspirar de amor porque ignore la presencia de mi madre y considere a Sonsoles su abuelita.

—Hola, buenas —saludo en voz alta—. No es que no sepa hacer una tortilla, es que tengo párkinson avanzado y mi hijo de treinta y cinco años todavía me obliga a hacerle la cena, y, claro, cuando esclavizas a tu madre, esto es lo que pasa.

Eric levanta las cejas y se aguanta la risa. Coge uno de los pósits del montoncito y escribe lo que le he pedido hace media hora que anote. Lo pega con un artístico floreo en la nevera, como si le estuviera chocando los cinco a Lebron James, y luego se gira hacia mí de brazos cruzados.

—¿Con los bordes rellenos de queso? —formulo con los labios.

Él hace una mueca.

—No me voy a comer los bordes.

—Treinta y cinco años y todavía no se come los bordes de la pizza, lo que yo te diga —me quejo al teléfono. El encargado de Telepizza anota la comanda y me promete que el repartidor estará tocando a nuestra puerta en cuarenta y cinco minutos—. ¿Tú eres tonto? ¿Quieres dejarme mal delante de Telepizza? Delante de tu jefe de estudios te lo permito, pero con el *Telepi* no se juega —le suelto en cuanto he colgado.

Eric encoge un hombro y se encarama a la encimera para sentarse de piernas cruzadas.

—Últimamente veo mucho por aquí al tío ese. Al jefe de estudios, digo.

—No se dice «tío ese». Se dice «señor» u «hombre». —Aunque, la verdad, que llame «tío ese» a Elliot en concreto no me parece mal—. Sobre todo si se trata de una autoridad. ¿Y cómo es que lo ves mucho?

—Pues porque tengo ojos en la cara y se me pone por delante. No es un tío que uno pueda dejar de ver solo si miras para otro lado, es como una pantalla panorámica. Me he cruzado al tío algunas de las veces que he ido a ver a Sonsoles.

Aparto la sartén, apago el fuego y lo dejo todo en el fregadero para darme tiempo a poner mi mejor expresión de «pregunto por preguntar, no porque me interese». Mi hijo es muy perspicaz, y no creo que haya manera suave de explicarle que su jefe de estudios y yo casi tuvimos un *affaire* delante de un pub.

Porque no, no creo que hubiéramos llegado a su casa.

—¿Y? ¿Qué opinas de él?

Eric se encoge de hombros. Saca el móvil del bolsillo del pantalón y desbloquea la pantalla para revisar algo que no le hace mucha gracia.

—No me da clase, así que no lo sé. Como es jefe de estudios, no puede ser tutor, pero los chavales del insti suelen recurrir a él antes que a sus profesores de confianza cuando tienen un problema. Lo llaman «El Terminator».

—¿Y eso es algo bueno?

—Digo. —Bufa, entusiasmado—. Ya me gustaría a mí ser Terminator.

—Pues vaya... Yo me esperaba alguna historia sórdida,

como que se ha enrollado con alguna alumna de Bachillerato, o saca a la pizarra a los niños para hacerlos llorar, o que les rompe los trabajos en las narices...

—Solo da Lengua y literatura a los de Bachillerato, y he oído alguna vez a las mayores diciendo que no les importaría que usara su lengua en otro sentido... si entiendes por dónde voy. —Y mueve las cejitas.

—Claro que entiendo por dónde vas. Lo que no entiendo es por qué tú entiendes por dónde vas. Estás viendo porno, ¿verdad? —Pongo los brazos en jarras, exagerando mi indignación—. Te voy a quitar internet.

—Aunque me quitaras internet, seguiría viendo porno cada vez que fuera a plantar un pino a los servicios del instituto. Fue una de las puertas del servicio de los chicos la que me explicó la función de reproducción. Y yo pensando que todo iba de cigüeñas con boina parisina y que solo se dejan alimentar si les tiran migas de *baguette*... —Me mira con rencor.

Vale, es posible que le dijera que los bebés los trae una cigüeña que vive en Notre Dame, pero era por darle glamour a la historia.

—No llevan boina. Se les caería al volar. Llevan un fular de seda italiana anudado al cuello —corrijo con retintín—, y, de todas formas, las cigüeñas ya están muertas porque Notre Dame ardió. Por eso ha habido un descenso en la tasa de natalidad en España.

—Ya. —Pone los ojos en blanco—. En fin, la verdad es que Elliot es como un dios en el instituto. Se me hace demasiado raro verlo por aquí. Me pone nervioso.

—¿Te pone nervioso ese señor tan raro y malvado? —pregunto con voz de preocupación, tirándole del moflete—. Mi pobre niñito, ¿te asusta ese muro de cemento armado con ojos de Medusa?

Eric me aparta de un manotazo, riéndose.

—No me asusta, pero... impone.

Que me lo diga a mí. Me impone, pero sin el prefijo... para mi inmensa desgracia.

—Por casualidad no te habrá hecho preguntas raras cuando habéis coincidido, ¿no?

—Me hace las mismas que el dentista: qué quiero ser de mayor y si tengo novia. Y luego me pide que me relaje, que, aunque duela un poco al principio, lo que me va a pinchar me hará sentir mucho mejor.

—¡¿Qué?!

Eric se empieza a partir el culo solo.

—La cara que has puesto... —Se agarra la barriga para soportar el ataque de risa cuando, de pronto, se detiene y me mira con sospecha—. Espera: la cara que has puesto. ¿Por qué has puesto esa cara? Te lo has creído. Por un segundo, pero te lo has creído. ¡Estoy de broma! Es buena gente, mamá, de verdad.

Claro que no me lo he creído. No me imagino a Elliot como el nuevo Michael Jackson blanco, británico y con los mismos *family issues*, aunque parezca que sus padres le daban con el cinturón, pero debo reconocer que he iniciado esta conversación con el objetivo de conseguir información con la que desprestigiarlo.

Yo pensando que sería una especie de Severus Snape, solo que sin el *plot twist* de redención final, y resulta que merece el mismo apodo que un icono del cine de ciencia ficción. Bueno, ambos cuentan con dos cosas en común, y es que tienen un torso de acero y bailaría con ellos en una discoteca, con lo que eso conllevara después.

—Entonces... ¿no has oído nada malo de él? ¿No hay ninguna leyenda?

—Bueno, se dice que tiene algo con la nueva profesora de Historia.

—¡Qué escándalo! ¿Qué clase de monstruo se atreve a ligar con alguien del trabajo? —Yo. Siguiente pregunta—. Espera,

espera... ¿La profesora de Historia no tiene alrededor de mil años? Es a la que llamáis La Momia, ¿no?

—Sí, pero parece que se vuelve al sarcófago, porque la está sustituyendo una de treinta y pocos que está bastante buena.

—Eric, no se dice eso de las mujeres. Se dice que son «guapas» o «monas».

—Es culpa de la puerta del baño. Viendo lo que ponen ahí, ni siquiera es lo más fuerte que puedo decir, te lo aseguro —se defiende, alzando las dos manos—. La cosa es que ella le pone ojitos, y él... él es tan expresivo como Slenderman, así que nunca se sabe si es verdad o es un bulo. Lo que sí se dice es que es un profesor muy duro. Manda deberes por un tubo, te obliga a leerte cuatro libros por curso, y lo que es peor: tiene una cuenta secreta en el *Rincón del Vago*, así que sabe cuándo has sacado tu trabajo de la web. Eso sí, llegas a selectividad con un diez redondo en Lengua y literatura porque su nivel de enseñanza es casi universitario. Dicen que es un académico de Cambridge frustrado.

Oh, por favor, esta información no me sirve para nada. ¿Cómo voy a ir yo a insultarle con «académico de Cambridge frustrado» si ni siquiera tengo el Bachillerato y lo más cerca que he estado de Oxford, por decir otra universidad de nivel parecido, es cuando compro la marca de libretas con anillas que usa Eric?

Además, no soy la clase de persona que se burla de los demás porque la vida les haya llevado por un camino diferente al que planearon al principio. Eso estaría fatal. Por eso soy la clase de persona que se burla de los que conjuntan el color vino y el mostaza.

—¡Pues vaya chasco! Me esperaba un escándalo sexual, o que llevara símbolos comunistas a clase, o que usara una vara de madera para poneros firmes.

»Es por su cara. Me da mal rollo —me apresuro a explicar al ver que Eric me mira con las cejas arqueadas. No se lo cree.

Mi hijo es el de *El sexto sentido*. No es que en ocasiones vea muertos, es que siempre pilla las fantasmadas que su madre le cuenta. Ya debe de saber que a mí me habría gustado que me pusiera firme con su vara, pese a todo—. En fin... ¿Vamos a ver la peli que tengo programada para hoy?

—Depende. Como sea en blanco y negro, me acuesto —me advierte, blandiendo el dedito de los sermones.

—Según la lista... —Me asomo a la nevera, donde anotamos las películas pendientes. Un pósit nuevo llama mi atención y no dudo en arrancarlo—. ¿«Comprar *Grand Theft Auto*»? *Grand Theft Auto* ni siquiera se parece un poco a «sartén antiadherente».

Vaya, he sonado como Elliot.

—Si colaba, colaba.

Pongo los ojos en blanco y tiro el papelito a la basura.

—Tenemos pendientes tres ganadoras de Óscar. *Parasite*, *Joker* y *1917*... ¿Qué te apetece? La gente del blog espera una reseña este fin de semana de, por lo menos, una de estas.

Eric salta de la encimera y echa un vistazo a la lista. Sé lo que me va a decir antes de que se dé la vuelta y me ponga esa cara de ángel que fuerza cuando quiere salirse con la suya, que es la misma que le sale cuando decide aceptar que tiene doce años.

—¿No podemos ver *Cómo entrenar a tu dragón 3*? —Hace un puchero.

—Es muy difícil hacer una crítica cómica de una película de animación. Todas son adorables —refunfuño—, pero supongo que puedo hacer una excepción. Con suerte, te quedas dormido a los quince minutos y puedo poner alguna birria comercial internacionalmente famosa que luego rebajar a la altura del betún ante los críticos llorones que me visitan la web.

Oh, los críticos llorones son mi subespecie de *incel* preferida.

Yo no esperaba hacerme famosa con mi blog de cinefilia,

que llevo en la sombra bajo pseudónimo. Solo quería escribir un manifiesto de por qué *Scott Pilgrim contra el mundo* es mucho mejor que ninguna película de narcos o mafias, a la que siguió mi reflexión de por qué Ben Affleck es un genio y un pardillo a la vez, otra entrada sobre cómo la inexpresividad de Kristen Stewart salvó el cine, por qué no nos importa que Woody Allen lleve cuarenta años rodando la misma película (enfocado desde un punto de vista psicológico) y lo innecesario que es adaptar veinte millones de veces las novelas de Jane Austen, cuando es imposible rebasar el nivel del *Orgullo y prejuicio* de Joe Wright.

Después de decir que esperar para ver la película en vez de leer el libro es, de hecho, una medida inteligente, pragmática y adaptada a la época capitalista y acelerada en la que vivimos debido a la cantidad de horas que te ahorras, no solo se alzaron en mi contra los Cerebros Gordos de la Cultura Cinéfila (una nueva raza de ingenieros), sino también la comunidad lectora. Lo último fue mi magnífica entrada: «Todo el mundo puede ser actor, solo depende de la época de la historia en que quiera hacerse hiperfamoso». Explicaba al detalle que la sobreactuada Vivien Leigh no habría superado una prueba de casting en nuestros días, y que Meryl Streep no habría valido para los papeles teatrales del cine de la época de oro.

Fue una estupenda reflexión, pero claro, después de haber dicho que estamos hartos de las películas mafiosas de Scorsese, supongo que perdí un poco de credibilidad.

En cualquier caso, soy una personalidad importante en el mundillo. Hay enlace a mis críticas en Rotten Tomatoes, Reddit y FilmAffinity, por mucho que moleste a los profesionales.

La gente quiere leer cómo echo abajo clásicos del cine. Es lo que hay.

—Muy bien, hablaremos de que *Cómo entrenar a tu dragón 3* es una tercera parte mucho mejor que la de *El padrino*

—decido en firme. Echo a correr al salón y me tiro en plancha sobre mi asiento preferido—. Me pido el sillón reclinable. Tú al sofá, niño.

Eric me censura con una mirada.

—¡Te voy a denunciar a los servicios sociales! No puedes quitarme el sillón reclinable. Soy tu hijo y debes darme lo mejor.

—Ya te he dado la mejor mami. —Le guiño un ojo—. No te quejes tanto y ven aquí, anda.

Eric sonríe, triunfante, y pone a prueba la solidez del sillón arrojándose en el hueco que le hago. Me aplasta el costado con un abrazo fuerte, pero es un aplastamiento agradable, porque es mi niño. Mi niño más alto que yo y que cada vez descubre más el mundo a través de los ojos de gente que no conozco, de gente que puede hacerle daño, de gente que no suele saber de lo que habla.

De puertas del baño.

Mi niño que crece a una velocidad vertiginosa y se convierte en un hombre.

—Te quiero, pedazo de cacho de trozo de caca seca y apestosa. —Le doy un beso en la mejilla.

Él me aprieta aún más contra su pecho y apoya la barbilla en el hueco de mi clavícula, igualito que cuando era un bebé.

—Di todas las cosas bonitas que quieras, pero te vas a levantar tú cuando llegue la pizza.

Capítulo 6

IDIOSINCRASIA FEMENINA

Elliot

—¿Todavía sigues aquí?

Levanto la cabeza para mirar a Óscar, el profesor de Educación Física del colegio y también vecino de mi madre.

Desde que descubrí que viven en el mismo edificio, hace alrededor de cuarenta y ocho horas, he empezado a comportarme de forma extraña alrededor de él. ¿Cómo no voy a estar incómodo? No me preocupa lo que la gente piense de mí... a no ser que lo que pase por su cabeza sea: «Este hijo de puta ha estado yendo al trabajo como si nada cuando su madre aullaba de dolor en una cama de hospital».

Debería haber sido más inglés en ese sentido y haber reaccionado antes con la fría cortesía que me han inculcado. Igual que uno va a ver a su suegra aun prefiriendo la eutanasia, tiene que visitar a su madre. Es una cuestión de decencia. Pero bastaba con pensar en ello para recular; bastaba con abrir la puerta del coche con la intención de conducir hasta allí para volver a cerrarla de mal humor; bastaba con cruzarme a Susana para martirizarme quince minutos por mi imperdonable falta de civismo y luego autoconvencerme de que hago bien siendo fiel a mi historia. A mi dolor.

Creo que Óscar me juzga porque Susana me ha juzgado. Porque yo mismo me estoy juzgando. Pero si eso fuera verdad, no creo que Óscar entrara en mi despacho con una sonrisa que es la viva imagen de la simpatía.

—¿Qué hora es? —pregunto con el ceño fruncido.

Él echa un ojo al reloj de pulsera.

—Van a dar las nueve. Acabo de cerrar el pabellón. Hoy me tocaba a mí después de una intensa clase de fútbol sala a los de tercero y cuarto de la ESO. Estoy deseando que vuelva Jaime para dejar de encargarme de sus extraescolares. No tengo tiempo para vivir. —Menea las llaves, distraído, y ladea la cabeza para ver qué hago—. ¿Con qué te entretienes tú a estas horas? Si ya van a cerrar el cole, hombre.

—Estaba corrigiendo las previas. No me gusta dar pie a que los alumnos me persigan por los pasillos al grito de: «¿Tienes ya los exámenes corregidos?». Me pone de mal humor.

—¿Qué no te pone a ti de mal humor? —bromea. Qué fácil debe de resultarle ser así de encantador—. Estás muy tenso, Elliot. ¿Por qué no vienes a alguna de las clases de yoga que imparto en el centro de entrenamiento? Estoy los martes y los jueves. O mejor, ¿por qué no sales a tomar algo con los profesores? Así te despejas.

—Me dices «estás muy tenso» poniéndome las manos sobre los hombros en una habitación oscura y luego te extraña que se haya rumoreado durante años que eres gay —le suelto, y lo hago porque hay confianza, por eso él se echa a reír.

—Perdona. —Levanta las palmas—. Distancia social.

Hago un gesto con la mano para indicar que me da igual.

—Ahora que tienes novia, estoy más tranquilo.

—¿Por qué? —Enarca las cejas—. Podría ser bisexual y vicioso, que no son la misma cosa, tenerle poco respeto a mi novia o sentir una pasión incontenible hacia ti.

Lo miro con una mueca que le hace gracia.

—Lo de que hagas yoga tampoco es muy heterosexual, así que no me sorprendería que haya un poco de verdad en todo eso que acabas de decir.

Óscar echa un vistazo alrededor en busca de un público juicioso e invisible.

—¿También se critica por aquí que haga yoga?

—Eso, en concreto, no, pero porque las mujeres nunca criticarían lo que te permite mantener esa línea que las trae de cabeza.

—Cuando dices «mujeres», ¿te refieres a las alumnas?

—No. Eso son niñas —puntualizo, torciendo el morro—. Pero sí, es cierto que he tenido la desgracia de escuchar a estudiantes de Bachillerato fantaseando con los glúteos del profesor de gimnasia.

—A oscuras, a solas y hablando de mis glúteos y de mi línea. A ver si al que le va la carne de burro vas a ser tú. —Óscar me guiña un ojo, tan seguro de sí mismo como solo podría estarlo un tipo que sabe muy bien quién es y lo que quiere.

Sonrío porque no existe otra reacción posible cuando este hombre está presente.

Óscar es uno de los pocos compañeros de trabajo que me caen bien. Es íntegro, tiene la mente abierta y se preocupa por los demás, lo que le permite transmitir a los alumnos un mensaje de tolerancia y respeto muy necesario en estos días. Trata a todo el mundo como si supiera que ha tenido un mal día, y siempre intenta incluirme en los planes del grupo de colegas que se ha formado entre los profesores, aun cuando llevo años manteniendo las distancias. No por nada en especial. Tengo mis amigos de la universidad y el colegio en Hampshire, a los que veo en fechas señaladas, y no necesito más.

Él no opina lo mismo, claro está. Por eso insiste una y otra vez.

—Hemos quedado en diez minutos en el bar del uruguayo

—me anuncia por enésima vez en lo que llevamos de semana—. Queremos celebrar una fiesta de cumpleaños para la nueva profe de Historia. Te la presentaron, ¿verdad?

La mención de la profesora me anima a prestar un poco más de atención.

—Sí, hace ya unas semanas. Se llama Teresa. Viene de un colegio privado y estudió en Las Mercedarias.

—¿Eso es todo lo que le has preguntado? ¿Dónde ha estudiado? —se mofa, echando todo el peso en la mano que lleva un rato apoyando en mi escritorio.

—¿Y qué debería haberle preguntado? ¿Si lleva bragas o tanga? —masculло de mal humor—. Ya sabes que se me da mal relacionarme con las mujeres. Solo se me ocurrió interesarme por su universidad, que es territorio neutral y lo considero lo más apropiado en un ambiente académico. No era una cita —insisto, viendo que no lo convenzo—. No era mi deber descubrir si escucha a Lori Meyers o es alérgica al pescado.

Óscar vuelve a levantar las manos, como si necesitara protección.

Apenas me he dado cuenta de que me he erizado como los gatos hasta que se me ocurre destensar los dedos de las manos.

—Vale, vale, tranquilo, máquina. Se te complica bastante todo eso de hablar de mujeres y con mujeres, ¿eh?

A Óscar no le voy a mentir. La única vez que accedí a salir con él a tomar una copa, vio cómo le contestaba de mala manera a una chica que intentaba ser amable conmigo. Ni siquiera estaba flirteando, pero se me cruzaron los cables y tuve que hacer lo mío: portarme como un cerdo miserable.

Lo peor es que me sale solo. Es un mecanismo automático. Ellas sonríen, y en mi cabeza es como si alguien hubiera pulsado el botón que dice «autodestrucción».

—Me ponen nervioso. Y de mal humor —apostillo, avergonzado—. No sé tratarlas, ¡y tampoco las quiero tratar!

—¿Por qué no? Son iguales que tú y que yo, Elliot. Eso

que nos venden de que las mujeres vienen de Venus y nosotros de Marte es una mentira como una casa.

—Eso lo dices porque tú vienes del planetita que hay en medio, *Metrosexualand*, en el que todo se ve posible.

Él se ríe otra vez y empuja mi mesa con las caderas, de nuevo de brazos cruzados.

—Las mujeres no son extraterrestres, Elliot. Es solo que nos gusta decir que no hay quien las entienda cuando lo que pasa en realidad es que no las estamos escuchando. Te lo digo por experiencia.

Como mi mente lleva haciendo desde que me batí en retirada en aquella despedida de soltero, atraigo el recuerdo del momento en que Susana se acercó a mí.

Ni siquiera sé qué le dije. Se me acababa de pegar la mujer que buscaba con la mirada en los pasillos del instituto, así que no estaba yo para muchas fiestas. Pero seguro que, como dice Óscar, no solo no la escuché para responder algo apropiado, amable, en última instancia, sino que ni siquiera oí lo que mi mente quería decirle en realidad. Nunca puedo oírlo. Una mujer se acerca y revientan todas las alarmas. Alguien empieza a decir «código rojo, código rojo» por un pinganillo y dan la orden de evacuar, así que evacúo la mayor mierda que logra producir mi cerebro atrofiado para quitarme de en medio lo antes posible, y luego pasa lo que pasa: que las espanto, las horrorizo, las cabreo o las entristezco. O, si eres Susana, pues te inspiro a lo grande para que me mandes al carajo de una manera muy original.

De acuerdo, lo admito. Eso de que «no quiero tratarlas» no es del todo cierto. Tampoco es mentira, ¿eh?, pero habría que matizarlo. Es un «no debo tratarlas porque no sé cómo hacerlo, y todavía estoy descubriendo si deseo aprender».

—¿Qué te ha dado? —pregunta Óscar, chasqueando los dedos—. ¿Estás bien?

Suspiro profundamente.

—El otro día hice el imbécil con una mujer.

—No me digas. —Abre los ojos como si le sorprendiera—. ¿Qué pasó?

¿Cómo lo pongo en palabras? ¿Cómo explico la manera en que me paralicé solo de pensar en invitarla a mi casa, aun cuando una parte de mí quería que...?

Bueno, quería que...

Vamos a dejarlo en «quería», a secas. Sin especificar. Nunca me había pasado nada similar porque nunca había mirado a una mujer con nada distinto al recelo, pero en ese momento me di cuenta de que necesito un terapeuta.

O una lobotomía.

Lo que está claro es que mis procesos cerebrales requieren una intervención inmediata.

—Estaba en un pub...

—¿Tú, en un pub? El relato pinta bien. Me encanta la ciencia ficción.

Decido no mosquearme con su expresión risueña.

—Me habían invitado a una despedida de soltero, ¿vale? De lo contrario, no habría puesto allí un pie ni borracho. El caso es que había una mujer en la barra. Era...

Le dije que era la más guapa que había visto en mi vida. ¿Por qué lo dije? Ah, sí, porque estaba borracho y porque los borrachos siempre dicen la verdad.

Patético.

—La había visto antes por aquí, por el colegio. Me llamaba la atención, no sé por qué. —Sí que lo sé. Porque es perfecta—. Estando allí, supongo que... se me acercó y solo pude decirle barbaridades.

Óscar mueve la mano en el aire con sentido del humor.

—Nada nuevo bajo el sol. Te pones a la defensiva cada vez que una mujer te sonríe.

—Pues esa noche fue la primera vez que me molestó reaccionar así. —Me paso una mano por el pelo—. Da igual, olvídalo.

—No, hombre, desahógate. Todo el mundo ha hecho el ridículo alguna vez delante de la persona que le gusta. Es ley de vida.

—¿Tú has hecho el ridículo delante de tu novia? —pregunto, esperanzado.

Si el perfectísimo y adorado Óscar la ha cagado, tal vez logre sentirme mejor.

—No lo creo, pero ella sí lo ha hecho delante de mí... y siempre me ha parecido adorable. —Encoge un hombro, sonriendo con el recuerdo. ¿O los recuerdos, en plural?—. A lo mejor la chica del bar pensó lo mismo de ti.

—¿Que soy adorable? —Tuerzo la boca—. No lo creo. Me dijo de todo menos bonito, como se dice por aquí, y luego...

—¿Luego?

No me queda otro remedio que contarle los detalles. Ya está implicado en la historia, y lo cierto es que necesito ponerle palabras a mi inquietud porque sigo desquiciado por lo que pasó. El destino insiste en cruzar nuestros caminos como en una comedia romántica del tres al cuarto, lo que me obliga a pensar en mi incapacidad a diario, la cual me cohíbe cada vez que la veo.

No se puede vivir así.

—¿Por qué te fuiste? —pregunta Óscar tras escuchar la historia al completo—. Ella parecía dispuesta a marcharse a casa contigo.

—No me... —Me rasco el brazo, nervioso—. No me sentía preparado. Es que es una locura. Habría sido una locura. Yo no salgo con mujeres fáciles. Odio a esa clase de treintañeras que se pasan el día bailando y bebiendo y se pegan al primero que ven sin preguntarle antes el nombre... —Óscar me está mirando con censura—. ¿Qué pasa? ¿Por qué pones esa cara?

—Lo siento, ¿te está molestando? Es mi cara de vacío espaciotemporal, la que se me queda cuando no me avisan de que acabamos de viajar al Medievo.

—¿Qué dices?

—El concepto de «mujer fácil» ya debería haber quedado obsoleto, Elliot —me explica con exasperación—. Antiguamente, a las mujeres había que cortejarlas durante meses y pedirles matrimonio antes de tocarlas, así que de alguna manera había que definir a las otras, las que no necesitaban galanterías para pasarlo bien. Sin embargo, que ese concepto aún permanezca en nuestro vocabulario es cuando menos... anticuado.

—¿Qué tiene de malo que diga que prefiero a esas mujeres honradas?, ¿aquellas que se respetan y son responsables?

—Si esa preferencia tuya fuera real, habrías cortejado a la viuda que va a misa en lugar de enrollarte con la rubia que te entró en el pub. Una mujer que te entra es oro, Elliot —continúa, y sonríe ladino—. Es una mujer que se respeta y se responsabiliza tanto de lo que hace que no tiene miedo de hacerle saber al resto del mundo lo que quiere. Tanto es así, que da un paso adelante, estira la mano y lo toma, sin esperar a que otros lo cojan por ella.

Aparto la mirada y me concentro en el examen que tengo delante.

Este chaval ha escrito «gárgola» en vez de «Góngora».

—Creo que te gusta —sentencia Óscar, orgulloso del descubrimiento—. Y creo que, si la ves otra vez, deberías intentar acercarte a ella de otra manera.

—¿Que me gusta? ¿Cómo me va a gustar? —replico sin salir de mi asombro—. ¡Ni aunque fuera la última mujer sobre la Tierra! ¡No es para nada mi tipo!

Óscar me dedica una miradita burlona.

—¿Y quién es tu tipo?

—Teresa, por ejemplo. Es seria, recatada, inteligente... Hizo un máster en Historia del Arte, o sea, que es como si tuviera una doble licenciatura. Y es atractiva, pero sin llamar demasiado la atención. Sería una madre disciplinada y ejemplar, y sospecho que también una esposa fiel.

Óscar me sostiene la mirada como si estuviese esperando a que dijera que me estoy quedando con él. Sigue un silencio que se encarga de romper echándose a reír a mandíbula batiente.

—¿Una madre ejemplar y una esposa fiel? —repite. Al ver que yo ni siquiera sonrío, se seca las lágrimas saltadas e intenta recuperar la compostura—. ¿Eso es lo que buscas en una mujer, lo que ves cada vez que miras a una? ¿Si te habrá hecho la cena para el momento en que llegues a casa, además de que sea fértil?

—¿Por qué te ríes? ¿Te parece insultante que una mujer sea buena madre y no ponga los cuernos?

Óscar pierde la sonrisa.

—No, claro que no. En realidad, el problema no es el mensaje en sí; es la manera en que lo has dicho, como si buscaras a la mujer perfecta del siglo pasado. Es...

—Quiero tener mi propia familia —le corto abruptamente—. Ya va siendo hora, ¿no crees? Voy a cumplir treinta y siete años, y a mi edad las mujeres no son muy fértiles. Un primer parto a partir de los treinta y cinco, de hecho, es clínicamente complicado.

Óscar no da crédito a lo que oye.

—¿Has salido en serio con alguien alguna vez, Elliot?

—No.

—No me extraña... —dice por lo bajini, abriendo los ojos—. Es muy legítimo que quieras formar una familia, yo también querré la mía cuando llegue el momento, pero al exponerlo así suenas un poco... cómo decirlo... medieval. Como si el matrimonio fuera un contrato.

—El matrimonio es un contrato —confirmo, mirándolo de hito en hito.

—No. Quiero decir... —Menea la cabeza, molesto por tener que darme la razón. Toma asiento frente a mí en una de las dos sillas para las visitas—. Sí. Pero en estos tiempos modernos uno se suele casar por amor. Tú no suenas interesado en querer a la persona con la que pasar el resto de tu vida.

—Es que no me interesa —replico—. Si llega, bienvenida sea. Pero, desde que recuerdo, he sido un chico poco dado a los sentimentalismos, muy solitario y desapegado... Lo que no quita que quisiera ser padre algún día, cuidar y proteger a un crío, darle una mínima estabilidad y crear un entorno seguro en el que pueda desarrollarse como persona en lo profesional y en lo personal. Justo como deberían crecer todos los niños de este mundo, pero, por desgracia, no lo hacen —apostillo—. Solo me falta una mujer. Podría ser padre soltero, claro, pero siempre es necesaria la otra figura.

—No opino lo mismo. La figura del buen padre no se inventó hasta hace unos cincuenta años, y creo que estoy siendo generoso. Muchos de los niños a los que enseñamos en este mismo colegio viven con su madre y con un desconocido, o viceversa; otros padres se aprovecharon del divorcio para desentenderse de sus obligaciones y los hijos recurren a solo una de sus dos figuras parentales cuando tienen un problema, así que, al final, son muchos los niños huérfanos de corazón que sufren severas carencias afectivas incluso en una familia «tradicional». —Hace las comillas con los dedos—. En mi opinión, las monoparentales rara vez son el problema, porque en la práctica componen la mayoría. Pero seguro que no es un debate al que te apetezca entrar a estas horas, y he quedado en cinco minutos. ¿Vienes o no?

¿Voy o no voy?

Como yo mismo he dicho, voy a cumplir treinta y siete años, y no puedo quedarme corrigiendo exámenes un viernes por la noche sabiendo que el reloj biológico sigue dando vueltas, y cada segundo es crucial para lo que me propongo. Además, la nueva profesora de Historia me llamó la atención desde que la vi y estuve a punto de quedar con ella una vez, esa que tuve que cancelar para prestarle la visita abortada a Sonsoles.

Solemos comer juntos. No es la mujer más guapa que he visto, pero no es como si la belleza estuviera vinculada a la fertilidad.

Y, a diferencia de otras, no le he caído muy mal.

—Me uno.

He estado discutiendo con el profesor de Física cómo es posible que, midiendo lo que mido y habiéndome atiborrado a tapitas de carne en salsa, me haya emborrachado con un par de cervezas. Eso me ha restado algo de tiempo para intimar con Teresa, pero por lo menos he conseguido ahondar un poco más en los detalles de su vida.

Viene de una familia tradicional —padre, madre, hermano pequeño— y modesta —empleado de Correos, dependienta de mercería y *nini*, respectivamente—, y por el momento no avista ningún interés romántico. Quiere casarse y tener hijos, y no le importaría vivir en el extranjero siempre y cuando el país tuviera un casco histórico interesante y encanto bucólico. Luego se ha puesto a hablar de sajones y britanos, de caledonios, de Alfredo el Grande y de otras personalidades que, por lo visto, murieron en la vieja Inglaterra, y hasta yo, que soy más simple que un cerrojo, pero di Historia inglesa en la universidad, he captado la indirecta.

Yo podría interesarle. Eso está bien. Y, a la vez, me mete en un problema muy gordo que, por lo menos ahora que estoy medio borracho, puedo sobrellevar con la cabeza fría.

No creo que Óscar vaya a darme buenas ideas para conquistar a una mujer. Él lo consigue con solo mirarlas. Yo las atraigo a simple vista y las repelo en cuanto abro la boca. En pocas palabras, tengo el superpoder opuesto al suyo, y quien dice superpoder dice supermierda.

Hasta ahora no me importaba incomodar a las mujeres, porque siempre he sido reacio a relacionarme con ellas, pero con planes vitales a corto plazo, voy a tener que emplearme a fondo para ponerle solución.

Una vez ha concluido la noche de tapas, empiezo a caminar de vuelta a casa, pero mis pasos no me llevan al dúplex que alquilo en la otra punta de la ciudad, donde, por ahora, no me obliga a frecuentar el mercado negro para pagar la mensualidad. En su lugar, acabo en el portal número trece de la calle Julio Cortázar. Me parece que han colgado algo por dentro del cristal, una especie de placa relacionada con el autor que conmovería a un profesor de Lengua y literatura españolas, pero no llego a fijarme porque mis dedos se dirigen, traidores, al número del piso de Sonsoles.

Sonsoles. Así la llaman ahora. Sus descocadas amigas se referían a ella como «Sunny» cuando aún estábamos en la vida del otro, cuando a ella le gustaba fingir que yo le importaba. Ahora le estoy devolviendo el favor que me hizo de crío haciendo justo lo mismo: actuar como el hijo del año yendo a visitarla para cerciorarme de que cuenta con todo lo que necesita.

Así no iré al infierno de los niños malos.

Bueno, esa sección del averno no me preocupa tanto. Me afecta más la sensación de estar decepcionando a mi padre. Fue él quien le dio mi teléfono móvil a Sonsoles, como he descubierto después de hacerle una llamada, y quien siempre me ha repetido que debo intentar hacer las paces con ella porque «madre solo hay una» y porque «me arrepentiré toda la vida si llego demasiado tarde».

No hay señales de que me esté arrepintiendo. Todavía. Pero mi padre es muy sabio para según qué cosas. Lo diría por algo.

Nadie responde al telefonillo, pero la puerta está abierta, sabe Dios por qué. Nada más entrar, la pesadez del aire y una humareda gris proveniente de las escaleras me ponen en alerta. Subo los escalones de dos en dos con los ojos entornados para que no se me meta el calor.

El olor a quemado se concentra en el segundo piso, donde sé que vive mi madre.

El corazón se me encoge en el pecho y borra de un plumazo la incipiente jaqueca de la resaca. No es su casa de la que viene el olor, sino de la de enfrente, el 2.° B. No me lo pienso dos veces y, al tiempo que marco el número de los bomberos y notifico la situación, empujo la puerta con el hombro.

No soy ningún héroe con músculos de acero. Si cede, es porque el calor ha carcomido la madera por debajo.

Gracias al cielo, cuando entro no parece que el piso se esté cayendo en pedazos. El fuego viene de la cocina y empieza a expandirse por el salón, donde aún se oye el murmullo de la televisión encendida. Hay dos personas encogidas en el sillón: una mujer rubia y un...

—¡Joder! —mascullo, avanzando hacia ellos—. Eric. ¡Eric, despierta!

Zarandeo al niño que duerme de costado, pegado a su madre, pero no hay manera de despertarlo.

¿Cómo diablos pueden estar durmiendo a pierna suelta con el calor que hace? ¡No se puede ni respirar en condiciones!

Por fortuna, Susana va volviendo en sí.

—¡Tu casa está ardiendo!

Ella, recién levantada y con los ojos aún pegados, tarda en procesar la información. Oigo el sonido de algo parecido a un leño partiéndose y no espero más. Cojo al niño en brazos y lo sacudo hasta que se despereza.

—Eric, se está quemando la cocina. Sal del edificio —le ordeno con voz queda—. Sal y dile a todo el mundo que haga lo mismo. Los bomberos están en camino.

Él no necesita ni medio segundo para mirar alrededor, hacerse cargo de lo que está sucediendo y salir corriendo. Se detiene bajo la puerta un segundo, solo para cerciorarse, con cara de espanto, de que estoy intentando espabilar a su madre.

—Qué... qué... ¿Estoy soñando? —balbucea Susana. Estira el brazo hacia mí y me toca la cara—. ¿Ahora sueño contigo? Qué mal... o qué bien... No sé.

Está tan aturdida y yo estoy tan nervioso que no se me ocurre nada mejor que cogerla en brazos. Creo que lleva una bata anudada a la cintura, porque al levantarla le veo perfectamente la ropa interior.

Pero eso no es en lo que me fijo, claro que no. Estamos en una crisis muy jodida, ¿qué clase de persona sería si me fijara en sus bragas?

—Vamos, espabílate... —insisto, dirigiéndome a la puerta—. Tienes el sueño profundo, ¿eh?

—¿C-cómo? —tartamudea. ¿Quién levantará a esta mujer por las mañanas? ¿Vendrá alguno de sus amigos a hacer un placaje?—. Uy... Creo que me has cogido. En brazos, ¿eh?, que para los latinos significa otra cosa... y en ese otro sentido aún no lo has hecho... que yo sepa.

Cuando salgo, me encuentro a un grupo de vecinos arremolinados en el rellano. Entre ellos está el tal Edu, que se nos queda mirando boquiabierto, y mi madre.

Eric la ha sacado de la cama y empuja su silla de ruedas hacia el ascensor, y todo para recordar, con una maldición furibunda, que no funciona.

—¡Parece una escena de peli de acción! —comenta alguien.

—¿Qué estáis mirando? —jadeo, perplejo—. ¡Hay que evacuar el edificio!

—Evacuar el edificio, dice. —Quien habla es un veinteañero moreno—. Lo que hay que hacer es ir a por la manguera de la piscina y resolver esto, que parece que vaya a colapsar la estructura por haberse quemado un frigorífico... o lo que sea que se haya quemado.

—Lo que hay que hacer es meterte un meco para que cierres el pico, que no te enteras de *na*, *hulio* —interviene un tío con una camiseta de Bob Marley y ojos de emporrado.

—¿Es que se te ocurre algo mejor, Koldo? Precisamente a ti iremos a hacerte caso, que estás colocado.

—¿Lo dices por los ojos? Se me han irritado por el humo.

—Sí, por el humo del pedazo de petardo que te has enchufado en el morro hace veinte minutos.

—¿Eso? Pero si eso era una chustilla de *na*, anda, *sagerao*...

—Pues menos mal que era una chusta... Si la tiraras al suelo y la regaras, florecería un jardín botánico. ¿No habrás provocado tú el fuego tirando por ahí el cohete aeroespacial ese? —conspira el tipo moreno.

—Sí, hombre, me meto todos los días en casa de Susana a fumarme un porro, ¡no te jode!

—Yo lo único que sé es que te metes todos los días, a secas. Y no me vaciles, que en sitios más raros te he visto comerte a besos a tus *waimaiflys*.

—Eo, Néstor, *slow*... —El tal Koldo hace un gesto con las manos para tranquilizar a las masas—. Este no es el momento de echarme la bronca por fumar petas.

—De hecho, tiene razón. El piso. Ardiendo —les recuerdo casi como un telégrafo, pensando que quizá con frases cortas procesan mejor la información.

Eric ya se ha llevado fuera a Sonsoles, y Edu sigue mirándonos alternativamente como si... Por la expresión que tiene, entre pervertida y asombrada, pareciera que Susana y yo hubiéramos provocado el fuego en un lance apasionado entre los electrodomésticos de su cocina.

—Oye, mira, perdona —interviene una chica alta y con los ojos azules—, pero es que se le están viendo las bragas a mi amiga. ¿Te importa si le bajo un poco la bata?

—¡*Chale*, Susana! ¿Está inconsciente? ¿Se ha chamuscado? ¿Necesitará cirugía facial? —exclama una chica de rasgos latinos que acaba de aparecer por la escalera abrazada a una bolsa de gusanitos de casi kilo y medio.

—Solo está medio dormida —aclaro con impaciencia.

—¿Y tú qué hacías durmiendo con ella? —quiere saber Edu.

—Pues qué va a hacer, menso... Recuperar fuerzas. Sería un coyotito poscoital —interviene la latina. Creo que es mexicana—. ¿Era un coyotito poscoital? Responde. Es solo un *research* por la ciencia.

—¿Qué... qué es un «coyotito»? —balbuceo, perdido.

—Creo que este no es momento de hacer ningún *research*, Tamara, y menos sobre a quién se lleva Susana a la cama —dice la de los ojos azules, una de esas almas tranquilas que intentan apaciguar los ánimos allá adonde van. Creo que es la chica que sale con Óscar, aunque es difícil saberlo con el humo que se concentra en el rellano—. Eso no es asunto nuestro.

—¡Pues claro que es asunto nuestro! Susana vive de alquiler, lo que significa que esa cama pertenece al edificio y es derecho de todos saber quién se tumba ahí —zanja Edu.

—¡No estábamos durmiendo juntos! —gruñe la aludida, que parece haber espabilado de una vez—. ¡Callaos ya! ¡Y a ver si tú me sueltas! ¡Necesito entrar a ver qué puedo coger!

—Uy... Lo mejor que te puedes coger está más cerca de lo que crees —musita la tal Tamara.

—¿Qué vas a coger? —gruño yo—. Está todo patas arriba, no puedes entrar, no...

Susana se las apaña para apartarme.

—Si has cabido tú, el King Kong británico, este metro sesenta y cinco podrá moverse por ahí con toda tranquilidad —sentencia, decidida.

Y entra en el piso como si la cocina no estuviera ardiendo.

Mascullo una imprecación y, en un impulso seguramente autodestructivo, salgo detrás de ella. En cuestión de segundos, las llamas han devorado la alfombra del salón y los sillones.

Susana se dirige a los dormitorios, donde no parece que haya llegado el fuego aún.

La sigo con todo el cuerpo en tensión.

—¿Te has vuelto loca? ¡Tienes que salir ahora mismo!

—¡Y lo voy a hacer! Solo tengo que coger unas cosas... que no puedo permitir que se quemen... —Suena entrecortada—. ¿Alguien ha llamado a los bomberos? Dios mío, ¿por qué me pasa esto a mí?

Se pone de rodillas y palpa bajo la cama hasta que da con una pequeña caja. La saca y la aprieta contra su pecho mientras se incorpora, temblando como si hiciera un frío de muerte. Está tan asustada que no me atrevo a sugerir que se haya dejado el fuego encendido o cualquier otra suposición que ella pueda interpretar como que le estoy echando la culpa.

—Todavía no te ha pasado nada —le recuerdo—, pero acabarás muy mal como no salgas ahora mismo.

Susana se pone a mirar alrededor con los ojos desenfocados. Abre el armario con la muñeca floja y luego vuelve a echar un vistazo al dormitorio.

Está entrando en *shock*.

—¿Qué es tan importante para que hayas decidido meterte en el infierno...?

—Son recuerdos de la infancia de Eric. Y de la mía —masculla sin mirarme, inmóvil. El temblor en su voz me pone el vello de punta, y hasta me conmueve que haya querido sacar recortes y fotografías de un bebé que me muestra destapándolas un segundo—. ¿Qué pensabas que era? ¿Un vibrador?

—No, claro que... Venga, vamos.

Intento sonar comprensivo al rodearle la cintura con el brazo. La postura es incómoda; tocarla, a secas, es una sensación extraña, pero no me detengo a pensar en eso.

—Dios mío... ¿Y ahora q-qué va a p-pasar? —tartamudea, histérica. Camina tropezándose, sin ver por dónde va. La arrimo contra mi costado hasta que estamos de nuevo en el rellano. Ya no hay nadie. Solo nosotros—. Vivo ahí de alquiler. ¿Voy a tener que pagar los desperfectos? ¿Hay alguien aún en el edificio? He visto a Eric salir, pero ¿está bien?

—Tranquilízate, ¿de acuerdo? —le digo, frenando antes de llegar al portal para mirarla a los ojos—. Ahí fuera están los bomberos. Calma.

—¡¿Cómo quieres que me calme?! —Me da un puñetazo en el pecho que no me hace ni cosquillas—. ¡Mi casa está ardiendo! ¿Adónde voy a vivir ahora? ¿Y mi hijo?

Se le saltan las lágrimas al pronunciar esto último. Tengo que apartarla de la puerta para que entren en tropel los bomberos, que suben los escalones de dos en dos pertrechados con todo el equipo. Susana solloza a mi lado, mirando a todas partes sin ver en realidad lo que está pasando, y yo no sé qué hacer. La miro tan tenso que siento que me voy a partir, y los remordimientos me reconcomen al verla abrazarse los hombros.

¿Debería abrazarla yo? ¿Dedicarle algunas palabras de consuelo? No se me dan bien esos sentimentalismos, aunque sean de primero de educación, y no estoy seguro de querer entrar en contacto de nuevo con su piel. Y sin embargo...

Trago saliva. Está rodeada de amigos. Todos la esperan fuera. Solo tiene que dar dos pasos para recibir todos los ánimos que quiera.

Sí, que se encarguen ellos. Pueden hacerlo, y mucho mejor que yo.

La miro de reojo. Sigue llorando, ahora tapándose los ojos con la mano.

A la mierda.

Le retiro la mano de la cara envolviendo su muñeca delicadamente. Tiro con cuidado para acercarla a mi cuerpo y espero a que me dé su permiso con una mirada desvalida para rodearla con torpeza con un brazo.

—Está bien —le aseguro—. No pasa nada. Ya pensarás en eso más adelante.

Es ella la que da un paso hacia mí y se abraza a mi cintura. Apoya la frente en mi pecho y solloza en silencio. No aparto los ojos de sus hombros temblorosos, del cuerpo pequeño y frágil pegado al mío.

Qué sensación tan extraña. No recuerdo la última vez que me han abrazado.

Tampoco recuerdo la primera.

La imito sabiendo que me estoy equivocando. Lo hago, me equivoco. No se me va a dar bien. Pero ella se agarra más a mí, y yo no quiero moverme por si eso empeorase la situación. Su bata es suave, satén recién estrenado, aunque no tanto como el pelo que le cae por los hombros y que, a pesar del humo, conserva el olor a champú.

¿Qué sentido tiene eso? ¿Qué sentido tiene nada de lo que está pasando?

La estrecho con cuidado de no hacerle daño, aguantando la respiración. Me pongo rígido involuntariamente cada vez que ella cierra los puños sobre mi camisa.

Está demasiado cerca.

Nadie nunca ha estado tan cerca de mí.

Pero se separa y me mira con los ojos enrojecidos.

—Si has sido tú quien ha entrado a despertar a Eric... te debo una. —Sorbe por la nariz.

—Da igual. Daba la casualidad de que estaba por aquí. Será mejor que vayamos afuera, así puedes respirar aire limpio y esperar al veredicto de los bomberos.

Ella, algo confusa todavía, asiente y sale del portal. Observo, desorientado e inmóvil, que los vecinos la reciben con abrazos, apretones y frases de aliento. Eric es el primero que se funde con su madre en un abrazo de los que se ven en las películas, de esos que puedes sentir incluso tú, aunque, en mi caso, quizá sea porque he sentido uno de esos hace unos segundos.

¿Cómo es posible que nadie esté de morros, que nadie empiece a interrogarla para averiguar cómo ha llegado el fuego a la cocina? ¿Cómo es que no se plantea la posibilidad de que haya dejado el fogón encendido o el gas abierto o lo que quiera que produzca un incendio?

¿Será posible que este sea el único lugar del mundo al que no alcanza el egoísmo humano?

Qué panda de gente tan extraña.

Y entre los murmullos y las caras preocupadas, se alza una voz que solo reafirma mi teoría.

—¿Rezamos un avemaría? —propone la chica latina—. Lo hicieron cuando lo de Notre Dame.

Capítulo 7

MI CASA, MIS REGLAS

Susana

Tengo casa. Lo que no tengo es una casa habitable.

—Por precaución, será mejor que pasen en torno a cuarenta y ocho horas fuera del domicilio —me explicó el bombero en cuanto terminó de dar parte de la situación—. Solo hasta que se disipe el humo. Respirar el aire contaminado podría ser muy dañino y todavía hay que asegurar que el piso es estable.

—Pero se puede vivir, ¿no? Una vez que el humo se disuelva, o lo que quiera que haga el humo —insistí, apretando a Eric contra mi costado. Él también escuchaba con atención, igual de serio que un adulto—. ¿De qué clase de daños estamos hablando?

—Bueno, me temo que la cocina entera habrá que hacerla nueva, y los muebles del salón no os servirán de mucho. El papel de pared ha quedado dañado, igual que algunas puertas... Al menos, las habitaciones han quedado intactas.

—Madre mía de mi vida, ¿y quién se va a hacer cargo de lo que vale la reforma? —preguntó Edu, negando con la cabeza—. Todo dependerá de lo que haya ocasionado el incendio, ¿no? ¿Se sabe algo de eso?

Eric y yo nos miramos consternados. Él también se acordó de la tortilla a medio hacer, la sartén inservible y la pizza que devoramos porque después de discutir tuve la gentileza de levantarme (a desgana) para ir a por ella. Estaba segura de que me diría que había sido mi culpa, que dejé encendido el fogón de la vieja cocina, y esa será siempre mi cruz.

Sin embargo, no fue eso lo que nos explicó el jefe de bomberos:

—Ha sido un accidente. Una fuga de gas. Debería cubrirlo el seguro, y si no, en todo caso, los gastos recaerían en el propietario, que esperemos que sea una persona razonable y comprensiva.

—El propietario... —Edu soltó un suspiro, mirando al cielo con aire soñador.

Esa también habría sido mi reacción si no hubiera estado temblando como un pobre animalillo por el precipitado desarrollo de la tragedia.

El propietario del 2.º B es el mismo que el del bajo, el primero y todos los pisos del edificio número trece. No solo le pertenece el inmueble de esta comunidad, sino también el de enfrente, y tiene otras cuantas propiedades repartidas por Madrid: locales, cocheras, apartamentos de lujo, chalets en barrios residenciales... Pertenece a una familia de ricos con pequeños títulos nobiliarios que vive de las rentas. Pero ni a Edu ni a mí nos asombró que estuviera podrido de pasta, sino que estuviera más bueno que un choripán callejero.

Naturalmente, intenté acostarme con él —aunque me sacara quince años—, pero no surtió efecto porque está casado y, por sorprendente que parezca, quiere y respeta a su mujer.

De todos modos, que tenga una sonrisa *pulverizabragas* no tiene por qué significar que sea también comprensivo. Desde luego que me pareció majo cuando nos mandó al fontanero debido a un problemilla con el sanitario, pero de ahí a restaurar medio apartamento...

Eran las diez de la noche y dudaba que estuviese en su oficina; aun así, marqué el teléfono de urgencia porque... bueno, porque estábamos ante una urgencia. Me respondió un encargado que, de inmediato, me pasó al propietario, de nombre Damián Galdeano. Un Damián Galdeano muy pasado de copas, y lo digo sin ánimo de prejuzgarle, que aquí cada uno es libre de meterse lo que pueda o quiera entre semana. Sin embargo, se mostró tremendamente eficiente y prometió quedar conmigo al día siguiente para evaluar los daños.

—Ahora tendremos que buscarnos un hotel —me lamenté, y enseguida se levantaron una serie de protestas por parte de los vecinos.

La cosa quedó más o menos así: todo Dios se ofreció a dejarnos una cama y un sofá a Eric y a mí; o dos camas, o dos sofás, o un sofá y un sillón, o, como dijo Koldo, «una bañera muy fresquita y una alfombra en la que nunca, jamás, he tirado una colilla, y que aspiro religiosamente».

Lo de «religiosamente» es cosecha mía, porque no creo que conozca palabras de más de tres sílabas.

El piso de Koldo, que es a su vez el piso de Néstor, Ming y Luz, estudiantes universitarios o recién graduados —nunca sé quién se ha graduado y quién no, porque todos están en el paro—, quedó descartado de cajón.

Si Eric acaba en las drogas, no será porque yo le arrastre precisamente a donde se consumen.

En cuanto a los demás...

- 1.º A: piso vacío. Galdeano lo alquila por temporadas a los guiris que quieren turistear por Madrid.
- 1.º B: Edu. Como su novio lo dejó, está remodelando el apartamento y no hay manera de entrar ahí sin un machete y pantalones de camuflaje.

- 1.º C: Paco Román, María Sebastiana y Álvaro: los jubilados y su hijo casi cuarentón que vive con ellos. Álvaro, que tiene la mentalidad de un prepúber, podría intentar sobarme las tetas mientras duermo, como ha afirmado en varias ocasiones que sueña con hacer. *No, gracias*.
- 3.º A y C: la familia de los Olivares. No me habría importado meterme en un apartamento con tres críos, pero antes me haría el harakiri que compartir piso, aunque fuera por una noche, con ese matrimonio que se cae en pedazos. Para la señora de la casa, soy la puta que le hace ojitos a su marido en el ascensor, cuando es justamente al revés, así que no iba a darle la oportunidad de envenenarme el colacao de la mañana.
- 4.º A: Daniel está con una gripe terrible y contagiosa. Hasta Virtudes se ha mudado para que no se la pegue.
- 4.º B: A Tamara y a Eli no les sobran las camas porque tienen a Virtudes durmiendo con ellas.
- 4.º C: Óscar es el profesor de Gimnasia de mi hijo. Sería violento que durmiéramos en su piso.
- 5.º B: He hablado con Gloria dos veces en mi vida.
- 6.º A: Javier está viendo a su familia en Galicia y no voy a allanar su casa para meterme yo. «No, Susana, no vas a allanar nada, ¿de acuerdo?», me dije, insistente.

El resto de los apartamentos son negocios —hay un dentista en el quinto, que presencia todas las escaramuzas verbales entre Gloria y Néstor; una gestoría en el tercero y un arquitecto en el segundo, además de la clínica de psicología del ático— o están abandonados, lo que solo me dejaba la opción más inteligente.

—Tengo un dormitorio de sobra —me recordó Sonsoles, estrechándome la manita con esos temblores de abuela suyos que me conmueven. O me conmueven hasta que admite que

está a punto de llorar porque llevo «un escote de pelandus-
ca»—, y no me vendría nada mal un poco de compañía y ayuda para levantarme... aparte de la de Elliot.

¿Estaba Sonsoles ofreciéndome cobijo a cambio de trabajo no remunerado, pero perfecto para no sentirme una sangui-
juela aprovechada y desconsiderada con la tercera edad?

Y, en efecto, así era.

Por eso fui a aceptar, cuando...

—¿Ha dicho Elliot? —repitió Tamara—. ¿Ese güey de allá
es Elliot?

«Ese güey de allá», el que estaba contemplando la escena
con recelo, indeciso si emprender la huida sin mirar atrás o
participar en la conversación, era Elliot, sí. Tamara acababa de
ponerle cara al hombre de los rumores. Al supuesto lord inglés
de viajes espaciotemporales, al espía ruso, al yeti, al jefe de
estudios de mi hijo, etcétera.

—¡Híjole! ¡Tú eres el que casi se comió a Susana en la calle
delante del pub! —Lo miró de arriba abajo—. Pues sí que estás
de rechupete.

No le hice ningún caso por esta vez porque estábamos en
una situación complicada, tenía unas ganas horribles de echarme a llorar y, encima, mi hijo estaba delante. Gracias al cielo,
se había quedado tan en *shock* como yo misma y no se enteró
de lo que Tamara empezaba a balbucear. Por una vez, todo el
mundo convino en que no era momento de cuestionar a Elliot,
si era o no un *calientabragas* sin respeto ni consideración. La
ignoraron hasta que se cansó, un método muy efectivo para
detener los llantos de los bebés y las verborreas de treintañeras
originarias de Puebla. Entonces, todos volvimos a nuestras
casas, salvo yo, que ayudé a Sonsoles a subir a donde vive,
escoltada por Eric y por el silencioso Elliot.

Si hubiera estado de humor para captar sutilezas, habría
procurado fijarme en la interacción entre madre e hijo. Pero si
no me llamó la atención su manera de comunicarse, a lo mejor

fue porque no hablaron demasiado. Él solo esperó con paciencia a que Sonsoles nos diera las indicaciones —dónde encontrar sábanas, mantas, comida o el baño, como si no hubiera estado ahí cien veces— y luego la acompañó al dormitorio para ayudarla a acostarse.

—¿Estás bien, cariño? —le pregunté a Eric, sentado en el sofá del salón con los hombros hundidos, aprovechando que nos quedamos solos.

Se limitó a asentir, y luego se giró hacia mí, tan serio que pensé que me soltaría alguna de esas parrafadas de Yoda que le salen cuando se inspira.

—¿Puedo faltar mañana al instituto? —preguntó—. Seguro que lo entenderán. Se ha quemado mi casa. —Y arrugó la nariz.

—Se ha quemado la cocina de tu casa y medio salón, so gandul —le reproché, aunque a punto estuve de reírme al ver la preocupación que le había invadido—. Claro que vas a ir mañana a clase.

—¡No puedo entrar en mi cuarto para coger la ropa! ¡Han precintado el piso! ¿Y si se me cae una viga encima y me mata? Pesará sobre tu conciencia para siempre.

—De acuerdo, para el carro, ya me has convencido con tus historias apocalípticas. Haz el favor de acostarte y no te acostumbres a faltar al colegio solo porque ha ardido un poquito nuestra casa.

Se puso a silbar la canción de Eleni Foureira, más contento que unas castañuelas. Pero no me cabía la menor duda de que, en el fondo, seguía asustado por lo que podría haber pasado, único motivo por el que dejó que le abrazara estando Elliot delante, que acababa de salir del dormitorio de su madre.

—¿Quién de los dos ocupa el cuarto de invitados? —preguntó, visiblemente incómodo. Debía de estar preguntándose qué pintaba él allí—. Ya está listo.

—Él —respondí, refiriéndome a Eric.

—¿Yo? —puso voz de inocentón—. No, mami, ve tú.

—No te hagas el buen hijo, que has estado diez minutos haciéndome chantaje para que te deje la cama.

—Oye, no me avergüences delante del jefe —susurró, ceñudo—. Delante del *Telepi*, vale, pero del jefe no.

Me reí y despedí a mi hijo con una palmadita en el culo, con la que me gané una mirada furiosa y un corte de mangas.

Intento corregirle lo de enseñar el dedito corazón, pero no hay manera. Le gusta tanto que lo ha integrado en su repertorio de gesticulaciones.

Elliot y yo nos quedamos a solas en un salón a oscuras. Olía un poco a quemado por la cercanía con mi piso, pero nada insoportable.

Lo miré de reojo mientras desdoblaba las mantas que había sacado del armario de su madre. Iba vestido con una camisa blanca por dentro del pantalón chino, sin corbata y remangado, un *outfit* muy decente para un jefe de estudios, pero que resulta inevitablemente atractivo cuando lo lleva un hombre tan sexy.

No creo que sea consciente de ello.

Yo tampoco quería ni quiero ser consciente.

Me concentré en la manta para deshacerme de esos pensamientos tontos, que priorizaba voluntariamente porque acababa de perder mi casa y necesitaba entretenimiento. Se me presentó la oportunidad perfecta para despistarme cuando desdoblé la sábana y vi que tenía la cara de la Virgen Inmaculada estampada.

Me dio la risa.

Siempre he pensado que la idolatría religiosa de Sonsoles es enfermiza, pero creo que tengo que empezar a verlo como el fanatismo de una adolescente. En mis tiempos, yo también tenía cojines estampados con la cara de Justin Timberlake.

Después de sonreírle a la Virgen, que esa noche me iba a arrullar con su amor maternal, miré a Elliot.

Él carraspeó como si le hubiera pillado haciendo algo malo.

—Eh... —Se rascó el lateral del cuello, observándome con inquietud—. ¿Estás bien?

—Estaré mejor cuando sepa con certeza si voy a tener que prostituirme para poder arreglar lo que se ha quemado. —Vi que se quedaba perplejo y regresaba esa mueca despectiva que avisa de que está a punto de hacer un comentario impertinente—. Estoy brómeando, ¿eh? Solo por si acaso.

Él no las tuvo todas consigo, y, la verdad, yo tampoco, porque haría cualquier cosa para garantizar el bienestar de mi hijo; incluso hacer la calle.

Al mirarlo a la cara, me asaltó el miedo de que supiera mis secretos, de hasta dónde había sido capaz de llegar en el pasado para llevar una vida digna de puertas para fuera. Esperé aguantando la respiración a que soltara su reproche o a que se largara, pero no hizo ni una cosa ni otra.

Se metió las manos en los bolsillos.

—Estaré por aquí para atender a Son... mi madre. —Tragó saliva—. Supongo que nos cruzaremos más a menudo. Si necesitas ayuda...

—Tendré en mente que no puedo contar contigo, no te apures —lo corté con la intención de adelantarme a su comentario seco, pero al ver un flash de asombro en su expresión, me di cuenta de que había metido la pata.

No era eso lo que quería decir. Quería decirme justo lo contrario, pero no fue lo bastante valiente para admitirlo.

—Buenas noches —masculló de mala gana, y salió del apartamento a toda prisa, como si tuviera miedo de lo que sería capaz de decir si se quedaba un segundo más.

Sola en el salón, me abracé los hombros, plenamente consciente de lo vulnerable que me sentía. Aunque el recuerdo del brevísimo pero reconfortante segundo de complicidad entre Elliot y yo me iluminó como un fogonazo. Ahí estuvimos los dos, abrazándonos en el interior del portal como si eso fuera a cambiar mi precaria situación.

Fue agradable. No había abrazado a un hombre antes; no, al menos, sin una connotación sexual de por medio. Me negaba a buscar consuelo en ellos. Quizá sí apoyo económico, y también placer y entretenimiento, pero jamás les hablé de mis dificultades y nunca me permití depender del todo de ellos. No porque no quisiera enamorarme o no deseara, en el fondo, formar esa familia tradicional que a veces te salva de las horas tristes, de regodearte en tus desgracias con los comentarios habituales del tipo «qué sola me siento» y «ojalá hubiera alguien a mi lado capaz de comprenderme»; simplemente, no estaba preparada para querer a alguien o preocuparme por alguien que no fuera la única personita que tengo a mi cargo o yo misma.

Dicho de un modo más fiel a la verdad, no estaba preparada para que otros me quisieran, porque para eso tendría que dejarlos entrar en mi vida, y mi vida es mía. Mía y de Eric. De nadie más. No hace falta que entre gente nueva.

Sin embargo, reconozco que me fue bien poder desahogarme con alguien. Aunque tenga miles de amigos a los que abrazar en estas circunstancias, en realidad, ninguno lo sabe todo de mí, y quien no lo sabe todo es como si no te conociera, así que no te puede entender. Elliot ni me entiende, ni me conoce, pero, gracias a eso, por lo menos yo lo he conocido a él un poco más. Sé que no es de los que dejan a la gente tirada, miran para otro lado y se desentienden. Así que si miró para otro lado y se desentendió de su madre, debe de ser porque ella tal vez... lo merecía.

Digamos que lo sigue mereciendo. O, por lo menos, tengo una pista de por qué Elliot no quería acercarse a ella. Lo he descubierto justo hoy, hace diez minutos, cuando Sonsoles ha pegado a la nevera un anuncio.

Esto ha sido después de citarme con Galdeano y ver (lo que queda de) mi piso, para saber que él correría con los gastos, pero yo tendría que pasar un mes fuera de mi casa mientras reconstruían lo dañado.

Un mes.

Un mes en casa de Sonsoles, como ella misma me ha ofrecido. Como yo misma he aceptado.

Un gran error. Y el error lo explica la lista de la nevera con la que me acabo de topar.

Yo que solo quería un yogur de plátano, y me encuentro lo siguiente:

REGLAS DE CONVIVENCIA:

1. No traer compañeros de cama a la vivienda.
2. No fumar. Ni consumir ningún otro tipo de droga.
3. Todos juntos bendeciremos la mesa a la hora del almuerzo y la cena. El resto de las comidas pueden hacerse por separado.
4. A partir de las nueve de la noche está TERMINANTEMENTE PROHIBIDO usar el móvil u otros dispositivos electrónicos.
5. Hay que conectarse a la misa dominical del mediodía por la web de la Iglesia. Dura dos horas.
6. No se puede ver la televisión después de medianoche.

NOTA: el reparto de tareas domésticas está justo detrás de esta hoja.

En *shock*, le doy la vuelta al papelito y lo leo: poner la mesa y la lavadora, lavar los platos, cocinar, barrer, fregar, hacer la colada... Todos los quehaceres de una casa decente anotados en el reverso de lo que parece... ¿el panfleto impreso en blanco y negro del restaurante tailandés de la esquina? ¿Sonsoles come tailandés, acaso? No me parece la clase de almuerzo que se organizaría una cristiana devota.

Eso no es lo más sorprendente, sino que haya metido a Elliot en el ajo. Ahí está su nombre, junto a «tender, cocinar y servir». «Elliot». Bien grande. Con dos eles.

Y con dos cojones.

—Pero ¿esto qué mierda es?

—¿No te parece bien colaborar en las tareas del hogar?

Doy un respingo al oír esa voz a mi espalda. Ese vozarrón potente, solo atenuado por el ligerísimo acentillo guiri que todavía me hace gracia.

Elliot está detrás de mí. Lleva un finísimo jersey azul encima de la camisa blanca y las gafas puestas.

¿Alguna vez he dicho que me encantan los cuatro ojos?

—Me parece estupendo. Hasta que el fuego me desahució, me dedicaba a hacer todas estas cosas yo sola. Para mí es una ventaja que ahora nos las repartamos; a menos toco. Lo que me ha dejado perpleja es... —cojo el papelito y señalo los puntos—, ¿no traer «compañeros de cama»? ¿A qué se refiere? ¿A que nada de comprar cojines que no combinen con la colcha?

Elliot enarca una ceja.

—Sabes muy bien a qué se refiere.

—¿Y lo de no fumar ni consumir otras drogas? Esto claramente lo dice por mí. Soy la única persona en esta casa que... —Carraspeo al sentir su mirada expectante sobre mí—. Eh, que yo no me drogo, a menos que los pepinillos agridulces cuenten como adicción.

Pone cara rara. En fin, la que todos me ponen cuando confieso que adoro los pepinillos agridulces.

—¿Y eso de que todos bendeciremos la mesa? Es broma, ¿no? La última vez que hice eso fue de forma irónica en una convivencia con las chicas *scout*.

—¿Eras una chica *scout*?

—¿Dónde crees que aprendí a atarme los cordones? —Me ha faltado el *duh* y la palmadita en la frente—. «A partir de las nueve de la noche está TERMINANTEMENTE PROHIBIDO usar el móvil». ¡A partir de las nueve! ¡Si es a esa hora cuando por fin puedo leer mensajes!

—Qué desgracia —ironiza.

Bajo el papelito y apoyo la mano en su pecho, mirándolo con desesperación.

—Elliot, tú no lo entiendes. No puedo dormirme sin mi media hora de TikTok.

—Podrías probar a leer.

—Eso hago. Leo los pies de las fotos de las Kardashian-Jenner. Y las descripciones de sus productos cosméticos. Y el drama que cuentan sobre ellas las revistas del corazón... Por favor, ¿qué es esto? ¿Dos horas de misa dominical? ¡Encima tengo que madrugar en mi día libre!

—Levantarte a las doce no es madrugar.

—Levantarme antes de cuando me quiero levantar es madrugar —zanjo con retintín—. ¡Que son dos horas! ¡Dos horas de sermón perdidas! En dos horas me da tiempo a hacerme la depilación completa, desde las cejas hasta los dedos de los pies. ¡En dos horas he ido y vuelto de Toledo! ¿A qué viene todo esto? Parece una casa de...

—Es una casa respetable —interviene Sonsoles, que aparece empujando su propia silla de ruedas—. Quiero que nuestra convivencia sea lo más agradable posible, y creo que no sería fácil si no hubiera cierto orden.

¿«Cierto orden»? Que se acaba de marcar la del Pepe Botella, por Dios. Diciendo que podemos pasar un tiempecito en su territorio, va y da un golpe de Estado y nos restringe las libertades.

Esto es una dictadura con todas las de la ley.

—Sonsoles, cariño, ¿no crees que es un poco excesivo lo

de no dejarme fumar? Ya sabes que lo hago, y que me voy a otra habitación para no molestar, o me quedo junto a la ventanita...

—Deja un olor asqueroso, y es dañino para el organismo. No solo para el tuyo, sino también para el de todos los que están a tu alrededor. —Ahora suena como una cajetilla de tabaco—. No pienso ceder en este punto.

—¿Y lo de la tele? ¿Si la pongo sin volumen no puedo quedarme por lo menos hasta las dos?

—¿Por qué ibas a verla sin volumen? —pregunta Elliot, perplejo.

—Es divertido imaginar los diálogos e inventarlos sobre la marcha. Eric y yo jugamos mucho a eso. —Me giro hacia Sonsoles con una mueca esperanzada—. ¿Y bien?

—Los médicos dicen que hay que alejarse de las pantallas al menos una hora antes de meterse en la cama para poder alcanzar el sueño óptimo —explica con sabiduría. Mi sueño óptimo sería poder usar su tele de plasma desde el telediario de las nueve hasta los dibujos animados del día siguiente—, y no quiero que te vayas tarde a dormir. Tienes que madrugar mucho para trabajar, y no rendirás bien si no has descansado.

No me digas. A ver si ahora todo esto lo hace por mí.

—¿Y a qué te refieres con lo de no traer a nadie? No pretendía invitar a ninguna amiga a tomar el café en tu salón, por Dios, pero...

—Puedes invitar a cualquier amiga para un café, no tengo problema alguno. —Sonríe—. Mi casa es tu casa.

Eso lo dudo bastante. Para empezar, mi casa no está revestida de cristos crucificados, rosarios y réplicas de escenas bíblicas, como, por ejemplo, la última *rave* de los apóstoles con Jesús y la del masoquista que pidió que lo crucificaran boca abajo para evitar que lo acusaran de plagiar la muerte de su señor.

—Lo que no quieres es que traiga...

—Amantes —responde sin pestañear.

—Amantes masculinos, supongo. Has dicho que amigas sí puedo traer. ¿Amiguitas también? *Petites amies?*

La cara de Sonsoles es indescriptible. Y la de Elliot, para qué contar.

—Como ya he dicho —dice al fin—, esta es una casa respetable.

¿Perdona? Esta es una casa de locos. Insisto en que ha anotado específicamente que, como me salte la misa dominical, arderé en el fuego eterno.

Ya ves tú. Allí iba a dirigirme de todos modos.

—Voy a levantar a Eric —anuncio con una sonrisa de circunstancias—. Ahora le comunicaré... eh... la nueva normativa. Así le queda claro que no puede drogarse ni traer a sus pibitas.

Elliot y Sonsoles se me quedan mirando como si acabara de enseñarles mi tatuaje del culo, un recuerdo de una fiesta alocada en Benidorm de hace unos cuantos años.

—Estoy bromeando —me obligo a aclarar, y extiendo los brazos—. Es una coña. Humor. ¿Lo pilláis? Eric no se droga. Y conozco a su novia.

—No está en la edad de tener novia —interviene Elliot, todo serio él.

—Tú sí, y, mira por dónde, no la tienes. ¿No lo dirás justo por eso, porque para ti nunca es edad de tener novia? —le chincho. Oh, qué placer me produce esto. Meterme con Elliot va a ser mi nueva droga de diseño. ¿Estará permitido consumirla en el salón?—. Voy a despertar a Eric y luego me haré un café. ¿Queréis?

—No hay café —anuncia Sonsoles—. La cafeína es adictiva, una especie de droga aceptada y dañina para el organismo.

Ella sí que es dañina para el organismo. Habrá que beber té, como los británicos. Con esto seguro que *Lord 78,74 Inches Long* está muy contento. A fin de cuentas, este sitio se ha convertido, en cuestión de cuarenta y ocho horas, en el corredor de la muerte de Susana Márquez.

Una soñando con un cuarto rojo del dolor y, en su lugar, la meten en un salón de tortura.

En fin...

Que empiece el juego, supongo.

Capítulo 8

Nota mental: no pactar con el diablo

Susana

Pensaba que no iba a ser para tanto. De verdad. Entre que mi horario en la empresa de telecomunicaciones ocupa todas mis mañanas y cada día tomo el almuerzo con un vecino diferente, estaba segura de que las tardes de relajación en el sofá de Sonsoles tendrían su encanto.

Pero no.

Sonsoles se ha puesto a mirarme fijamente cuando me he tirado en plancha en el sillón y he puesto el *show* de las Kardashian. Ni después de hacerle un resumen rápido de la familia, e incluso un árbol genealógico en una servilleta de papel usada, he logrado convencerla de que dejemos puesto el canal. He tenido que cambiar a una peli en la que sale Cher, que, por cierto, tampoco le ha gustado, porque, para ella, Cher es poco más que una *zorrasca* polioperada. No ha querido poner Telecinco, porque le dan dolor de cabeza los gritos de María Patiño y compañía, así que las opciones han quedado reducidas a episodios repetidos de *CSI*, *Master Chef* en diferido y un documental sobre especies extinguidas.

Podría haberme levantado y haberme largado, pero, hasta la fecha, la mujer sigue muy pocha. Y encima que me ofrece su casa, no iba a abandonarla a su suerte para «salir a pincharme heroína», como ella cree que hago en mi tiempo libre.

Eso ni siquiera ha sido lo peor. Ha juzgado lo que me he hecho para comer (¿qué tienen de malo un par de tostadas de Nutella? ¿Acaso es más de Nocilla?), los segundos en los que he sacado el móvil para escribirle «socorro» a Edu, mis modales a la mesa (que son impecables, perdona) y hasta me ha fulminado con la mirada cuando me he retocado el pintalabios.

Encima que llevaba uno muy discretito...

Pensé en escabullirme al cuarto de invitados asegurando que estaba muy cansada, pero siguió pareciéndome de muy mala educación. Solo he visitado a mi hijo en su cuarto en un momento de debilidad para desahogar con él mis penas.

—Hay una señora muy mala ahí fuera coartando todas mis libertades —le sollocé a Eric, que apartó el libro que estaba leyendo para atenderme con una sonrisilla de «menuda palurda estás hecha»—. Espera, ¿qué es eso? ¿Estás leyendo un libro? Dios, tú también estás en mi contra.

—¿Por qué no coges uno tú también? Mira, esa estantería está llena.

Me levanté como si me pesaran los huesos un quintal y me asomé a las baldas. Mi cara de circunstancias fue empeorando conforme leía los títulos.

La libertad y la paz interior, La confianza en Dios, Meditaciones para el Adviento, El alma de todo apostolado, Sin miedo porque Él está ahí...

Vale, pues yo sí tenía miedo.

Al girarme, encuentro a Eric mirándome al borde de la risa. El libro que tenía en las manos era precisamente... *Adorar a Dios en la liturgia*.

—No eres más que un pecador hipócrita. Arderás en el

caldero de Satanás durante toda la eternidad —pronuncié en tono bíblico.

—Dios perdonará mis faltas —repuso en tonillo repelente—. Perdonamos hasta setenta veces siete.

Tuve que regresar al salón porque no iba a encontrar consuelo ni siquiera en la sangre de mi sangre. Gracias al cielo, en cuanto ha aparecido Elliot a las nueve y media de la noche para hacerle la mínima compañía a Sonsoles, he salido escopeteada y me he metido en el baño. Y aquí estoy, con el grifo del agua caliente abierto para que parezca que me estoy aseando y no aprovechando para infringir las reglas a escondidas.

Saco el móvil del bolsillo (el móvil que debería estar desconectado, porque ya son las nueve pasadas) y un cigarrillo de la pitillera, y espero con la toalla envuelta en el cuerpo a que el vapor inunde el baño y no me deje ni respirar. Una sola calada en esta sauna y ya estoy en el séptimo cielo.

Saldría de casa para fumar, pero Sonsoles ha añadido un toque de queda a las nueve y media (a partir de esa hora, el que haya salido no entra), y hay cierto placer en lo prohibido.

Me pongo los auriculares y dejo que *Tu calorro* de Estopa inunde mis oídos.

Esto sí que es vida. ¿No puedo quedarme a vivir en el baño? Podría dormir en la bañera vacía, como me sugirió Koldo. Por lo pronto, me meto dentro y me tumbo como si un artista alternativo fuera a hacerme una sesión de fotos. Y, por un momento, estoy en paz. Al siguiente, me temo, una invasión masculina manda al garete mi paz.

Pego un grito y doy un respingo, todo a la vez, cuando veo a Elliot bajo el marco de la puerta.

—Estás incumpliendo las normas —me anuncia, ceñudo.

—¡Lo que estoy es desnuda! —corrijo, sin hacer el amago de cubrirme. Yo no soy una mojigata, ¿eh?, pero él sí, y, a lo mejor, si me ve una teta, se asusta.

Para mi sorpresa, no solo no se asusta, sino que se asoma

para mirar la pantalla de mi móvil, que del bote se me ha caído al suelo.

—Y estás jugando al *Clash Royale* —me acusa—. ¿Te encierras en el baño para jugar al *Clash Royale*?

—Claro que no, esto es solo mi coartada. Llegas diez minutos más tarde y me encuentras con una sobredosis, o peor aún: haciéndome las ingles. —Al ver que no reacciona a mi exagerada mueca de espanto, suspiro—. ¿No puede una mujer tener sus vicios?

—Te están masacrando las torres —apunta, todavía observando la pantalla.

—¡Es porque me has interrumpido! —Cojo el móvil de un movimiento brusco y me dispongo a salvar mi única torre en pie—. ¿Puedes hacer el favor de salir, Harry Potter?

—¿Harry Potter?

—Es inglés, ¿no? Pues eso. ¡Fuera!

—Venía a por unas pastillas que Sonsoles necesita. —Arruga el ceño—. Oye, ¿qué te crees, que no detectará el olor y sabrá que has estado fumando? Cuando era joven, mi madre se fumaba dos paquetes de tabaco al día. Y lo que no es tabaco —apostilla entre dientes—. El caso es que detectaría que te has encendido un cigarrillo a kilómetros de distancia.

—¿Que se fumaba...? Pero ¿qué dices?

Elliot se encoge de hombros, entorna la puerta para poder abrir la puertecilla del armario que hay justo detrás, y asoma por ella un escalofriante arsenal de medicinas.

Acabo suspirando y volviendo a apoyar la cabeza en el borde de la bañera. Cruzo los tobillos y le doy otra calada, observando de reojo los movimientos de *milord*.

—No se lo vayas a chivar, ¿eh? —le advierto. Como no se inmuta, saco la artillería pesada—: Sería muy poco inglés por tu parte.

Él me mira de soslayo.

—Si te guardo el secreto, me deberías dos en lugar de una.

Ya me dijiste el otro día que estabas en deuda conmigo por lo del incendio.

—¿Y tú para qué quieres que te deba nada, si no me quieres ver ni en pintura?

Elliot cierra el armario después de coger una cajita de analgésicos potentes y unas pastillas para dormir.

Se gira hacia mí.

Duda antes de meter una mano en el bolsillo.

—En realidad, he decidido que quiero que hagas algo por mí.

—¿Y me lo tienes que decir cuando estoy así? —Señalo la minitoalla que me cubre—. Porque me lo pones fácil para que interprete que vas a pedirme un pago en especie, y no hago esa clase de favores. No por menos de trescientos —bromeo, pero él no lo capta y se me queda mirando muy cortado—. ¡Que es coña! De verdad, macho...

—No tiene nada que ver con... con eso —murmura, contrariado. Me parece de lo más tierno que aparte la mirada para «no incomodarme»—. Solo necesito ayuda con algo.

Lo sé antes de que me lo diga. Quiere que haga de mediadora entre su madre y él. Por lo menos ahora se ven y se hablan, pero Elliot se mantiene distante y se nota que no se siente del todo bien compartiendo espacio con ella. Yo, una mami *cool* y una hija desgraciada con *daddy issues*, soy la persona perfecta para hacer mi propia versión de *El diario de Patricia* y unir de nuevo a la familia desestructurada.

Estoy tan segura de que me lo va a pedir que me quedo de una pieza cuando suelta:

—Necesito que me ayudes a ligar.

Pestañeo una sola vez.

Desde luego que necesita que le enseñen a ligar si le suelta que quiere aprender a conquistar pibitas a una mujer medio en pelotas. Una mujer medio en pelotas que le ha hecho ojitos en varias ocasiones.

—Perdona, creo que no te he oído bien.

Él hace una mueca de dolor. Toda la tensión acumulada en su cuerpo parece indicar que va a salir por patas del cuarto de baño, avergonzado por su arrebato; sin embargo, se sienta en la taza del váter, justo delante de mí.

—Tú, entre todas las mujeres, te habrás dado cuenta de que no... Bueno, pues que no se me da bien tratar con vosotras. —Entrelaza los dedos y enseguida cierra los puños, como si acabara de descubrir que tiene dos manos y estuviera averiguando para qué sirven—. Este ha sido un problema con el que he cargado toda mi vida, pero me negaba a verlo como tal hasta que... —A regañadientes, consigue decir—: Hasta lo que pasó en el pub.

—¡Hombre, si se acuerda y todo! —Aplaudo sin otra intención que quitarle hierro al asunto—. ¡Y yo que creía que tu sistema de borrado de memoria había funcionado a la perfección!

—Sería difícil olvidarlo cuando me lo recuerdas a diario —masculla entre dientes.

—Estoy acostumbrada a martirizarme en voz alta por los errores que cometo. —Le doy una calada al cigarrillo y espero a expulsar el humo lentamente para proseguir—: Yo no creo que tengas un problema con las mujeres, Elliot. Simplemente, eres un borde, o «un tío muy inglés», como te guste llamarlo. Es un bonito eufemismo, *by the way*. —Le guiño un ojo.

—No lo hago adrede —protesta, apretando los labios.

—¿Que no lo haces adrede? ¿Quieres decir que mencionaste sin querer lo de mis enfermedades venéreas y lo de mi hijo echándose a la mala vida? Porque, guau, si tu cerebro es capaz de reproducir los comentarios más mezquinos sin hacer siquiera sinapsis neuronal, no me quiero ni imaginar adónde llegarías si...

—No, esos comentarios sí los hice de forma consecuente. Fui duro contigo en la tutoría porque pensé que eras una madre irresponsable y sin interés real por Eric. Y lo sigo siendo porque no eres mi persona favorita —confiesa sin remilgos—. Que una mujer me caiga mal y actúe en consecuencia es distinto de lo que me pasa con el género femenino.

¡Que no soy su persona favorita, dice! Ni falta que me hace, vamos, pero podría preocuparse de tenerme contenta haciéndome la pelota si pretende que me convierta en su *Hitch, especialista en ligues* particular. Sin mí no conseguiría quedar con Eva Mendes ni amenazándola a punta de pistola. Ni con el Tío Cosa, ya que nos ponemos.

—A ver —acabo suspirando e incorporándome para dar la impresión de que me tomo sus conflictos internos muy en serio—, ¿qué te pasa con el género femenino?

Mi gen de madre de nuevo al ataque. Una mujer con una cicatriz de cesárea no puede desentenderse de un niño grande que viene a pedirle ayuda, porque es que eso es justo lo que parece: un niño grande y desamparado al que la vida se le hace bola y necesita con urgencia un guía. Tiene cara de que le hayan soltado en mitad del desierto, sin mapa y sin brújula.

—Estoy siempre a la defensiva —admite, todavía sin mirarme—. Me pasa desde que soy un crío. Veo a una mujer segura de sí misma o dicharachera y siento rechazo.

—A ver si lo que te va a pasar es que eres un misógino —sugiero, levantando las cejas—. No te preocupes por eso, ¿eh?, que no es como la esclerosis lateral amiotrófica, que solo afecta a un pequeño porcentaje de la población. Hay tantos tíos enfermos de lo tuyo y sin tratar que da hasta miedo. Seguro que hay algún grupo de apoyo para vosotros.

«Y si no, siempre está la inyección letal», estoy a punto de añadir.

—Pero yo no quiero... —Se calla de pronto y se pasa la mano por el flequillo rubio—. Voy con la idea preconcebida de que las mujeres son... crueles y van a destruirme, o abandonarme, o... En fin, sé que es irracional, y no me gusta esa sensación ni lo que acaba provocando. No estoy satisfecho con el modo en que reacciono y, lo creas o no, tampoco me gusta ir por ahí haciendo sentir mal a los demás.

Chasqueo la lengua.

—Pues para no haberlo estudiado, se te da de maravilla el oficio, colega.

Vale, Susana, ya basta de hacer leña del árbol caído.

La maternidad me ha enseñado que, cuando alguien abre su corazón, no es el momento de los reproches, y si te atreves a aprovecharte de esa vulnerabilidad para atacar, te arriesgas a que no vuelvan a confiar en ti.

Inspiro hondo.

—Mira, lo tuyo parece venir de un trauma infantil. ¿Por qué no vas a un psicólogo? Estarás más cómodo en un diván que en la taza del váter, por mencionar una ventaja.

—He pedido cita con la del ático.

—¿Con Alison? Es un encanto de mujer. —Vacilo antes de describírsela, mirándolo pensativa—. Aunque, claro, a ti te caerá mal porque es sexy e independiente —apostillo—. Pues nada, Elliot, caso resuelto. —Me palmeo las rodillas desnudas—. Unas cuantas sesiones de terapia intensiva para envenenar al *incel* que llevas dentro, y se acabó: ya estarás listo para el matrimonio.

—No me has entendido —se apresura a explicar, alzando las manos—. No recurro a ti para que me ayudes a dejar de sentir rechazo hacia las mujeres. Eso es tarea mía y, en todo caso, de un especialista.

—¿Entonces? ¿Para qué me necesitas, aparte de para desahogar tu mal humor?

Elliot coge aire antes de responder.

—Yo no estoy en posición de ligar, y dudo que una psicóloga vaya a iniciarme en el arte del cortejo. En definitiva, creo que solo tú podrías ayudarme a conseguir una cita con... con mi actual interés romántico.

Abro los ojos, perpleja, y me señalo con incredulidad.

—¿Yo? No es por quitarle mérito a tu atractivo, Elliot, porque lo tienes, y mucho. Pero si esta humilde servidora fuera a pedirle una cita en tu nombre a ese... «interés romántico» que mencionas, es probable que la mujer decidiera salir conmigo antes que contigo, y eso sería un pequeño problema.

Él arruga el ceño, como si acabara de decirle que dos más dos son cinco.

—Teresa no es lesbiana.

Bufo antes de dar una calada al cigarrillo.

—Eso dijeron todas las que se han liado conmigo.

Las arrugas de su frente se acentúan. Por un momento temo que haga un comentario homófobo, pero, afortunadamente para todos, aunque suele caer bajo, nunca llega a una profundidad de la que no se le pueda rescatar.

—No quiero que hagas el trabajo por mí —mascula, ya desesperado. Lo admito: no se lo estoy poniendo fácil—. Solo necesito que me des una guía práctica para saber cómo comportarme, y qué decir, y qué les gusta a las mujeres...

Este último comentario, pronunciado con vulnerabilidad, me saca una sonrisa tierna. Me agarro al borde de la bañera, teniendo cuidado de que no se me desanude la toalla.

—Elliot, querido... Las mujeres no somos un todo generalizado al que se puedan aplicar leyes universales. Cada una es un mundo, ¿entiendes?

—Pero habrá algunas normas básicas que funcionen con todas, ¿no? —Clava en mí sus penetrantes ojos grises.

—Hombre, ¡pues claro! —exclamo alegremente—. Las mismas normas cívicas que surten efecto con los hombres: mostrar una mínima educación y ser respetuoso. Creo que son derechos humanos, y, si no, deberían serlo. Pero, en cualquier caso, se supone que ya deberías haber aprendido de niño ese par de valores, puesto que los británicos destacáis con honores en ese aspecto, ¿no?

Mi mofa rebota contra su mollera de acero, porque no

huye en desbandada ni me dice que me olvide de colaborar. Por el contrario, insiste mirándome inexpresivo:

—Me dijiste que me debías una.

—Por si no te acuerdas, cuando dije eso estaba llorando a moco tendido porque pensaba que tendría que mudarme de la comunidad y, encima, pagar los desperfectos de un piso de alquiler incendiado. No puedes tomarte en serio lo que sale de la boca de una mujer cuando está desquiciada.

Elliot saca el móvil del bolsillo trasero de sus pantalones y me ignora un segundo para teclear a velocidad de tortuga en la pantalla.

—Oye, no es el momento de explotar torres ajenas —le regaño, estirando el cuello para husmear—. Las mujeres quieren que les presten atención cuando hablan, ¿sabes?

—Estoy anotando lo que has dicho. Me ha parecido una apreciación muy sabia... Como esa otra que acabas de hacer —apostilla con la vista fija en el móvil.

—¡Ese no es un...! ¿En serio tienes que anotar algo tan básico como...? Qué más da. —Suspiro y observo de reojo que teclea muy concentrado, como un alumno aplicado—. En fin, veo que lo tienes claro. ¿Se puede saber por qué yo? ¿No tienes amigos o amigas que sepan dirigirse a una mujer y puedan aconsejarte?

Elliot vuelve a guardar el teléfono en el bolsillo y me mira con franqueza.

—He comprobado de primera mano que sabes relacionarte con los hombres con la naturalidad de una mujer experimentada. Si te has acostado con todo el mundo, como se dice en el edificio, debes de saber mejor que nadie qué es lo que esperas de un compañero.

Esbozo una sonrisa fría.

—Amigo, si quieres que te ayude con tu problemita de autismo, será mejor que vayas por otros derroteros. Diciéndome que soy tu mejor opción porque se me conoce por ser una zorra insaciable no hace que me sienta precisamente halagada.

—El autismo es una cosa seria —replica, censurándome con la mirada—. No deberías meterlo en una conversación formal como una especie de insulto.

¿Conversación formal? ¡Que estoy escuchando Estopa en la bañera de mi vecina ultracatólica, por favor!

—No lo he utilizado como insulto —replico—. Es un hecho que un síntoma del autismo es la dificultad para relacionarse, que es precisamente lo que tú tienes. *Finito*. Pero ya que estamos con los reproches, tú no deberías meter un comentario despectivo sobre mi forma de vida en una conversación en la que pretendes convencerme para que te ayude. —Pongo los ojos en blanco al ver que coge el móvil otra vez—. Por favor... Es ridículo que tengas que anotar obviedades como la que acabo de decir.

—No me parece una obviedad —rezonga de morros—. He visto películas y series en las que la mujer, cuanto peor la trata su pretendiente, más atraída se siente por él.

—Pues anota que eso es una rematada gilipollez. Una mujer quiere que la quieran y que actúen en consecuencia. Fin de la historia.

«Pretendiente», ha dicho. E «interés romántico». Y «compañero». Este hombre no sabe lo que es el lenguaje coloquial, y claramente no ha tenido la oportunidad de referirse a alguien como «su novia» en la vida. No sé si eso me da pena o hace que me sienta aliviada por saber de lo que se han librado las mujeres de este planeta.

Pero, a la vez, ¡cuánto se están perdiendo! Para salir con él necesitaría haber perdido la audición, porque cada vez que habla sube el pan, pero solo hay que mirarlo para comprender que es un semental con todas las de la ley; uno de esos machos en torno a los que las hembras revolotean porque la llamada de la naturaleza los señala como portentos reproductivos. Es una lástima que sea tan imbécil y por eso las mujeres deban perderse lo excepcional que podría llegar a ser pasarse por la piedra a un macizo de su talla.

—Creo que me estoy metiendo en la boca del lobo aceptando esto —confieso al fin—, pero... de acuerdo. Te ayudaré a conseguir novia. Unos pocos consejos y se acabó, ¿eh? Solo porque me encanta el tópico del intermediario en las comedias románticas, porque espero que esto no acabe como *La Celestina* y porque a cambio vas a hacerte el sueco cada vez que me meta en el baño a fumar y a jugar al *Clash Royale*. Y al *Green Farm* —agrego, pensando en la carpeta de juegos que tengo en el escritorio del smartphone—. Esa granja no se va a mantener sola.

—No me gusta mentir —replica, contrariado.

«Y a mí no me gusta pasar contigo más tiempo del necesario», estoy a punto de contraatacar, pero unos golpes débiles en la puerta nos interrumpen.

—¿Elliot? —Es Sonsoles—. ¿Estás ahí con Susana? ¡La he visto entrar antes! ¡No es decoroso que estéis solos ahí dentro! ¡Y menos con la puerta cerrada!

Pongo los ojos en blanco.

—Harías bien en dejarle claro a tu madre que no me follarías ni con el rabo de otro —mascullo, cruzándome de brazos.

Elliot se gira hacia mí con rapidez, como si hubiera dicho una barbaridad (es probable que a él se lo parezca), pero no dice nada.

—Espero que no utilices ese lenguaje delante de Eric —responde.

—No, delante de Eric utilizo expresiones elegantes, como «reventar a pollazos». —Sonrío triunfante al ver que palidece y niega con la cabeza.

—Eres un caso perdido.

—Y, aun así, soy tu mejor baza. ¿En qué posición te deja eso?

—¡Elliot, voy a entrar! —exclama Sonsoles—. ¡No podéis estar solos!

—Pero ¿esta qué se cree? —mascullo mientras me incorporo de la bañera—. ¿Que te voy a seducir con mis artes oscuras en cuanto te descuides?

Elliot me lanza una mirada que viene a decir algo como «que no te extrañe» y «tampoco sería tan raro», pero sí que sería raro. Mis artes oscuras no funcionaron en un primer momento, así que no voy a ponerlas en práctica otra vez. Sería un desperdicio de mi magia.

—¡Elliot!

—¡Me estoy duchando! —exclama, lanzando un vistazo cansado al techo—. ¡No puedo salir para abrirte!

—¡Entonces abriré yo!

—¡No! —exclamo por lo bajini, aferrándome a la toalla—. Elliot, huele a tabaco, y ahí está mi móvil, y...

Elliot actúa con rapidez para evitar que la furia de Sonsoles caiga sobre nosotros como la de Zeus. En tres movimientos nos pone a salvo: cierra el grifo del lavabo, abre el de la bañera y se mete de pie conmigo, cerrando la cortina antes de que su madre entre por la puerta.

Cosa que ocurre apenas un segundo después.

Por favor, ¿qué es esto? ¿Un capítulo de *Pequeñas mentirosas*?

Se me olvida quejarme de lo fría que está el agua cuando noto que empieza a empapar mi toalla, que se escurre por mi cuerpo hasta que cae chapoteando al suelo de la bañera.

No me atrevo a agacharme para volver a taparme, porque escucho el sonido de la silla de ruedas de Sonsoles avanzando, pero busco la mirada de Elliot con pavor. Cuando ve que abro la boca, se apresura a cubrírmela con la mano para callarme, justo la única parte de mi cuerpo que no haría falta cubrir en estos momentos. Aun así, no desvía sus ojos de los míos, advirtiéndome con la mirada que guarde silencio.

—¿Has entrado? —pregunta él en voz alta.

—No te has traído muda limpia, y no quiero que te pasees desnudo por una casa en la que hay una mujer soltera y un alumno tuyo. Te traeré tu ropa... ¿Dónde la tienes? ¿Podría alcanzarla desde mi silla?

Elliot masculla una imprecación en inglés que me hace mucha gracia. Siempre se me han dado de maravilla los idiomas, y más aún la *American slang* y el *eye dialect*. Es lo bueno de ver *Jersey Shore* —todos los *Shores*, *Geordie* incluido— y la inmensa mayoría de los *realities* yanquis en su versión original.

Él ve que estoy sonriendo cuando aparta la mano y niega con la cabeza, dándome por perdida una vez más. Me retira el cigarrillo empapado de la boca y lo tira a la bañera. Es entonces cuando ve que me estoy abrazando el pecho porque estoy desnuda.

Abre los ojos desmesuradamente y enseguida desvía la mirada. Al ofrecerme su perfil es más evidente que se ha ruborizado, y no es un rubor rosado adorable de niñita candorosa, sino un rojo intenso muy revelador.

—Tengo m-mudas en la mochila que he d-dejado en tu cuarto —tartamudea.

—Enseguida vuelvo... ¿Dónde está Susana? ¿La has visto salir?

Ya te digo que si la ha visto. Si quiere, la puede ver en todo su esplendor.

—No —responde, escueto.

Está tan tenso que parece que haya visto al fantasma de su difunta bisabuela en vez de un pezón. «¿Veis lo que pasa cuando censuráis pechos en Instagram? —me dan ganas de contarle a un público invisible—. Que la gente se comporta como si fuera virgen, cuando no hay nada más natural que el cuerpo humano».

Sonsoles anuncia su salida cerrando la puerta con cuidado,

y en ese momento ya he decidido que voy a empezar a jugar un poco.

—¿Sabes? —sonrío, lobuna—, una de las posibles consecuencias de ligar con una mujer, si lo haces bien, claro está, es verla desnuda. No deberías mostrarte tan cohibido ante la anatomía femenina. A las mujeres nos suele gustar que sepáis lo que hacéis y transmitáis seguridad, porque la mayoría de las veces las que estamos nerviosas somos nosotras.

—Pues yo no... n-no te veo n-nerviosa —consigue decir, con la garganta seca.

—¿Cómo puedes saberlo, si no me estás mirando? —Enarco una ceja—. Tienes que aprender a sentirte cómodo entre las mujeres, Elliot. Recuerda que somos como cualquier otro mamífero; si acaso, algo más perspicaces, porque podemos oler el miedo de un macho impresionado.

—¿«Po... podemos»? —balbucea mientras trata en vano de recomponerse—. ¿No se supone que las mujeres no son un «todo», sino que cada una... cada una es especial?

Elliot respira dificultosamente, y no creo que tenga que ver con que el agua salga caliente. Se ha formado una nube de vapor a nuestro alrededor, y él también está empapado.

El pelo rubio, aunque varios tonos más oscuro, adherido a la frente, las pestañas pegadas, ocultando una mirada tornasolada y plateada capaz de derretir un glaciar, la camisa que transparenta sus músculos firmes... Menudo espectáculo.

Su mirada no me invita a tocarlo, porque no sabría qué hacer en ese caso. Está confuso. Pero sí me pide que se lo ponga más fácil.

—Hemos estado más cerca que esto —le recuerdo en voz baja. Me apoyo en sus hombros y me estiro para rozar su pecho con el mío—, y no te hice daño, ¿a que no? No muerdo. No demasiado, quiero decir. Y menos aún si no me das permiso.

Me divierte su reacción tanto como me enternece. Este

hombre podría aplastarme con sus propias manos. Es decir, podría empotrarme del modo más salvaje que haya recogido la historia de los polvos épicos, y ahí está, mirándome como si estuviera en peligro radiactivo, suplicando clemencia a la divinidad.

Traga saliva y recorre mi rostro con ansiedad patente. Se detiene en mis labios, tan concentrado y confuso al mismo tiempo que parece que acabe de hacer una ecuación y no le convenza el resultado.

—¿Quieres besarme? —le pregunto a bocajarro—. Todo esto que vamos a hacer, que te voy a enseñar, está muy relacionado con admitir lo que uno desea y ser capaz de transmitírselo a la otra persona. Va de comunicarse, ¿entiendes?

—N-no —tartamudea—. Quiero decir... no. No.

—Vale, vale. Un simple «no» es honesto y bienvenido. —Me río, fingiendo que no me escuece el rechazo—. Tres ya son multitud.

—Es que yo...

Parece sobrepasado. Si no estuviera mojado, seguro que estaría sudando como un ternerito camino del matadero.

De pronto levanta una mano para retirarme un mechón del centro de la frente.

Hace una mueca de dolor.

—En realidad... tendría que estar muy borracho para besarte.

Oh. Borracho. *Claro*. Solo así se atrevería a ponerme un dedito encima, porque estando bien despejado, ¡ni loco!

Estupendo.

Que te rechacen siempre es doloroso, pero que lo hagan estando en pelotas cuando echas cinco horas semanales en el gimnasio y tres en yoga, es... es lo peor.

Sonsoles aparece de nuevo en el baño anunciando que trae consigo la muda limpia. Yo ya no miro a Elliot, porque temo que descubra que ha tocado una fibra sensible. Me entretengo observándome las uñas como si el tema no fuera conmigo, pero siento su mirada ansiosa sobre mí.

—Lo que quiero... lo que quiero decir es que... —barbotea de nuevo en cuanto Sonsoles se va.

Lo detengo levantando una mano y apartando la cortinilla con la otra, y procuro sonar indiferente cuando le respondo:

—He entendido perfectamente lo que querías decir, descuida. Puedes estar tranquilo, no volverá a pasar.

Capítulo 9

A MÍ ME SUENA EL *ZSA ZSA ZSU* DE MI CORAZÓN

Elliot

Observo desde la barra que conecta el salón con la cocina que Sonsoles intenta alcanzar el tirador de la alacena. No llegaría ni aunque pudiera levantarse de la silla, así que ha cogido el plumero e intenta abrir la puertecilla con él.

Lo consigue, por fin. Ahora solo tiene que descubrir la manera de coger los vasos, que quedan muy lejos de su alcance, para colocarlos sobre la mesa.

Lleva alrededor de quince minutos así. Se ha puesto a sudar como resultado de la actividad. Le espera un buen rato pasándolas canutas si pretende encargarse ella solita de poner la mesa para dar cuenta de la cena de hoy.

Debería haberme movilizado para ayudarla desde el principio, pero observar cómo se frustra lo encuentro un placer altamente perverso. Puede que al final sí acabe en el infierno de los «hijos malvados», después de todo. Creo que me merecería, más bien, un lugar en el Purgatorio de los Hijos Rencorosos que Están en Proceso de Adaptación a sus Madres, porque su lamentable torpeza a la hora de comunicarse con su propia sangre no es solo mi culpa.

Así me encargo de dejarlo claro:

—¿Por qué no me llamas para que te ayude con eso? ¿Para qué estoy aquí, si no?

Sonsoles da un respingo que podría haberla hecho salir disparada hacia el techo. Mueve la silla con dificultad, con la pierna en alto, para mirarme con ojos de cordero degollado.

Creo que esto es lo que peor llevo, que tenga escrito en la cara cuánto le afecta tenerme cerca. En el momento en que decidí que la ayudaría, lo hice bajo la premisa de actuar como si no nos conociéramos, como si lo hiciera por humanidad y no por relación de parentesco, pero ella me lo pone difícil al mirarme de ese modo.

Me enrabieta, porque es como si yo hubiera sido el malo de la película.

Y, para empezar, ni siquiera hubo película.

—No quería molestarte. Estabas viendo tu serie...

—La veo en una plataforma de suscripción. Puedo ponerla en pausa y retomarla cuando quiera. E insisto en que estoy aquí para ayudarte a hacer las cosas que te impide tu estado, no para ver *Grantchester*.

—Lo sé, pero también quiero que disfrutes los ratos que te pasas por casa.

Ha faltado un «mi» delante de «casa» para especificar que no es algo que tengamos en común, pero no se lo tengo en cuenta. Solo a un literato le molestan estos detalles.

A un literato que se lleva mal con su madre, mejor dicho.

—No me gusta que te sientas en la obligación de estar aquí todo el rato —prosigue con la dulzura de una anciana—. Sabes que los vecinos pueden ayudarme con la comida, con la mesa... y Susana también, cuando vuelve del trabajo.

—Necesitas a alguien que esté las veinticuatro horas atendiéndote y no puedes permitirte un asistente. Yo vengo cuando no tengo clase, y los demás te asisten mientras yo estoy fuera. Eso es lo que hablamos, ¿verdad? —Ella asiente, recordando la breve conversación telefónica que mantuvimos cuando encontré el valor para llamar—. Pues no se hable más. Aquí estaré mientras lo necesites.

Rodeo la mesa de la cocina y empiezo a sacar vasos, cubiertos, platos, bebidas y el resto del menaje para que la cena esté lista cuando Susana llegue del turno de tarde y Eric regrese de sus clases extraescolares.

Llevo unos cuantos días encargándome de esto, del rol de ama de casa, y no termino de acostumbrarme. No porque no esté acostumbrado a fregar, porque, por mencionar una actividad, soy de los que se planchan hasta los calcetines, sino porque existe una familiaridad en la puesta en común de las tareas domésticas que me incomoda. Mi padre y yo nos repartíamos las nuestras, pero en este caso es diferente, porque no van a sentarse a comer dos hombres silenciosos que lanzan miradas furtivas al telediario que muestra la pantalla de un televisor de los años noventa. Van a sentarse una madre, un hijo, una mujer que podría ser abuela... y yo.

Y, entremedias, habrá una charla banal. No tener temas de conversación en común no es lo peor de comer con ellos, porque Susana sabría tirarle de la lengua a un cadáver. Lo peor es tener a mi madre justo delante de mis narices, revisando cada uno de mis movimientos y lanzando preguntas al aire que no van dirigidas a mí, pero que son formuladas para que yo las responda.

Si por mí fuera, me limitaría a cumplir mis tareas en silencio.

Pero en esta casa no hay silencio.

—No te he preguntado cómo está tu padre —dice Sonsoles de repente.

No aparto la vista de la servilleta que doblo con cuidado para colocarla bajo los cubiertos.

—Está como siempre.

—Eso me dijo la última vez. Espero que sea en un buen sentido. —Viendo que no voy a decir nada más, agrega—: Y... ¿qué tal tu trabajo?

—Bien también.

—¿Alguna mujer en el horizonte?

Tengo que hacer un esfuerzo para no girarme de golpe y decirle que se calle.

—¿Qué tal tu marido? —espeto en su lugar.

Ella pone los ojos como platos y me aparta la mirada.

—Ah, Tomás... falleció hace algunos años. Me habría gustado presentártelo. Era un buen hombre.

—Pero no podías presentármelo porque eso conllevaría que descubriese que tuviste un hijo con un pescador inglés al que conociste en cierto club de Hampshire, ¿no?

—No es eso. Elliot, yo... no te lo he dicho porque no me parecía justo contactarte para ello cuando no teníamos una relación fluida. No me atrevía a llamarte, es cierto, pero estaba pendiente de ti. Hablaba con tu padre por teléfono para que me informase de cómo estabas.

«Pero nunca le pedías que me pasara para hablar conmigo».

Me obligo a serenarme repitiendo varias series de inspirar y espirar.

No quiero enzarzarme en una discusión acalorada que derive en un drama lacrimógeno de telenovela venezolana. Tampoco quiero alzar la voz por encima de mi tono habitual. Ni quiero que me dé unas explicaciones que, teniendo yo treinta y seis años, llegan vergonzosamente tarde.

—Vale. —Y me doy la vuelta para regresar a mi portátil.

—Elliot... ¿No quieres que hablemos de eso?

Estupendo. Antes lo pienso, antes ocurre.

—¿Qué es «eso»? —Me arrepiento de preguntarlo enseguida, y me obligo a dar la conversación por zanjada de nuevo—. Susana debe de estar al caer.

Y tanto que está al caer. Me salva de un silencio tenso —o de una charla más que incómoda— apareciendo con el juego de llaves que le facilitó Sonsoles.

Se sabe cuándo está en la casa. Al llegar, no es una mujer. Es un torbellino de bufidos cansados, un repiqueteo de tacones por todo el pasillo, el tintineo de las mil pulseras de bisutería que le cuelgan de las muñecas y los murmullos de las palabras que graba en lo que serán audios de WhatsApp, aunque no me extrañaría que hablara sola incluso en público. Susana es el compendio de ruidos agradables que me rescata todos los días de la semana de un momento incómodo con Sonsoles, porque esta no es la primera vez que trata de confrontarme. Vivo en la línea de fuego, y Susana apaga las llamas antes de que me consuman la paciencia con sus «¡Buenas noches!», sus «¿Cómo estáis?» y sus largas, curiosas y entretenidas disertaciones sobre lo que ha hecho durante el día.

Nadie diría que un trabajo de telecomunicadora pudiera ser divertido, con la cantidad de maleducados con los que uno debe lidiar a diario, pero Susana cuenta algunas anécdotas que merece la pena oír, aunque solo sea para ver las caras que pone y cómo gesticula. Eso también es pura intimidad familiar: narrar los acontecimientos del día como la mejor de las historias a la hora de la cena.

A veces me altera la sensación de pertenecer al grupo de la comida y rechazo la invitación a cenar, pero otras no puedo resistirme a esos instantes de hermandad y me quedo con la boca cerrada y los ojos muy abiertos.

—¿Qué hay de cenar? —grita desde el dormitorio, cuyo armario comparte con Eric—. ¡Madre mía, cómo huele eso! ¿Son tallarines? ¿Raviolis? ¿Macarrones? ¡Huele a pasta con tomate!

—*Tortellini* —resuelve mi madre, sonriendo de lado. Susana insiste en que Sonsoles la detesta, pero no sabe cuánto se equivoca. Siempre habla de ella como una madre preocupada—. Ve a cambiarte, lávate las manos y siéntate a comer. ¿Dónde está Eric?

—Ya llega. Estaba en casa de los Olivares, donde se queda después del inglés. He ido a tocar a su puerta para avisarlo de que baje y, ¡sorpresa!, he coincidido en el ascensor con la agradable señora de la casa. Si las miradas matasen, me habrían organizado más funerales en los últimos años que al elenco de *Crónicas vampíricas*. —Hace una pausa—. No lo pilláis, ¿no? En *Crónicas vampíricas* todos mueren y reviven mil veces.

Susana sale del dormitorio sin los zapatos de tacón que tanto le gusta usar y sin esa americana de un solo botón; solo lleva la blusa azul de escote triangular, sin mangas, y los pitillos blancos.

Se ha recogido el pelo con una pinza, y la contrariedad le ha torcido el gesto.

—Esa mujer no quiere enterarse de que no me interesa su condenado marido. ¡No me interesa! —grita, mirando al techo. No cabe duda de que la aludida lo oye. En este edificio se escucha todo—. Él es quien me sonríe y quien ha intentado tocarme el culo varias veces cuando hemos coincidido en el ascensor. Él es quien me ha sugerido en voz baja que quedáramos en un motel del extrarradio. No entiendo por qué tengo que ser yo la que pague los platos rotos.

Se toquetea las pulseras de la muñeca con los nervios a flor de piel. Todos los días viene con una historia parecida, y aunque la cuenta con desparpajo, a veces me da la sensación de que no solo la enfada, sino que también la entristece.

Pero ¿qué sabré yo? Llegar a conclusiones sobre las mujeres me obliga a estrujarme los sesos durante semanas, y todo para que resulten ser erróneas.

—Esa gente debería divorciarse de una vez... o empezar a confiar el uno en el otro.

—No creo que la señora Olivares pueda confiar en su marido si este se dedica a lanzarte miraditas en el ascensor —intervengo yo, apareciendo en la cocina con las manos metidas en mi sudadera de Cambridge.

Ella me mira de arriba abajo con expresión solemne. Por un momento aguardo con el corazón en un puño a que haga su comentario de turno, pero al final solo se limita a decir:

—Mirar no es engañar.

—Dices que, si no la ha engañado, es porque tú no has querido.

—Desde luego que el tío es un infiel asqueroso —aclara con aspavientos desdeñosos—, pero si hubiera que divorciarse por eso, el porcentaje de separaciones sería del noventa por ciento, no del cincuenta.

—¿Y el diez por ciento restante? —Enarco una ceja.

—Sería para aquellos que se casan y llevan relaciones abiertas, por eso se ahorran las infidelidades.

—No todo el mundo engaña —me quejo.

—Pero todo el mundo pone los cuernos, aunque sea para sus adentros, aunque sea de forma platónica, aunque apenas envíe unos mensajes guarros. Así es la vida. En mi opinión, solo existen dos tipos de personas: las que en algún momento han llevado unos tochos de campeonato y las que todavía no se han enterado.

Un enérgico «hola» llega desde el recibidor mientras Susana me mira esperando que replique sin la menor posibilidad de que eche abajo su argumento.

Hemos rebajado las hostilidades desde que le pedí que me enseñara a ligar, aunque todavía no ha empezado. Le han puesto turno de llamadas por la tarde y nos resulta imposible coincidir... O a lo mejor no ha empezado porque al final se ha echado atrás. Tal vez malinterpretó la estupidez que se me ocurrió decirle en la ducha. No lo sé. Y no saberlo me pone de mal humor y me deja a la expectativa, así que me limito a esperar a que ella haga o diga lo que sea para responder en consecuencia.

Eric aparece en la cocina y le choca los cinco a su madre. Luego rodea la mesa para besar en la mejilla a Sonsoles, que sonríe entusiasmada por el dulce gesto, y se sienta a la mesa para que le sirvan.

La escena me deja el nudo en la garganta de siempre.

Es ridículo sentir celos con la edad que tengo, sobre todo hacia un crío de doce años, pero es superior a mí. La madre que, cuando le decía que tenía hambre, me ponía los frutos secos rancios y las chuches que ya había servido a otros clientes para acompañar los gin-tonics, es la misma que ahora le prepara un primoroso plato de pasta rellena al crío de la vecina. Si yo quería darle un beso a mi madre, tenía que esperar a que estuviera tan borracha que no se diera cuenta de nada, o, de lo contrario, «le estaría arruinando el maquillaje», y en esos momentos de *black out* me preocupaba tanto que siguiera viva que lo último en lo que pensaba era en abrazarla si no era para practicarle una RCP.

—¿Te quedas a comer? —pregunta Sonsoles, mirándome con atención.

Asiento. Tampoco tengo otro sitio al que ir, y por lo menos la mujer que tengo delante se parece tan poco a la que fue mi madre que no me cuesta disociarlas. Ya no lleva el pelo teñido de rojo, unas extensiones por el culo y un *piercing* en el ombligo con forma de dragón.

Sonsoles encaja la silla en el hueco de la mesa y, como no puede entrelazar los dedos, coloca la única mano sana sobre su pecho.

Cierra los ojos.

—Damos gracias, Señor, por estos alimentos que hoy recibimos. ¿Queréis hacer vuestros agradecimientos?

—Doy gracias porque no ha sido mi madre la que los ha preparado —dice Eric en tono solemne.

—Doy gracias porque no me has dado la fuerza de un caballero *jedi*, Señor, y sí la paciencia de un monje tibetano, para no atizar a mi hijo hasta sacarle la tontería de encima —agrega Susana, también con los ojos cerrados.

—Doy gracias, Señor, porque le diste a Masashi Kishimoto la inspiración para escribir el guion de *Naruto* —expresa Eric, cada vez más concentrado.

—Y yo te doy gracias porque dejaste en las rebajas los zapatos más monos de la tienda, y justo de mi talla. —Susana abre un ojo—. ¿Ya? Hoy venía con una propuesta para bendecir la mesa. Una diferente.

—¿Cuál? —pregunta Sonsoles, curiosa—. Conozco canciones, aunque me gusta hacerlo a la vieja usanza.

«A la vieja usanza», dice, como si llevara toda la vida bendiciendo la mesa. Cuando era joven no se sentaba a comer; se sentaba a beber. Más que bendecirla, blasfemaba sobre ella al vomitar en el plato o echando un polvo con un desconocido justo encima.

—Eric, ¿estás preparado? —lo anima Susana, mirándolo con ojos brillantes. El chaval me observa de reojo un instante antes de asentir—. Ahí va... —Susana coge aire y va separando los brazos a la vez que su hijo—. ¡Buenas noches, cocodrilo! Chuchuá, chuchuá. No pasaste de caimán. Chuchuá, chuchuá. —Imita el gesto del reptil, abriendo y cerrando sus fauces y palmeando las manos al ritmo de la canción; Eric le hace los coros alegremente—. Todo el mundo tiene hambre... —Toca una guitarra invisible y la hace sonar con los labios: «pa nanananá»—. Vamos todos a jalar, chuchuá, chuchuá.

Sonsoles y yo permanecemos ojipláticos, mirándola como si estuviera cantado el himno falangista.

Eric también canta, sí, pero con mucho menos ímpetu.

—¿En qué parte le da las gracias al Señor? —pregunta Sonsoles, muy confundida.

—Bueno... El Señor creó a todas las criaturas existentes, ¿no es así? Cocodrilos incluidos. Mencionarlo podría ser un modo de darle las gracias por sus bondades...

—Pero si la canción solo veja al cocodrilo —replico—. Le dice que «no pasa de caimán». Eso es *bullying*. Sutil y de primer grado, pero, al fin y al cabo, *bullying*. Y parece que se canta para dar las buenas noches, no para bendecir la mesa.

—Pues yo la cantaba en el campamento... —Susana suspira, hundiendo los hombros—. ¿Vamos a seguir bendiciendo de la forma aburrida?

Sonsoles asiente sin alterarse por el modo en que se ha referido a su práctica cristiana.

—Pues nada. —Susana se palmea el muslo e ironiza—: Gracias por rodearme de carcas, Señor.

Solo faltaría. Cualquiera parece aburrido a su lado.

Durante la cena, arranca a hablar de la compañera de trabajo que le consiguió el puesto y de las batallitas del día, de la situación sentimental de su amiga divorciada Sela, de las rozaduras que le han hecho los zapatos, de la pareja tatuada que se ha cruzado en la Gran Vía hoy, porque parecían modelos... A partir de ahí, no sé si desconecto o estoy tan hipnotizado que ya solo puedo concentrarme en el movimiento de sus labios.

Usa un lenguaje coloquial que debería moderar delante del crío. Es su madre, no su coleguita, y los dos se comportan como si se hubieran conocido en un bar y él le hubiera sujetado el pelo mientras vomitaba.

No descarto que Eric lo haya hecho en alguna ocasión.

Esté en lo cierto o no, no parece que el chaval tenga a nadie cerca para decirle lo que es correcto y lo que no. Come haciendo apartados, dejándose lo que no le interesa y sería bueno para su organismo, y Susana no le dice nada. Ni tampoco cuando se sirve tres vasos seguidos de un refresco con gas.

—Toma agua la próxima vez —le sugiero—. Se te va a llenar el estómago de gases y no podrás seguir comiendo por la sensación de estar harto. En el peor de los casos, te acabará doliendo.

Eric me escucha con cara seria y asiente.

—Y cómete todo lo que hay en el plato —añado—. No puedes alimentarte solo de hidratos de carbono. Necesitas los nutrientes que están en el resto de los alimentos.

Él vuelve a asentir. Conmigo es mucho más dócil que con su madre, porque obedece de inmediato. Tira por el desagüe los restos de Fanta y se sirve, en su lugar, un vaso de agua.

Susana no dice nada al principio. Se limita a seguir comiendo, luego friega los platos, como indica la lista de tareas domésticas, y justo cuando vuelvo de ayudar a Sonsoles a acostarse, tras esquivar con maestría otra conversación incómoda, se limpia las manos húmedas en el paño de la cocina y me encara.

—No te aproveches de que tu título de jefe de estudios infunde respeto para amedrentar a mi hijo, ¿me oyes? Tiene doce años. Ya se comerá las verduras de la pasta cuando crezca.

—Cuando haya crecido, ya no le servirán para desarrollarse y estar sano.

—Cómo se desarrolle mi hijo es asunto mío. Tú no te metas —me advierte en voz baja, señalándome con el dedo.

—Ese «tú» es muy arbitrario, porque parece que permites que se meta todo el mundo menos yo. El edificio entero está criando a tu hijo —le recuerdo, en caso de que no se haya enterado—. ¿Crees que soy el primero que le dice que coma en condiciones y no se envenene el estómago con gases?

—Los vecinos son los titos que lo colman de caprichos, no le aleccionan ni le ponen normas, y tú eres la autoridad de su instituto. Y pareces Rottenmeier —apostilla con la boca pequeña.

—Ese es el problema —señalo, haciendo un ademán con la mano—, que está muy mimado y necesita disciplina.

—¡Y tú necesitas relajar la pelvis! No parece que te haya ido estupendamente siendo disciplinado, así que perdona si no acepto tu consejo. Le impones, por eso te escucha. No lo uses en tu favor para enseñarle modales. De eso me encargo yo. *Finito*.

Enarco las cejas. Es increíble cómo se envalentona cuando se trata de Eric.

A las mujeres no les gusta que les digan las cosas tal y como son: anotado.

Me enseña lecciones incluso sin saberlo.

—No es necesario alterarse.

—No lo será para ti, Sherlock Holmes.

—¿Ahora por qué me llamas así? ¿Me he perdido algo? ¿Te he dicho: «Elemental, querido Watson»?

—Eres inglés —me espeta de mal humor—. Reconoce tu cultura.

Se da la vuelta, soltando el paño de cocina sobre el fregadero, y se dirige al salón para lanzarse sobre el sofá. El reloj marca las nueve menos cuarto, así que tan solo le quedan quince minutos para ver la televisión, pero por la manera en que se acomoda, parece que pretenda adaptar los cojines a la forma de su cuerpo tragándose *reality* tras *reality* hasta la madrugada.

—¿Estabas viendo *Grantchester*? —pregunta, relajada, sin girarse hacia mí—. ¿De qué va?

Pestañeo una sola vez, incrédulo.

—¿No se supone que estabas furiosa?

—Yo nunca estoy furiosa.

—Me acabas de gritar.

—¿Y? Las cosas se nos tienen que pasar rápido, o si no, nos estancamos. ¿De qué va? —insiste, dando por desestimada la discusión.

No me muevo de donde estoy, con las manos metidas en los bolsillos y la vista clavada en su coronilla rubia. Intento no parecer demasiado perplejo.

—Está ambientada en los años cincuenta. Un clérigo se une

a un investigador para dedicarse a resolver casos. Asesinatos, sobre todo. Empieza cuando uno de sus feligreses muere en extrañas circunstancias.

Mientras ella asimila la información, yo rodeo el sofá y me siento en el sillón más alejado.

—¿Sabes? —Me mira de soslayo con una ceja enarcada—. Tengo una teoría: se puede determinar el grado de atractivo sexual de un hombre en función de sus tres películas o series preferidas. Hablé de eso en mi blog hace un par de semanas.

Asiento sin saber qué decir.

—Vale.

Susana se incorpora hasta echar todo el peso en el costado y me mira como si no tuviera remedio.

—Sí que vamos a necesitar refuerzos... —se lamenta con un suspiro—. Con eso que he dicho, Elliot, te he dado tres oportunidades diferentes de sacarme conversación. —Muestra el pulgar—. «¿En serio? ¡Qué interesante! Estas son mis películas favoritas: tal, tal y tal. ¿Cuál es el veredicto?», habría sido la contestación fácil, la que demostraría que te importa lo que piense de ti. —Enseña el dedo índice—. Luego tenemos la neutral, que indica que estás interesado, pero prefieres seguir conociéndome poco a poco en lugar de ir a saco: «¿Tienes un blog de cine? Háblame de él». —Saca el dedo corazón y mantiene la mano en alto—. La tercera es para alumnos avanzados, con confianza en sí mismos y con un carácter más bien juguetón, porque habría servido para coger la sartén por el mango: «Tú dime tus tres películas preferidas y yo te diré tu grado de atractivo». —Deja caer la mano sobre el sofá—. Me temo, amigo mío, que un «Vale» es un suspenso.

—Pero ¿un suspenso con decimales, cercano al cinco, o...?

—Un cero redondo.

—No sabía que habíamos empezado las clases —me quejo, frotándome los muslos con las palmas para que no se note mi nerviosismo. Pero seguro que lo percibe. Es medio bruja, o, qué digo, una completa bruja—. Eso ha sido muy sagaz. Mereces cada euro que te pago.

—No me pagas, y no tengo la menor intención de cobrarte, así que no hagas ni el amago de sacar la cartera, ¿de acuerdo?

Obedientemente, asiento con la cabeza.

Por algún motivo, lo de pagarle no le ha gustado ni un pelo. No es fácil saber cuándo se enfada de verdad y cuándo solo está bromeando, porque siempre usa el mismo tono jocoso (o uno muy parecido), pero si me dejo guiar por mis corazonadas, suelo distinguirlo.

—No se me ocurre ninguna situación social en la que me sea posible comentar si alguien es o no es sexy en función de sus gustos cinéfilos... —admito a mi pesar.

Ella pide clemencia al techo con gotelé, o, lo que es lo mismo, a la divinidad.

—No tienes que reproducir exactamente lo que yo te diga, Elliot. ¿Qué quieres?, ¿que te haga una lista de frases hechas para estudiártelas y repetirlas como un papagayo?

—... y no tengo una película preferida, ahora que lo pienso... —continúo meditando en voz alta, ajeno a su reprimenda.

—Da igual, era un comentario arbitrario. La respuesta para ligar siempre sería «Eres tan atractivo que no se te puede ni aguantar», da igual si te dice *La boda de mi mejor amigo* o *Ciudadano Kane*. —Se calla de golpe, como si acabara de darse cuenta de que hay un problema garrafal en su teoría—. Espera, espera... ¡Espera! ¿Cómo que no tienes una película favorita? ¿Eso es legal? Por lo menos habrá una serie que no te importaría ver una y mil veces.

—Me gusta *Sherlock*, pero no veo mucho la televisión.

—¿Y sobre qué pretendes hablar con la mujer con la que quieres ligar?

Que me mire como a un bicho raro solo hace que me ponga a la defensiva.

—La televisión no es lo único sobre lo que se puede hablar.

Hay mucha cultura más allá del cine o los *realities*. Por ejemplo, podríamos hablar de literatura. No sé si se puede decir que alguien es sexy o no en función de sus películas preferidas, pero desde luego elijo a mis intereses románticos dependiendo de lo que leen. Nada me cortaría más que ir a una casa en la que no tienen una estantería repleta de libros a la vista.

—Supongo que cuando dices «hablar de literatura», te refieres a los superventas del momento... —Espera a que asienta o niegue con la cabeza, pero solo le sostengo la mirada, esperando un veredicto, y se limita a suspirar... otra vez—. Vale, no te refieres a eso. Ya sabes por qué no has ligado. Uno no le dice a la mujer que va sentada a su lado en el metro que las cartas que Alejandra Pizarnik les mandaba a sus amigos son estremecedoras. Si consigue seguir hablando con ella después de decirle: «Oye, se te ha caído el paquete de clínex», le pregunta dónde trabaja o si ha visto el último episodio de la serie del momento, porque, créeme, las primeras interacciones no suelen ser como las de Ethan Hawke y Julie Delpy en *Antes del amanecer*.

—Pero es que las cartas de Pizarnik son estremecedoras —me defiendo, en parte para no desvelar que no he visto esa película y así ahorrarme otra mirada de «bicho raro».

—Sí, lo son —admite a regañadientes—, pero tienes que encontrar puntos en común con la persona para hablar con ella. No puedes aburrirla con verborrea sobre materias que solo te interesan a ti, ni tampoco permitir que se vaya pensando que eres un pretencioso de lo peor, ni hacer que se sienta interrogada al preguntarle por sus aspiraciones, su familia, sus amigos... Hay que encontrar el equilibrio. Aunque, antes de llegar a eso, claro, tengo que enseñarte a entrarle.

—¿Entrarle? Si te refieres a presentarme, ya me conoce. Y yo a ella.

—¡Ajá! —Da un bote en el asiento—. Entonces no quieres que te enseñe a ligar. Quieres que te enseñe a conquistar a una mujer en concreto. Eso puede ser mucho más sencillo, y podemos saltar directamente a los puntos en común. ¿Sabes qué le gusta?

Pienso en Teresa, la sustituta de Historia.

—Supongo que el pasado. La arqueología. Quizá le interesen la política y la sociología, ya que están vinculadas a sus campos de estudio. Enseña Historia de España en Bachillerato, y Contemporánea en Secundaria.

—Pero no podréis hablar de arqueología todo el tiempo, ni tampoco de temas académicos, o pensará que eres un muermazo —apostilla con sabiduría.

—A las mujeres académicas les gusta hablar de temas académicos —replico, como si fuera corta de entenderas.

Ella me lanza una mirada elocuente.

—Créeme, Elliot, ninguna mujer (ni ningún hombre) quiere hablar tooodo el rato de asuntos serios. Los seres humanos queremos que nos hagan reír y que nuestras parejas se muestren vulnerables y sensibles con nosotros de vez en cuando. Y que nos toquen el culo, pues también.

—Espera, tengo que encender el móvil —interrumpo, buscando en mis bolsillos—. ¿En ese orden?

No creo que me atreva a tocarle el culo a una mujer. Siempre que he estado presente delante de un espectáculo así (léase, un *striptease*), me he sentido incómodo, y no porque la implicada se sintiera agredida (aunque en algunos casos así ha sido, como en el metro o la calle); simplemente, no me parecía apropiado.

No me lo parece en ningún contexto que haya vivido.

—Has puesto una cara muy rara —acota Susana, entornando los ojos—. ¿Cuál es la parte que te ha puesto nervioso?

—La última.

—¿Es que no has fantaseado con tocarle el culo a la mujer que te gusta?

—No.

—¿Y cuáles son tus fantasías? Porque si solo tienen que ver con un acalorado debate académico, lo mismo no te gusta, sino que solo la valoras como compañera de estudio.

—Si solo me gustara por su culo, la valoraría como objeto de exposición. ¿No es eso peor?

Ella me apunta con el dedo.

—No me vengas con monsergas de aliado feminista anticosificación, que me conozco a los de tu especie mejor de lo que os conocéis a vosotros mismos. Se os pone por delante una buena pompa y lo demás os importa un bledo, y no mientas. Los que dicen lo contrario se creen que yendo de príncipes azules van a mojar antes, y te prometo que solo hacen el ridículo.

—Lo siento, pero ese no es mi caso.

—¿Y por qué te ha llamado la atención la profesora de Historia, entonces? ¿Qué es lo que te gustó de ella a primera vista?

—No es que me guste. Tan solo que es adecuada. —Encojo un hombro—. Es una mujer discreta, moderadamente atractiva, puntual y madura, tiene la edad ideal para casarse y quedarse embarazada, y lo que es más importante: parece que no le desagrado.

Susana me observa como si acabara de decirle que soy terraplanista, pertenezco a la secta de la Cienciología o algo peor todavía, como que las pirámides las construyeron los alienígenas.

Justo discutí esto último con Teresa y nos reímos.

Cuando voy a contarle a Susana que hice reír a mi interés romántico para anotarme un punto, ella me interrumpe, perpleja.

—¿Puedes repetir lo que has dicho?

—¿El qué?

—La parte en la que te planteabas ligar con una mujer del mismo modo en que planeaban un matrimonio los victorianos del siglo XIX.

—«Victorianos del siglo XIX» es redundante. Ya se sabe que la época victoriana comprende el reinado de Victoria, que comenzó en el treinta y siete y terminó en...

—Victoria murió en 1901, que es el año en que comenzó el siglo XX, así que he hecho una buena acotación. —No me da tiempo a sorprenderme porque conozca esa información—. ¿En serio quieres salir con una mujer solo porque es... adecuada? Mira, yo también me impliqué de más con el reparto de *Downton Abbey*, pero no por eso me voy a buscar pareja siguiendo los parámetros de la aristocracia inglesa.

—Nadie te ha pedido que te busques pareja siguiendo los parámetros de la aristocracia inglesa.

—Menos mal, porque eso siempre sale mal. Mira lo que pasó con Lady Di por casarse con alguien porque era adecuado: que la mató la reina de Inglaterra por divorciarse.

—Eso es incluso más estúpido que decir que las pirámides las construyeron los alienígenas y que la Tierra es plana en una misma frase.

Susana me mira desafiante.

—¿Tienes pruebas que aseguren que la reina no la mandó matar?

—¿Tienes tú pruebas de que sí lo hizo?

—¡Tengo pruebas de que lo que dices es medieval! ¡No puedes solo escoger a una mujer que no te desagrade y pedirme ayuda para conquistarla para tener hijos con ella! ¡Es antinatural!

—¿Qué es lo que lo haría natural? —le pregunto en tono burlón—. ¿Que estuviera enamorado de ella?

—¡Pues por ejemplo! —exclama, perpleja.

—No creo en el amor —sentencio sin más—. Creo que es una mentira socialmente aceptada que nació de combinar el miedo a la soledad y la pulsión sexual.

Susana se queda un rato en silencio. Esperaba un monólogo mordaz a modo de respuesta, pero se limita a balbucear:

—Es... es broma, ¿no?

—¿Por qué iba a ser broma?

—¿No crees en el amor? —Espera a que vuelva a negar—. ¿Nada? ¿No *butterflies*? ¿No *douleur exquise*? ¿No *zsa zsa zsu*?

Sacudo la cabeza, aturdido.

—¿Qué es eso de «Sun Tzu»?

—Sabes muy bien que no estábamos hablando de *El arte de la guerra*, no seas condescendiente conmigo —me advierte levantando el dedo—. El *zsa zsa zsu* es un sentimiento que describe Carrie en un capítulo de *Sexo en Nueva York*. Lo notas cuando conoces a alguien que te gusta de verdad. Son... puras ganas de estar con esa persona. Eso en lo que no crees —apostilla con rencor, como si acabara de decirle que los Reyes Magos son los padres.

—No, no creo en el *zsu zsu zsa*.

—Es al re... Da igual. —Susana se cruza de brazos—. Y cómo llamas a esa gente que lo ha sacrificado todo por amor, que hace todo lo posible por estar con alguien, ¿eh?

—No es amor. Hacen lo que hacen, insisto, porque temen quedarse solos o necesitan a alguien a su lado para dar sentido a sus vidas. A la gente le gusta sentirse especial, elegida y necesitada.

—¿Y cómo explicas lo que se siente cuando te besa alguien que quieres?

—No lo he experimentado —reconozco humildemente—, pero la atracción no es amor. Es un simple proceso interno, igual que la digestión. Puedo explicártelo desde un punto de vista científico: con un beso se liberan endorfinas, y eso es lo que produce la sensación de enamoramiento en el cuerpo. No es nada emocional.

Ella me mira sin dar crédito a una sola de las palabras que he dicho.

—Pensaba que eras filólogo, no un filósofo escéptico.

—Todas las ramas de las letras tienen sus materias en común, así que también he estudiado Filosofía.

—Ya veo que ese es el problema, que has estudiado demasiado y te has perdido entre tanta teoría. Necesitas un poco de práctica... Ven aquí.

Me hace un gesto para que me siente a su lado en el sofá.

—¿Cómo?

—Que vengas. Siéntate aquí, vamos. No seas tímido. No es como si te fueras a enamorar de mí. Ya sabemos que eso es imposible porque el amor no existe —se burla.

Visto de esa manera, no me cuesta vencer los reparos y hacer lo que me pide.

En cuanto me he pegado al respaldo del sofá, Susana me pilla por sorpresa sentándose a horcajadas sobre mí. Antes de que pueda preguntarle a qué demonios está jugando o pedir auxilio a voces, ella señala mi cara con una sonrisa triunfante.

—Te acabas de ruborizar. ¿Eso también es porque tienes miedo a quedarte solo?

—No —mascullo con sequedad—. Estaría más relacionado con la pulsión sexual. ¿Te tengo que recordar que estamos en casa de Son... de mi madre, y tu hijo puede estar aún despierto?

—Calla. —Apoya las manos sobre mi pecho, donde es más notable mi pulso acelerado—. Y si ahora me acerco a ti y te digo que eres un hombre excepcionalmente inteligente, además de atractivo... ¡Tachán! ¡Si se te acelera el corazón, y todo! ¿Por qué pasa eso?

—A lo mejor padezco alguna dolencia cardiaca.

Susana suelta una risotada alegre que demuestra su teoría al acelerarme hasta la respiración. Se acerca un poco más, apoyando su mejilla contra la mía, y me acaricia el lateral del cuello con las yemas de los dedos.

La postura es inverosímil. No sé en qué momento he llegado aquí. La tengo abrazada a mis hombros y todavía huele al perfume que ha debido de echarse esta mañana, solo que entremezclado con el sudor del día.

Huele bien. A mujer real, de carne y hueso, y por un momento quiero tocarla sin importar el porqué.

—¿Cómo explicas ahora que haya subido tu temperatura corporal? —susurra en tono juguetón.

—A p-principios de octubre las t-temperaturas aún son e-elevadas —explico entre tartamudeos—. La fricción de dos cuerpos s-siempre pro... siempre produce calor por los movimientos v-vibratorios de los átomos y las moléculas que los f-forman. Es... es pura física.

—Y también un poco de química, ¿no te parece? Si no, ¿por qué estás tartamudeando? ¿Te has puesto nervioso por una pulsión sexual también?

—Esa pregunta es más fácil todavía. Estoy nervioso porque se me dan mal los interrogatorios cuando no soy el que interroga, y porque soy tímido —respondo, triunfante.

—¿Por qué no dejas de mirarme los labios?

—Porque es lo que tengo en mi campo de visión. Y si tu siguiente pregunta va a ser por qué tengo una erección, te ahorro el esfuerzo respondiendo ahora mismo: porque soy un hombre heterosexual y tú eres una mujer atractiva sentada sobre mi regazo.

En sus ojos brilla la mofa, la simpatía o... vete a saber qué más.

—¿Atractiva a secas? ¿Sin el «de forma moderada» detrás?

—Yo diría «aplastantemente atractiva», o «terriblemente», o incluso «increíblemente» —medito en voz alta sin pararme antes a pensar. Al toparme con su mirada curiosa, sin lugar a dudas halagada, carraspeo y trato de borrar lo dicho soltando de corrido—: Ninguno de los detalles que has mencionado sobre mi estado físico significan que esté enamorado de ti.

Susana se retira lo suficiente para dejarme respirar como

un hombre y no como un pez fuera del agua. Me observa, esperando que me desdiga, que me desplome o que me tire sobre ella, no lo sé, hasta que claudica con un hondo suspiro.

Se aparta y vuelve a dejarse caer a mi lado en el sofá.

—No, pero significa que hay reacciones vinculadas a sentimientos que no se pueden explicar desde un punto de vista científico. Hay personas que generan sensaciones en nosotros que, en un primer momento, pueden no tener sentido. Enamorarse es eso: una sinrazón. ¿Por qué quieres privarte de encontrar a alguien que te haga sentir de esa manera?

—En el caso de que el amor existiera, no me estaría privando de nada. Más bien me estaría librando de un problema, de una debilidad. No me gusta sentirme vulnerable y a merced de alguien, ni depender de cómo se siente otra persona para estar bien.

No, ya estuve en ese punto y no fue agradable. Puedo reconocer que una vida sin amor, o, como prefiero llamarlo, «responsabilidad afectiva para con los demás», puede ser aburrida o parecer vacía para aquellos que viven rodeados de gente; para esos a los que les va bien en el plano sentimental o se han acostumbrado a sufrir vaivenes emocionales y defienden el continuo desequilibrio con el burdo pretexto de que «así es la vida».

Pero no, así es como NO debería ser la vida. Así es el infierno, y sería un estúpido si habiendo estado allí quisiera regresar.

—Vaya. Alguien tuvo que hacerte mucho daño —comenta Susana, meditabunda. Siento sus ojos clavados en mi perfil—. Ya estuviste enamorado, ¿no?

—El amor romántico no es el único que se puede sentir, ni el único que te puede dañar. A veces, ese es el tipo de amor más insignificante de todos. —Hago una pausa para organizar mis ideas, y la miro de soslayo—. ¿Tú te has enamorado?

Ella agacha la mirada con una sonrisa mansa en los labios.

Pasa el dedo por los flecos del cojín que tiene debajo de las piernas, recogidas como la cola de una sirena.

—Esa ha sido una buena manera de continuar la conversación. ¡Bien hecho! Has aprendido rápido a devolver la pelota, aunque sospecho que esta vez lo has hecho para librarte de hablar de ti. Las mujeres notamos esas cosas, así que sé un poco más sutil la próxima vez. No nos gusta sentir que nos están ocultando algo.

—Pensaba que os gustaban los hombres misteriosos y con secretos.

—En la ficción —puntualiza cansinamente—. A todas nos pierde Bruce Wayne, sobre todo cuando es Christian Bale, pero en la vida real, para lo bueno y para lo malo, preferimos a nuestro Manolo, porque sabemos lo que quiere antes de que abra la boca para pedirlo y porque es más simple que el mecanismo de un chupete.

—¿Manolo?

—Es el nombre genérico que uso para aglutinar a todos los maridos que beben cerveza de lata mientras ven el fútbol los sábados por la noche. —Encoge un hombro y se queda un momento en silencio, dibujando formas geométricas con el dedo sobre su pantalón—. No le vayas a decir a la profesora de Historia que no crees en el amor. Más románticas o menos, algo que tenemos en común todas las mujeres es que nos gusta sentirnos queridas.

Ladeo la cabeza hacia ella. Antes de pensar en las consecuencias, lo suelto:

—¿Incluida tú?

—Bueno, soy una mujer —responde, como si por primera vez en la vida no quisiera alardear de lo sumamente mujer que es—. Supongo que sí.

Me tengo que morder la lengua para no preguntarle si lo que ella está buscando es amor, afecto o algo parecido que la eleve y la haga sentir especial. Podría decirse que es todo eso junto, porque su expresión es la de alguien que siente nostalgia por lo que nunca ha tenido.

—Estás sola porque quieres —suelto sin pensar, todavía con el cerebro cascado por la impresión de haberla tenido tan cerca—. Quiero decir... que conozco a por lo menos cuatro hombres que se enamorarían perdidamente de ti si te conocieran.

Susana sonríe de forma indescifrable.

—¿No decías que el amor no existe?

—A ver, no digo que el amor no exista como tal, digo que no creo en él. Tampoco creo en Dios y puede que, cuando me muera, me reciba en el Juicio Final con un látigo por haber dudado de Él. —Para mi sorpresa, suelta una carcajada que me despista un instante. ¿Le he hecho gracia? ¿De veras?—. Solo constato que tienes suficientes virtudes y encanto personal para que, nada más verte, un hombre llegue a convencerse de que, efectivamente, el amor existe.

Susana me observa con una media sonrisa pensativa. Hay algo en su manera de mirarme que me perturba. Bajo su escrutinio, no me atrevo a moverme ni siquiera para descruzar las piernas, y eso que empieza a dolerme la cadera.

—Tienes un talento increíble para juntar un cumplido y un reproche en una misma frase. Suena como si quisieras acusarme de ser irresistible en lugar de hacerme un halago. En cualquier caso, gracias.

Se acerca y me da un beso en la mejilla. Me quedo catatónico, sin saber a dónde mirar, ni qué decir; sin decidirme a levantarme e irme con un «de nada» pronunciado con seguridad en mí mismo, o quedarme donde estoy y sacarle conversación.

No me quiero marchar, en realidad. Yo sé envenenar cumplidos —¿o endulzar insultos?— y ella sabe convertir una noche en un sofá en algo inolvidable.

—Tranquilo, solo es un beso —aclara en tono bromista—. Debe de haber una explicación racional que dé sentido a que te hayas puesto tan tenso. No dudo que la encontrarás. —Me guiña un ojo.

—Es porque... porque no estoy acostumbrado al contacto con mujeres —balbuceo con un hilo de voz. Viendo que se pone en pie y rodea el sofá, me veo empujado a detenerla con un carraspeo y una frase apresurada—: Oye, tengo que darte las gracias por... ayudarme. ¿Por qué lo haces? No me lo merezco. He sido un auténtico imbécil contigo.

Susana se para antes de llegar a la cocina. Por la manera que tiene de cruzarse de brazos, ya puedo predecir que no se limitará a decirme «de nada».

Rara vez me lo pone fácil.

—Lo hago porque estoy acostumbrada. Cuando vives rodeada de idiotas, o te unes a ellos, o te toca sufrirlos.

—Me siento halagado —ironizo.

—Deberías. Eres el más imbécil de todos con los que me he topado y, cariño, eso es mucho decir. —Se da la vuelta con una sombra de sonrisa y entra en la cocina, desde donde sigue hablándome—: Descubre qué le gusta, aparte de su carrera universitaria. Quizá te sorprendan sus intereses y coincidáis en alguna: música, series, lecturas... Cuando consigas ser algo más que un conocido, pero menos que un amigo, ya te enseñaré maneras de acercarte a ella para dejar claro tu interés romántico. Yo solo puedo aconsejarte; el trabajo lo tienes que hacer tú.

Al instante capto la indirecta de que va siendo hora de que me largue.

O de que la deje en paz.

—Sí, claro... Bueno, será mejor que me vaya. —Me pongo de pie enseguida, con los tobillos algo flojos todavía por su demostración de encanto femenino—. G-gracias de nuevo. No te q-quedes viendo la televisión hasta m-muy tarde.

—Vale, papá. —Pone los ojos en blanco.

Estoy cogiendo mi chaqueta del perchero de la entrada

cuando Susana vuelve a llamarme desde el salón, en el que se ha recostado apenas se ha servido una lata de Coca-Cola. Me asomo por el pasillo para verla con la cabeza descolgada hacia atrás.

—Que tu serie favorita sea *Sherlock* no es nada sexy —me aclara con sorna.

Suspiro, resignado.

—Ya lo suponía.

Capítulo 10

LAS MANOS A LA MASA

Elliot

Si mi padre supiera que voy a acudir a un psicólogo por recomendación de la vecina de mi madre, no se lo creería.

O, mejor dicho, no querría creérselo.

A los pescadores del sur de Inglaterra, los especialistas de
la salud mental les parecen la peor calaña de sinvergüenzas y
sacacuartos que ha inventado la sociedad moderna, es decir, la
políticamente correcta. «Las penas se curan saliendo a la calle»,
decía, y hasta cierta edad confié en él, porque era verdad que
quedarme en casa no mejoraba mi ánimo. Luego me di cuenta
de que mi padre era una de esas personas hurañas y silenciosas
con prontos fuertes y preocupantes cambios de humor que
necesitaban terapia intensiva, y después me vi a mí huyendo
de un pub y que me llamara *incel* una mujer que no tiene pinta de haber sufrido en la vida.

Son cosas que te cambian, supongo. O, por lo menos, hacen que te lo replantees todo.

Ahora creo que mucho mal no me hará. Lo llevaré en la

más estricta confidencialidad gracias a que hay una clínica en el séptimo piso del edificio de Sonsoles.

Según parece, el ático donde se encuentra la consulta pertenecía al hermano de la titular, una tal Alison Bale. Ella misma se ha encargado de reformarlo de manera que el espacio se distribuya en una inmensa sala de espera, dos baños, cuatro habitaciones donde los tres profesionales llevan a cabo la terapia y un salón de reuniones. Un psicólogo que estaba modificando su horario al tiempo que atendía el teléfono me guía hasta la sala de espera, donde destaca en su marco *La persistencia de la memoria* de Dalí.

—Es un guiño a la película *Intocable* —me explica el tipo. Se trata de esos hombres a los que me gusta definir como «el chico majo», una especie superior de *Homo sapiens* que se caracteriza por sonreír a desconocidos y creer firmemente en la bondad del género humano—. ¿La ha visto?

Me siento en uno de los sillones a desgana, como si me hubieran obligado a venir.

—¿La del tetrapléjico? Sí. No fue para mí.

—Una pena. —Chasquea la lengua—. Tiene cita con Alison, ¿verdad?

—A las cinco y cuarto —confirmo, buscando la postura más cómoda. ¿Hay alguna postura cómoda cuando estás encallado en el sillón de la consulta de un psicólogo? Mejor dicho, ¿hay algo cómodo en el hecho de ir a cualquier consulta?—. ¿Le queda mucho?

—No, debe de estar a punto de salir. Puedo ir tomándole los datos, si es su primera vez.

Dios, mi primera vez. Me aterran las primeras veces. ¿La primera vez que monté en bicicleta? Me abrí una brecha en la frente que necesitó seis puntos. ¿La primera vez que hice un examen oral en la universidad? Dije «Lope de Verga» en vez de «Lope de Vega» y tuve que aguantar que me llamaran así todo el año en la clase del Siglo de Oro. Y eso por no mencionar la primera vez que probé a masturbarme: en plena faena se me apareció mi madre bailando ligera de ropa y terminé meciéndome en la cama en posición fetal.

El psicólogo me intenta tranquilizar con una sonrisa.

—Puedes estar tranquilo. Alison es una gran profesional.

«Eso lo dices porque a ti no te van a psicoanalizar. Tú no vas a tener que admitirle a una mujer con edad para ser mi esposa, o peor, mi fantasía erótica, que sigues siendo virgen», me dan ganas de espetarle.

He buscado a Alison Bale en Facebook para prevenir una hora de sufrimiento en compañía de una mujer atractiva. Así es como he confirmado mi sentencia de muerte: debe de tener más o menos mi edad, quizá un par de años menos, con unos penetrantes ojos azules que te escrutan detrás de unas gafas cuadradas.

Por mi bien y el de mi dignidad, espero que lleve cuello vuelto.

El psicólogo me distrae haciéndome algunas preguntas básicas para rellenar el formulario. Nombre, edad, domicilio, profesión... Me explica el asunto de la confidencialidad entre el profesional y el paciente y me pide haga una firma en cada folio. En ese periodo de tiempo, la sala de espera es ocupada por una pareja de jubilados que me suena haber visto en el edificio, además de una rubia con rastas. Apenas unos minutos después, Alison aparece bajando las escaleras del dúplex sobre unos tacones de vértigo.

Mi gozo en un pozo cuando observo que lleva desabrochado el último botón de la camisa estilo azafata.

Antes de que pueda decir nada, la señora se levanta.

—Alison, *bonica*, qué bien que estés aquí —dice, dejando al que supongo que será su marido jugando al *Candy Crush* con el móvil—. No sabes lo angustiada que estoy. Traigo un agobio de agarra y no te menees.

—Siento oír eso —dice Alison en tono profesional—.

Pero, Sebastiana, no recuerdo haber cuadrado una cita contigo para hoy...

—Ah, no, y no la tenemos. Es que se me olvidó llamarte, pero es que ya sabes. Entre el niño, el perro del niño, las bufandas que estoy vendiendo por internet...

Alison le sonríe con picardía.

—Sabes que no puedo atenderte sin cita previa, Sebastiana. Si tuviera un hueco, no me importaría, pero justo ahora le toca al caballero. —Me señala con la palma abierta—. Elliot, ¿verdad?

Sebastiana ni me mira cuando asiento.

—¡Pero si solo va a ser un momentito de nada! Es que no te vas a creer lo que ha hecho Álvaro hoy. Y se me ha ocurrido una idea estupenda para...

—Sebastiana, de verdad que lo siento, pero...

—No ha funcionado lo del Meetic. Lo inscribí en la página web con su foto, sus características físicas, sus estudios... hizo *march*, o como se llame, con una cantidad de mujeres que... ¡Vamos, es que había mujeres para hacerse un harén! Por supuesto, eliminé los perfiles de las que me parecían demasiado... —Tuerce la boca—. Ya sabes, las que se nota que van a lo que van. No quiero yo que mi hijo acabe con una *pilingui*, porque para *pilingui* ya estuvo su exmujer. Pero, mira, al final se quedaron unas tres o cuatro que merecían la pena, y fui a enseñárselas y se me puso hecho un basilisco. ¡Cómo me gritó! ¡Me soltó un portazo y todo! ¡Seguro que lo escuchaste hasta tú!

Alison la atiende con una paciencia encomiable. Sebastiana tiene la voz de la señora Bennet, y lo que chapurrea es igual de inapropiado para la ocasión, pero la psicóloga debe de estar acostumbrada, porque ni se inmuta.

—Estaré encantada de comentar este asunto cuando cuadremos una cita. ¿Te viene bien el jueves a las cinco? ¿O mejor por la mañana, sobre las diez y media?

—De verdad que esto no puede esperar —insiste la señora—. El niño está encerrado y no se le pasa el berrinche. ¡Yo creo que le ha dado algo!

—Sigue vivo —interviene la chica de las rastas—. Lo sé porque escucho desde casa los efectos especiales y la música de fondo del *Call of Duty*.

—Luz, si quieres, podemos ir pasando a la consulta —interviene Chico Majo, y así es como Luz desaparece tras él en una de las habitaciones de la planta baja.

Sebastiana sigue balbuceando sobre su hijo, la lacra de las páginas de citas y el abuso de los juegos de ordenador y de la PlayStation.

—¡Todo esto me va a costar la salud! —exclama, dándose aire con el abanico.

—Estoy segura de que tu hijo no va a cometer ninguna clase de locura mientras tenga una partida pendiente —afirma Alison con seguridad. ¿Hay cierto retintín en su tono, o lo he soñado?—. Luego tengo un descanso. Si quieres, podemos hablar del tema largo y tendido.

—¿Y por qué no ahora? ¡Debería tener prioridad! ¡Soy la vecina!

Alison me hace un gesto para que vaya subiendo las escaleras. Obedezco antes de cambiar de opinión, y procuro hacerlo rodeando a Sebastiana como si el suelo estuviera minado. Agarra del asa su carro de compra plegable con la clara intención de utilizarlo si eso fuera a garantizarle una sesión con Alison, y yo prefiero no salir de aquí físicamente perjudicado.

Pese al *show*, no puedo evitar sentirme reconfortado, incluso de buen humor. Puede que yo también sea un tío cercano a los cuarenta con problemas familiares y dificultades para comunicarme con las mujeres, pero por lo menos no estoy enganchado a los videojuegos.

Ni tampoco tengo a mi madre llorándole a una psicóloga para conseguir una sesión.

Subiendo las escaleras, capto los últimos retazos de la charla.

—¡Tienes que ir a decirle algo, Alison! —insiste, la muy impertinente—. Dile que tiene un trastorno, a ver si espabila.

—No es mi paciente, y, por lo que dices, no parece que tenga ningún trastorno. Solo vive demasiado bien en casa de sus padres, a mesa puesta y sin responsabilidades, como para tomarse la molestia de buscarse la vida.

—Pero estoy segura de que si una chica guapa como tú interviene...

—¿Qué tiene que ver la belleza en toda esta cuestión? —interrumpe Alison, esta vez irritada.

—¿Cómo que qué tiene que ver? ¡Dos tetas tiran más que dos carretas, de toda la vida de Dios!

Alison suspira tan alto que el aire podría haberme llegado hasta a mí.

—Sebastiana, tengo una cita.

—¡Una cita! ¡Eso es justo lo que Álvaro necesita! —se empecina la mujer—. ¿Cuánto me cobrarías por salir con él un día? Si son cincuenta euros la hora contigo, ¿con cien y diez más para el café y la merienda sería suficiente? Te doy otros diez si no le dices que te he mandado yo.

Pensaba que Alison le preguntaría si había perdido el juicio, pero, en su lugar, opta por la opción amable:

—Eso difícilmente ayudaría a Álvaro.

—¿Prefieres una cena? Dime el restaurante y yo hago la reserva. ¿Qué tal el cine? Tiene un ambiente íntimo, aunque creo que lo que él necesita es hablar...

—Si tu hijo no quiere ayuda, ni tú ni yo vamos a poder echarle una mano —zanja Alison—. Y no, no va a ser necesario que vaya al cine con él.

—¿Por qué te haces la difícil? ¿Qué más quieres? Bueno, esta es mi última oferta: el Museo del Prado. Es carísimo, pero si te gusta el arte y estás dispuesta a llevarlo...

—No.

—Por Dios, Alison, ¿cuál es el problema? ¿Acaso tienes novio?

La conversación continúa, pero yo procuro entrar en la consulta y pasar de oír más memeces. No tiene pérdida, porque pone ALISON BALE. PSICOLOGÍA COGNITIVO-CONDUCTUAL. EXPERTA SEXÓLOGA en la puerta. Dentro, la luz tenue y cálida de un par de focos ilumina un espacio confortable. Hay dos sillas enfrentadas y separadas por un amplio escritorio, algunas plantas de pie repartidas por el espacio y varios bodegones. No parece muy pretenciosa. Intuyo que es más bien sencilla y no se tiene creída su profesión.

Siento que antes debo psicoanalizarla a ella para estar en igualdad de condiciones.

—Perdona por el escándalo —me dice nada más entrar, cerrando la puerta tras ella. Se apresura a sentarse frente a mí con una sonrisa de disculpa—. En este edificio parece que el psicólogo tiene múltiples funciones, y ninguna de ellas tiene nada que ver con la de ofrecer terapia. A muchos les encanta aprovecharse de que los consejos son gratis para venir aquí a atosigarme. —Carraspea y agita los folios grapados que hace un rato tenía yo en la mano—. Lucas me ha dado tus datos. Eso nos ha ahorrado los diez minutos que acabo de perder discutiendo.

Trago saliva y me obligo a no mirar su canalillo. Debe percibir el esfuerzo que me supone, porque, tras observarme unos segundos, se abrocha el último botón de la camisa y coge el jersey que descansaba sobre el respaldo de la silla para anudárselo al pecho.

No me pregunta si estoy mejor. Mi alivio es evidente.

Por supuesto, no es que la mujer sea adivina. Ya tuvimos una conversación por teléfono en la que le expliqué a grandes rasgos que el motivo de mi visita era por un problemilla de ginefobia.

Ni confirmo ni desmiento que buscara en internet algo

similar a «miedo a las mujeres» para no tener que presentarme como un seguidor de la temida misoginia, tal y como Susana me recomendó con su característico descaro.

—Bueno, Elliot... —Revisa mis apellidos con los ojos entornados—. Veo que eres natural de Hampshire. ¿Te gustaría que hiciéramos la terapia en inglés? No me importa. Lo que tú prefieras.

—No, no. Soy bilingüe. De hecho, el español es mi lengua materna. Nos entenderemos bien.

Ella levanta la vista y me sonríe sin forzar los músculos faciales. Es una sonrisa comodona, entre afable y distante. Nada más y nada menos que lo que necesito. La justa simpatía para no sentirme violento.

—Eso espero. —Entrelaza los dedos y los apoya sobre el escritorio—. ¿Cómo estás, Elliot? Cuéntame de nuevo, y de forma un poco más específica, qué es lo que te trae por aquí.

No sé qué esperaba que sucediera allí dentro, pero no ha sido en absoluto agradable.

¿Qué necesidad había de avergonzarme de esa manera?

Decido bajar las escaleras en lugar de tomar el ascensor para mitigar la indignación.

O la humillación, más bien.

¿Es legal preguntarle a un hombre en una sesión terapéutica si ha tenido novia o se ha vinculado sentimentalmente alguna vez con una mujer, cuál es la relación con su madre y si tiene dificultades para mantener una erección?

Esto último no me lo ha preguntado con esas palabras textuales. Alison Bale es, además de una cotilla insufrible, una mujer muy diplomática.

—Parece que tu visión de las mujeres es similar a la de la... Eva pecadora, por así decirlo —me ha dicho en un momento, golpeando su bloc de anotaciones con la punta del bolígrafo—.

Aparte de esa especie de resentimiento silencioso, ¿alguna vez has sentido el deseo de ejercer violencia sobre las mujeres? ¿Alguna en particular, tal vez?

—¿Qué? ¡Claro que no! ¿Qué clase de pregunta es esa?

—Me has dicho que «a veces te comportas como si fueran tus enemigas». Te pones a la defensiva, ¿no es así? ¿Nunca has temido ser incapaz de controlar tus pensamientos negativos y, en última instancia, transformarlos en un pronto de agresividad física?

—¡No, obviamente no! Yo no mataría ni a una mosca.

—Entonces, por lo que me cuentas, da la impresión de que lo que te preocupa es no ser capaz de mantener una relación sentimental o de tipo amistoso con las mujeres. Cosa que ahora mismo ves imposible.

—Eso es. —He tenido que suspirar, aliviado, al ver que ha entendido el asunto.

—Te cuesta la comunicación verbal y establecer vínculos, pero ¿cómo ha sido tu experiencia relacionándote físicamente con ellas?

Tuve que entrelazar los dedos sobre el regazo y forzarme a no parecer avergonzado al soltar:

—Nula. Mi experiencia ha sido nula.

Ella no ha parecido sorprendida.

¿Cómo debería haber interpretado eso? ¿De forma ofensiva? ¿Se lo veía venir? ¿Tengo cara de adolescente pajillero?

—¿En general, o solo con mujeres?

—No he tenido rollos con hombres, si es lo que me estás preguntando.

—¿Masturbación?

He tenido que apretar los labios para no soltar una imprecación.

—Tampoco.

Alison ha dejado el bloc a un lado un momento para mirarme a los ojos.

—¿Por qué crees que eso es así?

—Oye, tener sexo o no es lo último que me preocupa. Podemos pasar al tema central.

—Si te incomoda, lo dejaremos para otro momento, pero para llegar al fondo de la cuestión, este detalle creo que es determinante. La masturbación es prácticamente una función básica entre los seres humanos, más aún en los hombres. ¿Qué es lo que dirías que te impide jugar con tu cuerpo?

—¿Qué dirías tú que me lo impide? He venido a que me respondas las preguntas.

Alison ha sonreído levemente.

—¿Padeces disfunción eréctil?

—¿Qué tiene que ver eso con la terapia?

—Lo tomaré como un «no».

—No, claro que no tengo disfunción eréctil. Me excito, pero no puedo mantenerla cuando pienso en...

Ella ha hurgado en mi mirada, llegando a incomodarme.

—¿En qué, Elliot?

—Mira, no me he acostado con nadie porque no sé ligar —le he soltado, y al momento me he arrepentido por mostrarme tan a la defensiva—. Ese es el tema principal. Punto.

Al menos ella ha captado que no pretendía seguir por esa senda.

—Aun así, para hombres en tu situación, u otras similares, hay alternativas. No hace falta ligar para tener sexo. Existen los clubes de alterne.

Eso me ha puesto a la defensiva. A raíz de ese comentario, he empezado a sudar la gota gorda.

—¿Disculpa?

—La inmensa mayoría de los hombres que no quieren o no pueden ligar recurren a la prostitución —ha tenido a bien resumirme, y como consecuencia, la sangre se me ha helado en el cuerpo.

—Y un cuerno. Bastante tengo con lo mío para encima ser

un putero. No negaré que en algunos momentos pensé en... Mi padre me lo sugirió hace algún tiempo, como es habitual en los hombres de la familia Landon, que tienden a estrenarse en... en sitios así, pero me parecía desagradable, y al final tampoco habría sabido... eh... hacerlo.

—Entonces no es tanto una cuestión de no saber cómo hacer que una mujer esté dispuesta a mantener relaciones contigo, sino de quizá... ¿miedo a no estar a la altura de sus expectativas? ¿Te preocupa lo que puedan pensar sobre ti?

—Me preocupa que todas las preguntas que me haces tengan que ver con el sexo.

—¿Qué es lo que pasa por tu cabeza cuando piensas en acostarte con alguien?

He cerrado los ojos como si me preocupara que lo viera en mi expresión, que viera lo que yo veo cada vez que intento imaginarme en brazos de una mujer. No he podido contestar a algo tan íntimo, y ella me ha dado unos segundos antes de cambiar de tema.

—Deduzco que este asunto te preocupa porque eres heterosexual y te gustaría llegar a ser capaz de iniciar una relación sentimental con una mujer. —Se ha detenido esperando a que asintiera—. Pero es algo que, además, te limita en tu día a día, ¿me equivoco? Incluso con mujeres que están en tu vida desde hace mucho tiempo, como, supongamos..., tu madre.

—Mi madre me abandonó cuando tenía nueve años.

Alison lo ha anotado en el bloc. De hecho, ha trazado una línea horizontal y luego ha garabateado algo deprisa. Yo creo que ha puesto: «¡Bingo!».

No seré el mejor interpretando la expresividad de las mujeres, pero algo me dice que llevaba un buen rato con la idea rondándole la cabeza.

—Dime si me equivoco: no ha habido presencia femenina importante ni ninguna figura materna a lo largo de tu etapa de crecimiento. Tampoco hoy en día.

—No. Siempre hemos sido mi padre y yo.

—¿Tu padre no tuvo parejas después de tu madre?

—Mi madre no fue su pareja. Y no, no ha estado con nadie.

—¿Conoces el motivo?

—Todas las mujeres le parecían unas zorras traicioneras —he soltado sin pensar. Luego, para suavizar el golpe, he añadido—: Y, bueno..., siempre ha sido tímido.

—¿Recuerdas a tu madre? Algo previo al abandono, algo relacionado con tu vida a su lado.

—Lo recuerdo todo a la perfección.

Alison se ha quedado mirándome pensativa. Ha cambiado de postura en el asiento, dándome parte del costado, y se ha cruzado de piernas.

—¿Cómo era la relación con tu madre?

Creo que esa ha sido la pregunta más difícil de responder desde aquella que me pusieron a traición en un examen de Literatura rusa —quién me mandó escogerla como maldita optativa—. No respondí ninguna de las dos, ni a la de Alison ni a la de aquel profesor con mala idea, lo que nos ha llevado de nuevo al dichoso tema de la masturbación.

Por lo menos parece que después del sondeo ha descartado problemas de autoestima, impotencia o exceso de estrés.

Evitar el ascensor para despejarme bajando las escaleras ha sido una mala idea, por cierto. En el rellano del cuarto me tropiezo con lo que parece la reunión de una asociación de jubiladas: los vecinos han desplegado sillas de plástico para sentarse a cascar. Acomodadas en torno al semicírculo, reconozco a la mexicana que siempre tiene algo que llevarse a la boca y a la alta de aspecto dulce que sale con Óscar. Aparte, participan en la conversación una setentona de pelo azul, un treintañero de aspecto simplón y Susana, que se entretiene moviendo unas tijeras por las greñas de Eric.

El chico deja de reírse en cuanto me ve.

Gajes de ser su jefe de estudios, supongo. No es que lo

decidiera así. Al ocupar ese puesto, nunca me propuse ir aplastando las sonrisas de los chavales de la ESO cuando me los cruzara por el pasillo, pero supongo que no inspiro simpatía.

—¡Miren nomás, pero si es Míster Fish and Chips! —exclama la mexicana, arrugando el envoltorio de un *cupcake* que acaba de comerse—. ¿Cómo fue la terapia intensiva? Se te oyó un poco tenso allá arriba.

La sangre me baja a las piernas súbitamente. No mejora cuando cruzo miradas con Susana, que aún me respeta lo suficiente para no sonreír de forma abierta.

(Pero sí sonríe para sus adentros, lo sé. Se lo noto).

¿Me han oído? ¿Han escuchado a la ametralladora de Alison y mis vergonzosas respuestas?

—No hace falta que mientas —interviene el desconocido—. De hecho, y teniendo en cuenta que eso podría quitarle clientes a Alison, sería buena idea que no lo hicieras.

—Aquí hasta las paredes oyen. ¿O vas a negar que los arquitectos evitaron construir este edificio a prueba de chismosos? —se queja Tamara, poniendo los brazos en jarras.

—Negar eso teniéndote a ti como inquilina del cuarto sería de un cinismo importante, pero es que en este caso nos hemos enterado de las batallas de Elliot por Sebastiana, no por las paredes. —El tipo se gira hacia mí y me mira con solemnidad. No hay ni rastro de risa en su expresión, y eso me alivia—. Alison se ha preocupado de insonorizar la clínica para que no entre ni salga ninguna conversación privada. Aunque yo pueda oír todo lo que Tamara llora cuando ve sus telenovelas por culpa de la pésima construcción, lo que pasa en las sesiones se queda en las sesiones.

Sacudo la cabeza para espabilarme.

—¿Que os habéis enterado por... Sebastiana? ¿De qué?

—La mujer estaba un poco molesta con Alison por no haberla atendido y se quedó un rato junto a la puerta de su despacho esperando a que saliera, así que ha oído algunas cosas. O eso ha explicado —responde la señora del pelo azul.

—Solo nos ha dicho que has ido a buscar ayuda profesional porque no ligas, tranquilo —resuelve el vecino desconocido, quitándole importancia.

Sí, me quedo mucho más tranquilo sabiendo que mi vulnerabilidad queda a la vista de todos.

—Me deja con el ojo cuadrado que un hombre como tú tenga problemas para encontrarse una morrita —agrega Tamara, mirándome de arriba abajo—. Estás de muy buen ver.

—¡Digo! —corrobora la anciana *peliazul*—. En mis años mozos, no te habrían dejado ir por la calle de mi pueblo. Y, la verdad, no tienes nada que envidiarles a las personas que inspiraron mis novelas anteriores.

—¿Novelas? —repito, perplejo.

—Virtudes es escritora —me explica Susana, captando toda mi atención al vuelo—. Daniel, el que te ha puesto sobre aviso, es su nieto, diseñador gráfico; a Tamara y a Eli creo que ya las conoces.

—Oye, ¿y no te parece que pagar a una psicóloga para que te enseñe a ligar es una burrada? Para eso puedes pedirnos consejo a nosotras —interviene Tamara—. Digo, nomás con verte se me ocurrieron tres maneras de sacarte partido.

No sé si salir corriendo, meter la cabeza en la tierra como los avestruces o fingir que no sé de lo que están hablando. ¿Cuánto les habrá retransmitido Sebastiana? Porque si se ha quedado en que no ligo, o bien ha sido muy benevolente a la hora de cotillear sobre mí, o bien solo ha escuchado las dos primeras preguntas.

—¿Como por ejemplo? —dudo al fin, tratando de parecer sereno.

Era más bien una pregunta retórica, pero no solo Tamara se la toma en serio.

—No te vuelvas a poner un chaleco de lanilla encima de la camisa. Por lo menos, no si tiene cuadros estampados —recomienda Susana—. Es la moda de yayo jerezano, y lo sé porque mi abuelo era de Jerez de la Frontera.

—Además —añade la mexicana—, no mames, ¿qué pinche necesidad tienes de meterte la camisa por dentro de los pantalones?

—Es que es británico —dice Susana, como si fuera obvio—. ¿No ves que el príncipe Harry y el príncipe William siempre las llevan por dentro?

—El príncipe Harry no siempre se pone corbata, ya que lo sacas. Y si un príncipe no se pone corbata, ¿por qué chihuahuas se la va a poner un profesor de Secundaria? —Tamara entorna los ojos—. Te hace falta enseñar más cuello, Cromwell. Debes aprovechar que lo tienes.

—Ah, bueno, otra que se une al repaso de los cien personajes célebres de nacionalidad inglesa —ironizo.

—Y esos pantalones de pana... —Eli chasquea la lengua. Parecer avergonzada por tener que intervenir la salva de mi ira, aunque a lo mejor está avergonzada por mis pantalones de pana, que enseguida me miro con el ceño fruncido.

—¿Qué les pasa?

—Los pantalones de pana los llevan los menores de diez años porque es más fácil coser parches en las rodillas —explica Virtudes.

—Pero, definitivamente, es el corte de pelo a la taza lo que te friega por completo. Me transportas a las viñetas de *Paracuellos* de Carlos Giménez. —Tamara desvía la mirada hacia Daniel y hace un gesto de victoria—. *Pa* que veas que sí me chuto los cómics que me prestas.

Daniel se cruza de brazos, aunque para nada ofendido. De hecho, parece orgulloso de ella.

—Solo faltaría que no te los leyeras cuando me los tienes secuestrados seis meses.

—¿Estás tomando nota? —me pregunta Susana, mirándome con una media sonrisa tranquila—. El aspecto físico también es importante a la hora de impresionar a una mujer.

Me reservo la apreciación más evidente, que es que preferiría conquistar a una mujer por mi forma de ser. Conozco a Susana lo suficiente para imaginarme cuál sería su respuesta: una mirada de «entonces ya puedes pagar sesiones de psicólogo, porque vas a necesitar a un buen arquitecto de la personalidad para valer un duro».

—¿Y qué se estila entre las mujeres hoy en día, si puede saberse? ¿Me tengo que hacer un mohicano y ponerme pantalones de cuero, o ir con la gomina y el peine como hacían los idiotas de *Grease*? —espeto.

—No, hombre, con unos vaqueros sencillos y un corte de pelo actual, con el flequillo despeinado, sería suficiente —responde Susana, mirándome pensativa—. Voy a terminar con Eric en unos minutos. ¿Quieres que probemos a trasquilarte?

—En el caso de que quisiera cortarme el pelo, preferiría que me atendiera un profesional.

—Te apoyo y te recomiendo aferrarte a esa decisión —murmura Eli—. La peluquería de Edu está en el bajo de este mismo edificio, y cuando se entere de que ha habido cortes de pelo a sus espaldas, se va a organizar la marimorena. Si no lo conoceré yo...

—Quiero a Edu con locura, pero no tiene el monopolio capilar de los inquilinos de la calle Julio Cortázar —decreta Susana, muy digna, sin despegar los ojos del mechón rubio que se dispone a cortarle a Eric, quien permanece tenso y en silencio. Cuando el chico no mira al suelo, me mira a mí, como si temiera que fuese a decir algo comprometedor—. Además, que no estoy para gastarme veinte euros en un corte de chico cuando se me ha quemado el piso. Seguro que en algo tendré que rascarme el bolsillo, y todo ahorro es bueno.

—Pues cuando Edu se haga con las tijeras y vaya a buscarte para destriparte cual asesino en serie victoriano, no se te ocurra venir a esconderte a mi casa —advierte Eli.

—Parece mentira que seas cocinera. Ya deberías saber que para destripar hace falta un cuchillo jamonero como mínimo, con unas tijeras no vale —rezonga Susana.

—No estás captando el mensaje. Para Edu, el pelo es cosa seria. Con los estilismos no se juega.

—Y no estoy jugando. lo estoy resolviendo de maravilla.

—La neta es que sí. Un corte así a Elliot le quedaría bien padre —apostilla Tamara, balanceándose hacia delante para observar a Eric de cerca—. Esto es lo que te hace falta para despertar el deseo sexual de una morra, Elliot: tenerlo lo bastante largo para que meta los dedos entre los mechones, pero no como para parecer un rockero retirado. Las medias melenas solo les quedaban chidas a Bono y a Bon Jovi.

—Bueno, él no quiere ligar a secas —comenta Susana como quien no quiere la cosa, aún concentrada en su labor—. Quiere pasar a mayores con una mujer que ya tiene en su punto de mira, ¿verdad?

Mi primera reacción al oírla es mirarla de arriba abajo, un acto reflejo traicionero que demuestra que lo que tengo entre ceja y ceja anda más cerca de lo que me gustaría. Y anda sobre unas zapatillas de lona de El Ganso, unos vaqueros cortos azules deshilachados —quizá demasiado cortos para una mujer de treinta y pico años, por muy bien que se conserve— y una sencilla camiseta de tirantes sin sujetador.

Sin sujetador.

Estupendo.

Resopla para retirarse de la cara un mechón que ha escapado del moño improvisado, y es como si el aire me llegara a mí. Como si me atravesara el chaleco, la piel y me calentara toda la sangre.

Como si la tuviera sentada encima otra vez, preguntándome con esa sorna inquietantemente atractiva por qué me ruborizo.

—¿*Apoco* sí? ¿Tienes un FP? —quiere saber Tamara, mirándome con fijeza.

Sus ojos son de un negro tan profundo que resulta intimidatorio.

—¿Una FP? Tengo una carrera, dos másteres y un doctorado —corrijo, algo confuso.

Susana levanta la vista y me pilla mirándola. Se está aguantando la risa, supongo que por mi respuesta de sobrado. Tampoco es que yo quisiera que sonara así.

—Un FP —corrige Tamara—. Un Futuro Proyecto.

—¿Desde cuándo FP significa «futuro proyecto»? —protesto.

—Desde que me dio la gana a mí —resuelve Tamara, encogiéndose de hombros.

—Es como cuando dices «Necesito un ABC»: «Amigas, Bailoteo y Copas» —agrega Eli.

—O «ajo y agua»: «a joderse y a aguantarse» —tercia Daniel.

—No me cuadra. «FP» y «ABC» son siglas que resumen un conjunto de términos; «ajo y agua» son más bien abreviaturas —replico por mero afán informativo.

Todas las mujeres presentes se miran entre ellas.

—¿Es por eso que no tienes novia? —me suelta Tamara, perpleja—. Porque no creo que Alison te lo pueda arreglar. Ella es igual de sangrona que tú.

Frunzo el ceño más que dispuesto a ofenderme, sea lo que sea que signifique «sangrona» —supongo, por contexto, que es algo como «listillo» en la jerga mexicana—, pero no me sale natural. Quizá porque sé que, aunque lo dicen en serio, no lo hacen con acritud.

Al referirse a Alison, al menos, lo ha hecho con aprecio.

—La mujer que le interesa es graduada en Historia y tiene un máster en Arte, si no recuerdo mal. No le vendrá tan mal exhibir sus conocimientos delante de ella —me defiende Susana, de buen humor.

Se nota que está contenta, motivo sobrado para mirarla de hito en hito.

—¿Se puede saber por qué esa repentina necesidad de poner al corriente a toda la vecindad de lo que se cuece en mi vida? ¿Es eso lo que te tiene tan feliz?

No me extrañaría que se divirtiera dejándome en ridículo delante de sus amigas. Seguro que era la clásica guapa del instituto que se partía de risa burlándose del gafotas de turno.

—Ahora eres miembro de la comunidad. —Susana se encoge de hombros—. Es tu obligación permitir que los vecinos participen en tus problemas y tus relaciones amorosas.

—Yo no he permitido nada —me quejo, mosqueado—. Lo estás permitiendo tú.

—Bueno, dale, relaja la raja, Elliot —interviene Tamara—. Entonces la mujer en cuestión es una compañera de chamba —deduce—. ¿Cómo se llama? Quiero localizarla para el viernes que viene.

—¿El viernes que viene?

—Eli y yo vamos a estar allí para la fiesta de la solidaridad. Somos las encargadas del *catering*.

—Estupendo. ¿Voy a tener que esconderme cada vez que os vea?

Tamara y Eli se ríen como si hubiera hecho una broma estupenda.

No entiendo nada.

—Tranquilo. Cuando Tay trabaja, procura tener desactivada la antenita. —Eli se señala la cabeza—. La de Radio Patio, digo. La que capta todos los cotilleos.

—Oye, ¿y qué es eso de la fiesta solidaria? —quiere saber Virtudes.

—Es una fiesta que se celebra en el patio para recaudar fondos —explica Eric, metiendo las manos debajo de las rodillas. Todos sus movimientos denotan que está nervioso, alerta, y creo saber por qué—. Se hace cada año porque el presupuesto de nuestro colegio público no llega para hacer mejoras o arreglos en las instalaciones. Esta vez es para el pabellón deportivo. Habrá comida, castillos inflables, una atracción de terror, juegos, partidos de fútbol... Se venderán abanicos hechos por los alumnos y libros de segunda mano. Los críos de Primaria y algunas niñas de la ESO hacen bailes y todo.

—El año pasado se recaudaron ocho mil euros —concluyo, orgulloso por la gestión—. Yo suelo encargarme de dirigir las actividades con el resto del profesorado, o de vender los tíquets.

—Pues iré para aportar mi granito de arena —decide Virtudes.

—Es muy divertido —asegura Susana, revolviéndole el pelo a Eric y rodeándolo para admirar el resultado final de su corte—. Yo siempre me lo paso de maravilla.

Puedo dar fe de ello. Fue justo durante la fiesta solidaria del año pasado cuando la vi por primera vez. A partir de entonces, me dediqué a buscarla con la mirada por los pasillos del instituto. Tardé poco tiempo en darme cuenta de que el chico que yo creía que era su sobrino cursaba sexto de Primaria, con lo que difícilmente podría hacerme el encontradizo con ella al ser jefe de estudios de Secundaria. Esto, por un lado, me aliviaba —menos posibilidades de interactuar con ella, menos posibilidades de cagarla a lo grande— y, por otro, me entristecía, porque, en fin, como ha demostrado la literatura desde antiguo, la carne es débil.

A Eric le preocupa tanto como a mí que su madre «se lo pase bien». Se lo noto en la cara, y es lógico. La última vez que Susana se divirtió en una fiesta solidaria, acabó enrollándose con el padre de Fernando, el crío que dedicó gran parte del curso anterior a hacerle la vida imposible a Eric lanzándole dardos envenenados respecto a ella.

No olvido que Susana y yo tenemos una conversación pendiente, pero como las aguas están calmadas y el chico no parece tener ya problemas relacionados con este tema —y, además, es evidente que lo último que querría es que yo me chivara—, he decidido posponerlo.

Tampoco resultará una conversación agradable para mí.

—¿Entonces? —Tamara agita la mano cerca de mi cara—. ¿Cómo es ella? Dime su nombre. Haré todo lo posible por actuar de celestina.

—¿Quién?

—La mujer en cuestión. La que quieres engatusar.

—Teresa —responde Susana, y la fulmino con la mirada—. ¿Qué? ¿No querías que te echaran un cable con este asunto? Si alguien anda sobrada de maquinaciones para la conquista, esa es Tay. Virtudes escribe novelas románticas, así que un poco del tema maneja, y Eli se ha echado de novio al tío más bueno de Madrid detrás de Maxi Iglesias. Algo sabrá.

—A mí no me metáis —advierte Eli, ceñuda.

—¿Y yo no cuento, o qué? —se queja Daniel.

—¿Te corto el pelo, sí o no? —insiste Susana, mirándome a la expectativa.

Desvío la mirada a Eric, y debo reconocer que su madre le ha dejado un corte estupendo. Supongo que, quien algo quiere, algo le cuesta, y tiene pinta de que aprender a ligar me va a costar un buen dolor de cabeza, porque nada más me planto en la silla de plástico, Tamara, Virtudes y el resto me rodean para empezar a bombardearme con consejos.

Ninguno tan perturbador como la recomendación que me ha hecho Alison, de todos modos.

«Creo que masturbarte te irá bien».

Capítulo 11

LA DIOSA DE LA FERTILIDAD
Y EL SÚCUBO PECADOR

Susana

—¿Hoy no tenías clase de yoga?

Termino de enganchar el pendiente en el agujerito de la oreja y me giro hacia Eric. Sonrío al reconocer el símbolo estampado en su camiseta: la casa Stark de *Juego de tronos* destaca en el centro de su pecho.

Las veces que ha dado por culo con eso de que «el Norte recuerda» solo lo sé yo.

Cuando me dice que «el hombre que dicta la sentencia tiene que blandir la espada» le tengo que replicar que el hombre que ensucia las tazas por andar haciéndose cereales a horas intempestivas es, asimismo, el que tiene que lavarlas luego.

—Veo que al final prefieres ponerte tu ropa friki. Muy bien. Va a ser fácil reconocerte entre todos los niños del instituto, que irán con camisa para la ocasión.

Él arruga la frente.

—¿Has oído lo que te he dicho? —rezonga con ese tonito suyo de «no me toques las palmas, que me conozco».

Me da por poner los ojos en blanco. En ciertos aspectos, ha salido a su abuela materna. Cuando siente que no le escuchan, se prepara para sacar las garras.

Qué puedo decir. Es un crío que ha nacido para ser el centro de atención. Si su majestad no es el protagonista de la escena, se nos altera.

—Sí tenía clase de yoga, pero como Óscar participa en la barra como profesor de Educación Física, la ha cancelado. Y, aunque no lo hubiese hecho, prefiero acompañarte a la fiesta solidaria.

—¡No hace falta! —se apresura a exclamar—. Ya estoy en primero de la ESO, no necesito que mi madre me lleve a ninguna parte.

—Pues para estar en primero de la ESO, como lo pronuncias con ese tono de «soy prácticamente una momia», todavía no has aprendido a poner una lavadora.

—Podría ponerla —masculla a la defensiva.

—¿Ah, sí?

—Es tan fácil como buscar en internet a cuántos grados y cómo mezclar la ropa.

—Vaya, vaya... Si tan poca falta te hace tu madre, ¿por qué no la descambias?

—Porque perdí el tíquet de compra.

Descuelgo la mandíbula, alucinando.

—¡Oye!

—Lo digo en serio —insiste Eric, mirándome con seriedad . Si vas a la fiesta solo para estar conmigo, te vas a aburrir. Mis amigos y yo hemos conseguido billetes para las atracciones de terror y no me vas a ver el pelo en toda la tarde.

—¿Las atracciones de terror no son para mayores de catorce años? —Enarco una ceja—. Tranquilo, no voy a estar pegada a tu espalda diciéndote dónde gastar el dinero, por mucha ilusión que le hiciera a tu amigo Carlos saberme cerca, pero a alguien tendrás que tener a mano cuando se te acabe la guita, ¿no?

—Dame cincuenta euros del tirón y así te despreocupas.

—A ti te falta un tornillo, niño. —Bufo—. Si te doy cincuenta euros, te los gastas más rápido que si te diera diez, que eres un manirroto. Empezamos con quince, y luego, si quieres más, me buscas.

Eric aparta la mirada e infla uno de los carrillos con impaciencia. Diría que está buscando las palabras adecuadas para decirme algo si no supiera que es un impulsivo de narices que no piensa antes de hablar.

—No vas a pintar nada allí —declara con aparente indiferencia—, pero allá tú.

—Algo pintaré si los padres somos los que, soltando la pasta, conseguimos que se recaude un dineral. Llevo asistiendo a esa fiesta desde que eras un cigoto. Tengo más derecho a ir que tú.

—Haz lo que quieras —suelta con esa voz de ultratumba que se le pone cuando está mosqueado y no lo quiere admitir—. Vamos a llegar tarde.

—Un «vamos» muy bien usado, porque pienso ir.

—Vale.

—Y pienso quedarme hasta tarde.

—Pues muy bien.

—Y seguro que hago amigos —le pincho, entornando los ojos.

—Mejor para ti.

—Lo mismo hasta dejan que me quede a dormir. O encuentro un novio.

Eric se tensa y sale del baño, donde ambos nos estábamos arreglando, dando pisotones. Con el ceño fruncido, voy detrás de él. De camino, agarro el bolso, del que sacaré el monedero el mismo número de veces que Tarantino muestra los pies de sus actrices en la gran pantalla, e intento hacer que se vuelva diciendo su nombre varias veces.

—Eric, esta no es la actitud que tienes que tener con tu madre cuando va a financiar tu diversión —le advierto.

—Es tu deber financiar mi diversión. Si no querías gastar dinero en tu hijo, ¡haber abortado!

Vale, esto ha dejado de tener gracia.

Freno justo en el salón. Sonsoles está erguida en su silla de ruedas con cara de prestar mucha atención a nuestro pequeño rifirrafe.

—¿Cuál es tu problema hoy, chaval? —espeto con una mano sobre la cintura—. ¿Es que has llegado a ese episodio de *Naruto* en el que hay drama con Sasuke? Parece mentira que estés de tan mal humor cuando vas a una fiesta.

—Nos vamos, Sonso —anuncia él, ignorándome. Le da un sonoro beso en la mejilla a la señora y esta le pasa los brazos por el cuello para estrecharlo afectuosamente.

—Recordad que no podéis volver a casa muy tarde —nos advierte—. Si aparecéis pasadas las diez, estaré dormida y no podré abriros.

—Para eso llevamos las llaves. —Las sacudo en el aire, feliz de tener un salvoconducto para no perderme el apogeo adulto de la fiesta solidaria.

—Pero las llaves me despertarán. Y el sonido de tus tacones. —Pronuncia «tacones» como si dentro escondiera unos gramos de cocaína—. A las diez y media como muy tarde os quiero aquí.

No me queda otro remedio que sonreír y asentir. Jamás he visto a Sonsoles enfadada, y no pretendo ponerla a prueba ahora, no cuando podría arrollarme con la silla.

Eric sale primero y yo lo sigo sin ánimos, ni siquiera para refunfuñar por lo bajini. Sabrá Dios qué es lo que le pasa, porque yo no, y por más que intento sonsacárselo durante el trayecto hasta el colegio, es en vano. Eric camina a unos metros por delante de mí, castigándome por algo que no recuerdo haber hecho mal. Leí una vez en un manual de maternidad que no conviene darle tanto poder a tu hijo como para permitir estas rabietas con frecuencia, así que, llegado cierto punto, dejo de molestarme y lo ignoro también... aunque con todo el dolor de mi corazón.

Malditos sean los hombres. Ya en su etapa infantil demuestran tener madera para manipular emocionalmente a una mujer.

La fiesta solidaria de mis delirios se celebra en el patio del colegio. Para la ocasión se han montado una serie de carpas en las que se venden abanicos pintados por los niños, libros de segunda mano, adornos para el pelo... Al fondo destaca una barra donde se sirven cervezas y vino tinto, así como refrescos para los menores de dieciocho, bocadillos de fiambre, tortilla de patatas y algunos helados de los que Iniesta promocionaba en televisión cuando aún no se había jubilado de la liga europea. Han dejado vacías la pista de fútbol y la de baloncesto para que se celebren las competiciones que entretienen a los adictos al balón durante los recreos. El resto de las pistas están ocupadas por un par de castillos inflables para los más pequeños. Las atracciones de terror, entre otras, se encuentran al otro lado del patio, una zona que yo, como madre, no piso. Siempre me quedo junto a la barra charlando con otros padres o, esta vez, con las encargadas del *catering*.

Tamara y Eli no parecen desbordadas por el trabajo cuando llegamos, en parte porque los profesores también colaboran atendiendo las comandas de bocadillos con chorizo, pinchos de tortilla de patatas y cervezas.

—Toma el dinero. —Le suelto a Eric un par de billetes—. Cuando pretendas volver a casa, déjame un mensaje y hazme una perdida para asegurarte de que lo recibo, y procura que sea cariñoso. —Él asiente sin mirarme. Sus ojos se desplazan por toda la zona sin llegar a enfocar—. ¿No me vas a dar un beso?

Eric no me dice que no, pero tampoco parece por la labor de darme el gusto.

Su rechazo me deja mal cuerpo.

—Me parece de niñato este comportamiento que estás teniendo —espeto al final—. Lo único que quiero es divertirme un poco, despejarme. Ya has visto que me paso el día trabajando con el culo enclaustrado en una silla de Ikea. ¿Tan egoísta eres que no quieres ni que me distraiga? No voy a acercarme a ti en toda la tarde, si lo que te preocupa es quedar como el niño de mami.

—¿Me puedo ir ya?

Separo los labios para darle un tono aún más ominoso a la bronca, pero conozco a mi pequeño demonio y sé que no va a servir de nada. Hago un gesto con la mano que viene a significar «futis». La camiseta con la que Eric ha decidido emperifollarse se pierde entre la masa de gente que ya hay haciendo cola para comprar los tíquets de las atracciones. De fondo suena el estridente sonido de la música del baile que han decidido coreografiar unas chicas de Secundaria con una atrevida faldita de tablas: *Dangerous Woman*, de Ariana Grande.

Me dirijo a la barra ocultando mi desilusión con un movimiento rítmico de hombros. Eli me intercepta entre la gente y sonríe. De inmediato, la señalo y canto a la vez que la cantante:

—«*Something 'bout you makes me feel like a dangerous woman!*».[4]

—«*Something 'bout you makes me wanna do things that I shouldn't!*»[5] —me corresponde ella, canturreando con ganas.

No tarda en ponerse colorada al percatarse de que ha captado la atención de algunos clientes.

Tamara se encarga de desviarla a ella batiendo las palmas.

—Güey, ¡estás de rechupete! —exclama Tamara. Doy una vueltecita despacio para que ella pueda silbar y vitorearme. Apenas me fijo en que algunos de los padres se me quedan mirando—. ¿De dónde son los pantalones? Están bien perros.

---

4. Algo que hay en ti me hace sentir como una mujer peligrosa.
5. Algo que hay en ti me hace querer hacer cosas que no debería.

—De algunos grandes almacenes de rebajas, supongo. Ya ni me acuerdo. Son de antes de quedarme embarazada. —Apoyo los codos sobre la barra—. Ponme una cerveza, anda, que falta me hace.

—¿Por? —pregunta Eli, preocupada—. ¿Otra vez el trabajo?

—Qué va. ¿Sabéis qué le pasa a Eric? Lleva todo el día muy raro. Bueno, ha pasado una semana comportándose de forma extraña, pero hoy está directamente intratable.

Óscar aparece del interior del comedor del colegio, que da justo al otro lado de la barra, con un nuevo barril de cerveza. Lo deja a los pies de Eli, a la que le roba un beso en la mejilla, y él mismo me sirve con brío lo que he pedido. No creo que me haya escuchado; en todo caso, lo ha deducido.

—No te preocupes por él. Es por la fecha. Para los críos, esto de la fiesta solidaria es un gran acontecimiento. Llevo toda la semana con dolores de cabeza porque lo único de lo que hablaban las chicas era de lo que iban a ponerse. Es como el primer fin de año de un adolescente —me explica, lanzando un vistazo exasperado al cielo.

Acepto la cerveza y le dedico una mirada escéptica mientras doy un par de buches.

—Mi hijo no es tan impresionable, y ni mucho menos un metrosexual al que le importe su aspecto. Lo único capaz de hacer que se preocupara por lo que lleva puesto sería el estreno en el cine de la nueva de *Los Vengadores*. Va camino de convertirse en uno de esos *gamers* apestados que le dan la vuelta al teclado y acumulan migas de comida para alimentar a todas las palomas del parque.

—En eso no ha salido a ti, señorita coqueta —comenta Eli con esa vocecilla tímida suya, guiñándome un ojo—. ¿Quieres algo de comer con la cerveza?

—Tengo el estómago un poco cortado, será mejor que no.

Apoyo el codo en la barra para no perder mi hueco y estudio el panorama más allá del bar con un vistazo aburrido, aunque sé perfectamente qué es lo que ando buscando.

Tamara lo sabe también, porque me sobresalto cuando se inclina sobre mí y susurra, con voz de ultratumba:

—Míster Fish and Chips está vendiendo los tíquets para las atracciones con la tal Teresa. Los tienes justo a las doce en punto.

Compruebo que lo que dice Tamara es cierto entornando los ojos sobre la mesa de los billetes. Ahí está Elliot, de pie, con un polo azul marino, unos vaqueros oscuros y el favorecedor corte de pelo que le gestioné hace unos días.

Mi estómago se contrae inoportuna e innecesariamente al verlo sonreír y chocarle los cinco a un grupo de chavales.

—Parece que se puso trucha[6] y se ha encargado él mismo de que le toque la misma chamba que a la susodicha —comenta Tamara, levantando las cejas varias veces.

—Y parecía tonto cuando lo compramos...

Justo en ese momento, Elliot levanta la cabeza y la ladea hacia mí, como si ese hilo rojo del destino del que tanto se habla le hubiera avisado de que hay alguien acosándolo en la distancia. El gris de sus ojos no es menos intenso de lejos. Ni siquiera lo eclipsan esas graciosas gafas suyas.

Levanto la mano para saludarlo y, ya que estoy, me tiro del invisible cuello del polo que no llevo para indicarle que me imite. Él tarda en captarlo, pero obedece en cuanto se percata del problema y se arregla el escote con movimientos inseguros. También acepta mi recomendación de sacárselo del pantalón, como le pido haciendo el mismo gesto. Ya que estoy, divertida por la pantomima, me revuelvo el pelo y meneo la cabeza. Elliot arruga el ceño, pero me copia para darse un aire desenfadado del todo favorecedor. Para acabar, me tiro de las comisuras de los labios y le enseño los dientes en

6. Estar atento o poner atención, andar a las vivas.

una mueca de Joker. «Sonríe —le indico con señas—. Venga, solo un poquito. Una sonrisita para la prensa». Él niega con la cabeza, a punto de echarse a reír, y se gira hacia Teresa y el grupo de chicas de la cola, rompiendo toda conexión conmigo.

Vaya por Dios. Ahora que nos lo estábamos pasando bien...

—¿Esa es Teresa?

—La misma que viste y calza, como se dice por aquí. Tampoco está tan buena. —Tamara hace una mueca—. Ni en pedo hay punto de comparación contigo.

No quiero ser yo la que lo diga, y ni mucho menos cuando me regocijo tantísimo, pero es verdad que Teresa, así, de lejos, no parece nada del otro mundo. Es tal y como una se imaginaría a una profesora de Historia: pelo liso a la altura de los hombros con el flequillo recto, gafillas cuadradas y un buen pandero, el que cabe esperar en alguien que se pasa sentado más horas de la cuenta.

Cómo no, va con un fino jersey de cuello de bebé.

—Está bien hermosa, de hecho —continúa Tamara.

—Bueno, Elliot busca a una mujer que le haga sencilla la reproducción. —Le doy un sorbo a mi cerveza y sigo comentando mientras me limpio el bigote con el dedo—: Y no cabe duda de que Teresa es una antigua diosa de la fertilidad.

—A lo mejor ha empezado a parecerse a ellas de tanto estudiarse las estatuillas en Arte —se mofa Tamara.

—Qué crueles sois —se queja Eli, negando con la cabeza.

—¡No hemos dicho nada malo! —rezongo, ofendida—. ¡Si la he comparado con una diosa de la fertilidad!

—¿Qué diosa de la fertilidad? —Eli entorna los ojos—. Porque si te refieres a las venus paleolíticas, yo creo que la estás llamando «deforme». Y la mujer es bastante maja, ¿sabéis? La conocí un día que accedí a las presiones de Óscar para salir con los profesores.

—Oye, que yo no te presiono a hacer nada —interviene el aludido.

—A ver, es un hecho objetivo que está redondeada —me defiendo—, pero eso no es negativo. Si a Elliot le gustan las mujeres así, pues brindo por él. ¿A mí qué más me da el cuerpo de ninguna mujer? Ha empezado Tay.

—¿Que la conoces? —repite Tamara, parpadeando en la dirección de Eli—. ¿Neta? ¿Y no nos has chismeado nada?

—No me pareció importante. Es simpática, sin más. Muy correcta y prudente, aunque se tomó unas seis cervezas y no le subió nada.

—Si es intolerante a los grados de la chela, a lo mejor es porque ha desarrollado algún tipo de inmunidad a raíz de un posible alcoholismo —se inventa la mexicana.

—O porque las cervezas que se tomó eran de baja graduación —la defiende Óscar.

—¿Sabes algún secreto sórdido de ella? ¿Algún exmarido? Si está divorciada con los treinta y pico años que aparenta, es que es un bicho.

—Ay, Tay, cómo eres... —dice Eli con un suspiro.

Mientras Tamara sigue haciendo preguntas irreverentes, y del todo inapropiadas, teniendo en cuenta que estamos hablando en la barra, como, por ejemplo, si tiene hijos bastardos —porque, según ella, «tiene cuerpo de haber pasado por el paritorio un par de veces»—, ha visto que sus globos oculares hicieran movimientos raros —no descartamos la drogadicción o se descolgó con algún comentario racista, sexista, homófobo, etc., yo sigo fijándome en Elliot y en cómo se desenvuelve en su puesto. Varios grupos de chavales se entretienen hablando con él, y algunas chicas, algo más tímidas, parecen gastarle bromas.

—Oye —le doy un pequeño codazo a Óscar—, ¿cómo es que se lleva tan bien con los chavales?

—Elliot es la leyenda negra en el pasillo de los de Secundaria porque entierra a los chicos en trabajos y deberes, pero los alumnos de Bachillerato lo adoran y le respetan muchísimo —me explica mientras entrega unos sándwiches a una anciana emperifollada. Luego me mira—. Es el mejor profesor que tenemos aquí.

—Una lástima que eso no sea suficiente para conquistar a una mujer. Si acaso a una alumna, y espero de corazón que no sea esa clase de cerdo —mascullo con los labios pegados al borde de la segunda caña de cerveza que me han puesto, procurando que solo me escuchen ellos. Tengo a una pareja de tortolitos delante: los clásicos Padres-del-Año que sorprendentemente no dejaron de quererse con la llegada del tercer bebé.

—Por lo que sé, solo es «esa clase de cerdo» contigo —comenta Óscar con naturalidad. Me giro hacia él a la vez que Tamara y Eli con cara de póquer. Él se excusa encogiéndose de hombros—. ¿Qué? Yo también me he enterado de lo que pasó en el pub.

—Pues entonces te estarás preguntando lo mismo que yo —tercia Tamara, cruzándose de brazos—: qué chingados hace la Susi ayudándolo a echarse novia si está claro que a Elliot le gusta ella, y que a ella le gusta él.

Casi me atraganto al beber.

—¡Elliot apenas me soporta! Me ve como a un putón verbenero, de hecho. A veces lo pillo mirándome las uñas de reojo. Seguro que se pregunta cómo es que no las tengo de gel, si C. Tangana debió de inspirarse en mí para escribir *Mala mujer*.

—¿La primera vez que vio tu cuerpo moverse estaba sonando un tema de Dellafuente? —sigue la broma Eli.

—Un golpe de sudor empapaba mi frente, eso seguro. —Apuro la cerveza y le hago un gesto a otro de los profesores atareados en la barra para que me sirva la tercera.

A ver si la que tiene una gran tolerancia al alcohol soy yo.

—Simón,[7] seguro que era sudor lo que estaba empapando una parte de tu anatomía perreándole a ese vato —bufa Tamara—. Susi, ya sé que tú estás acostumbrada a salir con tíos buenos, pero ese hombre es una escultura. Yo no lo dejaría irse con otra, y menos con una profesora de Historia. ¿Hay algo con menos *sex appeal* que eso?

—¿Una teleoperadora? —pruebo yo, burlándome de mí misma—. No les parezco muy sexy a los clientes cuando los llamo para venderles fibra óptica.

—Eso es porque no te han visto —apostilla Eli, siempre tan encantadora.

—¿Te has planteado hacerles videollamada? —propone Tamara, solícita.

—Claro, ¿por qué no? ¿Me prestas tú la lencería? —replico con sarcasmo—. Venga ya, no podéis hablar en serio. Elliot y yo no pegamos nada. Al margen de que yo le parezca una ETS con patas, una servidora jamás saldría con un tío que anda descalzo por casa con calcetines blancos. Creedme... —levanto las cejas con dramatismo—, lo he visto.

—Pero ¿sí le das consejos para que sea otra mujer la que los tenga que lavar con lejía? —Eli enarca una ceja e intercambia una mirada divertida con Óscar—. Eso es muy poco feminista por tu parte.

—Confío en que un clasista como él no intentaría ningunear a una mujer que ha hecho un máster forzándola a lavarle los calcetines. A mí, por mi condición de furcia sin talento, quizá sí me tendría restregando manchas.

Óscar y Eli vuelven a mirarse, esta vez sin reírse. Levanto la mano y le pido a Tamara que me ponga un tercio, porque las cañas las vacío en apenas dos tragos. No es mi intención emborracharme, que conste. Conozco mi cuerpo y necesitaría al menos un par de litronas para perder el equilibrio.

7. Manera mexicana popular de decir «sí, claro» de forma irónica.

O eso creo.

—Espero que estés bromeando —dice Eli en tono severo—. Sabes que no eres menos que ella ni que nadie por no tener un máster, ¿verdad?

Pongo los ojos en blanco, intentando dar a entender que puede relajarse, que no tiene que poner tiritas a mi orgullo herido. Y la verdad es que, al principio, mi autoestima estaba en perfecto estado de revista respecto a este tema, pero con el paso de los días y la insistencia de Elliot en ese detalle —y sumando el hecho de que a mí me dejó tirada en una discoteca y con Teresa, la diosa fértil, se quiere casar—, no he podido evitar preguntarme si me juega en contra no haber podido estudiar.

Sacudo la cabeza para apartar ese pensamiento. Cuando voy a girarme para perder de vista a los tortolitos de los tíquets, tropiezo con alguien conocido a quien estoy a punto de derramarle el contenido de mi Estrella Galicia.

—¡Uy...! ¡Perdón!

—¿Estás bien? ¿Te has hecho daño?

Cruzo miradas con un rostro que se me hace familiar. Tardo en llegar a la conclusión porque en realidad no he comido nada y me he puesto a vaciar birras como Charlie Sheen. Pero cómo olvidarlo: Pablo, su camisa abierta lo suficiente para revolver un estómago femenino, pero no tanto como para resultar pagado de sí mismo. Pablo, sus ojos tiernos y cálidos, egipcios gracias a las líneas de expresión que le alargan las comisuras, su barbita recortada con descuido...

Él sonríe al verme, aunque es una sonrisa llena de resignación.

—Anda, Susana, cuánto tiempo. ¿Cómo estás?

—Un pelín perjudicada, como ya puedes ver, aunque nada que no pueda solucionar un paseo para despejarme.

—¿Quieres que te acompañe?

Echo un vistazo a un lado y a otro. Como no podía ser de

otra manera, tenemos encima los ojos de media fiesta. Entre que nadie sabe con certeza qué edad tengo, tampoco quién es el padre de Eric y ni mucho menos por qué Pablo y yo rompimos nuestra prácticamente mediática relación, siempre he sido la atracción preferida del colegio.

—No creo que sea buena idea, pero podemos tomarnos un refresco aquí mismo. Hace mil que no sabía de ti. ¿Cómo está Fernando?

—Ahí va. Lleva algo regular el divorcio entre su madre y yo —se lamenta, meneando la cabeza—. Estuvo a punto de no pasar a primero porque no estudiaba y se saltaba las clases, pero los profesores fueron benevolentes con su situación y al final le dejaron recuperar asignaturas si presentaba una serie de trabajos.

El corazón se me acelera.

—¿Divorcio? ¿Es oficial? ¿Ya no estás con Yolanda?

—No.

—Pensaba que lo solucionaríais.

—Y yo, pero a veces las separaciones dan tiempo para pensar y no llegas a las mismas conclusiones que al principio. Sobre todo si se te cruza alguien en el camino.

Ese alguien, naturalmente, soy yo. O, más bien, fui yo. Que me lo recuerde me incomoda, aunque no por el tono que usa, porque Pablo es un hombre respetuoso, todo un caballero, con el que coincidí en el peor momento posible. Pero, a pesar de que hubiera estado separado durante la época en que mantuvimos una especie de relación, la culpabilidad me muerde con sus colmillos venenosos.

—No me digas eso, hombre.

—Es la verdad. No era la mujer a la que quería a mi lado y me di cuenta gracias a otra. Mejor solo que mal acompañado, ¿no?

—No hables así de la madre de tu hijo, Pablo. No te pega nada.

—Puede que no, pero ya sabes que no es ni una madre modélica ni fue una esposa ejemplar.

Pablo y yo intimamos lo suficiente en su día, hace ya un par de años, para que llegara a contarme su historia con Yolanda. Yo no quería saber nada porque no era asunto mío, y porque cuanta más información me diera, peor me sentaría involucrarme con un hombre separado. Pero lo cierto es que tratándose de una mujer como Yolanda, que incitó la separación porque ya no estaba enamorada —o eso me comentó él—, me resultó difícil preocuparme por la situación familiar. Solo tenía en el pensamiento a Fernando, un niño de la edad de Eric que tendría que pasar por el duro luto del hogar roto.

Uno que, por supuesto, estaba roto antes de que yo apareciera en escena.

—Pero no hablemos de eso —retoma Pablo, cruzando un tobillo sobre otro para darse un aire informal—. Aún leo de vez en cuando tu blog de reseñas de cine. Anoche justamente le eché un ojo a la última, la que trata de todas las versiones de *Cumbres borrascosas*, y me reí como hacía tiempo que no me reía con eso del peluquín de Tom Hardy.

Sonrío, divertida, por el pasaje de mi propio texto y porque Pablo siga siendo la clase de hombre que pone facilidades para todo, incluso a un reencuentro como este.

Era un tipo intenso. No dudo que se enamorara de mí hasta las trancas, pero respetó mi decisión de distanciarnos cuando así lo quise y jamás me hizo sentir incómoda por mi elección. De hecho, él también estuvo de acuerdo en que cortar sería lo mejor para Fernando; también de cara a un posible juicio por la custodia, pues Yolanda se enteró de que Pablo aprovechaba su libertad para tratar con otras mujeres y, conociéndola, no habría dudado en usarlo en su contra para obtener una ventaja.

Todos los días agradezco no estar casada.

Entre cervezas, un bocadillo de chorizo compartido, risas

cada vez más estridentes y las intensas y significativas miradas de la cotilla de Tamara, Pablo y yo vemos caer la noche.

Tengo la vejiga de hierro y podría aguantar hasta medianoche sin ir al servicio, pero cuando creo captar un brillo especial en sus bonitos ojos castaños, me obligo a poner la excusa del viaje al baño para darle tiempo a recuperar la compostura.

Pablo y yo no vamos a volver a tener nada. Puede que un padre soltero sea lo que más me conviene teniendo en cuenta cuál es mi situación, pero no volvería a cometer el error de involucrarme con un hombre cuando su niño puede salir herido. Por lo que sé y lo que he intuido en los pocos comentarios que hemos hecho sobre nuestros hijos, Fernando es muy madrero y hay cosas que aún no le perdona a su padre... Como que no se reconciliara con Yolanda, por ejemplo.

No necesito esa clase de rollos en mi vida. Bastante tengo con los míos.

En mi camino al baño, voy buscando entre la gente a un hombre con un polo azul. Solo para comprobar que le va bien, ¿eh? Para darle indicaciones, por si necesitara a su gurú del amor. No debería ser difícil encontrármelo. Aunque esté ocupado, le saca más o menos una cabeza al hombre más alto de la fiesta. Pero no hay manera, y tan pronto como me doy cuenta de lo que estoy haciendo —examinar obsesivamente los alrededores para aproximarme a él—, me castigo para mis adentros y me obligo a dejar de hacer la imbécil.

No me cuesta llegar a un acuerdo conmigo misma. Cuando estoy algo perjudicada por el alcohol, soy mucho más fácil de convencer para cortar con lo que sea que no va a hacerme feliz. Y Elliot con Teresa no va a hacerme feliz... Quiero decir que hablar o estar con Elliot no va a hacerme feliz. Vamos, que Elliot no va a hacerme feliz.

Me precipito al interior del servicio de mujeres y me dejo caer sobre el inodoro. Suspiro largamente, con los ojos pegados al techo, y dejo la mente en blanco durante unos segundos.

Que Dios me perdone, pero adoro la sensación de ligereza casi budista que me evade de mí misma cuando voy como una cuba. Esa risa que burbujea en mis bajos, esa sonrisa idiota que me curva los labios, esa contradictoria pesadez cuando te sientas y tienes la impresión de que necesitarás una grúa para volver a ponerte en marcha...

La echaba de menos. Es triste decirlo, pero al igual que algunos de los momentos más críticos de mi vida —la mayoría, también vitales, como aquel en el que me di cuenta gracias a un palito de que estaba embarazada—, solo he saboreado la verdadera paz mental sobre un inodoro, riéndome sola con la cabeza descolgada. Este baño ofrece más diversión aparte de la de paladear un ciego de padre y muy señor mío, porque la puerta está garabateada con letra adolescente. Fosforitos, permanentes, bolígrafos, trazas de compás o tijeras... Se graban iniciales —«P y E»—, nombres completos —«Celia x Javi»—, respuestas de algún examen de matemáticas y, sobre todo, genitales masculinos.

La polla debe de ser el símbolo más reproducido en entornos jóvenes del mundo entero.

Me sorprende que a nadie se le haya ocurrido aún estamparlo en una bandera.

—Tampoco me extraña que mi hijo aprendiera los misterios de la reproducción gracias a la puerta del baño —comento en voz alta, con los codos cruzados sobre el regazo.

Estiro el brazo para delinear el contorno de algunas declaraciones de amor con nombre propio, y sonrío al ver el de Eric.

Eric y Minerva, claro. Su novia. Pero también hay un Eric y Eugenia, Eric y Paloma, incluso un Eric y Helena, que también es hija del vecino y hermana de Minerva.

Uy, uy... Esto tiene pinta de acabar mal.

—Si ya sabía yo que ibas a ser tú un *destroyer*. Vas a acabar hasta las narices de amoríos, criajo...

—¡Lo que yo te diga! —se queja una desconocida.

Me cubro la boca para callarme en cuanto oigo la puerta abrirse, una reacción ridícula y propia de una mujer que ha bebido más de lo que debería. El repiqueteo de dos pares de tacones sobre las pegajosas baldosas me obligan a controlar la presión con la que sale la orina.

—¡Madre mía, vaya pelos llevo! —exclama una con voz grave, presumiblemente perteneciente a una fumadora empedernida—. Y eso que no he hecho nada en toda la tarde salvo meter la mano en la cartera para sacar dinero. Odio esta fiesta con toda mi alma, Carmen; nada más que gasto, y llego a casa con un dolor de piernas terrible.

—Bueno, mujer, por lo menos socializas un poco.

—Para socializar con gente que me cae gorda, ya tengo mi trabajo, que, por cierto, también me provoca unos calambres en las piernas que te mueres.

Ajá. Gente que le cae gorda. Esta es la clásica madre que intentó apuntar a su hijo al típico instituto privado de pijos, de los que abundan en Madrid, y se quedó a las puertas de conseguir la plaza.

¿Qué clase de desgraciado no puede divertirse con cerveza barata y bocatas de chóped?

—No me negarás que por lo menos una se entretiene observando. Algunas dan mucho que hablar.

—¿A quién te refieres con «algunas»?

—¿No has visto a Susana hablando con el padre de Fernando? Tuvieron un lío hace tiempo y yo creo que después de este acercamiento hay probabilidades de que vuelvan a enrollarse.

Se me escapa una mueca de asco.

Espero que no hayan apostado por eso, porque preferiría meter los dedos en la corriente antes que enchufarme ninguna amorosa extremidad de ese buen hombre. Era un compañero excepcional, pero en la cama no subía del siete.

De hecho, yo diría que era un sólido seis.

—Susana siempre tiene que dar el cante —espeta la fumadora. Al escuchar su tonillo despectivo, me esfuerzo en ponerle cara, pero no creo conocerla—. No es nada nuevo. Se pasa todas las fiestas solidarias flirteando descaradamente con los padres, sean casados o no.

«Y tú te la pasas metida en un baño rajando de los demás, no te jode. ¿Quién crees que es la que sale peor perjudicada de las dos?», me dan ganas de soltarle.

Además, ¿es que la gente no sabe lo que es ser simpático? Debería haberlo imaginado. Una mujer atractiva no puede mostrarse amable sin que los demás interpreten que quiere rollo.

—La verdad es que sí —dice Carmen—. Si quieren recaudar fondos de verdad, lo que podrían hacer es ponerle a Susana una habitación. Ya verían lo rapidito que se hacen una fortuna entre los lameculos de unos y el puterío de la otra.

El mareo de la incipiente borrachera hace que me cueste procesar la información.

Las risas que se echan a mi costa levantan un eco en el baño.

—No deberíamos reírnos... Me da mucha pena el crío. Eric, creo que se llama. Debe de pasarlo fatal con una madre como esa en casa. Seguro que lo deja solo por las noches para irse de parranda. Si ya aparece en una fiesta solidaria con ese escote, no quiero ni imaginar lo que se pone para bailar en las discotecas.

Que mencionen a Eric me corta la respiración.

—¡Y a quién le bailará! Mejor no pensarlo.

—Por bailarle, yo la veo capaz de bailarle hasta a mi marido.

«A tu marido en concreto no lo tocaría ni con un palo, y mira que no sé ni quién es. Prefiero ahorrarme el contacto con algo que te ha rozado a ti, víbora».

—Al final esa es como todas las que están solas —retoma la fumadora—: únicamente buscan a un tío que las aguante, pero como no están hechas para casarse, sino solo para unos cuantos revolcones, sus relaciones no pasan de los tres polvos.

—Es que parece que eso es lo que va pidiendo, con esas pintas que lleva. ¿Qué se cree, que tiene veintidós años y ha ido a un barril universitario?

—Si se comporta como si tuviera veinte ahora, cuando el niño cumpla la mayoría edad, ella irá de treintañera *devorahombres*, así que lo mismo hasta se le tira encima a su propio hijo.

—¡Qué cosas dices, Mariana! —La otra se ríe como una gallina clueca. Mi estómago descompuesto intenta acaparar la atención con una media arcada. Me cubro la boca, como si así pudiera evitarla, e intento no moverme—. ¿Quién crees que será el padre? ¿Se sabe algo de eso? Sé que estuvo con un político hasta hace poco.

—Pero el político no es el padre, y tampoco le duró más de un rato. El hombre la dejaría en cuanto se dio cuenta de que solo quería sacarle el dinero, como ha hecho con todo el que se ha puesto en su camino. Pablo no es precisamente pobre. Trabaja en la empresa de automóviles más competitiva del país.

—A veces me cuesta creer que existan mujeres así de interesadas. Parecen sacadas de una telenovela.

—Pues créetelo. En cuanto a eso que dices del padre, tuvo que ser alguien lo bastante listo para darse cuenta rápido de lo que tenía en casa y largarse cagando leches. El niño no tiene ninguna culpa, obviamente, pero a mí tampoco me daría confianza estar con una mujer que se acuesta con lo que se le pone por delante y lo hace todo por llevar una buena vida.

«¿Qué coño sabes de con quién me acuesto yo?», quiero gritar.

Pero no puedo. No me sale la voz.

—Me da un poco de pena, la verdad. —Suspira.

—¿Pena? Tiene lo que se ha buscado con esa actitud. Hay dos tipos de mujeres en este mundo, Carmen: las esposas y las amantes. Las esposas existen sin las amantes, pero las amantes, sin las esposas, no tienen razón de ser.

Regresan las risas, el sonido de los tacones golpeando las baldosas, la puerta abriéndose y un nuevo retortijón de estómago. Este se aprovecha del silencio para resonar de forma teatral.

«Si quieren recaudar fondos de verdad, lo que podrían hacer es ponerle a Susana una habitación».

«Debe de pasarlo fatal con una madre como esa en casa».

Me abrazo el vientre y permanezco unos minutos más con la cabeza gacha y la vista fija en las puntas de mis dedos. Se han llevado mi ligereza y mi sonrisa bobalicona. Y se han llevado también un poco de mi seguridad, la que me habría permitido defenderme frente a ellas y consolarme a mí.

Capítulo 12

Quiero ser un niño de verdad

Elliot

—Este año hemos vendido todos los tíquets, lo que significa que hemos recaudado un total de... ¡catorce mil euros! —exclama Teresa, sonriendo satisfecha—. Casi el doble que el año pasado. ¿No es increíble? Somos un equipo estupendo.

—Para el pabellón solo necesitamos una parte. La otra podríamos utilizarla para comprar pizarras digitales para los chicos de Bachillerato —propongo yo, de brazos cruzados en mi puesto de venta—. Estaría bien proyectar algunos textos de estudio y oraciones para análisis sintáctico para cuando se les olvida el material. Así se les quita peso de las mochilas, porque más de uno va a acabar con una cadena de contracturas y las cervicales hechas polvo con tanto libro.

Marga, otra de las profesoras, me dedica una sonrisa y me da un apretón cariñoso en el brazo.

—Hemos trabajado muchísimo hoy. Creo que las decisiones de ese tipo pueden esperar a mañana, ¿no te parece? Vamos a tomarnos libre lo que queda de noche.

—¿Por qué no vamos a celebrarlo? —propone Teresa, levantándose de la silla en la que ha pasado casi toda la tarde. Estira el cuello ladeando la cabeza a un lado y a otro—. Estoy muerta, pero una tapa podría entrar muy bien. Conozco un sitio cerca de aquí. ¿Os apetece?

Lo pregunta mirándome a mí. Solo a mí.

Un extraño burbujeo aparece en mi estómago, que debo interpretar como satisfacción.

Lo estoy consiguiendo. Después de todo el día trabajando codo con codo con ella, he logrado llegar a la siguiente base, esa en la que hablamos de intereses comunes —películas y libros, fundamentalmente—, tal y como me recomendó Susana. Lo que no me queda del todo claro es si estaría dispuesta a, una vez nos conociéramos bien, contraer matrimonio conmigo, o, por el contrario, solo le tienta determinada parte de mi cuerpo. A juzgar por su comportamiento durante el día —ha habido roces y algunas insinuaciones significativas—, yo diría que por ahora se inclina más por una noche de sexo que por la imagen de una familia feliz.

Pese a esta inconveniencia, asiento con la cabeza, emocionado con la idea de poner en práctica otros tantos consejos de cortejo contemporáneo. Me levanto e intento llamar la atención de Óscar, que todavía está en la barra, para invitarlo a acompañarnos. Deduzco que no le interesa cuando lo capto hablando en voz baja —y demasiado cerca para estar manteniendo una conversación profesional— con la chica del *catering*. Es decir, su novia.

No me acostumbro a decir «su novia». Hace solo unos meses, Óscar era gay.

O eso pensábamos todos en el colegio.

—Parece que tendremos que prescindir de Óscar —comenta Marga—. Voy a avisar a Feliciano y al resto. Id a coger vuestras cosas y nos vemos en la puerta en cinco minutos.

Antes de que pueda darme la vuelta para entrar en el edificio, alguien me coge del brazo. Teresa me mira con ojos brillantes en cuanto me giro hacia ella.

—Nos lo hemos pasado bien, ¿no? Ha sido divertido.

Yo no diría «divertido». Divertido es jugar al *Civilization* hasta levantar un imperio, o leerse un libro de Idelfonso Falcones —además de enriquecedor—, pero me alegra que considere divertido cumplir con una responsabilidad. Es justo lo que busco en una mujer.

—Sí.

—Gracias por este día.

—Gracias a ti.

Espero a que ella se dé la vuelta, sonriendo con evidente coquetería, y se pierda junto con Marga. Me quedo un segundo donde estoy, ufano y tan lleno de energía que podría dar la vuelta a los tres campos de fútbol sala que se distribuyen en el patio.

En su lugar, me encamino al aula donde he dejado mis cosas.

¿Qué temas de conversación podría sacarle en el bar sin parecer pretencioso ni aburrirla?, ¿ni, por supuesto, demasiado interesado en sus capacidades como matrona, sus habilidades en cuanto a menesteres domésticos y sus planes de futuro respecto a los niños? Aunque debo cerciorarme de que quiere tener hijos, o, de lo contrario, todo el esfuerzo habrá sido en vano.

Quizá pueda preguntarle por su familia. Sé lo básico, pero a lo mejor hay algún esqueleto en el armario que le gustaría compartir conmigo.

No. De eso nada. Estaría siendo muy directo e invasivo.

¿Y por antiguas parejas? ¿Algún novio de la infancia que acabara en la cárcel? Tal vez eso sí sea apropiado, pero habría de mencionarlo en tono despreocupado, como quien no quiere la cosa.

O podríamos seguir hablando de libros. Porque no, no me importaría compartir recomendaciones literarias durante toda la noche, sobre todo con una mujer cuya novela preferida es la última de Sandra Barneda. Sería mi deber rescatarla de su agujero de ignorancia.

Voy dándole vueltas a mis propuestas de conversación cuando diviso a una figura femenina medio estirada en el castillo inflable, con un tercio de cerveza en la mano derecha y la izquierda pugnando por quitarse el zapato de tacón. La reconozco por la blusa blanca de volantes, que le queda justo un dedo por encima de los vaqueros de talle alto.

Me freno para asegurarme al cien por cien de que se trata de ella.

Me planteo seguir adelante y dejarla con lo que quiera que esté haciendo, si es meditar, lamentarse o solo disfrutar de la borrachera en silencio. Pero no puedo cuando me doy cuenta de que Eric no está a su lado y recuerdo que los niños se han marchado ya.

Hace bastante rato, de hecho.

Me desvío para acercarme y preguntarle qué hace aquí, dónde está su hijo, pero ella me desarma —porque un servidor iba armado con reproches, lo confieso— en cuanto levanta la barbilla.

No tiene el rímel corrido ni los ojos húmedos. Entonces ¿por qué siento que está destrozada?

—Eric pasa la noche en casa de un amigo —murmura con voz neutra—. Ha venido a decírmelo hace un rato, si es eso lo que te preocupaba.

Echo un vistazo al reloj.

—De todos modos, el toque de queda de Sonsoles es a las diez y media, y ya han dado las doce y pico. Todo el mundo se ha ido. ¿Dónde has estado cuando echaban a la gente?

—En el baño. —Levanta el botellín de cerveza y señala a lo lejos, alzando también el mentón—. Anda, vete, no quiero interrumpir tu incipiente romance con la doctorada.

—Si te refieres a Teresa, no tiene ningún doctorado. Soy yo el que lo tiene.

—Y supongo que ese es uno de sus grandes defectos: que le falte cualificación profesional —se burla sin mirarme. Niega con la cabeza, rechazando un pensamiento que no ha expresado, y deja la cerveza en el suelo—. Espero que te haya ido muy bien. Como mi némesis que eres, estoy segura de que, cuando yo vivo un infierno, tú te diviertes como un condenado. ¿A que no me equivoco? ¿A que ha sido un día fructífero?

—¿Tu día ha sido un infierno?

No sé por qué lo pregunto. A fin de cuentas, tampoco es que me importe... ¿O sí? Me he acercado porque me preocupaba que Eric hubiera desaparecido o estuviese buscando a su madre, o porque necesito consejo sobre cómo entretener a una mujer en un bar sin usar las manos o los labios. Nada que ver con su estado anímico, ¿a que no?

Eso me digo, pero mi cuerpo se comporta como si estuviera contemplando el escenario de un bombardeo reciente. El horror me paraliza y me impide hablar, y no es porque desprecie que se haya emborrachado. Todo el mundo lo ha hecho hoy. Yo mismo pretendo hacerlo en cuanto conteste y pueda reunirme con los profesores.

—¿Cómo no va a ser un infierno si aparentemente soy peor que el diablo? No, que el diablo, no; que una de sus concubinas. Soy Cleopatra, esa furcia bárbara y hostil con la gente decente que Dante envía al segundo círculo, donde están los pecadores que se dejan llevar por el sexo y los sentimientos.

Pestañeo una vez.

—¿Qué tiene que ver Cleopatra en todo esto? —Sigue una pausa que debe llenar mi asombro—. ¿Te has leído la *Divina comedia*?

Susana pone los ojos en blanco.

—Aunque no te lo creas, sé leer.

—Sé que sabes leer, pero admito que no te imaginaba saliendo de la descripción de los productos de cosmética.

—Ah, bueno, descuida: ni tú ni nadie. En este mundo solo

se puede ser o guapa o inteligente; seguro que si vuestro cerebro unineuronal intentara fusionar a la mujer atractiva con una mente pensante, os explotaría la cabeza. —Abre de pronto las manos y los ojos, simbolizando un estallido de fuegos artificiales, y sigue mascullando con un hilo de voz, ofuscada—: Está claro que todo es fruto de la envidia o de la necesidad de infravalorar a alguien para poder quedar por encima. A lo mejor solo quieren tener la suerte que yo tengo porque ven que soy feliz. ¿Qué saben ellas? Nada. Si conocieran solo el principio de la historia, se darían cuenta de que...

Un sollozo le quiebra la voz, y a mí me hiela la sangre.

—Parece que todo el mundo... que todo el mundo se ha propuesto... convertirme en alguien que no soy. ¿Por qué? ¿Para sentirse más satisfechos con sus vidas? ¿Qué mal le he hecho yo a nadie?

Echo un vistazo por encima del hombro. Los profesores ya están en la cancela de salida, esperando. El móvil me vibra: un wasap del grupo. No me atrevo a sacarlo. Tampoco me funcionan las manos o las piernas para hacer nada que no sea sentarme al lado de Susana, ni mucho menos para marcharme en medio de su soliloquio.

La enorme colchoneta se hunde ahí donde dejo caer el peso.

El móvil vuelve a vibrar. Es Teresa.

¿Dónde estás? Ya nos vamos.

Id sin mí.

¿Por qué? Me hacía ilusión que
vinieras.

Ya quedaremos en otro
momento. Te escribo mañana.

Guardo el móvil con impaciencia, sin perder de vista el perfil de Susana.

—¿Qué ha pasado? —le pregunto con voz queda—. ¿Está todo bien?

Ella mueve la mano en el aire con dejadez.

—Olvídalo.

—No puedo hacerlo, entre otras cosas, porque tienes que irte. Me toca a mí cerrar el colegio: el conserje se ha lesionado esta tarde y no ha venido. Además, me están esperando. Y, obviamente, no voy a dejarte aquí, sola y encerrada.

—No temas, las bestias no van a devorarme. No me quedaría sola; Estrellita me acompaña —dice al tiempo que levanta el botellín de cerveza.

—¿Por qué no quieres volver a casa?

—Porque no tengo casa. Por si se te ha olvidado, estoy viviendo bajo un techo gracias a la caridad de tu madre, otra señora de las tantas que creen que soy una puta barata.

Justo cuando voy a preguntarle a qué se debe este arranque de autocompasión, Susana se gira hacia mí y se alisa los vaqueros mientras se prepara para hablar.

—¿Sabes? —retoma enérgicamente—, no hay nada de malo en ser como yo. Soy genial. Soy la hostia. Soy una persona que ha salido adelante, que tiene amigos estupendos, que ha traído al mundo a un niño precioso y perfecto. ¡Soy una mujer con arrestos y llena de recursos! ¡No tengo nada de lo que avergonzarme! ¿Te queda claro?

Pestañeo varias veces.

—No he dicho lo contrario.

—No, no lo has dicho, pero porque hay quienes lo dicen por ti, ¿verdad? Y lo piensas, es evidente que lo haces. «Mírala, mira cómo viste, mira cómo se comporta» —empieza, poniendo la voz en falsete. Al estar borracha, su imitación de Elliot Landon es incluso cómica, pero no me sale la risa—. «Mira cómo habla con ese, con aquel y con el de más allá; mira cómo se ríe, solo quiere llamar la atención. Y que la miren. Mírala, nadie querría estar con ella. Esa solo sirve para un polvo o para un morreo en una discoteca. A la mañana, mejor arrojarla a la calle, porque no se merece ningún respeto, porque ella misma se lo está faltando».

—No estoy pensando...

—Pues ¿sabes lo que te digo? —prosigue, ignorándome. Está sumida en su propia rabia—. Que es verdad que la amante no existe sin la esposa, pero eso no es nada halagador para la mujer del gañán, porque la amante no existiría, en primer lugar, si la esposa ofreciera todo lo que necesita. Si hay una segunda es porque la primera no basta. ¿Y qué si hay mujeres a las que les interesa ser la número dos? A la número dos nunca la engañan. Tiene las riendas. La número dos hace lo que quiere, es libre. Quizá yo soy la otra porque me da la gana. Porque quiero.

No me estoy enterando de nada de lo que está pasando. No debería tenerlo en cuenta, porque está como una cuba y parece furiosa, pero detecto un ligero resentimiento en su tono que me mantiene pegado al sitio.

No; eso es más que resentimiento. Es una pena tan profunda que no debe ni saber que existe, que solo sale a relucir cuando pierde el control de sí misma.

—No suena como si lo quisieras —respondo con cautela, y me animo a sondearla en busca de una explicación—: ¿Por qué dices todo eso? ¿Es que eres la tercera en discordia de un... matrimonio?

—No, claro que no. Ni lo he sido nunca.

—¿Es que... alguna vez te han engañado o has engañado y ahora te estás acordando?

—No. Tampoco nunca me han roto el corazón. Ni me han abandonado. Siempre soy yo la que encuentra su camino. Me refiero a que hay algunas que no buscamos amor, ni un anillo, ni una boda, ni toda la parafernalia del romance tradicional. Hay algunas que solo tenemos a un hombre a nuestro lado mientras nos aporta algo bueno y nos piramos en cuanto se acaba la magia. Y eso no es malo. Malo es tener en casa a una persona a la que ya no quieres por pura rutina o por miedo a quedarte solo. No saben de lo que están hablando —zanja en voz baja, con ira contenida—. No tienen ni idea.

¿Se supone que alguien la ha insultado? ¿Se lo pregunto sin más o reaccionará mal?

—Entonces, no te hagas mala sangre. No le des vueltas. Déjalo estar —digo por decir.

—No puedo dejarlo estar, porque no lo entiendo. —Se gira para mirarme con los ojos encendidos, donde brilla la misma pasión con la que expone su argumento—. ¿Por qué la gente es tan cruel conmigo? Jamás me he acostado con un hombre casado, ni he tenido una aventura con alguien que estuviera comprometido. Es verdad que siento predilección por los tíos con los que sé que voy a vivir bien, pero ¿y qué? ¿En qué afecta que quiera ser la Eloise de Rufino?

—¿La Eloise de Rufino?

—Sí, ya sabes... —Mueve las manos en el aire—. *Eloise*, la canción de Tino Casal que decía algo como «es un huracán profesional que viene y va vendiendo solo amor», y *Rufino*, la de Luz Casal, que habla de un tipo bien vestido y con dinero que se la quiere ligar.

»Me gustan los Rufinos. —Extiende los brazos—. Me gusta que usen perfume Givenchy, que me inviten a comer langostinos; los hombres libertinos, divinos y superficiales. ¿Qué tiene eso de malo? Los dos tipos de mujer no son la esposa y la amante, joder, sino las que, si quieren salir adelante, van a tener que engancharse a un Rufino, y las que tuvieron la suerte de poder convertirse en su propio Rufino. ¿Entiendes lo que te digo?

Por fin lo entiendo. Y no me gusta la conclusión que saco.

—¿Tú no tuviste esa suerte?

Los chispeantes ojos de Susana me dirigen una mirada insondable que parece envolverme.

—Tuve a Eric con dieciséis años —confiesa en un tono relajado que me pone alerta—, y mi familia me echó de casa porque, para los Márquez López-Durán, aquello era poco menos que una infamia. No había dado un palo al agua en mi vida porque estaba acostumbrada a que me dieran lo que quería, tenía miedo de mi porvenir y mis padres me habían convencido de que solo servía para echar polvos. Tampoco sorprenderá a nadie que lo primero que se me ocurriera para salir del paso fuese aceptar la ayuda de un viejo amigo de la familia que acabaría convirtiéndose en mi pareja. Ni que, después de él, siguiera aferrándome a los Rufinos que se me acercaban por mera comodidad.

»No todas somos fuertes e independientes desde que nos dan la primera hostia —prosigue—. Algunas necesitamos pasar por un largo proceso de crecimiento y asimilación antes de decidir que queremos ser libres del todo y luchar para conseguirlo sin ayuda.

Pasa un buen rato sin que se me ocurra nada coherente que decir. En mi mente resuenan dos palabras: «dieciséis» y «pareja».

Entonces aún no ha cumplido los treinta, lo que explica que se vista de manera juvenil, hable como las chicas de hoy en día y tenga esa naturalidad y ese desparpajo propios de las universitarias.

Con dieciséis años, yo ya trabajaba para ayudar económicamente a mi padre, pero no cargaba a un niño en mi vientre ni dependía de la caridad de un «viejo amigo».

Preguntarme si ese «viejo» es literal hace que se me ponga todo el vello de punta. Y ella parece percibirlo, porque sigue hablando, aunque con la mirada fija en otro lado:

—Era de la edad de mi padre. No abusó de mí, ni nada por

el estilo; esperó a que cumpliera dieciocho para confesarme sus... —hace una pausa que me da mala espina; suena como si estuviera autoconvenciéndose, pero ya no era la cría que se tragaba las historias de héroes y princesas en apuros— sentimientos. Fue muy amable conmigo cuando yo necesitaba apoyo. El único que me arropó y no me hacía sentir un monstruo o poco menos que una puta callejera. Financió todo lo que yo no habría podido permitirme en relación con Eric, y a mí me tuvo a cuerpo de reina...

Susana aprieta los labios y, de repente, niega con la cabeza.

—No sé por qué te estoy contando esto precisamente a ti. Tú, que eres otro de esos que disfrutan haciéndome sentir como una zorra sin escrúpulos a la que no le importa su hijo.

—Ya me disculpé por eso. —Es todo lo que el asombro me permite articular. Verla tan a la defensiva y tan derrotista, cuando siempre parece estar por encima de cualquier situación, supone todo un *shock*.

—Te disculpaste, sí, pero lo sigues pensando, ¿verdad?

Tengo clara mi respuesta: no, no lo pienso desde hace algunos días, pero le doy otra vuelta para que sepa que estoy siendo honesto, que me tomo suficientemente en serio su duda para hacer de rogar la conclusión. No hablo hasta que he hecho un rápido recorrido mental por los últimos días de convivencia con Sonsoles, en los que he podido analizar su comportamiento y su sentido del humor.

—No pienso que seas una mujer materialista a la que no le importa su hijo. De hecho, sé que lo quieres. Creo que... creo que no tienes culpa de que los hombres sean sensibles a tu encanto.

—¿Pero? Hay un pero. Lo noto.

Pestañeo rápido.

—La situación en la que estás es propensa a recibir críticas. A las mujeres que buscan deliberadamente hombres adinerados y mayores se las llama...

—Sé cómo se las llama. Me lo han llamado hace un rato sin que supieran que yo estaba delante.

Por fin comprendo el origen de todo este arrebato, y asiento.

—No quiere decir que esté de acuerdo con el... apelativo, pero hay otras maneras de prosperar aparte de acercarse a hombres con una buena posición.

—Las hay, pero un tío forrado es más cómodo. Es un apoyo. Un salvoconducto. No espero que lo entiendas, pero no tenía edad, ni madurez, ni fuerzas para enfrentarme a la maternidad mientras trabajaba al mismo tiempo a jornada completa y me guardaba las penas para mí. No he sido popular hasta que llegué a la calle Julio Cortázar, Elliot: antes de Edu, Tay, Eli... yo no tenía amigos, y tampoco familia. Samuel se me presentó como caído del cielo, y supongo que... me acostumbré. Era una cría, y los críos se dejan mimar.

Susana me observa a la espera de que diga algo. No, «algo» no; quiere que le diga «eso», esas palabras mágicas y exactas que quitarán un peso sobre sus hombros y la convencerán de que su confesión ha servido para liberarme de los prejuicios.

Como no soy capaz de separar los labios, ella hace ademán de levantarse.

—No sé ni por qué me molesto en intentar que me comprendas. Ni siquiera eres mi amigo. No eres...

La cojo por la muñeca en un acto reflejo, justo antes de que dé el primer paso.

—Oye, yo tampoco tuve la infancia más maravillosa —replico de improviso, intimidado por su mirada—. Tal vez no te lo creas, pero parece que, aunque no tenemos mucho en común, sí hay algo que nos une, y es que tuvimos que madurar demasiado pronto, y que... necesitábamos a alguien, aunque tú lo consiguieras y yo no. Así que te entiendo. O, por lo menos, entiendo una parte de tu historia.

—¿Por qué? ¿Tú también tuviste un crío a los dieciséis?

Retiro la mano enseguida y la escondo debajo del muslo,

avergonzado por el arrebato. La palma parece quemarme, como si hubiera tocado algo corrosivo. Pero no, solo es un ser humano. Un ser humano más vital, enérgico y hermoso que ningún otro que haya conocido.

—No, pero mi madre también me tuvo muy joven y... no estaba preparada. —Reacciono mal a su curioso escrutinio—. No puedo hablar de ciertas cosas, no puedo... contarte lo que pasó. No cuando la conoces. Cambiaría tu visión de ella y no sería justo, porque es evidente que ya no es la persona que fue y no debería ser juzgada por eso. Y si mi historia no cambiara tu visión de ella... supongo que me sentiría profundamente defraudado, por egoísta que fuera.

—¿Defraudado? ¿Tantas expectativas tienes sobre mí como para llegar a sentirte decepcionado si no las cumplo? Vaya. —Levanta las cejas, perdiendo la mirada al frente—. Eso no me lo esperaba.

Trago saliva.

—Sé que eres una buena persona.

—Bueno, gracias. —Me da una palmada en el muslo—. Necesitaba que alguien me dijera algo así hoy. En fin... ¿no tenías que irte?

—No. Podemos quedarnos hasta que quieras que cierre.

Susana me observa con esos grandes ojos azules suyos. Sé lo que está pensando, y eso me pone en guardia: piensa en lo que he renunciado y en lo que eso puede significar, pero por una vez deja la irreverencia de lado y tiene el detalle de no forzarme a admitir aquello en lo que no quiero ni pensar.

—En ese caso, vamos a divertirnos un poco, ¿no?

Voy a preguntar cómo, pero ella me saca de dudas encaramándose al castillo inflable y gateando de forma precaria para ponerse en pie. Me lanza una mirada que promete un entretenimiento inolvidable al tiempo que me tiende la mano.

—Vamos.

—¿Qué? No. No, de eso nada. ¿Estás loca? ¿Sabes la cantidad de niños que se han hecho rozaduras por andar tirándose por ahí? —Señalo el tobogán a cuya cumbre se llega trepando—. Es peligroso.

—¿Eso te decían cuando eras pequeño para evitar que te lo pasaras bien? Venga, no te quejes tanto de que no has tenido infancia, porque ahora te estoy ofreciendo un viaje a los diez años, y veo que no aceptas el reto. —Me guiña un ojo, incitándome a seguirle el rollo, y agita la mano con impaciencia—. Si lo estás deseando. ¿A que nunca has saltado en una colchoneta?

—No recuerdo haberlo hecho, la verdad.

—Pues es pura diversión. No me hagas ir a por ti, Elliot.

Ni siquiera sé qué es lo que me convence de este ridículo tan espantoso, pero acabo imitándola y caminando con cuidado de no perder el equilibrio para cogerla de la mano. Su palma suave y caliente me envuelve con una familiaridad y una ternura inusitadas.

Disimulo el escalofrío que me recorre la espalda mascullando:

—Como alguien nos vea...

—Si tú no los ves, será como si nadie te viera. —Estira las manos despacio para retirarme las gafas, doblar las patillas con cuidado y guardarlas en el bolsillo de mis vaqueros. Me enseña todos los dientes con una sonrisa brillante—. Así está mejor. No queremos que acaben perjudicadas.

No soy tan miope como para no ver lo que tengo delante, algo que sin duda me habría evitado ponerme nervioso como un maldito colegial. Ahora no solo es la Susana del pub, ni la que cruza la galería del instituto como si anduviese por una pasarela, demasiado feliz metiéndose en sus propios asuntos como para que el mundanal ruido la importune. Ahora es una Susana humana y vulnerable que conoce sus flaquezas y sus puntos fuertes, y sabe defenderse de injustas acusaciones. Y también es la Susana más juvenil y jovial que haya visto, porque apenas me da tiempo a asimilar la tontería que vamos a hacer cuando empieza a saltar.

Coge impulso doblando las rodillas cada vez que cae y se eleva, y se eleva, y se eleva... y se ríe, tirando de mis manos. El pelo suelto la acompaña, y su risa parece salir propulsada al cielo como un cohete cada vez que descuelga la cabeza para entregarse a la diversión. No voy a decir que la imito, porque creo que nunca sería capaz de reírme así, de pasarlo tan bien, de que me contagie un poco de esa pasión por la vida, pero salto con ella. Dejo que me empuje con afán bromista, que tire de mí para animarme a escalar, y me dejo llevar por ese «venga, sé un niño».

«Sé un niño».

¿Cómo se es un niño? Nunca lo he sido. Los conozco porque trato con ellos, pero la sensación escapa a mi entendimiento. Y si no has sido un niño, no vives la transición para convertirte en el hombre, así que al final tampoco eres un hombre. Eres un ser humano contrahecho, un amago o esbozo de lo que podrías haber sido, una cosa sin alma. Si el niño es lo que en el fondo nunca dejamos de ser, entonces ¿qué soy ahora, si no? ¿Algo corpóreo pero inanimado? ¿Estoy vacío, hueco por dentro? Eso explicaría que solo pueda escucharme a mí cuando hablo, pareciendo tan pedante y egocéntrico; porque mi voz genera un eco dentro de mí y me tapona los oídos y así evita que oiga a los demás.

Pero ahora oigo a Susana a la perfección. Y la siento: siento cómo su respiración se vuelve errática, igual que la mía; siento cómo se le perlan la frente y el pecho de sudor, y siento cómo el azul celeste de sus ojos se convierte en un vibrante tono índigo que inspira imágenes tórridas en mi pensamiento.

¿Así es como se vería si nos acostáramos? ¿Así es como la ven los hombres que la han tocado? ¿Esta es la visión que te regala la vida cuando haces feliz a alguien, o alguien es feliz cerca de ti?

Al principio me reía con ella, pero se me corta el cuerpo y la sangre cuando se abraza a mi cintura sin dejar de saltar. Huele a uno de esos perfumes caros que ha dicho que le gustan en los hombres, a acondicionador afrutado, a sudor, a cansancio, a cerveza, a mujer, al sol y a la primavera; a todo lo que encuentro excitante y peligroso en este mundo.

No me da tiempo a abrazarla de vuelta. Ella pierde el equilibrio, o se harta de tanto bote y rebote, y los dos nos caemos a la sombra de una de las frías figuras que dan relieve al castillo.

Por suerte, consigo no aplastarla aguantando mi peso sobre las manos.

Tendida sobre la espalda, Susana me mira con los ojos muy abiertos, como si acabara de despertar de un trance. Ha vuelto de la infancia; lo sé porque una niña no me miraría los labios y se mordería los suyos. Una niña no estiraría la mano, temblorosa por el esfuerzo del ejercicio, hasta rozar los mechones del flequillo que ella misma se encargó de cortar y, por tanto, tiene derecho a tocar cuanto se le antoje. Una niña no me provocaría una tensa erección en los pantalones con solo verla respirar artificialmente.

Sí, así es como debe verse después del sexo: con el pelo revuelto, colorada y sudorosa. Excitada. Y seguro que ella ve lo mismo en mí, o por lo menos lo siente en las zonas de nuestros cuerpos que han quedado pegadas.

Estoy encima de Susana. Si me inclinara un poco, si tuviera esa valentía, podría notar su pulso bajo mis labios, como una travesura o un gesto de curiosidad en caso de ser un niño, o como el cumplimiento de una fantasía erótica si fuera ahora un hombre.

Podría probar su sudor. Podría...

—Ser una niña está bien, pero ser una mujer es mucho mejor para algunas cosas —susurra ella, como si hubiera leído mis pensamientos. Estira el cuello hacia mí en una petición o invitación, dependiendo de cómo se mire, que no me veo capaz de rechazar.

Ni siquiera sé si quería que la besara, si solo estaba reacomodando la cabeza o rogándome sin palabras que retirase la mano para liberar ese mechón que le estaba pisando con la mano, pero yo, inducido por un desconocido arranque de coraje, la beso de todos modos. Vaya que si la beso. La quiero absorber. Y no es deliberado. Si con solo existir, Susana me recuerda cuánto me duelen todos los besos que no he dado, es lógico que le dé uno a ella por todos los demás. Por los del pasado, los que no entregué y fueron abortados; por los del presente, los que en realidad no quiero dar a nadie más, y por los del futuro, que puede que no regale porque estaré pensando en ella.

No sé cómo se desenvolverán las demás en estos casos, no sé cómo quiero que lo hagan, pero siento que Susana se ajusta a la perfección a las fantasías que aún tengo por definir. Emite un gemido ahogado antes de abrir la boca y cruzar su lengua con la mía. Me preocupa que mi instinto sea insuficiente para complacerla, pero la misma intuición me dice que, si se retuerce debajo de mi cuerpo y me aferra para que no me mueva, es porque la satisface.

Yo, satisfaciéndola a ella. No tiene sentido.

Pero nadie podría moverme de aquí.

Me aprieto más contra su cuerpo. Susana separa las piernas y me rodea la cintura con ellas. Culebrea, necesitada de más calor; la plataforma inflable se mueve con nosotros. Yo me encajo en sus caderas y la cubro de besos, engancho uno con el siguiente, y el siguiente con otro que espero que sea mejor. Sudo y tiemblo, me noto pegajoso y a punto de arder, cerca de combustionar, pero me excita bailar en el limbo de esta inminente muerte placentera. Siento que me desea y creo que no he sido tan feliz jamás, así que se lo demuestro. La beso más rápido, con ansias; más duro, o fuerte, o intensamente; «más», esa es la palabra. Siempre más. Y ella jadea e intenta decir mi nombre, me clava las uñas en los hombros y crea una necesidad nueva rozándose contra mi erección.

Más. ¿Esto es desear a alguien? Más, por favor. ¿Esto es querer acostarte con alguien? Más... ¿Esto es perder la cabeza por alguien?

Noto las manos de Susana en mi cuello, bajando por mi pecho, intentando atravesar el polo y hurgar debajo de él. Mis manos también buscan, y cuando encuentran, tiran para mostrar más hombro, más escote, más piel. Todavía más. Quiero cruzar la puerta y perderme en esto tan enfermizo y destructor que siento ahora, porque esto...

Esto es estar vivo.

—Elliot... —Susana coloca una mano sobre mi corazón, y así me detiene un instante. Ya no queda rastro de su pintalabios, aunque puede que se haya pegado a mi piel—. Aquí no. Ahora... ahora no. Estoy borracha.

Necesito unos segundos para recuperar el aliento y articular frases con sentido. Pero cuando puedo hablar, no lo hago. Me separo con cuidado y me tiendo boca arriba a su lado, demasiado abrumado aún por lo que acaba de pasar para avergonzarme.

Y ahí nos quedamos durante un largo rato más, respirando de manera precaria, con los ojos puestos en el cielo apagado y los dedos entrelazados sobre el vientre.

—Perdón —murmuro.

—No te disculpes. Prefiero que me des las gracias por haber hecho que te lo pasaras tan bien. —Ladea la cabeza y me guiña un ojo, robándome la pequeña sonrisa que llevaba un rato pugnando por salir de mis labios.

—Gracias. No me siento como un niño ni tampoco como un hombre del todo, pero por lo menos siento. Siento algo. Y creo que eso es bueno.

Ella sigue con la mejilla pegada a la colchoneta, sonriendo a medias. Estira la mano hacia mí en actitud oferente y, aunque dudoso, permito que entrelace sus dedos con los míos. La borrachera debe de haber propiciado el gesto cariñoso, pero no lo retiro porque, en este momento, mis principios no importan. Me dejo ahora y me dejaría una y otra vez, porque nunca sabes cuándo tendrás la oportunidad de repetir un momento tan especial.

Capítulo 13

No vienen mal unos Buenos Aires

Susana

—¡Buenísimo!

Antes de girarme hacia Sela, como han hecho el ochenta por ciento de los trabajadores de la oficina, me aseguro de que no parpadee la lucecita que avisa de que el micro está encendido.

—¿Te parece buenísimo montártelo con el jefe de estudios del colegio de tu hijo? —Meneo la cabeza, dándola por perdida—. Te estoy diciendo que ya me ponen de furcia para arriba por haber tenido una relación seria con el padre de un alumno. Demos gracias a que no perdí la cabeza del todo ni acabé en pelotas sobre un castillo inflable para menores de diez años.

—Ay, dale. —Sela pone los ojos en blanco. Apoya los codos sobre la mesa del escritorio y empieza a abanicarse con un folio de papel doblado en el que ha escrito esta mañana: GONZA, DALE, HACEME UN CAFÉ. Así se comunica ella cuando está al teléfono—. Si solo fueron unos besitos. Y si nadie los vio, es que no pasó.

—Creo que lo que se dice es: «Y si no me acuerdo, no pasó».

—La canción de Thalía, ¿no? Eso hace referencia a una infidelidad. Si no sabré yo de infidelidades, que los argentinos son los peores. —Bufa, probablemente recordando a su exmarido—. Acá hace un calor de la mierda. Debería estar prohibido trabajar antes de mediados de octubre.

—Prácticamente vamos a terminar octubre —le recuerdo, volviendo a ponerme los cascos—. De hecho, este finde es el puente de Todos los Santos.

—¡Sácate eso ya! —Hace aspavientos en dirección a los auriculares—. ¡No terminamos de hablar!

—¿Qué más quieres que te diga?

Sela esboza su sonrisa de «soy más lista que tú» y se inclina hacia mí tanto como se lo permite la separación de nuestras mesas. De no ser porque le debo una, me hace los días de trabajo más amenos y estoy desesperada por desahogarme con alguien después del palo de anteayer, le habría cortado el rollo bien rápido. Detesto que se metan en mi vida, pero ella en concreto se coló para facilitármela en el momento en que me consiguió este curro, que, por cierto, coincidió con la semana en que Carlos y yo lo dejamos.

Aunque trabajar como teleoperadora no debe ser la vocación de nadie y cobras una miseria, por lo menos me permite caerme muerta en un piso de alquiler y sentirme realizada. Una acaba acostumbrándose a volver doblada a casa por culpa del lumbago tras pasar ocho horas como Quasimodo sobre una mesa con más años que un bosque, y a tener que pedir diez veces la dirección a los clientes con acentos cerrados. Los días de trabajo son buenos o malos dependiendo de si consigo hacerme con alguno de los pocos cascos almohadillados que se amontonan en el escritorio del coordinador. Dichas almohadillas son la cosa más antihigiénica que he visto en mi vida. Les sobra mierda para parar un tren y, por ello, requieren un ritual previo de desinfección de no menos de diez minutos para cada uno. Pero mejor eso que tener un pinganillo de plástico perforándote el tímpano durante una extensa jornada laboral. De todos modos, la sordera ni siquiera es lo peor cuando debes renunciar a la gomaespuma vírica, sino que al que está al otro lado de la línea, debido a la falta de amortiguadores, se le escuche como si lo tuvieras a horcajadas sobre ti. No porque te hable como un *coach* de técnicas tántricas, sino porque la gente aún no se ha enterado de que al auricular no hay que chillarle. Esto no es un teléfono escacharrado, por el amor de Dios, es OnePhone, y no me pagan ni la Seguridad Social como para permitirme perder audición.

—Reconocé que gustas de él —me suelta Sela, sacándome de mis pensamientos, al tiempo que me apunta con su manicura francesa. Otra cosa a la que se dedica mientras atiende clientes insatisfechos es hacerse las uñas—. Y que él gusta de vos.

—Eres muy graciosa cuando te lo propones. ¿Te vino con lo de argentina?

—Y vos parece que tenés un palo metido por el orto. ¿Te vino con lo de española?

La verdad es que los españoles de la Meseta parecemos unos sosos de manual si nos comparamos con la comunidad latinoamericana, especialmente al lado de ella. Sela, además de tener treinta y dos años y una hija de más o menos la edad de mi Eric, a la que llamó «Florencia» porque, por lo visto, a todas las mujeres de su edad las llamaron Algo-Florencia o Florencia-Algo y la pobre muchacha tenía que heredarlo, está pirada. Y no hace falta que la emprenda a chistes regionales, como esos en los que se habla de los argentinos y su pasión por (o necesidad de) los psicólogos, porque ella misma los hace. Y a su costa. Vino a España huyendo de un exmarido «hijo de la remilputa», como ella lo describió, y decidió que la llamaran Sela en lugar de Selena, porque para renacer necesitas dos cosas nuevas, «un apodo de *drag queen* y un corte de pelo fabuloso».

—Tengo que llamar a este padre de familia para vender la

fibra con la oferta de Netflix —avisa, levantando el índice—. Después vamos a hablar vos y yo.

—No hay nada de lo que hablar.

Y es verdad. Maldigo este día en el que se me ha ocurrido admitir en voz alta que Elliot y yo tuvimos «un momento». Sus preguntas no se han de rogar: «¿Cómo que "un momento"? ¿Un momento de los que incluyen orgasmo, un momento de esos en los que saltan las chispas, un momento de tensión sexual no resuelta?» Con ella es más fácil hacer confesiones que con mis amistades, y no porque no sea una cotilla consumada, que lo es, sin lugar a dudas, sino porque al menos no vive a mi lado. Quiero decir, que Sonsoles se entere de mi pasión por el rosbif inglés no me simpatiza, pero que lo hagan las señoras potentorras del club de divorciadas al que Sela pertenece y a las que no veré en la vida, y que seguro que me entienden y me vitorean cuando Sela me menciona, o eso me gusta pensar, me la refanfinfla.

Eso sí, he preferido reservarme la previa a la diversión en las colchonetas. No veo razón por la que deba traer al presente un pequeño bajón ocasionado por una pareja de tías cerdas que solo me han visto de lejos.

Lo que pasa el día anterior se queda en el día anterior.

Sela corta la llamada y se saca los cascos con cuidado de no alborotarse la melena oscura.

—Si no querés contarme nada, entonces te voy a decir cómo me fue a mí el fin de semana. ¿Te podés creer que mi amiga, aquella que conoció al novio en un accidente de tráfico, decidió casarse?

Lo cierto es que no, no me lo puedo creer.

—Me dijiste que ibas a una boda este fin de semana, sí, pero no sabía que fuera esa amiga la que se casaba. Estamos hablando de la que iba a tu club de divorciadas sin haberse casado nunca, ¿no?

—La misma. ¿Te conté esa historia? La boluda se creyó

que la íbamos a sacar del grupo por mentirosa y, cuando nos enteramos, nos doblamos de la risa... En fin. —Se airea la melena metiendo los dedos entre los mechones del alisado japonés—. No me vas a creer lo que pasó en el casorio.

—¿Qué pasó?

—Pensá en comedias románticas. —Ni me molesto en intentar averiguarlo porque sé que me va a interrumpir enseguida, y así lo hace en cuanto le puede la paciencia—: ¡Que me cogí a uno de los padrinos de la novia! Y no sabía que era un pendejo de veintitrés años. Cuando lo descubrí, casi me muero. —Se cubre la cara con las manos—. ¡Tremendo quilombo! No supe dónde meterme después. No lo aparentaba, lo juro, yo le echaba unos veintiocho como mínimo.

—¿El qué le echabas? ¿Veintiocho qué? ¿Polvazos? —me mofo.

—Ya te digo que podría ser su mamá.

—Tanto como su madre no, ¿no?

—Me vino el periodo por primera vez con diez años y nos llevamos esos. Técnicamente, es posible. ¿Y a que no sabés qué más?... Que le pidió mi número a la reverenda pelotuda de Mon y ahora anda llamándome. ¡Que me quiere invitar a unas birras! Le dije que ando enferma, pero al otro día respondió al teléfono la nena y le dijo que viniera, y apareció, y... la boba me soltó que lo hacía por mí, que ya llevaba yo demasiado tiempo estando en la góndola.

No me cuesta imaginar a su hija haciendo de celestina con Sela. La niña es un diablillo encantador y quiere a su mamá con locura febril. Por lo que me ha contado Eric, le importa tres mierdas que se burlen de ella por hacer los *writings* de inglés sobre que su madre es su mejor amiga.

—Bueno, ¿y cómo era?

—Relindo, Susanita, y no para de tirarme los galgos. Me dice unas cosas que... Bueno, dale, te lo digo: me conquistó. Cuando vino al día siguiente, acabamos cogiendo.

Levanto las cejas.

—La virgen... Genial, ¿no?

—¡No! Decime que está todo mal, decime que soy una basura. Me lo merezco.

—A ver... No es ilegal, no lo hiciste en contra de su voluntad y... usasteis condón, ¿no?

—Obvio.

—Entonces ¿cuál es el problema? Si hasta tu hija está desesperada porque te acuestes con alguien es que lo necesitas de verdad. Alegra esa cara, mujer. Cualquiera diría que era feo.

—¡Feo! ¡Ja! El chamuyero[8] tiene aspecto así de gringo... Que a mí me gustan los morochos, vos me conocés, pero, ah, aquellos ojos verdes, como canta Nat King Cole... —Hace un gesto con las manos y abre los suyos para que me lo imagine mejor—. Una sonrisa... Y al final ese no es el problema, porque hombres para rechupetearse hay a montones, sino que el chabón es un zarpado.[9] No le tiene miedo a nada, no acepta un «no» por respuesta.

—Pues eso no suena muy bien.

—No, no, te digo que yo lo ADORÉ. —Lo recalca tanto que se me escapa una risotada—. No hay nada más sexy que un tipo que sabe lo que quiere y está dispuesto a todo por conseguirlo... Un momento, tengo una llamada. ¿Por qué mierda tengo una llamada ahora?

—Suele pasar cuando estás en horario de trabajo.

—Menos mal que me queda un mes máximo en este infierno y ya cambio de laburo. No sabes cómo dibujé aquella entrevista que te dije, metí chamullo a lo loco y ahora empiezo en

8. Persona que tiene capacidad de convencer, de ganarse a la gente a través de la palabra.

9. Persona que no se comporta según el protocolo, lo cual no le importa nada; un antisocial. Se puede usar positivamente por romper o superar el canon, o bien negativamente por provocar situaciones incómodas.

noviembre... Buenas tardes, atención al cliente de OnePhone, ¿en qué puedo ayudarle? —Pausa en la que Sela pierde la sonrisa y desencaja la mandíbula—. ¡Pues si no querés que te atienda una «guachupina», andate a la tienda más cercana y no me rompás las pelotas! ¡Puta madre, este gordo pelado! —Cuelga de golpe pulsando un botón—. Alto forro... No sabe que el noventa por ciento de la gente que hay en teleoperador durante los festivos es extranjera porque estos trabajos no los quieren los españoles, ¿no? En fin, guacha, volviendo al tema del jefe de estudios...

—¿Y por qué no volvemos mejor al trabajo? —interrumpe una potente voz masculina. El jefe de la sección de atención al cliente aparece apoyando los nudillos en la mesa de Sela y la fulmina con la mirada—. ¿Te crees que esa es manera de tratar a los clientes, Selena?

—¿Y vos creés que esa es forma de tratar a un trabajador, Gonza? ¿Tengo que tolerar que me hablen así? Ya te digo yo que ni en pedo. Y no me llamés Selena.

—¿Y cómo quieres que te llame, si es tu nombre? ¿Pasamos ya a los apodos cariñosos? ¿«Cariñito» te gusta más?

—Solo si me dejás llamarte a vos sorete —le replica con una sonrisa encantadora—. Te hace falta un poco de amor y humor rioplatense en tu vida, Gonza.

Gonzalo suspira profundamente y se pasa la mano por el pelo castaño.

—¿Un poco más? Con estas pequeñas muestras diarias de afecto tuyo voy más que servido, descuida. No te voy a decir nada sobre tu exabrupto porque te quedan unas semanas y queremos tener la fiesta en paz.

—Y porque sabés que tengo razón, guacho. No te hagas. Acá llama cada boludo que...

—Pero es tu deber ser educada y evitar que nos planten una hoja de reclamaciones. Parece mentira que a estas alturas te lo tenga que explicar. —Pone los ojos en blanco—. En fin, venía por ti, Susana. El nuevo director quiere hablar contigo. Su despacho está justo al fondo del pasillo.

Dejo de sonreír por el talento de Sela para disparar insultos rioplatenses y miro a Gonzalo a los ojos, para lo que tengo que descolgar el cuello hacia atrás, pues el tipo mide dos metros.

—¿Conmigo? ¿Para qué quiere hablar conmigo?

—No tengo ni idea. —Encoge un hombro y me sonríe para apaciguarme—. Seguro que no es nada malo.

Con dudas y un extraño cosquilleo en el cuerpo, me pongo de pie y sigo al solícito Gonzalo al final del pasillo.

—Me va a despedir, ¿no? Me va a despedir por juntarme demasiado con Sela —deduzco en cuanto perdemos de vista las mesas de los teleoperadores—. No he insultado jamás a un cliente, pero me descojoné de la risa cuando le dijo «gorrino *devorachoripán*» al gilipollas del informático.

Gonzalo oculta una carcajada ladeando la cabeza en el sentido contrario.

—Tú también te reíste, capullo —lo acuso, al borde de otro ataque de risa por el simple recuerdo.

—Es que esa mujer no tiene remedio. Mira que aquí ha trabajado toda clase de gente, pero Selena tiene un coraje que le resuelve los mismos problemas que le causa.

—Entonces es eso, ¿no? Es porque insulta a algunos clientes y yo me río. Por eso me quieren ver... Pero es que anda que no tuvo gracia esa vez que le dijo a ese lo de la polla y el obelisco.

«Átate la pija al obelisco y date vueltas como si estuvieras en una calesita» —cita Gonzalo, pasándose la mano por la cara para no mearse de la risa ahí mismo. Puta Selena... Si no la echan es porque es prácticamente un icono en la oficina y todos la queremos con locura—. Tranquila, Susana, creo que solo te ha llamado porque te conoce de algo.

—¿Que me conoce de algo?

No nos da tiempo a alargar la conversación: Gonzalo toca

a la puerta dos veces antes de abrir y asomar la cabeza. Intercambia unas frases con un tipo al que no consigo ver y oigo aún peor, pero que reconozco en cuanto me anima a pasar con un amable «adelante» y Gonzalo cierra la puerta para darnos intimidad.

El cuarentón que se refugia tras su imponente escritorio de mandamás se pone en pie para recibirme apropiadamente. Aprovecha para barrerme con la mirada de arriba abajo, esbozando una sonrisa de regocijo mal disimulado que de inmediato me pone en guardia.

—Rodrigo —saludo con voz neutra.

—Susana, ¡qué alegría verte! Estaba revisando la plantilla de empleados y no te imaginas la sorpresa al ver tu nombre: Susana Márquez. Por supuesto, debe de haber miles de mujeres con ese nombre a lo largo y ancho de Madrid, pero sentía curiosidad por si eras tú, y ya veo que no me equivocaba.

Le devuelvo la sonrisa con la amabilidad justa. Rodrigo avanza y yo me apresuro a extender el brazo para saludarlo con la cordialidad requerida en estos casos, pero él hace lo que sabía que haría: me aparta la mano con un «Qué tontería de saludo es ese» y me da dos besos, cada uno de ellos muy cerca de los labios.

Si se percata de la tensión agazapada en mi cuerpo, no me lo demuestra.

—Estás... —Sus manos, que ha apoyado en mis hombros para asegurarse de que no me movía, se deslizan por mis brazos hasta rodearme las muñecas. Ahí las deja, con una familiaridad que nunca hemos compartido—, estupenda, la verdad. ¿Hace cuánto que no te veo?

—Desde una de las muchas cenas de celebración de Carlos, hace ya al menos un año.

—Y estás más guapa que entonces.

Es un halago en apariencia inofensivo, pero lo acompaña de la mirada que ya me dedicaba cuando yo salía con su amigo:

esa avariciosa y llena de ambición que me pone alerta, porque soy su próxima presa. Cuando Carlos estaba en mi vida, Rodrigo tenía el detalle de guardar las distancias y no incomodarme más que cuando nos veíamos a solas, sabiendo que yo no tendría el mal tino de acusarle de comportarse de manera impropia delante de su amigo. Y que, en el caso de hacerlo, también sabía que Carlos me tildaría de loca y se posicionaría a su favor.

Ahora, las cosas han cambiado. Carlos no está para protegerme en ningún sentido, y, sin saberlo, dejó en mi vida a algún que otro depredador.

—Estoy igual de sorprendida de verte aquí. ¿Te has cansado de la militancia? ¿Qué va a hacer Carlos en el partido sin su mano derecha?

—Aprender a usar la zurda, supongo —contesta con humor, sin apartar la vista de la escueta abertura de mi camisa. Siento el impulso de cerrármela, pero sería demasiado evidente—. Eran ya muchos años en el mismo sitio, y sin sentirme realmente satisfecho con lo que hacía. La empresa de OnePhone es de mi hermano y ha estado de acuerdo en que pase algún tiempo al frente mientras él pone en regla algunos asuntos de índole personal. Ahora me alegro más que nunca de haberme animado con el reto.

Y para que no me quede la menor duda de que se refiere a nuestro reencuentro, me vuelve a mirar de arriba abajo, esta vez humedeciéndose la comisura de la boca con la punta de la lengua.

Rodrigo no es un hombre feo. En absoluto. No está tampoco desmejorado, a pesar de los excesos que me consta que han caracterizado los últimos diez años de su vida, causándole algún que otro problemilla con la ley que resolvía a golpe de billetera. Se conserva de maravilla —pelo y figura de gimnasio incluidos— con los cuarenta y cinco años que tiene, y haber nacido con la vida resuelta gracias a una herencia familiar y un apellido compuesto le ha permitido conseguir lo que quería, cuando y como lo quería.

La mayoría de los viejos verdes que son peligrosos de verdad raras veces son viejos, y en muchos casos no les resultan verdes nada más que a sus víctimas.

—Seguro que catapultas la empresa al éxito —comento, porque no quiero perder mi trabajo y tampoco caer en su juego—. Ha sido un placer saludarte...

—¿Adónde vas tan rápido? —Me coge de la mano y tira de ella, juguetón, para invitarme a que tome asiento—. Seguro que no te echan de menos en los teléfonos en la próxima media hora. Creo que con eso me bastará para ponernos al día. ¿Por qué no te pones cómoda?

—Preferiría quedarme de pie. Me paso el día entero sentada, como ya sabrás.

—Debes de tener un dolor de espalda terrible. —Me hace un pequeño masaje en los hombros y desciende por los omóplatos. No sé muy bien cómo retirarlo, y por un momento me cuesta reaccionar. Es el jodido Rodrigo García-Valdecasas, no un mindundi—. ¿Qué estudiaste, Susana?

—Nada.

—Vaya... —Chasquea la lengua—. Eso dificultaría que te promocionase.

—¿Por qué irías a promocionarme? —Procuro no sonar acusadora, tan solo incrédula—. Apenas llevo unos meses trabajando aquí.

—Pero los informes que he recibido de ti son muy buenos, y creo que la mejor política de empresa es recompensar el buen trabajo de sus empleados. ¿No te suena bien un puesto de mayor responsabilidad pero con menos horas y mejor sueldo?

—¿A quién no le suena bien algo así?

Él sonríe, orgulloso, creyendo que mi ambición me ha hecho morder el anzuelo cuando la verdad es que estoy perfectamente donde estoy.

—Iremos hablándolo... —Rodrigo me hace el inmenso favor de retirarse, permitiéndome respirar aire puro y no contaminado de su abrumador y caro perfume. Se cobija tras el escritorio, en cuyos cajones busca hasta rescatar una botella y un par de vasos—. Tengo esto reservado para las ocasiones especiales. ¿Te apetece uno?

—No, gracias, prefiero estar lúcida cuando vuelva a mi puesto.

—Ah, venga ya, sabrás que conmigo aquí vas a tener privilegios, ¿no? —Me guiña un ojo—. Si luego no te sientes bien, te doy carta blanca para que te tomes el resto del día libre.

—Aunque tuviera el resto del día libre, tengo un hijo del que encargarme y que no me gustaría que viera a su madre borracha —declino de nuevo, procurando ser lo más amable posible—. De todos modos, muchas gracias por la oferta.

Él me observa con fijeza, como si quisiera averiguar cuál es el motivo de mi incomodidad. No demuestra tener pelos en la lengua al decir:

—¿Por qué estás tan tensa, cielo? ¿Es por la relación que tengo con Carlos? Me comentó que no acabasteis de la forma más pacífica, que lo dejaste sin razón alguna. No te preocupes, ¿eh?, no le voy a ir con el cuento.

—Carlos y yo acabamos de la mejor forma en que pueden acabar dos personas. Lamento que él no lo vea de la misma manera y así se lo haya transmitido a sus amigos —replico con calma.

Mientras tanto, él se sirve una copa. Cuando sirve la otra, siento el deseo de cerrar los ojos y ponerme a gritar. Tal y como sospechaba, me ofrece la que le sobra y no me queda otro remedio que aceptarla para evitar que se sienta ofendido.

—Ahora sale con otra mujer, aunque no se te puede comparar, si me permites que te lo diga.

«Te lo permitiese o no, lo ibas a decir, capullo».

Me mojo los labios con lo que parece whisky, solo por

darle el gusto de pensar que he bebido. Por dentro me dan ganas de reírme, histérica.

Por Dios, ¿quién se ha creído que es y dónde se piensa que está? Esta no es la oficina de un corredor de bolsa de Wall Street como para almacenar alcohol en uno de los cajones del escritorio como hacen alguno de esos vulgares peces gordos.

—Si no te importa, Rodrigo, tengo que volver al trabajo.

Él disimula de maravilla su irritación, pero yo sé captar al vuelo el comportamiento de los hombres de su calaña. Se le crispan ligeramente los dedos con los que agarra el vaso.

No sé qué esperaba este payaso. ¿Que me tirase a sus brazos? ¿Que le hiciera una mamada en cuanto ha mencionado lo de la promoción laboral? Y una mierda. Pero no puedo planteárselo así, ni tampoco ponerme a defender mi dignidad con un alegato sobre el acoso laboral, porque no me ha atacado de forma directa y porque tiene todos los motivos del mundo para confiar en que su personalidad será un anzuelo suficiente para una mujer como yo. No deja de ser un Rufino, y yo, esa mujer superficial e interesada en lo económico de la que se burlaba Melendi en *Cheque al portamor*.

O eso era antes de intentar encauzar mi vida, personal y profesional.

«Tú que prefieres un peso que un beso...».

—Claro que no. Tú y yo tendremos infinidad de oportunidades para hablar largo y tendido. Ya sé dónde estás, y tú... Bueno, también sabes dónde estoy yo. —Esboza una sonrisa que pretende ser cálida y se acerca a despedirme, esta vez rodeándome la cintura con un brazo y besándome una única vez en la mejilla, de nuevo casi en la comisura de la boca—. Que vaya bien el trabajo.

—Gracias, igualmente.

Si no tuviera una reputación que mantener, habría salido de su despacho corriendo. En su lugar, lo abandono con la espalda recta y toda la tranquilidad que soy capaz de fingir. La finjo por el pasillo, la potencio cuando noto sobre mí las miradas de todos los teleoperadores de las oficinas contiguas a la mía, y la llevo a su apoteosis cuando Sela se quita los cascos y dice:

—¿Y bien? ¿Qué pasó?

Intento no torcer la boca en una mueca que indique lo sucia que me siento, lo barata que parece que soy para todo el mundo, y le sonrío.

—Nada, ha sido una simple reunión con un viejo amigo.

Me tiro sobre la silla y recurro al método más socorrido tratándose de Sela para desviar la atención de mí: dirigirla todita a ella—. ¿Qué me estabas contando sobre ese menor de edad que te tiraste? ¿Que tenía pinta de gringo?

Capítulo 14

SEXUAL HEALING

Susana

Regreso a casa con mal cuerpo, y no solo por la conversación con el nuevo director; también porque las cosas parecen haberse torcido con Sonsoles desde hace un par de días.

No le hizo ninguna gracia que volviera a las y pico después de la fiesta solidaria, y ahora a mí me hace más o menos la misma que me haga muecas cada vez que me ve.

Eso de aparecer cuando se me canta es mi manera de rebelarme contra el poder absolutista de Doña Inmaculada. Por eso no voy a pedirle disculpas. Y si quiere echarme por no haber acatado sus jodidas normas, adelante. Aunque Edu está enfadado porque le corté el pelo a Eric y a Elliot en lugar de pedirle cita a él, estoy segura de que me acogería con alegría y alborozo en su nuevo pisito de soltero.

Aunque aún esté en obras y no quepa ni un alfiler.

—¡Hola! —saludo al entrar. Mi voz resuena por toda la casa, señal de que Sonsoles está durmiendo. Sé que Eric ha salido porque me ha escrito anunciando que iba con sus colegas a jugar a los bolos, y que no volvería hasta las nueve—. ¿Hola? ¿Hay alguien en la zona? ¿Territorio habitado?

Suelto las llaves, el bolso y la chaqueta y apuro el contenido de una lata de Coca-Cola que han abandonado a la mitad. Ahí, a cuerpo de reina, que falta me hace con la de hostias que me están lloviendo los últimos días. Con el *Clash Royale* cargando en la pantalla del móvil, *You Don't Own Me* de SAYGRACE y G-Eazy sonando y la blusa a medio desabrochar, me dirijo al baño, ansiosa por celebrar mi existencia con un baño de burbujas.

> *You don't own me.*
> *Don't try to change me in any way.*
> *You don't own me.*
> *Don't tie me down 'cause I'd never stay.*[10]

—Por fin sola. Un poquito de intimidad es lo que me hacía falta...

O eso pensaba yo, porque nada más abrir la puerta, localizo una figura masculina inclinada sobre sí misma, y me apresuro a cerrarla.

—¡La puta madre que me parió! ¡¿Es que no sabes poner un pestillo?! ¡Joder!

—¡No es lo que parece! —exclama Elliot.

Su voz me llega entrecortada por el esfuerzo de la actividad que estaba desempeñando.

—¿Que no es lo que parece? —Jadeo con la mano apoyada en el pecho. Mis pupilas han llegado a apreciar una escena muy difícil de malinterpretar—. ¿Y qué es lo que he visto, entonces? Porque parecía que te estabas haciendo una paja. ¿No puedes masturbarte en tu casa, tío? ¿Hacerlo en la de tu

---

10. No eres mi dueño. / No intentes cambiarme de ninguna manera. / No eres mi dueño. / No intentes atarme porque nunca me quedaré.

madre es una especie de fetiche sexual, una fantasía morbosa tuya?

—No tiene gracia —refunfuña.

Se le escucha con eco debido a la pared que nos separa.

Pego la espalda a la puerta con el corazón latiéndome muy deprisa.

—¡No, lo que no tiene gracia es llegar a casa y toparte con el puto ojo de Sauron!

—¡Como si fuera la primera vez que ves uno! —rezonga, irritado.

—No es ni la primera vez que veo uno contra mi voluntad, con eso te lo digo todo. Hay muchos viejos verdes repartidos en el transporte público de la Comunidad de Madrid, pero eso no lo hace menos impactante... y no estoy dispuesta a acostumbrarme a ello. —Inspiro hondo para reponerme del susto y me giro hacia la puerta cerrada. La sondeo como si pudiera ver a través de ella, de pronto inquieta ante su silencio—. Oye, que no pasa nada, ¿eh? Todo el mundo se masturba. Es solo que me ha pillado por sorpresa.

—Yo nunca hago esas cosas, te lo puedo asegurar. Es solo que acabo de volver de mi cita con Alison y...

Mi cabeza cortocircuita.

—¿Has tenido una cita con Alison? ¿Con... Alison? —repito, sin dar crédito—. Supongo que habrá ido muy guapa, pero que la cita habrá sido todo un fiasco, si lo primero que haces en cuanto regresas a casa es cascártela como un mono.

—¡Ni siquiera he llegado a excitarme! —se queja—. Y no era esa clase de cita. Era...

—¿Habéis quedado solo para echar una canita al aire?

Su paciencia salta por los aires.

—¡Deja de reírte de mí, maldita sea! Sabes bien que voy a terapia. Era esa clase de cita.

Prefiero no hacer comentarios sobre el alivio que siento al conocer la verdad.

Bien, no sale con Alison. ¿Y qué? ¿Acaso eso le convierte en un tío soltero? Porque sale con Teresa, lo cual es exactamente lo mismo.

Y me da igual en la misma medida, que conste.

—¿No ibas a terapia para superar tu aversión a las mujeres?

—Entre otras cosas, pero a Alison le parece importante que primero me reconcilie con mi... sexualidad, y para ello tengo que aprender a... Maldita sea, ¿por qué no abres la puerta y hablamos como dos personas normales? Esta no es una conversación que se pueda tener estando cada uno en una habitación.

—Vale, pero ¿te la has guardado? No quiero que me dé en un ojo.

—¿Tienes que ser siempre tan irreverente? —Suspira, hastiado.

—Sí —reconozco con orgullo—, especialmente cuando las situaciones me superan. Que voy, ¿eh? Y no necesito un faro que me alumbre el camino.

Abro la puerta muy despacio, como si dentro hubiera una fiera dormida y no quisiera despertarla. Tampoco iría muy lejos la comparación, salvo por el detalle de que «no quiera despertarla», cosa que sí quiero, pero no pienso hacer más comentarios al respecto.

Elliot está sentado sobre la taza del váter, vestido hasta el último botón de la camisa y con los codos apoyados en las rodillas. Tiene la cara colorada y está tan avergonzado que ni me mira.

Me siento culpable al instante.

—Oye, en serio, el onanismo es un placer universal —intento suavizar la tensión—. No tienes por qué ponerte así. Siempre es incómodo que te pillen en plena faena, pero...

—No estaba haciendo nada.

—Te lo digo de verdad, no es necesario que me...

Elliot me silencia con una mirada atormentada.

—No puedo, ¿vale? —espeta de mal humor—. Es imposible que me vieras porque no puedo hacerlo. Por eso Alison me ha dicho que lo intente, porque jamás... Yo nunca... Cuando intento...

Pestañeo, impertérrita.

—¿Me estás diciendo que jamás te has tocado? —Silencio. Pero es un silencio que habla por sí solo—. ¿Cómo va a ser eso posible? Que me lo diga una mujer, todavía me lo creo, porque, en fin, no ha sido hasta hace poco que ha empezado la revolución de los juguetes eróticos y pocas se han atrevido a usar las manos, por eso del fuego eterno católico y el miedo a que las llamen guarras... —Todo esto lo contó Virtudes en uno de sus manifiestos feministas, que conste. No es que yo sea una entendida, ni nada—. Pero un hombre, que es lo más vicioso que existe...

—Pues ya me ves. ¿Por qué te iba a mentir?

No se me ocurre ninguna réplica coherente, así que me siento en el borde de la bañera e intento poner mi cabeza a funcionar, como si me hubiera explicado su problema para que le eche un cable.

Vale, tenemos aquí a un tío virgen de manos. ¿Qué podemos hacer con él?

—Tampoco me sorprende del todo. Un hombre como tú no necesita masturbarse, seguro que siempre encuentra a alguna mujer dispuesta a...

Mierda, hablar de esto es incómodo de narices cuando yo soy una de esas mujeres. Y es el doble de incómodo cuando veo en la expresión de Elliot que no suele encontrar ni a hombres ni a mujeres que le interesen.

A mi cabeza le cuesta procesar la información, pero finalmente asiento para autoconvencerme de que no estoy soñando.

De acuerdo, tenemos aquí a un tío virgen a secas. ¿Qué podemos hacer con él?

—Te recomiendo donar esperma. Cuando te corras por

primera vez, vas a llenar suficientes botecitos para crear un ejército con tu ADN. —Elliot me fulmina con la mirada, recordándome que es un tema demasiado serio para mis patéticas bromas—. Vale, perdona, solo quería ponerle un poco de humor al asunto.

—Te agradecería que dejáramos el humor al margen. A mí no me hace ninguna gracia.

—¿Y dices que estos son los... deberes que te ha puesto Alison? Él mueve la cabeza afirmativamente. Estoy tan asombrada que apenas se me ocurre pensar en que Elliot se está abriendo conmigo, como yo me abrí con él de forma vergonzosa durante la fiesta—. ¿Y cómo va? ¿Bien?

—No.

—¿Has probado con alguna *Playboy*? ¿Porno? ¿A lo mejor algún *hentai*? —Elliot pone cara de no saber qué demonios es eso, y tampoco de querer averiguarlo. No seré yo quien le introduzca en el mundo oscuro de las categorías pornográficas, no vaya a ser que, para colmo, se nos haga *otaku*—. Quizá, si piensas en Teresa o en sus estudios universitarios...

Elliot ni siquiera me pide de nuevo que pare con las bromitas.

—Lo he intentado todo. Lo máximo que consigo es... es...

—Una erección —deduzco.

—Pero no puedo cuando...

—Cuando te tienes que tocar.

—Esto es lamentable. —Se cubre la frente con una mano—. ¿Podemos fingir que no ha pasado nada?

«No. Siguiente pregunta».

—Es preocupante que no puedas, pero no hay nada lamentable en el hecho de que lo compartas. Yo también podría hablarte de miles de cosas sobre mí que no me hacen sentir orgullosa. —Antes de que se le ocurra preguntarme cuáles (que lo veo venir, con esos ojillos curiosos que se le ponen cada vez que insinúo que soy un ser humano con preocupaciones, y no una máquina de decir gilipolleces), me adelanto—: ¿Por qué te pasa eso? ¿Es que no te concentras? ¿Eres impotente, o algo así?

Elliot se mira las manos, que hasta ahora habían estado reposando, sudorosas, sobre sus sencillos vaqueros oscuros. Se las frota de forma compulsiva y abre y cierra la boca varias veces antes de admitir el problema.

—Me vienen imágenes de mi madre.

Hago todo lo que puedo —y no es poco— para no exteriorizar cómo me deja esa confesión.

—¿De tu madre? ¿Quieres decir que tienes una especie de... de... fetiche con tu madre? ¿Tienes sueños eróticos con ella?

—¡No, joder! Más bien tengo un... trauma, lo que no es mucho mejor —masculla en voz tan baja que me cuesta oírlo.

No me he parado a pensar en por qué se le ocurriría desahogarse conmigo, una mujer a la que hace un mes la estaba mandando a un hospital para una exploración de genitales y descartar así alguna ETS, pero ahora lo veo. Está implícito en su expresión de ahogo, en la desesperación que no sabe disimular. Necesita ayuda de veras.

Y no me refiero a ayuda con las pajas, sino psicológica.

—El otro día me dijiste que no querías hablarme de Sonsoles por miedo a que la mirase de otro modo. ¿La historia que no me quieres contar tiene que ver con eso? —Él asiente—. ¿Lo sabe Alison? ¿Has podido comentárselo a ella?

—No, aún no, pero creo que se lo huele. Ella también la conoce, y... Qué demonios —balbucea, tenso. Me lanza una mirada cargada de resentimiento, como si en vez de verme a mí, estuviese viendo a su odiada madre—. Sonsoles trabajaba en un club cuando yo era pequeño. Era... *stripper*.

Espero a que continúe, pero eso es todo.

Esa sucia patraña, esa mierda surrealista, es toda la historia que tiene para mí, y no puedo evitar descojonarme.

—¿Perdona? ¿Sonsoles, una *stripper*?

—Algo parecido me pregunto yo ahora. Y también ¿cómo se ha convertido en una mojigata ultracatólica? ¡Si cierro los ojos y todavía la veo quitándose el sujetador delante de su público!

Una parte de mí, la racional, se muestra reacia a creerlo. Pero otra, una soñadora y bastante vengativa, se imagina saludando a Sonsoles con un *striptease* socarrón la próxima vez que nos crucemos. Me cuesta creerlo porque, entre otras cosas, mi vecina siempre ha sido la cabeza del gran problema al que me llevo enfrentando desde los dieciséis años: representa a todos aquellos que me consideran un peligro para mi hijo, y la causa de que al género femenino le falten al respeto. Es cuando menos irónico, y poco creíble, que ella fuera aún más liberal que yo.

—No la juzgaría por eso —reconozco tras una pausa—. Por eso no entiendo por qué me juzga ella a mí.

—¿No la juzgarías por eso? —repite Elliot, entre sorprendido por mi comentario y asqueado—. ¿No juzgarías que bailara en el regazo de los hombres cuando su hijo de ocho años estaba delante? ¿No juzgarías que me ignorase mientras hubiera alguno dispuesto a meterle billetes en las bragas? ¿No juzgarías que me mandara a casa de mi padre, un hombre que ni sabía que yo existía, cuando le salió un contrato de bailarina profesional? Está claro que no prosperó, porque mira dónde está... Pero esta no es una historia de perseguir tus sueños y luchar para conseguirlos, así que no es admirable; es juzgable.

Hay tanto resentimiento en sus palabras que no se me ocurre nada inteligente o divertido que decir, ni mucho menos algo para consolarlo. ¿Se puede consolar a alguien que ya ha pasado por todo lo malo por lo que podría pasar un niño? ¿Puede aplacarse de alguna manera un dolor que, aunque siga presente, tiene sus raíces en un escenario al que no se puede regresar, y que por eso mismo es imposible cambiar?

Por un buen rato reina el silencio. Casi se me olvida que estamos los dos en un baño diminuto. Por segunda vez.

—Sí, lo juzgo —confieso al fin—, pero está claro que era su manera de ganarse la vida. A lo mejor no tenía alternativa. Lo que no justifica, por supuesto —añado, al ver que va a interrumpirme—, que tú tuvieras que estar en medio. Supongo que cuando dices que piensas en ella cuando vas a... te refieres a... —especulo.

—La veo —responde con voz queda—. La veo y no puedo. No puedo. Tampoco puedo ver porno o esas revistas que dices porque me... Tienen sus similitudes, ¿entiendes?

Desgraciadamente, sí, lo entiendo.

Asiento con la cabeza, tratando de parecer por fuera tan sensible al tema como lo soy por dentro. No es fácil empatizar con la Sonsoles del pasado, pero sería más lógico que me pusiera en su piel teniendo en cuenta que compartimos el papel de madre. Aun así, también me resulta sencillo verme reflejada en Elliot como me puedo ver reflejada a veces en mi hijo, que no deja de ser una parte de mí.

¿Y si yo hubiera sido esa madre? ¿Y si, el día de mañana, Eric fuera Elliot?

Llevo días, semanas, despreciándolo por el modo injusto con el que me ha tratado, cosa que, naturalmente, tendré en cuenta siempre, pero aquí está, asistiendo a la terapeuta que le recomendé e intentando sacarse de encima la larga sombra de su madre. Ahora entiendo lo que dijo sobre la infancia perdida, y admiro que pretenda recuperar o aprovechar su adultez antes de que también se le vaya por el desagüe. Y por razones ajenas a él, en realidad, porque no parece que tuviera ninguna culpa.

Los niños jamás tienen la culpa.

—Puedo intentar ayudarte —propongo, sacudida por un repentino (e impropio de mí) arranque de empatía. Y por qué no decirlo: también me ofrezco porque este hombre no me es indiferente.

Elliot me mira confuso. Yo también estoy desorientada, incluso sorprendida por mi disposición. Soy la fiel seguidora del «mi, me, conmigo», siempre incluyendo a mi hijo: no suelo ver más allá de eso. Pero él está ahí, sentado en la taza del váter, a punto de arrancarse el cuero cabelludo, y... no he sido inmune a él en ningún momento desde nuestro primer cruce casual.

—¿Cómo ibas a ayudarme?

—A lo mejor solo necesitas una inspiración en carne y hueso. Quizá, si tienes a una mujer delante, la realidad supera a los recuerdos y consigues concentrarte. Al menos pudiste concentrarte en mí el otro día, en el castillo inflable... —Vacilo—. ¿O entonces también se te cruzó la imagen de tu madre? Porque, si es así, mejor me levanto y me voy.

—No, no... —Agacha la cabeza—. En ese caso no... no pensé en ella. No lo hago.

Me cuesta reprimir una sonrisa llena de ternura. ¿Cómo es posible que a un hombre tan grande, poseedor de todos los encantos físicos con los que debe contar una persona para ser el centro de atención, le cueste tantísimo mirarme a los ojos? Es tan diferente a todos los hombres con los que he estado o me he relacionado... Ellos eran tíos seguros de sí mismos, eran ese Rufino con dinero y atractivo que, si no conseguía bailar contigo, se arrojaba de inmediato a los brazos de otra más dispuesta; no ya reacios a admitir una derrota, sino incapaces de aceptar que pudieran ser rechazados.

Para él, en cambio, parece que el mundo y la esperanza hacia este empiece y termine conmigo.

—¿Y qué te ha dado para querer intentarlo ahora, en casa de tu madre?

—Tengo mi primera cita con Teresa en unos días y quiero... quiero sentirme a gusto conmigo mismo.

Me preocupo de controlar mi expresión para no hacer una mueca extraña. ¿Qué mueca extraña iría a hacer, en realidad, si ya sé que todo lo que hace es para acercarse a esa mujer? Creo que debería compadecerlo por ser tan inocente, pero en el fondo siento envidia de Teresa. Debe de ser bonito que alguien sienta que eres perfecta para él, aunque sea de forma platónica, y se esfuerce por estar a tu altura, por cortejarte.

—¿Por qué me miras así?

—No te estoy mirando de ninguna manera —me defiendo, a punto de ruborizarme por el rumbo que han tomado mis pensamientos—. Solo estoy... barajando opciones.

—¿Cuáles?

—A lo mejor... —Me humedezco el labio inferior—. A lo mejor puedo echarte una mano con eso, nunca mejor dicho. ¿Tu madre está en casa?

Dios, qué pregunta de adolescente.

—No. Eduardo se la ha llevado al médico para su revisión, y luego iban a tomar chocolate con churros en la Puerta del Sol. Le apetecía pasar el rato con ella. No lo entiendo. No entiendo por qué tu vecino se molesta —admite, pestañeando deprisa—. Sonsoles ha sido abiertamente homófoba con él en algunas ocasiones. Lo he oído.

—Es todo lo homófoba que puede serlo una señora de su edad. Las mujeres de la edad de tu madre no han tenido acceso a la información que se tiene hoy en día, y en los ochenta no había tantos sindicatos LGTB. No es homófoba de un modo consciente o violento, sino simplemente... antigua y demasiado cerrada para comprender la naturalidad de ciertas cosas. Un poco ignorante, en definitiva. Edu es consciente de eso y, además, le importa tan poco lo que piensen de él como a mí misma.

Elliot me dirige una mirada insondable con la que le resulta facilísimo desmentir todo lo que he dicho. Prefiero no entrar al trapo que él sin duda pretende arrojarme —«Tan poco no te importará si el otro día casi llorabas en mis brazos porque unas capullas habían hablado mal de ti»— y en su lugar me pongo de pie.

—¿Qué tal un *striptease*? Terapia de choque.

Él pestañea una vez.

—¿Qué?

—Lo que oyes. Puedo poner música y bailar un poquito. Sin todo esto, claro. —Hago un gesto sobre mi camisa, dando a entender que iría fuera.

—Ni loco... Aunque eres tú la loca —balbucea, anonadado—. ¿Cómo se te...? ¿Siquiera te interesa hacer eso?

—No tengo ningún tabú con la desnudez, y menos contigo, que me viste semidesnuda en la bañera no hace mucho. Por no mencionar que, cuando las bragas y el sujetador conjuntan, pueden pasar por un biquini perfectamente. Puedo quedarme en biquini delante de un hombre sin que haya ningún drama... Por lo menos, por mi parte. —Me encojo de hombros.

—¿Tampoco habría ningún drama con el hecho de que ese hombre estuviera masturbándose?

Ha habido hombres en el autobús que se han masturbado a mi derecha, a mi costa y sin mi consentimiento. Lo tuyo no sería el episodio más traumático que he vivido. Además, yo solo estoy ayudándote con tu asuntillo. No tiene ningún otro tipo de connotación. Tómatelo como si fuera una de esas terapeutas sexuales tan famosas.

—No haces que suene mejor, Susana.

Sonrío y me inclino hacia delante, apoyando las palmas sobre sus muslos.

—Sé que es raro, pero si te hace sentir mejor, he hecho esto muchas veces con mis parejas. Y con mis rollos de una noche.

—Sinceramente, no me veo capaz de excitarme ahora mismo con eso que me dices —masculla, con el ceño fruncido—. Me haces ver como un enfermo.

—¿Quieres que te diga palabras sucias? —Levanto las cejas, divertida.

—No creo que eso funcione. ¿Qué clase de palabras sucias?

—Tú sabrás. Eres el filólogo, Dickens.

—Que me llames Dickens es halagador —apostilla, pensativo.

—De sus cuentos, ¿cuál es tu preferido?

—*Cuento de Navidad*, sin duda.

—Pues venga, alegra esa cara y vamos al lío, Mr. Scrooge. ¿O quieres que, a tus sesenta, vengan los fantasmas de las Navidades ruinosas a recordarte lo infeliz que fuiste por no superar tus movidas personales?

Con eso consigo que sonría un poco.

—Te parecerá sorprendente, pero tampoco es que me excite hablar de literatura.

No retiro las manos de sus muslos, sino todo lo contrario, voy bajándolas hasta rodear sus rodillas. Me inclino más, hasta estirar la espalda por completo en la postura de yoga que llaman «la vaca».

—Ni falta que hace hablar de literatura. Cuento con la ventaja de saber que mis besos te ponen travieso. Podríamos empezar por ahí.

Juraría que puedo escuchar cómo la saliva baja por su garganta.

—Esto se sale de lo que yo entendía por «ayuda para ligar», la verdad —masculla para sí mismo.

—No tanto. Si lo piensas, en algún momento tendrás que besar a Teresa. Y no tienes mucha experiencia, ¿verdad? —Elliot ni se inmuta—. Voy a interpretar ese silencio como un no.

—Besar no parece muy difícil.

—Pues te equivocas. Hay miles de tipos de besos. Por ejemplo, está el «pico», que es un simple beso en los labios. Así. —Aplasto su boca con la mía, procurando que al separarnos resuene el gracioso «muac»—. Este es el de «hola» y «adiós» con tu pareja, el que os dais cuando lleváis prisa antes de marcharos a trabajar... O el que le sueltas a tu mejor amiga en el botellón, estando tan borracha que ya le has dicho diez veces cuánto la quieres.

—I-interesante —tartamudea, medio turulato—. Lo tendré en cuenta cuando v-vaya al botellón.

—Luego tenemos el beso esquimal... que es con la nariz. —Elliot suelta una risita ahogada de lo más adorable cuando se la rozo con la punta de la mía, y me contagia tontamente—. Este me parece demasiado cuco para dárselo a una mujer por la que todavía no tienes sentimientos. Déjalo para algún momento especial. Para, quizá, un desayuno después de una noche de sexo mágica. Con Eric juego mucho a esto del beso esquimal.

—¿Por qué se llama así?

—Porque es la única parte de la cara que les sobresale cuando se visten para salir a la intemperie. Los esquimales se mueren siempre de frío, así que llevan pasamontañas y tal... O, al menos, eso creo.

»Hay otro tipo de besos, en plural: los besos palpitantes —prosigo—. Consisten en ir llenando los labios del otro con pequeños y cortitos picos. —Hago la demostración empezando con un besito inofensivo sobre su boca entreabierta, y dejo uno en cada lugar que voy mencionando—. El superior, el inferior, las comisuras, la barbilla... y a veces puedes subir por las mejillas, la nariz, la frente... —Voy bajando la voz—. A gusto del consumidor.

Elliot está tan aturdido que solo atina a musitar:

—Ah

Me separo un poco para ver las marcas de pintalabios que le he dejado. He tenido que elegir el día de hoy para lucir un llamativo magenta. Es como si hubiera sabido que le iba a plantar la huella de mis morros a alguien. No me importa. De hecho, me encanta el resultado. Y parece que a él también, porque me mira con un brillo en los ojos que sé interpretar muy bien.

Uno que no me es indiferente.

—Existen los... besos de tornillo —continúo, aclarándome la garganta—. En esa materia eres un alumno aventajado, porque son los besos que das tú, esos que no te permiten separarte ni para respirar y te dejan una huella eterna en los labios. Luego están los besos estrella, que tienen un intercambio de saliva...

Me humedezco los labios antes de acercarme. Lo incito a hacer lo mismo recorriendo el espacio entre los suyos con la punta de la lengua. Solo cuando entreabre la boca me lanzo a introducirla despacio, a conciencia. Su inmediata respuesta manda una descarga y la consiguiente contracción a mi bajo vientre, obligándome a juntar los muslos y apretarlos. Me separo antes de que enganche con el beso siguiente, como ya tiene por costumbre, y me quedo al borde de sus labios, de los que escapa un aliento débil y mentolado.

—El beso... contacto —continúo con la voz entrecortada—. Sin tocarse. Es solo una provocación. Si te hablo así de cerca, apenas rozándote... —Sus labios les hacen cosquillas a los míos al tocarse sin querer—. Siempre está bien para asegurarse de que el otro quiere besarte.

—¿Y quieres besarme?

El corazón se me encoge. Siento que no debería responder a eso, y no lo hago; en su lugar, decido continuar la lección:

—Los besos exploradores incluyen el toqueteo. El magreo. No se centran en la boca, sino en otras partes del cuerpo, y también juegan con las manos. —Trago saliva antes de sentarme en su regazo, con cuidado y, claro, con su consentimiento. Me siento expuesta porque el juego se está volviendo en mi contra, y no se me debería notar—. Dame tus manos, vamos.

Él obedece. Tiene unas manos enormes que ya me han tocado, que podrían haberme hecho todo tipo de virguerías en aquel castillo inflable si no hubiera recuperado la conciencia a tiempo; unas manos que quiero que me enloquezcan. Si no pude permitir que hiciera conmigo lo que deseara esa vez, achacándolo al poco respeto que me ha tenido siempre, ¿por qué ahora sí? ¿Porque ahora no tiene connotaciones de ningún tipo, como he dicho antes? Claro que las tiene. Por eso evito mirarlo a los ojos cuando apoyo sus palmas sobre mis hombros.

Yo hago lo mismo sobre los suyos.

—Se improvisa el recorrido. Lo que pida el cuerpo. —Deslizo los dedos por sus fuertes bíceps, por sus antebrazos, y vuelvo a subir para acariciarle el cuello con las yemas, para arañarle las mejillas rasposas por la barba de forma superficial y jugar con su pelo, ahora más corto pero suave como el terciopelo. Mis labios encuentran los suyos un momento antes de seguir la línea de su mandíbula, entretenerse con el lóbulo de la oreja y subir hasta el cartílago con la punta de la lengua—. ¿Entiendes... lo que te digo?

Él no me contesta. Entierra la nariz en mi cuello y allí me hace cosquillas con pequeños besos palpitantes que laten en recónditos lugares de mi cuerpo; ahí donde no toca, pero está tan presente que me pone la piel de gallina. Es tímido, de eso no cabe duda, y se le nota la inexperiencia, pero no como algo malo. De alguna manera, es extremadamente sensual tener debajo y a mi disposición a un hombre tan inocente para algunas cosas y tan sabio —a veces, más bien sabiondo— para otras. Y eso es lo último que pienso antes de que Elliot baje las manos por mi cintura y suba por mi abdomen, todo por encima de la ropa, que, de no ser porque la estoy viendo, dudaría que estuviese ahí. Lo siento tan dentro que es como si me atravesara.

—¿Puedo...? ¿De verdad puedo hacer esto? —jadea, pegado a mi garganta—. ¿No es ofensivo para ti? ¿N-no me estoy... propasando?

—Ahora mismo soy toda tuya.

Él niega con la cabeza y se retira, aunque no aparta las manos de mis caderas. Ahí permanecen con dejadez, como si no estuviera seguro de que debiera, pero tampoco tuviese fuerzas para quitarse.

Esa actitud suya me desespera y me vuelve loca de deseo a la vez.

—Esto es patético para mí —masculla, ofuscado— y ofensivo para ti. No tienes que hacerlo solo porque te dé pena, Susana. Seguro que hay otras maneras, seguro que...

—¿Qué coño dices? ¿Se supone que te he besado en otras ocasiones porque me das pena? Claro que me conmueve tu situación, ahora que la conozco, pero más allá de eso, ya debería haberte quedado claro que no soy inmune a... —Aprieto los labios.

Me habría callado en ese punto, pero Elliot me atraviesa con su mirada dudosa y me derrito. Abarco su rostro con las manos, ese bello rostro de hombre que no sabe serlo y a veces lo paga con los demás, y esta vez intento cobrarme todo lo que me ha dejado a deber.

—Nos queda el beso francés. Es el más erótico y excitante, porque siempre se da para calentar el ambiente. No hay prisa. Es... como un juego. Yo no se lo daría a cualquiera. Tal vez, tú tampoco deberías.

Empujo las caderas hacia delante, quedando a la orilla de su braqueta, y ladeo la cabeza para tener un acceso distinto a su boca. Él me deja hacer y deshacer imitándome lenta y seductoramente, con un talento natural que no sé si tiene o yo le he otorgado de forma involuntaria al tratarse de un hombre que se presenta como mi debilidad. Todo cuanto toco mientras exploro muy despacio rebosa masculinidad: el pecho fornido, los hombros amplios, la nuez de Adán y la piel rasposa por la barba. Un subidón de adrenalina me sacude y tengo que incorporarme un poco, aferrándome a su cuello, para besarlo con más ganas.

Qué bien huele. Qué bien sabe. Qué bien me besa, sin autoridad, más bien amoldándose a mis gustos. Qué bien fluye, tan húmedo y compenetrado en medio de un silencio en el que solo lato yo, nerviosa como si fuera la primera vez.

—Eso es... —digo, jadeando contra su boca. Sus ojos son una franja gris.

—¿Puedo tocarte?

—Puedes hacer conmigo lo que quieras.

Sus manos rodean mis glúteos y los atraen hacia sí. Hacia su erección, antes incipiente y ahora tremenda, monumental. Gimoteo al sentirla tan pegada a mi pantalón, tan ansiosa como yo misma.

—Parece que ya estás —musito con la garganta seca—. ¿Quieres que te deje solo? ¿Quieres... probarlo solo? ¿Me prometes que pensarás en mí?

—No confío en que esto se mantenga así si te vas.

—Muy bien. De todas maneras, te debía un pequeño baile.

Me levanto con dificultad —me tiemblan las piernas, me tiembla lo que sea que tenga dentro y que se revoluciona cuando estoy cerca de él—, no sin antes robarle un beso rápido. Mientras busco en el móvil una canción apropiada, intento peinar los mechones sueltos de la coleta y me deshago de la gomilla para que el pelo caiga sobre mis hombros. Tengo el cuerpo y la piel más sensibles, los pezones en punta, y que él me mire como si no se pudiera controlar solo lo empeora. ¿O lo mejora? ¿Está bien o está mal? ¿Qué es lo que estoy haciendo?

The Jack de AC/DC empieza a sonar, y el movimiento de mis caderas, de espaldas a él, lo acompaña. Bailo despacio con la cabeza, doblando las piernas, girando los tobillos al ritmo de la canción, esperando darle material sin tener que dar yo la cara. La letra se reproduce para mis adentros, y cuando me giro hacia él para repetir la coreografía, el impacto de su mirada fija está a punto de hacerme vacilar. Pero no vacilo; al contrario, crece mi seguridad, y me llevo las manos al dobladillo de la blusa. Procuro sacármela de forma divertida para suavizar la tensión sexual del ambiente; le guiño un ojo, sonriendo, y consigo que él me devuelva el gesto, aunque se le nota turbado.

No termina de decidir si quitarse el cinturón, así que, mientras bailo, me acerco a él y se lo desabrocho yo misma. Me lo llevo conmigo y juego a ponérmelo en torno a la cintura, el cuello, y lo tiro en cuanto él se baja la cremallera. Mientras lo hace, y para hacerle saber que no está solo, me bajo yo también la de mis vaqueros. Dejo que caigan por mis piernas en cuanto los deslizo hasta las rodillas y los retiro de una patadita.

—«*She's got the Jack!*» —canturreo con voz aguda.

La garganta se me seca, y no solo por el esfuerzo, sino por la visión. Tenso y ruborizado, Elliot se rodea la erección liberada por la base. Siento que no quiere que la mire, pero no puedo evitarlo, igual que me cuesta contener un escalofrío placentero y casi un suspiro. Es tan grande como él, poderosa e inflamada, y yo me desespero por tocarla.

Llevo un tiempo así, a decir verdad.

Hace meses que no me acuesto con nadie, y él está ahí. Él, me refiero, no «un tío cualquiera», ni «un macizo», ni «un pretendiente», sino él, el último «él» que despertó mis sentidos y me puso la cabeza del revés. Tiene miles de defectos, pero mi cuerpo es ajeno a ellos y sigue reclamándolo para todo lo que se ofrezca, sea una noche o sean veintidós.

Prosigo mi baile, esta vez más azorada, más acelerada. Me acaricio el vientre desnudo, acentúo las curvas de mi figura y los relieves de mis piernas. No me inspira ni me dirige la música, sino el movimiento originalmente indeciso de su mano al ascender y descender por la piel satinada de su polla. Al principio vacila, lo cual es lógico si nunca antes lo había probado, pero el instinto natural se impone y coge el mismo ritmo que yo marco con las caderas y la cabeza.

Le sonrío cada vez que nuestras miradas se encuentran. Las primeras veces él me la quita, pero llega el momento en que decide quedarse, aferrarse a la confianza que sé que le estoy transmitiendo, igual que yo me aferro a que necesita hacer esto solo para no arrojarme sobre él y tomar el control de la situación. Todo el cuerpo me lo pide. Me lo grita. «¡Ve a por Elliot!». Y yo... yo quiero obedecer. Quiero ser la que lo toque, la que le preste el uso de sus manos. Quiero besarlo mientras palpo su carne ardiendo. Y quiero saber cómo reaccionaría si lo lamiera, si lo introdujera en mi boca.

Así que me acerco, observando la tensión acumulada en su antebrazo, en las venas que aparecen en su cuello, y lo beso en los labios. Una mezcla de todo. De besos estrella, franceses, palpitantes... Hasta que toda yo soy la que palpito, y noto que él está a punto de llegar.

—¿Dónde te quieres correr? —susurro. Él levanta la vista, con los ojos vidriosos. No entiende—. Hacerlo en una toalla o en el papel higiénico cuando esto lo hemos conseguido juntos no me parece lo apropiado.

Me agacho muy despacio, dándole tiempo a negarse, pero Elliot no parece estar en esta dimensión. Se agarra tan fuerte la polla que parece que quiera asfixiarla. Cubro sus dedos apretados con los míos, de forma más suave, y lo miro a los ojos desde abajo con un claro mensaje: «Tranquilo». Y él, como por arte de magia, se tranquiliza.

Sin pensarlo, me retiro el pelo a un lado y le aparto la mano para besar por un lado su erección todavía tensa. Mis labios están calientes por el contacto cuando los separo para succionar el prepucio. Roto la lengua sobre el punto sensible y le aprieto con los dedos la base por donde lo sujeto. No tarda en correrse. El líquido inunda mi boca y su gemido de liberación llena mis oídos, sonando por encima de la música. Me lo trago y me limpio los labios con la lengua antes de levantarme, tambaleándome.

Le doy unos segundos para reponerse.

—Puedes decirle a Alison que al final lo has conseguido —logro articular de pura chiripa—. No ha estado tan mal, ¿no?

Él frunce el ceño. Parece tan acalorado que no le salen las palabras.

—Esto no es lo que... ¿Cómo lo voy a hacer en el futuro? Cuando intente... Puede que no piense más en mi madre, pero me voy a acordar de ti y me va a parecer absurdo hacerlo solo. Incluso aburrido. Eso que has...

Me cuesta reprimir la sonrisa de victoria, orgullo y vanidad femenina, de bendita satisfacción. Tanto tiempo avergonzándome de vivir mi sexualidad con plenitud, y ahora recuerdo por qué es tan liberador y fascinante hacer lo que quieres, cuando quieres y con quien quieres.

—Antes de que empieces con la tontería de que lo he hecho por lástima, a mí jamás me mueven sentimientos como esos. Lo he hecho porque me gustas —suelto de carrerilla—. Y, tranquilo, no es un «me gustas» en plan «quiero casarme contigo y tener un hijo tuyo»; mis «me gustas» no son como los tuyos.

—¿Cómo son los míos?

—Medievales. Victorianos, si me apuras.

—¿Y los tuyos?

Por el mero placer de descolocarlo, me agacho para recoger mi ropa y me acerco a su oído.

—Cuando te digo que me gustas, me refiero a que me pones y me encantaría follar contigo. Pero eso ya lo sabes, porque te lo dejé claro una vez, hace algún tiempo. —Lo miro con pillería, y añado—: Ahora voy a dejarte para que reposes la idea. Conociéndote, te costará encajar que una madre pueda querer a su hijo, atender sus responsabilidades laborales y, a la vez, le pueda interesar acostarse con un hombre.

—¿Me estás... me estás haciendo una proposición? —Pestañea, perplejo.

Me pongo la blusa y lo miro con una ceja arqueada.

—No le haría una proposición a un hombre que tiene pensado conquistar a otra. Con estas cosas, lo de «divide y vencerás» no sirve. Como dividas tu atención entre un par de mujeres, al final solo vas a conseguir que te pateen el culo dos veces. Solo quería que lo supieras —continúo—. Es un «me gustas» sin ninguna declaración de intenciones detrás. Creo que eres muy sexy, que tienes mucho potencial y que, una vez comprendas ciertas cosas, vas a convertirte en un partidazo... Y me alegrará estar ahí para verlo, no lo dudes.

«Aunque no pueda disfrutarlo», me reservo para mí. «Aunque no sea para mí».

Capítulo 15

MOTHERHOOD FOR DUMMIES

Susana

—¿Algún «bienvenida a casa» para mí? —exclamo nada más sacar las llaves de la cerradura—. ¿Y un «felicidades»? ¡Hoy es el primer día que no he intentado entrar en el 2.° B desde que nos mudamos aquí!

Ya desde la entrada a la casa de Sonsoles se puede ver el salón, un coqueto espacio en el que destaca una mesita cubierta por un mantel de croché, el sofá a rebosar de cojines bordados y el brasero encendido. Justo allí, con las piernas tapadas por los faldones de la mesa y un libro de texto delante, se encuentra Eric. Levanta la cabeza un momento para mirarme inexpresivo, solo para hacerme saber que se ha dado por enterado de que existo.

Suspiro y dejo caer los brazos.

—Había olvidado que estamos enfadados —me lamento, soltando las llaves en el mueblecito del recibidor y quitándome allí mismo los tacones. Él no contesta, lo que me tomo como una invitación para sacar mi lado teatral—. Pues vaya, parece que estoy sola otra vez en este inmenso y carísimo piso en el centro de Madrid. ¿Qué podría hacer para sacarle partido?

Camino hasta el sofá, fingiendo que no noto la presencia física del menor de doce años, y me siento con naturalidad tan cerca de él que le empujo en la dirección contraria.

Él se queja por lo bajo.

—¿Qué es eso que he oído? —me pregunto en voz alta, y encojo un hombro—. Será la lluvia. ¡Cómo ha llovido hoy, señor mío! En fin, será mejor que deje de hablar sola o acabarán tomándome por una loca.

Me estiro por encima del mudo Eric, tapándole la vista del libro de Ciencias Naturales que estaba hojeando desganado, y atrapo el mando del televisor. Lo enciendo y busco el canal de la MTV, procurando subir el volumen al máximo.

Eric conoce perfectamente mi manía de ver la tele sin voz para imaginarme los diálogos, por eso no me extraña que arrugue el ceño mientras trata de concentrarse en las letras. Están echando un refrito de *Jersey Shore*, el que por mucho tiempo fue mi *reality show* preferido. Snooki y su amiga Denna están volviendo borrachas de fiesta una vez más, una con su minivestido fosforito y la otra con los complementos de leopardo que la caracterizan. Procuro que Eric oiga mis carcajadas y que no consiga concentrarse, y me acomodo en el sofá cubriéndolo hasta la cabeza de cojines en los que luego dejo caer mi cansado cuerpo.

Al ver que ni por esas logro que me dirija la palabra, me levanto y voy a la cocina para rescatar el paquete de sus patatas fritas preferidas. Esas que le compré esperando que me diera las gracias y que voy a tener que sacrificar por si acaso eso le inspirara a mirarme a la cara.

Cuando los niños se enfadan y no respiran, las madres suelen hacer lo mismo. La mía me ignoraba sin miramientos, a no ser que hubiera alguien presente. Entonces, me arrullaba y se deshacía en elogios sobre su hija guapísima, brillante, estudiante y espectacular jugadora del equipo de balonmano, al que, en realidad, jugué un año, y solo por dar por culo a mi madre, que quería que hiciese ballet, «como todas las niñas normales».

En realidad, ambas odiábamos ese deporte.

Yo tengo otros métodos mucho más efectivos para hacerlo reaccionar. Nada más me siento con la bolsa de Lay's Campesinas en el sofá, observo que Eric aprieta los labios para contener la ira. La abro y hago aspavientos para que el olor emerja de la bolsa hasta llenar el salón.

—Esto sí que es vida. —Y suspiro placenteramente.

Me estiro y apoyo los pies sobre la mesa, justo entre las páginas del libro de texto, lo que supone por fin la gota que colma el vaso.

—Eres muy graciosa, ¿sabes? —me espeta con retintín, girándose hacia mí.

Le devuelvo la mirada con cara de asombro.

—¡Pero bueno! ¡Estabas aquí! —exclamo con falsa inocencia—. No te había visto. ¡Haberme dicho algo, hombre!

Él hace esa mueca repipi de padre decepcionado que tanta gracia me hace.

—Eres peor que una niña. Pareces tú la que tiene doce años, y yo, tu tutor legal.

—Si fueras mi tutor legal, los servicios sociales te tendrían en el punto de mira, porque no sé si eres consciente de que no hablarle a una niña en edad de crecimiento, cuando más necesita a su padre, es la peor clase de maltrato infantil.

—Me creo lo de que estás en edad de crecimiento —me suelta, cruzándose de brazos—. Te faltan unas cuantas neuronas para hacer sinapsis.

—Parece que alguien se ha estudiado muy bien la lección de hoy. —Me incorporo para husmear entre las páginas del libro—. Biología, ¿no?

—Comerte mis patatas delante de mí sí que es maltrato

infantil —continúa rezongando—. Debe de ser hasta una de estas torturas chinas que vimos en el museo de Santander.

—¿Te refieres al viaje a Santander que hicimos cuando todavía me querías? —contraataco, entornando los ojos.

Eric devuelve la mirada al libro de texto.

—¿Sabes? Estaba estudiando antes de que te hicieras la víctima y pusieras tus apestosos pinreles encima de mis apuntes.

Los habría puesto sobre tu dura cabezota, pero me temo que eres una base móvil y necesito reposo absoluto después de tanto trabajar.

—Eso no habla mejor de ti. ¿Por qué no me dejas estudiar en paz? —espeta, apretando los puños cerrados sobre las rodillas que le cubre la manta del brasero—. ¿Por qué no puedes ser una madre normal?

Su reacción me deja patidifusa.

—¿Desde cuándo quieres que sea una madre normal? ¿Qué es una madre normal, para empezar? —Pestañeo, perpleja—. Hablas como si te interrumpiera el estudio todos los días, o como si fuera tan despreocupada que no me hubiera dado cuenta de que entre el tema del movimiento rotatorio terrestre y el de la estratosfera has escondido las hojas sueltas de otro de los mangas que te has cargado.

Paso la página de un manotazo y le muestro el fragmento del último cómic, que se cae a pedazos y que anda leyendo ahora: *Akatsuki no Yona*. Él, no sé si avergonzado por haberme hecho daño con su réplica mordaz o porque lo he pillado en falta, agacha la cabeza y me mira de reojo.

—Estaba estudiando de verdad —se defiende con un hilo de voz—. Eso lo tengo ahí para cuando haga la pausa de la merienda.

—A otro perro con ese hueso, niño, que ya casi es hora de cenar y te huele el aliento a Phoskitos. —Apago la tele y me giro hacia él, dispuesta a aplicar la temida Mano Dura de la que llevo doce años tratando de huir—. Dime ahora mismo cuál es tu problema. Llevas casi una semana sin hablarme y me estoy empezando a cabrear. Todo el mundo tiene un límite. Incluso tu madre anormal.

Eric abre la boca, pero la vuelve a cerrar cuando un mensaje entrante ilumina la pantalla de su móvil. En este aparece el nombre «Fernando», lo cual me hace fruncir el ceño.

—¿Fernando? ¿Ese Fernando que te molestaba cuando jugabas a fútbol sala a los ocho años? ¿Ahora sois amigos y os habláis?

Eric se tensa como si le hubiera cazado en una mentira.

—Claro que no es mi amigo. Solo compartimos apuntes y el resultado de algunos ejercicios porque estamos en el mismo grupo de clase.

Bloquea el móvil, pero justo vuelve a encenderse. Atino a leer parte de lo que Fernando le ha escrito.

Xk no me respondes, chaval?
Esk tienes miedo de...?

No llego a leer más, porque Eric me fulmina con la mirada y le da la vuelta al smartphone.

—¿Ahora también me lees los wasaps? ¿Te vas a convertir en una madre controladora?

—Me voy a convertir en una exmadre cuando te eche de casa por vacilón. ¿Qué te pasa conmigo, Eric? ¿De verdad estás ofuscado porque fuera a la fiesta solidaria? Tú no te enfadas por tonterías. ¿Cuál es el problema?

Eric aprieta los labios y menea la cabeza.

Sé que lo he ablandado con mi tono. Debe ser por la cantidad de *animes* espirituales de colegiales que ha visto, que le han convertido en un sensiblero; o eso, o la infinidad de películas románticas de Ralph Fiennes que le he obligado a tragarse conmigo han acabado haciéndole mella, porque mi niño tiene un corazón de oro y no soporta ver sufrir a nadie que quiere. Y a mí me quiere, aunque esté en la edad tonta. Eso es lo que me ha dicho hoy Sela en el trabajo: que a los críos no hay que hacerles caso cuando se ponen cazurros porque la adolescencia es un periodo infernal. Yo lo sé mejor que nadie porque, como también ha dicho Sela, las dos nos quedamos en esa etapa.

—No tiene nada que ver contigo —responde al fin, bajando el tono—. Solo estoy agobiado porque primero de la ESO es muy difícil.

—Primero de la ESO te lo sacas tú por la gorra, no me cuentes milongas. —Me callo en cuanto proceso mi propia respuesta. Dios, me está confesando que tiene problemas para estudiar, y yo voy y lo presiono más—. Olvida lo que he dicho, ¿vale? Si ves que te cuesta, te pongo un profesor particular. Sonsoles es muy estricta con las visitas que se traen a casa, pero no creo que se oponga a que un graduado en Matemáticas o un estudiante de Bachillerato venga a darte clases de apoyo. ¿Qué es lo que se te atraganta?

—Todo.

«A lo mejor es por las clases de inicio de curso que te saltaste para que Tamara te cebara a taquitos», me dan ganas de decir. Pero no, ese asunto ya lo zanjamos. Sacarlo de nuevo me haría quedar como una estúpida.

Asomo la cabeza al libro y leo por encima el resumen del tercer tema. La Tierra en el universo, geocentrismo y heliocentrismo, traslación y rotación... Por ahora puedo explicarle las lecciones las veces que necesite, porque hasta ahí llegué, y en mis tiempos, antes de que todo se torciera, se me daban bien los estudios. Pero temo que llegue el día en que, debido a mi temprano abandono escolar, no pueda ayudarlo cuando se encalle con un problema matemático. Creo que hay pocas cosas tan desoladoras como no poder echarle una mano a tu hijo, nos servirle de nada cuando todo el mundo espera, tú más que nadie, ser su guía, su diccionario, su bola mágica.

Eric debe de haber percibido que mi ánimo ha decaído, porque enseguida dice:

—Esto sí lo entiendo. Me lo explicaste tú el año pasado. No sé por qué damos los mismos temas todos los cursos, se repiten más que los partidos de Oliver y Benji.

Sonrío y le palmeo la espalda.

—Es para refrescar la memoria. Y así, los que no pillaron de qué iba la cosa la primera vez tienen una segunda oportunidad. Por cierto, no todos los partidos de Oliver y Benji eran iguales —apostillo—, mira la segunda final en la que se enfrentaban al equipo de Mark Lenders.

—Mítico. —Eric cabecea hacia mí con convicción.

Suelto una carcajada y aprovecho la cercanía para estrujarle el hombro.

—Hablando de cosas míticas... Mira lo que he encontrado hoy en el quiosco de Gabri. —Meto la mano en el bolsillo de los vaqueros y saco el puño cerrado a rebosar de chicles. Los suelto sobre el libro como los raperos tiran el micro en las batallas de gallos.

Eric abre la boca.

—¿Son Bubbaloos? ¿En serio? ¡Si ya no los venden!

—Por lo visto, le quedaban a Gabri. O lo mismo los ha comprado por Amazon. ¿No es increíble?

—¿Me puedo comer uno?

—Te los puedes comer todos, pero uno a uno. Son para ti.

—¿Me estás sobornando para que me reconcilie contigo?

—No me rebajaría a sobornarte teniendo miles de chantajes posibles para ponerte de mi lado si por casualidad siguieras con esa actitud.

—¿Como cuáles?

—Puedo decirle a alguno de tus amigos que todavía duermes a veces con Dino, tu lagartija de peluche —le pincho.

Eric arruga la nariz.

—Eres tú quien la mete en mi cama, flipada, que eres una flipada. No puedes superar que me hago mayor y me obligas a dormir con peluches.

—Prefiero que duermas con peluches a que lo hagas con la Nintendo Switch, que el otro día la vi entre tus sábanas. Un día de estos te vas a quedar ciego, pero, en fin, supongo que podría encontrarme peores cosas, como sustancias líquidas...

—¡Mamá, tío, qué asco! —Tuerce el morro.

—No te hagas el tonto, que hay mucho de eso (y muy explícito) en las puertas de los baños de los institutos de las que tanto te quejas. Las vi el otro día.

—Yo no hago esas marranadas —replica, todo digno él.

—No te lo crees ni tú. Si el otro día me saltó el porno en el ordenador, y no creo que lo vieras porque te interese el *body building* de los actores. —Suelto una carcajada al ver que Eric se pone blanco—. No te preocupes, masturbarse es normal. De hecho, lo que no es normal es no hacerlo.

E inmediatamente me acuerdo de Elliot, de su problemilla de onanismo, de cómo le eché una mano... nunca mejor dicho. Dejando a un lado mis fantasías potenciadas por el dichoso bailecito, me aterra pensar que Eric pudiera llegar a sufrir impotencia o algo similar por culpa de un trauma materno. Si tengo que empujarle a la masturbación compulsiva prepúber para que no deba recurrir a psicólogos a los cuarenta, que nadie dude que lo haré.

Es mi deber de Supermamá.

Acordarme de Elliot hace que mi mente atraiga recuerdos menos sexuales pero igual de inquietantes, como el hecho de que ahora mismo debe de estar preparándose para su cita con Teresa, su diosa de la fertilidad.

Si no recuerdo mal, era esta noche de sábado cuando pretendían salir a cenar.

Procuro ignorar la estúpida incomodidad en el estómago y abro la boca para continuar mi clase no pedida y francamente vergonzosa sobre educación sexual.

—En esta casa no se habla de esas cosas —nos interrumpe Sonsoles.

Su silla de ruedas hace un sonido similar al chirrido de las bisagras de una puerta desengrasada, pero sirve para alertarme de abandonar el barco cuando estoy liándome un cigarrillo con el culo atascado en el bidé.

—Ah, ¿es que hay una lista de temas? No me ha llegado la copia con lo que es de Dios y lo que no al correo electrónico. Pero tan pronto como la reciba, la aplicaré y charlaremos sobre los milagros de Cristo. —Le sonrío. Es imposible sentirme mal por vacilarle cuando me lanza esas miradas de «furcia, arderás en el fuego eterno»—. No sabía que estabas aquí, por cierto. ¿Andabas en la cama?

—Sí, pero no me encuentro muy bien.

—¿Y por qué te has levantado?

—Necesito algo fresco —anuncia, entrando en la cocina—. Tengo mucho calor.

—¿Calor? Si hace un frío que parece esto la cámara criogénica donde dicen que tienen a Walt Disney. —Me pongo de pie y me acerco a Sonsoles para tomarle la temperatura, más por costumbre que porque espere que tenga fiebre. Pero nada más le rozo la frente, suelto una maldición—: ¡La Virgen, estás ardiendo! ¿Te duele la cabeza?

—No, pero estoy mareada. Y no blasfemes.

Meto la mano en el cuello vuelto de su jersey de lana. Toco una piel húmeda y fría como un témpano.

—¿Te has puesto el termómetro? ¿Dónde está? Eric, ve al baño, a ver si encuentras uno en el mueble de las medicinas. —Eric se levanta de inmediato y acude raudo y veloz a hacer el recado. Regresa con dos, uno digital y otro de mercurio. Le coloco los dos por si acaso, ambos bajo la axila. Sonsoles se deja hacer con los ojos entornados y cara de estar a punto de dormirse—. Oye, eh, no te vayas a dejar vencer por el sueño. ¿Qué te duele?

—Me hormiguea un poco la pierna.

—¿Es posible que esté inflamada? —pregunto, más para mí misma.

Los doctores le dieron el alta porque no podían hacer más por ella y confiaban en que tendría los cuidados de sus convivientes. Para que estuviéramos a la altura de un posible empeoramiento, nos imprimieron un folio con los síntomas de alerta que tenemos colgado en la nevera, justo al lado de sus imposiciones de casera de la posguerra española conservadora.

—Mamá, he quedado a las nueve para cenar con Minerva en su casa —me dice Eric en voz baja—. ¿Puedo ir, o quieres que me quede a cuidar de Sonsoles?

—No hace falta. Vete para casa de la niña, que yo me quedo con Susana —interviene Sonsoles, sonriéndole afectuosa—. Pero dame un beso antes, corazón.

Al girarme para ver el beso que mi hijo le regala antes de marcharse —con la lista de síntomas en la mano—, la pillo mirándome de arriba abajo. Eric apenas ha cerrado la puerta de la casa cuando suelta su opinión sobre lo que ha visto:

—¿Así es como has ido a trabajar?

A pesar del tono amable, sé lo que subyace a la pregunta. Nos conocemos desde hace muchos años.

Agacho la cabeza y reviso mis simples vaqueros de cintura baja y la blusa verde agua con transparencias.

—No, mujer, ¿cómo se te ocurre? También he ido con zapatos. —Muevo los dedos de los pies descalzos—. ¿Por qué? ¿Te parece que la parte de arriba tiene demasiada tela? Yo también pienso que un top quizá me habría quedado mejor.

Sonsoles hace una mueca.

—No sé cómo es que tu jefe no te ha dicho nada. ¿No tenéis uniforme?

Sí que lo tenemos, y me lo pongo como todos los demás, pero ya que ha sacado el tema y estoy calentita de otros episodios similares vividos hace poco, esbozo una sonrisa fría y la enfrento.

—De hecho, mi jefe me ha dicho que estoy estupenda —espeto—. Incluso me ha invitado a cenar.

Lo que no es falso, porque Rodrigo se ha pasado parte de la mañana persiguiéndome e intentando convencerme de hacerle una visita a su despacho. Ha conseguido unirse al almuerzo en grupo con Sela y Gonzalo, que han tratado de desviar el tema o intervenir cada vez que se me insinuaba sexualmente aprovechando su posición de jefazo.

—No me extraña. Cualquiera se tomaría ese vestuario como una invitación.

De verdad, si esta señora ya era increíblemente insoportable cuando caminaba, ahora mismo, que se cree en el derecho de soltarte todo lo que se le pasa por la cabeza por ser la pirata Patapalo, no hay quien la aguante.

Inspiro hondo y echo el aire despacio, imitando las respiraciones de yoga.

—Como una invitación ¿a qué? ¿A copiar mi estilo? La blusa es de Zara, por si te interesa una para ti. Creo que las hay de tu talla. —Retiro el termómetro digital, que ha empezado a pitar, y compruebo que no me equivocaba—. Tienes treinta y nueve de fiebre. Deberíamos llamar al hospital. Nos dijeron que contactáramos si subía de treinta y ocho y medio.

—No hace falta. Voy a acostarme de nuevo y ya está. Ayúdame, por favor.

Dicho y hecho. Rodeo la silla y la empujo hasta su dormitorio.

Si la decoración del que ocupa Eric —y yo también desde que conseguí un colchón inflable— ya parecía haber corrido a cuenta de un interiorista con pasión por la iconografía cristiana, el de Sonsoles es un paseo por la iglesia más barroca de la

Edad Moderna europea. No hay una sola esquina libre de simbología católica.

—Creo que esa conversación que has iniciado con Eric sobre masturbación estaba de más —empieza a decir mientras aparto las sábanas de la cama y ahueco las almohadas—. Solo tiene doce años. No necesita saber de temas tan sórdidos como ese.

—Descubrir el cuerpo de uno mismo no tiene nada de sórdido y, de hecho, es tan natural que incluso sin la influencia de internet o la charla de su madre, él mismo se habría introducido solo en el maravilloso mundo de la masturbación. —La miro fijamente y continúo—: Tú has tenido un hijo. Ya deberías saber, y mejor que yo, que los niños a estas edades están en plena fase de experimentación.

Admito que eso lo digo a maldad, usando la información que ahora conozco para regodearme.

Sonsoles aprieta los labios y no me mira a la cara cuando la ayudo a incorporarse para, a continuación, tenderse despacio bajo el edredón. Por supuesto, no dice lo que yo ya sé: que no llegó a conocer al Elliot de los doce años porque se largó bastante antes.

—Lo que estoy diciendo es que no deberías darle más información de ese tipo siendo su madre. Es antinatural. Si quieres ser un ejemplo, puedes hablarle de otras cosas...

—¿Como cuáles? —inquiero, cubriéndola amorosamente hasta el pecho. Intento ocultar mi irritación bajo una sonrisa interesada—. Viendo lo carismático y seguro de sí mismo que ha salido Elliot gracias a ti, estoy ansiosa por saber cómo enfocaste su educación. Seguro que puedo aprender algo.

Sonsoles me mira de reojo un instante. Es solo eso, un segundo fugaz, apenas un parpadeo nervioso, pero dice mucho de lo que está pensando. Se revuelve con incomodidad porque intuye que estoy burlándome de ella; que sé más de lo que aparento.

No es mi intención discutir con ella sobre los errores que

cometió en el pasado. Nunca me he metido en berenjenales ajenos y no pienso hacerlo ahora. Pero su doble moral me afecta tanto que, como no salga del dormitorio antes de que me saque de mis casillas, me meterán en la cárcel por atentar contra la vida de una mujer indefensa.

Por desgracia, Sonsoles no se puede aguantar. Es superior a ella.

—Eric es un niño especial —dice—. Tiene un corazón noble, quiere mucho a su madre y le sobran cualidades para convertirse en lo que quiera ser: en el plano profesional, sin duda alguna, pero sé que destacará también en el personal... siempre y cuando se le eduque como corresponde y no se le lleve por donde no debe.

Antes de abrir la puerta para desaparecer, me giro hacia ella con los hombros en tensión.

—¿Y por dónde se supone que le estoy llevando? Porque no veo nada malo en el modo en que crío a mi hijo. Desde luego, me parece mejor sistema que el de no llevarlo a ninguna parte porque lo he dejado tirado en el camino para seguir yo el mío.

Desde la cama y en la parcial oscuridad, sus ojillos destacan en un rostro arrugado que no puedo imaginar delatando la frialdad que se necesita para desentenderte de tu propia carne. Pero no es la primera hipócrita con la que me cruzo.

—¿Qué... qué has dicho? —balbucea.

Ya no puedo echarme atrás, así que le suelto lo que llevo unos días guardándome:

—Coincidirás conmigo en que por lo menos soy mejor madre que las que abandonan a sus niños para perseguir un contrato profesional. Y puede que me guste vestir blusas con transparencias para salir a la calle —acaricio por encima la tela, debajo de la que no se ve nada salvo la camiseta de tirantes básica que llevo para no exhibir el ombligo o el sujetador—, pero hay otras madres que prefieren no llevar nada mientras hacen *pole dance* en un club de alterne. Lo que no me parece nada mal, claro está; solo recalco que a un niño no le traumatiza tanto una blusa como un tanga lleno de billetes, y que yo por lo menos tengo la decencia de emborracharme cuando Eric no está delante.

Sonsoles se queda helada en la cama, como si la estuvieran retratando y hubiera recibido la orden de no pestañear. Antes de que me embargue la culpabilidad por haberme excedido, señalo el pasillo con el pulgar.

—Voy a llamar al teléfono de urgencias.

Ella niega con la cabeza, débil. No sé si tiembla por los dolores, por las convulsiones de la elevada fiebre o porque nunca pensó que oiría lo que le acabo de decir.

—Estoy... bien.

—A mí no me lo parece.

—Soy yo la que tiene que juzgarse a sí misma y lo que siente, no tú —me suelta de repente, en un pronto borde que, más que pasmada, empeora mi mal humor.

—¿Y tú sí puedes manifestar tu opinión sobre mí a cada rato? —Enarco una ceja—. Si estuvieras sola en el mundo y tu vida no se entrelazara con la de otros, entre los cuales se encuentra mi hijo, no tendría el descaro de intervenir, pero resulta que estás rodeada de gente a la que, aunque no rendiste cuentas en su momento, debes tener en cuenta ahora.

—Tú no sabes nada.

Suelto el pomo de la puerta.

—No, puede que no sepa nada —admito, suspirando por el cansancio—. Lo que sí sé es que estoy harta de tus constantes críticas, de que me acuses de mala madre como si fuera politoxicómana, le diera palizas a mi hijo o le hiciera refuerzo intermitente. Te lo he permitido todos estos años porque parecías desahogar conmigo la frustración de no haber podido tener niños y me puedo imaginar el vacío insoportable que se siente, porque yo respeto el sentimiento religioso, aunque atente contra mi integridad cuando me censuran la libertad con la que tomo mis decisiones, y porque simplemente me importaba una mierda lo que me dijeras. —Me encojo de hombros—. Pero perdóname si, ahora que sé que no fuiste ninguna madre ejemplar, me paso por el arco cada una de tus... sugerencias.

»Da igual que te rodees de crucifijos y de cristos —continúo, extiendo los brazos para abarcar su colección de símbolos—, porque no parece que se te haya pegado todo eso de amar al prójimo como a uno mismo. En estos meses he podido conocer a Elliot, y te aseguro que el perdón que te habrá concedido el cura de turno no te lo va a dar tu hijo.

Debería detenerme ahí. Sonsoles está descompuesta, me escucha horrorizada, como si encarnara su peor pesadilla —¿quién dice que no lo sea?— y estoy metiéndome donde no me han llamado... Pero no puedo parar.

Por Dios, yo no soy esa clase de persona. No soy la que juzga. No soy la que regaña, alecciona o apunta con el dedo. Pero es que me duele. Su hipocresía y su descaro han despertado a la bestia maternal que hay dentro de mí y que se revuelve cuando ve a un niño en peligro, o, mejor dicho, cuando sabe que una vez, no hace demasiado tiempo, hubo un crío sufriendo por culpa de una supuesta santa.

Siento que debo defender a Elliot. Soy incapaz de sentirme atraída por una persona y que no me importe al mismo tiempo.

—Antes respetaba todo esto. —Señalo con el índice uno de los cuadros de la Virgen Inmaculada—. Ahora solo me parece que te proteges con la superioridad moral que se predica para sentirte menos culpable. Es más fácil entregarse a la fe ciega de un dios misericordioso que pedir disculpas mirando a los ojos a la persona que de verdad quedó afectada por tu comportamiento, ¿no? Si te soy sincera, no entiendo el porqué de toda esta parafernalia que te has montado. Me parece bien que te hayas creado un personaje nuevo porque el anterior dejara mucho que desear, todo el mundo tiene derecho a disfrutar de una segunda oportunidad, pero me da la impresión de que se te ha olvidado de dónde vienes.

»Así que deja de mirarme por encima del hombro —la advierto, envalentonada—, de juzgarme, de criticar cada cosa que hago y de darme lecciones de maternidad, porque tengo esas lecciones muy superadas, y no es porque tú hayas sido un ejemplo a seguir. Te aseguro que, entre todas las personas del mundo, tú no me has inspirado lo más mínimo.

Apenas unos minutos después de contactar con el médico, que me pide que le haga un seguimiento exhaustivo a la enferma y le informe si empeora, Sonsoles está sumida en la duermevela de los enfermos con alucinaciones. No me muevo de la silla junto a su cama, sudando por un inminente ataque de pánico. Miro el móvil una y otra vez, buscando en internet formas eficaces de hacer que baje la fiebre.

Los estados febriles en señoras mayores y con el cuerpo desmadejado a causa de una caída no son moco de pavo.

Al final, acabo metida en una conversación de WhatsApp con Elliot. Reviso compulsivamente su última conexión, por si se pusiera en línea; su estado —el aburrido y predeterminado «Disponible»— y su foto de perfil, la que se pondría un tipo que no es consciente de que su cara y su cuerpo desnudo podrían salir en la portada de *Men's Health*. Aparece de espaldas con un chubasquero azul, sentado en una barca que navega por un río oscurecido a causa del reflejo plomizo del cielo, presumiblemente inglés. Sujeta una caña de pescar con la mano.

Pues claro que tenía que gustarle la pesca.

Salgo de la conversación, comiéndome las uñas, y seco el sudor de la frente de Sonsoles. Doy gracias a los diecisiete cristos que me rodean —los he contado una y otra vez para calmarme— porque Eric no esté presente y se haya despreocupado, o, de lo contrario, estaría temblando de miedo. Sonsoles tiene el aspecto de los muertos y murmura incoherencias que me ponen el vello de punta.

Acabo de preguntarle a Siri si es posible matar a alguien de un disgusto. Mi móvil se llena de pestañas con dudas similares: «¿La gente puede morir después de discutir?». En Yahoo Respuestas he leído la historia de un chico que rompió con su novia porque, al anunciarle a la suegra que la susodicha se había quedado embarazada de otro, a la pobre mujer le dio un infarto. Imagino que la dejaría por perra infiel, pero lo de matar a su madre tuvo que ayudar a la hora de tomar la decisión final.

¿Y si se muere porque le he dicho «mala madre»? Yo me moriría si me lo dijeran.

Vuelvo a abrir la conversación con Elliot. Son las nueve y diez, ya debe de estar cenando con Teresa. Le ha costado Dios y ayuda —y treinta y seis años, por cierto— conseguir una cita con el amor de su vida, que menudo título le ha concedido, así que no puedo molestarlo para decirle que su madre está casi agonizando. No cuando, para él, Sonsoles es de todo —una pesadilla, un dolor de muelas, un estorbo— menos una madre.

¿Y si piensa que lo separo de Teresa para molestarlo? Dada la escasa consideración en la que me tiene, no dudo que Elliot me vería muy capaz... Y reconozco que yo también me veo muy capaz.

No quiero que cene con la diosa de la fertilidad. No porque no crea que le vaya a dar hijos, sino porque sus razones para juntarse con ella son antinaturales. Y también ridículas. Seguro que, además, la saco a ella de un aprieto pulsando «llamar». Elliot aún no tiene suficiente confianza en sí mismo para relacionarse con una mujer sin dedicarle alguna que otra lindeza imperdonable. Apuesto a que ha hecho llorar a Teresa antes de pedir los entrantes.

Al final me decido a llamar, abrazándome la barriga dolorida por la puñetera culpabilidad.

—¿Diga?

El corazón me da un vuelco nada más oír su voz.

—Hola, Elliot. Perdona por molestarte en medio del primer día del resto de tu vida, pero es que resulta que tenemos un problema.

Capítulo 16

Lo que una noche con ella se llevó

Elliot

Subo las escaleras del edificio a grandes zancadas, con un ojo puesto en la pantalla del móvil y otro en los escalones. Un nuevo mensaje de Teresa brilla en el bocadillo de WhatsApp.

Lo respondo con rapidez, en mi estilo monosilábico, y activo el modo avión.

No aparezco sudando en el rellano del segundo a pesar de haberme pateado Madrid corriendo porque estoy acostumbrado al ejercicio. Recordando una conversación que tuve con Alison ayer, durante mi segunda sesión, un hombre solo puede sobrevivir a la insatisfacción sexual de no hacerse un trabajito manual entregándose de lleno al deporte extremo. Yo llevo toda mi vida desahogándome corriendo y haciendo dominadas, así que ni dos ni veinte pisos de escaleras podrían conmigo.

Lo que sí me afecta un poco más es lo que me está esperando dentro del 2.º A.

Susana me ha llamado con su espíritu bromista habitual, pero le temblaba la voz y el motivo de la llamada no auguraba nada bueno. Por lo visto, Sonsoles está postrada en la cama desde hace un rato y delira. Y yo he venido volando y saltándome semáforos en rojo porque, según parece, algunos imbéciles nunca tenemos suficiente.

Lo que sí nos sobra es sentido de la lealtad.

Toco el timbre para comprobar los síntomas por mí mismo, incómodo por la angustiosa sensación de que esto me importa.

¿Me importa? ¿Por qué habría de hacerlo? ¿Acaso se me ha olvidado quién es?

Susana abre muy despacio, mordiéndose el labio. Juega con la manga de su blusa con transparencias, y está pálida como un fantasma.

—En su dormitorio —responde a mi pregunta antes de que la haga—. No consigue dormirse y no para de balbucear cosas que no entiendo. El médico dice que la llevemos a urgencias si no le baja la fiebre en media hora.

Me quito la americana y la dejo sobre el respaldo del sofá, tratando de parecer sereno.

—¿Cuánta tiene?

—Ha subido a treinta y nueve con tres. Es muy alta para una mujer en su estado. —No deja de rascarse el codo y tironear de uno de los volantes—. Siento muchísimo haberte llamado, sé que hoy tenías tu cita con Teresa y que Sonsoles no es tu persona favorita, pero creía que tenías que saber que...

No hay de lo que disculparse. Voy a verla.

—Claro, claro, adelante —dice con un nudo en la garganta.

Antes de dirigirme al dormitorio del final del pasillo, echo un rápido vistazo a Susana.

Es de naturaleza enérgica, la clase de persona que inventó el concepto *multitasking*, pero nunca la he visto así de hiperactiva. No sabe dónde mirar y le cuesta mantener la sonrisa. Eso me pone alerta.

¿Tan grave es? Decido comprobarlo empujando la puerta del cuarto de mi madre, donde la encuentro sudando y revolviéndose como si estuviera teniendo un mal sueño.

—¿Sonsoles? —la llamo. Palpo entre las sábanas para encontrar su mano, engurruñida en un puño—. ¿Me oyes? He venido a ver que todo marcha bien. —Me giro en busca de Susana, quien se asoma bajo el marco de la puerta con gesto culpable—. Tráeme un antiinflamatorio. Creo que hay ibuprofeno de seiscientos. Si encuentras otro más fuerte, cógelo también. Y hay que abrir la ventana para que entre un poco de fresco.

—¿Eso no es malo?

—No. Necesitamos bajar la temperatura.

—A ver si se va a resfriar —piensa en voz alta.

Susana desaparece unos segundos para traer las medicinas. Sin perder el tiempo, extraigo una de las pastillas e incorporo a Sonsoles con cuidado para obligarla a tragársela.

—Toma pastillas para dormir —me avisa Susana.

—Lo sé, la acuesto casi a diario. —Abro el cajón de la mesilla—. Puedes ir al salón. En cuanto se duerma, se le va a pasar. Ya ha tenido fiebre más veces.

—Vaya. Eso no lo sabía —murmura, avergonzada—. Estarás pensando que soy imbécil por haberte preocupado para nada. Pero es que la pobre...

—Descuida. Deja que yo me encargue.

—Claro.

Vuelvo a lanzar una mirada escéptica al pasillo por el que Susana desaparece con una actitud derrotista que no encaja ni con su personalidad ni con sus ojos vivaces. Tengo miles de preguntas y un agobio encima que va camino de hacerse insoportable, pero no puedo prestar atención a una cosa ni a la otra porque Sonsoles me agarra de la muñeca.

El contacto me incomoda. Aun así, procuro que no se me note.

—¿Qué pasa? —pregunto enseguida, solícito—. ¿Qué necesitas?

—Tú sabes que lo siento, ¿verdad? —solloza con los ojos vidriosos.

No soy capaz de reaccionar ni de entender *a priori* lo que me dice. Seco el sudor de su frente y sus mejillas con un paño fresco que encuentro sobre la mesilla de noche.

Debe de haberlo traído Susana.

—Que sientes ¿qué?

—Haberte dejado con tu padre, haberte... Yo no era un buen ejemplo... Intento hablar contigo del tema, pero nunca me lo permites.

Hasta los dedos se me ponen rígidos al escucharla.

Quiero soltarle lo que pienso. «¿Qué coño te has creído?, ¿que iba a volver a tu vida con una sonrisa en los labios y encantado de escuchar tus pretextos?».

En su lugar, me controlo y me limito a interrumpirla con sequedad:

—No es el momento.

—Nunca es el momento, pero yo de veras quiero darte una...

—Intenta dormir. Las medicinas te sentarán bien.

—Elliot...

—Ese es mi nombre. —Cada vez estoy más impaciente—. Duerme. No te darás cuenta de lo mal que se pasa.

—¿Eso es lo que hacías tú? —me pregunta en voz baja y rasposa—. ¿Dormías para no darte cuenta de lo que pasó? ¿Para no acordarte de tu madre?

—Incluso cuando dormía me acordaba de ti. —«Y no de la mejor de las maneras», me dan ganas de añadir. Pero no lo hago porque no está en condiciones de discutir, y, la verdad, hace años que no me interesa tener esta conversación—. ¿Quieres que cierre la ventana?

—Elliot, pensé que tu padre...

—Lo que pensaste en el pasado ya quedó claro con las decisiones que tomaste entonces, en el pasado. No tiene sentido perder el tiempo con disculpas que llegan más de veinte años tarde. Y no me hagas discutir sobre esto ahora. No me parece apropiado. Te voy a dejar descansar.

—Yo te quería...

Pretendía levantarme antes de que se le ocurriera decir nada más, pero sus palabras me dejan clavado en el sitio. No sé qué cara se me queda, pero noto los músculos de mi cara contraídos en una mueca de horror. De rencor. De asco.

—¿Que me querías? —Levanto la voz y cierro la mano en un puño, tratando de contener la rabia biliosa que me ha subido por el cuerpo—. Tú no has querido a nadie en tu vida.

Me dirijo a la puerta. Creo que dice algo con apenas un hilo de voz, pero no alcanzo a escucharlo.

Y, francamente, me alegro.

Un rato después, cuando creo que ya me he calmado lo suficiente para enfrentarme a otro ser humano sin pagar con este mi frustración, salgo del dormitorio cerrando la puerta despacio tras de mí. Me resulta imposible ocultar mi atolondramiento, la extraña sensación corporal que me ha dejado escuchar sus débiles disculpas. Toda mi incomodidad, mezclada con la turbación, acaba dirigida a la única persona que hay en la casa: Susana.

Se pone de pie en cuanto aparezco.

—¿Ha pasado algo? —pregunto sin miramientos.

Ella niega de inmediato.

—¿Por qué iba a pasar nada? ¿Qué te lleva a pensar eso? ¿Qué problema hay?

No consigo hallar el valor —¿de verdad requiere valor, después de haberle confesado a esta misma mujer quién era mi madre?— para repetir las palabras de Sonsoles.

—Mi madre está muy rara. —«Un eufemismo fabuloso»—. Y tú también.

—Tu madre está enferma —me corrige con pedantería—. ¡Y habló de rarezas el que no sale en *Granjero busca esposa* porque se doctoró y, así, lo de «granjero» no le va muy al pelo!

Pestañeo una vez.

—¿Qué dices?

—Nada.

Confuso, rodeo a Susana y la barra de la cocina para servirme un vaso de agua. Tengo la garganta seca, el estómago vacío y un dolor en el centro del pecho que me provoca un sudor frío por la espalda.

No me puede estar dando un infarto, ¿no?

—Vale, tienes razón. Le he soltado las siete plagas verbales a tu madre y me siento culpable —confiesa Susana de carrerilla, y me mira como si esperase que le cayera una bronca.

Me giro hacia ella con el vaso en la mano.

—¿A qué te refieres con las siete plagas verbales? ¿Habéis hablado de langostas?

Susana exhala, simulando una risilla aguda que se desinfla como un globo de helio.

—Más bien me he portado como la peste. Le he soltado que no vuelva a criticar mi forma de entender la maternidad, sobre todo cuando resulta que ella se dio a la fuga. Y que no deberías perdonarla jamás. Y un montón de cosas que son verdad, pero que no debería haberle dicho a una mujer de su edad y con tanta fiebre.

Me quedo de pie donde estoy, igual que si me hubiera fulminado un rayo.

—Susana...

—¿Y si está delirando por el disgusto? ¿Y si la mato de pena? Se puede morir de pena, ¿sabes? Leí una noticia en un medio fiable sobre un hombre que murió de un infarto después de conocer el asesinato de su esposa.

—Susana... —repito.

Ella se abraza los hombros y niega con la cabeza.

—¡Es que estaba harta! ¡Estoy cansada de ser siempre el blanco de todos los juicios de valor! Tú llevas solo un mes y medio en su vida; dos, como mucho, pero yo he estado aguantando sus discursos moralistas desde que me mudé, y... ¡es tan hipócrita! Siento que la detesto, y me sabe fatal, porque me ha dejado su casa, aunque, claro, me la ha dejado porque Eric es mi hijo, no porque le preocupe si tengo o no donde caerme muerta, porque, si por ella fuera, me habría soltado en un lupanar tailandés sin agua corriente ni calefacción, que es donde ella cree que debería estar, y... Joder, ¡qué rabia! No me gusta echar broncas. Aquí nadie es perfecto, lo sé muy bien. Pero se me ha puesto más señorona de la cuenta, y yo, si algo no soporto es a los listillos, a los pedantes, a los que se creen superiores, y me acordé de ti, y te imaginé siendo un crío, sufriendo por una tipa que ahora va de salvadora, y es que...

No puedo dejarla terminar. A lo mejor porque ha empezado a temblar y parece a punto de llorar, o a lo mejor porque nadie en la vida me ha defendido o ha dado la cara por mí —menos aún en este tema, que, a excepción de mi padre y Susana, nadie más conoce—, pero siento que necesito... abrazarla.

Y eso hago.

Su discusión con Sonsoles no ha sido por mí, lo sé. Solo quería defender su integridad. Y, sin embargo, ni mi propio padre discutió con Sonsoles cuando decidió marcharse y cargarle el muerto de un crío en urgente necesidad de terapia.

En serio, ni mi propio padre la reprendió por haberme hecho crecer en un ambiente de prostitución, depravación y drogas.

La envuelvo con mis brazos sin pensarlo.

Ya lo he hecho antes, ya sé lo pequeña y vulnerable que parece cuando tiene dentro un temperamento huracanado y una voluntad que mueve montañas, abre océanos y hasta podría partir la tierra. Pero no deja de sorprenderme que se sienta tan tierna y fácil de manipular, porque no es manipulable en absoluto, y yo, además de no poder hacerlo, creo que no me atrevería a cambiarla.

Ya ni siquiera pretendo intentarlo... si es que alguna vez esa fue mi intención.

—¿No estás enfadado? —Su voz suena sofocada al tener la boca pegada a mi hombro—. Si a tu madre le da un parraque, puedo ir a la cárcel. O sea, no ha habido testigos de que se lo provocara yo, pero acabaría confesando que la he matado del disgusto porque me siento fatal.

—No creo que le dé un... parraque, sea lo que sea eso. —No quiero separarme, y no lo hago. Ojalá las cosas fueran así de sencillas: querer quedarse y hacerlo—. No ha tenido ningún cargo de conciencia en veintiocho años. Dudo tener el poder de hacerla sentir mal.

—Oh, lo tienes, no te quepa duda. —Da un paso atrás, indecisa, con una actitud sorprendentemente tímida para tratarse de ella—. Aunque no te haya molestado, te pido disculpas. No debería haber hablado a la ligera del problema que te traes con tu madre. Es algo que, si quieres resolver, tienes que hacer tú.

Observo con fijeza el camino inseguro que hace hasta la mesa del comedor, donde se sienta como si no acabara de abrazarla por... por... ¿por qué?

Yo sé por qué lo he hecho, pero ella no debe de haberlo entendido.

—Ya veo que no luchas las batallas de los demás —musito con los ojos clavados en su nuca rubia.

Ella no se gira para contestarme.

—Nunca. No sé qué me ha pasado esta vez.

Sigo sus pasos y me dejo caer en la silla colindante con cuidado, como si no quisiera hacer ningún ruido. Apoyo las manos en el borde de la mesa, cansado, sintiendo la mirada de Susana sobre mí en todo momento.

—¿Por qué has venido de inmediato si no os lleváis bien? Como tú mismo has dicho, solo es fiebre; no está al borde de la muerte, ni nada por el estilo. Y tenías una cita —me recuerda con cierto retintín.

Encojo un hombro, la vista fija en mis palmas juntas.

—A lo mejor adivinas por qué.

—¿Porque eres británico y hay que ser responsable?

Ladeo la cabeza para sonreírle, muy a mi pesar. Me siento mejor cuando me devuelve el gesto. Se ha sentado en la silla a lo indio y me mira con atención, como una niña curiosa.

—La acuestas casi a diario. Vienes cuando te necesita. Sabes que no es necesario que te molestes por alguien que... —Se muerde el labio y deja la frase al aire—. ¿No? Yo no haría eso por mi madre, te lo aseguro.

—Otra cosa más que nos diferencia. —Al verla fruncir el ceño, tengo que aclararlo—: No lo digo porque yo sea mejor que tú, que conste. No me mueve la misericordia cristiana ni me inspiro en la parábola del buen samaritano. Lo hago para demostrarle que yo no soy como ella.

—¿Y te sale a cuenta dártelas de buena persona cuando tienes que sacrificar una cita?

—No estoy siendo buena persona, solo cumplo con mi deber. Puede que ella no haya sido mi madre, pero yo sí voy a ser su hijo. Para estar bien conmigo mismo —aclaro—, no con Sonsoles. Por cierto, repites tanto lo de la cita que pareces tú la que se ha quedado sin ir.

—Estaban en juego mis conocimientos y mi práctica —me recuerda, levantando las cejas—. Tu romance se ha convertido en un pasatiempo interesante para mí, y en un reto del que quiero enorgullecerme. Estaba tan nerviosa como tú.

Claro. Solo es un pasatiempo. Un reto.

No sé cómo se me ha podido ocurrir que pudiera tener que ver con los celos o algo similar.

—Estás a tiempo de volver —agrega, jugueteando con el borde deshilachado de sus vaqueros.

—¿Quieres que vaya?

Susana pone la misma cara que debo de tener yo, una que dice a las claras: «¿Qué pregunta es esa?».

De inmediato me corrijo:

—Teresa ha vuelto a su casa ya. Ha entendido que podría ir para largo. Tampoco pasa nada, habrá más ocasiones.

—Pero me sabe mal... ¿Qué ibais a hacer?

—Cenar, supongo.

—Puedo hacer la cena, si quieres. A no ser que hubierais pensado ir a un tailandés, un indio o algo así, porque no tengo ni idea de cómo se hacen esas cosas. Bueno, a quién quiero engañar, no sé cocinar en condiciones ni un sándwich, pero lo puedo intentar.

Se me ocurren mil maneras de rechazar su propuesta, de burlarme de sus nulas capacidades culinarias para demostrar que no me entusiasma que quiera pasar el rato conmigo, aunque solo sea por unos remordimientos que no puede reprimir. Sin embargo, murmuro:

—La verdad es que me he quedado con hambre.

—¡Pues no se hable más! Si no tienes cita, por lo menos echarás un buen rato. Elige el menú y una película, y date por bienvenido al carrusel de la diversión, patrocinado por Susana Márquez. —Se palmea los muslos y se pone en pie, manos a la obra—. Y, ya de paso, celebramos mi despedida, porque tu madre me va a poner de patitas en la calle por haber sido una cerda. Con toda la razón del mundo, por cierto. No hay que morder la mano que te da de comer.

Su voz me llega con eco y lejana al desaparecer camino a la despensa. Regresa para abrir la nevera y quedarse mirándola mientras sigue mascullando algo sobre su actitud con mi madre. La sensación que me ha calentado por dentro al conocer su impulso de sacar las garras por mí aún prevalece. Tardo en darme cuenta de que la estoy observando con una sonrisa idiota.

—No te va a echar. Ante todo, sigue la doctrina cristiana, que no es otra que ayudar al desamparado —le recuerdo sin ningún retintín especial.

—No le habré parecido desamparada cuando la acusé de meterse billetes en el tanga. —Suelta sobre la encimera unos paquetes de carne picada y se gira hacia mí torciendo el morro—. ¿Por qué he tenido que ser tan descriptiva? Joder, el mundo ha enloquecido y yo lo he hecho con él.

—No has sido descriptiva, has sido realista. También la vi bailar sobre las mesas con unos tacones de vértigo, o en el regazo de algunos hombres; me acuerdo de cómo se llevaba a algunos tipos con dinero a salas apartadas para conmemorar sus despedidas de soltero con bailes privados, y creo que las suyas son las únicas...

«Son las únicas tetas que he visto».

Menos mal que me he callado a tiempo.

Susana me mira dudosa.

—¿Me estás dando material para el próximo asalto?

—Eres libre de decir y hacer lo que quieras. Esa mujer no es nada para mí.

—Si Eric dijera eso de mí, caería en depresión.

—Pero nunca lo dirá, porque eres una madre estupenda.

Susana me da el perfil para agarrarse la oreja.

—Perdona... ¿cómo has dicho?

—Que eres una madre estupenda.

—¿Te importa repetirlo? —me pide, sacando el móvil del bolsillo—. Hazlo mirando a la cámara, si puede ser.

—Eres muy graciosa.

Ella sonríe, triunfante, hasta que recuerda algo que la deja pensativa.

—¿Por casualidad me soltaste esa bomba en jefatura de estudios, cuando te vi por segunda vez, porque pensabas que era *stripper* y hacía bailes privados en despedidas de soltero?

—No. Te la solté porque pensaba que Eric te importaba lo mismo que yo le importaba a mi madre. Y lo siento —agrego, frotándome una de las rodillas de forma compulsiva—. Te juzgué mal.

La sonrisa conciliadora que esboza me encoge el corazón.

—Tranquilo, ya te he odiado suficiente tiempo por ese pollo que me montaste. No soy de guardar rencor para siempre, requiere mucho espacio de almacenamiento y prefiero saberme los diálogos de mis películas favoritas. Además, que te hayas retractado te honra. Los demás, cuando se enteran de que no soy Cruella de Vil ni tampoco Julia Roberts en *Pretty Woman*, lo que hacen es dejar de hablar de mí, pero no me piden disculpas. Ahora bien, y solo por curiosidad... —prosigue—, ¿qué te ha hecho cambiar de opinión?

—Te he visto vivir con Eric —sintetizo, encogiendo un hombro—. He pasado unos cuantos ratos en esta casa desde que os mudasteis, ¿sabes? Eres una madre curiosa, rara en tu especie; definitivamente, nada que ver con las que se reúnen conmigo en tutorías, pero nadie debería poner en duda que seas buena para él. Más vale tener una madre feliz que una madre perfecta, y la luz que tiene tu hijo se la has transmitido tú.

Y a ver si cierro el pico de una vez, que creo que me estoy ruborizando.

—Anda, Míster Adulador, levántate y ayúdame a preparar algo comestible. —Suena desesperada por ocultar su arranque de timidez, que parece que yo le he contagiado—. Si no, caliento la lasaña del Mercadona.

—La lasaña del Mercadona me parece bien.

—Pero ibas a ir a un sitio con clase, ¿no? Con Teresa, digo.

—No lo sé.

—Vas vestido como para ir a un sitio con clase.

—Es porque voy a un sitio con clases todos los días de mi vida y no puedo aparecer con pintas de pordiosero si quiero que me respeten. La comida italiana precocinada y recalentada en microondas no va a matarme.

Ella sonríe como si le alegrara enormemente que haya bajado el listón. Pero su entusiasmo me parece sospechoso. Primero lo achaco a que anda de un humor extraño por su exaltado y acusador monólogo ante Sonsoles, pero luego decido que me da igual la razón. Solo voy a disfrutarlo. Quiero dejarme llevar.

Planta la bandeja de la lasaña para dos ya calentada en medio de la mesa y me tiende un tenedor. En lugar de brindar con agua —da mala suerte y no se quiere arriesgar, y por la noche no se prueban las bebidas con gas—, entrechocamos los cubiertos, y empieza a abrumarme con una lista de posibles películas para ver esta noche.

La escucho sin dejar de preguntarme cómo de aburrida tiene que estar si se presta a pasar el rato conmigo. Ni siquiera las posibles respuestas a dicha duda logran deprimirme. Se ha instalado en mi estómago el mismo burbujeo inflamable de anticipación que aflora cuando vas a exponer un tema que te has estudiado a la perfección, aunque, a la vez, te aterre el resultado. La familiaridad de disfrutar una comida para dos y una conversación desenfadada con alguien que no espera nada de mí, que me elige para matar las horas porque sí, porque quiere, por nada más, me conmueve. Es la peor lasaña que he probado en mi vida, pero sé que, cuando me lave los dientes, me seguirá sabiendo bien, porque la he compartido... con ella.

—Dime un número del uno al diez —dice de repente.

—El tres.

—¿Tres? Esa sería *Jojo Rabbit*.

—¿Por qué? ¿Y si hubiera dicho cuatro?

—Te habría dicho *Jojo Rabbit* igual, porque la tengo que ver para hacer la reseña en el blog. ¿Sabes que el otro día escribí diez razones por las que ver comedias románticas es bueno para el corazón, y Belén Cuesta, la actriz, lo compartió en su Instagram? Y hace dos semanas, una dibujante famosísima llamada Flavita Banana reposteó un fragmento de todas las películas con síndrome de Estocolmo que le prohibiría ver a mi hijo para que no se creyera que secuestrar o violar a mujeres es el colmo del romanticismo.

—No conozco a ninguna de las dos, pero no me sorprende que tengas éxito en tus publicaciones con esos titulares. ¿De dónde te viene la pasión por el cine? ¿Tus padres te lo inculcaron?

—¿Mis padres? —Hace una mueca despectiva hacia ellos, pero también hacia sí misma—. Mi madre solo me hacía caso cuando había alguien importante mirando. Ya sabes, alguien a quien tuviera que demostrarle (o sintiera que tenía que demostrarle) que era la madre del año. Con mi padre habré almorzado unas cinco veces en toda mi vida. Era (y supongo que sigue siendo) un hombre ocupado.

»El cine lo descubrí yo sola cuando un viernes mi madre me obligó a ir a ver el estreno de una película de Christopher Nolan —continúa—. Me había llevado a rastras para que su amiga Gloria, divorciada y con hijos, viera que teníamos una estupenda relación madre e hija. Como estaba cansada de que me exhibiera para coronarse presidenta del AMPA, armé un pollo increíble en la entrada y me metí en otra sala, en la que estaban proyectando *Lo que el viento se llevó* por el septuagésimo aniversario.

—¿Querías castigar a tu madre haciendo que te esperara tres horas y media? —me burlo.

—Tres horas y cincuenta y ocho minutos, si no te importa —me corrige, altiva—. Cuando acabó la proyección, me quedé sentada para verla otra vez, y así empezó todo.

—¿Así es como empezó el antagonismo entre tu madre y tú, te refieres?

—No, mi amor por el séptimo arte.

—Pues no me parece una película tan excepcional como para hacer que te enamorases del cine.

—Sé que hay muchas más estupendas, pero nunca había visto una película de época con escenarios bélicos. Esos vestidos y tocados, ese doblaje tan apasionado, esa actuación tan teatral y esos personajes tan entrañables...

Sonrío sin darme cuenta.

—¿Por qué no vemos esa película? —propongo—. Quiero quedarme por si Sonsoles no mejora, asomarme cada media hora, y nunca la he acabado por falta de tiempo o porque el sueño me ha vencido. A lo mejor con una *cheerleader* fanática al lado lo consigo.

—Espera, espera, ¿qué? —Enarca las cejas de forma graciosa—. ¿No conoces la historia de Escarlata?

—Claro que la conozco. Margaret Mitchell se llevó un Pulitzer en el treinta y siete por la novela, un poco antes de que la atropellara un taxi. Es una novela muy interesante con un espectacular retrato de la guerra de Secesión y su impacto en el sur del territorio, sobre todo en la «aristocracia» norteamericana de la ép...

—¿A quién le importa la guerra de Secesión? Te estoy hablando de Escarlata, de Rhett, de Ashley, de Melania... Vamos.
—Coge la bandejita de la lasaña cuando estaba a punto de hincarle el diente y se levanta de forma precipitada—. Seguro que la puedo poner en el ordenador con alguna página ilegal y conectarla con el HDMI a la tele.

—No has leído la novela, ¿verdad? —pregunto mientras me obligo a seguirla.

Lanzo una mirada al fondo del pasillo, como si así pudiera saber cómo se encuentra Sonsoles. No parece oírse ningún murmullo.

—No tengo tiempo para comerme mil páginas de libro.

—¿Y sí para cuatro horas de película?

Ella frena de golpe para mirarme con seriedad.

—¿En serio quieres que me lea *Lo que el viento se llevó*?

Meto las manos en los bolsillos y me encojo de hombros.

—Puedo prestártelo.

Susana se agacha para encender el portátil, que deja sobre la alfombra para trastear detrás del televisor en busca del cable de marras. Me echa una mirada rápida por encima del hombro que parece una advertencia.

—De acuerdo, me parece justo. Yo te hago ver la peli y tú me obligas a leer el libro. Muy equilibrado. Ahora, ponte cómodo.

Aposento mi culo en el sofá con cuidado de dejar espacio suficiente para que ella se siente como le gusta, retorciendo las piernas como la cola de una sirena, escondiendo el tobillo debajo del muslo o directamente tumbada con las rodillas flexionadas. También para mantener la distancia de seguridad. Me parecería temerario pegarme demasiado a ella después de lo del otro día, ese espectáculo de lujuria que ella parece haber superado e incluso olvidado.

Claro, ¿cómo no lo iba a superar? Para Susana no debió de significar nada.

Para mí, en cambio, ese baile suyo lo habría significado todo si ella hubiera querido.

No sé a qué se refería AC/DC cuando cantaba que «ella tiene el *jack*». Quiero decir... Sí, lo sé, se refiere a la jota de la baraja, pero como jamás he jugado a las cartas, le doy mi propia interpretación. Y sea lo que sea el *jack*, pronunciado con ese desgarro ancestral de los hombres que se están muriendo por el roce de una mujer, ella lo tiene. Lo tiene de sobra. Igual que posee todas esas virtudes inexplicables y poderosas de las que hablaba la literatura, como la sensualidad peligrosa de la *femme fatale*. Del mismo modo provoca las sensaciones más insospechadas que describen las series para mujeres, como el *zsa zsa zsu* que ella misma me explicó que se mencionaba en *Sexo en Nueva York*. Y todo eso desemboca en el *je ne sais quoi* francés. No sé qué es, qué sé yo, pero ahí está: ese algo intangible y mágico hasta lo fastidioso, brillando sobre ella como la aureola de un ángel, produciendo el *douleur exquise*, la angustia de desear a alguien que no tendrás nunca. Tiene el *jack*, pero podría tener a Jack, porque me tiene a mí como inexplicablemente entiendo que nadie me podrá tener jamás. Quizá sí de otra manera, de miles de modos diferentes, pero de esta en concreto, solo ella. Y quiero creer que se debe a que ha sido la primera en muchos sentidos.

Ajena a mis cavilaciones, que me ponen de los nervios, Susana se tiende en el sofá a la vez que aparece la introducción de la película.

Da igual que yo me haya retirado, porque ella se pega a mí de todos modos.

—¿Sabes que el intérprete de Ashley decía que la película era una mierda y que odiaba su papel? No se veía ni guapo ni joven para hacer del amor de Escarlata, y, la verdad, coincido con él. —No se queda ahí. Sigue bombardeándome con curiosidades mientras dura ese interludio—: Seguro que en el libro de Margaret no pone que los productores tuvieron que sobornar a los censores para que le dejaran decir a Rhett la frase mítica de: «Francamente, querida, me importa un bledo». Por el *damn* inglés, que por lo visto era demasiado. La actriz de Mammy fue la primera mujer negra en llevarse un Óscar, pero no la dejaron ir a la ceremonia y al final la pobre murió en la ruina. Ah, y el primer director, Cukor, el que al final no hizo la peli, era gay, ¿sabes? Dicen que se apartó de la grabación porque el actor de Rhett era homófobo y no se sentía cómodo con él cerca. Otros dicen, y esto me hace mucha gracia, que Clark Gable había sido gigoló o algo así, y como le hizo un bailecito y algo más a Cukor, necesitó que lo echaran para que esa información no saliera a la luz.

—Te inclinas más por el segundo rumor —deduzco—. ¿Por qué?

—Porque prefiero pensar en Clark Gable como el gigoló de Hollywood que como un homófobo más. Es uno de mis amores platónicos, y me habría afectado que fuese un cerdo.

—¿Quiénes son los demás amores platónicos?

—Don Draper de *Mad Men*, Rick Blaine de *Casablanca*, Danny Ocean de *Ocean's Eleven*...

—¿Te gustan los personajes o los trajes? —bromeo.

—Los que parecen caballeros, pero luego tienen un puntito canalla.

Voy a responder, pero justo en ese momento empieza la película. Lo sé porque estoy mirando la pantalla, no porque haya sonado el doblaje de Vivien Leigh.

De hecho, Susana se ha incorporado para quitar el volumen.

—¿Qué haces?

—¿Sabes que muchas películas que ya he visto antes las silencio para inventarme posibles diálogos? De pequeña escribí un guion alternativo para *Lost in Translation* porque me pareció infumable. Metí hasta dragones. Y ella tenía una enfermedad y se iba a morir. Quitaba el volumen y yo hacía el doblaje improvisando.

Arrugo el ceño.

—¿*Lost in Translation* te pareció infumable? Es una película de culto. La he visto incluso yo. La crítica...

—La crítica me importa un bledo. La componen un puñado de puretas que se dedican a contradecir al público, como si lo famoso tuviera que ser necesariamente una mierda y apreciar la calidad solo estuviera al alcance de unos pocos. Esa película es aburrida —zanja, y no parece que esté por la labor de aceptar otra apreciación—, y como me atreví a decirlo en un blog sin endiosar la dirección, la fotografía o la interpretación, ahora la gente de la Deep Web viene a leerme.

—¿Cómo se llama tu blog?

—Pensaba que no lo preguntarías nunca. Espero que no muestres ese escaso interés en Teresa.

Enarco una ceja.

—¿Es que querías que te lo preguntara?

«¿Y qué pinta Teresa aquí?», estoy a punto de agregar.

—A cualquiera le gusta sentir que le prestan atención. —Encoge un hombro sin apartar los ojos de la pantalla. Nos quedamos un rato en silencio, mirando la sucesión de imágenes. Susana engola la voz al doblar a los personajes. Escarlata se le da especialmente bien, pero eso es hasta que sale Rhett Butler asomándose después de que rompiera un jarrón contra la pared. Entonces agrava el tono y suelta—: «Nena, menos mal que no eres un hombre, porque con esa puntería tendrías veinte bastardos...». «¿Bastardos como tú, pijo repeinado, meapilas?». «Bastardos como yo que se van a burlar ahora mismo de que te hayan hecho la cobra. Si quieres, te consuelo. No tengo tierras, pero te voy a regalar unos sombreros que vas a flipar».

Suelto una carcajada, maravillado.

—Has encajado las voces a la perfección. Debes de saberte los diálogos de verdad para hacerte una idea de cuándo van a mover los labios.

—Participa conmigo, hombre. —Me da un empujoncito amistoso con el hombro—. Ahora tú eres Rhett y yo soy Escarlata.

—Creo que se me daría mejor Escarlata.

—¿Porque estás siempre ofendido y te crees superior?

—Puede ser —acepto, divertido.

Le toma un rato convencerme de unirme a su juego. Mientras decido si poner a prueba mi creatividad, ella explota la suya y me deja anonadado. Incluso me cuesta creer que lo esté improvisando. Es indudable que le sobra espontaneidad y sentido del humor.

¿Dónde estaba la gente así cuando vivía en Inglaterra? Debe haber no solo mujeres, sino también hombres con esas cualidades, solo que quizá estaba y estoy demasiado sumido en mi propio mundo pesimista para prestarles atención. Ahora que sé que existen —los seres luminosos, me refiero—, me pregunto si lo que hacía de salir a tomar unas copas o un café o ir a un partido de fútbol no eran los placebos que solo puede tolerar e interpretar como entretenimiento una persona que no tiene nada bueno con lo que comparar; que no sabe que su vida es un simulacro de lo que podría ser. Ya me invadió esta sensación el otro día en el baño: sentí que, después de ella, nada de lo que pudiera hacer por mí mismo conseguiría satisfacerme del todo. Igual que siento ahora que ninguna persona con la que intente estar va a lograr hacerme reír así.

Es precisamente riendo como nos encuentra Eric al aparecer a las once de la noche. Es muy tarde, y lo habría criticado de no haber sabido que Susana le deja volver a esas horas siempre y cuando no salga de casa de sus vecinos. Yo tengo mis dudas sobre si tomar el ascensor o subir las escaleras del edificio cuando es de noche es o no peligroso. No todo el mundo en el edificio puede ser simpático. Y, de hecho, parece que se ha topado con alguien que no es simpático, porque, en cuanto nos ve, se le esfuma la sangre de la cara y se le endurecen las facciones.

—Buenas noches —saludo, y el chico responde con un gesto de la mano, cansado pero educado.

Susana se asoma descolgando la cabeza por encima del respaldo del sofá y le sonríe levantando los dedos del símbolo de la paz.

—¿Qué pasa contigo? ¿Te has divertido?

Eric no se mueve.

—Sí.

—¿Qué habéis hecho?

—Poca cosa.

—¿Has cenado?

—Sí.

—Veo que no estás muy hablador.

—Tengo sueño.

—Pues nada, vete a dormir. Pero como te pille con la consola...

Eric ignora la advertencia y la explicación de Susana sobre la situación de Sonsoles. No despega la vista del punto por el que su madre y yo estamos unidos: los hombros. Ni la postura ni la situación dejan entrever un romance apasionado, pero a Eric debe de parecerles más amistosos de la cuenta.

Resulta que sé cómo se siente.

Y lo que está pensando.

Aprieta la mano con la que sostiene el móvil y cruza rápido el piso para desaparecer en su dormitorio, silencioso y claramente mosqueado. Por si acaso Susana se hubiera percatado, ladeo la cabeza hacia ella y estudio la expresión desalentada con la que se despide de un hijo que la ignora.

Suspira y se palmea la rodilla.

—Creo que tiene problemas con la novia. Siempre que vuelve de estar en casa de los Olivares lo hace con esa cara.

—¿Estás segura de que va a casa de los Olivares?

—Pues claro, ¿por qué no iba a ir allí? Está Minerva, y a veces invitan al hijo de Javier, Blas, que también es muy amigo suyo. —Su ceño se acentúa y escruta mi rostro con sospecha—. ¿Por qué lo dices?

—No lo sé, solo lo sugería.

—Pues menos sugerir y más aplicarse en los diálogos. —Señala la pantalla—. Ve pensando mientras voy a darle un beso de buenas noches.

Se levanta y desaparece, todavía con el surco del ceño marcado, y yo devuelvo la vista a la película.

Pero no la veo. Solo pienso, más preocupado de lo que me corresponde, o querría, en si Susana no se estará equivocando al creer que tiene a su hijo perfectamente controlado, ni si yo no me estaré equivocando al no intervenir.

Capítulo 17

Lady Cock

Susana

Lunes. Siete de la mañana. Me despierto con la espalda dolorida y un dulce dolor de cabeza. Dulce porque no ha sido provocado por las horas que he pasado al teléfono con clientes insatisfechos, ni por culpa de la argentina ruidosa y *revientatímpanos* con la que he de lidiar a diario, sino por las risas de anoche, en compañía masculina, pasando adelante y atrás una película. En algún momento me quedé dormida en el sofá y alguien tuvo el detalle de poner una almohada bajo mi cuello y cubrirme con el edredón. Puedo imaginarme quién fue cuando, nada más incorporarme, me fijo en que a mi derecha, sobre el sillón de croché, reposa el almohadón de la habitación de invitados y una manta doblada.

Olisqueo el olor del café recién hecho que proviene de la cocina en tanto me restriego los ojos aún maquillados.

¿Cómo he podido dormir con vaqueros?

Elliot, que está de pie junto a la encimera observando pensativo el hilillo de Nespresso que gotea sobre la taza, sí ha tenido tiempo de cambiarse. Va en pijama, está despeinado y, a juzgar por la mirada vidriosa que me dirige, yo diría que se ha despertado unos minutos antes que yo.

—Buenos días —saluda con voz rasposa. Apaga la cafetera y me tiende la taza en un movimiento de autómata, como si estuviera acostumbrado a prepararme el desayuno a diario.

—Buenos días. ¿Se puede saber qué haces bebiendo café? No se puede. ¡Lo pone en las normas! —exclamo, censurándolo con la mirada.

Eso sí, acepto la taza y le doy un generoso sorbo.

—No pueden hacerlo los que viven en esta casa. Yo sí —dice con un tonillo repelente que me hace gracia.

—¿Y has traído tu propia cafetera? —La señalo con un gesto de la barbilla.

—Sonsoles tenía una escondida en uno de los almacenes. «Hija de *fruta*».

—Bueno, si se levanta y me echa la bronca, voy a decir que solo soy cómplice de tu delito —advierto, alzando el dedo—. ¿Has comprobado cómo está tu madre?

—Se encuentra mucho mejor. Ya anoche le remitió la fiebre. Sigue en el séptimo sueño.

—Genial.

—¿Has dormido bien en el sofá?

—Más a gusto que en brazos.

—Pues pensé en despertarte para que te fueras a la cama, o para llevarte en brazos, pero las dos cosas me parecieron... incorrectas. Y, la verdad, no creo que ese colchón inflable en el que duermes sea mejor que el sofá.

«No me habría molestado que me cogieras en brazos. O que me cogieras, a secas».

«Sela, ¡sal de mi cabeza!».

—No lo es —admito, tratando de disimular mis pulsiones sexuales mañaneras. Apoyo la cadera en la mesa de la cocina y alzo la taza en un gesto de brindis—. Gracias por el café. Supongo que esto es lo que sienten las mujeres con una pareja normal.

Enseguida frunzo el ceño para mis adentros, reprochándome el comentario.

A él tampoco le parece apropiado, pero tiene la gentileza de disimularlo respondiendo:

—Si lo dices por el café, no creo que todas las parejas «normales» tengan por costumbre desayunar juntas. La incompatibilidad de horarios es un mal frecuente para coincidir en esta ciudad.

—No sabría decirlo. —Encojo un hombro. ¿Cómo puede decir una palabra como «incompatibilidad» nada más levantarse?—. Nunca he tenido una pareja normal.

—¿En qué sentido?

—Si entendemos «pareja normal» como lo que tú consideras la esposa perfecta y la responsabilidad para con ella, digamos que mis relaciones no siguen los parámetros habituales. Siempre he procurado alejar todo lo posible a los hombres del tándem que formamos Eric y yo. No somos tres, sino dos más uno, ¿entiendes?

—Entiendo.

—Carlos...

—¿Quién es Carlos?

—Mi último ex. Duramos tres años.

—Vale.

—Carlos y yo nos veíamos siempre en su casa —continúo en cuanto me hace una señal para que prosiga—. Solo venía a la mía cuando Eric dormía con algún amigo. Apenas coincidieron un par de veces en el portal porque uno entraba y el otro salía, y no creo que se hubieran reconocido de no haber sido por las fotos en Facebook. Samuel, mi primera pareja seria, solo se quedó hasta que Eric cumplió cinco años y dejó de darme pánico matricularlo en una guardería mientras trabajaba.

—Entonces estuviste soltera desde que Eric tenía seis hasta los nueve.

—Bien visto, matemático. —Le guiño un ojo y hago una pausa para beber—. Solo que estuve un año y medio con Gabriel, un tipo al que conocí en la agencia de seguros en la que me contrataron. Ha habido algunos *affaires* entre medias, pero los únicos de cuya existencia supo Eric, y solo por casualidad, son los dos que te he dicho.

¿Por qué le estoy contando todo esto, si puede saberse? ¿Acaso tengo algo que demostrarle, como que no soy una zorrita del tres al cuarto? A lo mejor solo necesito llenar el silencio que se forma entre dos conocidos que desayunan juntos, porque, de pronto, algo tan sencillo me parece de una intimidad apabullante.

¿Cuál es mi problema con este hombre, por el amor de Dios?

El teléfono me salva de cometer el gravísimo error de seguir contándole mi vida. Es una teleoperadora. La despacho con educación, por mera empatía, y cuelgo. Cuando vuelvo a mirar a Elliot, está sentado a la mesa con las piernas cruzadas, la taza en una mano y el móvil en la otra.

—¿Qué lees con esa cara de concentración? —Me asomo por encima de su hombro, o, mejor dicho, lo intento. Ni de puntillas ni con los taconazos de Lady Gaga lograría semejante hazaña.

—Las noticias.

—¿Hay algo nuevo de la realeza extranjera? —Me siento a su lado y echo una ojeada al periódico digital—. ¿De la pelea entre los hijos de Lady Di o, por ejemplo, algo sobre la boslava que se casó con un americano en Las Vegas? Me encantan los rollitos que se traen los ricos. ¿No les hacen ver más humanos?

Elliot apoya la barbilla en las manos y me observa con un amago de sonrisa.

—Mencionas mucho a la realeza. Y a las Kardashian.

El corazón me da un vuelco.

¿Qué pasa? ¿Acaso debo celebrar que me escuche cuando hablo?

¿Por qué no me iba a escuchar, si le proporciono datos interesantísimos, como que Megan Fox y su nuevo novio, Machine Gun Kelly, se han regalado un anillo de compromiso con espinas que se clavan en la piel si intentas quitártelo?

—Las metería en el mismo saco. Yo a las Kardashian las considero realeza, solo que, en Estados Unidos, la realeza es otra cosa. No va de coronas ni nada. Pero supongo que leo tanto al respecto porque siempre he soñado con un título nobiliario. Me pasé toda la adolescencia leyendo novelas ambientadas en la regencia de Jorge IV, ¿sabes?

—«Un título nobiliario»... —repite con guasa, meneando la cabeza—. ¿Y no podrías soñar con algo que pudieras conseguir sin necesidad de nacer de nuevo, y en el seno de la casa de Hannover?

—¡Pero si se pueden comprar en internet! No es que sea oficial, ni nada de eso, pero te dan un diploma en el que pone... «Lady Cock», por ejemplo.

Elliot esboza una sonrisa incrédula de lo más adorable.

—¿Lady Cock? ¿Tenía que ser *cock*?

—Era por hacer la gracia, porque Cork ya debe de estar pillado, pero, oye, ya que lo dices, anda que no sería divertido. Supongo que ya me llaman así en algunas esferas. Ponérmelo sería apropiarme de mi reputación para algo bueno, como decía Tyrion Lannister en *Juego de tronos*: «Usa tus defectos como escudo y así nadie podrá hacerte daño nunca».

Cavila durante un buen rato sobre lo que le he dicho.

O lo mismo solo está atontado porque se acaba de levantar y tarda en procesar la información.

—De todos modos, según tú, ¿con qué cosa asequible debería soñar, Míster Fish and Chips? —me mofo, poniéndome una mano en la cadera.

—No sé. Un buen coche de siete plazas, quizá.

—¿Tu sueño es un coche de siete plazas? —Enarco una ceja—. A ver si lo adivino: tú no tienes sueños en absoluto, ¿a que no?

Desvía la vista a su taza de café, que tiene estampado a un cristo con los brazos extendidos.

—De hecho... es una tontería, pero ya que estamos hablando de cosas materiales que nos harían ilusión...

—Dime.

No habría insistido si no me hubiera fijado en que su expresión se suaviza y su mirada se aclara, como cuando nos viene a la cabeza un agradable recuerdo de la infancia.

—No es por contar mi historia como si hubiera sido un niño soldado —me advierte nada más empezar—. Pese a todo, creo que fui muy afortunado en comparación con otros críos. Pero no me hacían regalos por Navidad ni por mi cumpleaños, así que me pasé toda la infancia queriendo un Mazinger Z. ¿Sabes lo que es?

Suelto una carcajada, aunque en la garganta noto la presión de un nudo.

—¿El robot gigante? ¿El de «¡Puños fuera!»?

—Sí —confiesa con la boca pequeña, encorvado sobre la taza que remueve para darle utilidad a sus manos. Cuando le da la vena vergonzosa, se ocupa con lo primero que pilla, aunque sea doblar y desdoblar una servilleta—. Todos los chavales de clase lo tenían y yo me tenía que conformar con ahorrar para conseguir tazos intercambiables en el recreo. Y no me quejo, ¿eh? Eso de negociar, incluso amedrentar para completar la colección, era adictivo. Casi salgo abogado por culpa de esa tontería.

Me echo a reír de buena gana.

—¿Y qué me dices de Elmo, o de los tamagotchis? —pregunto mientras apoyo los codos en la mesa.

—Elmo me gustaba en *Barrio Sésamo*, no como peluche.

Y he jugado con el tamagotchi. Una amiga tenía uno y, cuando se cansaba, me lo prestaba.

—¿Los Furbys? —indago.

Él hace una mueca.

—Me daban mala espina. Lo que sí ahorré para comprarme fue una Game Boy.

—¿Y no la conseguiste?

—Desgraciadamente, no. Tuve que usar el dinero para otras cosas.

—¿Puedo preguntar qué cosas?

—Ya sabes... Cosas de primera necesidad, como hacer la compra, cuando era difícil llegar a fin de mes. Ni mi madre ni mi padre eran muy... solventes, que digamos.

El móvil vuelve a interrumpir la conversación. Esta vez me pienso dos veces si cogerlo. No es que Elliot esté triste. No es un hombre con tendencias depresivas, una sospecha que barajé al principio y que he tardado en descartar, sino un tipo resignado y de mecha corta que puede volverse irascible si se le pincha en el punto adecuado.

(Yo he sido muchas veces ese pincho, lo admito).

Pero todos sabemos que las pequeñas renuncias o inconveniencias de la infancia son determinantes; a veces, incluso traumáticas. Para muestra, un botón. No hay ejemplo más claro que el hecho de que tuviera que sacrificar sus juguetes, su diversión infantil, para ser el hombre de la casa. Y al que le escamotean la infancia le quedan secuelas como la que él demuestra: la flagrante incapacidad de tomarse la vida con humor.

Nunca pensé que tendría algo en común con él. Yo también sacrifiqué mis Barbies para traer al mundo al que ahora es el hombre de mi casa.

Y de mi vida.

—Responde —me anima él.

Lo hago y, sorpresa, otra jodida teleoperadora.

Hay que ver lo cansinas que podemos llegar a ser a veces.

La rechazo con un poco de impaciencia y le deseo un buen inicio de semana. Casi inmediatamente después, vuelve a aparecer una llamada entrante de un número que no tengo guardado.

Pulso el botoncito verde y lo pego a la oreja.

—En serio, no quiero ser maleducada —empiezo, poniéndome de pie y alejándome para que Elliot no me eche la bronca por descortés—, pero es que no me interesa comprar ningún paquete de fibra con datos móviles ilimitados. Ya trabajo en atención al público en una operadora y, como es natural, son sus servicios los que tengo contratados. Mi puesto correría peligro si cambiara eso, ¿me entiendes?

—Uh... —El tipo carraspea—. Disculpe, puede que me haya equivocado de número. ¿Hablo con Susana Márquez?

—La misma que viste y calza. Y de verdad que no quiero...

—Puede relajarse, no he llamado para venderle fibra óptica —me corta con amabilidad. Apuesto a que está sonriendo—. Lo primero de todo, buenos días. Espero no haberla pillado en un mal momento.

—Estoy con el café en la mano y no entro en la oficina hasta las nueve. De momento, todo va de lujo. —Miro de reojo a Elliot, que me observa a su vez con la misma cautela con la que yo pregunto—: ¿Puedo saber con quién hablo?

—Por supuesto, por supuesto. Soy Tomás Mayorga, el asistente ejecutivo de Nuria Mendizábal, la actual directora de uno de los programas de la cadena televisiva TV9, *Adivina quién es*. Supongo que ha oído hablar de nosotros.

Pestañeo una vez, anonadada.

—¡Obviamente! Me encantan vuestras entrevistas. Paco Pérez es un profesional de los que ya no quedan en el mundo del periodismo. —Me muerdo el labio—. Eh... antes de seguir hablando, necesito asegurarme de que no es una broma para no hacer el ridículo.

El tipo se echa una de esas risitas enlatadas que los profesionales sueltan por compromiso con el único fin de agradar.

—Me alegra oír eso, porque precisamente ha sido Paco Pérez quien me ha pedido que contacte con usted. Su equipo ha estado seleccionando perfiles interesantes en el mundo de internet para los futuros programas. Así hemos dado con usted y su increíble blog de crítica cinematográfica, *Una rubia muy visual.*

»Deje que le diga que soy un gran admirador suyo, Susana —prosigue—. La sigo desde hace meses y no deja de sorprenderme la variedad, la calidad y el carisma de su contenido. No soy el único, además. Mi jefa ha valorado su espontaneidad y su sentido del humor y ha querido reservar la hora de su programa del veintiocho de noviembre para charlar con usted. ¿Cómo le viene? Entiendo que sería muy precipitado...

Miro a Elliot con los ojos abiertos como platos. Él, naturalmente, no se entera de nada. Cojo su mano y lo obligo a colocarla sobre mi pecho, donde me late el corazón taquicárdico perdido.

—¿Que cómo me viene? ¡Pues cómo me va a venir, hijo! ¡Divinamente!

El tipo vuelve a reírse, esta vez de forma natural.

—Estupendo, Susana. Si le parece bien, puedo concertar una cita entre Paco y usted durante un día entre semana, conforme se vaya acercando la fecha, para que le comente los detalles de la entrevista. Si no puede por razones de trabajo, no se preocupe. Bastaría con que me facilitara un correo electrónico al que mandarle la información.

—Yo se lo facilito enseguida. ¿Tiene donde anotar? ¿Sí? —Recito mi dirección de e-mail de memoria—. No es que no quiera citarme con Paco, es que tengo unos horarios imposibles y no me gustaría acabar plantándolo.

—Perfectamente comprensible. Al tratarse de una entrevista, es poco lo que hay que negociar. A los invitados se les suele pagar dependiendo de su caché; si hablamos de artistas internacionales, como ya puede imaginar, sus tarifas son más elevadas... La propuesta personalizada para usted, a grandes rasgos, contando los derechos de imagen que nos cedería, sería de tres mil euros, pero tendría que agregar el plus de la popularidad que ganaría al salir en televisión en *prime time*. Podrá asistir vestida como quiera, aunque maquillaje y peluquería correría a cuenta de nuestros estilistas profesionales.

»Adjuntaré el método de pago y otras particularidades, más el contrato y un borrador de las que pueden ser posibles preguntas, a la dirección que me ha facilitado. Dispone de toda libertad para discutir con nosotros la conveniencia de tratar algún tema concreto sobre el que prefiera no pronunciarse.

—Es que no tengo que pronunciarme sobre nada, ¿no? Me preguntarán por el blog y ya está, porque asisto como bloguera, ¿verdad?

—Asiste como crítica de cine —responde con naturalidad. Que me trate como si fuera una profesional del séptimo arte me hace temblar de emoción—. Damos por hecho que será usted tan franca en televisión como lo es en sus reseñas, por lo que no nos prohibirá preguntarle sobre determinados artistas o personalidades de su gremio, pero, por si acaso, quería mencionárselo. Si ha visto programas de *Adivina quién es*, sabrá que Paco se reserva el derecho de indagar en la personalidad de su invitado. No deja de ser un programa para conocer a la persona que está detrás de su fama. ¿Supondría eso un inconveniente?

Es un pensamiento irracional, pero de pronto me viene a la cabeza Paco Pérez, sentado en su famoso sillón de cuero amarillo, preguntándome quién es el padre de mi hijo. Es prácticamente imposible que llegara a plantear algo tan personal en su programa; como mucho, lo que hace Paco es pedirles a los presentes que se mojen en temas de controversia política —sin presionar— y contar algunas anécdotas divertidas de la infancia, pero son temáticas que surgen de forma orgánica, y esa pregunta, esa con la que todo el mundo me persigue aunque pocos me la hagan en voz alta, no podría plantearse de ningún modo. A fin de cuentas, nadie sabe, al menos en las profundidades de internet, qué cara tengo ni qué vida llevo, mucho menos qué secretos se esconden bajo el pseudónimo que uso.

—No, no hay ningún inconveniente —digo al fin, recuperando de súbito el entusiasmo por la noticia. Me pican los dedos de las manos y los pies, las piernas y el pecho—. Muchísimas gracias, Tomás. Estaré pendiente del correo que va a enviarme. En serio, esto es... un sueño. Increíble.

—Nosotros también estaremos encantados de tenerla en nuestro programa. Gracias a usted.

No sé quién cuelga antes, si él o yo, pero es indiferente. Sonrío tanto que me duelen las mejillas, y al girarme hacia Elliot y ver su gesto desconcertado, más se ensancha mi sonrisa.

—No te lo vas a creer. *Adivina quién es* quiere que vaya al programa como invitada. ¡Qué fuerte!

—¿El programa de entrevistas?

Sin soltar el móvil, me pongo a dar pequeños saltitos. «¡Sí, sí!», exclamo una y otra vez. Elliot deja de fruncir el ceño y acaba sonriendo también. A su manera inglesa, claro. Y no puedo obviar lo guapo que está, joder. Ha dormido con una camiseta básica blanca y unos pantalones de pijama de cuadros que me suena haber visto en Primark. El pelo revuelto, la barba incipiente.

Mueve los labios para decirme algo que no entiendo.

—Perdona, ¿qué?

—Que muchas felicidades. Los vas a deslumbrar, ya lo verás —me asegura.

Parece genuinamente feliz por mí, y entre eso y la ilusión, algo dentro de mí explota.

En uno de los saltos, me arrojo sobre su cuello para abrazarlo. Pero no me limito a abrazarlo. Mi cerebro hace clic en el segundo previo a apoyar la barbilla en el hombro y, en lugar de hacerlo, mis labios encuentran los suyos. Es superior a mis fuerzas, y enseguida descubro que también lo es a las suyas, porque no vacila a la hora de estrecharme por la cintura y levantarme del suelo.

Anne Hathaway decía en *Princesa por sorpresa* —una obra maestra— que, cuando besabas al hombre indicado, la pierna se te levantaba casi por arte de magia. Creo que la mía lo hace, pero es difícil saberlo cuando todo tu cuerpo está entregado al movimiento de su boca, a las cosquillas en los costados, a la dulce contracción de sus manos, que no saben si apretarme, como le pide el instinto animal, o soltarme, como le sugiere su rampante timidez.

Tengo la sensación de que me habría quedado ahí, en esa celebración íntima y compartida de las buenas noticias, de no haber sido por el sonido de un golpe. Me separo de inmediato, de pronto asumiendo dónde estoy, y el alma se me cae a los pies al ver a Eric pegado al marco de la puerta que da a la cocina.

Con unos ojos llorosos que apuntan hacia mí, se frota la frente con la palma de la mano.

—¡Eric! ¿Qué te ha pasado? —Nada más dar un paso hacia él, preocupada, el niño retrocede dos—. ¿Qué tienes en la frente? ¿Te has tropezado?

Eric me castiga evitando mi mirada. Por lo menos ahora sé por qué me censura: porque estoy obviando como si nada que acaba de pillarme besando a su jefe de estudios. Y, la verdad, nunca me he parado a pensar en cómo podría sentirse mi hijo en una situación así, porque jamás, en sus doce años de vida, he dado pie a que algo así suceda.

Ya ha quedado clarinete que no le hace gracia.

—Eric, lo que acabas de ver...

—Me voy a clase —suelta en tono brusco—. No me esperes para dormir.

—¿Que no te espere para dormir? Ayer volviste a las once a casa, y hace dos días dormiste con tu amigo Carlos. ¿Qué te crees, que esto es un hotel?

—Pues ahora mismo lo parece —me espeta, dirigiendo a Elliot la primera mirada desdeñosa que le he visto.

Esa reacción suya me hace vacilar un segundo.

—Vas a dormir aquí, eso que te quede claro. «No me esperes para dormir», dice... ¡Como si fuera un marido cualquiera! —estallo, palmeándome los muslos—. Que no tienes dieciocho años, Eric.

—¡Tampoco tengo ganas de ver esas cosas que haces todo el rato! —grita de repente. Le pone tanto ímpetu al berrido que estoy a punto de retroceder—. ¡Estoy harto de ti!

—¿Harto de mí? —Enarco una ceja, confusa—. ¿Harto de qué?

Eric desaparece en quién sabe qué dirección. No miro a Elliot antes de salir de la cocina y perseguir a mi hijo por el pasillo que conduce a la entrada, pero me puedo imaginar que se ha quedado tan pasmado como yo.

Llego a tiempo al recibidor para poner la mano en la manija de la puerta y evitar que se largue.

—Eric, reconozco que no deberías haber visto eso, pero acabo de recibir una llamada muy especial, estaba ilusionada y le he dado un abrazo para celebrar el...

—Eso no era un abrazo. ¿Por qué siempre tienes que ser así? —Le cuesta hablar. Le cuesta decírmelo. Quizá porque no quiere, porque no sabe cómo, porque le preocupa hacerme daño, porque le hace daño a él... O un poco de todo—. ¿Es que no ves que todo el mundo piensa que eres... que eres...?

Me quedo clavada en el sitio.

—¿Que soy...? —pregunto por cortesía, con voz gélida. En realidad, sé muy bien a lo que se refiere, igual que sé que, si lo dice, si mi hijo también me lo dice, voy a terminar de romperme—. ¿Qué importa lo que diga la gente, Eric? Tú sabes quién soy y cómo soy, sabes a quién meto en mi casa, sabes cómo te trato y cómo te quiero, y que eres mi prioridad.

Al apartarse la mano de la frente, veo que se le ha quedado un chichón por el golpe con el marco de la puerta. Me acerco con la mano por delante para valorar los daños, pero él retrocede nuevamente.

—No me gusta que hablen de mi madre del modo como lo hacen —me suelta con rencor, en voz baja—. Te defiendo todo el tiempo, intento que se callen, pero... pero al final sé que tienen la razón.

—Defenderme ¿de qué? ¿Quién ha hablado mal de mí delante de ti? ¿Quién es ese o esa imbécil? No me lo puedo creer. Ya hay que tener narices y poca vergüenza para irle con esas tonterías a un niño de doce años.

—Da igual. Olvídalo.

—No, no da igual, y no lo voy a olvidar. Escúchame un momento. Elliot...

—Es... es mi jefe de estudios —apostilla entre balbuceos—, igual que Pablo era el padre de un niño de mi clase, y Carlos era un hombre más o menos famoso, y...

—¿Y? ¿No quieres que salga con nadie? —deduzco, sin disimular lo injusto que me parece—. ¿Te das cuenta de lo egoísta que es eso? ¿O es que te da miedo que los anteponga a ti? Porque eso jamás ha pasado, y te puedo asegurar que nunca pasará.

—¡Me da igual que tengas novio! —grita, fuera de sí.

No me dejo amilanar por su arranque de ira y pongo los brazos en jarras.

—¿Qué te molesta entonces, aparte de que haya tres o cuatro urracas con muy mala baba cebándose conmigo por tener vida social e intereses románticos, además de un hijo maravilloso? ¿Es que te gustaría que tuviera una pareja que se relacionara más contigo, que ejerciera de...?

—Eso me da igual. Yo ya me he acostumbrado a no tener

un padre. Ni siquiera me interesa tenerlo —admite, dejándome de piedra—. Pero ¿es que tienes que buscar a tus novios entre profesores y padres de mis compañeros? ¡No sabes lo que dicen de ti! ¡No sabes que...! ¡No sabes...! ¡Tú...!

«Sí que lo sé», me dan ganas de responder, pero ese no es el problema. El problema es que no se me había ocurrido que los chismorreos malintencionados que yo misma he escuchado llegarían a oídos de mi hijo. Tiendo a pensar que incluso las cerdas que se las dan de madres del año cuando solo les importa exhibir a sus críos como mascotas con polos de Ralph Lauren saben respetar la inocencia de los niños.

Que Eric reaccione así a lo que se dice, en cambio, no me sorprende. Mi hijo siempre ha sido muy sensible, además de protector conmigo, como un padre o un marido. Me da la impresión de que, en su día, se propuso suplir las carencias que yo pudiera sentir al ser madre soltera.

—Eric... —lo llamo, cogiéndolo de la barbilla—. Eric, mírame a la cara y escúchame bien. —Me cuesta un buen rato convencerlo, pero al final clava en mí sus ojos cristalizados—. La gente, por lo general, es cotilla y malpensada. Les encanta hablar y decir lo primero que les viene a la cabeza sin preocuparse de cómo le sentará al resto. Pero, al final, solo tú y yo sabemos lo que hay en casa. ¿Es que alguna vez he metido a un hombre aquí que no fuera a quedarse en mi vida un tiempo, eh? ¿Es que alguna vez me has encontrado en una situación como la de que acabas de ver con Elliot?

Eric me mira con severidad.

—Mamá, la verdad no le importa a nadie. Todo el mundo se queda con lo que parece, y lo que parece es que te gusta... que eres... que los hombres...

Hace un puchero que me acaba contagiando.

—¿A quién se lo has oído decir, Eric? ¿Quién ha ido a hablarte mal sobre mí? —No obtengo respuesta, y no me siento con fuerzas para zarandearlo o suplicarle que me lo cuente, porque, en el fondo, no lo quiero saber—. Si te prometo que esto no va a volver a repetirse, ¿te sentirás mejor?

—¡No! —me gruñe—. Voy a llegar tarde al colegio. Me tengo que ir.

—Eric...

—Déjame —insiste, y me retira la mirada con un movimiento seco de cabeza.

Abre la puerta y sale del piso, abandonándome con un palmo de narices y al borde de las lágrimas.

Capítulo 18

Bien acaba lo que mal empieza

Elliot

Óscar llama a la puerta de mi despacho. Sé que es él porque es el único con la costumbre de usar dos nudillos, picar un par de veces y luego abrir sin esperar que le digan «adelante». Carga bajo el brazo un par de carpetas, y lleva un polo desabrochado y vaqueros, lo que significa que hoy no tiene clase de Educación Física.

—¿Sabes? —le increpo, soltando el bolígrafo rojo con el que estaba corrigiendo exámenes—. Un día de estos vas a entrar sin tener el detalle de dejarme decidir si quiero que lo hagas y te vas a llevar una sorpresa muy desagradable.

Cierra la puerta tras él y camina hacia el escritorio con despreocupación.

—No lo creo. Si entro sin esperar señal es porque no te veo como la clase de hombre que se lo monta en su despacho. —Suelta los archivadores (ahora veo que son archivadores, no carpetas) sobre mi mesa y pone los brazos en jarras—. Además, ¿con quién te lo ibas a montar en el improbable caso de que perdieras la disciplina? No creo que sea con Teresa, aunque todo el mundo murmure que vais a tener algo.

Arrugo el ceño.

—¿Y por qué no iba a ser con Teresa?

Óscar me lanza una mirada soñadora.

—Elliot, si quisieras acostarte con ella, ya lo habrías hecho. Te lo puedo asegurar.

Maldigo para mis adentros.

Si es que sabía que solo le gustaba a esa mujer para echar un polvo. Mi sexto sentido, por muy atrofiado que lo tenga para ciertas cosas, me lo llevaba dejando caer un tiempo.

—Algunos somos tímidos —me defiendo con la boca pequeña.

—Ya, ya... —No pierde la sonrisa—. Tímidos para salir con la profesora de Historia, pero no para liarnos en el castillo inflable con la madre de un alumno. A otro perro con ese hueso, chaval. —Y me palmea la espalda con condescendencia.

Cierro los ojos un segundo, maldiciendo para mis adentros todo cuanto conozco.

Opto por ignorar que conoce esa información. Debería haber imaginado que nos encontraría en plena faena cuando andaba deambulando por el perímetro del colegio con su novia.

Para cambiar rápido de tema, alargo la mano hacia los archivadores.

—¿Qué es esto que me has traído? Que no sean más exámenes, por favor. Acabo de corregir a un chico que ha escrito «Fuenteviejuna» en vez de «Fuenteovejuna». Pero bueno, después de haber leído a Benito Mussolini como autor de *Fortunata y Jacinta*, yo ya me lo creo todo. Si ni siquiera estudiamos los autores por nombre, por Dios, ¿cómo se puede confundir a Pérez Galdós? ¡Es Pérez Galdós!

—A lo mejor lo ponen así para echarse unas risas. —Apoya el hombro en la estantería, cruzado de brazos y sonriendo con cierta nostalgia—. Yo en mi época de estudiante también me divertía respondiendo fumadas en los exámenes de Filosofía.

También responde fumadas cuando le preguntan si es gay.

—¿No me vas a contar qué es todo esto?

—Las narraciones y poemas que les has mandado a los alumnos de Bachillerato. Se podían entregar hasta el lunes a las once y media, y resulta que a las doce estaba yo de guardia, así que los he recogido por ti. De nada. —Me guiña un ojo.

Me paso una mano por la cara, al borde del suspiro. Justo lo que me apetecía, leer alrededor de cien narraciones y cien poemas, de los cuales cincuenta estarán recién sacaditos del *Rincón del Vago*, veinte serán refritos de los que entregaron sus hermanos mayores hace cinco años y solo treinta se habrán hecho concienzudamente, lo que no quiere decir que más de diez sean de verdad creativos, ni que las obras de arte de chicos y chicas con potencial para dedicarse a las letras superen las cinco.

Pero bueno, es mi deber fomentar la imaginación. No todo va a ser empollar obras que no tienen tiempo material para leer y analizar como Dios manda, ni repetir una y otra vez la diferencia entre el complemento directo y el indirecto.

—No has dicho nada, pero es como si te estuviera leyendo el pensamiento —comenta Óscar, mirándome con una sonrisilla—. Te encanta leer estas cosas, Elliot. ¿Por qué estás de mal humor?

«Porque he dejado a Susana en casa de mi madre al borde de las lágrimas. Siguiente pregunta».

No me quedaba otro remedio si quería ser puntual en mi trabajo, y tampoco es que Susana haya estado por la labor de abrirse conmigo. Para contarte la teoría de que Rauw Alejandro tiene el *piercing* llamado Príncipe Alberto, por lo que Rosalía describe en su canción *Hentai*, es todo lo extrovertida y parlanchina que quieras, pero ay de ti como se te ocurra meterte en el terreno personal, porque se cierra como una ostra. De todos modos, no me habría hecho falta que confiara en mí para contarme el problema. He oído la discusión con Eric y llevo toda la mañana preguntándome si sería muy mala idea invitarlo a mi despacho a hablar del asunto.

Uno en el que estoy involucrado.

No me doy ni cuenta de que estoy refunfuñando por lo bajo sobre el tema de Eric hasta que Óscar se sienta enfrente del escritorio, con esa expresión de docente-en-hora-de-tutorías con la que se arma cuando va a tocar un tema delicado.

—No me parecería mala idea. He estado pendiente del comportamiento de Eric y Fernando en clase y sigue habiendo entre ellos un antagonismo muy notable. Podría derivar en algo peor, como un enfrentamiento físico, si no se les para los pies.

—No puedo meter a un par de adolescentes en mi despacho si no tengo pruebas claras de que se llevan mal. Esto no es un colegio privado. Aquí no se sienta en el diván a un niño para preguntarle cómo se encuentra.

Y no lo digo porque desprecie los colegios privados, sino con la amargura de que la enseñanza pública no promueva este tipo de actitud paternal. No puedo citar a un crío problemático en jefatura con el propósito de educarlo en nobles valores si no quiero que la junta me ponga una querella por intento de adoctrinamiento. Y me irrita particularmente porque hay algún que otro chico al que se podría meter en vereda con un poco de cariño, pero ¿qué le hago si los padres son obtusos, o, peor, de naturaleza violenta?

—En este caso hay antecedentes —me recuerda Óscar—. Podemos prevenir que haya una pelea, aunque dudo que llegue tan lejos. Cuando hablé con Eric el año pasado, no me pareció que fuera ningún idiota. Sabe que, si hay bronca, va a llegar a oídos de su madre, y eso es lo último que quiere.

—Bueno, ya ha llegado a oídos de su madre. Más o menos... —murmuro. Abro el archivador y voy sacando las narraciones de los alumnos de primero de Bachillerato—. De todos modos, no sé si soy el más indicado para tener una conversación de ese tipo con él. Me ve a diario en la que ahora es su casa.

—No te ha perdido el respeto. Al menos, no me lo parece.

—Pero, como tú has dicho, no es ningún idiota. Es un chico muy perspicaz, y sabe que me traigo algo con su madre. Podría interpretar como una invasión de su intimidad y una libertad por mi parte que le diera consejos o lecciones vitales, una libertad del ámbito de la paternidad que no quiere que tenga sobre él ningún hombre, ¿entiendes? Y yo mismo sentiría que intento ser su padre. Es complicado. —Meneo la cabeza—. Habrá que hablar con la directora si las cosas se van de las manos.

—Eso sí me parece mejor —conviene, pensativo—. ¿No vas a tomarte libre el rato del recreo? Ya veo que lo que dicen de que «el mal nunca descansa» te lo creíste al pie de la letra.

—Ja, ja. Graciosito.

Echo un vistazo al reloj de pulsera para comprobar que quedan veinte minutos para la hora de libre disposición. En ese rato, al cerebro de Óscar le da tiempo a procesar un detalle que pensé, inocente de mí, que pasaría por alto.

—Por cierto, ¿a qué te has referido con eso de que te traes algo con su madre? ¿Ya hay «algo» entre Susana y tú? ¡Y parecía tonto cuando lo compramos! ¡Iba de timidito y ahora se divierte con la rubia y la morena!

—En el caso de que eso fuera cierto, no le pega nada a tu carácter feminista aplaudirme el juego a dos bandas... Pero resulta que yo no juego con nadie. Simplemente, Susana y yo pasamos tiempo juntos porque me está ayudando a ligar con Teresa.

—Ya. —Entorna los ojos, conspirador—. Pues cualquiera diría que estás usando a Teresa de excusa para ligar con Susana.

—¿Qué dices?

—Pasas de Teresa como de la mierda, tío.

—Me parece de mal gusto que compares a Teresa con... excrementos.

—A mí me parece de peor gusto que juegues con los sentimientos de las dos.

—¿Qué sentimientos? —Pongo los ojos en blanco, aunque el corazón me da un vuelco al pensar en que Susana pueda sentir algo por mí—. Eres un romántico incurable. Sal de tu realidad en *Metrosexualand* y pon los pies en la tierra, que falta te hace para darte cuenta de que no todo el mundo se enamora de su vecina a las primeras de cambio.

—Y tú a ver si espabilas y dejas de mentirte a ti mismo, que no quieres a la esposa perfecta, compañera ideal y mujer fértil. No quieres ninguna encarnación de la fantasía mujeril de los años cincuenta, de hecho. Lo que quieres es a Susana Márquez en carne y hueso.

Unos golpes en la puerta me salvan de una conversación que no estoy preparado para afrontar.

—¿Puedo pasar? —dice Marga, asomándose al umbral, pálida como el papel.

—Claro... —Arrugo el ceño al ver que le tiemblan las manos—. ¿Ha pasado algo?

Marga abre la puerta del todo. Va acompañada de tres chavales que la siguen colorados y ceñudos. Me quedo congelado en el sitio al reconocerlos: Fernando se agarra el hombro como si le doliera, tiene un ojo hinchado y la camiseta hecha jirones. Eric presiona un clínex contra la nariz sangrante, que ha goteado tanto que le ha salpicado el pecho de la sudadera gris. El labio inferior está tan inflamado que no sé si podrá mover la boca para explicar lo que ha pasado sin gemir de dolor. Suerte que lo que veo habla por sí solo. El tercer chico está indemne, por lo que supongo que vendrá en calidad de testigo o apoyo moral.

Me pongo de pie de inmediato con el corazón en la boca.

—¿Qué significa esto?

—Estaba haciendo guardia en el patio cuando los he visto —explica Marga, mirándolos aprensiva—. No parecía que fueran a pelearse, solo se estaban empujando amistosamente porque eran rivales en el partido de fútbol...

—¿Cómo se empuja a alguien de forma amistosa? —murmura Óscar.

—Carlos puede dar mejor los detalles. —Marga se retira y señala al crío entrado en carnes, también pálido y tembloroso, que da un paso hacia delante. Se recoloca las gafas sobre el puente de la nariz antes de hablar con una sorprendente templanza.

—Fernando y Eric nunca juegan en el mismo equipo, siempre en el contrario. La discusión ha empezado como casi todos los días: Fer le ha dicho que es un manta. Eric suele quedarse callado, pero cuando han seguido los insultos, pues... se le ha tirado encima.

Lanza una mirada a su amigo con la que parece pedirle disculpas por el chivatazo.

Eric no lo mira.

No mira a nadie.

—Los dos se llevan mal desde hace mucho tiempo —prosigue el chico—. Empezó cuando jugaban al fútbol sala en las extraescolares, pero, últimamente, Fernando se ha pasado todas las clases insultando a Eric... —carraspea—, y a su familia.

—Cállate, Carlos —espeta Eric entre dientes.

Carlos no lo escucha. Demuestra una lealtad hacia su amigo infrecuente en un niño de su edad, además de saber distinguir los matices de la justicia: da otro paso hacia mí y continúa, preocupado por la situación pero dispuesto a poner todo de su parte para solventarla:

—También ha estado insultándolo en las redes sociales. Fernando, digo. Se ha creado una cuenta falsa para meterse con él y todo. Yo lo he visto. Y en los últimos días ha intentado convencerlo de quedar con él a la salida del instituto para pegarle...

—¡Que te calles! —Eric iba a añadir algo más, pero le da un fuerte ataque de tos que me sirve para ordenar mis ideas.

—¿Tú no tienes nada que decir? —le pregunto a Fernando, que se limita a negar con la cabeza, con el morro torcido—. Vaya. Seguro que todos tendremos alguna aportación que hacer cuando llame a vuestros padres.

—¡Pues llámalos! Me la suda —escupe Fernando.

Procuro mantener la calma. No quiero ni imaginarme cómo se va a poner Susana cuando vea a Eric sangrando por varios orificios. Intento repetirme que no es mi problema, porque no lo es, ya estaba ahí antes de que yo apareciera en escena, pero, de algún modo, me siento culpable.

—Marga, llama a los padres de Fernando. Diles que es una urgencia y que, si necesitan un justificante para el trabajo, se lo facilitaremos mañana mismo, pero me temo que la reunión no puede pasar de hoy. Óscar, tú encárgate de contactar con la madre de Eric. Mientras llegan, voy a tener una conversación con estos dos tipos duros en el despacho.

Les tiendo el auricular inalámbrico que descansaba sobre el escritorio y gesticulo secamente hacia el despacho contiguo, donde está la agenda con los números de los parientes. Una vez desaparecen, comentando por lo bajo la situación, les ordeno que se sienten.

—¿Yo también, jefe? —pregunta Carlos.

—Tú también. Confío en que me dirás si alguno de los dos está mintiendo.

Carlos asiente con la cabeza, sin inmutarse por la mirada de advertencia que le lanza Eric. Fernando, en cambio, no despega los ojos del suelo en ningún momento.

Tan gallito para algunas cosas y tan cobarde para otras... Estoy ansioso por descubrir qué clase de energúmeno lo ha criado.

Apenas pasa media hora hasta que puedo juzgar por mí mismo.

El padre de Fernando, un tal Pablo, llega antes. Por lo visto, el edificio donde trabaja —una monstruosidad de cincuenta pisos en cuya penúltima planta se encuentra la empresa automovilística que codirige— se encuentra a quince minutos andando. Susana aparece diez después, jadeando como si hubiese venido corriendo y vestida con el uniforme de trabajo: un polo azul de manga larga con las letras amarillas de OnePhone estampadas en una esquina del pecho.

Pablo ya se ha hecho una ligera idea de lo ocurrido en cuanto ha visto en qué estado se encuentra Eric, a quien Marga está atendiendo con el botiquín de dirección. Susana, en cambio, nada más llegar y verlos a todos reunidos, no puede reprimir una mueca de asombro.

—¿Pablo? ¿Qué haces aquí?

Él sonríe con tristeza.

—Pues ya ves...

Entre el *shock* de Pablo y la preocupación de Susana al comprobar el estado en que se encuentran los niños, la conversación no da para más. Ella misma la corta para apresurarse a atender a Eric, que no se atreve a mirarla a los ojos. A diferencia de Pablo, que lo primero que le ha preguntado a su hijo es «¡¿Qué coño has hecho ya?!», Susana murmura unas palabras de aliento con voz llorosa y se decanta por un conciliador «¿Qué ha pasado?». Son diferencias muy notables para alguien que lleva años dedicándose a mediar en este tipo de conflictos, lo suficiente para deducir a simple vista quién es un buen padre y quién se queda en el intento, porque no dudo que Pablo se haya esforzado.

Ahora recuerdo y, sobre todo, comprendo lo que Susana me dijo en este mismo despacho hace ya dos meses. Me pidió que tratara con Eric, que me molestara en conocerlo para ver el reflejo de su trabajo como tutora. Si le hubiera hecho caso, probablemente no me habría atrevido a lanzar las acusaciones que hice con mala idea, y todo por culpa de un rencor acumulado que, en realidad, ni siquiera iba dirigido a ella o a las mujeres como ella, sea lo que sea lo que signifique eso, sino a una sola, algo que Alison no ha tardado en hacerme ver.

—Por favor, siéntense. —Con la mano, señalo el sofá para dos pegado a las estanterías.

Los niños permanecen sentados en las sillas frente al escritorio, sin interactuar, con miradas vidriosas y visible dolor físico. Ya han hablado y gritado hasta desahogarse a solas conmigo.

Carlos, cumplida su labor de polígrafo, se ha marchado a dar la clase de Matemáticas.

Ambos padres obedecen, sumidos en un silencio tenso. A simple vista se percibe entre ellos la complicidad de dos personas que han compartido mucho más que espacio o confidencias y que han sabido dar por zanjada la relación en condiciones, como cabe esperar en dos adultos funcionales. Susana no me lo ha mencionado, pero yo ya sabía que tuvieron un rollo hace algún tiempo.

Prefiero no pensar en cómo me hace sentir la posibilidad de que aún se profesen algún cariño. En cambio, decido quedarme con lo bien que habla de los dos que no se tiren los trastos a la cabeza.

—Este problema que están ustedes viendo se remonta al año pasado —comienzo, ya sentado—. ¿Estaban al corriente de ello?

—No —responde Susana de inmediato—. Sé que Fernando y mi hijo no se han llevado bien nunca. Estaban apuntados a la misma actividad extraescolar cuando tenían unos siete u ocho años y, bueno, Fernando era la estrella del equipo y Eric no destacaba por sus habilidades. Eso era motivo de burla constante, tanto que su entrenador nos citó a Pablo y a mí para comentarlo.

—Así fue como nos conocimos —agrega Pablo.

—Pensaba que estaba resuelto —murmura Susana, entrelazando los dedos con nerviosismo—. No han vuelto a decirme nada, y no se ha mencionado el tema en casa... O sea, Fernando estaba en otro colegio en ese entonces. Entró en el Ángel Ganivet en quinto de Primaria, si no recuerdo mal.

—Sí, justo cuando mi exmujer y yo nos separamos —confirma Pablo.

—Al principio me preocupó enterarme de que Fernando había caído en la misma clase que Eric, por lo que pasó cuando eran más pequeños, pero mi hijo nunca me dio motivos para insistir y... y lo pasé por alto —confiesa con aire culpable.

—La verdad es que el motivo de la pelea no tiene nada que ver con el fútbol. —Me giro hacia Pablo. Como no se le ve tan desconcertado como Susana, me resulta fácil deducir que espera cualquier cosa viniendo de su pequeña creación—. Fernando pasó todo el curso pasado molestando a Eric. Este año, ese *bullying* se ha acentuado hasta derivar en lo que ven: una pelea física. Eric no ha querido decirme con claridad cuál ha sido el motivo, pero se abrió con otro profesor cuando concluyó el sexto curso y me temo que ustedes dos están involucrados.

Hago una pausa para carraspear y meditar muy bien lo que voy a decir. Por fortuna para mí y para quienes van a tener que escucharme, en asuntos relativos a alumnos soy absolutamente diplomático, algo que me cuesta demostrar en otros ámbitos.

—Por lo visto, la relación amorosa que mantuvieron hace algún tiempo sigue siendo motivo de fricción entre los niños.

—A mí no me importa —espeta Eric, lanzando una mirada furibunda a Fernando—. Es él quien no lo deja estar. ¡Y quien no me deja en paz a mí!

—¡Fuiste tú quien empezó a pegarme! —le escupe Fernando.

—¿No tenías tantas ganas de pegarme tú a mí? —le espeta el otro, bravucón—. Te lo he puesto fácil, gilipollas.

—Eric —interrumpe Susana, mirándolo como si no lo conociera—, ¿qué estás diciendo? ¿Podrías explicarme qué es lo que pasa?

Eric desvía la mirada al suelo con la mandíbula desencajada, una zona también inflamada por los golpes. Sin embargo, es Fernando quien habla, envalentonado, después de coger aire:

—¡Lo que pasa es que me has arruinado la vida! ¡Por tu culpa, mi madre y mi padre no están juntos!

Susana apenas pestañea, incrédula. Es Pablo, azorado, el que sale a defenderla:

—Eso no es así, Fernando. Te lo he explicado cientos de veces. Tu madre y yo ya estábamos separados cuando empecé a salir con Susana, y, de todos modos, hace muchísimo tiempo desde que ya no nos juntamos. Años. —Busca la mirada de Susana para que lo confirme, y ella asiente frenéticamente en señal de apoyo.

—¡Eso me da igual! ¡Mamá siempre dice que, si ella no hubiera aparecido, tú y yo nos habríamos quedado en casa!

—¿Y tú te crees a tu madre? —Pablo tuerce la boca. Se le ve con intenciones de añadir un comentario acusador sobre la tercera en discordia, pero en el último momento recobra la compostura—. Este no es el lugar para mantener esta conversación. Cuando volvamos a casa, lo hablaremos largo y tendido, y delante de tu madre, que te aseguro que desmentirá todas esas tonterías. Solo puedo asegurarte que...

—¡No quiero hablar contigo! ¡Eres un cabrón, y ella es una puta!

Susana no se mueve. Permanece sentada, con la espalda recta y los dedos entrelazados en el regazo. Ni siquiera parece ofendida, y a juzgar por su mirada fija y su perspicacia, diría que ha pensado lo mismo que yo: que el niño solo está reproduciendo un discurso mil veces escuchado de la boca de otra persona.

El que sí reacciona mal es Eric, que se gira abruptamente y se abalanza sobre Fernando con tanto ímpetu que la silla está a punto de volcarse hacia su lado.

—¡Basta!

Mi orden los apacigua por un momento. Los niños regresan a sus sitios de inmediato, pero Eric no deja de mirar al otro con una promesa de venganza reflejada en sus ojos. Es chocante ver a un niño tan dulce y cariñoso con cara de «te mataré en cuanto te descuides», y me consta que a Susana también le asombra su comportamiento.

—Este es un problema que las familias deben resolver por separado en sus hogares, de modo que no afecte al entorno escolar —dictamino—. La única solución que puede ofrecer el centro es, en primer lugar, la suspensión temporal de ambos alumnos. Quizá, un par de semanas alejados de todo esto les dé perspectiva y tiempo para pensar en lo que ha pasado y rectificar sus actitudes.

»Se les cambió de clase a inicios de curso por petición de Eric. —Esta aseveración capta la atención de Susana, que mira a su hijo con tristeza. Debe de ser otra de las cosas de importancia capital que le ha ocultado—. Pero, como ya se ha visto, solo ha servido para retrasar lo inevitable.

»Este tipo de conductas son inadmisibles —continúo—, y han de servir de ejemplo a los niños para comprender que en el Ángel Ganivet no se tolerará ni el abuso de hoy ni el acoso que lleva perpetuándose desde el año pasado. Por lo tanto, la directora y yo deliberaremos en junta durante los próximos días la expulsión definitiva de Fernando del centro y su reubicación en otro cercano.

Pablo ni siquiera lo discute. Asiente, resignado.

—¿Por qué yo? ¡Ha sido él quien ha empezado! —se queja Fernando.

—¿Te lo tienen que explicar otra vez? —interrumpe Pablo en tono autoritario, callando de inmediato a su hijo—. Este pobre chico ha explotado después de que lleves años acosándolo. Debería darte vergüenza, Fernando.

—La verdad es que preferiría irme yo —confiesa Eric. La sala se queda en silencio mientras él habla, inseguro y furioso por tener que reconocer su situación de vulnerabilidad—. Fernando no es el único que se divierte a mi costa. Hay muchos gilipollas que le ríen las gracias, y yo estoy harto. Si pudiera cambiar de instituto...

—Cobarde —masculla Fernando con una media sonrisa.

—Haz el favor de cerrar el pico —sisea Pablo, al límite de la paciencia. Luego se dirige a Eric—: Entiendo tu situación, pero no deberías darles el gusto de ver cómo te rindes. No te vayas por la puerta de atrás. En cuanto Fernando sea reubicado en otro sitio, estoy seguro de que se calmarán las aguas.

—No hace falta tomar una decisión ahora mismo —intervengo—. El primer trimestre concluye el mes que viene. Ambos pueden terminar sus exámenes y meditarlo con calma. Antes de que comience el segundo trimestre, ya nos preocuparemos nosotros de trasladar el expediente a otro centro de su elección. Independientemente de si Eric desea o no permanecer en el Ángel Ganivet, se mantendrá la suspensión temporal de ambos.

—¿Eso sería todo? —inquiere Pablo.

—Así es. Pueden marcharse.

—Muy bien. —La respuesta de Pablo obtiene como contrapartida una mirada furibunda de su hijo.

—Mamá no habría dicho «muy bien». Mamá me habría defendido. —La voz se le quiebra, y por esa grieta se pierde toda la rabia. Entra, en la misma medida, la tristeza de un niño incomprendido—. ¡Te odio!

Es el primero en levantarse y salir de jefatura, cubriéndose la cara con el antebrazo para ocultar un llanto desconsolado. Incluso Eric se queda frío en el sitio al ver su reacción, en la que no parece regodearse. Tampoco lo hace Susana, que no duda en ponerse de pie y salir tras él.

—Susana —la llama Pablo, turbado—, ¿adónde vas? Será mejor que no te acerques a él, ya ves que está a la defensiva. Podría decirte algo hiriente y...

—Descuida. Creo que sé cómo calmar a un niño.

Capítulo 19

Ojalá «más», pero siempre es menos

Elliot

Sale del despacho dejando la puerta entornada. Todos guardamos silencio e incluso reprimimos el aliento, como si esto pudiera facilitarnos la escucha de la conversación. Ya se oye el llanto de Fernando, que Susana intenta consolar con un «chisss» que seguro que acompaña con caricias en los brazos o palmaditas en la espalda.

—Venga, no llores, que te pones muy feo.

—Déjame en paz.

—Lo haré, tranquilo. Después de hoy no vas a volver a verme, ni a mí, ni a Eric, te lo prometo, pero antes tienes que relajarte y escucharme. ¿Hay trato? —Hasta donde estamos nosotros, su voz llega débil, pero clara como el agua. Lo que no se oye del todo son los murmullos de Fernando, que alterna hipidos con acusaciones—. Vale, déjame hablar y luego hablas tú, ¿de acuerdo? Seguro que los dos tenemos muchas cosas que decirnos.

»Fernando —empieza con suavidad—, no tengo ni la menor esperanza de hacerte cambiar de opinión. Estoy convencida de que quieres a tu madre con locura y que todo esto que ha pasado entre tu padre y ella te ha sobrepasado. Pero quiero que sepas —me la imagino poniendo una mano sobre su pecho, tanto como sé de su lenguaje corporal— que nunca ha sido mi intención hacerte daño. Jamás se me ocurriría destruir un hogar, porque tengo uno y sé la felicidad que brinda.

»Si tu madre estuviera dispuesta, me sentaría a hablar con ella, pero intuyo que no serviría de nada. Cuando tenemos el corazón roto, las mujeres... o, bueno, mejor dicho, las personas no somos muy racionales, por así decirlo. Solo quiero pedirte que aceptes mis disculpas y, por favor, dejes a mi hijo tranquilo. En los recreos que os queden, en redes sociales, en WhatsApp, incluso a través de tus amigos... solo aléjate de él, ¿vale? Es un chico excepcional, como probablemente lo seas tú cuando no te enfadas, y estoy cien por cien segura de que, de no haber sido por este percance, os habríais llevado muy bien.

Hay un silencio en el que es imposible distinguir los susurros de Fernando. Solo sé que se ha tranquilizado, porque deja de sonar agresivo. Esto asombra a Pablo, que yergue la espalda y se queda mirando la puerta sin verla en realidad, posiblemente turbado porque una persona ajena a la unidad familiar esté demostrando más mano izquierda que él a la hora de apaciguar a su hijo.

No consigo concentrarme en lo que sigue de conversación, en parte porque bajan la voz y los sollozos de Fernando se mezclan con el tono conciliador de Susana. Yo solo pienso, de nuevo, en aquella vez que la cité en mi despacho, cuando la ametrallé con reproches que no se merecía y que ella esquivó con la seguridad de quien sabe que hace las cosas bien y nadie va a convencerla de lo contrario. Recuerdo que me enervó su atrevimiento, que la odié durante esos segundos que se creció y trató de darme lecciones. ¿Cómo no iba a darme lecciones de maternidad, si yo no he sido madre, si yo solo manejo las incidencias de un centro escolar como puede hacerlo un policía en comisaría o el alcalde de un ayuntamiento?

Tengo que aferrarme al borde de mi escritorio para no levantarme e ir a pedirle disculpas por mi ceguera. Pero no tengo perdón, porque fue una ceguera voluntaria. Vi lo que deseaba ver para tener con quien desahogarme, porque la persona contra la que habría querido dirigir mi frustración no estaba presente.

Es una de las desventajas que tiene el dolor, que actúa como una venda y te vuelve un obtuso insoportable, y, cuando no, te convierte en un egocéntrico incapaz de aceptar que hay algo más allá de la autocompasión. Eso es lo que caracteriza a los paranoicos como yo: nos vemos reflejados en cada insignificante problema de la vida de los otros, en cada persona que se cruza en nuestro camino, y nos creemos que el mundo está contra nosotros. Y yo, como no sé reaccionar o manejar de otra manera los sentimientos que a menudo me corroen por dentro, hago lo primero que se me ocurre, ponerme a la defensiva y morder.

Todo esto me lo ha explicado Alison, pero, igual que Susana dijo una vez, la teoría es insuficiente para comprender un problema en todas sus dimensiones. Esta es la práctica que necesitaba para caer en la cuenta de que no puedo seguir así. Y Susana me sirve de ejemplo. Puede no ser la madre perfecta, porque, para ser perfecta, una tiene que ser adivina, omnisciente y omnipotente, y ella solo es una persona. Una persona feliz.

Cuánto ganarían los críos de este mundo con una madre feliz al mando del barco.

—... escuchar e intentar comprender a tu padre. Sé que ahora parece imposible, pero no deja de ser tu familia. Está ahí. Vive bajo tu mismo techo. ¿Por qué no hacer la convivencia más tranquila? ¿Es que quieres estar enfadado siempre, Fernando? ¿Crees que es bueno para alguien, empezando por ti...?

Pablo lleva un rato moviendo la pierna y frotándose las

manos con impaciencia. Hasta que por fin explota y se levanta de la silla para intervenir, dejándome a solas con Eric.

Como pasa siempre que dos personas se quedan en la única compañía de la otra, me siento impelido a hablar. Sobre todo desde que parece que nuestra próxima interacción será violenta debido a lo que ha presenciado esta mañana.

—¿Te duele mucho?

Creo que esperaba un pronto colérico al estilo de Fernando, y no sé por qué, si conozco a Eric lo suficiente para saber que no es como él.

Esboza una sonrisa despectiva hacia sí mismo.

—Me duele el orgullo. He empezado yo, pero me ha hecho polvo. Si no nos hubieran separado, creo que habría acabado llorando, y él, riéndose de mí.

—Pues espero que no le des la revancha por ese motivo. Ni dentro de la escuela, ni fuera de ella —le advierto.

Eric asiente, en apariencia tomándose muy en serio lo que le digo. ¿Será verdad? ¿Se lo está tomando en serio o solo pone esa expresión angelical para satisfacernos a nosotros, los adultos?

A veces pienso que los críos siguen el precepto de darnos la razón como a los locos.

Empieza a juguetear con la cremallera de la sudadera. Yo le observo, preguntándome si sería buena idea sacar ese tema, el que me involucra. Opto por el terreno neutral y decido que no está el horno para bollos como para introducir una conversación de mayores.

Apoyo los codos sobre el escritorio y me inclino hacia delante para quedar más cerca de él.

—Oye, tengo que secundar a Pablo en el asunto del cambio de centro. —Procuro sonar comprensivo—. No tienes por qué hacerlo si te gusta el instituto, y sé que tienes buenos amigos aquí. Si es por los matones, me das los nombres y los pongo firmes en un abrir y cerrar de ojos.

—No pasa nada. Es verdad que echaré de menos a mis amigos, pero si son mis amigos de verdad, los veré fuera —responde con madurez, y, para mi sorpresa, prosigue sin perder el tono firme y seguro—: Además de que esté harto de todo y de todos, creo que me convendrá estar en otro colegio si mi madre y tú empezáis a salir. No quiero que se repita la historia.

La franqueza con la que me habla está a punto de ruborizarme, aunque no es un hecho fuera de lo común: los adultos tenemos que agachar la cabeza cuando los niños, con su inocencia y sinceridad, nos demuestran que tenemos mucho que aprender de ellos.

—Si lo dices por lo de esta mañana, ha sido algo un poco... —Carraspeo—. Tu madre ha recibido una muy buena noticia, que seguramente ya te habrá contado, y estaba tan entusiasmada que...

Eric ladea la cabeza para mirarme con cara de «no me cuentes milongas», y de alguna manera se las apaña para sonar respetuoso cuando me responde:

—Oye, tengo novia y he visto algunas películas, ¿sabes? Sé cómo es un beso a un amigo y cómo es un beso a una persona que te gusta.

¿Por qué no me traga la tierra?

Que Susana me dé consejos románticos tiene un pase, incluso que Óscar sea el gurú del amor, pero que un crío me tenga que enseñar cómo funciona el arte de ligar, me supera.

Tiene razón, no debería tratarte como si fueras idiota —admito a regañadientes—, pero lo digo de corazón. No creo que tu madre y yo lleguemos a... ese punto. Sí es cierto que ha sido inevitable entablar cierta... amistad, o, al menos, lograr una relativa camaradería con ella debido a la cercanía y al roce de estos meses, pero...

Pero ¿qué? Vamos, tengo que decir algo, ofrecer un argumento sólido que este niño con cerebro hiperdesarrollado pueda tragarse. No lo consigo, y si no lo consigo es porque no se me ocurre una mentira a tiempo.

Una chispa de esperanza se ha encendido dentro de mí. Lo ha hecho esta mañana cuando, emocionada, Susana me ha hecho recordar los juguetes que me gustaban, como si fuera feliz imaginando al Elliot niño, como si quisiera conocerme o comprenderme. No solo no quiero desmentir lo que insinúa, sino que deseo aferrarme a ese escenario hasta que se haga realidad.

Ella y yo...

«Ah, venga ya —me reprocha mi voz interior—. Sería surrealista».

Que se lo pase bien conmigo o que haya conseguido hacerla reír un par de veces no significa que «esté por mí», como dicen los adolescentes... o decían cuando yo era un adolescente. Eso solo es indicativo de que Susana es amiga de todos, hasta de los que de vez en cuando dejamos mucho que desear.

La puerta se abre y aparece la reina de Roma. Sola, lo cual tiene que significar que Pablo y Fernando me han hecho caso y regresan a casa para empezar su particular terapia familiar.

—Has estado muy bien ahí fuera —la felicito, en deuda con ella por las afrentas del pasado—, aunque ha sido muy arriesgado que propusieras verte con su madre.

Susana compone una mueca desdeñosa.

—No me vería con esa bruja del diablo ni aunque me pagaran —espeta, dejándome anonadado—, pero era lo que Fernando quería escuchar. A veces solo se puede calmar a estas criaturas con mentirijillas.

—¿Así es como me educas a mí? ¿Con mentiras? —se mete Eric. Ha heredado de su madre lo de hacer una broma para destensar el ambiente.

Susana lo acusa con el dedo.

—No actúes como si te acabaras de enterar de que los adultos son unos impostores. Descubriste a los Reyes Magos cuando tenías siete años.

—Porque metiste uno de los regalos en mi armario —espeta.

—¿Y dónde querías que los metiera, si vivíamos en un estudio de cuarenta y cinco metros cuadrados? Las quejas al Ayuntamiento de Madrid o al Estado, que son quienes no regulan los precios de los alquileres para que pueda permitirme un sótano donde meter los regalos. Además, te elegía yo la ropa en esa época. Era imposible que abrieras las puertas tú solito.

Eric no contesta, Susana no añade nada más, y yo, de pronto, siento que sobro.

Tienen mucho de lo que hablar, empezando por lo que parece un labio partido y una nariz que sangra. No me alegra tener que salir de mi despacho para que hablen —es mi despacho, a fin de cuentas—, pero acabo levantándome con la excusa de ir al servicio para que entren en materia.

Apenas estoy cerrando la puerta cuando Susana se acerca a Eric y este se abraza a ella tan fuerte que sus dedos le arrugan el polo por detrás.

—¿Me perdonas? —se preguntan los dos a la vez.

Luego se ríen y, aunque no está todo dicho, por lo menos sé que por hoy ha quedado zanjado.

Volviendo del baño, al que al final he ido dando un lento y pensativo paseo, diviso a Teresa al fondo del pasillo. Mi primer impulso es apretar el paso y desaparecer tras la primera puerta que encuentre. Le debo una explicación por no haberla llamado ni haberle escrito acerca de la nueva fecha de nuestra cita.

—Elliot —me llama, entornando los ojos tras las gafas. Respira con dificultad—. He oído que ha pasado algo con unos alumnos. ¿Está todo bien?

—Sí, ya se ha resuelto. Tengo que reunirme con la directora para discutir el asunto de la suspensión de ambos y el cambio de centro de uno de ellos, pero estoy seguro de que coincidirá conmigo y se resolverá sin mayores incidentes; a más tardar, la semana que viene.

—¿Cuándo vas a citarte con ella?

—Esta tarde, es lo más probable.

—Vaya... —se lamenta—. Te iba a decir de vernos un rato hoy, a la salida. Me toca venir a dar unas clases de refuerzo a las cuatro, y era por si coincidíamos para tomarnos una tapa.

Pruebo con una sonrisa amable.

—Otra vez será.

Teresa chasquea la lengua. En apariencia preocupada, me pone la mano en el hombro en una especie de consuelo. Ladeo la cabeza hacia ese punto que está tocando e intento no fruncir el ceño.

Se me hace tan poco natural el tacto de la gente... Bueno, de alguna gente, en realidad. O más bien se me hace demasiado natural el tacto de una mujer en comparación con el de las demás.

—Debes haber pasado muy mal rato —susurra, comprensiva.

—Es mi trabajo.

—Marga me ha dicho que ha sido desagradable.

—Porque Marga es una persona sensible, aunque es cierto que nunca te diviertes mediando en conflictos como ese... Y menos cuando sabes que deberías haberlo hecho antes. —Tuerzo la boca.

Siento sus ojos oscuros sobre mí, mirándome en busca de una señal.

—¿Te sientes culpable?

Estoy pensando qué responderle sin desvelar demasiado sobre mí, cuando me distrae el repiqueteo de unos zapatos por el pasillo. Me pongo en tensión al reconocer a Susana, que camina hacia nosotros con seguridad pero con gesto cauteloso.

Eric la sigue muy de cerca, más calmado.

Al llegar a nuestra altura, Susana se queda observando un

segundo la parte de mi cuerpo donde Teresa tiene colocada la mano. Luego me mira a mí.

—¿Interrumpo?

—No, para nada. —Me giro hacia ella, haciendo que la mano de Teresa quede suspendida en el aire—. ¿Todo bien?

Susana saluda con educación a la profesora de Historia antes de volver a mirarme. Para ese momento, el mundo entero desaparece. Lo hace de forma metafórica, pero Teresa entiende el mensaje literalmente, porque se marcha mascullando algo por lo bajo.

—Gracias por resolver esto con tanta diplomacia. —Susana me sonríe por educación—. En los próximos días te haré saber la decisión que haya tomado Eric. Creo que debe pensarse lo de cambiar de instituto.

—No nos gustaría perder a un estudiante modélico como él.

Se nota que miento como un bellaco para alargar la charla, porque, hoy por hoy, Eric no es ningún alumno ejemplar. En Primaria no se le podía decir nada que no fuera «brillante», pero entre los rifirrafes con Fernando y la preocupación porque su madre no se enterase, no se puede decir que haya hincado mucho los codos.

—Haré lo que pueda, pero no voy a influenciar su decisión de ninguna manera. Después de todo lo que ha pasado, lo mínimo que le debo es una concesión.

Le hace un gesto a Eric, que espera a que termine de hablar unos cuantos pasos alejado. Este le pide más tiempo al ver salir a Carlos de una de las aulas del pasillo, con el que se queda charlando por lo bajo.

Susana suspira.

—Bueno, nos vamos. Supongo que ya te veré por el edificio... A lo largo de esta semana, cojo mis bártulos y vuelvo al 2.º B. Han terminado de arreglar la cocina y, aunque quedan cosas por gestionar, la vivienda es habitable.

La noticia me sienta como una patada en el estómago.

—¿Cómo? ¿Ya os vais?

—¿Cómo que «ya»? Llevamos ahí casi dos meses, Elliot, es un abuso. —Se ríe sin fuerzas—. Después de lo que le dije a tu madre, tampoco me sentiría del todo cómoda, y eso por no mencionar el tema de que seas el jefe de estudios de mi hijo.

—¿A qué te refieres? Llevo siendo el jefe de estudios de tu hijo desde que me conoces.

—Sí, pero antes no... —Que no encuentre las palabras me preocupa. Si ella, que siempre sabe qué decir, no sabe cómo plantear un problema, ¿qué nos espera a los demás?—. Elliot, tú entiendes a lo que me refiero. Han estado muchísimo tiempo haciéndole *bullying* a mi hijo porque salí formalmente con el padre de un alumno. Era mi novio —recalca en tono de advertencia—, aunque lo fuera solo por unos meses. ¿Te puedes imaginar lo que pensarán si me ven cerca de ti, o hacer lo que...? Bueno, si me ven coquetear contigo para ponerte a prueba y prepararte para Teresa. Si decide marcharse, a Eric le quedará un mes en este colegio, tiempo suficiente para que le hagan la vida imposible. Y eso si decide irse, porque si opta por aguantar, se estaría arriesgando a pasar los próximos cinco años siendo «el de la madre promiscua».

—Eso es una estupidez —me quejo—. No pienso permitir que ocurra de nuevo. Se respetará a Eric igual que a su madre.

Susana se mantiene en sus trece, los hombros cuadrados y la mirada fija en mi rostro.

—Elliot, mi hijo tiene la cara hecha un cristo porque todo el mundo piensa que su madre es una furcia y creen que tienen que hacérselo pagar —replica en tono implacable. Juraría que se me ha evaporado la sangre—. Aunque yo no esté de acuerdo con esas tonterías y viva conforme y orgullosa de quien soy, Eric tenía razón al decir una cosa, y es que a nadie le importa la verdad: todos se aferran al chisme como garrapatas. Así que voy a hacer todo lo posible para convertirme en un ejemplo en el entorno de Eric, y no estaré siendo un ejemplo de nada si me besuqueo contigo o ando dándote lecciones de cortejo contemporáneo. ¿Lo has entendido?

—Nadie tendría por qué enterarse de nada —me oigo decir, impaciente—. La clave no está en prohibirlo, sino en ser discreto.

No se me escapa lo desesperado que sueno, exactamente como lo que soy: un hombre desesperado por convencer a una mujer de que se quede con él. De que se quede con él ¿cómo?, porque no es como si hubiésemos tenido un idilio en toda regla.

Quizá eso es lo que me escuece, que me está quitando algo antes de haberlo tenido. O, mejor dicho, antes de admitir, aunque sea ante mí mismo, que quiero tenerlo y luchar por conseguirlo.

La recorro con la mirada como si fuera la última vez que voy a verla.

Lleva el pelo recogido en una coleta alta y tirante, los ojos maquillados y los labios brillantes y más carnosos gracias a una cobertura transparente que parece de azúcar: uno de los *gloss* que siempre lleva consigo y con el que se retoca cuando cree que no la veo, pero ahí comete un grave error, porque yo siempre la estoy viendo, la persigo con la mirada, no le doy tregua. No me doy tregua a mí.

Solo me llega por el pecho, pero me siento minúsculo a su lado como si fuera ella la que midiera dos metros, porque, en realidad, ella es grande, enorme. Susana es esa «verdad como un templo» de la que hablan, concentrada en cincuenta o sesenta kilos de carne y huesos; qué sabré yo cuánto pesa con exactitud, si es una carga que no me permitirá llevar sobre los hombros con orgullo.

—¿Qué más te da? —Suena incrédula—. No es como si yo te cayera bien, Elliot. Debería alegrarte muchísimo perderme de vista.

—¿Cómo que no me caes bien? Puede que no haya estado

muy acertado expresándolo, pero ya te he pedido disculpas por mis prejuicios... Y creo que no estamos en el mismo punto en el que empezamos. Ambos —agrego—, porque tú tampoco te has cortado en ningún momento a la hora de burlarte de todo lo que soy.

Susana mira a un lado y a otro de la galería para asegurarse de que nadie nos oye. Eric sigue cascando con Carlos junto a los baños, ajeno a la discusión.

—¿Y crees que eso nos convierte en amigos? —susurra, meneando la cabeza con incredulidad—. ¿Que nos hayamos pedido disculpas?

«Esperaba que nos hiciera algo más, porque amigos no podríamos ser nunca, y me temo que eso es por mi culpa».

Aparto ese pensamiento, angustiado.

—Me sigues debiendo una —le recuerdo.

No quería recurrir a un recurso tan bajo, pero no me ha dejado otro remedio.

—Si lo dices por lo de tu soñado romance, Teresa está más que interesada en ti. —Señala con el pulgar a su espalda—. Mi trabajo ya ha terminado.

—No, no ha terminado.

Me frustra no dar con las palabras perfectas para que entienda cómo me sienta que de repente quiera desaparecer de mi vida.

Susana se pellizca el puente de la nariz, tratando de mantener la calma.

—No puedo hacer todo el trabajo por ti, Elliot... ¿O es que también quieres que me meta en la cama con ella en tu lugar?

—Esa es una de las cosas que yo no sabría cómo hacer, por poner un ejemplo.

Tendré que admitir que me comporto como un inútil delante de Susana. Qué lamentable, inspirar su lástima para que permanezca a mi lado, con el riesgo que eso supone para que me vea como un hombre hecho y derecho.

—No pasa nada. —Lo desestima con un gesto desdeñoso—. Son pocos los hombres que saben cómo complacer a una mujer en la cama, tengan la experiencia que tengan. No vas a destacar para mal por muy penco que seas.

—Pero tú me prometiste...

Susana bizquea, y elige ese momento para perder la paciencia.

—¿Y cómo quieres que te ayude en ese aspecto? —suelta, hastiada—. No pienso arriesgar más la paz mental de mi hijo, y ni mucho menos su integridad física, para que tú te eches novia. Eric es lo primero para mí, y ya has visto cómo ha reaccionado esta mañana al vernos juntos. Ya has visto también cómo se ha puesto cuando un niñato con una madre que es peor que el diablo le ha soltado en el recreo que el parque del Oeste es mi hábitat natural. No voy a permitir que me guarde rencor eterno, como tú le tienes a tu madre, por algo que puedo cortar de raíz a la de ya.

Nunca se me ha ocurrido pensar que yo pudiera ser para ella algo imprescindible. Sería ridículamente ingenuo. No obstante, su afirmación me cae como un jarro de agua fría, y decir lo contrario sería mentir.

Para mí, ella también es algo que puedo cortar de raíz. No creo que nadie sea para siempre, no creo que haya nadie inolvidable, no creo que la vida se nos desmonte si retiramos una pieza, como en ese juego familiar que veía anunciado en televisión y que supe que nunca tendría, al igual que otras cosas, porque me faltaba con quien jugar. No obstante, en ciertos momentos que hemos vivido juntos ella y yo, he pensado que sí. Por un efímero —aunque determinante— momento, Susana me ha hecho creer que marcaría mi vida y que no podría arrancarla de mis delirios, de los fracasos que me duelen, por mucho que lo intentara.

—Lo entiendo —acoto con sequedad—. Créeme que lo entiendo.

—Pues haz que lo parezca. —Suaviza el tono y baja los hombros para agregar, con una mirada resignada—: No quiero llevarme mal contigo. Ya me llevo mal con millones de personas que ni siquiera conozco.

—Es porque no te conocen —recalco.

Quiero abrazarla. Quiero abrazarla siempre, pero ahora más, porque ha puesto *esa cara*: la expresión frustrada que se le escapa cuando recuerda que, en la mente de los demás, ella vive en ese círculo del infierno que mencionó, el de Cleopatra. Puede que no se dé cuenta o que prefiera ignorarlo, pero sé que es un pensamiento que se aferra a su cabeza como las rémoras a los tiburones, y que muy a menudo la agobia: el de tener que resignarse a estar acomplejada porque nadie la entiende, porque se supone que las piezas contradictorias que la forman —la madre, la *femme fatale*, la ama de casa, la Eloise de Rufino, según ella— no deberían encajar y, por ende, ella, como un «todo», tampoco puede hacerlo en determinados entornos sociales.

Susana me coge de la mano y me la aprieta.

—Sé que ha sido un placer para ti haberme conocido. —Me guiña un ojo, volviendo a su encanto natural—. Y puedo decir lo mismo: quien no te aprecia es porque no te conoce, o, mejor dicho, porque no te dejas conocer. Permite que Teresa lo haga y la tendrás en el bote. Ese es el mejor consejo que puedo darte, que seas tú mismo. Tienes mucho potencial. Libéralo y saldrá ese gran corazón que escondes... muy en el fondo.

Me limito a contestar el recurrido «gracias» para no forzar demasiado el nudo de mi garganta. Le devuelvo el apretón de manos.

—Hasta luego, Elliot —se despide en tono aterciopelado.

Aparta la mano que me ha dado para levantarla y apresurar a Eric, que se agarra a ella igual que acabo de hacer yo. Pero, a diferencia de mí, él lo hace sin ningún pudor, y se deja guiar por su madre para marchar pasillo abajo.

Que se haya permitido airear su amor por ella de cara a la galería solo puede significar una cosa: que no piensa volver al colegio. Los niños de la ESO jamás le dan la mano a sus madres, aunque puede que Eric esté hecho de otra pasta y solo pretenda reivindicar a la suya, defenderla en silencio del acoso que ha sufrido aun sin estar presente.

No me sorprendería. Estoy seguro de que la rabia hacia Susana que ha demostrado estos días solo era fruto del miedo a no poder darle el lugar que merece.

No lo imagino juzgándola. Nadie que la conozca y la aprecie puede hacerlo.

Aunque una parte de mí haya perdido la esperanza, celebro una vez más a la persona que se esfuma por el pasillo, porque no se parece en nada a lo que yo había imaginado; porque, al contrario de los defectos que yo le achaqué, ahí donde empieza Eric es donde para ella se calla el mundo.

Es la mujer perfecta. No porque cumpla los requisitos que yo he pregonado, como la fidelidad y la familiaridad —que indudablemente posee y a los que le ha dado su toque especial para marcar la diferencia—, sino porque sabe lo que quiere. Y cuando tropiezas con uno de esos raros especímenes que se conocen, se entienden, se aceptan y saben lo que hacer y lo que decir porque tienen las ideas claras, entiendes que también saben a quién merece la pena querer. Por eso quieres desesperadamente convertirte en uno de sus seres amados. Por eso y porque sabes que, con ellos, la vida podría ser algo más.

Más ¿qué?

Pues más.

Más todo.

Capítulo 20

«La literatura es siempre una expedición a la verdad»[11]

Elliot

Viernes. Última hora.

A quién se le ocurriría ponerles a los chicos de segundo de Bachillerato una clase de Lengua y literatura un viernes a última hora. No me extraña entrar en el aula y toparme con el panorama de siempre: los grupitos de chicas chismorreando en torno al pupitre de la popular de turno sobre los planes de fin de semana, un grupo de chavales lanzándose estuches, bolas de papel, aviones de origami o insultos supuestamente amistosos —por lo menos, esta vez no se ponen en fila para recibir collejas: el «mosca» es, aparentemente, un deporte aclamado entre los jóvenes— y hasta un par grabando con el móvil cómo una de las «estrellas» de los partidos del recreo se hace unos toques con la pelota.

Ya verás dónde acaba la pelotita.

No soy de los que aparecen y empiezan a chillar para que

11. Franz Kafka (1883-1924).

todo el mundo vuelva a su sitio. No me gusta tratar a los del último ciclo como si fueran bebés. El Bachillerato no es obligatorio, y se están jugando el acceso a la universidad. Teniendo esto en cuenta, no me parece descabellado confiar en que van a saber comportarse.

Y lo hacen.

Al ver que dejo mi carpeta sobre el escritorio y me detengo en medio del estrado a la espera de empezar la clase, van sentándose poco a poco y sacando el material. El jolgorio se convierte en un silencio de inapreciables murmullos que agradezco con un asentimiento de cabeza.

En general, suelen tardar más en despegarse de sus compañeros y prestar atención con desgana o impaciencia, las únicas emociones que se permiten experimentar a estas horas de la tarde, a estas alturas de la semana, pero en el último mes he estado de tan mal humor que han acordado de forma tácita no darme más por culo del necesario.

Dar por culo. ¿Desde cuándo digo yo eso? Se me ha debido de pegar de compañías inadecuadas. O de excompañías, mejor dicho, porque, inadecuadas o no, ya no las conservo.

Acallo ese pensamiento recurrente con apariencia de rubia cinéfila y barro la clase con una mirada apreciativa, buscando en las esquinas de sus mesas —de preferencia bajo el estuche— algún que otro libro de lectura no obligatoria.

Hace algunos años había muchos más lectores voraces, porque hasta leer —un castigo para muchos— era mejor que atender a las lecciones. Ahora, la inmensa mayoría esconden el móvil como si uno fuera ciego y no se diese cuenta de que lo sacan a cada rato, lo ocultan entre sus piernas y responden un wasap.

Por fortuna, quedan algunos nostálgicos con su novela para zambullirse en un mundo alternativo durante los cambios de clase y el viaje en metro de vuelta a casa.

Me meto las manos en los bolsillos.

Viernes a última hora... ¿Cómo me gano su atención?

Esto es una batalla diaria. Una que no me canso de librar.

—¿Qué estáis leyendo actualmente? —pregunto en voz alta—. En vuestro tiempo libre, me refiero, no porque yo os lo mande para hacer comentarios de texto preparando la selectividad.

Los alumnos se quedan en silencio, presas del habitual arranque de timidez cuando deben levantar la mano para hablar en público. Estos en concreto, los de 2.º A, no fueron tan tímidos cuando rompieron una ventana de un balonazo. O cuando le saboteaban los exámenes de Historia a la antigua profesora, llamada injustamente «La Momia», cuando se enteraron de que corregía los controles «al peso», es decir, sin tener en cuenta el contenido, sino la cantidad de folios. Un compañero de seminario se dio cuenta de pura casualidad de que llevaban dos meses escribiéndole el cuento de Caperucita Roja con todo género de detalles para ocupar las cinco páginas que la profesora les exigía como mínimo.

En algunos casos llegaron hasta las diez.

Aunque eso no tiene que ver con la timidez, ahora que lo pienso, sino con la poca vergüenza.

—¿Debo suponer que, de treinta y cinco alumnos, nadie lee? —inquiero extendiendo los brazos, para nada sorprendido por el silencio general.

—Yo sí. *Ghost Girl* —dice una chica de repente, y enseña la cubierta del libro que rescata de su mochila—. Mi hermana se ha ido de casa porque ahora estudia en la Universidad de Granada, y estoy leyéndome todas las novelas que se ha dejado en la estantería, que son del año de la polca, pero que están bastante guais.

—*Ghost Girl*. Supongo que va de una chica fantasma. Fantasía o paranormal, ¿no? —Ella asiente—. ¿Alguien más está leyendo algo? ¿Novela, ensayo, poesía...?

—Yo me estoy leyendo poemas de Baudelaire para la optativa de Literatura Universal. Tengo que hacer un trabajo sobre eso —anuncia un chico, repantigado en su asiento. Le hago un gesto para que enderece la espalda y enseguida se pone recto con el morro torcido.

«Ya me lo agradecerás», me reservo.

—Baudelaire, de acuerdo. ¿Algún otro ávido lector por aquí?

—Pues yo para Filosofía estoy leyendo a Platón y a Nietzsche —interviene otro chaval, uno de los más brillantes del curso—. En selectividad te puede caer una pregunta de comparación de sus filosofías.

—Bien. ¿Se anima alguien más?

—Yo, una novela romántica de Nicholas Sparks —se anima otra alumna. Su compañero de al lado, al que se le conoce por pasar el día chinchándola, bufa de forma irónica—. ¿Qué pasa, gilipollas? Yo por lo menos leo.

—Yo también leo, lista.

—Sí, el *Marca* —se mofa.

Ignoro las pullitas y me concentro en la chica, que arregla las esquinas de su libro de tapa dura con la frente arrugada.

—¿Crees que va a acabar bien, Sofía? —le pregunto.

—Con Sparks nunca se sabe, pero parece que esta vez no.

—El *Manifiesto comunista* —declara en voz alta uno de los macarras, sonriendo con suficiencia.

Es evidente que no se ha leído ni la etiqueta del champú, dicho por él mismo con orgullo, pero a lo mejor intuye que pretendo hacer algo con esta información y quiere ponérmelo difícil.

—Estupendo. —Vacilo antes de preguntar—: ¿Y qué series estáis viendo? Decidme las primeras que os vengan a la cabeza.

—*Shameless*.

—*The Young Pope*. Le gusta a mi padre.

—*Narcos*. ¡Guapísima!

—Vale, con esas tres y los libros que me habéis dicho, tenemos suficiente. No quiero arriesgarme a que digáis otra que no voy a conocer. —Me dirijo a la pizarra y empiezo a anotar ideas—. «*Ghost Girl*: fantasmas, paranormal, más allá, vida y muerte. Baudelaire: poética, lírica. Platón y Nietzsche: filosofía. Sparks: romance, amor imposible, final amargo. El *Manifiesto comunista*: problemática social, política. *Shameless*: familia, la complejidad de las relaciones filiales. *The Young Pope*: el poder de la Iglesia, jerarquía eclesiástica».

Termino de escribir los conceptos tan rápido como me lo permite la mano y me giro. Me complace ver cómo todo el mundo me observa con avidez, esperando una conclusión que no saben por dónde va a salir.

—Yo no soy el que elige los libros de lectura obligatoria para selectividad. De eso se encarga el Gobierno. Aun así, es a mí a quien odiáis por forzaros a que os traguéis un tostón infumable. Por eso quiero que me permitáis defender la primera lectura del año.

Estiro el brazo hacia la carpeta y extraigo una pequeña novela de menos de ciento cincuenta páginas. La levanto y la enseño, aun cuando todos los alumnos —los que saben seguir instrucciones y se toman en serio la asignatura, al menos— tienen uno idéntico en su poder.

—*Pedro Páramo* comienza con la muerte de la madre del protagonista y la búsqueda del padre del mismo. «Muerte, relación filial». —Lo anoto en la pizarra—. Para ello debe hacer un viaje a un lugar insólito donde conversará con los fantasmas de los ciudadanos. «Paranormal, más allá». Está escrito en prosa, pero es una prosa poética, a rebosar de recursos literarios presentes en los versos más famosos del mundo. «Lírica». A lo largo de la lectura se puede contemplar el abuso de poder del terrateniente, poseedor de todos los medios de producción, y cómo esto afecta a un pueblo pobre, obrero, que puede que se levante contra él... o puede que no. «Problemática social, política». —Continúo, mirando al presunto marxista. Este atiende a desgana, como si no quisiera admitir que le interesa—. Este terrateniente crea el pueblo, es dueño de él, pero ese pueblo ya no existe cuando el protagonista que busca a su padre llega a él. Son ruinas. Está vacío. Es un pueblo que fue creado para su destrucción. En otras palabras: «Eterno retorno, idea de Nietzsche, filosofía». —Vuelvo a escribir y añado—: Pedro Páramo, dador de vida, manantial del pueblo, muere y su páramo lo hace con él. Pero ¿qué lo mata?

—La Iglesia, el amor o el narcotráfico —se atreve a decir Sofía—. Es lo que te queda por mencionar.

—La muerte de Pedro Páramo tiene muchas interpretaciones, pero una de ellas es que lo mata el amor. Su amor por Susana. —Tengo que carraspear para concretar con la voz agotada—: Susana San Juan. Ahí está el romanticismo a veces trágico de Sparks.

—¿Y la Iglesia? —pregunta el marxista, levantando las cejas.

Dejo el libro sobre la mesa.

—¿Por qué creéis que en el pueblo de Comala, del que Pedro Páramo es originario, hay fantasmas? ¿Qué es, según la religión cristiana, lo que impide a los muertos ir al cielo o al infierno?

—¿Ser pecadores?

—¿Suicidarse?

—No recibir el último sacramento —corrijo—. Quien no recibe de un cura la absolución por sus pecados antes de morir se queda en el purgatorio. O, lo que es peor, en medio de la nada, flotando entre los vivos y los muertos. Aquí el autor hace un guiño a la importancia capital de la Iglesia en la época en que está ambientada la historia.

—¡No has dicho nada de *Narcos*! —exclama el chaval que ha mencionado la serie, y me sonríe, confiando en que voy a darle una buena respuesta.

Le devuelvo el gesto.

—Bueno... En *Narcos*, la mayoría de los personajes son

colombianos y, por tanto, en el guion se utilizan unos modismos propios de la zona. —Pienso en Tamara y me da por reír para mis adentros al recordar su desparpajo—. En *Pedro Páramo* sucede exactamente igual: como se sitúa en México, todos sus personajes emplean el dialecto castellano (expresiones, fórmulas del habla) que caracteriza a los mexicanos.

»Como veis —prosigo, aprovechando el silencio sepulcral—, la novela tiene un poco de todo lo que podría gustaros en un libro de vuestra elección, en una película o una serie que veis por gusto, porque tienen en común fragmentos de la trama. Incluso podría decir que la novela posee todo lo que nos preocupa o concierne a los seres humanos. La muerte, el amor, la fe, la política, la sociedad, la belleza de las cosas... Aunque entiendo que estar obligado a leer una novela rompe la magia de identificarse con los temas que trata, porque, para apreciar algo, cualquier cosa, se necesita disposición. Un mínimo gusto por lo que se tiene entre las manos.

Conforme hablo, me pregunto si se puede extrapolar todo —cualquier recurso u obra literaria— a la vida de uno mismo; si no soy el ejemplo de que, a veces, por mucha disposición que tengas para hacer algo, o hacerlo con alguien, las cosas pueden torcerse en el último momento.

Me gusta explicar de esta manera que mi interés por Teresa y todo lo relacionado con la mujer que buscaba para mí haya desaparecido sin dejar rastro, salvo la nostalgia que deja a uno desazonado cuando se le rompe una ilusión.

¿O es que en el fondo nunca estuve interesado?

Es una posibilidad que no deseo plantearme por todos los castillos de arena que podría derrumbar.

—Ahora podemos hablar de vuestras interpretaciones de la novela. Cuánto os explayéis (y cuantos más temas mencionéis) será clave en vuestro examen de selectividad...

Unos toques a la puerta interrumpen mi explicación. En tanto Óscar se asoma y me hace un gesto para que salga, los alumnos abren sus libretas o archivadores para empezar las anotaciones.

—¿Es muy urgente? —le pregunto, y él asiente con la cabeza. Ruego para mis adentros que no me espere en jefatura otra historia de violencia entre menores—. Mientras hablo con el profesor, quiero que vayáis anotando en qué partes, situaciones o personajes de la lectura habéis visto la ambientación sociopolítica y, ya que tenéis los móviles sobre la mesa, ¿por qué no buscais lo que pasaba en el México de Juan Rulfo, así como su biografía? A lo mejor encontráis alguna equivalencia entre su propio contexto y el del libro que escribió.

Bajo el escalón del estrado de un salto ágil y dejo la puerta entornada para hablar con Óscar.

—Era para preguntarte si vas a venir a lo de Susana —me dice sin rodeos.

Miro por encima de mi hombro solo para asegurarme de que de verdad acabo de interrumpir una clase para atender esta gran duda.

—Espero que tengas alguna otra cosa que preguntarme, porque no me gusta parar mis clases, y menos aún por tonterías que se pueden tratar en otro momento.

—Ah, ¿es una tontería para ti?

Me armo de paciencia para expresarlo de otra manera:

—Sabes que no quería decir eso. Claro que no es una tontería.

—Menos mal, porque me habría dado vergüenza tener que recordarte que va a salir en televisión. En una de las cadenas más importantes del país, de hecho.

—Y lo va a hacer a las diez de la noche, en TV9, con Paco Pérez presentando y otro invitado especial con el que seguramente le pedirá que se pelee, Carlos Boyero —repito de forma cansina—. Si te refieres a si voy a verlo, es posible. —«Pues claro que voy a verlo, idiota»—. ¿A qué te refieres con «si voy a ir»?

—A los familiares se les permite ver el programa entre bastidores, en lo que es el camerino del invitado. Vamos Eli, Tamara, Virtudes, Daniel, Edu y, obviamente, yo. Puedes unirte. Luego iremos a cenar fuera.

—¿Y Eric?

—Como sigue teniendo la cara un poco perjudicada por la pelea (poca cosa, solo unos moretones), prefiere no salir de casa, y menos para ir a un plató de televisión, donde algunos podrían sacar conclusiones precipitadas e injustas sobre él y su madre. Se queda con los Olivares.

—Tiene sentido —murmuro, y guardo una mano en el bolsillo del pantalón—. No, creo que lo veré en casa.

—¿Por qué?

—Porque... no creo que yo encaje en lo de «familia», y no hemos sido lo que se dice «cercanos» durante estas últimas semanas —explico, escueto.

Ya solo faltaría tener que compartir con Óscar que Susana «rompió» conmigo.

¿Es justo decir que «rompió» conmigo? Es lo más parecido a una ruptura sentimental que he vivido jamás, pero no creo que Susana lo sienta de ese modo.

—Venga ya, si me lo ha dicho ella.

Intento ignorar el vuelco que me ha dado el corazón.

—Es broma, ¿no? —inquiero con incredulidad—. Apenas la he visto de pasada estos días en el edificio. Si de verdad quisiera que fuese, habría aprovechado para decírmelo, o por lo menos me habría enviado un mensaje.

—No me ha dicho «oye, dile a Elliot que venga». Ni siquiera Susana es tan obvia con esas cosas. Me ha preguntado si te hemos invitado y si sé algo sobre lo que vas a hacer el viernes por la noche.

—Eso no es una invitación directa.

—No seas cazurro, Elliot. —Bizquea—. No necesitas una invitación directa para acoplarte a un grupo de seis personas, y si esperas recibirla en el buzón, ya puedes esperar sentado. No sé lo que ha pasado entre los dos, porque al mencionarte le he notado cierta actitud cautelosa, pero está claro que quiere que vayas.

—¿Y no me lo podías decir en un momento más propicio? ¿Tenías que sacarme del aula?

—Corría el riesgo de no pillarte cuando sonara la campana, y miras el móvil una vez cada diez años. Además, es viernes y es última hora. Tus alumnos estaban deseando tener una pequeña pausa para averiguar quién va a llevar el ron al botellón del parque.

Suspiro al tiempo que me froto la frente, indeciso y todavía irritado.

—¿Entonces? ¿Te veremos por allí? —insiste Óscar—. Sales en la lista de nombres a los que se les permitirá pasar, y puedes ir en el coche de Dani.

—No sé. Tengo cita con Alison esta tarde, y después de las citas me quedo un poco tocado. Puede que no esté de humor.

Oh, vamos, ¿a quién quiero engañar? Llevo semanas esperando la excusa ideal para acercarme de nuevo a ella. Se me han ocurrido unas cuantas. Por ejemplo, dejarle la novela de *Lo que el viento se llevó*; la pedí prestada en la biblioteca para leerla yo, pero el otro día, en un arrebato, decidí comprarla en la librería de la esquina para poder entregársela. Me la releí por encima para dejar las marcas de mis dedos y doblar las esquinas; no tanto como para dejar el lomo hecho polvo, costumbre que saca de quicio al lector que vive dentro de mí, pero sí para que pareciera que conservo la edición desde hace mucho tiempo. Inmediatamente después de hacer eso, me sentí tan ridículo que no me atreví a llamar a su puerta. Se habría notado demasiado que era un pretexto, porque a Sonsoles le dieron el alta de forma definitiva hace un par de días y ya ni siquiera tengo por qué pasarme por el edificio con la esperanza de cruzármela en las escaleras o el rellano. Solo cuando visito a Alison, y ni siquiera, porque es como si la maldita psicóloga supiera lo que ha pasado y estuviera de parte de ella: siempre me cita a unas horas en las que Susana está trabajando en la otra punta de Madrid.

—Venga, lo estás deseando. —Óscar me palmea la espalda, infundiéndome ánimos—. Y los vecinos, también. Les caes bien.

—Pues los vecinos tienen un problema y deberían hacérselo mirar —refunfuño.

—¡Pero si eres adorable! —Y me guiña un ojo.

—Óscar, Óscar —meneo la cabeza—, que tienes novia...

—No pasa nada. Ella me quiere, gay y todo. —Se ríe él solo, víctima de su chiste privado. Da la vuelta y se despide con un gesto militar, sonriendo tan canalla como es a veces. Mientras camina hacia atrás con brío, me recuerda—: Nos vemos a las nueve menos veinte frente al portal. No me falles, Elliot, o iré a buscarte.

—No sabes dónde vivo.

—No, pero tengo acceso a los expedientes de los profesores por si acaso hubiera una emergencia.

—¿Y esto es una emergencia?

—De las grandes. Recuerda: ocho y cuarenta, calle Julio Cortázar, número trece.

—Muy buena suerte —mascullo en voz baja.

Pero él ya no me oye, porque ha empezado a caminar como las personas normales, hacia delante, y se dirige al final de la galería silbando una melodía alegre.

Capítulo 21

PAPÀ MIO!

Elliot

Es curioso cuántas cosas pasamos por alto por andar sumidos en nuestros pensamientos. Habré podido pasar por delante del edificio de la calle Julio Cortázar unas cincuenta veces en los últimos meses y ni en una sola de esas ocasiones me he parado a leer el letrero que tienen colgado.

Escrita a mano, destaca una de las famosas citas del escritor que, por supuesto, yo ya conocía y que da nombre a la calle. Pero verla aquí, toparme con ella de forma inesperada, me abruma, porque la literatura tiene el talento de llegar en el momento justo para poner palabras a esa maraña de emociones que no sabes por dónde empezar a ordenar.

El arte en general, como dijo Banksy, se caracteriza por consolar al perturbado y perturbar al cómodo.

En mi caso, perturba al perturbado.

«Lo que mucha gente llama amar consiste en elegir una mujer y casarse con ella. [...] Como si se pudiese elegir en el amor, como si no fuera un rayo que te parte los huesos».

El fragmento acaba ahí, pero yo sé cómo continúa: «... y te

deja estaqueado en la mitad del patio. Vos dirás que la eligen "porque la aman"; yo creo que es al verse. A Beatriz no se la elige, a Julieta no se la elige. Vos no elegís la lluvia que te va a calar hasta los huesos cuando salís de un concierto».

—¿Te gusta? —me pregunta una voz estridente. No llego a sobresaltarme porque un profesor está acostumbrado a intervenciones sin permiso en tono elevado, y porque ya conozco a Tamara—. Está bien perrona la frase, ¿eh? Este mes le tocaba a Susana elegir lo que poner en el tablón, y optó por esa.

No sé por qué, pero me estremece pensar que fuera Susana quien escogió esa misma, una que hace tan clara referencia a los imprevistos del amor y a lo antinatural de planearlo. No me cuesta imaginarla saliendo un día lluvioso como este, tan habitual a lo largo de noviembre, y pasando un rato pensativa frente al panel antes de garabatear el fragmento con esa letra de adolescente suya.

Aunque puede que la eligiera solo porque es la más conocida, la romántica que vuelve locas a las mujeres.

—¿Es que todos los meses ponéis una frase de un escritor? —pregunto por romper el silencio.

Tamara niega con la cabeza a la vez que sacude el paraguas, uno verde brillante con pececitos estampados que no dudo que haya comprado en la sección infantil. Debe de haber salido antes, porque está tan empapado como la calle.

Qué oportuno. Llueve como le habría llovido a Cortázar cuando se enamoró al salir de ese concierto.

—*Nel*, de «un escritor», no. De Cortázar.

—Pues tarde o temprano se os acabarán las frases.

—Cierto. El pobre hombre ya se petateó, no nos va a dar más material.

—Yo no llamaría «pobre hombre» a un genio de su talla.

—Bueno, tú sabes. De todos modos, hemos repetido algunas frases ya. Sobre todo Virtudes y yo, que fuimos a las que se les prendió el foco con lo del tablón.

—¿A quién le toca la próxima?

—A Alison —decide con seguridad—. No duerme aquí, pero se puede considerar inquilina porque la morra se la vive chambeando en su clínica. Costará que afloje, porque dice que es un detalle muy chido, pero que no le gustan «las cursilerías». Si no quiere, se lo pediremos a Álvaro. Y si no, ¿por qué no la pones tú?

—Porque no vivo aquí.

—*Uta*... ¿Esas flores son para Susanita? —Señala el ramo que sostengo contra el costado de mi anorak con el menor afán exhibicionista posible.

Más bien queriendo esconderlo.

—Creo que sí —murmuro, de pronto cohibido.

—¿Cómo que «creo que sí», güey? Si no estás seguro, al chile dámelas a mí. —Y se ríe, coqueta.

Su alegría es contagiosa, y acabo sonriéndole.

—Seguro que no faltará quien te regale flores.

—Órale, sí que te han enseñado bien a ligar. Eso ha estado bonito. —Me palmea un hombro. Por lo visto, últimamente todo el mundo se toma la licencia de manosearme a su antojo—. Cuando se las des, dile que está lindísima, que lo hizo chingón y que se merece todo lo bueno que le está pasando.

Enarco una ceja.

—Tú estás siempre metida en todo, ¿no?

—En todo menos en lo mío. —Me guiña un ojo.

La conversación toca a su fin cuando aparecen Edu, con una bufanda larguísima enrollada al cuello —la melena siempre digna de portada de revista masculina—, Dani, del brazo de su abuela Virtudes, ambos con chaquetones que recuerdan al muñeco Michelin, y la parejita del momento, Eli y Óscar.

Las envidiosas del colegio se preguntan qué hace él —tan atractivo, extrovertido, dicharachero— «perdiendo el tiempo» con una chica sencilla como ella. Para mí son el uno para el otro.

—Siempre es mejor ser el Federico de la relación —me susurra Tamara camino a su coche, aparcado fuera del horario legal sobre la acera. Es como si me hubiera leído el pensamiento—. Si eres el feo, todos te tienen envidia; si eres el guapo, te compadecen y piensan que eres pendejo por salir con quien sales.

—¿Estás llamando fea a tu amiga?

—¿Qué vergas dices? Eli es el rostro de la relación —zanja sin titubear. Me abre la puerta del copiloto y me hace un gesto para que entre. Los más altos van delante. Virtu, Edu y yo, atrás. Los tortolitos van andando porque son muy *fitness*—. Güey, imagínate salir con un vato que estudió INEF para que me ponga a hacer deporte —agrega por lo bajini, mirando a Óscar con espanto—. Con lo perrón que es tener a alguien que te conquiste por las tripas...

El edificio de la cadena TV9 se encuentra en una de las calles paralelas a Callao. Aparcar por la zona es imposible, y la alta probabilidad de llegar tarde crispa los nervios de todo el mundo, sobre todo los del conductor, Daniel, que acepta los originales insultos de Tamara con aparente estoicismo hasta que no puede más y se enzarza en una pelea con ella.

Me temía que el camino a plató fuera incómodo por este motivo, pero deben de estar acostumbrados a gritarse como energúmenos —o a que ella grite como una energúmena y él la vacile sarcásticamente—, porque, apenas un rato después, se están tratando con la habitual camaradería.

Entrar no supone un problema. Los pases vip con nuestro nombre nos permiten acceder al camerino donde Susana se ha estado preparando antes de salir a escena. Lo sé porque reconozco sus barras de labios y la manera en que las deja sobre el lavabo, siempre tumbadas y apoyadas con cuidado tras el grifo para que no se caigan rodando. Más que un camerino, parece una zona recreativa: tiene baño, *chaise longue* para cuatro, un par de sillones frente al grandioso espejo, iluminado por un marco de bombillas de luz blanca, y una nevera que Tamara investiga en cuanto la ve. De ahí saca una lata de cerveza que, sin ofrecer antes ni preguntarse si tiene derecho a disponer de ella, abre para su disfrute.

En televisión aparecen los anuncios previos al programa. Estoy nervioso como si fuera a salir yo. Me sudan las manos, que intento secar frotándome los muslos, y noto el corazón a punto de salírseme por la boca. Me irrita plantearme que sea porque voy a poder mirar a Susana durante más de los tres segundos que invertimos en el otro, a veces a desgana, cuando coincidimos en el rellano, pero confirmo la sospecha en cuanto la presentan junto al mítico sillón amarillo de Paco Pérez y el pulso se me acelera estúpidamente.

—Hala... qué guapa va —murmura Eli—. ¡Se ha puesto lo que le dije!

—La habría roto más con el vestido rojo —se queja Tamara, enfurruñada porque su propuesta fuera desdeñada—. Se llega a vestir con eso y ponen la televisión hasta los trabajadores de la ONCE.

—Eso no tiene ningún sentido. Los de la ONCE son ciegos —puntualiza Daniel.

—Lo tiene para mí, menso.

—¿Cómo se iba a poner tu vestido de *guarrindonga* para salir en televisión? —se mete Edu, chasqueando la lengua—. Que va a hablar de cine, no al programa de Polayo para que le enseñen a vestirse bien.

—¡Pero si de *Cámbiame* salían todas y todos hechos unos cuadros! —exclama Eli, riendo.

—Tampoco va a *El Hormiguero*, o sea, que no había riesgo de que le dijeran nada de lo buena que está —aporta Tamara, de brazos cruzados—. ¡Si Paco es un sol! Y dicen que le truena la reversa. Chance y te lo ligas. —Le da un codazo a Edu.

Este hace una mueca.

—Que sea gay no significa que me gusten todos los maricones del mundo. —Pausa—. Aunque a Paco le dejaba explorar mis agujeros.

—Va siendo hora de que te busques un *sugar daddy* —insinúa Tamara—. O de que me lo busque yo, al chile. ¿Ideas?

La charla pierde interés para mí en cuanto ponen un primer plano de Susana. Lleva una de sus blusas con transparencias, y la combina con unos pantalones estilo príncipe de Gales y unos sencillos zapatos de tacón sin plataforma. La han maquillado tanto como ella suele maquillarse para aparentar más años de los que tiene: con unos labios rojos que destacan el doble cuando muestra sus dientes, más blancos que nunca debido a la agradecida iluminación de los focos.

El estómago se me revuelve al verla sonreír, al tiempo que una extraña y desesperanzada apatía se adueña de mi cuerpo.

Algo en mí se rebela porque esta sea la única manera que pueda verla de cerca un buen rato, que pueda escucharla hablar sobre lo que le gusta. Sé que debo respetar su decisión, entre otras cosas, porque la comprendo y comparto su inquietud; porque bastante daño le hice con mis prejuicios, pero me cuesta aceptar que he de renunciar a la única mujer con la que empezaba a sentirme cómodo, o, mejor dicho, con la que comenzaba a sentirme terriblemente violento de ese modo habitual entre los hombres que quieren impresionar y no saben cómo.

Parece que esté acostumbrada a deslumbrar en los platós todos los viernes por la noche. Parece que conozca a Paco desde la escuela primaria y hayan quedado a tomar un café con churros para ponerse al día. Hay tanta naturalidad en ella que es imposible que su imagen y su desparpajo no te hipnoticen. Si la vida es para algunos una especie de carrera de obstáculos, Susana llegó a la meta y rompió la cinta antes de que otros como yo pudiéramos calcular la distancia que habríamos de recorrer. O, por lo menos, posee el talento de hacer de lo complicado algo tan sencillo que, sin querer, pone en evidencia las imperfecciones de los demás. Todo este tiempo solo la he envidiado por lo naturalizadas que tiene las actitudes y comportamientos que a mí me cuesta emular todo un mundo, y porque, cuando solo te escuchas a ti mismo, a tus prejuicios, se te olvida oír los amables testimonios de los demás, de los que sí la conocen: viendo las expresiones orgullosas de sus amigos —muchos amigos, más los que no han podido venir, pero que estarán en sus casas con la televisión puesta—, no cabe duda de que es una mujer llena de virtudes y digna de amor.

Abandono mis pensamientos cuando presentan al otro famoso crítico de cine, Boyero, que aparece saludando sin demasiada energía y sentándose junto a Susana.

—¿Creéis que se lo está pasando bien? —inquiere Virtudes un rato después, cuando empiezan a debatir sobre las películas del momento—. Ese Boyero va a matar. Parece serio.

—No debe de hacerle mucha gracia que el público esté vitoreando a *Una rubia muy visual* antes que a él —medita Daniel, aguantándose la risa—. Qué ego tan frágil.

—Mourinho lo denunció por haberlo llamado «nazi portugués» y, aun así, Boyero ganó el juicio —se mofa Óscar—. No creo que sea de ego frágil; más bien, le cae mal todo el mundo, y le importa todo una mierda, cosa que yo también hago, por eso le admiro tanto.

—¿A ti te cae mal todo el mundo? —pregunta Eli, enarcando una ceja.

—No. Me importa todo una mierda. —Encoge un hombro—. Menos tú, claro.

—A pesar de todo, Susana lo está haciendo de puta madre —valora Daniel, con la vista pegada al televisor. Todos tenemos el cuello torcido porque cuelga de una esquina del techo—. Parece en su salsa.

—Es porque Susana es muy carismática, y siempre le ha

gustado ser el alma de la fiesta —replica Eli—. Es una característica habitual en los leo.

—Te dijo que es leo, ¿verdad? No lo has adivinado. —Tamara parece rogarle que desmienta poseer un sexto sentido que le proporciona cierta información clasificada sin necesidad de indagar. Eli esboza una sonrisa perversa.

—Por supuesto que lo adiviné. Por favor, ¿no la has visto? Es dominante, independiente, segura de sí misma, algo vanidosa, con un gusto excesivo por el lujo y el atractivo masculino, amante del riesgo, adicta al sexo... —Me mira con el rabillo del ojo y carraspea—. Una leo de manual, vamos.

—Por casualidad no dirá la carta astral de los leo que son expertos callando sus secretos, ¿no? Porque, si no tuviera ese defecto, ya nos habríamos enterado de por qué tronó con el político, qué pedos tiene con su familia y quién es el padre de Eric. Por lo menos, yo lo sabría —aclara Tamara con pedantería—, porque la neta no se me escapa ni una expresión corporal.

Aunque quiero estar concentrado en la respetuosa charla entre los críticos, mi oído se pega a la conversación.

—¿Qué gesto de su expresión corporal te diría quién es el padre de Eric? ¿Que señalara con un dedo al cerdo en cuestión? —se burla Edu—. Conociendo a Susana, la única mímica que haría si le preguntaras por el tema sería esta. —Y le hace un corte de mangas.

—Oye, ¿y por qué tiene que ser un cerdo? A lo mejor fue ella quien cortó con él —se queja Eli—. Teniendo en cuenta cómo han sido todas sus relaciones, en las que ella ha tenido la voz cantante (de nuevo, la dominancia de los leo), no me sorprendería que simplemente lo hubiera dejado porque el tipo no hubiese estado preparado para la relación.

—¿Te cae? A mí me dijo que era un famoso, y que por eso no podía contárselo a nadie —comenta Tamara.

—¿Eso te dijo? —Edu abre mucho los ojos—. A mí me

soltó que estaba como la Donna de *Mamma Mia!*, dudosa de la paternidad del niño por culpa de los tres maromos que se chuscó la misma semana.

—Pues yo fui un poco más delicada al preguntar —interviene Virtudes, tirando del borde de su camiseta de *Girl Power*—, pero me dio otra de esas respuestas de novela: que el padre fue a la guerra y murió antes de que pudieran casarse y tener al bebé, así que no le pudo dar su apellido.

—¿Y por qué no dejáis de preguntarle? —propongo yo—. A lo mejor es un tema privado que no le gusta debatir con cualquiera y por eso, en vez de pegaros un corte, se limita a responder con ironía.

Todos se giran hacia mí, algunos claramente ofendidos por el uso del peyorativo «cualquiera» y otros con las cejas enarcadas, con una de sus famosas y temidas conspiraciones en mente.

—Tú lo sabes, ¿no? —me suelta Tamara.

Doy un paso atrás por si acaso.

—¿Lo del padre? No, no tengo la menor idea.

—Claro que sí. Te lo ha contado —insiste Edu, amusgando los ojos—. Tan modosito y callado que pareces, y, fíjate, ya has conseguido lo que nadie en nuestro edificio ha logrado averiguar.

No sé por qué, pero me veo en la obligación de alzar los brazos.

—No me ha dicho nada. Ni siquiera le he preguntado por el padre.

—¿No? —Edu enarca una ceja—. ¿Y por qué no?

—Porque no es asunto mío.

—¿Es que no sientes curiosidad? —inquiere Eli.

Pues claro que siento curiosidad. No una curiosidad matadora, sino moderada e intermitente. Es una de tantas dudas que me asaltan cuando evoco a Susana, ni de lejos la más importante. No puedo pensar en ella sin intentar descifrarla, sin querer averiguar qué ha hecho estas semanas, sin imaginarla preguntándose cómo me habrá ido a mí con sus lecciones, y tanta vuelta me acaba llevando a lo que desconozco: el padre de su hijo.

Eso podría decirme tanto de ella, de la vida que llevaba cuando era adolescente...

—Es asunto suyo —concluyo, y devuelvo la vista al programa. Siento los ojos de todos sobre mí—. No tenemos por qué inmiscuirnos.

—Hombre, eso está claro —concede Edu—. Nadie tiene ninguna obligación, pero es todo un placer.

—¿Es un placer meterse en vidas ajenas? —pregunto con desapego—. Será por el cotilleo, supongo.

Mi comentario enciende al peluquero.

—Al principio puede que fuera por el cotilleo, como tú lo llamas, pero cuando ves a una mujer con un hijo pequeño dependiendo de su novio ricachón, una mujer que te importa y que te parece que se ahoga en sus propios secretos, chismorrear deja de ser tu objetivo principal. Yo más bien lo llamaría «preocupación» —me espeta Edu. Despego la mirada del televisor para confirmar lo que me ha sorprendido: se ha puesto serio por primera vez desde que lo conozco—. Si mi amiga huía de un maltratador o está casada con un tío chungo, eso, tarde o temprano, le va a explotar en la cara, porque vivir huyendo de todo no es vida. Y si sus amigos lo saben (lo sabemos), podríamos echarle un cable en el caso de que llegara a haber problemas.

Me limito a darle la razón con un gesto seco de cabeza. Podría decirle que las formas a la hora de entrometerse siguen sin parecerme correctas, pero él podría contestarme que no soy el más indicado para criticar la actitud de nadie, y yo tendría que cerrar el pico y enterrar la cabeza en la arena.

—Que haya paz —interviene Virtudes—. Todos aquí queremos muchísimo a Susana, solo que cada uno tiene su manera de demostrarlo. En eso estaremos de acuerdo.

—Por su pollo.[12] Y todos aquí lo demostramos. —Tamara me mira fijamente—. A ver cuándo madres empiezas tú a mandar señales que no sean contradictorias, menso, que pareces un foco LED desmadrado, parpadeando cuando no hay que parpadear y viceversa.

Pestañeo varias veces.

—¿Cómo?

—Vamos. —Óscar me sonríe, apoyado en la pared del fondo—. No puedes mentirle a esta gente. Todos saben que estás loco por Susana. ¿A qué esperas para hacer un movimiento?

—Si movimientos está haciendo, lo que pasa es que siente predilección por el *moonwalk* —se burla Edu, e imita el famoso paso del rey del pop—. A ver cuándo te haces el de King África: «un pasito *pa'delante*, un pasito *pa'delante*, y un movimiento sexy...».

—Es «una mano en la cintura, otra mano en la cintura...» —dice Eli, que no puede aguantarse la risa.

—Si le quiere poner las manos en la cintura, pues que se las ponga. —Edu encoge un hombro, coqueto—. ¿Quién se va a quejar? Ella no, desde luego.

—Creo que... que os estáis confundiendo —balbuceo, notándome la cara ardiendo.

Probablemente no tenga ni que explicárselo porque ya lo saben —como lo saben todo, por lo visto—, pero me dan ganas de recordarles que fue ella la que decidió distanciarse; que yo no debería estar aquí, y que, si al final me he decidido a venir, es porque soy débil y quiero pensar que, en el fondo, ella también lo es ante mí.

Me libro de dar una respuesta porque la puerta del camerino se abre y uno de los técnicos que van de un lado para otro aparece acompañado de una mujer muy bien vestida. Y cuando digo «muy bien vestida», me refiero a que puede llevar

12. Por supuesto.

encima cinco mil euros, y eso sin contar los complementos. Se presenta con una sonrisa de circunstancias, cerrándose el abrigo de piel a la altura del pecho.

Va engalanada como si fuera a hacer su aparición en el programa de un momento a otro.

—Desde aquí podrá verlo con comodidad —le dice el técnico—. Disfrute.

—Muchas gracias. —Luego se gira hacia nosotros y nos mira de uno en uno, acentuando su sonrisa de plástico, que me recuerda vagamente a alguien que conozco—. Buenas noches, soy Inés López-Durán. Encantada.

Capítulo 22

Adivina quién es *ella*

Susana

El programa se graba con público en directo, así que no puedo desahogarme ni bajar la guardia cuando Paco celebra el final de *Adivina quién es* con aplausos y manda a los telespectadores a los anuncios. Sudo como una cerda, aunque solo por las sobaqueras, por lo que no es muy notable si no levanto los brazos. Habría matado por dar un trago al vaso de agua que Boyero, antes de marcharse para continuar mi entrevista en solitario, visiblemente contrariado porque fuera yo la estrella de la noche, se ha empinado sin mi consentimiento.

Nada más me permiten ponerme en pie y los técnicos se me acercan para quitarme el micro, Paco me pasa una mano amistosa por el hombro y me lo aprieta para transmitirme ánimos.

—Has estado estupenda, Susana. Ha sido un placer hacer esta entrevista contigo.

—¡Que sepas que has roto los récords en redes sociales! —me dice la comunicadora, sonriéndome con sus labios pintados de rosa fosforito—. Nunca se ha comentado tanto un programa en Twitter como hoy. Tus fans en la red se han tomado en serio lo de catapultarte a la fama.

—Y no es que haya ido mal en cuanto a audiencia general. Twitter ha tirado de los perezosos y nos ha visto media España —agrega Paco, guiñándome un ojo—. Me atrevería a decir que ha nacido una estrella.

Me guardo para mí la razón más obvia, la que Boyero ha tenido la gentileza de reservarse para mantener las formas: a España le gusta más una mujer inculta y sin pelos en la lengua que a un tonto un lápiz, y si no, que miren los récords de audiencia de *Gran Hermano*. Me guste o no, entro en la definición de tía joven y atractiva que responde a lo que le preguntan con el toque justo de inocencia para resultar más divertida que prepotente. En cambio, Boyero ha quedado como lo segundo, lo que le convierte en carne de cañón para cadenas de radio como la SER, y no tanto para programas de la tele con una audiencia joven ansiosa por encontrar a alguien a quien seguir en las redes sociales y convertir en un ídolo. De todos modos, Boyero y yo nos hemos despedido con educación, y no puedo negar que haya sido un honor debatir con alguien de su fama. No deja de ser el dios de la crítica cinematográfica en España.

Todavía con el corazón a mil y la sonrisa tonta en la cara, esto por culpa de las felicitaciones, el calor del público y los miles de mensajes que están entrando en mi WhatsApp, mi correo electrónico y el Messenger de Facebook, salgo a la calle acompañada del encantador Paco para reunirme con los fans que más adoro. Edu y los demás han venido a verme —siempre cumplen sus promesas—, pero no son los primeros con los que me topo en cuanto me planto en la acera. Sí, veo a Tamara y a Eli riéndose, a Óscar hablando con Virtudes y Daniel y a un hombre alto, guapo y rubio respondiendo monosílabos a una mujer también rubia, de más o menos sesenta años...

Sufro dos microinfartos: el primero, cuando la reconozco,

y el segundo, cuando nuestras miradas se encuentran apenas unos segundos más tarde.

Va muy abrigada, y no porque sea friolera, sino porque, cuantas más marcas pueda lucir en un solo conjunto, mejor. No lleva nada que le haya visto antes: si puede evitarlo, no repite modelito, y menos para lo que debe de considerar «una gran ocasión», porque solo se pone las perlas de su abuela en estos casos.

Se acerca a mí con esa sonrisa orgullosa que le gusta fingir delante del público. Ninguna palabra sale de mis labios, pero consigo retirarme a tiempo cuando intenta plantarme el primer beso en la mejilla. Eso merma un tanto el buen ánimo con el que ha aparecido; me gustaría averiguar de dónde lo ha sacado y por qué demonios pensaba que me lo iba a contagiar viniendo a verme.

—¿Qué haces aquí? —le espeto sin rodeos, cruzándome de brazos.

—Bueno... —Mira alrededor como si tuviera que pensarse la respuesta, cuando, en realidad, solo quiere asegurarse de que nadie ha visto u oído mi desaire—. Me he enterado de que ibas a salir en *Adivina quién es* y he venido a verte y a darte la enhorabuena. Has estado sensacional.

—Gracias —respondo con sequedad—. ¿Eso es todo? Mis amigos me están esperando. Tenemos una reserva para cenar.

—Supongo que no hay sitio para una más.

—Supones de maravilla, aunque tal vez lo habría si esa «una más» no fueras tú.

Mi madre tiene la audacia de hacerse la ultrajada.

—Vengo a celebrar tu triunfo ¿y así es como me recibes? ¿Bufándome? ¿Se puede saber qué te pasa, Susana?

—¿Que qué me pasa? ¿Te lo tengo que enumerar? —Intento calmarme al ver que he captado la atención de Eli, que me observa con todo el cuerpo en tensión, como si no supiera si intervenir o darme mi espacio. Respiro hondo y bajo la voz para continuar—: ¿Hace cuánto que no nos vemos tú y yo?

—Pues no sé... —Se hace la tonta acariciando el cuello de su abrigo de pelillo blanco—. Algunos años. He estado ocupada y...

—Algunos años no. Doce años. Los que ha cumplido Eric hace poco.

—¿Cómo está? —pregunta con voz aterciopelada—. No lo he visto en el camerino. ¿Con quién lo has dejado? ¿Con su padre, padrastro...?

—¡¿Y a ti qué coño te importa?! —le espeto, alzando la voz. Así capto la atención de todos los demás, que cortan sus conversaciones para mirarnos con una mezcla de aprensión y duda—. ¿Ahora sí te interesa saber cómo está, pero no cuando aún no había nacido ni cuando iba al jardín de infancia?

Mi madre deja escapar una risita nerviosa que delata su incomodidad.

—Susana, me parece que este no es el sitio más apropiado para hablar del tema. Si te apetece, puedo llamarte o hacerte una visita un día de estos...

—No querría que me visitaras ni siquiera estando en la cárcel. —Con el rabillo del ojo veo a Edu cubriéndose la boca con una mueca de asombro—. Es que no me lo puedo creer. ¿Cómo tienes el descaro de presentarte así, como si tal cosa? ¿Te tengo que recordar que hace doce años me echaste como a un perro de casa, siendo menor de edad y estando preñada? Podría haberte denunciado a los servicios sociales, ¿eres consciente?

Ella aprieta los labios tanto como se lo puede permitir para que no aparezcan las temidas arrugas de expresión que lleva toda la vida tratando de suavizar. En vano, porque no deja de ser una señora de sesenta y dos años. El tiempo no es benevolente con nadie, ni siquiera con los que tienen dinero.

—Bueno, Susana, eso pasó hace toda una vida. Necesitabas un toque de atención por lo que hiciste. Siempre has sido muy egocéntrica... Apuesto que no se te ha ocurrido pensar en cómo nos sentó a tu padre y a mí que aparecieras un día con el bombo, y sin querer decirnos el nombre del fulano... —Tuerce la boca—. Está claro que me equivoqué, que has prosperado, pero no creas que no sé cómo lo conseguiste: con ayuda de Samuel y de tantos otros hombres que te tendieron la mano, ¿no? Era humillante para nosotros, y...

—Pero ahora que salgo en televisión ya no te avergüenzo, ¿no? —la interrumpo, apretando los puños—. ¡Menos mal! ¿Por qué no te largas de aquí y así nos evitamos el riesgo de que vuelvas a sentirte humillada por mi culpa?

Parece que se queda sin argumentos, pero ella siempre guarda un as bajo la manga.

—¿Vas a prohibirme ver a mi nieto?

El cuerpo me pide asentir, gritar que sí. Me da escalofríos pensar que pueda ponerle un solo dedo encima a Eric, ya sea para darle el beso de felicitación de las Navidades o para hacerle entrega del aguinaldo, pero me obligo a estar a la altura de mi papel de madre y, al final, contesto:

—Llegas muy tarde para entablar un vínculo con Eric. No es ningún estúpido. Sabe que la familia de su madre la desahució y le ha negado la palabra durante años, y no siente la menor curiosidad por ti o el resto de los Márquez López-Durán. Pero si quieres intentarlo, llámalo. Te facilitaré su número de teléfono, y si está de acuerdo en verte, escucharte y que formes parte de su vida, así será. Ahí no me meteré.

—Menos mal, porque no estás en posición de negarle una abuela cuando ya le has negado un padre. Voy a llamarlo. —Y más que a promesa, suena a advertencia—. Te lo aseguro.

Siempre ha sabido dónde meter el dedo para hacerme daño, pero esta vez no lo consigue, porque, en ese aspecto, ya estoy inmunizada. La sombra del padre de Eric es algo que siempre va a oscurecer mi labor de madre hasta hacer que parezca insuficiente, sin importar que Eric jamás haya echado de menos una figura paterna. Tampoco me afecta por un sencillo motivo, y es que confirma las razones por las que me he aferrado al rencor durante tanto tiempo: esta mujer es perversa. Siempre lo he sospechado porque, cuando tienes un hijo, sabes de sobra la clase de males que nunca serías capaz de causarle, y mi madre me hizo un daño que ni en mis peores pesadillas podría imaginar hacerle a mi hijo. No obstante, la culpabilidad me ha perseguido durante tanto tiempo que, algunas veces, cuando he echado de menos una mano tendida, un cuerpo al que abrazarme, un apoyo moral o económico, me he convencido de que la mala era yo y sufría porque me lo merecía.

Ya no más. Ahora sé quién es el villano, y yo, aunque no estoy libre de pecado —¿quién lo está?—, por lo menos estoy libre de remordimientos.

—Pues llámalo. Pero llámalo desde el puto infierno, desde tu puta casa de dos millones y medio; desde donde sea, pero no vuelvas a acercarte a mí —espeto entre dientes—. He tenido que hacer un largo, larguísimo y muy doloroso viaje durante estos años para convertirme en la mujer que soy hoy, y no quiero en mi vida, ni cerca, ni lejos, a una bruja como tú.

No espero su respuesta y rodeo su cuerpo como si fuera un mero obstáculo para acercarme a mis amigos. Estoy segura de que no han oído nada: los viernes por la noche, la zona de Callao es una verdadera fiesta, y ellos estaban lo bastante lejos para que el ruido confundiera nuestras voces, pero tienen ojos en la cara, y en cuanto doy los primeros pasos en su dirección, Edu extiende los brazos para acogerme.

Lo estrecho contra mi cuerpo, desahogando la rabia con los ojos cerrados.

—No me preguntes por qué —me dice en voz baja, casi al oído—, pero he sabido que era una zorra y una psicópata en cuanto la he visto.

—Voy a tener que preguntarte por qué —replico, temblando—. Siento curiosidad.

—Porque es Eric con peluca y porque resulta que, cuando uno no habla mucho de su madre, es porque está muerta o porque desearía que lo estuviera.

Suelto una carcajada que termina en un suspiro. Me separo poco a poco de él y le pregunto en voz baja si «la zorra y la psicópata» sigue ahí. Edu niega con la cabeza, y entonces sí que suspiro bien hondo. Todavía con el «Jesús» en la boca y el corazón arrítmico perdido, arrastro los pies hacia el resto de los vecinos.

Todos me saludan con un abrazo apretado y me felicitan por el programa.

—Has estado espectacular —me asegura Virtudes, apretándome los hombros. Sospecho que lo hace para ayudarme a que parezca que no estoy temblando como una hoja, y que no se refiere solo a lo bien que he hablado en televisión—. Parecías tú la presentadora, y Paco, el invitado.

—¡Anda ya, qué manera de exagerar...!

Paso de unos brazos a otros como quien está en *shock*: sin equilibrio, viendo borroso y con un pitido en el oído. Me oigo reír sin fuerza, dar las gracias una y otra vez y hacer algunas bromas vacías. Tan pronto como escucho el comentario apreciativo o cariñoso de uno, se me olvida y vuelve a aparecer en mi cabeza la conversación con mi madre.

Ninguno hace referencia a Inés. De hecho, ponen cara de no haberse enterado de nada, de no saber ni quién era esa señora, y tratándose del grupo de cotillas más peligroso de Madrid, me emociono tanto porque no me estén ametrallando con preguntas que se me humedecen los ojos de puro agradecimiento.

Todo es ruido y borrones de colores hasta que llego —y digo «llego» y no «se planta ante mí» porque no se mueve en ningún momento de donde está, como si supiera que no pertenece a la escena o se creyera una molestia— a un hombre armado con un impresionante ramo de flores.

Darme de bruces con la intensa y preocupada mirada de Elliot me desorienta aún más.

—Hola. —Es lo único que dice mientras me escanea de arriba abajo, como si necesitara asegurarse de que sigo entera—. ¿Todo bien?

Por un segundo no reacciono.

—¿Por qué has venido? —murmuro.

Él parece sorprendido con la pregunta, y de inmediato comprendo que la he cagado al darle la bienvenida con ese comentario.

—Pensaba que tú... —Se rasca la nuca. Tiene el mismo aspecto desamparado que debo de tener yo—. Bueno, quería apoyarte en este día tan especial. Sé que esto era importante para ti, y la verdad es que... que se ha notado. Hablas tan bien en público que podrías ser profesora.

—De Literatura, ¿no? —intento bromear. Eso le hace recordar algo, y enseguida mete la mano por dentro de su americana y saca un libro de bolsillo con bastantes páginas.

—Eso me ha recordado lo que te debía. —Me entrega *Lo que el viento se llevó*—. Quedamos en que te lo iba a prestar, ¿no?

—Entonces ¿esas flores no son para mí?, ¿solo has venido a darme el libro?

—¿Las flores? Venían con el traje —dice, muy serio.

Acabo echándole una miradita apreciativa sin quererlo, como si me hubiera invitado con su respuesta. Lleva una de esas trencas beige hasta las rodillas que los modelos de El Corte Inglés lucen abiertas en las imágenes publicitarias de la temporada de otoño, una bufanda anudada al cuello y el pelo despeinado.

Hay cosas tan bonitas que te dan escalofríos solo con mirarlas, y Elliot, con la nariz roja por el frío, es una de ellas.

Un segundo después de mi vergonzoso escrutinio, me entrega las flores como si necesitara quitárselas de encima antes de que le dé un brote de alergia, un gesto precipitado de adolescente inseguro que me enternece.

Sé que debería reñirlo por inmiscuirse en mi vida cuando le dije que cada uno debía ir por su lado, pero no tengo fuerzas para rechazar sus felicitaciones, su acercamiento, cuando todavía me deslumbran los focos del plató, me duele el reencuentro con mi madre y... y... ¿Por qué tiene que ser y estar tan guapísimo, el *jodío*?

No hay derecho. Tengo las piernas hechas gelatina, el corazón blandito y no voy a bajarme del subidón hasta que asimile lo que ha pasado hoy. Todo cuanto me pide el cuerpo es buscar refugio en su corpachón de superhéroe. Y es curioso, porque, aunque no me cuesta imaginar a Elliot protegiendo a alguien más pequeño de las inconveniencias y fracasos de la vida por tener un carácter responsable y leal, él mismo es un hombre vulnerable que necesita que lo arropen. Es tan diferente de los machos seguros, confiados y, quizá, un poco manipuladores con los que me he relacionado...

—Son preciosas. —Le sonrío, esperando que mi gesto evite que lleve toda su atención al pie que muevo ansiosamente—. ¿Quieres...? ¿Quieres venir con nosotros al bar? Es de un amigo uruguayo de Tamara. Ponen muy buenas tapas a precio de saldo.

«De perdidos al río», me lamento por dentro.

—Anda, anímate, seguro que en Inglaterra no te daban de comer en condiciones.

—Solo *fish and chips* —ironiza él con rencor hacia la dichosa bromita—. Conozco las tapas españolas, llevo viviendo aquí unos diez años.

—Eso explica tu asombroso castellano.

—Pensaba que eso lo explicaba haber convivido con mi madre durante la etapa en que los niños son como esponjas. O haber estudiado unas oposiciones aquí. O lidiar con adolescentes a diario, que me enseñan palabras nuevas casi todos los días.

—¿Cuál te han enseñado hoy? —pregunto con curiosidad, echando a andar como quien no quiere la cosa.

Cargo mi ramo en brazos como si fuera mi primogénito o, mejor dicho, mi *segundogénito* (en caso de que eso exista), y no podría poner la mano en el fuego porque no me veo, pero creo estar mirando a Elliot como a un salvador, cuya presencia ha sabido contrarrestar la de mi madre con un éxito arrollador.

—He descubierto que «ser boquerón» significa no haberte enrollado con nadie —me responde, metiéndose las manos en los bolsillos. La brisa fría de finales de noviembre le da en el flequillo y en el escote de la trenca, que se le abre para enseñar el jersey de ochos granate que lleva bajo la bufanda—, y el otro día un chico me dijo: «Profe, no te chines», lo que luego me explicó que era «enfadarse». Además, utilizan algunos anglicismos de forma errónea, como «estar *living*», que es algo así como estar muy emocionado o contento. Ah, y gracias a una notita que pillé a un chico cuando se la mandaba a una chica, «klk» es una especie de abreviatura de «qué es lo que es», una de mis oraciones españolas preferidas.

Sonrío sin darme cuenta y arrugo la nariz al ladear la cabeza para mirarlo.

—¿Qué pasa?

—¿Tienes oraciones españolas preferidas? —me burlo.

—Claro. «Me voy a ir yendo», tres conjugaciones de un mismo verbo. Alucinante. O «irse de picos pardos», también muy divertida.

Suelto una carcajada.

—Eres un apasionado del lenguaje, por lo que veo.

Él se encoge de hombros con timidez y se arrebuja dentro del abrigo para impedir que no entre la fuerte ráfaga de viento que se levanta de golpe. Por suerte, el sitio está tan cerca que no voy a tener que forzar mis piernas temblorosas más de lo recomendable.

Dios, ¿por qué en la vida tienen que venir de repente todas

las sorpresas que nunca sabes cómo vas a manejar hasta que están delante de tus narices? Al Elliot detallista y amistoso no lo había visto venir. Y mejor ni mencionar a la bruja.

Justo vamos a entrar en el local escondido en una de las paralelas de Gran Vía. Da igual que el letrero rece día del golero, porque todo el mundo propone «ir al uruguayo» por el origen de su propietario, mesero y creador del menú. En la puerta hay dos chicos fumando y una mujer de mediana edad frunciéndole el ceño a su móvil. Eso me recuerda que yo también tengo uno y que debo responder a los mensajes, al menos el de una personita: Eric, al que llamo inmediatamente.

Mientras suenan los pitidos, Elliot dice:

—Seguro que tú también tienes una frase favorita.

—Claro que sí. —No me hace falta ni pensarlo—. «Ir como las grecas», que, por si no la conocías, significa estar borracho como una cuba. Es decir, el estado en el que pretendo encontrarme más o menos en la próxima media hora.

Capítulo 23

TE TIENES QUE IR PORQUE QUIERO QUE TE QUEDES

Susana

El uruguayo es un tío de músculos apretados y cabeza de bola de billar que te alegra el día con solo sonreírte. De veinte copas que pides, te cobra la mitad, y no solo porque le des conversación, lo entretengas con batallitas o le parezcas más guapa de la cuenta; lo hace porque a su bar le va tan bien que puede permitirse los descuentos y llegar sobrado a fin de mes.

Nos acomodamos en torno a la barra, que ha dejado libre para que nos incorporemos a la hora en que el local suele estar petado. Podríamos decir que trabaja solo —no tiene empleados en plantilla a excepción de su hermano, que no sale de la cocina—, pero los que frecuentan el bar, de tanto pasarse para devorar sus tapas se han convertido en sus amigos y, al final, han acabado desfilando detrás de la barra para servir cervezas. Él lo permite porque, si algo es el uruguayo, aparte de un forzudo intimidante al que no se te ocurriría jugársela metiendo la mano en la caja, es confianzudo.

—¡Órale! —nos llama Tamara, haciendo gestos con las

manos. Señala los chupitos que rebosan y gotean sobre la madera y nos obliga a agarrar cada uno el suyo para recitar su mantra—: El que no apoya, no folla. —Y empieza a mover en círculos el vasito. Es más fácil gracias a que la barra esté mojada de alcohol—. El que no recorre, no se corre. Quien no roza, no goza. Quien no da saltitos, no recibe gustito.

—¡Y por la Virgen de Guadalupe, si no follo, que alguien me la chupe! —se descojona Edu, que no necesita beber para estar animadísimo.

—No, no, no: ¡por la Virgen de Logroño, que esta noche me coman el coño! —le corrige Tamara—. ¿Hay algo más español que esto? ¡Voy aprendiendo!

—Ya iba siendo hora que aprendieras, con los años que llevas aquí —se burla Edu.

Aunque mi ánimo no acompaña del todo, me esfuerzo por reírles las gracias y me giro para mirar a Elliot, que observa su chupito con cara de concentración. Enseguida nuestros ojos conectan con una mirada cómplice que me abruma. Vaciamos el tequila en nuestras gargantas —el uruguayo también, quien parece haber desarrollado una curiosa inmunidad al alcohol después de unirse a todas las cogorzas del día— y prorrumpimos en aplausos. La música discotequera, que en un rato será rock rancio de mayores de cincuenta o míticos exitazos de los noventa, revienta los polvorientos altavoces de la pista.

El bar es un poco cutre. Algunos dirían que tiene más de tugurio que otra cosa, pero ya lo consideramos nuestra segunda casa. Ninguno que abran nuevo —como ese al que fui con Edu y su amigo peluquero la noche que conocí a Elliot— va a poder equipararse con el ambiente jocoso y la familiaridad que se respira en este sitio.

Estos pensamientos me conducen a un recuerdo que hace que me gire nuevamente hacia Elliot, esta vez con una excusa desenfadada para mantener una conversación distendida.

—La primera vez que nos ladramos también nos iluminaban los neones, ¿te acuerdas?

Bueno, distendida lo que es distendida, no creo que lo sea mucho, porque la primera vez que nos ladramos también fue la primera vez que nos besamos.

—¿Cómo olvidarlo? —Suspira con aire trágico—. Estuve semanas flagelándome por mi comportamiento.

—¿De verdad? Me hace sentir mucho mejor que te afectara —reconozco, despreocupada de cómo puede sonar mi pullita—. Yo también estuve acordándome de tus ancestros unos cuantos días.

Me escabullo un momento para dejar el abrigo y el bolso sobre uno de los taburetes, donde enseguida se amontonan las prendas. Por el camino veo a todos los miembros de la comunidad bailando al son de un tema de reguetón, Virtudes incluida, aunque con movimientos más lentos, no vaya a ser que se rompa la cadera.

—Mira a los vecinos. Cómo se divierten, ¿eh? —comento, sonriendo al ver que Óscar se anima a ser el primero en jugar al limbo.

—¿Por qué insistes en llamarlos así?

Miro de soslayo a Elliot, ceñuda.

—Así ¿cómo?

—«Vecinos». —Hace las comillas, un gesto que en él se me antoja cómico.

—¿Cómo quieres que los llame? —Pongo los brazos en jarras—. ¿Power Rangers?

—Son tus amigos. Ellos te consideran una amiga, de eso estoy seguro.

Abro la boca para replicar, pero es cierto lo que dice. El tiempo que llevo en el edificio he insistido en mantener las distancias para que sean vecinos y nada más. Nunca he querido involucrarlos en mis problemas, ni mucho menos cuando el riesgo era ser juzgada como ya lo soy por quienes no me conocen. Inconscientemente, doy un paso atrás, chocando con el pecho de Elliot. No me muevo ni me giro al decir:

—Supongo que, desde que nació Eric, me he resistido a intimar con la gente. Es decir... Quedo con ellos, me río con ellos, los escucho si tienen problemas, los ayudo a solucionar cualquier percance que les pueda surgir... Pero la barrera sigue ahí. Aunque, más que barrera, es como un recordatorio de... —Noto un amargo sabor en la boca al admitirlo—. Un recordatorio de que si hasta «los que más te quieren» son capaces de dejarte en la estacada, las familias postizas no dudarían dos veces en hacerlo también.

No veo la expresión de Elliot; mucho mejor así, porque no sé si podría encajar con deportividad lo que le sugiere mi respuesta. Pero Edu, desde la pista, sí ve la mía, y antes de que pueda preocuparse por mí —porque el *jodío* me conoce, me guste o no, y es evidente que no estoy en mi mejor momento—, le guiño un ojo y me giro hacia mi acompañante puntual de la noche con otro chupito en la mano, que vacío en un periquete.

Elliot escruta mi rostro con interés analítico.

—Oye, ¿te encuentras bien?

—¡Perfectamente! —exclamo, quizá más alto de lo que debería. Dejo el vasito sobre la barra de un golpe seco—. ¿Por qué no iba a encontrarme bien?

—Porque la señora que ha aparecido para congratularte era tu madre, y, según me has contado y se ha visto en la entrada de los estudios de grabación, para ti no es una persona muy grata, que digamos.

Sonrío sin la menor emoción.

—Te lo conté, ¿recuerdas? Mi madre lleva toda la vida acercándose a mí cuando quiere demostrarle a alguien que su hija lo vale, o, dicho de otra manera, cuando cree que puede sacar rédito de la situación en la que me involucre. Por eso se arrimó a mi padre, al que, por cierto, tampoco he visto desde que me fui de casa.

»Que saliera en televisión ha debido de parecerle lo más de lo más —continúo, alargando el brazo para aceptar la copa que el uruguayo me ha puesto con una pajita de cartón—, de ahí el repentino interés. No es como si hubiera apoyado nunca mis «estúpidos desvaríos» sobre cine. Mis hobbies eran para ella una pérdida de tiempo...

Sacudo la cabeza y lo enfrento con una sonrisa entre divertida y resignada.

—¿Por qué siempre acabo contándotelo todo a ti? —me quejo, avergonzada—. Tengo amigos para desahogarme, tú mismo lo has dicho. ¿Por qué tú?

Elliot se encoge de hombros con humildad.

—Quiero pensar que, si no soy tu amigo todavía, al menos tengo madera para convertirme en uno, así que quizá sea por eso... ¿O estoy pecando de ingenuo?

Miro al fondo de sus ojos grises, que ahora son de todos los colores debido al influjo de las luces parpadeantes del local, y mi mente enseguida formula un triste pensamiento que no quiero transmitirle, porque ni siquiera deseo aceptarlo yo misma.

Claro que no va a ser mi amigo. Quizá me equivoque y sí sea comprometedor admitir esto, aunque solo sea ante mí, pero lo que siento por él no tiene nada que ver con lo que me suscita el grupo de chiflados que bailan la conga a unos metros de nosotros. Me aturde el deseo de hacer algo respecto a Elliot, porque siempre he agarrado lo que he querido, sin pedir perdón ni permiso, pero luego pienso en mi hijo, en las recientes heridas de mi hijo, en la pena profunda y la rabia intermitente de mi hijo, y quiero dar tres pasos hacia atrás, coger mi bolso y marcharme para no volverlo a ver.

Si tengo que elegir entre echar de menos a este muro de cemento armado con mente de viejo y corazón de crío y la felicidad —o, al menos, la estabilidad— de Eric, me quedo sin duda con lo segundo. Pero ¿podría encontrar un punto medio que nos beneficiara a los tres?, ¿o es mi naturaleza optimista la que me la juega haciéndome pensar a menudo que puedo tenerlo todo?

—Te has quedado muy callada —apunta él, mirándome con fijeza—. ¿De verdad estás bien, Susana? Si no tienes ganas de estar aquí por lo que ha pasado...

—Lo que ha pasado se me pasará. Solo ha sido un susto, una pequeña pesadilla. Lo único que me hace falta es bailar. —Lo agarro de la mano y tiro de él.

—¿Y quieres que yo lo haga contigo? ¿Estás segura?

—Aquí no hay nadie que pueda delatar que a veces podemos llevarnos bien. Nadie que no lo supiera ya, me refiero, y es solo un baile. ¿O es que no sabes bailar?

Justo cuando nos colocamos en medio de la pista, la voz susurrante y sensual de REYKO empieza a sonar.

My head is spinning over you.
I think I'm losing my defenses.
And when I'm standing next to you,
I feel the failure of my senses.[13]

No lo pienso dos veces y echo el pecho hacia atrás con un movimiento rítmico. Tiro de una cuerda invisible para traerlo hacia mí, levantando las cejas. Como siempre, al principio se muestra reacio a seguirme el juego, pero acaba por ceder, demostrando que puede tener sentido del humor. Se quita el jersey para quedarse con la camisa blanca de debajo, y este acaba encima del montón donde ya está la trenca y la bufanda. Lo veo acercarse a mí con el pelo algo revuelto por la brisa que se ha colado entre sus mechones durante el paseo, los ojos brillantes, quizá enrojecidos por el frío que aún no ha expulsado, y un movimiento natural de hombros y caderas que me hace reír.

13. Mi cabeza gira en torno a ti. / Creo que estoy perdiendo mis defensas. / Y cuando estoy junto a ti, / siento que me fallan los sentidos.

—¡No veas cómo baila Enrique VIII!

Él suelta una carcajada nasal, dándome por perdida.

—Ya tardabas en buscarme un nombre entre el árbol genealógico de la realeza inglesa.

—Lo has echado de menos, ¿eh?

No puedo arrepentirme de haberlo dicho cuando veo la verdad en su expresión serena, que es que sí ha echado de menos mis tonterías, casi tanto como yo sus salidas impertinentes, pedantes o sorprendentemente adorables.

—No me puedo creer que no me hayas llamado Shakespeare ni una vez —confiesa, dando una vueltecita sobre sí mismo. Aplaudo y lo vitoreo usando mis manos como bocina: «¡Estás que te sales! ¡Dale, dale!»—. Es ofensivo para un inglés que adora la literatura como yo.

—¡Pues como sigas bailando así, te voy a tener que llamar Gene Kelly... o Channing Tatum, que no lo hace nada mal en *Magic Mike*! —exclamo por encima de la música, procurando no acercarme a él más de la cuenta. Lo rodeo moviéndome de forma intuitiva, sin apartar la vista de su expresión—. Y si no te he llamado Shakespeare es porque no existe. Le robó los escritos a Christopher Marlowe y se los atribuyó.

—Eso es lo que dicen las malas lenguas porque no veían a un campesino capaz de escribir literatura decente, pero no es más que un argumento clasista. Yo defiendo a Shakespeare.

—Y yo defiendo que eres Gene Kelly. Vas a tener que enseñarle esos movimientos a Teresa, Elliot. ¡Así se conquista a una mujer! ¡Con menos teoría literaria y más baile!

Procuro decirlo entre risas, aunque están a punto de cortarse de golpe cuando caigo en la cuenta de que, por mucho que me haya acostumbrado a soltarle ese tipo de referencias constantes a Teresa, no me hacen ninguna gracia. A él también le cambia la cara, pero no deja de bailar. Continúa moviéndose con cautela, en la distancia, como si temiera que le fuera a morder.

—Bueno. —Hace una pausa—. No lo descarto.

—¿Cómo te va con ella? —pregunto con desenfado.

—Bien —contesta, escueto—. Vamos progresando.

El estómago se me contrae de manera dolorosa al dejar volar mi imaginación. No me asaltan imágenes de tipo sexual, porque no imagino a Elliot acostándose con ella a la primera de cambio si ya se pone colorado con un beso en la mejilla, sino otras de aspecto más íntimo. Quizá desayunos en común, o noches de películas, o bailecitos en el baño.

—No dudo que tengáis muchas cosas en común. Os pasaréis el día hablando.

—Las veces que hemos quedado han sido muy fructíferas en ese aspecto. Tengo que darte las gracias.

Cualquier otro día, o hace solo un mes, le habría dicho «de nada» con una sonrisa de orgullo y satisfacción en la cara. O eso quiero creer. Pero hoy se me congelan hasta los dedos de los pies, que sigo moviendo al ritmo de la música por inercia y empecinamiento. Me suena tan sórdido que me agradezca que ahora salga con alguien... Me parece tan... asqueroso e injusto.

Sin embargo, me sigo flagelando.

—¿Qué tal con lo demás? Ya sabes, el tipo de cosas que diferencian a un par de amigos de una pareja.

—Ah... eso. —Vacila—. He estado preocupado porque el otro día estuve con ella y me dio la impresión de que no está interesada en una relación formal, sino en una de tipo... carnal.

Levanto las cejas.

—¿Crees que solo se quiere acostar contigo?

—Sí, lo cual echa por tierra todas mis intenciones.

—No te preocupes. A algunas personas solo se las puede conquistar una vez ha quedado patente que son compatibles en la cama. Bésala la próxima vez que quedéis —me sorprendo diciendo— y así lo sabrás.

Enseguida me quiero abofetear. ¿«Bésala»? ¿Qué soy ahora, el puto cangrejo de *La sirenita*? Si no quiero que la bese, maldita sea. Solo de imaginarlo se me revuelven las tripas. Más bien soy la culebra que vuelca la barca en el último momento, cuando el príncipe va a besar a Ariel.

¿Sería capaz de hacer eso? ¿De frustrar lo que he intentado construir entre ellos dos?

¿Y estas referencias Disney? Esa ni siquiera es la película favorita de Eric; le gusta bastante más *Mulán*, si es que cuenta como princesa.

—Ya la he besado.

Mis pies vacilan un segundo y pierdo el compás. Es apenas un instante, inapreciable para el ojo humano a no ser que seas un coreógrafo profesional, pero yo sí lo percibo. Entre el alcohol, la sorpresa de que haya venido a verme, las semanas devanándome los sesos para convencerme de que Elliot no significó ni significará nada para mí y la aparición estelar de mi madre, me sobrevienen unas estúpidas ganas de llorar.

Putos chupitos de tequila. Cuando se os necesita no estáis, pero cuando una quiere parecer hecha y derecha, firme como una roca, ahí aparecéis para tumbarme.

—¿Y qué tal? —pregunto, forzando una sonrisa—. ¿Se te cerraron los ojos?

Elliot compone una mueca de extrañeza.

—¿Qué clase de pregunta es esa?

—Dicen que, cuando amas, se te cierran los ojos al besar.

—Supongo que sí se me cerraron, aunque como reacción involuntaria. Es como cuando las mujeres se echan máscara de pestañas y separan los labios. No es planeado.

Que le busque una explicación biológica a un detalle tan íntimo me alivia, porque demuestra que no hay sentimientos involucrados. Pero con el alivio también llega la frustración de no entender cuál es mi problema. Para probar ante mí que mis extrañas sensaciones se explican por la necesidad de amor, y también por lo que llevo bebido, para hacerme saber que soy inmune a él, suelto mi copa vacía en la barra y me acerco para bailar pegados.

Para mi inmensa sorpresa, Elliot me rodea la cintura con un brazo y se mueve conmigo.

I'm getting shivers in my skin.
Your voice is feeding my obsession.
And when you're standing close to me,
I feel I'm trapped in this temptation.[14]

Muevo las caderas rozándome con las suyas, centrándome en su mirada.

—¿Algo más? —le pregunto, siguiendo un impulso masoquista con el que no me reconozco.

—Algo más ¿qué?

—Si ha habido algo más que besos.

Sueno exigente, como cuando le pido (ordeno) a Eric que me confiese alguna travesura, que ordene su cuarto o que no aparte los guisantes del arroz tres delicias. Aun así, no me desdigo ni me disculpo por mi tono. Una parte de mí, la irracional que va ganando esta guerra entre la sobriedad y la ebriedad, siente que tiene ciertos derechos sobre él.

«Menuda ridiculez, Susana», me espeta la voz interior.

«Déjame en paz. Puedo ser irreverente por un rato».

«Eres irreverente siempre».

—No me acostaría con ella sin más, si es lo que me estás preguntando. Sería la primera vez, y... no se aprecia por culpa de la iluminación, pero apuesto mi alma a que se ha ruborizado—, quiero acostarme con una mujer hacia la que tenga sentimientos.

—¿No tienes sentimientos hacia ella?

---

14. Tengo escalofríos en la piel. / Tu voz está alimentando mi obsesión. / Y cuando estás cerca de mí, / siento que estoy atrapada en esta tentación.

—No la clase de sentimientos intensos que necesito para dar ese paso.

—Pero estás en proceso de... adquirirlos.

«Dios, Susana, para. ¿Por qué te haces daño? Ya has comprobado que te duele, no hace falta que insistas. No es así como una se saca a un hombre de la cabeza».

—Sí —responde, tan cerca de mi rostro que su aliento acaricia mi cara—. Los voy adquiriendo con demasiada rapidez. Y me parece que me van a salir muy caros.

—El amor nunca es barato, me temo.

Sueno como si lo advirtiera: «Retírate. Retírate si no quieres que...».

Si no quieres ¿qué? ¿Si no quieres joderme como me está jodiendo esto de lo tuyo con ella...?

—No, supongo que no...

—Me alegra que las cosas estén yendo bien. Tal vez pronto consigas lo que tanto quieres.

—Eso espero. —Cada vez me mira con más intensidad—. Aunque soy paciente. Si tarda algo más, no pasa nada.

—Disfruta del proceso. —Tengo que tragar saliva cuando rozo sin querer la parte delantera de sus pantalones—. Los momentos previos a entablar una relación suelen ser más divertidos que la relación en sí. El tonteo, el «me llama o no me llama», el «¿le gustaré?»; hasta las dudas tontas sobre si es el momento de cogerlo de la mano o besarlo.

Él se humedece los labios con la lengua. Sigo el movimiento con una mirada depredadora hasta que desaparece en el interior de su boca, esa boca que yo he probado en varias ocasiones.

¿La habrá probado Teresa más veces que yo?

¿Qué habrá pasado estas últimas semanas?

—A mí no me gusta la incertidumbre. Necesito saber qué pasa por su cabeza todo el tiempo —dice en voz baja, pero le escucho porque le echo los brazos al cuello y me pongo de puntillas. Hasta siento su aliento en el cuello, en el lóbulo de la oreja, revolucionándome el cuerpo—. Necesito saber con claridad si tengo la menor oportunidad o solo está jugando conmigo.

—La mayoría de la gente va a jugar contigo, Elliot, así que si eso te preocupa, intenta... —Se me atasca la garganta cuando nuestros cuerpos chocan. Siento los volúmenes de su torso una vez estamos pegados, y apuesto a que él nota los relieves del mío—, intenta tener «la conversación» antes de perder el tiempo.

—Ni aun jugando ella conmigo sentiría que pierdo el tiempo —confiesa con esa aplastante sinceridad suya que a veces motiva mi burla y otras, mi envidia. Solo que esta vez parece atravesado por la emoción, algo poco frecuente en él.

Se supone que estamos hablando de Teresa, y si eso es así, odiaría que se emocionara por la profesora.

No tengo nada en contra de ella. Estoy segura de que es una mujer fascinante, estupenda, inteligentísima... Pero me amarga su mención, y a veces me sorprendo teniendo pensamientos maliciosos. Sin embargo, al levantar la barbilla y cruzar nuestras miradas, siento que todo esto es puro teatro y que solo estamos hablando en clave. De que estamos él y yo, solos, y lo único que se interpone entre nosotros es una química explosiva que no vamos a resolver porque no podemos.

Le miro los labios apenas un segundo, por si acaso me ha dicho algo y me lo he perdido por culpa de la música tan alta. Pero está callado, y yo me quedo ahí, en su boca carnosa, moldeada, en la boca que me ha insultado, que me ha halagado, que me ha pedido perdón y ha rectificado; la boca de la que han salido las tonterías más tiernas y conmovedoras que me han dedicado, y unos besos tan dulces que creo que soy menos cínica desde que los guardo, en secreto, en un altar de mi pensamiento.

Seguimos bailando un rato más en silencio, paladeando la letra de la canción, que no podría ser más oportuna.

Pronto bailará con Teresa y hará con Teresa todo lo que ha hecho conmigo. Verá películas y las comentará, le llevará flores cuando cumpla algún sueño, la besará en el baño o en el sofá o en una fiesta, y se acostará con ella porque la querrá.

—Yo no pude darle mi primera vez a alguien que amara —admito en voz alta, y es que en cuanto cojo confianza con alguien, me embalo—. Estaba demasiado preocupada por ser la única virgen de mi clase para esperar a que apareciera el príncipe azul. Ese tipo de presión existe, ¿sabes? Y yo cedía... cedía a todas las presiones del mundo, y estaba obsesionada con llamar la atención, y... luego supongo que aprendí la lección.

»Pero eso que has dicho es muy bonito —continúo—. Hoy en día se considera una cursilada, y puede que lo sea. La virginidad es una puta gilipollez. Pero, Dios, qué bonito habría sido que... Ojalá hubiera sido diferente en mi caso.

Me muerdo el labio inferior. Nuestros cuerpos siguen pegados, bailando esa canción que parece no terminarse nunca. O la ponen una y otra vez y no me doy cuenta, o es una versión extendida, pero lo cierto es que me alegro de que no acabe, porque no deseo separarme de él. Por culpa del dramatismo peliculero que nos absorbe cuando estamos borrachos siento que, cuando me aleje, Elliot y yo seremos un punto y final.

And I'm trying,
and I'm trying, and I'm trying,
and I'm trying,
God knows I'm trying,
and I'm trying
to take you out of my mind.[15]

15. Y estoy intentando, / intentando e intentando, / y estoy intentando, / Dios sabe que lo intento, / estoy intentando / sacarte de mi mente.

Alzo la barbilla al comprender la letra, lo bien que se ajusta a mi temor —el de no superar esta estupidez que me ha dado de una forma tan poderosa y sorpresiva—, y me encuentro con que él me está mirando con una intensidad similar. Se me junta un exceso de información, toda la que ha compartido conmigo en los últimos minutos, y no lo soporto más.

Me separo cuando por fin empieza a sonar otro tema.

—Lo... lo siento —balbuceo, masajeándome las sienes—. Necesito...

«Despejarme». Necesito despejarme. Pero las palabras no me salen, y me encamino al baño antes de lograr articularlas. Por el camino sonrío a los vecinos para asegurarles que me encuentro perfectamente, pero soy consciente de que huelo a Elliot, y eso se traducirá en un bajón tremendo cuando me toque ponerme el pijama en casa. Y cuando tenga que lavar la ropa. Y cuando lo recuerde todo.

Me detengo delante del lavabo y me echo agua en la cara, sin importar que el rímel se me corra un poco. La prioridad es tranquilizar el ritmo acelerado de mi corazón.

Estaba tan concentrada en mis pensamientos y temores que ni me he dado cuenta de lo que el roce con las caderas y el pecho de Elliot han provocado en mi cuerpo. Noto un nudo voluptuoso en el bajo vientre, las mejillas ruborizadas —no creo que sea por el esfuerzo de menearme— y, al juntar los muslos, me palpita la entrepierna.

Apoyo las manos en los bordes del lavabo y espero a hallar la calma. Me pongo toda clase de excusas para salvar el día, empezando porque solo es un tío bueno.

Por favor... los hay a puñados. Quizá no tan altos, ni tan rubios, ni con los ojos tan azules, pero tampoco los hay tan gilipollas.

Vamos, Susanita, que ya tienes una edad. ¿Vas a colgarte de él porque te den pena los problemas que es incapaz de solucionar con su madre, o porque en el fondo tenga buen corazón? No te sobra el tiempo para ponerte a cavar en el montón de mierda que ese hombre tiene encima para descubrir un dudoso tesoro que, para colmo, es para otra...

—¿Qué estoy diciendo? —le espeto al espejo, anonadada.

Es imbécil, sí, pero es MI imbécil. Mi imbécil tierno y desconsolado, mi imbécil inteligente y culto que te explica las cosas sin ningún tipo de soberbia, y en cuanto le cantas las cuarenta, admite que no sabe, que necesita ayuda, que se ha equivocado, y lo dice con el corazón en la mano. Es el imbécil con el cuerpo de escándalo y los coloretes juveniles que está ayudándome a vivir la adolescencia tardía que perdí a través de la suya, que está drenando todo el cinismo y la superficialidad del espíritu apático con el que he vivido mis anteriores relaciones sentimentales.

La puerta del baño se abre y, como si lo hubiera invocado, aparece Elliot. Reacciono peor que si hubiera entrado mi madre de nuevo, dando un paso atrás en cuanto nos miramos a la cara.

—Veo que tienes por costumbre meterte en los baños sin llamar cuando yo estoy en ellos.

—Has salido casi corriendo y me ha parecido raro. ¿Estás bien? ¿He dicho algo malo?

Camina hacia mí con indecisión. Algo dentro de mí explota, quizá el último resquicio de paciencia o autocontrol, y tengo que alargar el brazo para ordenarle que mantenga la distancia.

—No, aléjate. Está... está todo bien. Vete.

—No me parece que haya nada bien.

—No es un buen momento para que te pongas pesado, Elliot.

—Lo siento si he sido demasiado invasivo antes.

—No has sido invasivo, no has... —Aprieto los labios y me concentro en su expresión, que, más que desorientada, parece a la expectativa, como si me hubiera puesto a prueba y ahora quisiera comprobar los resultados—. Pensándolo mejor, sí que lo has sido. Te dije que tú y yo no deberíamos volver a acercarnos, y mira lo que has hecho.

—Has sido tú la que me ha dicho que bailemos.

—¡No me refiero a eso!

—Entonces ¿a qué? ¿A entrar en el baño? —Parece genuinamente aturdido.

—¡Venir a la salida del programa con flores y un libro! Elliot, eso lo hacen... lo hacen... lo hacen los que... —Cierro los ojos para recobrar la compostura, y por fin añado en un hilo de voz—: No puedes hacerme esto.

—¿Qué es lo que te estoy haciendo? Solo he venido a ver si te encontrabas bien.

Su supuesta inocencia me pone de los nervios.

—¡No te hagas el idiota! ¡Sabes que siento una incomprensible y estúpida debilidad por ti! ¡Lo sabes y por eso haces... esto! —le espeto injustamente, haciendo aspavientos.

Se le ve desorientado.

—¿Crees que te causo algún mal adrede?

—No. Creo que... —Él se va acercando, y yo retrocedo y retrocedo hasta que doy con la pared de azulejos desgastados del baño. Acabo apoyando las manos temblorosas sobre su pecho, en el que late un corazón al borde del colapso—. ¿Por qué crees que te dije que te alejaras de mí, que cortáramos lo que fuera que teníamos? ¿Incluso eso te lo tengo que explicar?

—No. Entendí que Eric es lo primero para ti.

—Eric podría seguir siendo lo primero para mí y tú podrías continuar dando tumbos por mi vida, cruzarte en mi camino a diario, si me fueras indiferente, pero me he subestimado. Una parte de mí se creyó eso de que me faltan escrúpulos y que soy lo bastante fría para besar a un hombre y deshacerme de él después, que es como suelen describirme por ahí... Pero resulta que no. —Respiro agitada—. Resulta que te tienes que ir porque quiero que te quedes, Elliot.

Capto un destello especial en sus ojos.

—¿Qué sentido tiene eso?

—Pues dímelo tú, que eres el experto en literatura. ¿No existe el contrasentido como recurso estilístico? Eso lo di yo en segundo de la ESO.

—Susana...

—No, no tiene ningún sentido —lo interrumpo por miedo a que diga algo que pueda conmoverme—, pero debes obedecer. Porque quiero... —Me muerdo la lengua. Mis manos se mueven solas, libres, por su rostro, por su barbilla de Superman y sus labios suaves—. Quiero besarte, y quiero seguir descubriendo quién eres, y quiero reírme con tu pedantería, y quiero discutir contigo solo para desenfadarme rapidísimo y que te sorprenda y te emocione que no te guarde el rencor que tú siempre reservas para fustigarte, porque no perdonas a nadie, nunca; y a ti, al que menos. Y quiero... Todavía no te he hecho reír a carcajadas. Quiero hacerlo al menos una vez. Quiero... quiero tantas cosas...

Pierdo el hilo de lo que estaba diciendo cuando sus palmas envuelven mi rostro, obligándome a alzar la vista del todo y a ver con claridad sus intenciones antes de que el milagro tenga lugar.

Cuando sus labios tocan los míos, todavía me sorprende que haya sido capaz de darme un beso solo con mirarme, de avisarme de que, incluso si me retiro, si lo rechazo, si no hay contacto, tendré que darme por besada. Y ese beso no dado pero sí experimentado, disfrutado, es tan emocionante como el físico, como el real, el que empieza con la misma impaciencia feroz con que se desarrolla, como si nuestro plan no fuera otro que el de devorarnos.

«Eso es, cómeme —me dan ganas de decirle—. Haz todo lo necesario para acordarte de mí para siempre».

Debe quedarle claro lo que le pido por la manera en que le devuelvo el beso, clavándole las uñas en los hombros y rodeándolo por todas partes con unos brazos que acostumbran a quedarse cortos cuando rodean su cuerpo. Me falta el aliento y me falta tiempo para darme por satisfecha con sus atenciones, y parece que a él también: pese a mis enseñanzas, que parece dejar a un lado en favor del instinto y la pasión, solo sabe besarme como lo hizo la primera vez, con la intención de absorberme. Sus manos exploran mi cintura, la piel de gallina de mi vientre y la cinturilla de los pantalones.

—Desabróchamelos —susurro entre jadeos.

Él no espera a que me arrepienta: con unos dedos tan intrépidos como los míos, que hurgan en su pelo, me quita el cinturón.

La hebilla emite un sonido metálico al caer al suelo.

Mi intención es darle indicaciones, pero no hace falta. La necesidad que sé que siente lo guía al colar los dedos en el interior de mi tanga y acariciar mi hendidura. Un simple roce del clítoris inflamado por el baile, por la situación, porque es él, sirve para que la sangre se concentre en la zona. Dedica un masaje rítmico e insistente que pone mis caderas a bailar de nuevo.

Me agarro a su cuello y separo las piernas para que su mano pueda rodearme entera, cubrirme, palpar hasta dónde llega el calor que ha desatado y que desprendo por su culpa.

—Ahí... Tócame ahí, así, como lo haces. —Lo cojo de la muñeca con fuerza y señalo el punto justo, que me arranca un gemido gutural—. Por favor...

Mis labios colisionan con los suyos, los dos entreabiertos, pero no nos besamos. Solo nos respiramos. Tiene los ojos entornados, pendientes del movimiento de su mano, y los oídos afinados para interpretar los matices de mis jadeos: lo sé, lo intuyo, porque todo esto es intuición. La suya no falla al considerar mi humedad una buena señal e introducir dos dedos, sin dejar de jugar con el clítoris.

—Dios —musita él—. Estás...

—Sí... No pares.

Cruzo los codos detrás de su cuello e intento ponerme de puntillas, pero las piernas no me responden. No las siento. No siento nada salvo las corrientes eléctricas que sus caricias envían por todo mi cuerpo. Una, dos, tres. Tantas descargas que pierdo la cuenta y los ojos se me van cerrando, el cuerpo se me va tensando y destensando, reacciones involuntarias para contener el placer, para que no se vaya a ninguna parte, como no quiero que se vaya él.

Elliot me besa despacio, enreda su lengua con la mía y succiona mis labios, mordiéndolos ligera y tentadoramente. Su otra mano me rodea la cadera y aprieta mi glúteo como si quisiera atravesar el pantalón y sentirme piel con piel. Tanto calor se concentra entre nosotros que por un segundo espero, con el alma en vilo, a que me lo pida o me lo haga saber con una mirada. «Quiero follarte». «Vamos a follar».

No sé dónde tengo la cabeza, pero no está sobre mis hombros, y eso significa que no dudaría en responderle que sí.

Muchas veces me han hecho suplicar. Parejas sexuales dominantes o soberbias a las que les gustaba el control. Pero él me hace suplicar con su humildad, con su dar sin esperar nada a cambio. Y con ese dulce pensamiento, me entrego al primer orgasmo, que Elliot es capaz de encadenar con otro al masturbarme con precisión rotando y doblando los dedos, dando con esa zona interna sensible que yo sola nunca he sabido encontrar.

Elliot me mantiene de pie gracias a la presión de mi espalda pegada a la pared y su pecho ceñido al mío. Y aunque ahí podría haber acabado, no lo hace. Tampoco prueba ningún otro acercamiento, no va más allá. Yo tampoco, porque no tengo fuerzas más que para mover los labios y responder a sus besos.

Me vale. Me vale su boca, me vale su abrazo, me vale saber que me desea.

—Mañana... —murmuro entre beso y beso—, mañana haremos como si esto no hubiera pasado. Mañana será un día diferente, será...

—Mañana es mañana —gruñe con voz gutural—. A mí solo me importa lo que estoy haciendo ahora.

—Pero prométeme que mañana... —Gimo cuando posa las manos sobre mi sujetador y pellizca hasta encontrar mis pezones erectos—. Elliot...

—Mañana echaré de menos ayer —musita contra mis labios—. Eso es todo lo que te puedo prometer.

No es suficiente, pero sus besos me adormecen y se me olvida exigirle un poco más de seriedad. Y así transcurre lo que ojalá fuera una eternidad, entre besos, caricias y mordiscos que se dan los adolescentes primerizos en las discotecas, probando nuevas formas de seducir: lo que somos y en lo que nos quedaremos, porque ninguno de los dos encontrará el valor para luchar por algo más.

Capítulo 24

CRÍA FAMA Y ÉCHATE A LLORAR

Susana

—¿Posta? Boluda, no sé por qué preguntarte primero —confiesa Sela, mirándome entre boquiabierta y orgullosa—, si por la aparición de la conchuda de tu mamá o por la masturbación en el baño. Y yo que pensé que lo de los dedos en portales y franelearse[16] en zonas públicas solo se estilaba entre adolescentes...

—Pues ya ves... He vuelto a los dieciséis.

—¿Te referís a que te preñó de nuevo? —Enarca las cejitas al estilo Mae West.

—Eres muy graciosa, mija.

—El «mija» es mexicano, no argentino, y soy muy graciosa porque mi público no es muy exigente. Ahora decime, en serio... ¿Qué onda? ¿Se puede saber qué te pasó por la cabecita esa que tenés?

—Nada, no me pasó nada por la cabeza, está claro. Pero parece que soy como Batman: por las noches me pongo un

16. Manosearse sexualmente sin llegar al coito en sí.

modelito rompedor y me creo alguien que no soy, así que hago cosas que no debo con quien me prometí que no iba a relacionarme más. —Me cubro la cara con las manos, no tan avergonzada como debería—. Lo que peor me sabe es haber obrado a espaldas de Eric. Le prometí que no volvería a ponerle en un compromiso.

—Che, pero si él mismo te dijo que estaba todo bien. ¿No te pidió disculpas y todo por haberse puesto bravo?

—Me dijo, con palabras de niño, que estaba a la defensiva porque no aguantaba más en el colegio y lo pagó con quien tenía más cerca, pero que, en realidad, no me juzgaba y estaba orgulloso de su familia. —Se me pone voz nasal y me estremezco solo de recordar lo serio que se puso y lo franco que fue a la hora de abrir su corazón en el despacho de Elliot—. Yo sé que no le molesta que frecuente compañías masculinas de vez en cuando. Al fin y al cabo, solo me echo novios, algo bastante digno, y si me acuesto con alguien un par de veces, nunca se entera porque ni falta que hace. Pero tengo dentro de mí este... este... nudo, por así decirlo, que me aprieta cada vez que me acerco a Elliot.

—Se llama «amor», boluda. ¿No te suena de alguna de esas películas que destripas en tu web? ¿O de algún libro?

—¿Amor? —Se me escapa una risa entrecortada—. Se te ha ido la chaveta del todo, Sela. Se llama «culpabilidad», ¿entiendes lo que es eso?

—Claro que entiendo lo que es la culpabilidad, boluda, ¿te olvidaste del tremendo forro de papá que tiene mi nena porque se me ocurrió casarme con él?

Selena se quita los auriculares que llevaba puestos por si acaso tenía que atender una llamada urgente y los deja con cuidado sobre su escritorio, dándose tiempo para respirar y hallar la introducción perfecta al soliloquio con el que me va a castigar.

Me mira, todo pestañas y belleza morena, y me suelta:

—Pero, en tu caso, culpabilidad no es porque el nene ya te dijo que lo que no toleraba era el acoso del otro hijo de su madre, no tu forma de vida, porque sabe que sos de fierro.[17] Entiendo que quieras ir despacio, no precipitarte a un lío con un hombre que además te impone porque no sabés por dónde te puede salir...

Mi voz emerge temblorosa, insegura:

—A mí Elliot no me impone.

—... pero no pongas sobre los hombros de tu hijo la responsabilidad de tu vida sentimental porque la cobardía es tuya y solo tuya, linda. —Me apunta con el dedo—. A vos lo que te pasa es que te sentís juzgada.

—¿Qué dices?

—Sí, sí. —Asiente muy convencida—. Tanto que te las das de que todo te importa tres carajos, pero en realidad estás podrida de la cantidad de boludeces que te tuviste que bancar toda tu vida: desde las de tu adorada mamá hasta el viruelo del jefe. —Señala con el dedo pulgar el pasillo que da al despacho de Rodrigo. Como no podía ser de otro modo, tuve que contarle toda la historia muy por encima, solo porque sabía que se pondría inmediatamente de mi parte y necesitaba aliadas—. Admitilo, Susanita. Sí, dale, sos grosa, una tremenda mujer independiente, una dama, una madre divina, «de la hostia», como decís por acá... Pero no sos de piedra. A todos nos cala lo que los demás piensan de nosotros. No sos inmune a la opinión de las pelotudas del instituto, y en realidad te da pánico darles la razón con tu actitud. Por eso la estás cambiando.

—No estoy cambiando mi actitud —me defiendo, toqueteando el micro pegado a la mejilla—, ¿qué tonterías dices? Yo soy la de siempre.

—No, no sos la de siempre. —Me habla en tono maternal—. La Susana que yo conozco no se reprime cuando gusta

17. Que aguanta de todo, que siempre está.

de un tipo. A vos lo que te pasa es que vos misma creés que sos esa zorra *buscafamas* que describen y te alejás de Elliot para demostrarle que no es así, y todo por culpa de una inseguridad que no querés reflejar.

—Mira que yo veo películas, pero la que tú te estás montando supera toda ficción —mascullo, estupefacta—. No sé de dónde te has sacado toda esa retorcida psicología, pero si me alejo de Elliot es por lo que te he explicado. Yo sé muy bien quién soy.

—Pero sabés que no sos lo mismo para el resto, que no te perciben igual, y estás hecha percha de ser maltratada y de que tu hijo lo sea también por eso mismo. Así que vas a hacer lo que sea para quitarte ese estigma de encima, aunque tengas que renunciar a tremenda joya de pibe. Si no te conoceré yo, que llevo trabajando con vos ocho horas diarias desde hace ya una temporadita.

»Y ahora pensá en lo que te dije —continúa—, que no son pavadas. Me las pico un rato a fumarme un pucho en la terraza. Pegame un tubazo si ves que sale el jefe o Gonzalo se asoma antes de que vean que me tomé el palo.

—A veces no entiendo nada de lo que dices.

—Que me voy a echar un cigarro, coño, que me cubras.

Suelto una fuerte carcajada. Cuando se pone en plan española hasta habla en otro tono.

—Vale, me inventaré que estás en el baño y te escribiré un wasap si veo moros en la costa. Deberías tomarte el trabajo un poco más en serio.

—En unos días me largo, esto solo es una pésima changa. Además, para capa y Gardel, ya te tenemos a vos.[18] —Me guiña un ojo al tiempo que coge su cajetilla de cigarros y rodea el escritorio quejándose del dolor de espalda.

18. «Capa» como sinónimo de «genio», y Gardel, en referencia a Carlos Gardel, más de lo mismo.

Nadie le dice nada en su paseo al ascensor que la llevará a la azotea. Como mucho, dos o tres de los que están perdidamente enamorados de ella se quedan prendados del movimiento de su culito respingón. Hasta yo lo hago con una sonrisa irónica que intenta ocultar el mal cuerpo que me ha dejado su opinión.

¿Para qué le habré contado nada? Selena no me saca ni cinco años y es sabia como la Abuela Sauce. No sé por qué se le da tan bien desentrañar misterios sentimentales; será de tantas novelas románticas que se chuta. Las mismas que yo y que algunas de las chicas del edificio, por otro lado. Esto me recuerda que tan «capa» y «Gardel» no soy, porque paso la mitad del horario de trabajo leyendo en Kindle lo último de mis autoras autopublicadas preferidas —son más baratas— y el resto lo invierto en conversaciones con Sela que no llegan a ninguna parte.

Gonzalo, como siempre, aparece de la nada. Tiene un talento especial para sobresaltar a la gente, y eso que no es que sea difícil de ver, porque, con los dos metros que se gasta, capaz es de tropezar un jueves y no aterrizar hasta el domingo.

—Susana, ¿estás muy ocupada?

—Qué va. Los lunes por la mañana la gente no tiene tiempo ni ganas para llamar por teléfono y cagarse en la puta vida de las operadoras. Eso lo hacen cuando sus jefes no son los que se están cagando en la puta vida de ellos. ¿Por qué? ¿Necesitas algo?

—Es el jefe, que quiere verte en su despacho.

Ambos torcemos la boca al oír la palabra «jefe», solo que en diferentes grados. Gonzalo, al cubrir el departamento de Recursos Humanos, sabe dónde se cuecen las habas, y lo mío con Rodrigo lo lleva sabiendo desde el primer día sin necesidad de que yo se lo contara.

A veces odio este trabajo por lo fácil que es que se expandan los rumores. Las otras veces odio este trabajo por todo lo demás. Selena es el rayo de luz que ilumina ocasionalmente mi oscura vida laboral.

—¿Qué quiere ahora? —mascullo, levantándome de mal humor—. Se tiró toda la semana pasada paseándose por delante de mi mesa, acoplándose a nuestros desayunos e insistiendo en llevarme a casa en coche.

—Entonces te puedes imaginar qué es lo que quiere —lamenta Gonzalo, que tiene la amabilidad de escoltarme.

Noto las miradas de toda la oficina clavadas en mi espalda.

—Me lo imagino yo y hasta la última persona que trabaja en esta empresa —respondo en voz baja—. Todavía no he oído a nadie despotricar sobre mí en el baño, pero apuesto a que a ti sí te ha llegado que estoy chupándosela a Rodrigo o algo por el estilo.

—Saben que te tengo aprecio y, además, como jefe de RR. HH., no me tiembla la mano al aplicar suspensiones o dar toques de atención cuando se pasan de la raya. No comentarían nada de eso delante de mis narices.

—Pero tienes ojos y oídos en todas partes. Por un lado o por otro te habrá llegado.

Su silencio me dice todo lo que (no) necesitaba saber, que es exactamente lo que vengo prediciendo desde que Rodrigo plantó su culo millonario en la dirección de OnePhone.

Justo antes de llegar a la puerta de su despacho, donde destaca su nombre en un membrete plateado, me viene a la cabeza la reprimenda de Selena.

«A vos lo que te pasa es que vos misma creés que sos esa zorra *buscafamas* que describen y te alejás de Elliot para demostrarle que no es así, y todo por culpa de una inseguridad que no querés reflejar».

Sacudo la cabeza, negándome a aceptar esa posibilidad.

Menuda tontería.

Toco a la puerta de Rodrigo con energía y espero su aterciopelado —y escalofriante— «pasa» para dejar a Gonzalo solo en el pasillo. Su cara refleja muy bien lo que está pensando:

«Algo va a ocurrir ahí dentro, más pronto que tarde», a lo que yo solo podría responderle que mil veces antes ocurrirá un asesinato perpetrado con una grapadora que ningún favorcito sexual.

—¡Hola, Susana, buenos días! —me saluda con excesivo entusiasmo—. Ven, siéntate.

Obedezco procurando que mi expresión refleje la cortesía justa. Creo que sé manejar a este tipo de hombres. Me he topado con depredadores sexuales en más de una ocasión y sé que hasta reírles una gracia, incluso con poca vehemencia, se lo toman como una invitación.

Apoyo las manos en el regazo y espero a que me explique el motivo de haberme llamado.

—¿Qué tal el trabajo?

—Muy bien, aunque con demasiadas interrupciones estos últimos días —respondo con aplomo, con cuidado de no sonar pasivo-agresiva.

—¿Sí? —Se inclina hacia delante para aplastar la colilla del cigarrillo que estaba fumando en el enorme cenicero de cristal que destaca sobre el escritorio. Parece que las normas básicas no aplican para él, como en este caso la de fumar en la oficina—. ¿Hay empleados molestándote?

—Yo no diría que estén molestándome, pero, ya sabes, para que el trabajo sea óptimo, lo mejor es moverse de la silla lo menos posible. Sobre todo cuando trabajas atendiendo llamadas.

Él asiente como si estuviera escuchando algo de lo que le digo —normal, a él qué le importa— y me tiende una cajetilla de tabaco.

—¿Quieres un cigarrillo?

—No, gracias, no fumo —miento. «Y menos al lado de un cartel del tamaño de la presa hidráulica de Vancouver que lo prohíbe terminantemente. Capullo».

—Anda ya, no hace falta que te hagas la sana conmigo. Yo

no castigo a los fumadores. Cuando salías con Carlos, te recuerdo abandonando las cenas religiosamente después de cada plato servido para echarte un pitillo en la puerta.

—Qué buena memoria tienes. —No es un halago, es un reproche que da a entender que sé en qué clase de cosas se fijaba ya por aquel entonces: en las novias de sus amigos—. Pero desde que salía con Carlos ha pasado algún tiempo y he conseguido quitarme algunos vicios.

—¿Sí? —Eso parece interesarle. Se guarda la cajetilla en el interior de la americana y me presta atención, balanceando otro cigarrillo entre los labios—. ¿Qué vicios? ¿Todos ellos?

—Sí, todos los que eran perjudiciales para mí.

—Entonces todos, los que son todos, no los diste de lado. —Ladea la sonrisa, fijándose en el botón que cierra mi polo de trabajo—. Había algunas cosas que te encantaban y que te iban muy bien.

—¿De qué estamos hablando exactamente?

—De tu gusto por las cosas caras, los hombres con caché y dinero... —Mueve la mano con aburrimiento—. Ya sabes, todos esos vicios. Muy respetables, claro.

Me tenso en el acto.

Se me ocurren miles de maneras de contestarle —«Puto cerdo», «Cabrón», «Miserable»— y no estaría mintiendo, porque sé muchas historias sobre él, y ninguna halagadora, por cierto. Con el suficiente alcohol en sangre, a Carlos se le iba la lengua sobre sus socios, compañeros de universidad y amiguitos en la Diputación. Pero ¿qué puedo reprocharle a Rodrigo? Es verdad. Me gustaban. Me gustan. Uno de los motivos por los que salía con determinados hombres era el dinero, y aunque convivo conmigo y con ese pasado sin hacer ningún drama, siendo coherente con mi realidad, cuando otros lo mencionan con esa malicia me hacen sentir sucia.

—¿Para qué me has hecho venir, Rodrigo? —pregunto, ya sin que me importe estar evidenciando mi incomodidad.

—Para nada malo, cariño, tranquilízate. Te vi el otro día en televisión, el viernes pasado, y me pareció que estabas deslumbrante. Fuiste guapísima, si me permites el comentario.

—No debería permitírtelo, dado que eres mi jefe y nuestra relación debe ser estrictamente profesional.

—¿Te preocupa mantener un perfil profesional? Si las habladurías son un problema para ti, te garantizo discreción absoluta. A mí tampoco me interesa que se dé a conocer nada. Apenas hace unos meses que me casé.

Noto que la bilis me sube por la garganta. Tengo dos opciones: salir corriendo o hacerme la estúpida. Opto por la segunda hasta que no me quede otro remedio que echar mano de la primera.

—¿Qué me estás queriendo decir?

Él me hace una elocuente caída de ojos.

—Susana, no eres ninguna tonta. Me has visto rondarte e invitarte a desayunos y meriendas desde que ostento el cargo de director. Seguro que ya te has dado cuenta de mi interés por ti.

—¿Y qué se supone que tengo que hacer con ese interés tuyo? ¿Bastará si te doy las gracias?

Quiero arrepentirme por vacilarle en cuanto veo que endurece las facciones, primer síntoma de la ira, pero no puedo. Algo dentro de mí me pide que lo ponga en su lugar por todas las veces que no he puesto en su lugar a la gente que me ha tratado así, como si no valiera nada, o como si les debiera un favor sexual; como si mi cuerpo fuera un derecho elemental del que todo el mundo pudiera echar mano cuando le apeteciera.

Rodrigo se pone de pie.

—No entiendo por qué eres tan arisca conmigo. Con Carlos eras una gatita mimosa, y puedo ponerte las mismas facilidades que él, concederte los mismos caprichos, o incluso otros más caros. Puedo cumplir tus sueños. Ya he cumplido uno por ti, de hecho, algo por lo que quizá sí deberías darme las gracias.

Su última insinuación me deja tan atontada que no reacciono cuando rodea la mesa y me pone las manos en la cintura.

—El otro día vi a Gonzalo riéndose a carcajadas con la publicación de un blog de cine. Me interesé por el asunto y acabó comentándome que lo llevabas tú. Por lo visto, tienes tu público, cierta... famita tuitera, por así decirlo, pero no habrías subido miles de seguidores de un día para otro si yo no hubiera hecho unas llamadas.

»¿Quién te crees que le dio tu número a la dirección de *Adivina quién es* para que te invitaran al programa? —Sus manos me acarician las caderas—. ¿Quién crees que presionó a Paco Pérez para que cambiara una entrevista por otra? Ese viernes iba a ir Jaume Figueras, un tipo bastante más interesante que tú.

Estoy tan ofendida que no puedo moverme ni hablar más que para decir, en tono acusador:

—¿Y quién te dio mi número a ti? Solo Gonzalo tiene acceso a las nóminas de los empleados, y hacer uso de información privada con un fin personal...

—Me lo pasó Carlos. —Se humedece los labios—. No le importa que aproveche por un rato su coche de segunda mano. A fin de cuentas, nunca has sido el modelo de exhibición que llevaba a sus cenas de negocios importantes, solo su puta. No tendré problemas con mis amigos.

La boca se me tuerce del asco y se me llena a la vez de miles de insultos dirigidos a Carlos. Carlos, el gran diputado conservador, todo un caballero madrileño... Y una jodida mierda. Es un adolescente inseguro que tiene que airear sus conquistas ante sus amigotes porque en el fondo es un perdedor, o así se siente si no alardea de lo que consigue sacando el talonario. Pero no soy inmune a lo que Rodrigo me dice, y permanezco estancada mental y físicamente donde me encuentro.

Él se lo toma como una bienvenida a las caricias, y se pega tanto a mí que siento su erección contra mi estómago.

—Conmigo podrías ser algo más que eso. Me pones muy cachondo, Susana —confiesa en voz baja—. Quise follarte desde que te vi aparecer de su brazo con aquel vestido negro en la cena de Navidad.

Aprieto los labios y cierro los ojos para contener las lágrimas.

—¿Y pensabas que iba a abrirme de piernas si me llevabas a la tele?

—Pensaba que me verías con mejores ojos y entenderías que puedo poner al alcance de tu mano todo lo que se te ocurra. A cambio, solo quiero tener derechos sobre tu cuerpo.

Tengo que contener la respiración para que su aliento no penetre en mis fosas nasales, pero sí se pega a mi cuello, que besuquea aprovechando mi debilidad. Sus manos moldean mi figura y me manosean por delante y por detrás; los pechos, la entrepierna.

—No puedo aguantarlo más. Estás tan buena... Podría correrme solo tocándote así.

Lo que me paraliza es que hace algún tiempo le habría dicho que sí. Habría aceptado su propuesta, y no solo porque sea un tipo poderoso y atractivo, sino también porque me beneficiaría de su protección, me otorgaría cierto rango o respetabilidad; algo a lo que una madre soltera con mi historia no puede ni aspirar. Contaría con la ayuda de alguien que, aunque no me querría, evitaría que se me acercaran otros moscones, porque solo he estado a salvo de ellos cuando he podido refugiarme en el «tengo novio» o aferrando el brazo del hombre que tenía al lado; también podría relacionarme con las madres de otros alumnos sin que estas me vetaran su amistad por temor a que «les arrebatara a sus maridos», y a Eric jamás le faltaría de nada, ni la PlayStation que lleva meses pidiéndome, ni un hombre al que recurrir en caso de necesitar consejo masculino.

Pero tengo las caricias pacientes y amorosas de Elliot aún

presentes, instaladas en mi cuerpo como un programa que no sé resetear. Tengo su mirada preocupada incrustada en la cabeza. Su inocencia me persigue a todas partes. Y sé que eso es lo que quiero, un hombre que me haga sentir segura de mí misma y que me valore por lo que soy cuando demuestro mi valía e independencia, no uno que dé por hecho que estoy incompleta sin su cartera o su patrocinio, uno que se aproveche de ser importante para ningunearme, como si en una pareja hubiera que adoptar por narices dos roles, el de sumiso y el de dominante.

Enervada por la rabia que me produce la situación, lo empujo por el pecho de sopetón. Lo hago con tanta fuerza que trastabilla hacia atrás y se da en la cadera con el borde del escritorio. Lanza un aullido de dolor que yo misma acallo soplándole una bofetada descomunal, animada por el subidón de adrenalina.

—Puedes meterte tus contactos de la farándula por donde te quepan, hijo de puta, que no follaría contigo ni borracha. Y da gracias a que no quiera enfangarme en líos judiciales porque tengo un hijo que cuidar y proteger, que, si no, te metería una denuncia por acoso laboral.

Rodrigo me mira con los ojos echando chispas. Ya no hay rastro de lujuria, solo ira e indignación.

—Atrévete a decir media palabra. Nadie te va a creer.

—¿No? Todo el mundo ha visto cómo me has perseguido desde que llegaste a la empresa. Testigos no me faltarían. Pero no quiero tu dinero ni como compensación por daños y perjuicios. De hecho, no quiero tu dinero ni como salario. —Y mirándole fijamente, le escupo—: Antes estaría en el paro que trabajando para un mierda asqueroso como tú. Dimito.

Doy media vuelta y me dispongo a salir del despacho con la dignidad maltrecha, pero con dignidad; sin embargo, Rodrigo me lo impide cogiéndome de la nuca y tirando de mí hacia atrás.

Todo pasa muy deprisa. Me tiene agarrada por el pelo y jala tan fuerte en dirección al suelo que consigue ponerme de rodillas, y con la mano que no me reduce intenta desabrocharse el cinturón.

—No sé quién te has creído que eres, pero te recuerdo que a las zorras como tú este es el único puesto que les corresponde, y bastante generoso he sido ofreciéndote lo que te he ofrecido. Ahora me la vas a chupar hasta que me corra, y te vas a tragar mi semen aunque te atragantes, ¿me has entendido? Como te atrevas a escupirlo, haré que lo lamas del suelo...

Incluso con los oídos taponados por culpa de la sangre que me sube a la cabeza, soy capaz de enterarme de cómo la puerta se abre violentamente.

—Vas a lamer tu propia sangre del suelo como no la sueltes, Rodrigo, y me la suda si me echan de la empresa por haberte soplado la hostia que te has ganado a pulso desde que llegaste.

Rodrigo me suelta de golpe, y aunque me encuentro inestable y confusa, me apresuro a ponerme de pie. Un sollozo quebrado mana de mi garganta, impidiéndome escuchar lo que se dicen. Choco con el pecho de alguien que debe de ser Gonzalo; lo imagino por la altura y el tono amable con el que me pregunta si estoy bien, si necesito que me lleve a casa, porque no consigo enfocar su rostro.

Es un milagro que me las apañe para salir del despacho y de las oficinas por mi propio pie, sin importarme que me vean llorando a moco tendido.

Me da igual si les ofrezco un espectáculo. Me da igual si hablan de mí mañana, porque mañana, más por suerte que por desgracia, ya no estaré aquí.

Capítulo 25

ME MUERDES EL CORAZÓN

Elliot

Guardo el cepillo de dientes en el macuto y me yergo para enfrentar a Sonsoles, que sé que no ha despegado sus ojos de mí en todos los viajes que he dado por el pasillo. Llevo en torno a media hora dando vueltas por su piso para recoger mis pertenencias y dejar el espacio libre de huellas de mi intermitente estancia. Supongo que por eso le sorprende que la mirada que clavo en ella tenga poco de nostalgia y sí un aire más retador, como de «a ver cómo te las apañas ahora para convencerme de quedarme».

Algo me dice que no voy a marcharme de este sitio para siempre sin que trate de detenerme con esa charla que lleva empecinada en soltarme desde que aparecí.

—Tienes en marcación rápida el número de urgencias, el de la ambulancia en caso de que sea necesario y el de todos los vecinos: Eduardo, Anita y Susana, en ese orden. Si te encuentras mal (que no deberías, porque se supone que te han dado oficialmente el alta y puedes valerte por ti misma), solo pulsa el botón.

—¿Y si yo...? —Carraspea—. ¿Y si yo quisiera verte? A ti, me refiero.

Siempre me ha costado asociar a la señora que tengo delante con la mujer joven que se contoneaba en las barras y que, nada más llegar a casa tras la jornada, me soltaba delante del televisor y se encerraba en su habitación a dormir la mona con tapones para los oídos y un antifaz; la que me ponía de desayunar el último pedazo de queso rancio del fondo de la nevera y un plátano más negro que amarillo, esto por no servirme las cervezas que le gustaba tomarse de buena mañana, y me enviaba al colegio con la ropa sin lavar ni planchar, ganándose hasta tres avisos de cita urgente con el director a las que, por supuesto, ni se le ocurrió acudir.

Creo que por eso me hice profesor, por el cuidado que recibí de los docentes en aquella época. Cierro los ojos y es como si los viera cuchicheando entre ellos sobre mi lamentable aspecto. Se encargaban de que tuviera almuerzo pagando de su bolsillo algún sándwich o *snack* de la cafetería; algunas veces me acompañaban de vuelta a casa porque no tenía dinero para el transporte público y mi madre jamás iba a recogerme, y, viviendo en un barrio problemático, las posibilidades de que me dieran una paliza antes de llegar a casa eran elevadas. Recuerdo a aquella profesora que se molestaba en remendarme los pantalones, los rotos de la mochila; la que birlaba material escolar en objetos perdidos para ahorrarme la vergüenza de pedirles todos los días a mis compañeros algún folio, una goma de borrar o un bolígrafo con tinta.

Esa era Sonsoles entonces. Ahora parece otra persona. Y en momentos de debilidad he querido aprovecharme de sus diferencias —las que hay entre «Sunny» y Sonsoles— para convencerme de que son identidades contrapuestas; separarlas para hacerme la vida más sencilla y nuestra relación temporal, más llevadera. La anciana Sonsoles no tiene nada que ver con la madre con la que yo crecí hasta los nueve años, y eso a veces me despista y provoca que sienta compasión por ella, pero no dura lo suficiente, porque veo que ahora sabe hacer lo que yo tuve que aprender con siete, ocho, nueve años para seguir adelante porque mi madre no lo haría por mí. Ella no cosía entonces, así que yo ahora sé coser. Ella no cocinaba, así que yo ahora me preparo mi comida. Ella no se preocupaba por mi crecimiento, así que yo me vuelco ahora en el desarrollo personal y académico de los críos para que salgan adelante, tal como ahora parece volcarse en Eric, el niño que debí ser yo. Mi madre ha sido mi mejor escuela, pero soy incapaz de agradecérselo.

Tardo en volver al momento presente y recordar su pregunta.

Dice que quiere volver a verme, cuando antaño no soportaba abrir la puerta de casa y verme sentado en la roñosa mesa del comedor haciendo los deberes. Le faltaba tiempo para echarme, moviendo las manos con gestos bruscos —tengo el tintineo de sus pulseras de bisutería clavado en los oídos— para acomodar allí a sus invitados, consumados jugadores de póquer o de bridge. Ni siquiera hacía comentarios del tipo: «Nada, el niño, que siempre está aquí molestando». Nunca decía nada del niño, y nadie preguntaba por el niño. El niño era invisible.

Y ahora quiere verlo.

—¿Con qué propósito? —tanteo con desinterés.

—No sé... Charlar.

—¿Sobre qué? No creo que tengamos nada en común a excepción de un pasado en el sur de Inglaterra, y, por lo que ahora veo, eso es algo que has borrado de tu paso por el mundo. —Me detengo justo ahí, temiendo excederme y convertir una despedida informal de la que sentirme orgulloso en una lluvia de acusaciones—. Me alegra que te encuentres mejor. Ahora me marcho, tengo unas cosas que resolver en casa.

—Elliot... —me llama, apremiante. Incluso avanza hacia

mí. Aunque ya no necesita la silla de ruedas, camina de forma insegura—. ¿Esto va a ser todo? ¿No vamos a hablar del... tema?

El tema. Me dan ganas de reírme. Ni siquiera es capaz de llamarlo por su nombre: el abandono. La irresponsabilidad. La traición, si queremos ponernos melodramáticos.

Le sostengo la mirada: sus ojos oscuros, vidriosos por la edad y la enfermedad, arrugados en los contornos, más desmejorados de lo que debería a sus sesenta y cinco años por culpa de los excesos; ojos que se pintaba como Amy Winehouse ya a las nueve de la mañana.

—Creo que Susana ya te lo dejó bien claro —replico con sequedad, y ella compone una mueca aprensiva.

—¿Fuiste tú quien mandó a Susana a decirme todo lo que me dijo?

—No la mandé, pero supo resumir y expresar muy bien con sus palabras cuál es mi sentir. Tú y yo no tenemos nada que hablar —zanjo, girándome hacia la salida.

Pensaba que nada iba a retenerme, pero hay algo en su tono, algo de la autoritaria Sonsoles a la que reproché de niño, en contadas ocasiones, que me dejara solo, que me detiene:

—No estoy de acuerdo. Si quisieras, podría explicarte la otra parte de la historia.

Quieto y de espaldas a ella, siento que llego al límite de mi paciencia. Dejo el macuto sobre el suelo, a mi lado, y me doy la vuelta para rehacer mis pasos.

Mentiría si dijera que improviso, porque la verdad es que tengo el discurso estudiado desde que era un adolescente. Mis amigos se acostaban pensando en el escote de la artista pop del momento o imaginándose posibles conversaciones con la chica que les interesaba, o a lo mejor solo en que les daba miedo la oscuridad, no lo sé, porque nunca he entendido del todo cómo funciona la mente infantil. Yo, en cambio, me metía en la cama carcomido por el rencor en el que estaba acostumbrado a revolcarme, y me repetía una y otra vez lo que le diría si volvía a verla.

Este es mi momento y no lo desperdicio, en parte acuciado por las razonables recomendaciones de Alison, que dice que, para soltar lastre, antes hay que agarrarse muy fuerte a él.

—¿Quieres hablar? Muy bien, hablemos. —No le doy tiempo a que diga nada—. Supongo que quieres que lo hagamos para llegar a un punto común, para que disculpe el vacío, la ausencia, el silencio... Empecemos por lo fácil: ¿es o no es cierto que me abandonaste antes de que cumpliera diez años, que te molestaste en localizar a aquel pescador con el que te acostaste en una despedida de soltero, dejándote preñada, y te las apañaste para encasquetarle al niño que tu jefe te decía que no podías seguir llevando a tu trabajo?

—Sí, pero...

—De «pero» nada. —La fulmino con la mirada—. Verdad o mentira. Sí o no. Son preguntas con solo un monosílabo por respuesta.

Ella traga saliva.

—Sí.

—¿Es o no es verdad que pretendías irte a Londres a seguir tu carrera como cantante o *vedette* y por eso te esfumaste? —Espero a que ella asienta antes de disparar de nuevo—. ¿Es o no es verdad que, al ver que no llegabas a ningún lado y estabas arruinada, volviste a Madrid con tu familia, olvidando por completo dónde y con quién estaba yo? ¿Es o no es verdad que jamás dejaste un teléfono de contacto hasta ahora, que nunca en mi etapa de crecimiento se te ocurrió llamar para comprobar que seguía vivo?

—Elliot...

—¿Es o no es verdad que le ocultaste mi existencia al hombre con el que te casaste aquí hace ya años, el que te dejó este apartamento? Contesta.

—Sí. Es verdad.

Avanzo un último paso hacia ella, con la mandíbula desencajada.

—Y si todo eso es verdad, ¿qué clase de conversación crees que tenemos pendiente? ¿Qué piensas que tienes que contarme? Han pasado veintisiete años, y no me importa que vieras a la Virgen; no me importa tu proceso de iluminación, ni si te has redimido a ojos de Dios. No existe justificación ni motivo de peso suficientes que puedan hacerme comprender, ni mucho menos disculpar, lo que hiciste mientras estuve contigo y cómo te comportaste después. No lo hay.

—¿Y por qué has venido cada día desde que caí por las escaleras? ¿Por qué te has molestado en cuidarme?

—Porque soy una persona decente, y no eran los vecinos, sino yo, a quien le correspondía atenderte. Y porque yo no soy como tú, o como *eras* tú. Lo que no quiere decir —continúo— que quiera que me llames cuando tengas problemas. Dio la casualidad de que me llamaron a mí cuando sufriste la caída y por eso vine, pero no cambia nada. No volveré a venir si me llaman, porque no tengo la obligación moral más allá de la que quiera imponerme. Eres una desconocida con la que tengo un horrible pasado en común, nada más.

Recojo el macuto con mis cosas y salgo del piso. Lo hago despacio, dándole tiempo a detenerme con una réplica, pero ¿qué va a replicar? ¿Qué puede negar o echarme en cara, si solo he descrito objetivamente la triste realidad de nuestra nula relación? Hay cosas que no tienen remedio, sobre todo cuando no existe interés en remediarlas. He tenido que reconocer delante de Alison que una parte de mí acudió al hospital porque en el fondo guardaba la remota esperanza de que la compasión ahogara el rencor o por lo menos lo suavizara, pero no ha sido así. Las cosas no son tan sencillas.

Yo no soy tan sencillo. Nadie lo es en estos casos.

Salgo del 2.º A con la expectativa de no volver, y lo hago sintiendo lástima y melancolía por los recuerdos que he protagonizado con Susana y que quedarán entre esas cuatro paredes; por las cenas, en su mayoría tensas, pero siempre reseñables por el espectáculo de madre e hijo, y por ese mismo motivo siempre dolorosas para mí. Sin embargo, creo que ya no voy a sufrir por lo que no he tenido, justo por lo que otros sí han disfrutado y por ello han sido afortunados. Sería estúpido por mi parte cuando hace apenas unos segundos se me ha ofrecido la oportunidad de enmendarlo, de recuperar la familia que algunas veces quise tener, y la he rechazado sin titubear.

Cierro la puerta con cuidado. Pretendo dirigirme a las escaleras cuando oigo el sonido de un manojo de llaves. Justo enfrente, sobre el felpudo verde del 2.º B —en el que pone claramente «Bienvenidos al Central Perk», Susana intenta meter la llave en la cerradura sin mucho éxito. Está despeinada, suda como si hubiera venido corriendo desde la otra punta de Madrid y tiembla tanto que apenas puede aguantar el peso del llavero sin armar un alboroto .

—¿Susana? —la llamo, pero no contesta. Además de desorientada, parece sumida en una especie de *shock* nervioso. Un mal presentimiento me insta a acercarme y tomarla con suavidad por el codo—. Susana, ¿estás bien?

Percibo que respira con dificultad. Se retira enseguida de la puerta y se recuesta en el marco.

—Por favor... no puedo —balbucea, al borde del llanto—. Abre tú. Yo no... yo no puedo. No puedo.

Envuelvo sus manos con las mías y froto suavemente el dorso de una para liberar la tensión que me impide quitarle las llaves. Segundos después, la puerta está abierta, pero ella no se mueve.

Yo tampoco, helado por la palidez de su semblante.

—Entra y dime... dime si está Eric. Por favor, no puede verme... —solloza, abrazándose los hombros—, no puede verme así.

Estoy a punto de negarme. ¿Cómo voy a dejarla sola, aunque sea una fracción de segundo, en el estado en el que se encuentra? ¿Ningún vecino la ha visto?

Acabo cumpliendo su orden, sudando yo también. Llamo a Eric y toco a las habitaciones, sin fijarme apenas en las partes del piso que faltan por reformar.

—No está.

Susana asiente. En lugar de suspirar de alivio, coge aire y rompe a llorar con fuerza.

No se puede mover de la entrada. Es como si las plantas de los pies se le hubieran pegado al felpudo. Más por instinto que por saber qué puede necesitar —nunca sé con certeza qué quiere Susana—, la tomo de la mano y la hago pasar para que se desahogue en la intimidad de su casa.

—¿Qué ha pasado? —me arriesgo a preguntar después de cerrar la puerta, con el corazón latiéndome a toda velocidad. Ella niega con la cabeza—. ¿No me lo quieres contar? —Repite el gesto—. ¿Quieres que me vaya? —Me dice que no una tercera vez—. ¿Qué puedo hacer por ti? —insisto, tan agobiado que empiezo a temblar yo también.

Susana solo se abraza a mi cintura y sigue alternando hipidos con los sollozos con los que trata de sofocar el llanto, todo esto en vano. Llora como jamás he visto llorar a nadie en mi vida. Creo que hay miedo en sus lágrimas, que está asustada, pero también hay tanta pena que tengo que apretar la mandíbula para no dejarme arrastrar por su arrebato. Y mientras ella se deshace, aferrada a mi camisa con los puños crispados, yo intento convencerme de que esto que está sucediendo, esto que yo nunca había creído posible, es verdad: Susana sabe llorar. Susana sufre más allá de lo que pude imaginar cuando tuvo aquel pronto colérico motivado por la defensa de su amor propio, ese que la salvó de derrumbarse cuando aquel par de brujas la despellejaron estando ella en el baño. Susana es humana, no esa presencia etérea y extraordinaria, ajena al verdadero sufrimiento, que creí que era cuando la vi y seguí creyendo conforme conocía las variopintas facetas de su personalidad. Y me viene a la cabeza esa canción de Despistaos de mi época de estudiante de oposiciones que ponían en la radio española todos los días. La que decía: «Cuando lloras se para el mundo y no sé qué decir».

Es verdad. No sé qué decir. Solo la estrecho contra mi cuerpo con la melodía y la letra en la cabeza, repitiéndose en bucle. No soy muy de música, y menos de esa clase de rock hippy y marrullero, pero nunca dejará de sorprenderme que sepa aparecer en los momentos precisos para hacerte entender mejor cómo te sientes.

«Cuando lloras a solas me muerdes el corazón». ¿Y cuándo no me muerde el corazón? Siento que me sangra por todos los orificios que me han dejado sus dientes tras los mordiscos traviesos, y que me aprieta cuando se ríe, cuando me mira con afecto, cuando me roba un beso en la mejilla.

Le acaricio el pelo sin decir nada. Mi mente especula a toda velocidad, tratando de dar con la maldita razón de su estado. Si lleva el polo de trabajo, debe de ser porque le han dado una mala noticia allí.

—¿Es un problema con OnePhone? ¿Te han despedido?

Es lo peor que podría pasarme a mí si no fuera funcionario, la verdad.

Ella alza la barbilla y me mira desafiante, con los ojos inundados en lágrimas.

—Me he despedido yo. —Aparta la mirada, avergonzada—. Ahora me pregunto si no debería haber sido más... más... prudente... porque de alguna manera tendré que mantenerme, y... Pero no puedo trabajar con ese cerdo. No puedo.

—¿Ese cerdo? —repito, alarmado—. ¿Se puede saber qué ha pasado?

—Nada. —Se seca las lágrimas con los dedos a toda prisa—. Mi jefe, que es... es... No es un buen hombre y ya está. De hecho, resulta que es amigo de un ex que tuve, ese amigo que espera que rompas con tu novio para abalanzarse sobre ti y...

—¿Se ha abalanzado sobre ti? —repito, alzando la voz sin darme cuenta.

—No, no. —Apoya las manos en mi pecho un segundo y vuelve a abrazarme—. No ha pasado nada. No ha pasado nada...

Me da la sensación de que lo está diciendo más para convencerse a ella que a mí, pero no me da pie a comentarlo, porque sigue hablando con la mejilla apoyada sobre mi corazón, que espero que no lo esté escuchando como yo lo hago, al borde del infarto.

—¿Sabes? No me desagrada mi vida, pero debo reconocer que hay momentos en los que desearía volver a casa y tener a alguien que me consolara. Sí, está Eric, pero a él no puedo abrumarlo con mis problemas, no puedo obligarlo a participar en el horrible y hostil mundo de los mayores al que yo todavía me estoy acostumbrando y al que tardé en entrar por andar ocultándome detrás de tíos poderosos. —Su voz continúa como un murmullo—. La verdad es que sí... Sí, a veces me gustaría que alguien me recibiera con los brazos abiertos, o con una sonrisa, e hiciera de mi día de mierda algo más llevadero. Esto es cada vez más duro. Siento... siento que cada vez lo soporto menos.

—¿El qué? —murmuro, deshaciendo los nudos de su pelo con los dedos—. ¿Estar sola?

—No exactamente. En fin, no es... no es algo en lo que pensara con tanta frecuencia antes. Es algo nuevo para mí. Es culpa de... —Aprieto los labios—. Antes me valía cualquiera, luego decidí que no abriría las puertas de mi casa a nadie que no fuera especial, y ahora es como si nadie sirviera, salvo...

El corazón me da un vuelco. No quiero darme por aludido, pero fantaseo tanto con ser esa excepción que por un segundo me creo lo que no ha dicho.

«Salvo tú».

Me asusta pensar en cuántas locuras sería capaz de cometer a cambio de una declaración de sus labios.

Suena el timbre del piso y es ella quien da un bote. Se separa de mí, se peina los mechones desordenados y se seca las lágrimas con las mangas del polo de trabajo.

—¿Cómo estoy? —me pregunta. Tiene los ojos hinchados, los labios enrojecidos por habérselos mordido y las mejillas surcadas por el reguero seco de las lágrimas.

—Triste.

Y me sorprende decirlo. «Susana» y «triste», dos palabras que no habría incluido en una misma oración jamás.

Ella suspira.

—Si quieres que atienda yo... —me ofrezco.

—No, creo que ya estoy bien. No sé qué me ha pasado, no es como si fuera la primera vez que alguien me... arruina el día. —Inspira hondo y apoya la mano en la manija de la puerta—. Ve y siéntate en el salón, si quieres.

Obedezco porque, tal y como se encuentra, no me parece buena idea ponerla más nerviosa, pero lo hago tan despacio que me da tiempo a ver quién ha llamado, como era mi intención. Se trata de un hombre que no conozco. Ningún vecino, desde luego. Es un tipo alto, desgarbado y paliducho, no sé si por naturaleza o porque le han dado una mala noticia, que no se atreve a sonreír del todo al ver a Susana, pero que intenta transmitirle confianza con una especie de sonrisa afectuosa.

—Gonzalo... —murmura—. ¿Qué haces aquí?

Capítulo 26

LA OVEJA DESCARRIADA

Susana

Gonzalo se mete las manos en los bolsillos de los vaqueros y se balancea hacia delante, como si hubiera venido a pedirme una cita y fuera demasiado tímido para plantearlo sin más. Pero es un tipo muy seguro de sí mismo, y no hay lugar para el romanticismo entre él y yo.

—No podía actuar como si nada en la oficina. Necesitaba asegurarme de que habías llegado bien a casa. ¿Te encuentras mejor? —pregunta en voz baja, y echa un rápido vistazo por encima de mi hombro—. ¿Está aquí tu hijo?

—Afortunadamente, no. —Suspiro—. Justo acabo de recordar que se fue a casa de su amigo Adán para terminar un trabajo en grupo. Luego tengo que ir a recogerlo... Espero que para entonces se me haya pasado esta tontería. —Me miro las manos, que, aun intentando mantenerlas quietas, tiemblan tanto que es notable que algo ha sucedido.

Me encuentro con los serios ojos castaños de Gonzalo.

—No ha sido ninguna tontería, Susana.

Aparto la mirada y me froto el hombro. De repente tengo

la piel de gallina. Carraspeo para darle otro tono a mi voz y lo invito a pasar al salón, donde Elliot está sentado igual que un Playmobil. Nos observa, intentando deducir a simple vista qué tipo de relación tenemos.

—Gonzalo ha venido a hablar de un asunto de trabajo. ¿Te importaría pasar al otro salón, Elliot?

No le invito a marcharse del piso porque eso es lo último que quiero. Necesito y necesitaré compañía cuando Gonzalo se vaya para que estos oscuros pensamientos no me absorban. Él tampoco sugiere desaparecer para darnos intimidad. De hecho, ya muestra una notable contrariedad frente a la idea de dejarme a solas con Gonzalo, pero obedece y se pierde en el pasillo que da al otro salón, donde Eric tiene la antiquísima Xbox que recuperamos de casa de Sonsoles hace ya unas semanas.

Hago un gesto hacia el sofá para que Gonzalo se ponga cómodo.

—Supongo que no has venido para asegurarte de que no he metido el pie en una alcantarilla o he perdido un zapato de cristal al huir hasta aquí —bromeo, tratando de aparentar normalidad, pero el hilo de voz me delata.

—Susana... —Gonzalo me toma de las manos como solo puede hacerlo una persona que te aprecia. Hay personas que se ve que son buenas. Es una cualidad que trasciende a su aspecto, que hace brillar sus ojos de forma distinta—. Me siento responsable de lo que ha pasado. Rodrigo no me daba buena espina. Debería haber estado presente en cada una de vuestras reuniones en su despacho.

—Estuviste detrás de la puerta, por lo menos, o de lo contrario no habrías intervenido. Nunca pensé que le diría esto a nadie de mi entorno, pero gracias por ser un cotilla.

Mi voz se apaga cuando oigo los pasos secos de Elliot, que hace acto de presencia en el salón con gesto agrio.

—Perdón. Es que me he dejado el móvil. —Señala el ridículo Samsung del año de la polca que descansa sobre la mesa de centro. Lo cojo sin decir nada y se lo tiendo con impaciencia, procurando no darle importancia a que haya respirado hondo, aliviado, cuando mis dedos se han separado de los de Gonzalo—. Gracias. ¿Todo bien?

—Sí, muy bien. —Le hago un gesto con la cabeza hacia el pasillo, donde vuelve a desaparecer con una actitud aún más reticente que al principio. Devuelvo enseguida la mirada a Gonzalo, que palidece por momentos—. Por favor, no te sientas culpable. Ha dado la casualidad de que se ha atrevido a acorralarme en el despacho, pero si no hubiera sido tan elegante —recalco con ironía—, no dudes que le habría servido el aparcamiento subterráneo, el ascensor o incluso mi propia casa. Los hombres como él no se andan con tonterías, y los hombres como tú no pueden hacer nada para evitarlo.

—Parece que eso tú lo sabes muy bien.

La garganta me empieza a picar, señal de que las lágrimas pretenden regresar con fuerza. Trago saliva y procuro trasladarle una imagen segura de mí misma que no se corresponde con cómo me siento.

—Si tú supieras, Gonzalo... No es ni siquiera el primero de esa oficina. Debo de tenerlo escrito en la cara, debe de haber algo en mis ojos, o en mi manera de hablar, o de caminar, que convence a la gente de que... —Sacudo la cabeza—. A la gente que no sabe que solía gustarme vivir con comodidad, me refiero, porque la que lo sabe ya tiene razones para hacerme daño.

—¿A qué razones te refieres? No me estarás diciendo que te lo merecías, ¿no? Porque...

Gonzalo se calla al oír de nuevo los pies arrastrados de la única persona que hay en casa aparte de nosotros: Elliot. Se pasea por la cocina, fingiendo buscar algo que no termina de encontrar.

—¿Qué ocurre? —pregunto en voz alta.

—¿Dónde hay un vaso? Tengo sed.

—En el mueble que está justo a la altura de tu barbilla, el azul. Ese. Segunda balda. Hay refrescos en la nevera, por si lo prefieres.

—¿Sigues comprándole refrescos a Eric? Tienen una cantidad de azúcar increíble. Son la primera causa de obesidad infantil en el mundo.

—Elliot, luego hablamos de eso. Estoy con Gonzalo.

—Ya, me he dado cuenta —dice con retintín, retando al pobre hombre que nos observa sin entender nada.

Elliot tarda un buen rato en elegir un vaso, y otro tanto en llenarlo.

Parece que quiera hacerlo gota a gota.

—Puedes darle más presión —le digo con impaciencia.

—Es que no quiero que se desborde ni que forme espuma.

—Es agua, no cerveza.

—Ya está. Agua. —Hace un floreo orgulloso para señalar el vaso.

—Sí, agua, el dulce néctar de la vida. ¿Puedes volver al otro salón, por favor?

Procurando disimular el disgusto para evitarse una reprimenda —se la echaría, vamos si se la echaría, me da igual que haya visita—, regresa al sofá de la habitación de al lado.

—¿Quién es ese tío, si no es indiscreción? —pregunta Gonzalo, confuso.

—El hijo de la vecina del 2.º A —contesto sin darle importancia. Es largo de explicar quién es, qué hace aquí y por qué se comporta así, y no tengo tiempo—. Zanjemos esto lo antes posible. No voy a volver a OnePhone, Gonzalo. No quiero poner un pie allí ni para firmar mi dimisión, ni para despedirme de los compañeros con los que me llevo bien. Si pudieras tramitarme tú el despido...

—Claro que sí, mujer, por eso no te preocupes. Un día quedamos, te doy los papeles, los firmas, tú me entregas el polo de empresa y lo damos por finiquitado. En cuanto a Sela...

—Vacila—. Ha preguntado qué ha ocurrido y no le he dicho nada por si preferías mantenerlo en secreto.

—Dios, ¿en serio no has dicho nada? —Exagero un examen físico exhaustivo, revisándole los laterales del cuello y palpándole el pecho con precaución—. Vaya, pues no hay signos de violencia. ¿Cómo has sobrevivido al tercer grado que te habrá aplicado para averiguarlo?

—No he sobrevivido. Esto que tienes delante es una proyección astral de mi espíritu, atrapado en el purgatorio debido a las maldiciones que me ha echado Sela antes de matarme.

Los dos intentamos reírnos, pero no nos sale. Que parezca tan preocupado por mi situación —no incómodo como a veces incomodan a los hombres las víctimas de otros hombres, sino genuinamente irritado y avergonzado por lo sucedido, por creer que no ha estado a la altura— me enternece y acabo dándole una palmadita en el muslo.

Una palmadita que Elliot capta cuando vuelve a aparecer desde la cocina.

—¿Qué pasa ahora? —pregunto en voz alta, sin mirarlo. Cuando ladeo la cabeza, cansada, lo pillo enseñando el vaso con cara de no haber roto un plato.

—Tendré que lavar el vaso, ¿no? ¿O quieres que lo deje sucio en el salón?

—Muy bien, lávalo si te hace sentir mejor.

Error, porque Elliot dedica casi diez minutos a dejar el vaso como los chorros del oro. Usa el estropajo con el Fairy dos veces, por si acaso; luego lo seca, después lo moja de nuevo para limpiarlo, y cuando lo veo decidido a buscar desinfectante o amoniaco debajo del fregadero, comento con ironía:

—Creo que con eso va a ser suficiente. No espero a nadie de la Casa Real a cenar esta noche. Gracias.

—Como quieras. —Lanza una mirada de advertencia a

Gonzalo, que no la capta porque se está aguantando la risa—. Me vuelvo al salón.

—Sí, anda, vuélvete al salón —espeto, ya de mal humor. En cuanto cierra la puerta, doy un suspiro y me encuentro con la expresión divertida de Gonzalo—. ¿Qué?

—Nada, nada, no he dicho nada.

—Bueno, ¿por dónde íbamos?

La puerta del salón vuelve a abrirse y Elliot asoma la cabeza.

—Perdona, pero ¿tienes alguna manta para que me cubra? Es que hace frío.

«La madre que te parió, Elliot Landon. Vas a salir caliente de aquí de las hostias que te voy a dar».

—Mira, Gonzalo, va a ser imposible hablar con calma aquí —digo en voz alta, procurando que Elliot se entere. Me pongo de pie y espero a que Gonzalo también lo haga—. Quedamos mañana por la tarde para tomar un café y hablamos largo y tendido, ¿de acuerdo?

—Me parece estupendo. Llámame para concretar la hora y el sitio.

—Vale, genial. Perdona las molestias —agrego, dirigiendo una mirada asesina a Elliot. Por lo menos, con esta tontería de las interrupciones ha conseguido que se me pasen los temblores—. Nos vemos mañana.

Gonzalo se despide con una sonrisilla imposible de ignorar.

—Cualquier otra cosa que te haga falta, ya sabes, me escribes.

—Sí, sí. —Lo despido con un (en principio) breve abrazo, que luego se prolonga un poco más debido al cariño que nos ha unido todos estos meses trabajando juntos, a los desayunos y las meriendas, a las risas que nos echamos mientras apurábamos los cigarrillos en la azotea y a las divertidas discusiones en horario de trabajo—. Gracias, de verdad.

—Sin las conversaciones entre Sela y tú, la oficina va a ser un verdadero muermo.

Apenas cierro la puerta, me dirijo con decisión al sillón a juego con el sofá sobre el que descansa una manta de cuadros. La agarro y, en cuanto localizo mi objetivo, la arrojo con todas mis fuerzas.

—¿Qué haces? —dice tras impactarle en la cara.

—No, ¿qué haces tú? —Pongo los brazos en jarras—. ¿A qué ha venido eso?

—Lo mismo quisiera saber yo. —Lanza la manta a un lado, sobre la barra de la cocina, y se acerca a mí, mosqueado—. No estoy sordo, y esta casa no tiene precisamente la amplitud de un palacio. ¿Se te tira encima tu jefe en el trabajo, apareces hecha una piltrafa y, nada más venir a pedirte disculpas, os ponéis a hacer manitas? ¿En qué estabas pensando? ¡Tú misma has dicho que ese hombre es un cerdo!

—¿Qué? —Pestañeo sin comprender. Tardo unos segundos en asimilar que ha dado por hecho lo que no es—. Se nota que no tienes mucha experiencia cotilleando, porque no te has enterado de nada. Gonzalo no es mi jefe... Bueno, sí es alguien ante quien debo responder, pero no es quien se me ha tirado encima.

—¿Y crees que ese no se te tiraría encima en un aparcamiento subterráneo o en un ascensor, como tú misma has dicho? Por favor —pone los ojos en blanco—, si lo estaba deseando justo ahora, hace unos minutos.

Observo su rostro congestionado completamente boquiabierta.

—Pero ¿qué dices? Gonzalo es un buen amigo.

—Un buen amigo —repite, burlón, y se cruza de brazos—. Será tu amigo en Facebook, porque en su cabeza te tiene agregada como algo más. ¿Y después de dimitir porque tu jefe se te ha insinuado, vas y quedas dos horas después con otro para merendar? ¿En qué estás pensando?

Levanto las manos con las palmas apuntando hacia él, aguantando una carcajada escéptica.

—Mira, no sé de qué va todo esto, pero, en primer lugar, Gonzalo no está interesado en mí. Está enamorado de una amiga mía. Y, en segundo lugar, lo que yo haga con mi vida no es de tu puta incumbencia.

—¿Que no es de mi incumbencia? —repite, irritado, y señala la puerta de entrada—. ¡Estabas teniendo un ataque de pánico hace media hora!

—Y daba la casualidad de que tú estabas ahí para consolarme, lo cual ha sido genial. ¡Pero te aseguro que habría sobrevivido si no hubieras estado! ¿Ahora te vas a poner en modo protector?

—Pues sí, porque es evidente que necesitas que alguien te proteja, y estaría bien que, por una vez, fuera alguien distinto a tu hijo de doce años.

Me llevo la mano al estómago, ahí donde ha asestado el golpe bajo.

«Que te jodan». «Fuera de mi casa». «Nadie te ha pedido tu opinión». Son reacciones de cría que le habría escupido con gusto, seguramente mejores que la que me sale como respuesta: soltar dos lagrimones.

—Vaya, ¿no se suponía que ya no me juzgabas?

—Y no te juzgo. Ha sido un comentario fuera de lugar. Lo retiro.

—No puedes, no tienes el DeLorean a mano. Pero ya que estamos haciendo comentarios fuera de tiesto, ¿qué opina tu novieta de que te preocupe tanto que supuestos depredadores como Gonzalo anden haciéndome la vida imposible? O, ya puestos, ¿qué opinaría de que me metieras mano en el baño el otro día?

—No es mi novieta —replica con severidad.

—Ni va a serlo si sigues metiendo las narices en mi vida o, dicho de otra manera, los dedos en mi cuerpo. A ninguna mujer le gusta ser el segundo plato.

Él se ruboriza, como no puede ser de otra manera, pero replica:

—No pareció molestarte que hiciera una de esas dos cosas el otro día, y descuida, no hay segundo plato. Con la primera me basta y me sobra.

El comentario me arde.

Ni siquiera valgo lo suficiente para ser «la otra», pero supongo que me lo he buscado por sacar a relucir nuestro lío cuando habíamos acordado tácitamente no mencionarlo nunca, en parte porque ni los caballeros ni las señoritas tienen memoria para esas historias sórdidas, y en parte porque sabemos que estuvo mal. Sigue estando mal, de hecho, que salga con Teresa pero me busque a mí, y soy yo la que no debería permitir este juego.

—Pues vete con «la primera». Yo me quedo aquí resolviendo mis asuntos —replico, sin sonar muy convencida.

—Ya se ha visto lo bien que los resuelves —me espeta con rencor.

—Algunos no tenemos la suerte de que nuestro único problema en la vida sea no poder hacernos una paja —le ladro, sobrepasada por un impulso malicioso, pero me arrepiento en cuanto lo digo, sobre todo cuando él agacha la cabeza un instante.

—Pues resulta que ese problema mío me convierte en el único hombre que no supone una amenaza para ti. El que se acaba de largar se hará pajas pensando en ti hasta que no tenga bastante, y entonces te...

—¡Gonzalo no es esa clase de hombre! ¡Y no me trates como si no supiera distinguir a un cerdo de un tipo decente! ¡Llevo años en esto!

—Que sea un tipo decente, o lo parezca, no quita que esté loco por ti.

—Mira, Elliot, me estás cansando. ¿En qué te basas para decir esa tontería?

—¡En que todo el mundo está loco por ti, y el que no, directamente ha perdido la cabeza!

Su exabrupto me pilla con la guardia baja. Parpadeo, como si así fuera a asimilar mejor lo que da a entender. Por más que intento ignorar el estremecimiento de placer que pugna por borrar el mal recuerdo de Rodrigo, o el tono que está adquiriendo la discusión, no puedo. Cuando se trata de Elliot, mis cinco sentidos se agudizan, funcionan al doscientos por ciento.

No sé cuándo nos hemos acelerado hasta el punto de respirar con dificultad. Nos medimos con la mirada durante un segundo, los dos ruborizados como colegiales. Ninguno dice nada, pero sé que ambos estamos pensando en lo mismo: en lo que pasó en el baño del uruguayo, al que ya no podré entrar sin acordarme de cómo salí la última vez, con las piernas gelatinosas y mariposas en el estómago.

Mariposas que él seguramente solo sienta cuando se encuentra con Teresa.

Es la sombra de Teresa y el verde intenso de unos celos que me queman lo que me saca de la ensoñación, recordándome que Elliot está en una posición ventajosa respecto a mí porque yo tengo sentimientos y él no, y eso no puedo ni quiero consentirlo. No cuando es lo que ha provocado que acabe de perder los papeles.

—Bueno, pues si está enamoradísimo en secreto, ¡mejor para mí! —le suelto—. Me halaga que un hombre como él se preocupe de mis necesidades y quiera quedar conmigo.

—¿Ah, sí?

—Pues sí. Procuraré ponerme guapa para esa merienda que dices.

—Estupendo, que tengas mucha suerte —masculla entre dientes.

—La tendré seguro. Después de tantas ranas, ya me toca cruzarme con algún príncipe.

—¿Y qué te asegura que él vaya a ser ese príncipe?

—La estadística. Después de tantos fracasos, debe de estar al caer alguno que valga un duro. Así que, quién sabe, a lo mejor este es el mío; y si no, ya iba siendo hora de que saliera con alguien. Llevo mucho tiempo perdido.

Dios, ¿por qué no paro de meter el dedo en la llaga? ¿Qué estoy haciendo? Sea lo que sea, Elliot muerde el anzuelo y desencaja la mandíbula, disgustado con la idea de que me vea con otros hombres.

—¿Por qué pones esa cara? —pregunto, con los brazos en jarras. Está claro que no tengo suficiente, con él siempre voy a por más—. No me lo digas, porque ya lo sé. Estás pensando en que la facilona vuelve a las andadas, en que voy a poner a mi hijo en un aprieto.

Elliot me encara con una franqueza en la mirada que me desarma.

—La verdad es que no estaba pensando en nada de eso. Estaba pensando en cuánto me avergüenzo de haber sido la clase de hombre que, como tu jefe, daba muchas cosas por sentadas y ninguna de ellas positiva.

Es la clase de confesión que se hace con gesto rendido, con modestia, pero él permanece tenso. Cae la barrera que he levantado para defenderme e intentar (porque es verdad, lo he intentado) ponerlo celoso.

—No es lo mismo. Tú no me has tratado como a una puta; me has hecho sentir una mala madre, que es diferente. Por eso fuiste el que más daño me hizo.

Hay un breve silencio.

—En ese caso, espero que el tal Gonzalo no te haga sentir así ni tampoco que te trate de ese modo. —Observo que un músculo palpita en su mejilla antes de que se dé la vuelta, camino de la puerta—. Creo que ya no te hago falta aquí, así que me marcho. Buena suerte con tu... cita —añade cuando tiene la mano apoyada en la manija. El ambiente está raro, electrizado, como siempre después de una discusión, pero ahora me mira con la resignación de un hombre que sabe perder, solo que no le gusta, porque a nadie le gusta perder—. No mereces menos.

—Buena suerte para ti también con Teresa —replico sin poder evitar que se me escape una nota de amargura.

Él sonríe de lado, como si se hubiera acordado de un chiste privado.

Me mira de soslayo.

—Cada oveja con su pareja, ¿no?

Hay un breve instante de entendimiento entre nosotros, el equilibrio que se da cuando dos personas se cansan de pelear y recuerdan que tienen un punto común. Acabamos de recordar que no hay necesidad de seguir discutiendo, porque él y yo no somos ni podremos ser por infinitas razones. Una de ellas es que ni siquiera parecemos de la misma raza. Él puede ser una oveja, mansa, obsesionada con la rutina y el ritmo que marca la sociedad. Yo soy menos obediente, como un animal salvaje.

Entonces llega la tristeza de la resignación, y, con ella, su silenciosa salida del piso. Su última sonrisa me deja mal sabor de boca, como si yo tuviera la culpa. Me vuelvo a acordar de Sela, del miedo que ha vislumbrado en mí y que yo me he negado a reconocer como mío.

«A vos lo que te pasa es que te sentís juzgada... Tanto que te las das de que todo te importa tres carajos, pero en realidad estás podrida de la cantidad de boludeces que te tuviste que bancar toda la vida: desde las de tu adorada mamá hasta el viruelo del jefe... Pero no sos de piedra».

No, no soy de piedra, y verlo salir de mi casa con su abrigo, que no se ha quitado en casa pero que seguramente lo hará cuando visite a Teresa para cenar con toda la comodidad, naturalidad y tranquilidad que yo le arrebato siendo como soy, me duele. Me duele como me dolió darme cuenta de que tenía que renunciar a él cuando Eric y yo nos abrazamos en la jefatura de estudios justo después de que Elliot nos dejara a solas, hace ya semanas. En ese preciso momento se me ocurrieron miles de cosas que decirle a mi hijo. «Por qué no me lo contaste», «por qué no confiaste en mí», «pensaba que éramos un equipo», «qué es exactamente lo que te hacen», «dime quiénes son, que los mato»... Pero, en su lugar, solo nos abrazamos, porque siempre nos hemos entendido sin hablar.

No voy a dármelas de espiritual diciendo que existe una conexión sobrenatural entre los hijos únicos y sus madres solteras porque han tenido que sortear obstáculos en la vida que las familias tradicionales no imaginarían. No es cierto, porque cada uno tiene su esqueleto en el armario. Hay madres solteras repudiadas por niños resentidos que siempre soñaron con una figura paterna; hay madres solteras que no saben ser ni madres ni estar solteras y convierten su dormitorio en un desfile de posibles padres que luego se marchan y dejan al crío con el corazón hecho pedazos de tantas veces que lo fragmentó para darle una parte «al que sería el definitivo»; hay madres solteras sobreprotectoras, y hay hijos problemáticos. Hay de todo en este mundo, y pocos elegimos qué ser.

Yo no elegí ser la madre colega. Me convertí en la madre colega porque tenía un bebé en brazos con dieciséis años, porque tomaba a un renacuajo de la mano con dieciocho, porque llevaba al colegio a un crío que parecía mi hermano, y los veinte son la edad en la que se suele tener colegas, no hijos. Y continué siendo la madre colega porque creí que así Eric confiaría en mí para hablar de lo que suele avergonzar a los chavales de su edad: drogas, sexo... Todos esos temas que les ocultan como si no hubiéramos estado nosotras allí antes y que, si se descontrolan, pueden converger en un problema de gran envergadura: hijos toxicómanos, hijos que se echan a la mala vida, en definitiva... Pero al ser su colega, no fui su referente ni su protectora, pilares fundamentales en la maternidad. Al ser su colega, nos puse al mismo nivel, a la misma altura, y Eric ha crecido comprendiendo que soy tan vulnerable como él, y por eso ha entendido que debe ser quien me proteja a mí.

No supe cómo decirle en ese momento que no quería un escudo ni un salvador, porque así solo me acomodaría. Poder apoyarme en él me acabaría convirtiendo en una mujer débil y cobarde, o eso pensaba, y yo quería ser la buena madre de un niño feliz y despreocupado. Esa buena madre que siempre creí ser por hacer las cosas que se esperan de una: entrar en su cuarto los sábados por la mañana para bajarle la persiana que él había dejado subida, y así evitar que la luz del sol no lo despertara antes de tiempo; quitarle el tocino al jamón antes de hacerle el bocadillo del colegio, porque sé que no le gusta, y agregar una adivinanza escondida dentro del papel de plata para que me dé la solución al volver a casa; tragarme hasta tres veces en la misma tarde la película de dibujos animados que le tiene obsesionado y no decirle a nadie, pero A NADIE, que le gusta todavía dormir conmigo, porque es importante para él preservar su reputación intacta, y por ese mismo motivo darle los besos y decirle lo que agradezco que me complicase la vida cada día que me levanto únicamente cuando está dormido. «Odiaba que dijera eso de ti —murmuró ese día él sin soltarme, rompiendo el silencio en el despacho de Elliot—, porque no es verdad». Pero yo sentí que sí lo era. Que me había creído que todo valía de tanto repetírmelo hasta el punto de normalizar ante Eric algo que a ninguno de sus compañeros les parecía normal, y que, por tanto, le haría sufrir.

Eric no es un niño de doce años corriente porque no tiene una vida corriente, no ha crecido en un entorno corriente. Es un niño que no quiere un padre y que mataría por mí, su mejor amiga. Siempre supe que por su padre le harían preguntas incómodas en el colegio, pero por eso jamás se inmutó. «No tengo», decía ya con seis años. «Pero para hacer un bebé hacen falta un padre y una madre», le replicaban. «No, hacen falta un hombre y una mujer. Supongo que ese hombre existió, pero yo no tengo padre». Y su tranquilidad, la fría serenidad con que lo decía, dejaba a sus maestros y a sus compañeros con la sangre helada. Allí se quedaban ellos, dándole vueltas al asunto. Luego, él volvía a casa cogido de la mano de su madre y no pensaba en ello. Ni rastro de trauma: me lo garantizaron todos los psicólogos infantiles a los que consulté. Eric estaba y está bien, por lo que ahora me pregunto si no debería haber acudido a consulta por mí, que sí me ha pesado la ausencia del padre. Y me sigue pesando ser la madre que soy.

Cómo duele que tu hijo te mire y te diga que te quiere, que eres la mejor, porque no ha vivido otra experiencia para contrastarla, pero tú tengas la sensación de que habría sido más feliz con padre, con hermanos, con abuelos. Porque tú habrías sido más feliz si no hubieras estado sola, si no hubieras dependido de la caridad de un hombre con la edad de tu padre que, en el fondo, y por más que tú defendieras lo contrario ante los demás, que ignorases el detalle para no despreciarte, siempre esperó cobrarse una recompensa y por eso se largó más tarde. Cómo duele que tu hijo no te juzgue porque no sabe, que te defienda y te proteja porque no sabe. Yo sí sé, sí lo sé, así que es verdad, lo admito: me juzgo. En el fondo, donde están todas las fantasías románticas, los lamentos por el reloj biológico adelantado y ahora estancado, la presión de las familias tradicionales, me juzgo, y me convierto en la oveja más inadecuada de todas. La oveja negra. La oveja sin pareja.

Así que él con la suya y yo con la mía, sin importar que hayamos demostrado tener química o complicidad. Porque si ya le parecí la oveja negra, la madre mala y la mujer fatal sin saber la verdad, ¿qué le parecería si lo supiera...?, ¿si supiera la historia del padre?

Capítulo 27

¿Qué quieren las mujeres?

Susana

¿Nos vemos en el Periplo de
Chamberí a las seis y media,
siete menos cuarto?

Tecleo una respuesta afirmativa a Gonzalo y enseguida aparto la vista de la pantalla para mirar a Eric, que está jugando al *FIFA* con su amigo Carlos.

La mayoría de los adultos se la pasan deseando quitarse de en medio a los críos, pero no se valora el espectáculo visual que es verlos jugar a la Xbox. Ya me gustaba observarlos cuando tenían cinco, seis años y se entretenían con figuritas de acción o coches —mi hijo nunca ha sido muy original en ese aspecto—, pero ahora que han crecido y evitan insultarse porque estoy presente, es el doble de divertido. Además, sé muy bien lo diferente que puede ser un adolescente en un entorno distinto a su casa. Conmigo, Eric puede ser más bebé que nunca o un adulto responsable. Con sus amigos es exactamente un crío de doce años, y adoro conocerlo en todas sus facetas.

Mientras los observo marcarse goles a mala idea —me viene su voz a la cabeza: «En los videojuegos no hay amigos, mamá, solo contrincantes»—, pienso con tristeza en el regalo navideño que le esperaba y que va a tener que posponerse debido a mi precipitada dimisión.

Gonzalo me ha asegurado que va a encontrarme curro en otro sitio donde tiene contactos. No estoy en condiciones de rechazar una oferta de empleo cuando yo misma me he abocado al desastre. A caballo regalado no se le mira el diente. Pero, francamente, dudo que esté tan bien remunerado como OnePhone. Y la nueva Play con el puto *FIFA* de este año —que yo no sé cuál es la gracia de comprar el mismo juego una y otra vez— se salen de mi ajustado presupuesto.

Aunque queda más de una hora para salir, ya estoy vestida. Elliot no va a verme, pero me gusta pensar, en mi fantasía adolescente, que nos cruzaremos por la calle por casualidad y podrá advertir que me he tomado la molestia de emperifollarme para quedar con alguien que él cree un admirador.

Gonzalo, un admirador... Si Sela lleva desde que la conozco diciendo que es gay, y, cuando no, que está perdidamente enamorado de ella y se pasa las noches en vela escuchando *Don't Cry for Me Argentina* mientras fantasea con invitarla algún día a unas milanesas. No está equivocada con esta segunda suposición, pero no seré yo quien alimente su vanidad. Sin embargo, aunque no fuera verdad, con la cantidad de «pelotudeces» que he oído sobre el pobre Gonzalo iba a ser difícil para mí verlo como un potencial compañero de cama.

Aun así, me he arreglado como si fuera mi intención impresionarlo: llevo un vestido de terciopelo verde y manga larga cerrado en el cuello y abierto por la espalda, lo bastante ceñido para insinuar mi cuerpo, pero no para que me acusen de buscona. Antes de ver a Gonzalo voy a echar currículums por la zona.

Sospecho que me tendrán más en cuenta en Zara si me consideran una chica mona.

—Me marcho, chicos. En diez minutos vendrá Tamara para encargarse de que no os sacáis los ojos. Traerá arepas.

—Las arepas son venezolanas —responde Eric, sin apartar la vista de la pantalla.

—Bueno, pues mondongo.

—Eso es colombiano.

—Pues lo que sea que coman los mexicanos.

Eric se ríe solo, y Carlos, como contagiado, lo acompaña.

—A mí me gustan los frijoles, güey —dice el crío, imitando el acento mexicano.

—Pero, mi compadre, eso es porque no probaste la quesadilla. Eso sí está bien perrón —responde Eric.

—Muy chistosos, pendejos —rezonga Tamara, que acaba de aparecer a mi espalda con las llaves de casa dando vueltas en su dedo índice—. ¿Por qué tengo que quedarme con este par de escuincles irrespetuosos? Como me ponga yo a imitar el madrileño, agarraos, que os dejo mazo locos. Mejor lo olvido, que no me renta. ¿Carlos *la* dijo a su madre que se queda aquí hoy?

—Eso *la* dijo, sí. —Me descojono, y ella se cabrea de verdad, sospecho que con razón—. Anda, me largo.

—¿A dónde? ¿Por qué tanta prisa?

—Va a buscar trabajo para que tengamos qué comer —dice Eric, poniendo cara de pena..

—Siempre vamos a tener qué comer. Vamos, te doy una leche que se te quitan el hambre y la tontería de golpe —le amenazo con sorna.

Eric se carcajea.

—Ahora los dos somos unos pobrecitos, Tay: ella sin trabajo y yo sin colegio porque están trasladando mi expediente a otro.

—De lo tuyo no te quejes, que poco te has llevado por andar metiendo putazos a chavitos traumatizados —le regaña Tamara.

Eric vuelve a reírse. Que esté de buen humor me tranquiliza y hace que pueda despedirme por todo lo alto, recibiendo besos a través del aire y hasta vitoreos.

Tamara se asoma por el pasillo antes de que salga por la puerta.

—Óyeme, ¿está bien que haga bromitas con lo de la expulsión, la pelea y el cambio de escuela, o es muy pronto *pa* estar chingando?

—No te preocupes por lo de la pelea. Eric está orgulloso de haberle metido... putazos y todo lo demás. Pero tampoco le des gloria, ¿eh?, que solo faltaría que se convirtiera en un matón.

Tamara levanta el pulgar y desaparece dentro del saloncito a la vez que yo cierro la puerta. Paso antes por casa de Sonsoles para rescatar una de mis bufandas preferidas, que se me olvidó, como tantas otras cosas, durante la rápida mudanza. La llevamos a cabo mientras ella dormía para molestar lo menos posible y así evitar entre nosotras más roces de los necesarios. Las cosas no han estado muy allá después de cantarle las cuarenta, o las cincuenta, o las cien. Y yo, a principios de diciembre, necesito mi bufanda de la suerte para estar en paz.

Todavía conservo la llave, pero toco por si acaso molesto, y porque no es la clase de casa en la que tenga ganas de colarme por la patilla. Lo que no me espero es que tarden en abrirme la puerta, y menos aún que lo haga un Elliot con el pelo alborotado, frotándose los ojos y sin camiseta.

Sin camiseta.

El corazón me da un vuelco y sé que el suyo tampoco late a su ritmo habitual en cuanto cruzamos una mirada entre asombrada e insegura.

¿Este tío no sabe que estamos en pleno invierno?

—¿Qué haces aquí? —preguntamos a la vez. Como si no nos hubiéramos despedido ayer con gritos y algo peor (pena y resignación), nos sonreímos con timidez. Es él quien sigue hablando—: Hoy, al volver del instituto, no encontraba las llaves de mi casa y sabía que aquí guardaba un juego. Sonsoles me ha insistido en que me echara una siesta porque la verdad es que la necesitaba y... Pues ahí estaba, echado en el sofá.

El instante que utiliza para girar la cabeza y señalar el sofá desordenado es el mismo que empleo yo para recrearme en su cuerpo masculino, en la piel pálida y los músculos notables pero no excesivos que hablan de su pasión sana por el deporte. Él me pilla en pleno escrutinio, y, por primera vez en mi vida, siento vergüenza ante la desnudez de un hombre.

—Perdona —murmura él, cubriéndose el pecho como si tuviera que censurarse los pezones en Instagram—. Será mejor que me ponga algo.

—No, hombre, estás en tu casa. Yo solo venía a por mi bufanda, que creo que la dejé aquí abandonada con el ajetreo de la mudanza.

Elliot se retira, sin dejar de aguantar la puerta, y me invita a pasar. Mis tacones pisan fuerte y a toda velocidad, revelando el deseo de salir de aquí lo antes posible.

Dios, está semidesnudo. *Semidesnudo*.

Entro en la habitación de invitados dispuesta a buscar la condenada bufanda, pero todo lo que ven mis ojos es su torso, las marcas del sofá en su mejilla, como cicatrices de guerra, su pelo rubio revuelto, que yo sé que es tan suave... Los tobillos me flaquean y, de pronto, estoy igual de nerviosa que una adolescente.

Está claro que basta con prohibirte algo para anhelarlo con una intensidad enfermiza.

—¿La encuentras? —me pregunta Elliot desde el umbral del cuarto. Se ha puesto la camisa, solo abrochada por los dos botones centrales. Con los brazos en jarras, exhibe su pecho y el vello del ombligo—. ¿Quieres que te ayude?

Su pregunta suena prometedora, sobre todo porque recorre mi cuerpo con una mirada ávida que deja claro lo que piensa de mi vestido: que me sienta de puta madre. Tengo que huir del brillo erótico que despiden sus ojos desviando la vista hacia otro lado.

—No, tranquilo, tú sigue durmiendo. ¿Tan cansado estabas que has decidido quedarte en casa de tu madre? —bromeo mientras sigo investigando por el salón.

Él se rasca la nuca.

Yo ya lo sé porque he despertado con él alguna que otra vez, pero no deja de parecerme adorable lo atontado que está cuando aún no se ha repuesto de la siesta.

—Pasé despierto toda la noche de ayer. Apenas pegué ojo; como mucho, unos quince o veinte minutos. Ni siquiera me acuerdo de la clase que he dado hoy. He sido una especie de zombi.

Estaba agachada rebuscando en el canasto de la ropa sucia de la cocina cuando asimilo sus palabras.

Toda la noche despierto.

Elliot no es de los que se ponen a corregir exámenes a última hora. Tiene programado hasta cuántos minutos va a pasar cepillándose los dientes, y su tabla temporal es sagrada. Debe de haber mil y una explicaciones a por qué no durmió anoche, pero la única que se le ocurre a mi mente trastornada y celosa es que Teresa estuviera cabalgándolo una y otra vez hasta que dejara de correrse como el eyaculador precoz que ha de ser.

Esta posibilidad me agria el ánimo tanto que solo quiero marcharme.

A la mierda la bufanda. Y a la mierda el eyaculador precoz.

—Me pondré otra, qué más da —mascullo para mí misma—. ¿Está Sonsoles? Para saludarla y eso.

—No, tenía cita con Alison a las seis.

Asiento y paso por delante del salón —y de su presencia escultural— sin levantar la vista del suelo, temerosa de que se dé cuenta de que estoy dolida, o peor: *de que sepa qué es lo que me duele.* Pero al mirar a cualquier otro lado que no sea el que está ocupando su cuerpo, me fijo en que tenía el ordenador encendido sobre la mesilla, junto al sofá. Las imágenes que parpadean en la pantalla me hacen frenar de repente para asegurarme de que es real, de que no estoy flipando.

Mis ojos se concentran en el movimiento de los actores hasta que encuentro el valor para clavar la mirada en Elliot.

—¿Estabas viendo porno?

Él parece despertar del trance.

—¿Porno?

—Sí. Eso de ahí parece una peli porno. —Señalo el portátil.

—No lo creo —medita, ceñudo.

—Pues yo sí que lo creo. —Me acerco solo para confirmarlo, quedando a solo unos centímetros de distancia de él, que ya iba a cubrir la pantalla poniéndose en medio—. ¿Por qué estabas viendo porno en casa de tu madre?

Coge todo el aire que sus pulmones pueden retener.

—Yo no estaba... —Acaba suspirando—. Bueno, de alguna manera tengo que aprender las lecciones que tú no quisiste enseñarme.

Trato de ignorar con todas mis fuerzas la uve de carne salpicada de vello rubio que exhibe su camisa mal puesta, el olor que desprende, su cara de... de... Su cara, maldita sea, SU CARA. ¿Cuántas veces no miras a la cara del hombre que te tiene sorbido el seso y algo dentro de ti salta con energía, el impulso desaforado y a veces humillante de emitir un gemido de placer y comértelo a besos?

—¿Y piensas que el porno va a enseñarte algo?

—Más de lo que pueda enseñarme mi madre, Alison o algún profesor del instituto, eso desde luego.

—El porno es ficción. Nada de lo que sale ahí es real. Ni siquiera las tetas de las actrices. Si quieres impresionar a Teresa haciéndole lo que ese le está haciendo a la pobre muchacha, olvídate de que sea tu esposa. Va a huir despavorida.

Elliot lanza una mirada rápida a la pantalla.

—Pues parece que a ella le gusta.

Como a mí me gusta su perfil masculino, el que me dio cuando nos conocimos, mosqueado, y que tanto me hizo enfadar; el perfil de líneas secas y tendones apretados que aviva mi fuego interior.

Él se gira hacia mí despacio, esperando que lo desmienta. Sentiría que me está desafiando si no fuera porque sé que Elliot no es un tipo retador o arrogante, pero hoy hay algo en sus ojos, algo salvaje, quizá fruto de la fantasía sexual que habrá contaminado sus sueños al dormirse con una película erótica de fondo.

También hay algo en sus pantalones, como compruebo de un turbado vistazo.

—¿Vas... vas a usar la casa de tu madre como picadero? —balbuceo, atolondrada—. Va a estar una hora fuera.

—No lo sé. —Hay un tono irregular en sus respiraciones, sobre todo al devolverme la pregunta con vacilación—: ¿Voy a usar la casa de mi madre como picadero?

Levanto la barbilla para mirarlo, sin poder creerme que acabe de echar la pelota en mi tejado.

Todo me palpita. Tengo preparado el discursito, el reproche, el «qué dices, qué insinúas, loco, idiota, no entiendes nada, no me escuchas, no quiero ser tu maldito simulacro», pero antes de que mi cerebro procese ninguna orden, su lengua está dentro de mi boca, jugando con la mía, impregnándola con su sabor, mi favorito, y seduciéndome con movimientos que no quiero saber dónde ha aprendido. De fondo se escuchan los gemidos de una pareja que no somos ni él ni yo. Elliot baja la tapa del ordenador y entonces solo se nos oye a nosotros, su respiración de toro bravo, acelerado, nervioso, excitado hasta la muerte, y la mía irregular, débil, intercalando los jadeos desesperados que se me escapan cuando me estrecha entre sus brazos y se me cierran los ojos de alivio. El puto alivio. Qué miedo encontrarlo en su cuerpo, que desprende la clase de calidez que empieza a concentrarme un golpe de calor en la nuca, en partes concretas de un vestido que necesito quitarme, pero antes le desabrocho los botones, empujándolo para que retroceda hasta llegar al dormitorio.

No me ubico... ¿Dónde está el dormitorio? Joder, no lo sé, no puedo pensar, me está besando como si quisiera comerme de un mordisco y me amasa los pechos, sensibles, con unas manos presas de una ansiedad sexual contagiosa.

Yo también quiero tocar.

Me olvido del espacio cuando le saco la camisa por los hombros, tocándoselos en el proceso, acariciando el vello de sus vigorosos antebrazos, el relieve de sus costados, su pectoral, el vello rizado y escaso del centro, ahí donde el corazón bombea sangre a una erección que solo es reflejo de mi deseo.

Ambos caemos en la misma espiral de erotismo que nos consume. Sus dedos se enredan en mi pelo, me tira de él; los míos desabrochan su cinturón, tironean de sus pantalones hacia abajo. Pienso en lo grande que es, en lo enorme que es, de hecho, y en el placer secreto que eso me produce.

Puedo perderme en su abrazo si quiero. Podría esconderme dentro de él y nadie me encontraría jamás.

—Susana... —Su voz inflamada de deseo es una caricia en mis zonas erógenas. Baja la cremallera de mi vestido, que gracias a la tela y a la suavidad de las medias cae al suelo sin que haya que tirar con violencia. Me quedo con las medias, los tacones y el tanga—. No me digas que te has puesto esto para... para ese. ¿Iba a verte así?

Esa pregunta que rezuma posesividad me ofendería si no fuera porque se me cierran los ojos por culpa del estallido de alegría que me producen sus celos y sus besos por el cuello. Mis palmas siguen buscando su placer por la uve que sobresale de sus calzoncillos, unos bóxeres que le hacen un culo de infarto, y meto la mano para tocar esa dureza que me ha estado trayendo por la calle de la amargura desde nuestro infame primer encuentro.

—Dios, cómo me gustaría hacerte pagar por todas las veces que no me has dejado... que no has querido... —Me muerdo el labio cuando él usa los dientes para rastrillar la piel sensible de mi garganta.

—Ya me lo estás haciendo pagar, créeme.

—Llévame a la cama. No puedo aguantar en pie.

Elliot me coge en brazos con una facilidad pasmosa. Un tacón cae al suelo, emitiendo un sonido sordo gracias a la alfombra. Yo hago menos ruido todavía cuando me deja sobre la cama de muelles del dormitorio de invitados, lo cual es sorprendente.

Elliot gatea sobre mí, despacio, y se inclina para hacerme cosquillas con un beso de esquimal en la nariz. Cuando ha conseguido que me ría, estrangulada por las ansias y porque no he estado tan nerviosa en mi vida, baja la boca a mis pechos desnudos y reparte pequeños besos en torno a los pezones, que se endurecen como guijarros a la primera insinuación de humedad de su lengua.

Separo las piernas involuntariamente, buscando la fricción de su sexo contra el mío.

—Pégate a mí. Pégate, pégate...

Él lo hace sin pantalones pero con los bóxeres. Las telas de nuestra ropa interior se van quemando conforme ambos movemos las caderas, al ritmo de las succiones de su boca sobre mi pecho.

—¿Dónde... dónde has visto hacer eso? ¿En... en la peli porno?

—No, lo hago porque quiero. Porque me sale —murmura, separando los labios para lamer la areola del pezón. Me estremezco entera—. ¿Está mal?

—No. Sigue... Pero muévete por abajo. A las mujeres les gusta... les gusta que les toquen el clítoris...

Él alza la barbilla para atravesarme con su mirada brumosa, esos ojos tan inteligentes unas veces y tan inocentes otras.

—¿Y qué más les gusta a las mujeres?

Me muerdo el labio inferior.

—Rómpeme las medias.

Elliot no lo duda. Sin apartar los ojos de los míos, hunde los dedos a la altura de la ingle, donde la tela es más vulnerable, y de un tirón inapreciable las rasga hasta dejar a la vista mi tanga oscuro.

—¿Algo más que quieran las mujeres? —Se intuye una sonrisa en su voz.

—Que te quites eso. Quiero verte la polla.

Se deshace de los bóxeres sin perder un segundo, porque no tenemos tiempo ni para ser tímidos o coquetos. Ni siquiera voy a exigir preliminares más o menos elaborados e imaginativos. Nada más ver su erección, la boca se me hace agua y me retuerzo sobre la colcha para incorporarme también sobre mis rodillas, la misma postura en la que él ha quedado sobre el colchón al tener que levantarse para desnudarse y luego volver a la cama. Gateo hasta él y me quedo a cuatro patas mirando el centro de su pecho, su ombligo. Cierro la boca sobre su vientre, depositando un beso húmedo en el ombligo que va descendiendo hasta su entrepierna. La rodeo adrede con besos en la ingle, en los testículos, que me meto en la boca y succiono sacando la pelvis todo lo que puedo, moviéndola para llamar su atención.

—Agárrame —le digo, mirándolo desde abajo.

No tengo que especificar. Me coge de las nalgas y las masajea hasta romper las medias también por detrás. Introduce sus dedos en la tirilla del tanga y tira de esta. Al oírme gemir, lo repite dos veces antes de recorrer la hendidura con los dedos.

Mi lengua se enrosca en torno a su prepucio y lo humedece hasta que mi saliva y el líquido preseminal gotean sobre la colcha. No me importa. Sus dedos ahondan en mi cavidad, tontean con el ano, explora los orificios y juega con ellos antes de penetrarme con un dedo y hacerme gemir con su polla ya en la boca. Presiono con la garganta para metérmela hasta el fondo, enorme como es, gruesa y bestial, y hasta el fondo llega, produciéndome una arcada que tolero separándome para tragar saliva. Me pongo a prueba dos veces más, escuchándolo gemir, viéndolo gemir, premiándome por mi esfuerzo a base de movimientos con los dedos que me contraen todos los músculos del cuerpo.

—¿Te gusta... hacer eso? —me pregunta entre jadeos, notando los espasmos previos al orgasmo.

Levanto la mirada, desafiante, y me paso la lengua por los dientes para sonreír.

—Me encanta. ¿Te gusta a ti que te lo haga? —Él asiente, apretando tanto la mandíbula que parece que se le va a quebrar—. Puedes correrte. Sé que no quieres acostarte con una mujer de la que no estás enamorado, y lo respeto, pero no creo que vayas a poder evitar el orgasmo.

Él no me responde con palabras. Saca los dedos de mi hendidura, tan húmedos que hilos de flujo se desprenden de sus yemas, y me coge del cuello con delicadeza para incorporarme. Me tiende sobre mi espalda, otra vez, con las piernas separadas... y, muy lentamente, me retira el tanga todo lo que se lo permiten las medias rotas.

Lo veo en la determinación de su semblante y lo siento a nivel físico. Va a follarme. Lo está deseando. Lo desea tanto que se estremece como me estremezco yo, víctima de intermitentes escalofríos que no logran enfriar del todo mi cuerpo ardiente.

—Dime cómo quieres que lo haga —murmura, mirándome a los ojos. Me besa en los labios con una ternura inusitada—. Quiero hacerlo perfecto. Quiero ser perfecto.

No pienso en que quiera hacerlo perfecto para ella. Aparto ese pensamiento intrusivo de mi mente, porque, si la traigo a ella, si pienso en su nombre, habrá sido de los tres, y quiero que esto nos pertenezca a ambos. Solo a los dos. Porque aquí solo estamos él y yo.

Los ojos se me humedecen al comprender que yo mando, que puede ser como yo lo marque. Por primera vez, va a ser como *yo* lo quiero.

—Pues hazlo despacio al principio. No te preocupes por el condón, no lo necesitamos. Solo ve despacio...

Y así lo hace. Se coloca en mi entrada, él duro y yo agitada y temblorosa, y se introduce como si fuera mi primera vez en lugar de la suya. Cierro los ojos para sentirlo a todos los niveles, cómo me voy ensanchando para cubrir los centímetros de carne que casi parecen parte de mí. Gimoteo, notándome tan mojada que se desliza con una naturalidad pasmosa, tan fácil, tan delicioso...

—Dios. —Presiono los párpados cerrados—. No te corras rápido.

—No.

—Bésame...

—Sí. Sí. —Me cubre la cara de besos.

—Déjame disfrutar de esto para siempre... Y dime cosas bonitas. A las mujeres les gusta eso. Bonitas y sucias. Ambas.

Elliot apresa un pecho con la mano y se retira un poco para penetrarme bien hondo. Mi espalda se arquea y mi garganta se queja con gorjeos silenciosos que él calma besándome el centro del cuello.

—Eres lo más bonito que he visto en mi vida —musita con un hilo de voz—. Estoy loco por ti.

Suelto una pequeña risa de emoción incontenible, que se convierte en un gemido lastimero cuando vuelve a introducirse con mayor brutalidad.

—Eso es. Sigue... Dime todo eso.

—Nunca pensé que pudiera ser así. Esto es más... más de lo que había soñado.

—Sí. —Muevo la cabeza para evitar que me vea la lágrima que está al borde de derramarse—. Eso nos gusta. Eso nos hace sentir especiales... Muévete más. Fóllame más fuerte, como si quisieras empujarme hacia el cabecero.

Me tengo que morder la lengua para no gritar cuando aumenta el ritmo de las embestidas. Le voy pidiendo más, y él me entierra con acometidas salvajes y me acaricia a la vez con unas palabras dulces que se convierten en un bálsamo reparador, que me cura heridas que yo no sabía que tenía. Mi cuerpo convulsiona, cada vez más cercano al orgasmo, pero intento posponerlo porque no quiero perderme las cosquillas de sus labios en mi oreja, en mi barbilla.

—Dios... —gime él, aferrado con una mano a la colcha y con otra a mi melena suelta—. Te quiero. Te juro que te quiero.

El corazón me empieza a latir más y más deprisa. Cierro la mano en torno a los mechones de su nuca y tiro para erguirme, para separar la espalda del colchón.

—Sí, eso es. Dilo otra vez. Dímelo.

Elliot me mira a los ojos, atravesándome, abrumándome.

—Te quiero. Por favor, quiéreme tú también a mí.

Por un momento pienso que me lo ha dicho a mí, que esto no es un simulacro de lo que en realidad pondrá en práctica con Teresa, y vuelvo a cerrar los ojos para interiorizar sus palabras con una emoción que me desborda. Tanto me entusiasma esa preciosa posibilidad, esa promesa de amor de mentira, que me corro, me corro a lo bestia. Y en medio de ese orgasmo que me manda al limbo infinito, me veo a mí aplastada por el cuerpo de Elliot, me veo reducida a sus caricias y entregada por completo, y comprendo lo que ese «te quiero» falso significa para mí.

Puede que en su caso no sea así, puede que él esté jugando, estudiando anatomía para la lección definitiva. Pero yo sí le quiero, por Dios que le quiero. Y aunque se me ocurren mil razones por las que es una mala idea, me aferro a ella con fuerza y me abrazo a sus hombros. Lo abrazo hasta que estoy segura de que me ha entendido, de que ha entendido que me ha jodido la vida.

Capítulo 28

Juego a dos bandas

Susana

Sé que no debería haberme levantado apenas unos minutos después, sin mediar palabra, y haber huido cobardemente con la excusa de que tenía una cita que atender. Entre otras cosas, porque la cita no necesitaba atención hasta veinticinco minutos después, y la menda podía posponer el acoso y derribo a los locales madrileños con currículum en mano para revolcarse un rato más.

Total, estoy desempleada. Tiempo no me iba a faltar en toda la semana si no me apetecía marcharme después de un polvo épico.

Pero me entró el cague, como dice mi hijo.

Sí, yo, la que se reía con *Posesión infernal*, *El exorcista* e *Insidious*, aterrada por lo que pudiera decirme o por cómo pudiera mirarme un hombre VIRGEN —bueno, ya no—, que teme a las mujeres y al que ENCIMA había derribado sobre la cama como Rocky Balboa a sus contrincantes en la lona.

No lamento la bomba de humo, por la parte que me toca. No iba a quedarme para que hiciera que me arrepintiese de mis sentimientos. Aquí todos sabemos de sobra que no es conocido por su «piquito de oro» y que podría haber arruinado el momento soltando una de las suyas. Pero si a mí me hubieran dejado tirada en un colchón con un crucifijo sobre la cabecera —Señor, cada vez que me acuerdo me dan ganas de ir corriendo a confesarme— después de haber perdido la virginidad, me habría enfadado bastante.

No cabe duda de que él se ha enfadado, porque no me ha llamado, ni siquiera se molestó en retenerme, y no sé qué es de su vida desde hace un par de días.

—Bueno, ¿y qué esperabas?, ¿que fuera detrás de ti? La vida no es una comedia romántica —me regañó Edu—. A mí me dejas con el rabo como culebra después de un casquete sideral y te largas con cero explicaciones, y al día siguiente tengo un muñeco vudú con tu cara y con la acupuntura hecha.

—Eso es porque tú, ahí donde se te ve, eres muy sensible.

—¿A qué te refieres con «ahí donde se te ve»? ¿«Ahí donde se me ve» exitoso, joven, guapo y triunfador?

—Exitoso y triunfador son sinónimos.

Y ya me estaba pareciendo a Elliot.

—Es para dar más énfasis. La repetición también es un recurso literario, guapa. Te recuerdo que tenía un novio que tocaba la guitarra y a veces componía sus propias canciones a partir de los poemas que escribía. Luego el mariconazo era yo —masculló por lo bajo, a las claras resentido con el exnovio en cuestión y con él mismo por haber tenido el mal gusto de recordarlo. Le dio un sorbo a su copa de vino, que yo le había servido en la intimidad de mi cocina mientras Eric echaba la siesta—. En fin, a lo que íbamos: digo yo que el muchacho, después de avergonzar a Dios con su comportamiento lujurioso, tendría mucho en lo que pensar como para preocuparse de lo que pensaras tú. Además, ¿se supone que Elliot no es sensible? Porque tiene la piel tan fina que si cierro un poquito los ojos puedo verle hasta el sistema linfático, en el sentido literal y en el metafórico.

—Pues también es verdad —murmuré, y me dejé caer vencida en la silla—. Me dijo que solo se acostaría con una mujer por la que tuviera sentimientos, y voy yo y, sin miramientos, lo pongo en horizontal. Me faltó llegar con una ristra de condones echada al cuello como si fuera la boa de una estrella de cabaret. Y, luego, adiós muy buenas, con lo traumatizado que debió de quedarse al asimilar que había estrenado al socio en la oficina equivocada —dije, señalándome la bragueta de los vaqueros.

Edu me escuchaba sin poder ocultar una extraña sonrisa por la que no me atrevía a preguntarle. Con Edu siempre es mejor no preguntar, aunque de poco sirve andarte con prudencia, porque te lo acaba soltando de todos modos.

—Debes de estar turbada de verdad si me has contado la historia con pelos y señales. Para sacarte algunas cosas hacen falta un mechero y un bidón de gasolina.

—No me hables de fuego, que bastante tuve con eso. —Abarqué la cocina con un gesto desganado—. Si no me hubiera metido en casa de Sonsoles mientras arreglaban esto, no habría pasado nada.

—Pero anda que no te la han dejado fetén.

Edu echó un vistazo a la reluciente cocina, con sus azulejos nuevos, la vitrocerámica a estrenar y un frigorífico de dos puertas, con el que Eric y yo siempre habíamos soñado y que le pedimos al propietario por las molestias... además de una generosa compensación por casi haberla palmado.

Gracias al ingreso en cuenta de esa misma mañana podré sobrevivir hasta marzo o abril si no encuentro trabajo pronto.

—Mola, ¿eh? —Me eché un poco más de vino, con la muñeca floja por los nítidos recuerdos que mi mente se negaba a soltar; que se niega a soltar ahora también, días más tarde—.

Tendré que quedarme un tiempecito más en esta comunidad de metomentodos sin remedio solo para aprovechar la decoración.

—Estupendo, así tenemos más tiempo para intentar que te unas a nosotros, a la secta de Radio Macuto. Estamos un paso más cerca. He conseguido que me cuentes tu drama personal con Elliot, eso se merece un brindis.

—Vaya por Dios, y yo que esperaba merecerme un consejo.

—¿Qué consejo quieres que te dé? Muñeca, yo no pierdo el tiempo impartiendo sabiduría para quien tiene dos tapones así de grandes —señaló con las dos manos— en los oídos. Te diga lo que te diga, vas a esconderte mientras puedas evitar cruzártelo.

—Mira quién fue a hablar, el que solo escucha las voces de su conciencia, y a veces ni eso.

—Es que para no escucharlas tendría que estar muerto, y muerto no se puede beber vino.

Edu tenía razón en un aspecto, y es que no iba —ni voy— a aceptar que nadie me sermoneara o me diese recomendaciones sobre una situación que quiero creer que tengo controlada. Es verdad que, mientras no coincida con él, no habrá problemas. Cuando anda lejos de mí me resulta más sencillo recordar que a veces puede ser un imbécil de manual y no merece la pena mantenerlo en el pensamiento, aunque lleve estos días fumando con las piernas recogidas en la butaca y la mirada perdida en la ventana que da a la calle, siendo la viva imagen del corazón *partío* alejandrino. O la versión actual de la dama decimonónica que espera el regreso del marido, o la Penélope con el bolso de piel marrón que va a la estación de tren a diario por si vuelve su hombre. Me ha dado la risa cuando me he sorprendido tarareando a Sara Montiel: «Fumando espero al hombre al que yo quiero...».

Esperar... esperar ¿qué? ¿Que se levante un día y descubra que lo de Teresa es un delirio lamentable que le ha trastornado porque el reloj biológico no perdona y que en realidad yo soy más *fashion* y divertida? Elliot no parece la clase de hombre que llega a esas conclusiones y acto seguido sale corriendo de dondequiera que esté para levantarte en volandas, dar varias vueltas contigo y cubrirte de besos. Y yo tampoco soy la clase de mujer que vaya a dejarse besuquear delante de vecinos cotillas. Pero bueno, la comedia romántica que reseñé ayer en el blog acababa así, por lo que tengo muy presente en el día de hoy lo que quiero y, sin embargo, no voy a disfrutar.

Currículums echados por el día de hoy —Gonzalo pudo conseguirme el despido sin mayores problemas y hasta un finiquito, pese a que no es lo habitual y no me lo merecía después de haber llegado tarde a nuestra cita, pero no un trabajo nuevo. Por cierto: es un santo y no se enfadó especialmente—, tengo que ir al colegio de Eric —o, mejor dicho, antiguo colegio de Eric— para firmar unos cuantos papeles y despedirme de los profesores. De este asunto del traslado del expediente se encarga la directora, gracias al cielo, pero no confío en tener la suerte de no acabar coincidiendo con Elliot.

Y si me lo encuentro, ¿qué le voy a decir? ¿Qué me va a decir él?

Esto no lo compartí con Edu como no lo pienso compartir con nadie, pero siento que le he robado algo precioso y que guardaba con especial mimo solo porque pensaba que le merecería la pena. Y dejando a un lado las estupideces románticas sobre la virginidad, creo también que me he rebajado a tal nivel que me siento sucia.

No puedo dejar de pensar en lo sórdido de que me haya utilizado para adquirir la experiencia que necesita para impresionar a otra; de preguntarme si lo que pasó fue real o un simple experimento improvisado al que cedió únicamente. Porque, virgen o no, un hombre es un hombre, y cuando al timón del barco está la cabeza de ahí abajo, el barco se mueve hacia donde la mujer quiera soplar... y resulta que yo soplé lo que quise.

Sin embargo, lo que yo siento ni siquiera es lo más importante, sino lo que estará pensando él. ¿Y si me odia porque ha interpretado que lo utilicé para desahogar la frustración sexual (entre otras frustraciones con las que convivo por su culpa) que he ido alimentando conforme avanzaban nuestras «lecciones»? ¿Y si no me llama, ni me quiere ver, ni trata de coincidir conmigo porque se avergüenza de sí mismo, porque he reavivado sus traumas?

¿Debería hacerle una visita a Alison? ¿Debería hablar con algún exorcista o, por el contrario, con un miembro de la Iglesia que se plante delante de Elliot y le diga: «En el nombre del Padre y del Hijo y del Espíritu Santo, te devuelvo tu virginidad»?

Al final, todo esto es un drama piramidal en el que el orden de importancia es, de la base a la cúspide, lo que yo siento, lo que Elliot pueda sentir y lo que Eric sentiría si lo supiera. Esto último es indudablemente lo que más me trastorna, lo que me ha hecho llegar a las lágrimas cuando no he podido aguantarlo más.

Le he fallado de nuevo.

Si Elliot fuera otra clase de hombre, si Eric siguiera en el instituto, si alguien se hubiese dado cuenta de que el jefe de estudios y yo no nos mirábamos como se miran un docente y una madre más, todo habría estallado por los aires otra vez. Todo se habría vuelto en su contra de nuevo. Y entonces yo no habría tenido ningún perdón.

Pienso en ello y en todo lo que me han llamado a lo largo de mi vida cuando entro por las puertas del colegio Ángel Ganivet, espero que por última vez. Eric se alegra de cambiar de centro, pero yo podría ponerme a bailar la samba sobre el mostrador de recepción, desde donde me saluda el agradable conserje, un hombre que está entre los cuarenta y cinco y los ciento tres años.

—¡Buenos días, guapa! —me saluda como siempre.

Es verdad que voy guapa. Llevo un vestido de lana hasta medio muslo de un azul rey muy favorecedor y unas medias oscuras tapadas hasta la rodilla por mis botas favoritas, un par de caña alta con tacón.

Si esta es la última vez que van a verme, que disfruten del espectáculo.

—Hola, Fede. Guapo tú. ¿Me dices dónde está Dirección? Tengo cita con Raquel Reyes.

—Claro que sí, mujer. Tú sube a la cuarta planta, a la de los bachilleres. Ahí donde terminan las escaleras tienes el despacho. Lo pone en el membrete, o sea que no tiene pérdida.

Le doy las gracias y me encamino a las escaleras a toda prisa. No son las mismas que usan los chicos para subir a clase, como me explicó Fede en su momento, pero algunos profesores las usan para ir más rápido a las aulas, y eso me pone nerviosa.

Parece mentira que Susana Rosario Márquez López-Durán ande con los tobillos flojos porque le da pánico cruzarse con un hombre.

Dirección está justo donde Fede ha indicado, y al lado hay otra aula con un letrero que pone: SALA DE PROFESORES. Tiene la puerta entreabierta y se escuchan un par de voces femeninas. Ni se me ocurre asomarme, aunque Marga y Óscar me caigan de maravilla y quiera despedirme como corresponde —más bien solo de la primera, porque al segundo lo tengo pegado al culo por vecino y por profesor de yoga—. La posibilidad de que Elliot pueda estar allí, flirteando con Teresa, empotrándose a Teresa contra la cafetera, vertiendo café sobre ciertos puntos de su cuerpo, preferiblemente erógenos, para luego lamer...

Maldita mente la mía. ¿Desde cuándo eres tan saboteadora?

Recupero la decencia y el control de mis pensamientos y toco a la puerta. Una voz que supongo que será la de Raquel Reyes me pide que espere en tono agradable. Apoyo la espalda en el hueco que hay entre el despacho y la sala de profesores y cierro los ojos, pero así solo consigo que se agudicen el resto de mis sentidos y capte algunos fragmentos de la charla.

—Pero ¿tú estás segura? —Reconozco la voz de Marga, dudosa—. No sé, para mí es que Elliot es asexual, como llaman los chavales de hoy en día a las personas que no se relacionan ni con hombres ni con mujeres. Y no me extrañaría. De tanto trabajo y responsabilidad que lleva sobre los hombros, debe de ser estéril como mínimo. O tendrá problemas para conseguir una erección. Que el estrés es muy malo, Teresa, que por culpa del estrés a mí se me forman trombos.

Me muerdo la lengua para contener un improperio.

Venga ya, ¿en serio me va a tocar escuchar una charlita sobre los problemas que Elliot pueda tener con Teresa en la cama? Doy un paso hacia delante para sentarme en las escaleras de enfrente, pero no avanzo los demás porque mi vena masoquista es muy terca y mi cabeza está convencida de que encontrará material para desterrar a Elliot de mi pensamiento de forma definitiva.

Solo por lo segundo decido quedarme en el sitio.

—Pues mira, eso yo ya no lo sé, pero te aseguro que hubo un poco de interés al principio. Solo un poco. No es que nunca me haya buscado, ni me haya llamado, ni me haya escrito, pero en la fiesta solidaria fue tan agradable... y parecía ansioso por venir con nosotros. Pensé que le gustaba.

—Es que tú también eres más ingenua... Lo mismo el hombre solo estaba siendo amable.

—Eso es lo que me estoy temiendo, que todo fueron imaginaciones mías. Que se me acercó mucho ese día, pero vaya, el resto actuó como si yo no existiera. Es que cuando yo le doy conversación, me responde con monosílabos y cosas así, y luego desaparece, como si no quisiera ni verme. ¿Habré hecho algo mal?

—No, mujer, nada de eso. Es que Elliot es así, parco y un poco huraño.

—Ya, pero insisto en que ese día fue tan agradable...

—Si no ha vuelto a serlo será que le pillaste de buen humor, cosa extraña en él. Tiene esos días muy de vez en cuando. Se lo notas porque, en vez de decir «hola», te suelta un «buenos días» e incluso te pregunta cómo estás.

—En fin... Tampoco es que esperase un largo noviazgo, pero que no quiera ni una triste cita conmigo... Contigo sí se ha tomado algún que otro café. Pero a mí me da largas.

—Eso es porque no te conoce. Él y yo somos compañeros de seminario desde hace años. Si hasta fue a la despedida de soltero de mi marido hace unos meses, para que veas el nivel de confianza.

—Pero con quien mejor se lleva es con Óscar. ¿Y si le pregunto a él? Necesito saber si le gusto o le gusté alguna vez, si tengo posibilidades, porque de verdad que me tiene obsesionada y no me da ni la hora.

—Pues, mujer, tú sabrás...

Apenas doy crédito a lo que estoy escuchando. Me concentro tanto en la conversación que se desarrolla al otro lado de la pared que ni me doy cuenta de que Raquel pronuncia «adelante» en voz alta. Mi oreja sigue pegada a la charla entre Marga y Teresa, a los lamentos de la segunda y las dudas de la primera, que tiene toda la pinta de no saber cómo decirle que se olvide de Elliot porque pasa olímpicamente de ella.

Repito para que quede claro: *pasa olímpicamente de ella*.

Eso debería sentarme bien, que es como sientan las buenas noticias, los regalos inesperados o el color blanco, pero, en lugar de eso, es como si me cayera un jarro de agua fría. No pierdo la compostura porque tengo que entrar a charlar con la directora, pero si hubiera estado sola, o, mejor, si hubiera estado en presencia del rey de Roma, le habría soplado tal bofetón que su cabeza habría dado más vueltas que un tiovivo.

«No me da ni la hora»...

La madre que lo parió.

Este se va a enterar de quién soy yo.

Capítulo 29

Susana en estado puro

Elliot

—Bueno, pero seguro que vienes, ¿no? —me pregunta mi padre por enésima vez, con ese acento cerrado del norte de Inglaterra que no han suavizado ni cincuenta años viviendo en Hampshire.

—Claro que sí, como siempre.

—Como siempre, claro...

Dejo de intentar empujar los jerséis al fondo de la única maleta que tengo, una desgastada por culpa de los malos tratos recibidos por parte de las aerolíneas *low cost* que me devuelven a casa cada Navidad. Me incorporo con dolor de espalda y también de cabeza por la cantidad de tonillos insinuantes que mi padre lleva probando conmigo desde que le he cogido el teléfono.

—¿Qué significa ese «claro» irónico? —inquiero al fin, poniendo una mano en la cintura. Entorno los ojos hacia la pantalla, donde brilla el icono de la opción «manos libres».

—Pues que no pareces estar como siempre. Me lo ha dicho hasta tu amigo Robert, que el otro día te llamó por teléfono para asegurarse de que pasas aquí las fiestas y te notó raro.

—¿Qué es «raro»? ¿Estresado porque tengo que trabajar? ¿Nervioso porque no se me puede llamar por teléfono un lunes a media mañana, cuando tengo más exámenes y tareas pendientes que nunca? ¿Cansado porque no se puede dormir por culpa de la obra del vecino?

No me gustaría cambiar mi domicilio por el trece de la calle Julio Cortázar, y no solo porque, sin ser yo supersticioso, me dé canguelo el número. Es porque, para vecinos *porculeros*, ya tengo los míos. Vivo en el tercero de un edificio de cuatro plantas cerca del colegio, es decir, por Chamberí, a apenas quince minutos andando de la calle Julio Cortázar, y los dos pisos del segundo llevan siendo fuente de deseo de los propietarios del 4.º A y el 4.º B desde que me mudé. Por fin, uno de ellos ha conseguido adquirirlos para unificarlos y hacerse un apartamento de doscientos y pico metros cuadrados, lo que se traduce en un ruido de mil demonios y en mis equivalentes doscientas y pico noches sin dormir. No sé qué estará montando ahí, pero, a juzgar por el tipo de reforma, eterna y costosa, da la impresión de que vaya a levantar un parque natural.

De todos modos, eso no es lo que me tiene de un humor «raro». El mundanal ruido, nunca mejor dicho, es lo de menos cuando una mujer, sin saberlo ella, te anda taladrando las sienes. Y sin duda va a enrarecer más aún mi estado de ánimo —hacia la sospecha y la incredulidad— que mi padre se haya dado cuenta de mi comportamiento, porque no es el hombre más avispado que conozco y tampoco se le conoce por su gran inteligencia emocional.

¿He dicho «inteligencia emocional»? Eso sí que es raro. Es uno de los términos que estudié para convertirme en un buen docente, pero al que no he prestado mucha atención hasta que Alison me lo ha puesto en bandeja durante sus sesiones.

—Pues a lo mejor es todo eso, o a lo mejor es otra cosa —sigue insinuando.

Intento no ponerme de mal humor.

—¿Qué otra cosa iba a ser? Estoy haciendo la maleta, George. Justo ahora. Si no me crees, te enviaré una foto por WhatsApp. Nochebuena, Navidad, Nochevieja: todas las fiestas las voy a celebrar allí. Los dos juntos, como siempre. Pero ya sabes que hasta el veintiuno no terminan las clases y no me puedo mover de Madrid.

—Bueno, si tú lo dices, te creo.

Mi padre ha tenido muchísima suerte de que no siguiera la estela de mi madre, una mentirosa compulsiva en sus tiempos, porque lo habría tenido difícil a la hora de pillarme algún embuste. George, como lo llamo desde que tengo memoria, no pelea ni discute: da por hecho que las cosas son tal y como se las dicen... siempre y cuando la que está hablando no sea una mujer, porque, en esos casos, sí que pone su mueca de la desconfianza —ojos entornados, boca torcida, cejas arqueadas— y solo dice: «Ya, ya». O, en su idioma materno, *Sure*.

Es «George» porque uno no puede habituarse a decir «papá» cuando no supo que tenía uno hasta los nueve años, y menos aún cuando su «papá» tardó en torno a cinco más en asimilar que tenía que ejercer de referente. Hasta bien entrada mi adolescencia, George no me preguntó si me apetecía acompañarlo a pescar o si quería que me preparara el almuerzo —en parte porque sabía encargarme de eso yo solito de mis años de independencia—, y sé muy bien que no habría venido a mi graduación si no hubiera sido *cum laude*. No resto importancia a su comportamiento negligente de los primeros años, pero nunca le he guardado rencor porque no había maldad en su hermetismo ni en su manera de palmearme la espalda o revolverme el pelo con incomodidad, obligado a tocarme por la relación que nos unía. Era un tipo algo obtuso que, de buenas a primeras, se había encontrado con un crío que ni sabía que llevaba su sangre. Por no saber, no supo ni que le hizo el bombo a una de las prostitutas —o eso creía él que era Sonsoles—

del club que frecuentaba por presión del grupo durante sus primeros años en Hampshire.

Le agradezco y alabo que se implicara como padre con el paso del tiempo y, poco a poco, se fuera interesando por mis estudios hasta convertirlos en el motivo número uno —el único, si me preguntan a mí— por el que está orgulloso de su estirpe y siente que mi nacimiento no fue un completo error. No del todo, al menos, porque en parte le serví para llamar la atención de algunas mujeres que consideran atractivos a los padres solteros. Mujeres que, naturalmente, mi padre mandaba a paseo en los pocos casos en que se percataba de sus insinuaciones, porque el divorcio de mis abuelos —propiciado por la infidelidad de mi abuela— le marcó de tal modo que se comprometió a pasar la vida soltero.

El timbre me saca de mis cavilaciones. Se me olvida que mi padre sigue al otro lado del teléfono —se me olvida muy a menudo, porque se siente obligado a hacerme llamadas largas aunque tenga poco que decir y al final pasamos media hora callados— y no le pido que espere hasta que llego al recibidor.

Abro la puerta y el corazón me da un brinco al ver a Susana, furiosa, bajo el umbral.

—¿Sus...?

Ella no espera a que le dé permiso para pasar. Me hace a un lado con la inercia de su apresurado caminar y se para, de brazos cruzados, en medio del salón.

En cuanto me fijo en sus ojos enrojecidos, no sé si por la baja temperatura de la calle o porque está a punto de llorar, mascullo:

—Luego te llamo, George.

—Sí, vale.

Cuelgo y dejo el móvil sobre la mesilla de la entrada.

—¿Qué haces aquí? ¿Quién te ha dicho dónde vivo?

—Óscar.

—¿Y por qué Óscar ha...?

No termino de formular la frase. Al avanzar hacia Susana, se lo pongo muy fácil para que estire el brazo y me suelte una bofetada que me ladea la cabeza y me deja la mejilla palpitando.

Mi mente se queda en blanco.

—Has debido de pasártelo de puta madre riéndote de mí, ¡y encima en mi cara! —me espeta, tan furiosa que prácticamente escupe las palabras.

Tardo un poco en ubicarme, pero en cuanto me recoloco las gafas y puedo pestañear en su dirección, una chispa de su ira enciende la mía.

—¿A qué ha venido eso?

—¿Que a qué ha venido eso? —Eleva la voz—. ¡Debería darte otra hostia! ¡Una por mentiroso y otra por hacerte el tonto! ¿A qué te crees que estabas jugando? ¿Pensabas que no iba a enterarme en la vida o qué? ¿No sabes tú que todo se acaba sabiendo y que se pilla antes a un mentiroso que a un cojo?

Alzo las manos para defenderme de otro posible arranque de rabia.

—Te puedo asegurar que no sé de qué me estás hablando.

—¿No? —Da un paso amenazante hacia mí—. ¿No sabes de qué te estoy hablando?

Es al verla avanzar cuando me fijo en que lleva un vestido azul por las rodillas y un par de botas de esas que solo llevan las modelos de pasarela. Pierdo por un segundo el hilo de la conversación, amenazado por las imágenes que me abruman todas las noches desde aquella siesta que Susana me interrumpió para no volver a dejarme dormir jamás.

Dios…, no era así como imaginaba nuestro reencuentro. Me veía disculpándome por haberme aprovechado de su confusión ante el supuesto porno para besarla otra vez, porque ese «porno» que ella vio no era más que el clásico anuncio emergente que ocupa toda la pantalla justo antes de ponerte a ver el episodio de una serie descargada ilegalmente, y yo no lo desmentí al intuirla agitada. Me veía diciéndole lo que nunca le he dicho a ninguna mujer; lo que nunca le he dicho a nadie, en realidad: que ya no me siento tan orgulloso de mi independencia y que la soledad me sabe amarga porque ella terminó de meterse bajo mi piel ese día.

—A lo mejor te suena el nombre de «Teresa» —continúa, acusadora—. O a lo mejor no, en vista de que pasas de ella como si fuera una piedrecita en tu zapato.

—Así no es la comparación. Las piedras en el zapato no son cosas que se ignoran, sino que molestan...

—¿Ahora te vas a hacer el listo conmigo? No estoy para tonterías, Elliot. —Le tiembla la voz—. ¿Qué pasa?, ¿que ahora resulta que eres uno de esos manipuladores y embusteros con los que llevo tratando toda la vida? ¿Eso que me decías de que necesitabas ayuda para ligar, de que querías que esa mujer saliera contigo, es mentira?

—Claro que no es mentira. —Pero mi voz delata que esa tampoco es toda la verdad—. ¿A qué viene esto?

—¡A que la he escuchado! He ido al colegio para hablar con la directora y puedes imaginarte mi sorpresa cuando he oído de la boca de tu «grandísimo amor» que no la miras dos veces. ¡No la miras dos veces! —repite, extendiendo los brazos—. ¡El viernes pasado me dijiste que todo iba viento en popa, que quedabais, que os enrollabais, que...! ¿Qué clase de psicópata eres?, ¿con qué objetivo me has estado engañando?

Trago saliva, nervioso, y busco una salida rápida con el rabillo del ojo, pero no me muevo. Esta vez no puedo dejar que la cosa se me vaya de las manos.

No está pasando cuando quería que pasara. Se supone que la hora de la verdad llegaría cuando estuviera listo para pronunciar ciertas palabras, pero Susana me fulmina con su mirada indignada y no puedo coger mi abrigo y marcharme y esperar que, cuando yo quiera dar las explicaciones, ella esté ahí para escucharlas.

—¿Por qué crees tú que te he engañado? —pregunto al fin.

—No pongas la pelota en mi tejado. —Me apunta con el dedo—. Yo no sé qué pasa ni qué deja de pasar por tu cabeza y, la verdad, no quiero dedicarte ni un solo pensamiento más. Ni un puto quebradero de cabeza más. No te lo mereces, mentiroso. ¿Qué esperabas? ¿Conmoverme para que me metiera en la cama contigo? —sigue ladrando, los ojos inyectados en sangre—. Enhorabuena, lo has conseguido. —Aplaude, desganada—. ¿O es que pretendías jugar a dos bandas, pero te cansaste de Teresa y decidiste a última hora que hacer guarradas conmigo era más divertido?

Apenas doy crédito a sus reproches.

—Cómo se nota que tienes un blog de cine. Derrochas imaginación.

—Ah, ¿ahora te haces el gracioso? Menudo sentido de la oportunidad tienes. Te pones chistoso y tontorrón cuando menos te conviene. Quiero una respuesta, Elliot, porque no sabes cómo lo he pasado. —Se le quiebra la voz y tiene que apartar la mirada un momento—. ¿Qué es lo que querías? Porque está claro que no era el dos por uno de la amante y la novia. ¿O a la novia ibas a conquistarla cuando te cansaras de la amante? Tiene sentido. Todo el mundo sabe que los tíos sois incapaces de concentraros en dos cosas a la vez, no digamos ya un escenario tan complejo como estar con dos mujeres.

—¿Eso es lo que piensas de mí? ¿De eso me ves capaz?

—¡No sé de qué te veo capaz! —exclama, haciendo aspavientos. Ha perdido la paciencia—. ¡Cuando creo que te conozco, vas y te comportas de una manera radicalmente distinta! ¡Y no sé... no sé si me ha jugado en contra querer creer que eres un tipo de hombre cuando en realidad lo que he tenido delante todo el tiempo ha sido a un puto manipulador! ¡Otro más!

—No he intentado manipularte —intento explicarle, rogando para mis adentros que todo lo que diga suene razonable.

La cojo por los hombros para tranquilizarla—. Pero sí es verdad que... que lo de Teresa era una excusa para...

—¡¿Para qué?! —me grita.

Retiro las manos rápido, como si me hubiera mordido, y me doy la vuelta.

—Susana, no estás en condiciones de tener una conversación, y no quiero hacer esto a base de chillidos.

—¿Qué es «esto»? Ni se te ocurra moverte, Elliot. Si he sido un experimento o solo querías echar un polvo con la puta del edificio presentándote con una noble razón detrás, tengo derecho a saberlo.

Me giro y la miro incrédulo.

—¿La puta del edificio? ¿Así es como vas a llamarte ahora?

—¡Así es como me ves tú! —Me señala con el índice y no puede seguir hablando porque rompe a llorar. Es uno de esos llantos con hipidos y respiraciones entrecortadas que a veces te impiden hasta tener los ojos abiertos. Uno de esos llantos que a mí me rompen el corazón—. ¿Por qué me has hecho esto? ¿Sabes lo que me ha dolido, lo que me ha hecho sentir? Llevo días pensando que soy una asquerosa por haberme acostado con un hombre que quiere a otra, torturándome porque se suponía que ese hombre quería que *esa* fuera la primera, y ahora me topo con esto... ¿Qué es lo que te pasa, joder?

Aprieto la mandíbula.

—Te dije lo que me pasaba, pero no te dio la gana de escucharme.

—¡Yo siempre escucho! ¡Eres tú el que no quiere contestar nada de lo que te pregunto!

—¿Ah, sí? ¿Sí me escuchas siempre? —Camino hacia ella despacio. Susana asiente, muy digna—. ¿Y por qué parece que no escuchaste nada cuando te dije que te quería?

La boca de Susana se queda entreabierta. En sus ojos brilla el mismo asombro que cambia su expresión, suspendiendo el llanto por un instante.

—Pues porque... p-porque... porque se suponía que solo estabas practicando. Se suponía que eso era para ella —contesta unos segundos después, con un hilo de voz.

—¿Que eso era para ella? ¿Eso pensabas? —Me da por reír sin humor. Me despeino un poco el pelo para darle algún uso a las manos, que me duelen por no poder ponerlas sobre ella—. Eres tú la que le tiñe de sordidez esta historia, porque, desde mi perspectiva, es todo muy sencillo. La única manera que se me ocurrió de obligarte a conocerme fue utilizar ese pretexto de mierda sobre el flirteo y la mujer perfecta y la familia tradicional. Si no, nunca te habrías fijado en mí, y no podía... no pude... —Inspiro hondo—. A partir de cierto punto, no pude dejarte escapar.

Susana arruga el ceño, sin salir de su estupefacción.

—¿De qué estás hablando? ¿Es que nunca has tenido la intención de salir con Teresa?

—Supongo que sí, que en algún momento tuve la vaga intención, pero nunca interioricé del todo unos planes de cortejo porque no era lo que quería. Por Dios, Susana... —Suelto una carcajada despectiva hacia mí mismo—, cuando salí corriendo del pub para buscarte, ya estaba tan enamorado de ti que no me soportaba, y ni siquiera sabía cómo te llamabas. Distinto es que no me diera cuenta, o que no quisiera enterarme, pero incluso en el momento en que me metí en el baño a pedirte que ejercieras de consejera sentimental, solo pensaba en cómo se te conquistaba a ti.

Susana retrocede como si cada una de mis palabras fuera una bofetada. Me rodea sin respirar, sin mirarme a los ojos, sin ver por dónde va, negando con la cabeza.

—Así no. Así no —murmura como un mantra—. Así no...

—¿Ahora eres tú la que se va en desbandada? Igual que el otro día, ¿no? —le ladro, sin moverme de donde estoy—. A ver si vas a ser tú, no yo, la que utiliza a alguien para saciarse sexualmente, y solo estabas pasándole la culpa a quien sabes que puede soportarla.

Susana me enfrenta con las cejas arqueadas. La indignación desborda sus ojos vidriosos.

—Estás de coña, ¿no? ¡Yo nunca hago nada que no quiera, eso que te quede claro! ¡Y mucho menos si el otro no me ha dado carta blanca! Todo eso pasó... pasó porque queríamos.

—Todo eso pasó porque te quiero —la corrijo, nervioso perdido. No me queda saliva en la garganta y me siento enfermo, como si fuera a desmayarme. Sus silencios me aterran más de lo que me ha aterrado nada en toda mi vida—. Te lo dije, te dije que nunca besaría ni metería en mi cama a nadie que no fuera importante para mí.

Susana sigue negando con la cabeza.

—No.

—No ¿qué? Te estoy diciendo que te quiero y ni siquiera me miras a la cara. ¿Tan horrible te parezco? —La voz se me casca al final y tengo que carraspear para recuperar la dignidad.

—No... —Al desviar la mirada al sofá se da cuenta de la presencia de la maleta a medio hacer, distrayéndola por un segundo del tema principal—. ¿Qué es eso? ¿A dónde vas?

—Paso las Navidades en casa, en Hampshire, con mi padre —respondo, ceñudo e incrédulo—. ¿En serio interrumpes esta conversación para eso? Ahora me preguntarás si he echado el cepillo de dientes, claro; lo que sea para no tener que darme una respuesta.

Susana me enfrenta con los labios apretados.

—¿Qué quieres que te responda? ¿Cuál es la pregunta? ¿Te crees que con un «te quiero» voy a olvidar el jueguecito que te traes estos últimos tres meses? Entre unas cosas y otras, llevas desde septiembre volviéndome loca, y todo para descubrir que vivo turbada porque a ti te gusta torturarme. Te dije en el baño del uruguayo que... siento algo por ti, y me dejaste pensar que seguías con ella. ¡Me dejaste pensar que estabas a punto de consumar con ella la semana pasada, en mi puta casa!

—Y lo siento —logro articular, sudando de pura histeria—,

pero ¿qué querías que hiciera? ¿Que, justo después de que me soltaras que no quieres historias sentimentales para proteger a tu hijo, te llamara y te dijera: «Oye, resulta que la mujer que me tiene sorbido el seso eres tú»? Me podía imaginar tu respuesta: «Cómo no te voy a gustar, si soy perfecta y tú eres un *incel* que no ha visto nada igual en su miserable vida».

Susana jadea, indignada.

—¡Hace mucho tiempo que no pienso que seas un *incel*!

—¡No, qué va! Imagina confesarle tus sentimientos a una mujer que parece que se acuesta contigo por lástima.

Por alguna extraña razón, ese comentario aviva su rabia.

—¡¿Que me acosté contigo por lástima?! ¡Eres un...!

Se acerca para arrearme otra bofetada, pero le sujeto la mano antes de que pueda arrepentirse, porque se iba a arrepentir, se lo veo en los ojos. Para mi sorpresa, ella, acelerada y con las mejillas mojadas por las lágrimas, entrelaza los dedos con los míos y se pone de puntillas para besarme. Noto el sabor del pintalabios y de su boca al recorrerla con la lengua, el de su aliento mezclado con el mío en un beso ansioso que me eriza todo el vello. Llevo una mano a su nuca, aguantando todo el peso de su melena suelta, y otra a la cadera que resalta ese vestido cosido por el demonio. Ella separa los labios para suspirar con un nudo en la garganta, sacar la lengua e introducirla de nuevo en mi boca, empujando la mía. Rota la cabeza y echa todo el peso sobre mi pecho para profundizar el beso hasta convertirlo en una forma de posesión que me tensa la entrepierna y hace que pierda del todo los papeles. La agarro de las nalgas y la aprieto contra mi cuerpo, que aumenta de temperatura grado a grado y llega a su punto álgido cuando ella me agarra con fuerza del cuello y me obliga a girar sobre mí mismo para tirarme al sofá.

Me puedo imaginar a mí mismo asombrado por el impacto, con restos de pintalabios alrededor de las comisuras, hasta en la barbilla, pero para qué tratar de adivinar cómo me veo cuando puedo fijarme en lo que tengo delante: una mujer que me pone una de las botas sobre la bragueta del pantalón y me abrasa con su mirada al ordenarme que se la quite.

Mis dedos se muestran sorprendentemente seguros al deslizar hacia abajo la cremallera. Le saco una y luego la otra, pero no puedo resistirme y me inclino para besarle la rodilla por encima de las medias negras que transparentan su carne, la pantorrilla, el tobillo. Separo las piernas para acercarla por las caderas, aprisionarla entre mis muslos y bajarle cada prenda interior como me exige en un tono autoritario que me pone cardiaco. Apenas las he arrojado a un lado, convertidas en una provocativa maraña de seda, ella se sienta a horcajadas sobre mí y tira de mi mentón hacia arriba acariciándome desde el cuello hasta los labios con el dedo índice. Mis manos van a su trasero otra vez, se amoldan a él. Tiene un culo respingón espectacular, y yo las manos lo bastante grandes para que no pase frío.

Susana se levanta el borde del vestido, dejándoselo arrugado sobre la cintura.

Mi cerebro cortocircuita.

—No llevas bragas.

—Con el vestido se notarían demasiado —murmura contra mis labios—. O a lo mejor tenía la esperanza de darte una sorpresa, encontrarte y así tener la excusa que necesitaba para follarte otra vez.

—Pensaba que te arrepentías... o que te arrepentirías de lo que... —No logro terminar la frase, porque ella entrecorta mis respiraciones con besos cortos que me distraen de lo que pasa de cintura para abajo: que desabrocha el nudo de mi pantalón de chándal tirando delicadamente de un extremo del cordón.

Sé que sonríe porque beso la hilera superior de sus dientes.

—Tú tampoco llevas nada, guapo.

—¿Has visto...? —Jadeo, metiendo las manos en el interior de su vestido y agarrándole los pechos—. Soy un provocador.

Ella se muerde el labio inferior para aguantar una risita y me agarra la semierección para acariciarla de arriba abajo, poniendo especial atención al prepucio, que recorre con la yema del pulgar, y la base de los testículos. Los aprieta con suavidad, lo suficiente para concentrar ahí toda la sangre y ponerme duro como una piedra. Susana ronronea con los ojos cerrados y los labios húmedos, como si fuera yo quien la estuviese masturbando.

Por un segundo fantaseo con que vuelve a meterse mi erección en la boca, como aquel día. Me recreo en el recuerdo, en la humedad, sus diestras caricias, la elasticidad de su garganta al tragársela entre gorjeos de lo más eróticos... Pero en lugar de pedírselo, le cojo la mano y se la retiro para escurrirme muy despacio por el respaldo del sofá.

—¿Qué vas a...? —Ella misma se interrumpe cuando quedo a la altura de su entrepierna, que compruebo que está empapada con solo pasar el dedo por la hendidura. Ella se estremece y mueve las caderas de forma involuntaria—. Elliot, no sé si sabes... si vas a saber lo que haces. Eso no puedo enseñártelo. Creo que la única vez que se lo hice a una mujer no me salió muy bien.

—Detenme si te hago daño.

Susana emite algo entre un suspiro y un bufido al primer lametón. No sé por qué lo esperaba desagradable; quizá por el olor intenso y el sabor tan particular; sin embargo, apenas la pruebo una vez, necesito seguir experimentando. Ella me ruega en voz muy baja que no debo usar los dientes, que me centre en el clítoris, que vaya más rápido o más deprisa.

Nunca he disfrutado tanto de que me den órdenes. Las cumplo todas con placer, succionando los rugosos pliegues e introduciendo la lengua lo suficiente para hacer que gimotee, ansiosa, y balbucee un tímido «sí», luego un exigente «más» y finalmente grite, sin dejar de mover las caderas como poseída, corriéndose en mi boca. Los espasmos de su vientre, agitado por el orgasmo, son tan eróticos que me endurezco todavía más; tanto, que siento palpitar no solo la entrepierna, sino el pecho, el estómago y hasta las piernas. Es como si todo mi cuerpo fuera solo sangre que arde. Ella, que es intuitiva y experimentada hasta un punto que me enloquece, tira de mi camiseta para incorporarme y me la saca por la cabeza, sin moverse de mi regazo.

No hay conversación. Sobran las palabras. Me agarra la erección con la mano, segura, y la introduce ella misma en su cuerpo haciendo un culebreo con la cintura que me hace resoplar, agobiado y excitado como nunca. No me da tiempo a hacerme a la idea de que estoy dentro de ella, de que me aprieta y me calienta, y empieza a cabalgarme agarrada con dedos y uñas a mis hombros. Veo mi pecho subir y bajar mientras resuello, y veo sus senos botando a la altura de mis ojos. Agarro uno con una mano y con la otra la empujo por la espalda para poder meterme el pezón en la boca. Ella gime, gime desesperada, como no lo hizo la otra vez, que fue más tímida, que estaba menos... convencida de lo que estaba haciendo. Ahora no hay contacto visual, porque es difícil que lo haya cuando ladea y descuelga la cabeza, cuando se pega a mi tórax en cuanto me descuido para morderme el cuello.

Noto la succión de su boca hasta tres veces, todas ellas en mi garganta, que apenas me arde porque todo está concentrado en la fina piel de mi entrepierna, que comprime con cada uno de sus febriles movimientos.

—Dímelo otra vez —me insta, pegando su frente sudorosa a la mía.

La cojo de la nuca para mantenerla ahí, con su aliento acariciándome los labios.

—¿El qué?

—Dime que me quieres.

—Te quiero. ¿No vas a decírmelo tú?

No hay tiempo para eso. Antes nos interrumpe la locura.

De su boca sale enseguida el gemido gutural y entrecortado de un nuevo orgasmo. La visión de su cuerpo desnudo y empapado acaba conmigo también, y me corro apenas unos segundos después, instigado por la compresión salvaje de sus muslos, que tensa adrede para llevarme al límite. Se me nubla hasta la visión, y por un segundo desconecto de todo excepto de ella, de su figura endiabladamente sexy que sigue bamboleándose sobre mí.

Al perder el mundo de vista, no me doy cuenta de que ella no me mira en ningún momento. Ni siquiera me he recuperado todavía del barrido salvaje del orgasmo cuando se retira, estremeciéndose, y estira la mano hacia las medias.

—¿A dónde vas? —murmuro, sin moverme del sofá. Susana no contesta y, de espaldas a mí, empieza a vestirse rápido, nerviosa, como si llegara tarde a algún sitio—. ¡Oye! ¿Qué pasa?

—Nada. Tengo que irme.

—Irte ¿adónde? Qué casualidad que siempre tengas que irte cuando estoy desnudo.

—Confío en que sabes vestirte tú solo. ¿O necesitas ayuda para subirte la bragueta?

—¿Se puede saber cuál es el problema? ¿Qué inconveniente tienes ahora?

—Ninguno. Es solo que no soy una chica de mimos después del sexo, y tengo que...

—Tienes que hacer ¿qué? Venga, sorpréndeme.

Susana me fulmina con la mirada, pero detrás de todo ese trato hostil atisbo su vulnerabilidad. Su miedo.

—No te irás a poner controlador ahora, ¿no? Que solo hemos follado dos veces.

Levanto las cejas, procurando encajar con dignidad el golpe bajo.

—Muy bien. Ya sabes dónde está la puerta.

Vuelvo a dejarme caer en el sofá, de brazos cruzados, todavía semiduro y sudando; notando las huellas de sus besos calientes en el cuello, donde seguro que me ha dejado marcas. Lo sé porque sus ojos se posan en mi garganta y tiene que tragar saliva, aparentemente arrepentida, o nostálgica, o qué sé yo. Durante un agónico segundo, espero que cambie de idea, que baje la guardia o que pase lo que tenga que pasar para que vuelva a sonreír. Pero Susana termina de vestirse sin dificultad, más bien aguantando suspiros de alivio por poder marcharse, y se encamina hacia la puerta sin decirme ni siquiera «buenas tardes».

Su frialdad me deja helado, pero, en el último momento, algo dentro mí se rebela contra la situación.

—Que sea la última vez que haces esto —le digo mientras me levanto.

Capítulo 30

LO QUE NO PUEDE SER ¿SERÁ?

Elliot

Ella se detiene, con el bolso en la mano, y me mira por encima del hombro.

—¿Qué es «esto»?

—Tratarme como tu juguetito sexual. Ya sabes lo que quiero y ya sabes lo que siento. Esto —vuelvo a abarcar el aire con las manos, donde flota el calor que ha salido de nosotros— es ser cruel, Susana.

—¿Por qué es cruel? —Me encara a diez pasos de distancia—. Ya sabes que no puede ir más allá. De hecho, hemos ido demasiado lejos. Te dije con claridad que no voy a andar tonteando con un tío que está en el mismo círculo que mi hijo.

—Esta misma mañana has firmado el traslado de expediente de tu hijo a otro colegio, y yo no tengo ninguna madre en la calle Julio Cortázar. No tengo madre en ningún lado. ¿Qué círculo tenemos en común, pues? Ni siquiera el del infierno. Tú ibas al de los lujuriosos, o eso dijiste, y yo, al de los no bautizados. Además, yo no quiero un polvo, yo te quiero a...

—Deja de decirlo, ¿vale? —Cierra los ojos y levanta la palma de la mano—. Lo vas a desgastar, joder.

—¿Lo voy a desgastar? —me burlo sin fuerza. Sonrío, incrédulo, porque no se me ocurre otra manera de afrontar la insólita situación—. Hace apenas un rato has sido tú la que me ha pedido, la que me ha ROGADO que se lo dijese. Esto es ridículo.

—No, es ridículo que pienses que me quieres. No sabes de lo que soy capaz. No sabes lo que he hecho. No sabes... Sabías más cuando no me conocías —murmura, más para sí misma que para que la escuche.

—¿Qué dices ahora? Ven aquí y habla conmigo como una adulta funcional.

—No —dice con voz casi infantil. Detecto su temor en la manera en que le tiembla el tono—. No quiero.

—¿Por qué no? ¿Es que no crees lo que te digo? —Ella niega con la cabeza, dejándome a cuadros—. ¿Por qué no?

Le tiembla la barbilla por culpa de un sollozo.

—Porque no puedes quererme. O porque... porque no me querrías si supieras la verdad.

—¿Qué verdad? —jadeo, cada vez más perplejo—. ¿Por qué haces que suene como si estuvieras suplantando la identidad de alguien o hubieses matado a un pobre indefenso?

—Porque en esta historia hay «alguien» cuya identidad es importante, y también existe un pobre indefenso —susurra, y levanta la barbilla, marcada por restos de maquillaje desprendidos por las lágrimas y el sudor, para mirarme—. ¿Nunca te has preguntado quién es el padre de Eric?

Por un momento siento que el mundo deja de girar.

—¿Por qué habría de importarme algo que has preferido reservarte? —replico.

—Justamente porque he preferido reservármelo. ¿No te dice nada que tenga miedo de contarlo?

—No tienes por qué contármelo. Solo es un hombre que

aportó su esperma, nada más. Me da igual su nombre si a Eric y a ti os da igual su nombre.

—No es que me dé igual, es que no sé su nombre. —Intenta sonreír, pero en su lugar tuerce los labios en una mueca entre resignada y avergonzada que acaba con todas las palabras con las que podría haberla consolado—. Ni siquiera sé cómo es su cara.

El brevísimo silencio que sigue está impregnado de una tensión tan notable que podría cortarse con un cuchillo.

—Eres la única persona que nunca me ha preguntado, por eso eres la única a la que se lo quiero contar. Por eso y porque dices que me quieres, y sé que dejarás de hacerlo en cuanto sepas qué pasó.

—Susana... —Alargo una mano hacia ella, una mano que pesa tres veces más de lo habitual y que parece que, por mucho que extienda en su dirección, nunca la va a alcanzar—, si alguien te hizo daño... Sé que te he juzgado muchas veces, y muy duramente, pero nunca cruzaría el límite de culparte si...

—Nadie abusó de mí.

Apenas había notado cómo se había instalado el peso del cielo en mi corazón con solo imaginarlo; únicamente lo percibo cuando las cuatro palabras que salen rápidamente de su boca me permiten respirar de nuevo.

—¿Quieres sentarte?

—No. Quiero decírtelo y marcharme antes de ver tu cara.

—No sabes qué cara voy a poner...

Ella me corta con una profunda inspiración. Cuadra los hombros, tratando de mostrar una seguridad en sí misma que nunca había flaqueado tanto.

—No hablo nunca de mi padre porque apenas lo veía, y cuando ambos coincidíamos bajo el mismo techo, apenas nos decíamos «buenos días» y «buenas noches». De mi madre ya lo sabes todo. Jamás me prestó atención. Solo para deshacerse en halagos delante de sus amigas. Nunca se tomó la molestia de echarme una bronca si no era para regañarme por haberla avergonzado públicamente, así que yo, siendo ya muy joven, me metía en toda clase de problemas, cometía todo tipo de locuras para que ella se tomara la molestia de abroncarme. Entonces me negaba a admitirlo, pero ahora veo que ese era el único motivo por el que me buscaba la ruina. Solo quería una madre, aunque fuera una madre pésima, así que iba a botellones sin decírselo antes, frecuentaba malas compañías, tomaba drogas, me colaba en fiestas universitarias, salía con chavales mayores que yo, abusaba de las palabrotas y me hacía fotos provocativas para luego colgarlas en las redes sociales. Las escapadas, el mal vocabulario y las drogas le daban igual, pero cada publicación, cada vez que dejaba constancia en un vídeo de mis andanzas, suponía un castigo. Solo con esas discusiones sentía que estaba menos sola, que alguien se preocupaba por mí... aunque fuera por mi imagen y cómo esta podía repercutir en su reputación.

»En una de esas fiestas a las que fui hice lo de siempre: beber, fumar porros, conocer gente nueva... Acababa de cumplir dieciséis años. No me acuerdo de nada de lo que pasó esa noche, y no porque estuviera demasiado borracha, sino porque apenas había luz en las habitaciones de la casa. Por lo visto, le gusté mucho a un grupo de chicos, así que me ofrecieron hacer un trío y dije... ¿por qué no? Estaba ansiosa por ser el perejil de todas las salsas, necesitaba sentirme querida, y creía que eso me llenaría.

»No sé ni cómo se llamaban, ni qué edad tenían, ni qué estudiaban... ni tampoco cuántos eran. Les dije que sí a dos, eso lo recuerdo, pero creo que en la cama llegamos a estar cinco, y todos tuvieron su momento conmigo. Apenas... —sorbe por la nariz y usa las dos manos para secarse las mejillas empapadas—, apenas recuerdo mucha gente manoseándome y reírme con ellos, aunque en el fondo solo me quería morir. Unas semanas después, di positivo en un test de embarazo que robé de una farmacia y que me hice en el baño de un centro comercial, y cuando mi madre me preguntó quién era el padre, me sobrepasó la vergüenza de haber llegado a tales extremos para que me mirara, aunque fuera con reproche, y no le dije nada. Porque podría habérselo dicho: "Me acosté con varios tíos a la vez y puede ser cualquiera de ellos", pero toqué fondo, y tampoco habría habido manera de localizarlos porque ni siquiera hubiera podido describir sus caras.

Sus ojos vagan por todo el salón, posándose en sus zapatos, en los míos, en la alfombra, en el parquet... No espera a que me recupere de la confesión que ha tenido en vilo las almas de todo un edificio. Se encamina hacia la puerta con decisión y, antes de que pueda alargar el brazo para alcanzarla, ella ya ha salido de mi piso.

«Que te crees tú que me vas a dejar con la palabra en la boca», pienso. Sin camiseta, descalzo y con solo los pantalones del chándal puestos, vuelvo a abrirla de sopetón y la llamo desde el rellano.

Ella no se gira y sigue bajando las escaleras.

—¡No me hagas ir a por ti! —le advierto—. ¡Ni siquiera voy calzado! ¡Susana, ten piedad, estoy casi des...! ¡Maldita seas!

Termino bajando los escalones a toda velocidad y soltando sapos por la boca. Como una de mis zancadas vale por tres de ella con tacones, acabo por alcanzarla en el rellano del bajo.

Susana pierde toda la determinación con la que había huido de mí cuando la tomo de la muñeca y la acerco a mi cuerpo con cuidado de que cada uno de mis movimientos, cada uno de mis gestos, expresen el respeto que siento hacia su historia... y, al mismo tiempo, el miedo a perderla.

—¿Por qué crees que eso me convencería de dejar de quererte? —murmuro mientras le seco las lágrimas con los pulgares.

Ella me mira con los ojos cuajados, los ojos de niña asustada que debieron soportar la fría observación de su madre hace ya doce años.

—Porque confirma lo que tú sospechaste al principio: que soy el peor ejemplo que Eric podría tener en casa. Tenías razón, igual que tienes razón al odiar a tu madre. Una puta no puede traer al mundo a un niño y esperar hacerlo bien.

—No digas estupideces, sobre todo cuando no las piensas —la corto, enfadado—. Sabes muy bien quién eres. Tan bien lo sabes que me lo has demostrado una y otra vez, perseverante, hasta que se me ha caído la venda y lo he visto con mis propios ojos. Y eso que pasó cuando tenías dieciséis años ni siquiera cuenta como un error del pasado, porque mira la consecuencia: Eric. Nadie que conozca a tu hijo podría pensar que sea un error por el que lamentarse.

—No hace falta que me consueles con palabras bonitas. Sé que en realidad no lo piensas, sé que piensas que no valgo la pena...

Tiro de su mentón hacia arriba, obligándola a mirarme fijamente a los ojos.

—¿Lo pienso? Dime tú si lo pienso. —Agacho la cabeza y deposito un beso sobre sus labios, húmedos y más suaves por las lágrimas. Luego otro, y otro más, hasta que relajo sus músculos tensos y ablando su boca, fruncida en un puchero, y finalmente puede devolvérmelos. La acerco a mi cuerpo y la estrecho contra mí—. ¿Te parece que lo pienso?

—Elliot...

La puerta del portal se abre de repente y la vecina del cuarto, la que en vano compitió con uñas y dientes por comprar el segundo, se nos queda mirando —o más bien se queda mirando mi torso semidesnudo— bajo el umbral, armada con las bolsas de la compra.

—Tengo toda la ropa en la lavadora, y la que no, tendida —explico de mala gana.

—Ya —masculla la señora—. Buenas tardes.

—Buenas tardes, sí.

Espero a que desaparezca escaleras arriba, unos eternos segundos que Susana intenta aprovechar para escabullirse, pero sin mucha energía. La mantengo pegada a mí cogiéndola por los hombros.

—Oye... —Busco su mirada perdida—. Se han esforzado tanto en hacerte daño que al final lo han conseguido. Estás pasando por un pequeño bache, pero eso no significa que te hayan convencido de lo que has dicho. Ni siquiera lo piensas tú, Susana, solo andas sensible.

Ella vuelve a repetir mi nombre, como un suspiro, como un lamento, y me abraza.

—¿Lo sabe Eric? —pregunto en voz baja. Hundo la nariz en su pelo y respiro hasta empaparme los pulmones de su perfume, ahora mezclado con el mío.

—Sí. Le puse *Mamma Mia!* y le dije que la situación era similar, solo que yo no conocía tan bien a los pretendientes. Tengo la suerte de que nunca le haya interesado su padre, o, de lo contrario, se me casa y me encuentro en la boda con que ha invitado a sus padres desconocidos. Me daría un ataque.

Sonrío todavía pegado a su sien.

—¿Y no te dice nada que le haya importado siempre un carajo quién fuera su padre? ¿Cuántos niños pueden decir que tienen suficiente con su madre? Vales por dos, Susana.

—Ahora mismo no sé cuánto valgo. El otro día me quedó claro que me vendería a precio de saldo, porque me metí en la cama contigo sabiendo (o creyendo) que querías a otra mujer —murmura, avergonzada—. No me siento yo misma en estos momentos, y... y aunque eso que dices fuera cierto al cien por cien, que Eric no eche de menos un padre también significa que debo tener cuidado con quién meto en mi casa, porque no aceptará intrusos.

Se separa de mí como si le doliera, sorbiendo por la nariz.

—Nunca intentaría convertirme en el padre de Eric, si es

lo que insinúas —aclaro con paciencia—. No se me ocurriría meterme entre vosotros o romper esa complicidad especial que tenéis. Si hay alguien en el mundo capaz de apreciar eso, de admirarlo, respetarlo y hasta envidiarlo, soy yo.

Ella me mira con tristeza.

—¿Y qué intentarías ser? ¿Qué es lo que quieres, Elliot? Dime a dónde pretendes llegar.

Esa pregunta me descoloca un momento. No porque no conozca la respuesta, sino porque, en caso de contestarla, estaría abriéndome en canal, aceptando que mi amor es egoísta porque busca, espera y clama por reciprocidad, porque no me puedo contentar con admirarla de lejos.

En lugar de responder con palabras, me limito a poner la yema del dedo en el centro de su pecho, justo en el esternón.

Escucho su suspiro entrecortado.

—Te voy a decir lo que quieres, Elliot, y te lo voy a decir porque tú me lo dijiste a mí hace no mucho tiempo y creo que en tres meses una persona no puede cambiar sus metas en la vida por mucho que quiera a una persona que tenga otras diferentes.

»Quieres casarte. Quieres una casa en común. Quieres una vida tradicional. Quieres hijos. Quieres una mujer, mujer de anillo en el dedo y delantal a la cintura, que te comprenda y te respete y comparta tu manera de entender la educación de los niños. Eso es lo que quieres, Elliot, y yo no te lo puedo dar.

Todo cuanto sale de mis labios, después de tomarme unos segundos para procesar sus palabras, es un mustio y contrariado:

—¿Por qué no?

—Porque yo no sé si me veo casada, compartiendo mi casa con alguien más, llevando una vida tradicional... Estaría dispuesta a tener otro hijo, pero solo después de haber convivido con un hombre durante el tiempo suficiente para asegurarme de que es buen padre. No puedo quedarme embarazada sola de nuevo. —Sonríe sin fuerzas—. Es muy duro, Elliot. Y eso por no mencionar que tú y yo no compartimos opiniones en cuanto al cuidado y la crianza de los niños. Yo soy la madre colega, y tú eres severo e intimidante.

—¿No te parece esa una buena combinación?

Susana suspira.

—¿Siquiera estás seguro de quererme como para tener una vida juntos? Así no es como funciona, Elliot. La gente se enamora y quiere pasar tiempo junta, quiere follar, quiere reírse, quiere ir a bailar a un bar... No fantasea directamente con la boda y los niños. Y puede que tú lo hagas porque se te ha echado el tiempo encima, no porque de verdad lo desees.

—Ahora me estás llamando viejo. —Chasqueo la lengua—. No es lo habitual, supongo, pero llevo queriendo eso que has mencionado desde que soy un crío. Créeme.

—Te creo. Pero ¿de verdad piensas que tú y yo encajamos?

La que aparece en mi mente no es la respuesta que quiero darle.

—Susana, no tienes por qué comprarte el vestido de novia para mañana, ni quedarte embarazada el mes que viene.

—Pero seguro que quieres pasar por el altar antes de los cuarenta. ¿Y si dentro de tres, cuatro años no estoy preparada? Todavía estoy recuperando mi juventud, Elliot. Pasé de la pubertad a la edad adulta cuando quería... quería estudiar, por ejemplo.

—¿Quién te impide estudiar? Yo no, eso seguro.

Susana se frota las sienes.

—No me estás escuchando... No puede ser. No puede ser por tantos motivos que siento que puedo estar hasta la noche enumerándotelos. Uno de ellos es que está todo muy reciente: lo que pasó en el colegio, lo que ha ocurrido en mi trabajo, la manera en que tú y yo nos conocimos y esas ideas sobre mí que creo que se nos pueden volver en contra ... No puede ser ahora mismo, Elliot.

—¿En serio piensas que volveré a verte como una fresca irresponsable?

—Todo es posible.

Empiezo a mover la pierna con impaciencia, sintiendo que el tiempo que se escurre entre mis dedos es vital, que hay una tecla invisible y adecuada y esa es la que tengo que presionar para que el cuento cambie; que existe una réplica perfecta para convencerla de permanecer a mi lado, pero mi cabeza se queda estancada en todos los «no puede ser» que ha repetido. Tres veces, el número que se repite una promesa en los discursos políticos para que cale en el oyente. Me desespera mi propia incapacidad, la impotencia de mi mente y que me esté mirando con la misma resignación. Al igual que yo, debe de estar pensando que hay un modo de encajar, de llegar a un punto común, de ceder... Pero ahora mismo no estamos lo suficientemente lúcidos para ver cómo.

—¿No puedo hacerte cambiar de opinión de ninguna manera?

—No se me ocurre ninguna.

—¿Y qué hago con todo esto?

No tengo que especificar a qué me refiero: a todos estos sentimientos nuevos y extraños que me sorprenden despertándome en medio de la noche, mientras me cepillo los dientes o me ato los zapatos; a todos los momentos que hemos compartido, buenos y malos, pero que mi cerebro, sin importar los matices, quiere meter en el mismo saco, el de las mejores cosas que me han pasado en la vida.

Eso es «esto».

Eso es ella.

—Haz como todos —me responde en el mismo tono, acariciándome la mejilla—. Atesóralo y échalo de menos hasta que se te olvide.

—No se me va a olvidar jamás.

—Pero seguro que encuentras algo que merece más la pena

recordar. A veces no se trata de sacar a alguien de tu cabeza, sino de sustituirlo.

Le agarro la mano antes de que la aparte y la mantengo calentando mi mejilla.

—¿En serio piensas que hay alguien capaz de sustituirte? —Sueno desesperado y no me importa.

—De sustituirme, no, pero de sustituir el lugar que me he ganado en tu corazón, puede que sí. Aunque nos lo parezca por lo ingenuos que somos, el amor no lo ha inventado la persona que nos conquista la primera vez. —Da un paso hacia atrás, hacia la puerta, y con los ojos brillantes por las lágrimas que no va a derramar porque ya se ha hecho a la idea (mucho más rápido que yo), añade—: De todos modos, no intentes sustituirme muy rápido, ¿vale? Deja que me quede un poco más... Solo un poco más.

Capítulo 31

CADA LOCO CON SU TARA

Susana

Ya está. Se ha largado.

Sueno resentida de narices, como si me hubiera dejado preñada y con deudas en el banco para unirse a la farándula itinerante, pero así es como me siento. Y no es que mi mente me esté saboteando, es que sé que, aunque solo se haya ido de vacaciones navideñas con su familia, cuando vuelva, nada va a ser lo mismo. No va a visitar a Sonsoles para asegurarse de que duerme y come en condiciones, haciendo gala de esa áspera preocupación suya que a mí me enternece, como si el rencor no tuviera importancia cuando hay una vida en juego. No voy a cruzármelo si voy al colegio porque se acabó el Ángel Ganivet; a partir de ahora, Eric asistirá al instituto Generalife. Y dudo bastante que vaya a tropezarme con él en el supermercado, porque, como ya dije una vez, basta con que un tío te guste nada más verlo para que parezca que ha desaparecido de la faz de la Tierra y todo lo que vivisteis fue fruto de un maravilloso sueño.

Supongo que, por todo esto, la Navidad va a ser agridulce y mi espíritu festivo anda por los suelos... o por el bordillo del portal del edificio, que es donde estoy sentada ahora mismo, depresiva y aterida de frío como la cerillera del cuento de Dickens.

Llevo un rato observando cómo los vecinos se preocupan de colocar el árbol en el vestíbulo, y no deja de resultarme gracioso que todos nos hayamos puesto de acuerdo para andar con la sensibilidad por las nubes.

O, dicho de otro modo, de un humor de perros.

—Me cae que somos lo más chafa del vecindario —se queja Tamara, estirándose todo lo que puede y más para colocar una brillante bolita roja en una de las ramas del precioso, aunque falso, pino—. Todos con las luces y los Santa Claus trepando por las ventanas desde finales de noviembre, y nosotros arrumbando las pinches esferas en el trastero hasta el día veintidós.

—¿Y cuándo querías que lo pusiéramos? —le gruñe Edu—. ¿Le colgamos polos de fresa y lima-limón y lo dejamos que nos dé la sombra en la piscinita en verano?

—Tengo que coincidir con Tamara en que, de toda la vida de Dios, el árbol se pone a principios o mediados de diciembre, para que luzca un poquito —interviene Virtudes. Está sentada en el suelo con Eli y con los niños, que terminan de colorear sus figuritas de cartulina para emperifollar más el árbol—. Si no, es que se tira uno la tarde entera poniéndolo para quitarlo a las dos semanas.

—Y yo qué le hago, no soy el que decide cuánto se prolonga la Navidad —rezonga Edu—. Si por mí fuera, tendría la misma duración que un polvo con un eyaculador precoz.

—Bueno, ojo, *cuidao* con el Grinch —se ríe Koldo, alzando las manos. Lleva las guirnaldas de colorines enrolladas en el cuello, la cintura y los brazos como si él fuera el árbol. Debe de ser el único que está contento, y solo porque se ha fumado un petardo con el diámetro del tronco de este mismo pino—. Ya tenemos al gruñón del año.

—Si es que no tienes razón, Edu —interviene Eli, muy

tranquila, procurando no salirse de los bordes de sus adorables recortables de *muffins* y tartaletas—. La Navidad empieza en cuanto el temazo de Mariah Carey entra en la lista de canciones más escuchadas, y eso pasa a principios de noviembre, en cuanto la gente se olvida de Halloween. Así pues, hay que poner el árbol entonces.

—¡Gracias! —exclama Tamara, haciéndole una reverencia a Eli. Luego señala a Eduardo con el pulgar—. Este güey está de «mírame y no me toques». No hay quien lo trague.

—Pues mira, es que no van a ser las mejores Navidades de mi vida. Yo por estas fechas estaría visitando a los padres de Akira con mantecados para tumbar a un elefante y, en lugar de eso, llevo media hora peleándome con una rama de plástico que no se quiere colocar en su sitio.

—Y yo estaría con mi familia mexicana en Puebla, no chutándome tu chilladero de recién separado. ¿Tú es que no has oído eso que dijo Marilyn Monroe de que el primer día lloras por tu ex, el segundo te compras unos zapatos y al tercero te vas a mover el esqueleto?

Edu la mira con una mueca.

—Estoy casi seguro de que Marilyn no dijo eso.

—Lo digo yo, pero a Marilyn sí la vas a pelar y a mí no.

—Bueno, venga, tranquilidad en las masas —dice Virtudes, conciliadora—, aunque solo sea por los niños presentes.

Los niños presentes no se dan cuenta de nada. Están demasiado entretenidos coloreando, recortando, cuchicheando y riendo entre ellos. El grupito está formado por Helena, Minerva y Ajax Olivares, Blas y mi Eric, los más jovencitos del edificio. Helena y Minerva han tenido una discusión hace poco que su hermano menor ha ignorado, y Eric lanza cada rato miradas circunspectas en mi dirección, como hacía cuando era un crío y alineaba sus muñecos de acción en la estantería, por si acaso alguno se escurría, que es lo que puede ocurrirme a mí en cuanto dejen de vigilarme.

En un momento dado, mientras Tamara y Daniel se pelean por una de las ramas del pino —cada uno quiere decorarla a su manera, uno con *frikadas* de *Star Trek* y la otra con calaveritas mexicanas del día de los Muertos—, Eric se levanta y viene hasta mí con uno de sus recortes: un dibujo de Melchor, el rey mago de Oriente, que siempre ha sido su preferido porque todos tendemos a sentir predilección por los señores de barba blanca: Dumbledore, David el Gnomo, Gandalf, Merlín, el maestro de *Érase una vez*, el abuelo de Heidi y Karl Marx, si es que eres marxista.

—¿Por qué no ayudas con los adornos?

—Porque bastante tengo con adornar el de nuestra casa para encima meterme en la pelea de gatas —digo, señalando a Tamara y a Edu con la barbilla—. Pero eso que has hecho es muy bonito.

—Es Karl Marx —me dice, orgulloso.

Me atraganto con mi propia saliva y rompo a reír.

—¿Qué dices?

—El otro día lo mencionaste en una de tus reseñas del blog y lo busqué. Por lo visto, es considerado uno de los padres del comunismo, por eso lo he vestido de rojo.

—¿Y el gorrito navideño?

—Pues porque es Navidad. Supongo que se lo pondría cuando fueran las fiestas, ¿no? —Encoge un hombro—. No soy el que más entiende de política, pero me hace gracia meter a un Karl Marx de extranjis en el árbol.

Le sonrío afectuosamente y le acaricio la cara.

—Cariño, Edu, Virtudes y Tamara han metido todas las formas fálicas que se les han podido ocurrir sin escandalizar al vecindario con la obviedad, y Daniel se ha empecinado en que a Baltasar lo encarne una foto tamaño carnet de Samuel L. Jackson. Tu Karl Marx va a ir que ni pintado, te lo aseguro.

—¿Ves? —continúa la disputa Tamara, señalando al otro

lado del portal—. Los del número doce han puesto lucecitas y toda la cosa.

—Lucecitas, dice... ¡Si parece que quieren representar la ascensión de María con la iluminación de un concierto de los Stones! ¡Parece una agenda de La Vecina Rubia! Me niego a armar la fiesta padre en un portal decente como este, y si tanto te gustan los vecinos del doce, ¿por qué no te mudas?

—Por vergüenza —le responde Eli a Edu, aguantando la risa—. Tamara es de esas que a veces se asoman desnudas al balcón y tienen un admirador secreto ahí enfrente.

—¡No mames! Cuando un «admirador» te saca fotos a escondidas y tiene más de sesenta años, no es un admirador, es un rabo verde —masculla la aludida, resentida.

—Lo que yo te diga. —Suspiro, palmeando la espalda de mi hijo—. A ver si tenemos que mudarnos nosotros para huir de estos tarados.

Eric se sienta a mi lado con la misma actitud derrotista. Solo se solidariza con mi actual situación, porque él adora la Navidad. Únicamente por eso no voy a permitir que nadie se la arruine, ni siquiera mi patética nostalgia.

—¿Por qué estás así? —me pregunta, mirándome con fijeza. Se abraza las rodillas y apoya la mejilla sobre ellas—. ¿Es porque Elliot se ha ido?

—¿Qué? —suelto con voz de urraca, y si esto no me delata, lo hace que se me ponga la cara como un tomate—. ¿Qué tiene que ver Elliot aquí?

—Os oí discutir el otro día cuando iba a entrar en casa. Dijo algo como: «Cada oveja con su pareja».

—¿Qué te he dicho sobre escuchar detrás de las puertas?

—Que está bien mientras no me pillen.

—¿Y qué más?

—Que puedo escuchar las conversaciones ajenas que yo quiera... menos las tuyas. ¡Fue sin querer! —añade, haciéndome ojitos—. Mis oídos escucharon contra mi voluntad.

Pongo los ojos en blanco, aunque por dentro me late el corazón a toda pastilla. Eric no parece dolido, ni furioso, ni remotamente afectado por haber descubierto mi debilidad correspondida hacia Elliot. Pero una pequeña parte de mí desconfía, porque he leído suficientes manuales de psicología infantil para saber que el subconsciente es muy traicionero, y puede que el subconsciente de mi hijo esté planeando un homicidio con arma blanca contra su madre aprovechando que, por edad, como mucho lo enviarían a un reformatorio.

—Si me pongo a colgar bolas, ¿dejamos esta conversación? —le sugiero, esperanzada—. No nos va a llevar a ninguna parte.

—¿De qué tipo de bolas estamos hablando? Porque justo ahora entiendo a lo que te referías con las formas fálicas. —Y señala a Edu, que está infiltrando una minipolla de goma—. A Sonso no le va a gustar eso.

«Oh, a Sonso le gustaba mucho eso en sus tiempos. Y no las de plástico malo que se compran en los bazares chinos, sino las de carne magra y jugosa».

—Yo me voy a decantar por un estilo más tradicional, pero creo que el árbol no necesita que sigamos añadiendo lacitos, dibujos y figuras de cristal. Está más recargado que las uñas de Rosalía.

—Tienes que poner algo, aunque sea —me insiste, haciendo pucheros—. Álvaro ha puesto memes de internet muy antiguos, no los conozco, y hasta Alison se ha animado.

—Alison se ha hecho publicidad plantando una tarjeta de su clínica, lo que no tiene sentido porque todos sabemos dónde está. —Lanzo una mirada irónica al techo, como si pudiera atravesar los siete pisos para reprochárselo.

—Pero ha puesto su tarjeta navideña, la que dice «felices fiestas», y por lo menos la ha firmado. Y Eli ha puesto bombones rellenos de licor. Y Óscar ha ayudado con los lacitos de colores.

—Venga, sí, anda. Voy a colocar algo antes de que me rompáis la estrella de Belén en la cabeza.

—De eso nada, furcia. La estrella de Belén la dejas tranquila, que el honor de colocarla este año me toca a mí —protesta Edu, cruzado de brazos.

Suspiro, preguntándome una vez más por qué, entre todos los edificios de Madrid, tuve que acabar en este, y me inclino sobre la caja de adornos que hemos adquirido entre todos. Mis dedos chocan con otros dedos arrugados que tienen su mismo objetivo: una bola de cristal monísima, de esas que agitas y aparece un paisaje nevado. Al levantar la vista me topo con Sonsoles.

Es la primera vez que coincidimos desde lo que le solté en plena crisis febril. Por supuesto, le di las gracias por habernos acogido a Eric y a mí bajo su techo mientras duraron las obras de mi casa, pero rápidamente y agachando la mirada porque la dichosa conversación todavía flotaba en el ambiente.

Solo porque es Navidad y porque su hijo ha desaparecido de nuestras vidas, pruebo a obsequiarle con una sonrisa conciliadora. Ella no me corresponde, pero me cede el adorno y se incorpora para ver cómo me estiro para colocarlo.

Me incomoda sentir que me está mirando, sobre todo teniendo en cuenta que siempre que me ha revisado de arriba abajo ha sido para juzgarme. Pero no me dice nada sobre el vestido verde botella que me he puesto para la ocasión.

De hecho, cuando me giro hacia ella, comenta:

Estás muy guapa. Ese color te sienta de maravilla.

Arqueo las cejas a la espera del «pero» que oculta ese «putón verbenero» que debe de quemarle la garganta desde que no nos encontramos en el ascensor. Sin embargo, sigue decorando como si tal cosa.

Hostia puta. El milagro de la Navidad existe y yo lo acabo de presenciar.

—¿Sabes si Elliot ha llegado bien al aeropuerto de Londres? —me pregunta como si tal cosa. No podré juzgarla si ha decidido adularme a cambio de información. Cualquier intercambio me parece justo si yo me gano un cumplido.

Me lo pienso mucho antes de contestar, y no por rencor, porque a mí esta señora no me ha hecho nada que no me hayan hecho otros muchos en algún momento de mi vida. Si acaso podría castigarla por ensañarse, pero no soy así. Si dudo es por otros motivos que ella adivina tan solo mirándome de reojo.

—Él y yo no hemos acabado en los mejores términos posibles, pero era complicado, dado el punto de partida. Aun así, no creo que pase nada si me confirmas que está sano y salvo.

—Bueno, tú que tanto ves las noticias, sabrás que no se ha estrellado ningún avión en el canal de la Mancha. —Enseguida me apiado de ella, porque, a pesar de no haber criado a nuestros hijos del mismo modo, siento empatía con toda mujer que haya sido madre—. Le dijo a Óscar que todo fue bien. Está instalado en casa y va a pasar Nochebuena y Navidad con su padre, y Año Nuevo con sus amigos de la universidad. Vuelve el cinco por la noche para preparar las clases el seis y volver al instituto el siete, que es cuando se retoman.

—¿Se lo dijo a Óscar? —pregunta, sorprendida—. ¿Y a ti no?

No, a mí no me dijo eso. A mí me dijo otras cosas, como que me quería. A mí, que tengo la sensación de que no me ha querido nadie, ni siquiera quienes aplaudían mi descaro o admitían, siempre con cuidado de que nadie los oyera, que les gustaría ser como yo.

Este pensamiento me aprieta la garganta y tengo que buscar la manera de cortar la conversación.

—Sí, a Óscar. Voy a salir a echarme un cigarrillo, perdona.

—Te acompaño, si no tienes inconveniente en darme uno.

Sus palabras me sorprenden por dos motivos: por hacer caso omiso de la indirecta y por la petición en sí, que alude a una camaradería que no tenemos.

Esta señora quiere hablar conmigo, de eso no cabe duda. Seguramente pretenda defenderse de mis acusaciones. Y, en ese caso, ¿quién soy yo para negárselo? Elliot no, desde luego, que es el único legitimado para darle la espalda si así lo cree justo.

Salimos juntas a la calle. Como si nos hubiéramos puesto de acuerdo, nos arrebujamos en nuestros chaquetones. Nos encendemos el cigarrillo en silencio, sin mirarnos, prestando atención a las luces navideñas que llenan de color la calle Julio Cortázar, o, como a Elliot le escuché decir, «la calle *a* Julio Cortázar». Cuánta diferencia en solo una palabra, apenas una letra. Pasa de ser un letrero al principio de una vía peatonal a convertirse en un precioso homenaje. No una posesión; no es la calle *de* Julio, es la calle *a* Julio. *Para* Julio.

Sonrío por el recuerdo, gesto que Sonsoles debe de captar porque arranca a hablar justo entonces:

—Pensaba que Elliot y tú estabais muy unidos. Al principio creí que, siendo tan distintos, y pasando demasiado tiempo bajo el mismo techo, acabaríais matándoos... Pero solo había que veros para confirmar que los caminos de Dios son inescrutables.

La mención religiosa me crispa.

—Los caminos de Dios no tienen nada que ver en esto. Sobre todo porque seguro que están muy bien asfaltados y no hay que pagar peaje, por eso de que Jesús es amor y uno debe amar al prójimo como a sí mismo. Si Elliot y yo nos hemos llevado bien ha sido porque hemos puesto de nuestra parte, y te aseguro que el proceso ha sido más incómodo que subir al Teide. —Ella me observa esperando una aclaración—. Estrecha, llena de curvas peligrosas y de motoristas que te pegan un susto bajando a toda pastilla.

—Supongo que lo de los motoristas es algún tipo de metáfora.

Pienso en Teresa y asiento a desgana.

Maldita motorista graduada en Historia.

—Ya es más de lo que puedo decir de la relación que hay entre Elliot y yo —murmura, llevándose el cigarrillo a los labios. Da una calada que parece que le llega al alma, que la llena de energía; incluso cierra los ojos para disfrutarla.

—¿Y qué esperabas? —se me escapa. Me giro hacia ella, mirándola de frente por primera vez desde aquel fatídico día—. No quiero repetir lo que te dije cuando estabas pachucha. En realidad, estuvo fuera de lugar y lo siento, porque no era asunto mío. Pero ¿de verdad pensabas que él iba a volver a tu vida como si nada?

—Lo cierto es que no lo pensaba, pero tenía que intentarlo. Han sido muchos años de arrepentimiento. Veintisiete, concretamente. —Separa el cigarrillo de la boca y lo mira con una sonrisa nostálgica que no se parece en nada a las que suele poner, todas de ángel y de santa bendita—. Hacía unos veinticinco que no fumaba. Mi familia me obligó a dejar todos los vicios cuando volví a Madrid.

—Si vas a contarme la historia... —empiezo, reticente.

—No hay historia que contar. A la versión de Elliot, que es la universal, solo habría que añadirle unas pocas escenas antes y después. Me fui a Londres con veinte años, una buena amiga y el sueño de ser bailarina. No nos aceptaban en ninguna parte porque el nivel era superior, así que bajamos al sur y, como no valíamos ni como *pole dancers*, como se las llama ahora, tuvimos que ejercer otros trabajos.

»Me quedé embarazada de un cliente asiduo que me gustó y al que esperé después de terminar mi función. Tuve al bebé contra mi voluntad, porque no tenía dinero para abortar, y lo castigué como si tuviera alguna culpa. Luego me salió el trabajo de mis sueños en Londres y busqué a su padre para sentir que mi periplo había tenido algún sentido, que había hecho algo más que fracasar. No me fue bien tampoco en la capital, así que regresé con mis padres, deprimida, y nunca dije ni una palabra de lo que había pasado allí.

Elliot se sentiría asqueado —es terrible y preocupante estar en su cabeza todo el tiempo, pensando por él, sintiendo en su lugar—, pero yo veo a una mujer derrotada en un acelerado pulso con la vida y sobrepasada por las circunstancias.

También era joven, como yo.

Me es más fácil solidarizarme con ella que con Elliot por la similitud de nuestras historias. Aun así, no lo hago. Solo muestro la suficiente empatía para que se anime a seguir hablando. En cierto modo, es un lujo poder conocer la otra cara de una persona con la que nunca pensaste que tendrías nada en común.

—Mis padres, que en paz descansen, eran muy religiosos, ¿sabes? Rozaban el fanatismo. Mis amigas de fuera del instituto los llamaban sectarios, y no les faltaba razón. Se puede decir que huí de Madrid por ellos, aparte de porque erróneamente me creyera a la altura del «sueño americano». Lo menciono porque sé que te preguntas cómo y por qué se produjo un cambio tan radical en mí. Sucedió a la vuelta, y fue porque preferí pensar que mi fracaso tenía que ver con una decisión del Señor, que justa y sabiamente había decidido escarmentarme por perder la fe, y no porque en realidad no sirviera para nada.

»Al principio me aferré a ella, a la fe, para sentir que tenía algo. Para sentir que no estaba sola y que alguien iba a perdonarme por lo que hice, alguien para quien no era demasiado tarde. Después, simplemente, empecé a creer de verdad. Dios me ha dado un consuelo que nunca he sido capaz de hallar yo sola.

—¿El consuelo de haber abandonado a Elliot?

Sonsoles me mira con ojos brillantes.

—Quieras mucho o poco a tu hijo, y yo he de decir con todo el dolor de mi corazón que solo lo quise bien cuando ya fue tarde, sigue siendo tu hijo. Nunca puede serte del todo indiferente una criatura que ha salido de ti, que se ha gestado en tus entrañas de forma milagrosa. Puedes quererlo, amarlo, odiarlo... pero nunca te importa un bledo, aunque el egoísmo humano del que fui víctima hiciera que priorizase otras cosas a su bienestar.

»Debes saber que el de bailarina de... alterne era mi trabajo. El ambiente en el que me movía no era el más propicio para un niño, pero yo necesitaba convencerme de que bailar era tan legítimo como vender pan para no caer en la espiral de remordimientos. Para no preguntarme qué hacía allí. Y al final pagaba las facturas. Pagaba su manutención. Nos daba para vivir.

—No eres madre de un niño por darle de comer, Sonsoles —replico con suavidad—. Ni siquiera un perro se convierte en tu fiel compañero solo porque le des chucherías. Hay mucho más allá...

—Y me arrepentiré siempre de haber perdido la oportunidad de criar a mi hijo como se merecía. El Señor es sabio. Lo fue al impedirme tener más hijos, esta vez con un marido bueno y una vida estable. No puedo pagar por mis pecados a través del perdón de Elliot, pero creo que, viviendo así, por lo menos Dios se apiadará de mí. No confío en descansar en paz. Solo trato de hacer todo el bien posible a quienes me rodean ahora. A tu hijo, por ejemplo.

—Le haces mucho bien a mi hijo, eso no lo dudes. Y a Helena, y a Minerva, y a todos los niños de este edificio —le aseguro. Una pregunta me pica en la garganta y acabo soltándola sin más—: Pero ¿por qué pensabas que hacías el bien comportándote conmigo de un modo tan hipócrita? ¿Es que yo no soy una más de las personas que te rodean?

Sonsoles vuelve a dar una calada.

—Tenía esta idea en la cabeza de que podías llegar a ser como yo fui, egoísta, y sentía que debía ponerte en tu lugar antes de que fuera tarde y perdieras a Eric. Nada que ver con la religión, sino con la experiencia. —Hace una pausa para, al fin, añadir—: He estado equivocada mucho tiempo.

—Yo jamás lo he desatendido. No he hecho nada salvo darle todo mi cariño e intentar que priorizar a mi hijo no me impidiera reservar un poco de amor para mí, el justo para vivir como quiero mi propia vida.

—Lo sé —acepta con humildad—. Ahora lo sé.

—¿Y se puede saber cuál es la diferencia? —le pregunto, no sin cierta inquina—. ¿Qué ha pasado ahora para que veas lo que hay, si yo no he cambiado?

—Que hemos vivido bajo el mismo techo, como te decía. —Me mira y creo intuir en el fondo de sus ojos esa luz de sabiduría que solo tienen los mayores que han conocido el sufrimiento—. En la calle nadie es como se muestra en la intimidad de su casa, Susana. Una misma persona puede vivir mil vidas, y todas al mismo tiempo, simplemente porque siempre vas a significar algo diferente para cada persona que se cruce en tu camino. Para Elliot soy Sunny. Para ti soy Sonsoles. Para Eric soy Sonso. Al final, soy la misma persona, un alma en un solo cuerpo, pero he vivido tantas cosas, tantas veces, que puedo decidir con cuál identificarme en la soledad de mi dormitorio. ¿Cuál es tu vida preferida?

—La única que tengo. —Me encojo de hombros—. La que vivo en mi cuerpo sin importar la persona que tenga delante, porque no necesito buscarme en la opinión de los demás para saber quién soy. La niña de dieciséis años que se quedó embarazada y la mujer que tienes delante son la misma, y tanto quien me quiera como quien me odie va a tener que verme como ese todo... o, de lo contrario, pecará de corto de miras.

Al decirlo en voz alta reafirmo aún más si cabe mi identidad, y por fin puedo respirar tranquila. Un nudo como el que me estaba apretando el corazón no se deshace como un azucarillo en el café ardiendo, pero noto que empieza a aflojar. Y es irónico cuando menos que haya encontrado de nuevo la calma y el equilibrio gracias a Sonsoles.

—Es muy bonito lo que has dicho.

Suena como si, además, lo estuviera meditando, y que tenga en cuenta mis palabras —como nunca había tenido en cuenta nada que tuviera que ver conmigo precisamente por cómo me veía— hace que me venga arriba y me anime a preguntar:

—¿Hay algo que eches de menos de tus otras vidas, las que viviste en la mente o en la realidad de quienes te conocieron en esa época?

—¡Tantas cosas! El tabaco, el alcohol, la ropa bonita... El buen sexo.

Las dos sonreímos, cómplices.

Soy yo la que retira la mirada antes, por si de algún modo estuviera traicionando a Elliot.

—¿Qué te frena? Fuma, bebe, cómprate una falda de lentejuelas y un vibrador... O hazte una cuenta en Meetic. Para todo roto hay un descosido.

—Yo prefiero quedarme rota para siempre. No creo que tenga derecho a ser feliz.

No suena victimista, sino rotunda. Tanto es así que la compasión me muerde y tengo que rebatirla.

—Si me dijeras que mortificándote conseguirás que Elliot te perdone, te animaría a seguir por ese camino, pero le conozco y no ocupará con orgullo su lugar de hijo por mucho que tú te flageles. Ya ves que al final salió adelante sin ti. Se ha convertido en un hombre de provecho, un tipo respetable y serio, generoso y bueno, trabajador, tierno a su manera...

—Pero no es feliz —se lamenta Sonsoles, y eso no se lo puedo discutir—. Hasta que no sea feliz, no voy a estar en paz. Cuando deje de ser responsable de su infelicidad y otra persona sea responsable de su alegría, puede que me permita algunas concesiones. Mientras tanto, no.

—Entonces haz que sea feliz. ¿Cómo crees que podríamos hacerlo?

—No se trata de que podamos hacerlo... —me corrige con dulzura, sonriéndome—, sino de que tú puedas hacerlo. No ha cambiado solo para gustarte, pero es indudable que le has inspirado, le has señalado sus errores como seguramente nadie se habrá atrevido, y es bien sabido que el amor no nos deja indiferentes.

La sonrisa que estaba esbozando se me queda helada en los labios, y se va marchitando conforme corren los segundos en los que no sé qué responder.

—Sé que lo quieres —me dice con voz clara—. ¿Por qué no?

Ya está, solo eso: «Lo quieres. ¿Por qué no?». Son increíbles las facilidades que te ponen los actores de reparto en tu particular tragicomedia romántica, pero es más increíble aún que crean que pueden convencerte de acabar la función como ellos quieren cuando sabes mejor que nadie lo que se esconde tras el guion.

Expuse mis motivos, y no por estar fundamentados en el miedo a perder o decepcionar a alguien pierden su validez; en todo caso, la refuerzan. Pero en supuestos tan concretos y subjetivos como el amor, hasta un simple «lo quieres» puede desmontarlo todo y obligarte a construir de nuevo ese frágil castillo de naipes que son a veces las excusas.

Porque, en el fondo, sé que muchas de ellas lo son.

—¿Qué pasa?, ¿que os estáis fumando toda la cajetilla de tabaco? —nos interrumpe Koldo—. Anda, entrad, que ya está listo el árbol y no os lo podéis perder.

Me falta tiempo para salir propulsada hacia el rellano de la entrada, donde nadie me hará preguntas que no quiero, no sé o no puedo responder. La visión que me espera, pese a las historias de cada uno —la que no puede ver a su familia mexicana, el que no supera la ruptura con su exnovio, los niños que tienen a sus padres al borde del divorcio y lo sospechan porque los críos todo lo saben, las que han dejado escapar el amor porque para retenerlo hace falta una cuerda y fuerza para amarrarla, y no les queda de lo segundo—, es la de una familia. Una familia disfuncional que se pelea, se insulta y luego se abraza, se disculpa, se palmea la espalda, se besa, se hace regalos, se revuelve el pelo.

Tamara y Edu tienen los dedos entrelazados como las almas gemelas que son; Eli y Óscar reparten gorritos entre los niños; Virtudes va a pronunciar su discurso navideño, y el resto de los vecinos, los universitarios —los ruidosos y los silenciosos, dos grupos separados y enfrentados como los Montesco y los Capuleto—, los padres y los más tímidos, se reúnen para contemplar el árbol con cara de circunstancias.

—Dios, es lo más feo que he visto en mi vida —digo al borde de la risa—. Creo que está descompensado de un lado, como la Torre de Pisa.

—¿Y quién no está descompensado en este sitio? Solo mírame a mí, tan guapo y sin novio —lloriquea Edu.

—Que me mire a mí, con una 85B de sujetador y el culo cada vez más grande. Eso es descompensación —comenta Eli.

—Yo descompensada de chichis y culo no voy, pero como el yeti moreno que soy, al chile que sí camino descompensada meneando estos ochenta kilos de aquí *p'allá*, igual que si estuviera coja —suelta Tamara.

—Tú solo estás descompensada de aquí —le replica Dani, dándole unos toquecitos en la sien.

—Y tú de aquí, pendejo. —Le da una palmada en la brageta del pantalón, sin vergüenza, y pone los ojos como platos—. Órale, pues no. No está nada descompensado... a no ser que tenga los huevos como canicas, que entonces sí estaría regular.

—¿Podemos no hablar de mis huevos? —Dani suspira—. Hay niños delante.

—Solo por unos meses. En Pascua, que podemos relacionar temas, retomamos. —Tamara le guiña un ojo.

—Como quieras. —Dani le lanza una mirada desafiante, sin ocultar que le divierte ver a Tamara descojonándose—. ¿Alguien más quiere mencionar alguna descompensación?

—Yo creo que Virtudes un día de estos se cae *pa'lante* porque le pesa más el corazón ese grande que tiene que la propia espalda. —Koldo le guiña un ojo a la yaya, que va enseguida a darle un abracito.

—Solo por eso tan bonito que me has dicho no voy a decir nada de tu descompensación neuronal por culpa del cannabis —le reprende en tono maternal.

—Pero eso no es malo, Virtu; así voy más ligero de mente, o más fresco, como dicen los Locoplaya.

—¿Mi descompensación puede ser también mental? —pregunto en voz alta.

—No, hija, a ti lo que te pasa es que estás tan buena que seguro que te empalagas a ti misma, como Óscar.

Todos miramos a Óscar, que a su vez nos mira a todos esperando un veredicto sobre su presunta descompensación. Más que incómodo, el largo minuto que pasamos en silencio y con la mente en blanco se convierte en motivo de risas.

—Este lo que hace es descompensar el edificio —bromea Edu—. Todos aquí, con nuestras taras físicas o mentales, y él al otro lado del barco con su perfección intentando mantenernos a flote.

—Qué exagerados sois —espeta descojonado, y es que es perfecto hasta para aceptar los cumplidos. Ni sobrado, ni tampoco demasiado humilde.

Y sí, somos exagerados. Y vocingleros. Un auténtico desastre de comunidad compuesta por locos y por lunáticos, y, en algunos casos, también por dementes incorregibles. Hemos hecho de esta comunidad nuestro manicomio particular. Pero somos nosotros, y que haya un «nosotros», aunque no sea con el que fantaseo más de lo que me gustaría, es lo que está a punto de salvarme la Navidad.

Capítulo 32

PAPICHULO NOEL

Susana

—Ya quisiera yo tener unos vecinos como los tuyos. En mi edificio, a una mitad de los inquilinos le chupa un huevo lo que hagas con tu vida y la otra mitad se dobla de boluda, y no en el buen sentido. No en el sentido con el que te lo digo a vos.

Me fijo con ternura en la coronilla morena de la hija de Sela. Van bien agarraditas de la mano por el paseo del centro comercial. Eric, en cambio, camina unos cuantos pasos por delante, examinando con cara de quien no quiere la cosa los escaparates de las tiendas de videojuegos. Es la misma cara que pongo yo cuando voy de compras sin dinero, la que le pongo a la encargada para decirle: «Solo estoy mirando», para después salir por la puerta de atrás con ganas de morirme.

—Múdate con nosotros —le propongo—. Hay un apartamento vacío. Por lo que sabemos, el propietario se lo vendió a un chaval que no lo ha pisado en la vida, pero lo mismo puede contactarlo para alquilártelo. Ya tenemos mexicanos, venezolanos y chinos en el edificio, es una especie de torre de Babel, te vas a integrar bien.

—¿Acaso dudabas que me fuera a integrar bien? Yo, si me esfuerzo, te puedo robar el protagonismo de madre soltera.

—No eres una madre soltera, eres una mujer divorciada, que no es lo mismo.

—¿Que no es lo mismo? Si el papá de la nena la ha visto las mismas veces que yo a Fito Páez: solo una y para que me firmara el brazo. El papá de esta la vio solo para firmarle la manutención... No en el brazo, obvio.

—Bueno, pero acabarías con el misterio de tus dramas familiares en cuanto entraras por la puerta. Te abordarían en el portal y ya ahí les contarías la historia de tu exmarido.

—Yo no les cuento ni en pedo. Como mucho, suelto que es un reverendo hijo de puta y ya con eso que se hagan bolas como se hicieron contigo. Puedo ser una mujer muy misteriosa si me lo propongo.

Tan misteriosa como el mecanismo de un chupete, tan enigmática como un libro con ilustraciones, pero no se lo digo porque Sela adora la imagen errónea que tiene de sí misma y no voy a explotar su burbuja a costa de mi recochineo. Desde que la conocí en el colegio Ángel Ganivet en una de esas tediosas reuniones de principio de curso para padres —ni un padre, todo mujeres, por cierto— supe que la quería en mi equipo, y aquí está. Forma parte hasta de mis periplos por los grandes almacenes donde compraremos los regalos de Navidad. Su hija no sabe que Papá Noel es en realidad Mamá Selena, pero se la trae igual para que eche un vistazo a los catálogos de juguetes y luego haga la consabida carta. A mi hijo, en cambio, no se le escapa que Santa Claus es uno de tantos elementos publicitarios de Coca-Cola, al que le quitaron su traje verde botella para obligarle a vestirse de rojo, por lo que ni él ni yo vemos inconveniente en ir a comprar los regalos juntos y pedir que luego nos los traigan a casa.

Hay madres que consideran antinatural nuestra dinámica. Sin ir muy lejos, a Tamara le ha parecido que rompe por completo el espíritu navideño, pero es porque Tamara le hace regalos a todo el mundo, y durante los dos meses previos al veinticuatro de diciembre cierra su dormitorio con pestillo y cadenas para que nadie husmee debajo de la cama, donde esconde los paquetes. Por lo menos coincidimos en que entregar los del amigo invisible en Nochebuena es más lógico, aunque la costumbre española sea esperar a que los Reyes Magos terminen de pasar por aduanas lo que traen de Oriente. Sea lo que sea que se regale, se tiene más tiempo para disfrutarlo antes del regreso al trabajo, sobre todo en el caso de ser juguetes y tratarse de niños.

—Mamá, ¿podemos entrar aquí? —La niña de Sela, Flor, señala la tienda de juguetes habitual.

Busco la mirada de Eric para preguntarle sin palabras si a él también le apetece echar un vistazo a los tradicionales juguetitos. A diferencia de Florencia, que no tiene miedo a expresar cuánto le gustan las muñecas a sus casi doce años —como tampoco se avergüenza de ir abrazada a su madre, y que Dios la bendiga por eso—, mi hijo lleva todo el paseo con la cara de interesante, de chico mayor, de tío duro e independiente que no se deja seducir por las cosas materiales y ni mucho menos por el entretenimiento para críos. Parece perdonarnos la vida al meterse las manos en los bolsillos y entrar en la tienda, en la que, curiosamente, enseguida mete el turbo para abalanzarse sobre la pila donde se amontonan las Nintendo Switch.

—Ahora que ya se fueron los nenes, ¿no pensás decirme qué pasó para que de pronto te sacaran de OnePhone?

—¿Eso se dice? —Levanto las cejas—. ¿Que me echaron?

—Sí.

—¿Y no sabes por qué?

—Obvio que no; si no, no te estaría preguntando.

—Y una mierda, hombre, que a ti te gusta preguntar hasta lo que sabes para regodearte o para poner a prueba al otro por si te está mintiendo.

Sela se impacienta.

—Ay, dale...

—¿No está Gonzalo tan enamorado de ti? —Me doy la vuelta y empiezo a inspeccionar una de las estanterías—. Ve y se lo sonsacas a él. Usa tus armas de mujer. No fallarán si fantasea con ellas despierto y dormido...

—¿Tan malo fue? ¿Me contaste que estabas hasta las chanclas por el descendiente de la Virgen María pero no me vas a contar por qué te despidieron?

—Yo no estoy hasta las chanclas por nadie.

Sela baja la mirada a mis botas.

—Bueno, llevas algo más lindo que unas chanclas, eso te lo reconozco. Pero hasta las manos estás, flaca.

Abro la boca con toda la intención de replicar, pero me interrumpe la vibración de un móvil que ambas procedemos a sacar de nuestros respectivos bolsos. Es el mío, en el que brilla un número desconocido.

—¿Diga?

—Hola, Susana —saluda una voz familiar—. ¿Cómo va todo? Espero no pillarte en un mal momento.

—¿Quién es?

—¿No me reconoces? Soy Tomás, Tomás Mayorga, el asistente de la señora...

Toda mi confusión inicial se transforma de inmediato en el nítido recuerdo de las manos de Rodrigo. Un escalofrío me deja casi tiritando de rabia.

¡Váyase a la mierda! —espeto—. No quiero saber nada de la secta de TV9 ni de los programas que organizan. Si necesitan el dinero de sobornos para encontrar a sus invitados, ese no es mi problema. Yo no estoy en venta.

Cuelgo sin darle opción a responder, y doy gracias al ciclo porque Eric no haya estado presente. No habría sido capaz de contener mi lengua ni siquiera en ese caso, y este no es el modo en que debo enseñarle a mi hijo a contestar llamadas.

Es muy maleducado mandar a la gente a la mierda sin decir luego «muy buenas tardes» como puñalada final.

Sela me observa patidifusa.

—¿Acabás de mandar a la puta madre a la cadena televisiva más grosa del país? ¿Me estás boludeando?

Me resisto a contarle la verdad, como me llevo resistiendo desde que me funde el teléfono a llamadas para averiguar la verdad. Todas esas veces he sentido como si la mano negra de Rodrigo, la que usó para conseguirme esa entrevista, siguiera posada sobre mi hombro.

El móvil vuelve a vibrar.

—Respondé.

—No me da la gana.

—La madre que te parió, Susana, cogé el maldito teléfono o te lo contesto yo.

—Pues contéstalo tú.

—A veces parece que tenés diez años, guacha. —Me quita el teléfono y responde por mí—. Sí, soy la... representante de Susana. Es que desde que apareció en televisión no paran de llamarla otras cadenas, el otro día la querían de invitada en *Sálvame Deluxe* y, claro, hay que protegerla de... Sí, eso, no se preocupe. ¿En qué puedo ayudarle?

Veo a Selena asentir una y otra vez, intercalar «mmm», «sí» y algunos «dale» hasta que llega a un acuerdo con Tomás, para terminar colgando con una enorme sonrisa satisfecha.

—Rompiste el boludómetro, amiga. Por poco y te quedás sin trabajo otra vez.

—¿Qué te ha dicho?

—No te lo digo. —Me da el teléfono—. Llamá vos y te enterás.

Observo el móvil con desconfianza antes de volver a tomarlo y marcar el número de Tomás. Puede que no quiera relacionarme de nuevo con Rodrigo, pero si lo que Selena insinúa contiene solo un cincuenta por ciento de verdad, mejor un empleo que inicialmente me consiguió él a uno en el que trabaja como mi jefe.

—Susana, hola. Me alegra que me llames.

—Disculpa el arrebato de antes. Al fin y al cabo, tú no tienes la culpa, eres el mandado.

—No te preocupes, he lidiado con invitados mucho más problemáticos. —Se ríe con suavidad—. Supongo que te enteraste de que Rodrigo, un inversor de la cadena, nos aconsejó que te invitáramos el mes pasado, ¿no?

—Supón también que él y yo no somos los mejores amigos.

—Ninguna mujer es la mejor amiga de Rodrigo. —Lamenta el comentario enseguida, porque carraspea y cambia de tema con rapidez—: La cosa es que queríamos hacerte una propuesta. ¿Tienes tiempo ahora para comentarla por encima?

Con el fin de alejarme de la cotilla de Selena, empiezo a dar un paseo por la zona de juguetes, más en concreto, la sección «de niñas», vigilando que no ande pisándome los talones.

—Seré toda oídos si me juras que esto no tiene nada que ver con Rodrigo.

—Nada que ver. De hecho, hemos tenido problemas con él por querer hacer esto, así que ha amenazado con dejar de colaborar con la cadena. Esta no es información que pueda proporcionarle a alguien que no se encuentre en el círculo laboral, pero bueno, haré una excepción porque intuyo que serás discreta. Hemos prescindido de su aportación económica, entre otras cosas, porque ahora nos autogestionamos sin tener que tolerar que nos manipule uno de nuestros patrocinadores.

No puedo reprimir la sonrisa de satisfacción que pugna por salir de mis labios. «Cada uno en su lugar», decía C. Tangana cuando aún era Crema y escribía raps que yo cantaba a voz en grito con mi barriga de unos cuantos meses.

Qué razón tenía. Cuánta sabiduría en un trapero pseudoflamenco y comercial.

—En ese caso, aquí me tienes, cien por cien dispuesta a escucharte.

—Verás... Repasando los índices de audiencia que logramos el día de tu programa, nos hemos dado cuenta de que eres un cepo muy jugoso para nuestros espectadores habituales y, por otra parte, has acaparado un importante nicho de gente joven que no nos viene nada mal para relanzar el programa entre los *millennials*.

Mientras escucho a Tomás con el móvil pegado a la oreja, voy observando las Barbies encerradas tras sus láminas-escaparate de plástico y los juegos de cocinitas. Él todavía sigue hablando cuando termino de rodear el pasillo y retomo mi paseo por la sección «de niños», plagada de figuritas de acción, coches Hot Wheels, disfraces de superhéroes y muñecos de los protagonistas de series infantiles que lo están petando.

—Desde que David Broncano es el referente como entrevistador, ha bajado mucho la media de edad de nuestros telespectadores; se ha llevado a todos los adolescentes, universitarios, treintañeros... Por eso la junta directiva de la cadena ha decidido que vuelvas como colaboradora, en principio, temporal, para comentar una media hora a la semana la que sea la película del momento con otros especialistas en la materia. Sería una sección al margen de las entrevistas que lanzaremos contigo como mediadora. ¿Qué te parece?

No acabo de escuchar su propuesta porque mis ojos se quedan prendados de un juguete en particular. No está a la vista ni pasa desapercibido en una hilera de productos idénticos: se encuentra por encima de mis ojos, en la última balda, y tiene un empaquetado antiguo que me ayuda a confirmar que se trata de un viejo trasto.

No soy consciente de mi estúpida sonrisa al estirar el brazo y rescatarlo, no sin dificultades. Al final lo alcanzo gracias a la colaboración de la mano arrugada de un adulto más alto, que me lo entrega con una sonrisa.

—Gracias...

—¿Susana? —me llama Tomás—. ¿Se me oye bien?

—Ah, perdona, Tomás, es que me pillas... ¿Qué me estabas diciendo?

Mediante gesticulaciones y movimientos de labios le pregunto al señor del mostrador cuánto vale. No pone el precio por ninguna parte. Él me pide que espere, que lo mirará en su ordenador, mientras Tomás me transmite la información tal cual lo hizo al principio. La diferencia es que esta vez la proceso y se me descuelga la mandíbula.

—¿Bromeas? ¿Queréis que trabaje de colaboradora en *Adivina quién es*?

—En una breve sección de *Adivina quién es* —puntualiza—, pero sí. ¿Por qué te extraña? Eres toda una celebridad gracias a tu blog, y ahora se lleva sacar a los *influencers* de sus redes sociales preferidas para relanzar los proyectos televisivos en *prime time*, tan olvidados hoy en día. ¿Te parece que quedemos con Paco y Nuria en las oficinas de TV9 para discutir el asunto en profundidad?

—Claro que sí, cuando quieras... Cuando queráis —balbuceo, intentando sonar como una joven y prometedora empresaria. Mucho me temo que lo que parezco es una cría emocionada.

—Estupendo, Susana. Esperaremos a que pasen las fiestas y nos veremos el veintiocho de diciembre, si no te viene mal, a las nueve de la mañana.

Allí estaré sin falta. Gracias. Y perdón por mandarte a la mierda.

Tomás se ríe.

—Descuida. Soy el asistente. Me manda a la mierda todo el mundo. Un abrazo, Susana, y felices fiestas.

—Igualmente.

Nada más colgar, doy media vuelta y me topo de golpe con Selena. Me da tal susto que estoy a punto de gritar, pero yo misma me cubro la boca.

—Buenas noticias, ¿verdad? —Se recochinea—. Y vos que no querías atender.

—Tampoco te regodees.

Me presento en el mostrador, al que Selena me sigue mirándome con medio ojo cerrado, calibrando mentalmente mi comportamiento.

—¿Por qué no estás dando saltos de felicidad? Che, vas a ser famosa. Hace un ratito estabas mendigando un milagro navideño y, mira por dónde, se te cumplió el deseo. ¿Ni una triste sonrisita para la prensa?

Le enseño todos mis dientes en una sonrisa forzadísima solo para que cierre el pico, que gracias a Dios mantiene cerrado mientras el vendedor de la juguetería hace cuentas.

—Tiene que ser una juguetería muy antigua o por lo menos contar con productos casi de coleccionista, porque esta es la clase de cosa que no encuentras en cualquier lado —comento, acariciando el borde de la caja con una media sonrisa incrédula.

Ahora lamento el impulso de haberlo cogido, pero no lo suficiente para devolverlo.

—Tenemos una estantería dedicada a juguetes en su mayoría descatalogados, esos con los que jugaron de pequeños los padres que ahora vienen a comprar los regalos de sus hijos. Este en concreto es uno que no pasa de moda. Puede que los dibujos lo hayan hecho, pero ¿el muñeco? Imposible. ¿Se lo pongo para envolver?

Sela, a mi lado, arruga la nariz.

—¿Qué onda? ¿Le vas a comprar un Mazinger Z a Eric? ¿Siquiera te lo pidió?

—No es para...

No es para Eric, claro que no. Es un regalo impulsivo que

pretendía hacerle a alguien a quien le he arrancado de cuajo todas las esperanzas de estar conmigo.

¿Qué sentido tiene esto?

Doy un paso atrás, arrepentida. No quiero mirar a los ojos al dependiente, que debe de estar preguntándose qué me ha dado. Yo también me lo cuestiono. La única a la que no le caben dudas es a Sela, que es intuitiva como una bruja y conoce más detalles de mi vida sentimental que nadie.

—Es para Elliot, ¿verdad? Carajo, claro que sí. Justo recordé lo de la conversación que tuvieron en el desayuno. Es un lindo detalle, ¡dale!

—No —digo de pronto—. No, disculpe, lo siento. Creo que me he precipitado un poco. Ahora mismo no llevo dinero encima, no puedo comprarlo, no... Perdone.

Pronuncio el nombre de Eric hasta que se asoma por uno de los pasillos y viene escoltado por Florencia. Salgo de la tienda sin mirar atrás, confusa y furiosa conmigo misma. Aún me da tiempo a escuchar cómo Selena le pide al dependiente que «lo guarde por si acaso cambio de idea».

¿Qué me pasa? Me he pasado toda la vida renunciando a mis propios regalos de Navidad, concentrando mis ahorros en los caprichos de Eric. Ni siquiera a Carlos, cuando salíamos juntos, o a Samuel en su tiempo, ni mucho menos a Pablo, se me ocurrió dedicarles un detalle.

La Navidad significa familia, y mi familia es Eric. Punto.

—¿Qué te pasa ahora? —me pregunta Sela—. ¿Tan mal acabó todo? ¿Se fue a la mierda?

Miro por encima del hombro para señalar a los niños, que nos observan sin entender la repentina estampida. Sela comprende lo que quiero decir —no delante de ellos— y señala enseguida a uno de esos tipos que se disfrazan de Papá Noel para sentar a los niños en su regazo y escuchar lo que quieren que les traiga.

—Vayan a entretenerse con Papá Noel un ratito, ¿sí?

Florencia no lo duda. Se ve que le gusta más un disfraz que a un tonto un lápiz. Eric la sigue muy de cerca, con esa actitud protectora que tiene conmigo pero también con toda aquella persona que sea menor que él, aunque se lleven tan solo unas semanas de diferencia.

—¿Por qué los has mandado con Papá Noel? ¿No podías mandarlos a comprarse un gofre o algo así? Ya sabes lo que opino de esos tíos que se pasan la jornada laboral abrazando a menores de edad.

—¿Que son muy poco originales copiando las costumbres de los gringos?

—Que en el fondo son unos pedófilos del copón. Si tanto te gustan los niños, te apuntas a un comedor social o estudias la oposición de Magisterio, no te tiras seis horas al día en fechas clave aguantando sobre una pierna el culito de niñas de entre cuatro y diez años. O de niños, si son tu preferencia.

Sela hace una mueca de repugnancia, aunque se lo piensa al volver la cabeza hacia su hija y ver que abraza por el sudado cuello al falso Papá Noel. Me anoto un tanto mentalmente al verla correr hacia la plataforma habilitada para el teatro de la lista de regalos, donde destaca el monumental asiento de Santa. Esperaba, y admito que me habría hecho mucha gracia, que Sela sacara a su hija de allí gritándole una de sus biblias de insultos, porque a ella nunca le basta con uno. Por desgracia, «su Flor» está tan mona balbuceándole al oído a Santa Claus que acaba sacando el móvil y grabándola con una sonrisa de lerda.

Eric y yo nos encontramos a la misma altura, a unos cuantos pasos de distancia del figurante.

—¿Qué tengo que hacer para que le hagas una lista con tus peticiones? —le pregunto en voz baja.

Eric se lo piensa.

—¿Quieres que un tío con pintas de pedófilo me coja en brazos?

—No te va a coger en brazos, eres casi tan alto como él. Puedes pedírselo sentado a su lado, o palmeándole la espalda. No sé, ruégale por la paz mundial o algo y nos reímos un rato.

Eric lo sopesa.

—Solo lo hago si tú te sientas en su regazo y le haces también una lista de lo que quieres.

—Ya tengo todo lo que podría querer: un trabajo nuevo.

—¿En serio? —Sus ojos brillan emocionados, orgulloso de mí. Luego arquea una ceja—. ¿Y ya está, eso es todo lo que podrías querer? ¿Nada de un hijo maravilloso?

—Podría pedir a Benzema —le recuerdo con retintín.

—Y dale con Benzema. El otro día leí que lo habían acusado de un escándalo sexual. Mi nacimiento te salvó de un hombre malo, deberías darme las gracias, a mí y a tu cicatriz de cesárea.

Florencia se baja del regazo de Papá Noel, sonriente y satisfecha, y antes de que se cuele el siguiente crío acompañado por su padre, yo empujo a mi hijo por el hombro.

—Venga, diez euros.

—Diez euros y lo haces tú también.

Suspiro.

—Vale. Vamos, que se te cuela el pelirrojo ese, y los pelirrojos dan mala suerte.

Eric finge de maravilla ser el niño tímido y ya demasiado mayor para creer; sin embargo, no puede disimular su excitación al estar tan cerca de Papá Noel. Es difícil verle el ceño fruncido al tipo debajo del pelucón de rizos blancos, pero apuesto lo que sea a que, aunque al principio le choque, porque mi hijo aparenta más de doce, enseguida le conmueven sus mejillas coloradas.

—Tremenda hija de puta estás hecha, cómo disfrutás avergonzando al pobre pibe.

—No tanto como tú disfrutas avergonzando a cualquier ser humano. A este por lo menos lo parí yo, tengo el derecho a usarlo a mi antojo. —Me descojono, y lo hago el doble cuando Eric me mira por encima del hombro para dejar claro que me ha oído. Me saca la lengua y, para arruinarme la apuesta, le dice a Santa muy pegadito a la oreja lo que quiere por estas fechas—. Será tramposo... ¡Tenía que oírlo yo también!

Por lo menos me puedo imaginar que tiene chiste, porque el tipo se ha reído en voz muy alta.

Eric regresa conmigo sonriendo como un pillo.

—Te toca.

—Me las pagarás algún día.

—Una residencia te pagaré, sí...

Aguanto la risa floja y, francamente nerviosa por el ridículo que voy a hacer, y al que Sela no solo no intenta poner freno, sino que levanta el móvil para grabarme, me presento delante de Santa, que huele tan mal como ya podía imaginarme al verlo sudar como un cerdo.

—Hola, eh... Mi hijo y la hija de mi amiga no van a darse por satisfechos hasta que haga este paripé contigo, así que si no te importa...

—¿Cómo me va a importar? ¡Los adultos también tienen niños dentro! —exclama con voz alegre, palmeándose los muslos—. Ven aquí, jovencita, y cuéntale a Papá Noel qué es lo que esperas o pides para estas Navidades.

Con cuidado de sentarme lo más lejos posible de la disimulada costura de su entrepierna, entrelazo los dedos sobre el regazo y ladeo la cabeza hacia él para sonreírle con ironía. Pero la ironía desaparece bien rápido, porque en el fondo de los ojos castaños de este Santa, este en particular, hay magia de verdad. Me sorprende encontrar la misma ilusión que en su tono burbujeante al hablar.

—No se han equivocado al elegirte como falso Papá Noel. Se te da muy bien transmitir alegría.

—Estoy alegre. ¿Cómo no iba a estarlo? ¡Es Navidad! ¿No te gusta la Navidad?

—Nunca le he tenido especial cariño. Desde que tengo un hijo la valoro más, pero este año en concreto...

Yo había venido a echarme unas risas, y en su lugar estoy apretando los puños sobre los muslos, como si tuviera que hacer fuerza con todo el cuerpo para que no se me escape una verdad que no deseo admitir. La dice él por mí, seguramente contagiado por el puto espíritu navideño que te obliga a meterte en la vida de los demás.

—Vaya, vaya, eso ha sonado a que este año va a faltar alguien a la mesa. En ese caso, debes de tener muy claro qué es lo que quieres que te traiga.

—Yo lo que quiero es que España deje de copiar ridículas costumbres yanquis como esta. Papá Noel ni siquiera viene a España. Son Melchor, Gaspar y Baltasar.

—Pues no les pilla muy cerca, considerando que vienen de Oriente.

—Ah, ¿te pilla a ti más cerca Madrid, viviendo en La Antártida o dondequiera que vivas?

—En el Polo Norte —me corrige, usando el tono de persona corriente. Debo decir que me suena muy familiar—. Y, en realidad, el Polo Norte está más cerca de Madrid, porque se recorre más rápido la distancia, puesto que del Polo hay que venir con renos volantes, y eso, quieras que no, agiliza el proceso comparado con tres camellos que necesitan parar de vez en cuando para descansar.

—¿Qué coño? —Tuerzo el gesto—. ¿Por qué sabes tú eso?

Porque una niña me ha preguntado antes lo mismo y he tenido que plantearle la duda a Siri antes de que me pillara con el culo al aire. Y ahora, ¿por qué no me dices qué es lo que quieres que te traiga?

A priori se me ocurren un montón de patochadas. Que si un maromo calcado al Brad Pitt de *Siete años en el Tíbet*, que si el boleto ganador del Gordo de Navidad, que si la pócima de la eterna belleza, que si un descuento del setenta por ciento en zapatos que me dure toda la vida... Pero vuelvo a mirar a los ojos a este Santa tan curioso y que me suena haber visto antes y me acabo mordiendo el labio, porque de verdad que han seleccionado al tipo más apropiado para el papel. Me recuerda al Tom Ellis de *Lucifer*, que con hacer su mítica pregunta sobre qué es lo que más deseas, ya revuelve tu corazón y te obliga a soltarlo.

—Quiero un Elliot —confieso por lo bajini—. ¡Qué mierda! Quiero a Elliot, a ese Elliot. Con su corte de pelo a la taza, sus pantalones color vino y su camisa tono mostaza, o al revés; con sus fantasías infantiles intactas, solo un poco perjudicadas por los sueños húmedos de adolescente y lo mucho que interfiere en su inocencia el afectado sentido de la responsabilidad que ha adquirido solito. Lo quiero con sus correcciones morfosintácticas y con su rubor natural, sin colorantes ni conservantes como en efecto eran conservadoras las ideas de bombero que tenía cuando lo conocí. Quiero al que me mira con incredulidad, no como si no pudiera creerme a mí, sino como si no pudiera creer que él mismo haya podido vivir con tanto aburrimiento encima hasta tropezar conmigo. ¿Me lo puedes traer? —le pregunto directamente, sin voz—. Porque creo que... creo que me he equivocado al apartarlo sin más, sin hablar sobre nosotros en profundidad, sin darle una oportunidad. O, si no me he equivocado, por lo menos me precipité.

Ya está. Ya lo he dicho.

Papá Noel se queda en silencio un momento.

—Bueno, veré lo que puedo hacer.

—Gracias. Abrígate cuando vuelvas al Polo.

—Si no consiguiera traerte a Elliot y te pidiese el número de teléfono, ¿te vendrías al Polo conmigo?

Ya de pie, arqueo las cejas por su descaro y suelto una carcajada.

—Pero ¿tú qué edad tienes?

—Todavía no he cumplido los cuarenta. Y no estoy gordo. Todo esto que ves es relleno. —Extiende los brazos.

Suelto una carcajada.

—Seguro que si puedes repartir regalos a todos los niños del mundo en una noche, puedes averiguar mi teléfono sin que tenga que decírtelo.

—Vaya por Dios, ¿es que Papá Noel no tiene derecho a un regalo propio? Venga, tómate algo conmigo. En las cabañas del Polo bebemos chocolate caliente.

Lo apunto con el dedo.

—Si cumples mi pedido, yo cumpliré el tuyo y nos tomaremos ese chocolate caliente como amigos.

—Trato hecho.

—Estaré pendiente de lo que aparece bajo mi árbol —le advierto, risueña.

Él asiente, muy seguro, y me sonríe bajo la barba. Incluso me guiña un ojo.

Regreso con mi grupito negando con la cabeza, sin creerme lo que acaba de pasar. Me considero lo bastante mona para gustarle a, no sé, Benzema, pero atraer al gran Santa Claus, el hombre más solicitado del planeta —al menos, durante el veinticuatro de diciembre—, me parece inverosímil.

Meditando sobre eso, descubro a Selena con el móvil alzado y apuntando claramente hacia mí. No estoy enfadada, tan solo exhausta por el esfuerzo emocional de haber dicho lo que he dicho.

—¿Lo has grabado todo, cerda?

Obvio. Estabas relinda, no me pude resistir.

Eric me sonríe como está sonriendo Sela, como un puto cabrón.

Y con perdón, porque es mi sangre.

—Más te vale tomarte ese chocolate con él —me advierte mi hijo—. No te imaginas lo guay que sería decirle a quien me pregunte que mi padre es Papá Noel. Eso no lo supera ni Dios.

Capítulo 33

MÍSTER FISH AND CHIPS JR.

Elliot

Mi padre no sabe cocinar más allá de las cuatro comidas con las que sale del paso, y no me deja pisar la cocina para preparar algo navideño porque esa es la obligación del anfitrión.

Tiene la vieja costumbre de comprar los tradicionales menús británicos en tiendas de comida precocinada, con su pavo asado relleno más la salsa *gravy* y de arándanos, los famosos *pigs in blankets*, patatas asadas con mantequilla y coles de Bruselas. Podría parecer mucha comida para las dos personas que somos cuando se termina el cóctel de latas de cerveza que organiza siempre uno de sus amigos —y al que hay que ir por narices de «Tardebuena» sin falta—, pero mi padre come hasta reventar por mero aburrimiento y, digan lo que digan, la comida inglesa tampoco está tan mal.

El cóctel previo a la cena de Nochebuena se organiza en la casa costera de su amigo Peter, el divorciado de oro. Con las conversaciones con Alison tan presentes no me resulta muy complicado entender por qué mi padre es como es. Ha pasado la vida rodeado de tipos que nunca llegaron a cuajar ninguna relación amorosa u hombres que directamente preferían vivir en una *bachelor party* continua, de fiesta en fiesta y de cama en cama, como si tuvieran veinte años.

Ahora, entre estas cuatro paredes, solo hay un menor de sesenta, y ese soy yo.

—¡Bueno! —exclama Peter, pasándome un brazo amistoso por los hombros. Los amigos de mi padre no son ni mucho menos tan escuetos en sus muestras de afecto como él—. ¿Cuándo piensas volver a tu país? ¿Vas a quedarte en España para siempre?

—No se vive mal, y tengo un empleo fijo.

—Aquí también podrías tener un empleo fijo. Te graduaste con honores. Cualquier universidad se pelearía por ti.

—No me interesa enseñar a adultos. Prefiero intervenir en la etapa escolar de los adolescentes. Necesitan guías, y yo soy más docente que literato.

Peter asimila mis palabras con un lento asentimiento, al tiempo que me estrecha el hombro contra el suyo. Es de más o menos mi estatura, al igual que todos los amigos de mi padre. A la mayoría los conoció en el trabajo. Son compañeros de su barco pesquero o cuentan con el suyo propio, y para un trabajo de esa exigencia física se requiere un cuerpo capaz de soportarlo.

—Di que sí, se necesita gente con vocación en este mundo —concluye al fin, aplaudiendo. Luego cambia el gesto solemne por una sonrisa de pillo, con la que se hace más evidente que tiene una de las paletas ligeramente montada sobre la otra—. También es que las españolas están mucho más buenas que las inglesas, ¿eh? Eso es un hecho aquí y en la China. ¿No has encontrado a alguna mujer decente por allí o qué?

De forma involuntaria, rastreo el amplio salón con vistas a la playa para localizar a mi padre al fondo, escuchando la conversación con su mítica postura encorvada. Él también levanta la mirada al oír la pregunta de Peter, pero intenta que no se note que le incomoda cualquier posible respuesta dando un sorbo a su cerveza.

Lo sabía. Siempre reacciona así cuando se trata de mujeres, tanto las que se acercan a él, a sus amigos o, en este caso, a su hijo.

Una sonrisa resignada surca mis labios.

—Hay mujeres muy decentes por allí, pero lamentablemente no ha cuajado la cosa.

—¿Has oído eso, George? —Peter levanta la voz, risueño—. ¡Parece ser que en España hay algo más que tipas como Sunny!

Mi padre ni se molesta en responder, y yo tampoco entro al trapo. No me apetece.

No es que Peter sea, en el fondo, uno de esos «amigos» a los que les produce un perverso placer avergonzar públicamente a los suyos; es que Sonsoles siempre ha sido un tema de conversación digno de bromas y, convertida ya en un asunto de mofa amistosa, cualquiera se cree en el derecho de comentar las circunstancias en que se conocieron, su posterior reencuentro o cómo le endosó sin pestañear a un criajo de nueve años.

Supongo que, al igual que muchos, como Susana, por ejemplo, se resguardan en el humor para quitarle importancia a algo que en su momento fue traumático.

—¿Cómo está tu madre, por cierto? —pregunta Peter—. Me enteré por tu padre de que le dio tu número y has estado cuidando de ella cuando tuvo un pequeño accidente. ¿Habéis hecho las paces?

—Para hacer las paces es necesario que haya una pelea. Hice lo que tenía que hacer y me marché.

—Qué escueto. —Peter hace una mueca—. Me apena que no confíes en nosotros para hablar del tema.

—He tenido con quien hablar del tema largo y tendido en casa.

Mi padre levanta la vista con un reproche velado en los ojos. «¿En casa? —parece querer decir—. Creía que Inglaterra era tu casa».

Le alivió que me buscara la vida fuera de su casa —ubicada a las afueras de Hampshire— porque, aunque mi presencia no alterara sus rutinas, un hombre solitario es un hombre solitario y prefiere no rendirle cuentas a nadie a menos que le apetezca. Sin embargo, siempre le ha ofendido que encontrara un hogar en la ciudad natal de Sonsoles. No porque la odie; no creo que se pueda odiar a una persona con la que has hablado dos veces, y menos cuando una de ellas fue derrochando pasión en un cuarto oscuro. De hecho, solía animarme a contactar con ella, pero no porque le importara que yo tuviese una madre, sino por lo mismo que he mencionado antes: un hombre solitario es un hombre solitario. Le gusta estar con sus amigos un periodo corto de tiempo y luego regresar a su sofá, a su humilde huerto trasero, a sus comedias televisivas preferidas. Le gusta estar conmigo en fechas señaladas para sentir que cumple sus obligaciones de padre, porque incluso los que adoran la soledad quieren saberse arropados por la familia de vez en cuando, pero no durante tanto tiempo como para verse forzado a iniciar una charla superflua que no le apetece tener.

Una buena relación con una madre le permitiría repartir las vacaciones de Navidad entre los dos, lo que se habría traducido en más tiempo para él.

—¿Con quién? ¿Con la amiga especial con la que no cuajó la cosa? —Peter me tira de la lengua.

—Entre otras personas que he podido conocer. —Cabeceo—. También una psicóloga.

Mi respuesta trastoca a George tanto como había imaginado. Peter está haciendo las preguntas que él me habría hecho si estuviera acostumbrado a intimar conmigo, a mantener los debates padre e hijo que van más allá de la pregunta «¿Qué quieres para cenar?». Puedo escuchar los engranajes de su cabeza, desengrasados y anticuados, tratando de comprender cómo encaja una terapeuta en la vida de un hombre con un buen empleo y ninguna mujer que le ande dando quebraderos de cabeza.

—¡Una psicóloga! ¿Para qué has ido tú a una psicóloga? —pregunta Peter, sorprendido—. Coño, ¿tienes depresión o algo así?

Me saco de encima el brazo de Peter, rechazando su poco sutil invitación a charlar sobre el tema. Dejo la cerveza en la encimera de la cocina americana y salgo del salón, aprovechando que conecta con una terraza con vistas a la playa.

No me saco de la cabeza la cara de asombro, rechazo y prejuicios de mi padre hacia cada una de mis respuestas. No me genera ningún tipo de pesadumbre; más bien, me preocupa.

Hasta ahora no he podido ver a mi padre tal y como es porque yo era exactamente igual, en aspecto y pensamiento, y creía que mi personalidad era legítima; incluso superior debido a mi estricta forma de pensar en según qué ámbitos. Ahora lo veo a través del cristal, en *shock*, apartado en una esquina de la sala, con los hombros encogidos y el cuello hacia delante, la barba mal recortada y el surco del ceño marcado como solo alguien que ha pasado toda la vida hastiado puede tenerlo, y me doy cuenta de que es un pobre infeliz. De que lo ha sido siempre.

Se le ve en una tremenda encrucijada a la hora de cruzar las puertas correderas y unirse a mí en la admiración del paisaje. Lo hace porque siempre obedece al instinto cuando intuye que debe ejercer de padre.

George nunca huele a pescado, pero sí a mar. Da igual cuánto se duche, que vaya a un *spa* veinticuatro horas o se frote con esponjas naturales. Tiene el salitre pegado a la piel, o a lo mejor le corre por las venas, no lo sé. Lleva la raya en medio y los mechones más largos recogidos detrás de las orejas desde que lo conozco, y se apreciaría mejor el metro noventa que mide si no fuera encorvado, pidiendo perdón por existir.

Como sé que no va a decirme nada por mucho que quiera saber a qué viene lo del psicólogo, inicio yo la conversación:

—Sonsoles me preguntó qué tal estabas.

—¿Y qué le dijiste?

—La verdad. —Pausa—. «Como siempre».

Él asiente, orgulloso, y no puedo evitar girarme hacia él, con el codo apoyado en la barandilla, para preguntarle:

—¿Por qué pones esa cara? ¿Crees que estar toda la vida igual es algo positivo?

George se gira también hacia mí. La brisa helada le despeina el canoso pelo castaño.

—Me parece que eso significa que uno es fiel a sus creencias.

—Pues para mí da a entender que uno cree que nunca se equivoca o que no hay nada que el mundo tenga que enseñarle, lo que es pecar de soberbio.

Él arruga el ceño, no enfadado, sino confuso.

—¿Me estás llamando soberbio?

—En tu caso es una cuestión de testarudez. Has permitido que tu vida se estanque y lo has normalizado de tal manera que yo no me he preguntado si seguir tu ejemplo era o no positivo hasta que he cumplido treinta y seis años y me he visto defendiendo la soledad como si nadie fuera lo bastante bueno para mí, pero, a la vez, incapaz de comprender que en realidad solo estaba asustado. —Inspiro hondo para coger fuerza—. Si me preocupo por mí, tengo que preocuparme por ti. Somos la misma cosa, hemos cometido los mismos errores.

Él no me mira a los ojos. Observa el mar, con el sol poniéndose al otro lado, como si fuera un acertijo.

—¿Que te preocupas por mí? ¿Por qué? ¿Porque no tengo mujer? —se aventura a preguntar—. Las mujeres son un problema. Las que no quieren sacarte el dinero, solo quieren ser las protagonistas de una de esas películas románticas de sobremesa que echan los domingos por la tarde, y en cuanto ven que no eres lo bastante bueno, lo bastante rico o lo bastante atento, te echan de su vida.

—¿Cómo puedes estar tan seguro de eso si jamás lo has vivido? —le interrumpo, asombrado—. Llevo escuchando desde que soy un crío ese discurso tuyo y me lo he creído hasta la última coma porque lo decías con una convicción implacable. ¿En qué te basas? ¿En que tu madre se divorciara de tu padre y en que Peter sea incapaz de mantener a una mujer porque prefiere pasar las noches en el bar? ¿Nunca lo habías visto de esta manera?

Como cada vez que he intentado plantear una conversación que se salga de lo básico —las notas que he sacado, un breve resumen de lo que he hecho las últimas semanas, algunas anécdotas de la escuela—, George se masajea las sienes con impaciencia y niega con la cabeza. Pienso en su respuesta, que ya me sé de memoria, antes de que la pronuncie:

—Ya hablaremos de eso.

—Nunca hablamos «de eso» —replico, cansado—. Crees que lo dejas en *stand by*, o más bien me lo haces creer a mí porque a ti enseguida se te olvida, pero, en realidad, ignoras los temas que te incomodan. Llevo todo el viaje haciendo un repaso de nuestras Navidades y, ¿sabes qué?, me gustaría algo distinto. Me he dado cuenta al bajar del avión y ver todos los reencuentros amorosos de parejas, de hijos pródigos, de padres y madres demasiado mayores para moverse desde tan lejos.

—No... no sé a qué viene todo esto —balbucea, perplejo—. ¿Ves por qué los psicólogos solo hacen que comerle la cabeza a la gente y hacerles gastar su dinero? Tú no eres así. No dices esas cosas.

—Los psicólogos no te comen la cabeza. Te abren la mente y te enseñan opciones que no te habías planteado. Yo nunca me había planteado que fueras un hombre triste hasta ahora.

Eso le ofende, pero ni siquiera sabe enfadarse. Solo frunce más el ceño y amaga con volver al salón.

—Si tanto te molesto, regresa a Madrid y pasa las fiestas con gente que te divierta más.

No se me ocurre nada que responder, pero ni me inquieto ni me frustro porque sabía que iba a reaccionar así, lo mismo que sé que en un rato se le habrá olvidado. Mi padre es lo bastante rencoroso para odiar a todas las mujeres solo porque odió que su madre le arruinara todas las Navidades de su vida al marcharse con otro hombre, pero no tiene la capacidad de retener otro tipo de información que le trastorne por mucho tiempo. No se cuestiona porque no se equivoca, simple y llanamente, y ni mucho menos rectifica. Así que, aunque Alison me lo recomendara en nuestra última sesión hasta mi regreso, voy a tener que abandonar la esperanza de hacerle saber que Sonsoles no fue la única que me convirtió en un tipo odioso.

—¿No crees que puedas hablar con él? —me preguntó la psicóloga hace apenas tres días, ambos sentados a cada lado del escritorio donde descansaba su bloc de anotaciones—. ¿Es un hombre irascible?

—Es un intento de hombre. No siente ni padece. Le quiero, no me malinterpretes, es mi padre y he crecido con él, pero también le tengo rabia.

—¿Por qué?

—Por todo. Por todo lo que es y por todo lo que no ha sido. Incluso por haber extendido los brazos para aceptarme cuando Sonsoles me soltó en el salón de su casa. Si no hubiera sido la clase de tipo que acepta todo lo que le imponen, si no hubiese sido un pusilánime, al menos habría tenido el valor de admitir que no quería un niño y yo habría ido a parar a los servicios sociales, donde a lo mejor me habrían dado más cariño del que... —Me paré ahí, con la vista fija en las palmas, y sacudí la cabeza—. Ya no tiene sentido pensar en eso.

—No, no lo tiene —respondió Alison—. Aquí nos vamos a centrar en los problemas para los que hay solución. Lo que puedes hacer es hablar con tu padre e intentar transmitirle, de una forma asertiva, de qué manera ha influido en ti el método que eligió para educarte. No esperamos que cambie, por que ya estás crecido. Solo queremos que se dé cuenta para que puedas cerrar la herida. Es un ejercicio de desahogo, no un castigo. Y quizá también pueda funcionar como terapia para él.

—¿Y qué le digo? Hasta hace dos meses ni me había planteado que George hubiera hecho algo mal.

Alison se inclinó hacia delante y me miró a los ojos.

—Si quieres que tu padre entienda y acepte que no vas a ser como él cuando hasta ahora habéis sido un calco el uno del otro, vas a tener que hacerle ver por qué no quieres seguir sus pasos. No va a ser una conversación agradable.

Y no lo ha sido, pero porque no hemos llegado a la conversación.

Yo ya lo sabía. Hay gente con la que no se puede hablar y toca resignarse. Hay gente con la que no quieres hablar, o sí, pero no de temas que no quieres ni mencionar, y toca vivir con ello.

Suspiro y apoyo todo el peso en la barandilla, resignado. Vuelven a mi cabeza las preguntas de Peter, la manera en que ha pronunciado «amiga especial». La breve charla en el salón se me junta con el escenario de reencuentros del aeropuerto, con las memorias de Navidades por suerte ya pasadas que se solapan unas con otras hasta hacerlas indistinguibles: George y yo comiendo en silencio, solo acallado por peticiones en voz queda —«pásame un poco de esto», «pásame un poco de aquello»— y el rumor de un programa de televisión al que van a actuar todas las viejas glorias de la música británica.

Dicen que las tradiciones son leyes, y que, como leyes que son, hay que respetarlas, pero incluso antes de darme cuenta de que odiaba fervientemente esa rutina religiosa, ya quería cambiar mi realidad. Óscar y Susana se han reído de mi necesidad de encontrar una mujer con la que casarme y formar una familia, y creo que yo también puedo reírme de eso ahora por no haber sabido cuál era el trasfondo de ese anhelo. Lo que nadie se planteaba, ni siquiera yo, era lo que podía subyacer en algo tan aparentemente anticuado: quería unas Navidades ruidosas y ser el padre y la madre que no han sido conmigo, quería tener algo de lo que preocuparme, de que el niño no se llene demasiado el vaso de refresco o salga bien abrigado a hacer muñecos de nieve, de que no vea la televisión hasta la madrugada y no corra por la casa con calcetines blancos. Pero solo lo deseaba para satisfacerme a mí, para salvar el vacío de una infancia frustrada, no porque de verdad quisiera cuidar a un hombre o a una mujer en construcción.

No soñaba con ser un padre. Soñaba con ser el ejemplo digno de admiración que no he tenido. Soñaba con dar una lección a mis padres siendo impecable ejerciendo su papel, y también con perdonarlos —o al menos comprenderlos— descubriendo lo complicado que puede ser educar a un niño.

¿No es eso algo? ¿No es esa una conclusión que, si comparto con Susana, pueda cambiar las cosas? Porque ella sí es algo que quiero por lo que es, no porque me haría sentir orgulloso de mí mismo... que también.

Saco el móvil del bolsillo, embargado por una triste sensación de desaliento, y me meto en su blog ahora convertido en página web para echar un vistazo a sus últimas publicaciones. Hay dos nuevas: un manifiesto en defensa de la calidad de las películas navideñas, que cumplen su propósito de «dejar el corazón calentito», y una reseña publicada a las tantas de la madrugada sobre *Lo que el viento se llevó*.

El corazón me da un vuelco antes de clicar para que se despliegue ante mis ojos el contenido del post. Ha incluido imágenes: el póster de la película de 1939 y una foto de ella misma, de la nariz hasta la cintura, con el libro que le presté en la mano.

No sé por qué me da respeto leerlo, pero agarro con más fuerza el móvil.

> Todo el mundo sabe que no soy una gran lectora. No me paso por la librería ni por la biblioteca ni siquiera cuando me apasiona una película cuyo guion está basado en una novela. Y defiendo que esto no es propio de los ignorantes —un abrazo a los que se creen que son más cultos por leer más, o, en concreto, por leer más de un tipo de literatura—; más bien es típico de la gente que no tiene tiempo para poner el culo en la butaca durante el tiempo suficiente para no desesperarse por los caminos que va tomando el argumento. Yo no habría tenido tiempo para conocer a Escarlata desde otra perspectiva si no me hubiera quedado sin empleo —asunto sobre el que pasaremos de puntillas para ir al meollo de la cuestión— y si no hubiera habido alguien muy interesado en que me lo leyera.

> Este libro que veis es suyo. Me lo ha prestado, pero no se lo pienso devolver. A partir de hoy queda prisionero en mis garras, y no es porque me haya fascinado. Ya sabía cómo iba a acabar, no había mucha diversión en la lectura, pero lo bonito de la vida no es hacer las cosas porque queramos. Es hacerlas por los que queremos.

Levanto la vista del móvil un segundo para mirar alrededor. No lo hago con ningún otro objetivo que relajar los músculos, que he apretado sin darme cuenta, y coger aliento para continuar. Mi intención es esa, seguir leyendo, descubrir lo que nos tiene reservado —o lo que me tiene reservado a mí—, pero una notificación ilumina la pantalla de mi móvil: el mensaje de un desconocido que me habla en castellano:

Deja lo que estés haciendo y
mira esto. Y, si te parece bien,
luego te digo lo que vas a hacer.

Capítulo 34

LIBRE, DIVINA Y SUPERGENIAL

Susana

Como todo el mundo sabe que ni Papá Noel ni los Reyes Magos traen regalos a los padres, los vecinos hemos tomado por costumbre organizar un «amigo invisible» en el que tocamos a un detallito por cabeza. Desde hace unos cinco años, que es el tiempo que llevo viviendo en el edificio, participo yo también, y las normas son las de siempre: el límite de gasto se mantiene en cuarenta euros y nos reunimos en el apartamento de Edu, que es el más grande, para abrir nuestros paquetes... Pero como este año está de reformas, nos hemos tenido que mudar temporalmente al piso de Tamara y Eli.

El salón es amplio, pero meter a toda una comunidad de vecinos allí es ajustar un poquito el aforo máximo, que no debería superar las diez personas.

—¿A ti quién te ha tocado? —me pregunta Virtudes en voz baja, dándome un codazo.

Las dos observamos desde el sillón —ella sentada en el asiento y yo en uno de los brazos acolchados— el ir y venir de Tamara, Eli y los que quieren ayudar a servir el tentempié. No ayuda a ahorrar espacio que Tay se empecinara en plantar en medio de la habitación el árbol más grande de todo el bazar, y así se lo ha recriminado Eli. Pero no hay manera de que Tamara se sienta mal, su espíritu navideño es más grande que la patria, que la península y que las comedias de Kate Hudson, que son como Dios en Blu-ray.

Ladeo la cabeza hacia Virtudes con una media sonrisa.

—Inicialmente me tocó Tamara, pero se lo cambié a Daniel por Sonsoles, igual que Óscar se lo cambió a Edu, que tenía a Eli, y Eli hizo lo mismo con Gloria, a la que le tocó Óscar, y Tamara se las apañó para conseguir a Edu, Edu a Tamara... —Me quedo un segundo pensativa—. Todos los años igual. Alguien debería decirnos que no es así como funciona el amigo invisible. O eso o que cada uno le regale a quien le dé la gana.

—Pero entonces habría gente que se quedaría sin regalo, porque no me imagino a nadie regalándole nada a la señora Olivares.

—Yo le regalaría una sesión de *spa*, para que relaje el estrés... O una de psicólogo, para que se mire lo de los celos hacia su marido. —«Muy bien fundados, por otro lado»—. Me pregunto quién se encargará de tu regalo. Sea quien sea, se lo ha tenido guardado, porque no lo he descubierto.

—Me he tocado a mí misma —dice con orgullo.

Pestañeo una vez.

—¿Y no se lo has cambiado a nadie?

—No, porque yo esta Navidad siento que ya he ganado. He recibido una noticia maravillosa y lo único que quiero es poder compartirla con vosotros.

—¿No me puedes hacer un adelanto? —le ruego, juntando las palmas—. Si tengo que esperar a que todos estos lentos y ruidosos abran sus paquetes, me va a dar el sol. Y no quiero que me dé el sol, significará que ya es día veinticinco y que tengo que encargarme de hacer mi propio almuerzo navideño.

Virtudes se ríe.

—Te lo cuento a ti porque sé que lo vas a apreciar más que ninguna otra persona. —Inspira hondo y esboza una sonrisa contagiosa—. Netflix ha comprado los derechos de mi novela *Dime por cuánto* para llevarla a la pequeña pantalla.

Pongo los ojos como platos.

—¿*Dime por cuánto*? ¿Te refieres a la mía?

—¿Cómo que «la tuya»? La protagonista se llama Suzanne y, al igual que tú, es fuerte y segura de sí misma, pero no tiene nada que ver con tu historia.

—Virtu, que no pasa nada. —Le doy una palmadita en el hombro—. Yo te quiero aunque te inspiraras en mí para crear a una puta que se liaba con un tipo importante de la política norteamericana. En peores plazas he *toreao*, créeme.

Ahora es ella la que me pone una mano en el brazo.

—Susana, yo me inspiro en todos vosotros. Sois mi conexión con el mundo. Pero nunca robo vuestras historias ni utilizo vuestros sentimientos para venderlos a dos noventa y nueve en Amazon Kindle. Me parecería injusto y reclamable. Solo tomo detalles sustanciales de los vecinos que conozco bien, pero a ti no te hemos conocido al cien por cien hasta hace relativamente poco porque eras inaccesible. Así que cogí tu nombre y la fantasía de la prostituta con el hombre poderoso y escribí una historia.

—Pues que sepas que eso que me dices me ofende más todavía. —Le doy un achuchón en la mano y adopto un tono bromista—. Has escrito novelas de casi toda la gente de esta comunidad menos de mí. No sé cómo tomármelo.

—Por eso no te preocupes, estoy trabajando en la adaptación del guion de *Dime por cuánto* para que la película se parezca mucho más a cierta historia de una madre soltera... Me falta solo el final, que no me queda muy claro porque todavía no he visto con mis propios ojos que se haya cerrado la trama. —Barre el salón, decorado en tonos amarillos, azules y ocres, ahora lleno de lucecitas parpadeantes navideñas, y luego vuelve a mirarme a mí—. Sigo sin ver el final feliz porque no encuentro por ninguna parte al protagonista.

—Espero que no hagas cambios tan «sustanciales» como ponerle «Elliot» al protagonista —respondo, sin saber muy bien cómo continuar la conversación. Esquivo su mirada y me concentro en el montón de Ferrero Roché que han puesto sobre la mesilla de cristal del saloncito—. Final feliz habrá, porque la felicidad nunca depende ni de tu hombre ni de la que quieres que sea tu mujer. Pero ya que te interesa saberlo... esperaré a la vuelta de vacaciones para ver qué hago.

—En novela romántica no se puede tener un final feliz si el hombre y la mujer, o el hombre y el hombre, o la mujer y la mujer, no quedan juntos. Eso ya lo sabes: lo hemos debatido unas cuantas veces en el club de lectura.

—Y todas esas veces que hemos debatido, he insistido en que un final es feliz cuando ambos hacen lo que es mejor para ellos, ya sea juntos o por separado.

—Eso que dices es muy legítimo y muy real, porque en la vida somos egoístas, pero el amor siempre mira por el otro antes que por uno mismo... y yo escribo historias de amor —me recuerda.

—Vale, vale, no empecemos otra vez. —Me reacomodo en el brazo del sillón—. ¿Y qué finales felices se te ocurren para la historia de Suzanne? ¿Algún reencuentro mítico años después en el transporte público, en el que se sonreirán un segundo y pensarán en lo que hacer durante los minutos posteriores hasta que alguno se baje en la parada del otro y le declare su amor eterno? ¿Alguien correrá por el aeropuerto gritando el nombre de su amor y este bajará antes de que el avión despegue?

—Estaría feo que bajara cuando el avión ya ha despegado.

Suelto una carcajada.

—Dime si no...

—¡Hora de abrir los regalos! —exclama Tamara, dando palmitas para reunirnos en torno al árbol. Otra de las muchas cosas que han obstaculizado el paso ha sido la pila de paquetes que se han amontonado a los pies de la última hilera de ramas—. Órale, se me queman las habas por saber qué hay en ese cajetón en el que leo «Tamara».

—Voy poniendo los villancicos. —Edu rebusca en su móvil la lista de reproducción que ha creado especialmente para la ocasión. Cómo no, el primero es George Michael cuando aún estaba en Wham!, uno de sus ídolos LGTB más queridos—. Anda, mira, qué apropiada es la letra de esta canción... «La pasada Navidad te di mi corazón, pero justo al día siguiente lo regalaste».

—Por eso esta Navidad se lo vas a dar a alguien especial, ¿verdad? —Tamara le da un empujoncito amistoso y un achuchón de los suyos.

—Yo no veo a nadie especial.

—Pues anda que no se me ve, con los cinco kilos que subí este año. ¡Abre tu regalo ya!

—Pero todavía faltan por llegar Álvaro y Alison —se queja Eli—. Tenemos que estar todos.

—¿Alison tiene regalo?

—Claro, me ha tocado a mí —responde Koldo, sonriendo muy orgulloso—. Le he regalado un peluche de un perro al que le han cosido en la barriga «Pavlov». ¿No es buenísimo?

Aguanto la risotada que a algunos sí se les escapa; como siempre, el humor de Koldo aligerando el ambiente. Sea quien sea su amigo invisible, debe de haber suspirado de alivio, porque Koldo es la clase de muchacho que, le regales lo que le regales, ya sea un pisapapeles o las llaves de un apartamento en Benidorm, se muere de ilusión y lo mismo hasta echa unas lagrimitas.

El timbre suena y la reina de Roma asoma: Alison en persona, armada con dos paquetes, uno alargado, como si hubiera dentro un paraguas, y otro más pequeño y con forma cuadrada. En cuanto nos saluda, unos y otros se lanzan a por sus paquetes como si hubiera sonado el pistoletazo de salida de una carrera. La primera, Tamara, rompe el envoltorio como si estuviera enfadada. El chillido que suelta nos hace dar un respingo a todos.

Abraza lo que parece una colección de libros envuelta en un grueso film transparente.

—¡Son todas las novelas de mi segunda autora romántica favorita! —Lanza una mirada amorosa a Virtudes, que acepta que le recuerde su primer puesto con afecto—. Están todos... Toditos los de la saga «Juntos y revueltos»... Los ocho, ¡incluso los que todavía no han salido al mercado! ¿Quién fue?

Se gira enseguida a Daniel, que estaba muy ocupado atándose el cordón de una de sus zapatillas de deporte que no se quita ni que lo maten. Tamara se lanza sobre él antes de que el pobre pueda incorporarse del todo, provocando que se tambalee y esté a punto de caerse.

—¿Qué haces? —protesta Daniel, riendo—. ¿A qué viene esto?

—Sé que has sido tú, pendejo. Te mueves en el mundo editorial. Eres el único que podría haberme conseguido las novelas que todavía no han salido a la venta. ¡¡No mames!! ¡¡Voy a ser la primera en leerlas!!

—Sí, puede que yo esté en contacto con la autora, pero ¿no has pensado que alguien podría haberme pedido el favor? —Enarca una ceja.

—Déjate de mamadas, que sé que has sido tú, Daniel —se enfurruña—. No sé por qué me lo niegas, si es que... Oye, ¡todo eso vale más de cuarenta euros!

—Tú también te gastas siempre más de cuarenta —le reprocha Dani—. No veo el problema.

—¡Entonces admites que has sido tú!

—Ha sido tu amigo invisible.

—Pues yo a ti te veo de madres, invisible no eres.

—Bueno, si no os importa que interrumpa esta mágica representación, yo voy a abrir mi regalo —anuncia Edu. A Tamara se le olvida el suyo y se concentra en la reacción del peluquero, que me pierdo porque Alison elige justo ese momento para acercarse a mí con una media sonrisa.

—Iba a dejar tus regalos bajo el árbol, pero no me habría parecido justo —admite—. Yo no soy la que te los ha comprado; soy a la que le han pedido que te los entregue. Actúo más de reno de Santa que de amigo invisible. Espero que no te importe; de todos modos, vas a saber de quiénes son en cuanto los veas... o esa impresión tengo.

Levanto las cejas, sorprendida, y acepto con manos inseguras los dos paquetes que me tiende. El alargado es ligero como una pluma, y el otro pesa bastante. Le doy las gracias en voz baja.

No sé por qué, esperaba que se quedara para después transmitir mi reacción a quien sea que los ha comprado —aunque tengo una ligera sospecha, y eso hace que las mariposas revoloteen en mi estómago—, pero agradezco otra vez, ahora para mis adentros, que me deje disfrutar de mis regalos a solas. Bueno, no del todo, porque Virtudes se aísla también del escándalo que se ha formado cuando Edu ha abierto el suyo y se concentra en mis paquetes. De espaldas a todos y alejada del jolgorio, abro el primero, el ligero. No es un paraguas, claramente, sino una cartulina enrollada, sellada y anudada por un lacito rojo que deshago ya con una sonrisa de incredulidad.

Apenas doy crédito cuando leo el contenido, escrito en inglés:

The Royal Crown of England
Registration deed of individual noble title
Susana Márquez López-Durán has been awarded this Individual
Noble Title from the Royal Family, known from now on as
Lady Cock

Suelto una carcajada tan sonora que capta la atención de todos los vecinos, que se giran hacia mí para mirarme con expectación. Encojo un hombro y señalo a Virtudes con la cabeza, como echándole a ella la culpa de mi hilaridad. Enseguida regresan a lo suyo y yo puedo volver a doblar el papel, con la risa burbujeando en mi estómago. Naturalmente, no es real; debe de ser una de esas tonterías que se compran por internet, pero el detalle me entusiasma porque significa que me estaba escuchando.

Por el placer de posponer el momento de descubrir qué hay dentro, agito el contenido de la cajita más pesada. La abro con cuidado, como si luego quisiera volver a cerrarla para que no se notara que alguien ha curioseado. Levanto las cejas al ver el último modelo de perfume Givenchy para mujer.

El corazón me late muy deprisa al ver que hay una nota escrita con mimo:

Ahora no tienes excusas para no ser tu propio Rufino.

No está firmada, pero los ojos se me llenan de lágrimas al deducir de quién viene. Abrazo mis dos regalos un segundo, el tiempo que me doy para asimilarlo y para preguntarme si los habrá comprado antes de que le dijera que lo nuestro es imposible. De ser así, es probable que ahora se arrepienta.

Solo hay una manera de averiguarlo.

Antes de volver a empaquetarlos, dispenso un par de gotas de la colonia en cada lado de mi cuello y, aunque pueda sonar ridículo, siento que soy más importante y más dueña de mí misma que hace diez minutos. Luego lo dejo en manos de Virtudes, que me ha estado mirando con orgullo de madre, y me escabullo a la cocina con el móvil en la mano. Justo en ese momento le toca a Sonsoles abrir su regalo, del que todos, incluida ella, se ríen. Al igual que yo, sabe de quién viene: ambas nos miramos, ella un poco mortificada, al sostener en sus manos el último modelo de Satisfyer.

—Si no lo quieres, me lo rolas a mí —le suelta Tamara—. Con las novelas me va a venir muy bien.

—¿En serio te haces pajas con novelas románticas? —le pregunta Koldo con la risa floja.

—Por lo menos me hago chaquetas[19] con un motivo, no como vosotros los vatos, que se las hacen hasta porque están aburridos nomás. A mí me pone el amor, no se me para con solo despertarme.

—*Touché* —le concede, haciendo una reverencia tambaleante por la cantidad de cannabis que debe de tener en el cuerpo.

No espero a que Sonsoles se acerque a darme las gracias y me escondo en la parte de la cocina donde Eli tiene todos sus vinos etiquetados por orden de importancia.

Escribo de inmediato un mensaje:

> No tendrías que haberte molestado.

Justo iba a escribirte ahora mismo, qué casualidad.

> ¿Ah, sí? ¿Con qué motivo?

Asegurarme de que habías recibido tus regalos y saber si te han gustado. ¿Te han gustado?

> Nadie me había convertido en una dama antes. Es el mejor regalo que me han hecho nunca.

19. Masturbarse.

¿Sí? ¿Y es el mejor que se te
ocurre? Yo había pensado en
reservar el mejor para el final.

¿Y qué es «el mejor»?

Mi corazón late desaforado ante la perspectiva de obtener algo más de él, sea lo que sea: un regalo, el emoticono del besito con el corazón, una llamada que me permita escuchar su voz... Tarda tanto en responderme que estoy a punto de regresar al salón y dar por finalizada nuestra charla, pero entonces mi móvil vuelve a vibrar.

Vas a tener que disculparme por
insistir una vez más, pero creo
que tú y yo nos precipitamos al
darlo todo por perdido.

El timbre vuelve a sonar, pero todos están tan ocupados inspeccionando sus regalos que cuando me asomo desde la cocina observo que nadie se ha dignado a abrir. Voy corriendo hacia el recibidor y no puedo evitar que me embargue una decepción inmensa al ver a Álvaro con sus ricillos oscuros revueltos y las manos metidas en la chaqueta de cuero.

—A buenas horas te presentas. Llevamos todos aquí desde las nueve.

—Tenía que recoger un regalo.

—No me digas...

—Oye, no me eches la bronca, que Papá Noel no es omnipotente, aunque a veces lo parezca. —Me sonríe de lado y un hoyuelo se le marca debajo de la comisura, cerca de la barbilla—. No he podido usar los renos para ir hasta el aeropuerto y había un tráfico del copón.

Arrugo el ceño.

—¿Qué me estás contando...? —Me interrumpo cuando Álvaro mira al suelo sin dejar de sonreír y me dedica una de esas miradas tan elocuentes que sería imposible no darte cuenta de qué quiere decir. Recuerdo los brillantes ojos castaños del Papá Noel del centro comercial como en un flash y lanzo un gritito—: ¡Capullo! ¡Eras tú!

Álvaro echa un vistazo por encima de mi hombro para fijarse en el panorama.

—Y vengo en busca de mi chocolate caliente, si no te importa y no es demasiado tarde.

—Oye, el chocolate caliente era a cambio de... ¡Eh! —me quejo, viendo que Álvaro se abre paso con tranquilidad, apartándome como si nada.

Cuando me dispongo a cantarle las cuarenta, me interrumpe una nueva presencia al otro lado de la puerta: más alto, más rubio, más serio y con un móvil en la mano.

—A cambio de mí, si esto no se equivoca.

Le da al «Play» a un vídeo que tenía preparado.

Siento que me suben los colores hasta la raíz del pelo al verme sentada en el regazo de Álvaro diciendo claramente qué es lo que quiero por Navidad. Elliot me obliga a no despegar la mirada de la pantalla hasta que acaba, y entonces me hace la pregunta más tonta del mundo:

—¿Esta eres tú?

Me dan ganas de poner los ojos en blanco.

—¿Por qué me lo preguntas, si ya sabes la respuesta?

—Porque a lo mejor no tengo la respuesta tan clara. A lo mejor necesito que, además de verlo, me lo digas tú.

Me tengo que morder el labio inferior para ocultar un estúpido puchero. No aguanto más y me lanzo a abrazarlo.

—Que conste que me parece muy *old-fashioned*, además de redundante, hablar de sentimientos cuando están implícitos en mi comportamiento, pero... —Suspiro, aliviada, después de empaparme los pulmones con su colonia de hombre. Nada de Givenchy; algo barato, sencillo, asequible, perfecto para mí—. Te quiero. Ya lo sabes. Pero...

—Sin peros. No te voy a pedir matrimonio ni te voy a dejar embarazada sin tu previo consentimiento, Susana. No quiero nada que aún no tengo o no haya disfrutado y que me corra prisa.

—¿Y qué quieres?

—Quiero lo que siento que me han quitado y que necesito recuperar para volver a estar entero. Puedo vivir fragmentado, he vivido así desde que recuerdo, pero no es lo que me hará feliz ahora que sé que existes. Te quiero a ti. —Le tiembla la voz. Lo abrazo más fuerte—. A ti, a tus camisas de volantes, a tus vaqueros de adolescente del Primavera Sound, a tu costumbre de ver la televisión sin volumen y a tu manera de hacer del mundo algo aburrido cuando se compara contigo.

—¿Me estás diciendo que puedo encargarme de marcar los tiempos?

—Te estoy diciendo que podemos negociar como negociamos otras cosas en su momento. Y podemos ponernos unas... «reglas de convivencia». Sin misas los domingos, sin canciones cutres a la hora del almuerzo, sin toque de queda.

—Gracias a Dios. —*Nunca mejor dicho...* Me separo para mirarlo con una sonrisa que no me cabe en la cara, y observo que todavía no ha entendido que cedo, que agito la bandera blanca. Inspiro hondo y lo suelto—: Estoy dispuesta a negociar.

Elliot exhala, aliviado, y me envuelve con sus brazos antes de darme un beso de película romántica que defenderé a hierro, que me levanta los pies del suelo y que enseguida viene acompañado por los aplausos y vítores de los vecinos, a los que pillamos admirando la escena desde el salón.

Dios, a veces siento que no los aguanto y otras, que los quiero a reventar.

—Mira, este año alguien se va a ahorrar las lágrimas como

George Michael —comenta Edu, de brazos cruzados y sonriente.

—¡Pero si la ha besado y la ha engañado de nuevo! —rezonga Tamara, haciendo clara apología a la canción de Wham!

Eli le da un codazo.

—Anda, calla ya, Tay, que está ante ese *someone special*.

Paso olímpicamente de todos ellos para buscar, todavía mirando sobre mi hombro, a la cabecita rubia y angelical de un niño que resulta que salió de la única cicatriz visible que conservo. Eric está junto al árbol, disfrazado con su gorrito rojo con pompón blanco, y me mira con expresión de mofa. Parece decirme: «¡Hombre, por fin!».

En cuanto intercepta mi mirada, asiente con la cabeza y me levanta el pulgar.

—Parece que el niño te aprueba —comento.

—Es porque sabe que venía. Por lo visto, tu amiga Selena y tu hijo se acercaron a Papá Noel porque este se lo pidió.

—Y resulta que era Álvaro.

—Y Álvaro —agrega, cabeceando— les pidió que le enviaran el vídeo por WhatsApp para reenviarlo a mi número, que consiguió porque presionó a Sonsoles, y cuadrar mi recogida en el aeropuerto.

—Madre mía. Todo el mundo ha estado conspirando contra mí durante este tiempo.

—¿Y te sorprende? Los vecinos de este edificio se pasan el día metiéndose en las vidas ajenas.

—Pues prepárate para que se metan también en la tuya, porque si te quedas conmigo... significa que te quedas con ellos. —Los señalo con un movimiento de cabeza. Él, en lugar de aceptar verbalmente, vuelve a inclinarse sobre mí para estrecharme en un abrazo con el que me siento protegida desde todos los ángulos. De fondo sigue sonando *Last Christmas*, a la que parece que le han subido el volumen.

Last Christmas
I gave you my heart.
But the very next day, you gave it away.
This year,
To save me from tears,
I'll give it to someone special.[20]

—¿Te he dicho ya lo bien que hueles? —susurra Elliot en mi oído, haciéndome cosquillas con su aliento.

Me acuerdo de su nota en el perfume, de Rufino —o de los Rufinos—, y una sonrisa vanidosa se apodera de mis labios. En lugar de responder, lo abrazo más fuerte, agradeciendo en silencio que haya encontrado mi esencia, la que yo había buscado en otros sitios, en otras personas, y que siempre había tenido dentro. Porque sin traje de tweed, sin daiquiri, pero libertina, divina y también superficial a veces, es como soy.

Eso soy y a eso huelo.

20. La pasada Navidad / te di mi corazón. / Pero al día siguiente tú lo regalaste. / Este año,/ para ahorrarme las lágrimas, / se lo daré a alguien especial.

Epílogo

Elliot

—¡Vamos, que ya empieza! —exclama Eric.

Aparece corriendo por el pasillo y saltando el sofá de espaldas, como si tuviera una pértiga, para tumbarse de costado. Arrugo el ceño desde la cocina, de donde salgo con un refresco en cada mano.

—No vuelvas a hacer eso. Me extraña que no te hayas partido la crisma.

—Tengo la cabeza muy dura —desestima sin mirarme—. Sería imposible que me partiera nada.

—De todas maneras, haz el favor de no poner tu vida en peligro, ¿de acuerdo? Por lo menos, no cuando estemos tú y yo solos, que entonces toda la responsabilidad caería sobre mí.

Eric levanta la vista para sonreírme de esa forma en que me sonríe solo a mí, con una mezcla de burla y simpatía que a veces no sé cómo interpretar.

—Tranqui. Mi madre está tan colada por ti, que lo mismo hasta te perdona que su hijo se mate estando a solas contigo.

—No digas esas tonterías —le reprendo con severidad.

Eric deja de reírse y suspira.

No hace falta que le pida que se incorpore para dejarme espacio; él mismo se sienta en condiciones y deja un hueco lo bastante amplio para que me acomode a su lado, dejando, eso sí, que el aire corra entre nosotros. No por una cuestión de frialdad o porque nos caigamos mal. Creo firmemente que me respeta y que no le desagrado, del mismo modo que a mí me parece un chaval brillante, pero no soy su padre y no tengo la personalidad que tendría uno de sus colegas, de lo que sí se jacta su madre, así que es hasta lógico que haya una escueta camaradería entre los dos.

Le tiendo su Coca-Cola y él a su vez me acerca las palomitas que ha colocado en un hermoso cuenco, el que Susana saca cuando va a hacerse el maratón de películas que *Adivina quién es* le ha propuesto para discutir el viernes a las diez y media. Es viernes, efectivamente, y Paco Pérez aparece en la pantalla muy sonriente para presentar a su grupo de debate sobre cine, entre los que figura la ya consolidada como favorita: Susana en persona.

En tan solo tres meses ha conseguido conquistar al público de tal manera que hoy se celebra un programa especial en el que ella sola va a entrevistar a la invitada. Eric vitorea en voz alta cuando sale Virtudes Navas a escena, con su pelo ahora teñido de rojo y su camiseta de arcoíris.

Se sienta en el diván junto a la emocionada Susana.

—Nadie va a dudar que se conozcan de antes —comento en voz alta—. Se sonríen como si fueran madre e hija.

—Pues casi. —Eric mete la mano en el bol   . ¿Te dejo las quemadillas a ti?

—Sí, por favor. Es como me gustan.

Eric divide su atención entre lo que está pasando en la pantalla y en encontrar las palomitas más tostadas, que me va pasando para que no tenga que hundir la mano en las que le gustan a él, que son las crujientes que se quedan a medio abrir y con las que te puedes dejar una muela. Susana busca las más blancas, las más abiertas, las que están en el punto perfecto, por eso suele ser a la que menos le tocan.

—Bienvenida al programa, Virtudes —le dice Susana en una postura profesional. Tiene los dedos entrelazados en el regazo y mira a la invitada con especial afecto. Ella le devuelve el saludo y mantienen una brevísima charla sobre el camino hasta el plató, broma con técnicos de sonido incluida, hasta que van directas al meollo—: Vienes a contarnos cómo está siendo el proceso de selección de los actores y actrices para la película que se está gestando en las entrañas de Netflix.

—Ya sé que Netflix no le cae muy bien a la mayoría de los críticos de este programa porque «se está cargando el cine» y «los cines», en plural, así que agradezco que la entrevista me la vayas a hacer tú —contesta, sonriente pero claramente compungida—. El proceso está siendo más lento y complicado de lo que imaginaba, aunque supongo que se debe a que ya tengo a los dos en mi cabeza y no encuentro nada parecido.

—Partíamos de una descripción complicada. Hay pocos hombres que midan un metro noventa y siete como tu protagonista, y me ha contado un pajarito que eres muy exigente.

—Soy exigente, pero no en el aspecto, sino en la energía que quiero que transmitan. Mis personajes son muy especiales, ¿sabes? Parece que porque formen parte de una trama fundamentalmente romántica no puedan tener defectos, o estar muy heridos, y que por obligación deban ser la fantasía de hombres y mujeres, pero así no es como yo lo planteo. Quiero a un par de seres humanos que sepan expresar al dedillo ese miedo a perder y los prejuicios...

—Lo está haciendo muy bien —valoro, asintiendo.

—Virtudes ha hecho muchas entrevistas antes. Incluso ha dado algunas conferencias. ¿No te acuerdas de cuando fue al Ángel Ganivet a hablar de lo que se supone que es de niño y lo que se supone que es de niña?

—Estuvo impecable.

—Pero mamá no se queda atrás —replica con orgullo, mirando la televisión como si fuera Susana en lugar de una caja mágica—. Parece que lleva toda la vida en la tele.

—Es una estrella. —Encojo un hombro—. Hay gente que nace para ser el centro de atención.

Eric se queda callado un rato. Al principio creo que es porque se ha concentrado en la televisión, donde Virtudes está defendiendo la necesidad de crear caracteres complejos y al principio incomprendidos —o incluso repudiados— por la comunidad lectora. Pero en cuanto giro la cabeza, me topo con que el niño me está observando con fijeza, con esos ojos de un azul extraño que nunca sabremos de dónde sacó, pero ni falta que hace, porque mira igual que su madre y verá lo que él, como niño y luego como hombre, quiera entender que ve.

Y eso es lo importante.

—Me gusta cómo la quieres —me dice de repente.

Suspendo de pronto el movimiento de meterme una palomita en la boca y le sostengo la mirada sin saber qué decir.

—¿A qué te refieres?

—A nada más que eso. A que me gusta cómo la quieres.

—¿Cómo la quiero?

—Como se merece. Y me alegro —prosigue—, porque hay partes de mi madre que yo no podría querer nunca siendo su hijo, y me daba miedo que sintiera que algo le faltaba.

—¿Con esas partes de tu madre te refieres a...? —Él hace una mueca de asco que lo da a entender muy bien—. De acuerdo, no hay más preguntas, señoría.

—Puedes decirle que te he dicho eso, a ver si así se relaja. A veces parece preocupada por si no me caes bien, y eso significa que pretende conservarte. —Y en plan bromista, añade—: Al menos por el momento.

—Conque por el momento, ¿eh? A mí me parece que quiere conservarme para siempre. Apuesto a que no le ha regalado un Mazinger Z a ninguno de sus novios.

—No me ha regalado uno ni a mí, pero tenlo claro —me amenaza, con la risa bailando en los ojos—: yo soy su favorito.

—A no ser que sigas saltando el sofá como si fuera una carrera de obstáculos y te acabes rompiendo la cabeza con la mesilla de cristal, porque entonces tú morirás y yo pasaré a ser su favorito.

—Solo por eso dejaré de saltar por encima del sofá —me promete, insinuando una sonrisa que siento que comprendo.

Hay un lenguaje entre Eric y Susana al que nunca sabré cómo acoplarme, pero parece que él y yo vamos tejiendo el nuestro. Nuestra manera de aceptarnos es provocándonos y retándonos cuando nos quedamos solos, conscientes de que nuestro vínculo común es ella y que, sin ella, ninguno de los dos tenemos razón de ser.

—Algo que también le gusta de mí es que no pongo los pies encima de la mesa —agrego, señalando sus dedos al aire—, y que no me huele el aliento a Phoskitos.

—Ya me lavaré los dientes —gruñe, mosqueado—. Joder, eres un pesado cuando quieres, ¿eh? —Se mete un puñado de palomitas en la boca—. Los otros por lo menos intentaban comprarme con regalos caros a espaldas de mi madre.

—¿De verdad? —Levanto las cejas—. ¿Con qué regalo caro quieres que intente comprarte yo?

Eric pega la nuca al cojín del sofá y me mira con la cabeza totalmente descolgada.

—Con que sigas dándome órdenes pensando en mi bien, me doy por satisfecho. Es otra muy buena manera de hacer que te odie, y sin tener que gastarte dinero.

Aguanto una carcajada y devuelvo la vista a la pantalla, donde Susana se ríe como si hubiera escuchado el comentario de su hijo y, mejor aún, lo hubiera entendido. Parece un adulto por muchos motivos, pero uno de ellos es que sus respuestas parecen repletas de mensajes velados. Entiendo lo que quiere decir con este último y siento que me elevo, doblemente esperanzado ahora que sé que él, además de su madre, también daría un duro por mí.

«Me agrada que te preocupes por mí», da a entender.

No hablamos más por un buen rato, en el que reina un cómodo silencio, y noto el estómago encogido de la emoción. Pero el crío tenía que soltarla, y yo sabía que lo iba a hacer tarde o temprano, así que no me sorprendo cuando, minutos después, y de la nada, añade:

—Aunque la PlayStation 5 estaría bien.